천사의 허무주의

한국 현대시에 나타난 허무주의의 계보

현대문학
연구총서

50

천사의 허무주의

한국 현대시에 나타난 허무주의의 계보

안 지 영

*A Study on the genealogy of nihilism
of modern poetry in Korea*

푸른사상
PRUNSASANG

역사라는 폐허와 천사의 허무주의

이 책의 내용을 구상하면서 '시인의 존재론'을 다루어보겠다는 나름의 담대한 포부를 가지고 있었다. 여느 위대한 예술가들이 그러하듯이 위대한 시인들에게는 남들이 보지 못하는 것을 보고, 겪지 못하는 것을 겪어내는 존재의 방식이 있다고 믿는다. 과연 1920년대에서 1980년대까지 허무주의 계보를 훑으며 시인들의 삶 자체가 하나의 작품임을 절감하였다. 이들은 자기 삶의 매 순간을 충만한 시간으로 수놓으며 개체적 자아를 넘어 존재론적 비약을 보여주었다. 시인들은 꽃이자 풀이자 나무였고 어디선가 불어오는 미풍이었다가 그 미풍에 흩날리듯 날아가는 나비가 되었다. 이들의 시는 그렇게 자연과 문명, 삶과 죽음 사이의 모호한 경계를 넘나들며 인간과 세계 사이의 복잡한 관계망이 회복된 아름다운 순간들과 만나게 해주었다.

나는 이와 같은 시인의 존재론이 허무주의라는 공통된 세계관과 더불어 전개되었다고 생각한다. 이 책에서 말하는 허무주의는 무엇보다 '역사적인 것'에서 '비역사적인 것'으로의 전회를 가능하게 하는 존재미학이다. 허무주의를 부정적으로 인식해온 이들에게 이와 같은 접근은 낯선 것일 수밖에 없다. 독자들의 이해를 돕기 위해 이 책에서는 이를 김춘수의 표현을 살짝 빌려와 '역사허무주의'로 구체화하였다. 그러니까 이것은 삶에 대한 의욕이 없는 금욕주의적 허무가 아니라 인간의 삶을 옭아매는 역사를 부정하고 삶을 더 욕망하게 되는 허무를 말함이다. 스스로를 역사의 주체라고 자임하는 '근대적 개인'이 역사의 폭력 앞에 무방비로 노출되어 있다는 것은 얼마나 아이러니한가. 역사허무주의는 역사의 노예로 살아온 삶을 해방시켜 존재의 비약을 가능하게 한다.

물론 '비역사적인 것'의 지평 안에서 삶을 꾸려간다는 것이 시인들에게도 쉬운 일은 아니다. 벤야민이 파울 클레의 〈새로운 천사〉에서 포착한 천사의 모습은 시인들의 자화상이기도 하였다. 벤야민은 「역사의 개념에 대하여」에서 시간을 균질적이고 공허한 것으로 만들며 무조건 앞으로 나아가라고 명령하는 역사의 폭풍 앞에서 꼼짝도 하지 못하고 있는 천사에 대해 묘사한 바 있다. 이러한 천사의 모습은 진보에 대한 믿음을 고수하느라 역사의 노예가 되어버린 인간에 대한 비유에 다름 아니다. 하지만 이 글에서 벤야민이 인용한 니체의 말처럼, "우리는 역사를 필요로 한다. 그러나 지식의 정원에서 소일하는 나태한 자가 필요로 하는 방식과는 다른 방식으로" 말이다. 어쩌면 역사가 폐허라는 것을 인식함으로써 천사는 폭풍을 뚫고 충만한 시간을 되찾게 해줄 '작은 문'을 발견할지도 모른다.

이 책에서 그러한 천사의 소임을 맡아준 것이 니체의 철학이었다. 니체는 역사의 폭풍에 휘말리는 순간들마다 든든한 길잡이가 되어주었다. '너는 새로운 꽃을 피울 수 있는가'라는 니체적 명제는 변증법적 역사철학에 대한 선전포고라 할 수 있다. 그는 인간들이 역사의 과잉으로 인해 겪게 되는 불행을 상기시키며 비극과 웃음과 사랑의 가치를 일깨워주었다. 나는 이 책에서 이와 같은 니체의 명제를 구현해낸 시인들이 역사라는 폐허에 피워낸 다채로운 꽃밭을 펼쳐 보이고 싶었다. 이들이 인간으로서 자신의 왜소함에 비애를 느끼고 좌절할 때 나 역시 허무한 슬픔을 느꼈다. 이들의 절망은 깊었고 다시는 날개를 펼 수 없을 것처럼 보일 때조차 있었다. 그런데 그들의 시를 읽으며 비애를 뚫고 넘어갈 수 있는 힘이란 바로 그 비애로부터 비롯한다는 것을 알게 되었다. 사랑하는 법을, 그리고 웃는 법을 배워야 한다는 니체의 말은 거짓이 아니었다.

그러니 시인의 슬픔은 결코 나약함의 증표가 아니다. 역사허무주의는 역사에 대한 패배 선언이 아니라 역사 따위는 진정한 싸움의 대상이 될 수 없다는 거대한 긍정이다. "맛없는 울음"(오장환, 「연화시편」)을 울며 역사를 짊어지고 느릿느릿 기어가는 거북의 아릿한 슬픔 속에서 천사는 아름다운 비상을 보여준다. "무거운 포도송이에 마지막 단맛을 불어넣어주십시오"라는 릴케의 간절한 기도에서 알 수 있듯이 무르익은 슬픔은 삶을 성숙하게 한다. 삶을 풍요롭게 만드는 죽음에 대한 소망은 죽음마저 축복할 만한 것으로 변용시킨다. 해서, 「두이노의 비가」에서 릴케는 이렇게 노래한다. "몰락조차도 그에겐 / 존재를 위한 구실, 최후의 탄생에 불과했나니." 니체의 차라투스트라와 릴케의 천사의 동일성을 지적한 하이데거의 명민한 통찰처럼, 니체의 철학 못지않게 이 책의 버팀목이 되어준 것이 릴케의 시이다. 시인들이 절망에 빠져 있던 순간마다 영혼의 피난처를 마련해주었던 것처럼, 릴케는 이 책의 든든한 지원군이 되어주었다.

　이 책은 나의 박사논문과, 이와 동일한 문제의식을 가지고 쓴 강은교, 이성복, 기형도에 대한 소논문을 엮어서 묶은 것이다. 박사논문을 시작할 때 1970~1980년대 시까지 아우르고 싶다는 욕심을 겨우 채운 셈이다. 그러다 보니 책의 두께도 예상보다 두꺼워졌다. 부디 너그러운 이해를 바란다. 감사를 전해야 할 사람들이 많다. 먼저 여전히 제자들보다 열정적으로 연구하는 모습을 보여주시는 신범순 선생님께 감사의 말씀을 전한다. 선생님의 선구적인 연구가 없었다면 이 책은 결코 완성되지 못했을 것이다. 설익은 사유들이 무르익을 수 있게 조언과 질책을 아끼지 않고 지도해주신 심사위원 선생님들께도 감사드린다. 아울러 책을 엮는 데 도움을 주신 푸른사상사와 사랑하는 가족들과 친구들, 모두 고맙습니다. 여러분 모두가 나에게 천사와 같은 존재들임을 알아주시길……. 그리고 나 역시 당신들에게 그러한 존재이기를 간절히 바랍니다.

2017년 12월
안지영

천사의 허무주의

천사의 허무주의

제1장

'궁핍한 시대'의 허무주의

1. 한국 문학사에서 허무주의의 위상

한국 문학사에서 허무주의는 한(恨)이나 슬픔, 비애 등의 수동적 정서를 보이는 현실도피적인 경향을 띠는 작품들을 비판하기 위한 수식어로 사용되어왔다. 이는 허무주의라는 개념이 워낙 부정적인 의미를 지니고 있기 때문이기도 하지만, 현실반영적인 측면에 두드러지지 않는 경향을 지닌 작품들을 배제시켜온 한국 문학사의 특수성과 관련되는 것이기도 하다. 물론 이는 한국이 근대화라는 전 세계적 흐름에 말려든 이래 겪게 된 특수한 역사적 상황과 무관하지 않다. 한국은 일제의 식민 지배에 이어 해방기의 격동과 한국전쟁의 대혼란을 겪었고 휴전 이후에는 이승만에서 박정희 정권으로 이어지는 개발독재 시대를 지나왔다. 이러한 역사적 상황 속에서 문학이 현실정치에 어떻게 개입할 것인지가 지속적으로 문제시되어왔고, 현실정치에 개입했는지의 여부나 방식 혹은 정도에 따라 리얼리즘과 모더니즘, 혹은 참여와 순수라는 이항 대립이 자리 잡게 된 것이다.

2000년대 이래 이와 같은 경직된 구도에 대해 문제가 제기되어왔음에도 불구하고 기존의 이분법에서 벗어나 개별 작품을 해석하려는 시도들은 매우 더디게 이뤄지고 있다. 당위에 대한 일정한 합의를 도출했음에도 불구하고 그 합의의 이행이 제대로 이뤄지지 않는다면, 보다 근본적으로 상황 자체를 검토해볼 필요가 있다. 이항 대립을 해체하자는 당위를 반복하기보다 문학사에서 이와 같은 도식을 지속시켜온 인식론적 전제가 무엇인지 살펴보고 이를 넘어선 길을 제시해야 한다는 것이다. 이 책은 그 돌파구 중의 하나로 '허무주의'라는 키워드에 주목하고자 한다. 어째서 허무주의인가. 필자는 문학사의 이항 대립 구도가 '역사주의'라고 명명할 수 있는 공통된 지반 위에서 작동해왔다고 보고 역사주의를 탈구축할 수 있는 계기를 허무주의를 통해 찾고자 한다.

한국 문학사에서 허무주의라는 키워드가 어떠한 방식으로 논의되어왔는지를 먼저 살펴보자. 한국 문단에서 본격적으로 허무주의를 현실도피적인 경향과 결부하여 논의하게 된 계기는 1950년대에 마련되었다. 1950년대 지식인들은 실존주의와 더불어 시대상황을 분석할 수 있는 현실 인식의 도구로 허무주의를 받아들였고,[1] 이러한 관점은 1960년대 들어 순수문학과 참여문학이라는 대립 구도가 형성되면서 더욱 강고해졌다.[2] 1960년대의 논의에서 특징적인 것은 서구적 니힐리즘과 한국적

1   조연현, 「현대문학과 니힐리즘」, 『현대공론』, 1954.8; 김병철, 「헤밍웨이의 니힐리즘」, 『서울신문』, 1955.2.11~12; 최일수, 「니힐의 본질과 초극정신」, 『현대문학』, 1955.10; 안병욱, 「허무주의」, 『사상계』, 1956.2; 가브리엘 마르셀, 「니힐리즘의 초극」, 『새벽』, 1958.3~4; 백철, 「현대문학과 니힐리즘」, 『신태양』 8-3, 1959.3; 포드 포즈, 「신허무주의와 문학」, 한승호 역, 『세계』, 1959.4.

2   이경수, 「순수문학의 구축 과정과 배제의 논리 - 1950~60년대 전통론을 중심으로」, 문학과비평연구회, 『한국문학권력의 계보』, 한국출판마케팅연구소, 2004, 89~90쪽; 이상숙, 「1950년대 전통 논의에 나타난 '저항' 연구」, 『현대문학이론연구』 25, 2005. 1950년대 전통론에서 '전통적'인 것과 '반전통적'인 것

허무 의식을 구별하려는 추세가 나타났다는 점이다.[3] 당시 비평가들은 한국적 허무와 서구적 니힐리즘의 구조를 비교하면서 서구적 니힐리즘이 '능동적, 논리적 의지적 자세'로서 '참가를 위한 것'이라면, 한국의 경우 '정서적, 식물적 자세'로서 '도피를 위한 기술'이라고 비판하였다.[4] 이와 같이 허무 의식을 탈역사주의의 위험성을 노정한 것으로 이해하면서 현실도피적인 것으로 규정짓는 관점이 두드러지게 나타났다. 가령 이봉래는 당시 신세대 시인들에게 허무와 절망이 만연해 있던 이유를 시대의 불모성에서 찾으면서 새로운 질서 구축을 위하여 현실에 관심을 가져줄 것을 촉구하기도 하였다.[5]

유종호 역시 서구의 경우 비극적인 상황에도 불구하고 이를 극복할 수 있는 낙관적인 전망을 잃지 않는 데 반해, 한국은 운명론적 비관주의에 빠지고 만다고 지적한다. 그는 니체의 비극적 낙관주의를 언급하며 "우리들의 운명론적 낙관주의는 이러한 비극적 낙관주의로 대치되어야 할 것"이라고 말하기도 하였다.[6] 그에 따르면 백석, 서정주, 이효

의 대립은 '전통적'인 것과 '현대적'인 것, 또는 '전통적'인 것과 '현실적'인 것의 대립으로 변질되면서 '전통적'인 것은 '전통적→전통적·서정적→순수'와 같은 변모를 겪게 되고, 대립적 짝인 '반전통적인 것' 역시 '반전통적→현실적→참여'와 같은 변모를 겪게 된다.

3 김운학, 「니힐리즘」, 『문예』, 1960.2; 박철석, 「한국 현대시의 퇴폐적 현상」, 『자유문학』, 1960.3~4; 전봉건, 「환상과 상처」, 『세대』, 1964.11; 박철석, 「한국의 허무주의」, 『문학춘추』, 1965.12; 이건영, 「무정과 체념의 니힐리즘」, 『현대문학』, 1966.8; 임헌영, 「윤리의 사보타지」, 『세대』, 1967.9; 김 현, 「허무주의의 극복」, 『사상계』, 1968.2; 김주연, 「시에서의 한국적 허무주의」, 『사상계』, 1968.12; 이선영, 「한국문학과 허무의식」, 『언어와 문학』, 1969.6 등.
4 정창범, 「한국적 허무성의 구조-니힐리즘의 비교」, 『현대문학』, 1960.8; 정재완, 「한국시와 니힐의 극복」, 『현대문학』, 1969.6.
5 이봉래, 「신세대론」, 『문학예술』, 1956.4.
6 유종호, 「한국의 페시미즘」, 『현대문학』, 1961.9(유종호, 『유종호 전집1-비순수의 선언』, 민음사, 1995, 134쪽).

석, 김동리 등 한국 작가들의 작품에는 비관론적인 운명론이 지배적이 며 이는 한국인들이 "봉건적 굴레 속에서 개인이란 관념을 획득하기 전 에 이미 식민지의 피압박 민족으로 전락하였고, 자유라는 관념을 자유 의 상실 속에서 획득"하게 되면서 "참다운 의미의 '자아'도" "진정한 의 미의 자유도" 누려보지 못했기 때문이다.[7]

이 당시 한국적인 허무 감정으로 언급된 '한(恨)'을 논의하는 과정에서 도 이러한 관점은 반복되었다. 김현은 김억과 황석우, 김소월의 상징주 의 시에는 "집요한 패배주의"와 "모든 사태를 여성 특유의 탄식"으로 바 꿔버리는 여성주의가 나타난다면서 비판하였고,[8] 김우창은 김소월의 허무주의를 "슬픔으로 슬픔을 초월하는" 장치로서의 한과 관련된다면 서 이 때문에 고통이 "세계에 대한 반격이 되지 않고 감미로운 슬픔으 로 해소되어버린다"고 평하였다.[9] 김윤식 역시 "허무주의에 몸을 맡긴 다는 것은 한국적 전통의 한과 관련된 어둠의 세계관"이라는 입장을 유 지했다.[10] 이들은 '여성적인', '나약한' 슬픔의 감정으로 치부하며 한을 패배주의적인 것으로 해석할 뿐 이들 작품에 나타난 슬픔의 깊이와 고 통의 강렬한 파토스에는 충분히 주목하지 않았다.

이처럼 1950~1960년대에 한국적인 슬픔으로서의 한이 봉건적이고 운명적이며 나약한 것으로 치부되어 극복해야 할 대상으로 소환되었다 면, 1970년 후반에서 1980년대에는 한을 부정적으로 평가하는 데에서 벗어나려는 일련의 시도들이 나타난다. 이들은 한을 억압되고 수탈당 해온 민중의 내면에 쌓여왔던 욕구 불만의 응어리로 규정하면서, 한이

---

7   위의 글, 133쪽.

8   김 현, 「여성주의의 승리」, 『현대문학』, 1969.10(『김현문학전집 4 – 상상력과 인간/시인을 찾아서』, 문학과지성사, 1991, 119쪽).

9   김우창, 「한국시와 형이상」, 『세계의 문학』, 1975년 봄.

10 김윤식, 「식민지의 허무주의와 시의 선택」, 『문학사상』, 1973.

쌓일 때 그 내부에 강력한 에너지가 생긴다고 주장한다. 조동일,[11] 고은,[12] 임헌영,[13] 김지하[14] 등 리얼리즘 진영에 속한 논자들은 '한'의 정서를 민족성 담론 안에서 본질화하거나 허무적이고 수동적인 정서로 배제하려는 데 저항하면서 이를 '민중'이라는 저항의 주체를 호명하기 위한 기표로 동원하였다. 하지만 이들 역시 결국 민족주의적인 맥락에서 한의 의미를 사유하는 구태의연한 태도에서 벗어나지 못했다.

결국 서구 보편주의의 관점에서 한국인들의 수동성을 비판하기 위해 허무주의가 전유되고 있는 1950~1960년대의 맥락과 1970~80년대 리얼리즘 진영 논의는 동전의 양면에 불과함을 알 수 있다. 이들은 유난히 허무주의적 경향을 띤 작품들이 많은 한국의 문학적 현실을 오리엔탈리즘적 맥락에서 비난하거나 역전된 오리엔탈리즘적 맥락에서 격상시키는 곡예를 지속해왔다. 이와 같은 혼란은 허무주의에 대한 최근의 논의에서도 반복되고 있다. 우선 이인영[15]은 김춘수와 고은 시에 나타난 허무 의식에 주목한다. 특히 역사를 '악한 의지'로 규정하면서 자기 실존의 장으로부터 그것을 적극적으로 제외시켜간 김춘수의 역사허무주의를 지적한 부분은 탁월한 분석이다. 그는 김춘수의 역사허무주의가 진보를 맹신하는 근대의 역사철학적 시간관에 대한 비판적 사유의 소산이라고 보면서 김춘수에게서 반유토피아 충동을 발견한다. 하지만 그는 현재에 미래 획득의 가치를 부여하면서 신의 섭리를 역사철학적 진보 개념으로 대체한 고은의 허무주의와 김춘수의 허무주의를 엄밀하

---

11 조동일, 「전통의 퇴화와 계승의 방향」, 『청맥』, 1966년 여름, 365~369쪽.

12 고 은, 「한의 극복을 위하여」, 『한국 사회 연구』, 한길사, 1980(서광선 편, 『한의 이야기』, 보리, 1987에 재수록).

13 임헌영, 「한의 문학과 민중의식」, 『오늘의 책』, 한길사, 1984, 107쪽.

14 김지하, 「창조적 통일의 위하여」, 『실천문학』, 1982.

15 이인영, 「김춘수와 고은 시의 허무의식 연구」, 연세대 박사논문, 1999.

게 구분하지 않음으로써 혼란을 자초한다.

이보다는 섬세하게 논의를 전개하고 있음에도 이재훈[16] 역시 유사한 함정에 빠지고 만다. 이는 그가 허무주의를 유형화시키지 않고 당대의 현실과 개인의 실존이 함께 관련된 실존적 태도이자 세계를 바라보는 가치관으로 범박하게 정리하는 데서 기인한다. 그에 따르면 허무주의는 부정의 미학의 중심에 있는 미적 인식으로, 존재의 물음에 대한 해답을 찾으려는 시인이라면 누구에게나 일반적으로 허무 의식이 드러난다. 그의 연구가 허무주의를 부정의 미학과 관련지으면서 허무주의에 대한 선입견을 탈각하여 그것의 미학적 의미를 드러내는 데는 성공했음에도 불구하고 허무주의를 지나치게 일반화하여 해석함으로써 그것의 질적 차이를 유형화하는 데 실패하고 만 것은 아쉬운 대목이다.

다만 위의 연구들이 공통적으로 주목하고 있는 바와 같이 허무주의는 단순히 능동/수동, 낙관/비관의 이분법으로 환원되지 않으며 무엇보다 역사를 어떻게 인식하고 있는지와 관련된다. 이는 앞서 리얼리즘과 모더니즘이 결국 역사주의라는 공통된 지반을 공유하고 있다는 주장과 맞물려 있다. 역사주의는 니체가 '역사의 과잉'이라고 비판한 형이상학의 장구한 역사와 관련된다. 니체는 현재가 어떻게 발생했는가를 정당화하려는 역사주의의 태도를 비판하며 현재를 변화시킬 '예언'으로서 과거를 읽어내야 한다고 주장한 바 있다. 모든 현상을 역사성을 지닌 것으로 파악하며 따라서 역사적 제약을 벗어날 수 있는 현상은 존재할 수 없다고 보는 역사주의를 진리로 추구할 때, 절대적인 인식의 가능성을 부정하는 회의주의 내지 상대주의에 이르게 될 수 있다.[17]

이 책의 3장과 4장에서 각각 다루게 될 김수영과 김춘수의 시에 대한

---

16 이재훈, 「한국 현대시의 허무의식 연구」, 중앙대 박사논문, 2007.
17 P. 해밀턴, 『역사주의』, 임옥희 역, 동문선, 1998, 7쪽.

기존 연구들을 보면 역사주의의 영향을 확인할 수 있다.[18] 그중에서도 정재찬은 김수영 시에 나타난 허무주의가 "진리에의 욕구가 변형된 형태"로서 "그가 살던 시대에 대한 일종의 지적인 태도가 내재"해 있다고 지적한다.[19] 정재찬은 김수영이 허무주의를 지성의 원동력으로 삼지 못했다고 평가하며 그 이유로 '생활'의 문제를 든다. 생계를 유지해야 하는 일상 속에서 예술가로서의 자유를 유지할 수 없게 되면서 허무주의의 역동적 잠재력은 퇴색한 채 비애와 설움만이 남게 되었다는 것이다. 그러다가 4·19혁명을 경험하면서 '역사'에서 구원을 발견하게 되었다는 그의 설명 방식은 역사주의적 환원주의의 전형을 보여준다.

김수영 초기시에 나타난 '설움'을 분석한 연구들 역시 이러한 관점에서 크게 벗어나지 않는다. 김수영의 '설움'을 '생활'에 의해 야기되는 감정으로 보면서 4·19혁명을 통해 설움이 극복되는 것으로 파악하는 것이다. 이들은 설움의 기원을 '아비-되기'의 실패에서 찾거나[20] 설움 그 자체를 전근대와 동일시하며, 김수영이 그것들을 부정하는 동시에 재인식하면서 근대적 생활에로 투신해갔다고 본다.[21] 이러한 관점은 김수영의 설움이 후기에도 지속적으로 나타나고 있다는 사실을 간과하며

---

18 이은정, 『현대시학의 두 구도』, 소명출판, 1999; 권혁웅, 『한국 현대시의 시작 방법 연구』, 깊은샘, 2001; 이찬, 『20세기 후반 한국시론의 계보』, 서정시학, 2010; 김승구, 「시적 자유의 두 가지 양상: 김수영과 김춘수」, 『한국현대문학연구』, 2005; 최동호, 「시와 시론의 문학적·사회적 가치─1960년대 김수영과 김춘수 시론의 상호 관계」, 『한국시학연구』, 2008; 조강석, 『비화해적 가상의 두 양태』, 소명출판, 2011.

19 정재찬, 「김수영론: 허무주의와 그 극복」, 문학사와 비평연구회 편, 『1960년대 문학연구』, 예하, 1993.

20 강계숙, 「1960년대 한국시에 나타난 윤리적 주체의 형상과 시적 이념」, 연세대 박사논문, 2008.

21 박수연, 「김수영 시 연구」, 충남대 박사논문, 1999.

김수영 시에 나타난 설움과 비애의 원인을 단순화한다.[22]

한편 김춘수의 경우, 그의 무의미시와 시론에 나타난 허무 인식의 양상을 살피는 연구들이 주를 이루어왔다. 김춘수의 무의미시를 현실에 대해 아무런 책임도 지지 않는 현실도피적인 것으로 보는 연구들은 순수-참여의 도식을 적용하여 김춘수의 시 세계를 비판한다. 이들 연구들은 김춘수의 시가 현실 문제를 다루고 있지 않다는 점에서 진공 상태의 반역사성을 보인다고 지적한다.[23] 최근에는 이에 대한 반론으로 김춘수의 반역사적 태도가 세계의 불모성을 반영한 것임을 주장하며 김춘수의 시에 나타난 역사성을 문명 비판적 관점에서 이해해야 한다는 견해도 있다. 김춘수가 비극적인 세계로부터 일탈하고자 하는 시인의 열망을 무의미시에 대한 탐구를 통해 전개해나갔으며, 이를 통해 시대와 자신의 허무를 극복하려는 의지를 보였다는 것이다.[24] 이들 연구에서는 김춘수의 개인적 체험이 역사허무주의를 심화시킨 것으로 분석하면서 그가 역사와 이데올로기를 '폭력'으로 인식하는 반역사적 태도를 지녔음을 비판적으로 고찰한다.

이처럼 허무 인식의 계기를 시인의 체험에 국한해서 이해하는 것은 김춘수의 시가 보여주는 문제의식을 축소시킬 가능성이 있다. 김춘수

---

22 한수영, 「일상성을 중심으로 본 김수영 시의 사유와 방법 (1)」, 『소설과 일상성』, 소명출판, 2000; 여태천, 「김수영 시의 시어 특성 연구」, 고려대 박사논문, 2005; 황현산, 「시의 몫, 몸의 몫」, 김명인 · 임홍배 편, 『살아있는 김수영』, 창비, 2005.

23 이형기, 「허무, 그리고 생을 건 장난」, 『김춘수 연구』, 형설출판사, 1983; 황동규, 「감상의 제어와 방임」, 위의 책; 장석주, 「언롱의 한계와 파탄」, 박덕규 · 이은정 편, 『김춘수의 무의미시』, 푸른사상사, 2012.

24 최라영, 「〈처용연작〉 연구: 세다가와서 체험과 무의미시의 관련성을 중심으로」, 『한국현대문학연구』, 2011; 김지녀, 「김춘수 시에 나타난 주체와 타자의 관계 양상 연구」, 고려대 박사논문, 2012; 전병준, 「김춘수 시의 변화에서 역사와 사회가 지니는 의미 연구」, 『한국문학이론과 비평』, 2013 등.

의 시에 나타나는 비애의 분위기는 역사에 패배한 예술가의 낭만적 감상에서 비롯하는 것이 아니라 폭력적인 역사적 현실에 대한 슬픔으로 이를 넘어서고자 하는 의지와 관련된다. 김춘수의 역사의식이 지닌 급진성을 제대로 이해하기 위해서는 그것이 지닌 사상적 맥락을 논구하지 않으면 안 된다. 이에 대해 이성희는 김춘수의 시에 나타나는 비애를 주체가 세계를 인식하는 세계감(世界感)의 차원에서 분석한 바 있다.[25] 김춘수의 비애는 상실한 것에 대한 감정이면서 동시에 상실한 것이 있다는 사실을 끊임없이 환기시킨다는 점에서 부재하는 것을 현존하게 만드는 전략과 관련된다. 김춘수가 역사주의의 낙관론을 비판적으로 성찰하며 이에 저항하기 위해 시간성을 전복시키는 다양한 전략을 구사했다는 지적은 김춘수의 시에 나타난 허무주의의 의미를 고찰하는 데 있어서도 중요한 대목이다.

이러한 점에서 유의할 것은 당대의 역사적 상황에 환원하여 텍스트를 독해하는 방식이 해석의 가능성을 편협하게 축소시킬 수 있다는 점이다. 이러한 방식에 따르다 보면 한국문학 텍스트의 특수성을 서구 보편주의의 대타항으로 놓고 양자 간의 우열을 판가름하는 데 지나치게 골몰하게 된다. 한국문학의 주체성은 그러한 방식으로는 획득될 수 없으며, 그래서도 안 된다. 더불어 문학이 현실정치에 어떻게 개입했는지 여부를 가지고 문학의 정치성을 일면적으로 판단하는 조급성과도 거리를 두어야 한다. 그러한 조급성은 쉽사리 텍스트에 대한 좌절을 불러와 결국 말과 글이 지니는 힘을 배반하게 만든다. 말과 글 그 자체가 선언이자 실천일 수 있다는 데서 문학의 근원적인 정치성이 도출된다. 이 책에서 다루고자 하는 시인들의 사상적 실천들은 이러한 맥락에서 주목된다. 앞으로의 논의를 통해 허무주의로 낙인찍힌 그들의 설움, 비

25 이성희, 「김춘수 시의 멜랑콜리와 탈역사성 연구」, 서울대 박사논문, 2011.

애, 애수, 우울, 퇴폐, 슬픔이야말로 역사문명을 극복하려는 급진적인 기획과 관련된 것임을 살펴보겠다.

2. 완전한 허무주의와 '비역사적인 것'의 지평

하이데거가 신이 부재하는 '궁핍한 시대'라 부른 근대는 허무주의의 시대이기도 하다.[26] 하이데거는 신의 죽음을 '신 자신이 스스로 자신의 생생한 현존의 상태로부터 멀어져갔음'을 암시하는 의미로 해석하며, 존재를 망각한 인간은 신의 살해자로서 지상 세계에서 스스로 존재의 척도로서 존재하면서 힘에의 의지의 지배를 확립해야 할 과제를 부여받게 되었다고 본다.[27] 하이데거에게 존재의 의미를 잃어버린 인간은 가야 할 방향을 잃고 영원히 황무지를 헤매야 하는 비운(悲運)을 타고난 것처럼 보인다. 고통의 필연성과 유의미함의 근거를 신에게서 발견할 수 있었던 형이상학의 시대와 달리 궁핍한 시대를 맞이한 사상가들과 예술가들은 부재와 심연을 뛰어넘을 방도를 고민하며 험난한 행로를 나아가야 했다.

하이데거에 앞서 허무주의를 중요한 철학적 쟁점으로 부각시킨 사상가는 니체이다. 니체는 허무주의의 질적인 위상을 구분하면서 허무주의에 대해 내려졌던 부정적인 가치 판단을 재고할 것을 요청하였다. 니체가 지향하는 완전한 허무주의는 디오니소스적 긍정에 이른 니체의

---

26 하이데거가 인용한 시는 횔덜린의 「빵과 포도주」로, 해당 구절은 다음과 같다. "늘 기다리는 동안 무엇을 행하고 무엇을 말해야 할지를, / 나는 모른다, 도대체 이 궁핍한 시기에 무엇을 위한 시인인가"(프리드리히 횔덜린, 『빵과 포도주』, 박설호 역, 민음사, 1997, 44쪽). 하이데거는 이 시가 신의 부재를 통해 규정되는 '세계의 밤'이라는 시대상을 반영하는 것이라고 설명한다.

27 마르틴 하이데거, 『숲길』, 최상희 역, 나남, 2008, 381쪽.

'초인(超人, Übermensch)'의 상태에 이른 것으로 니체 사상의 핵심을 보여준다. 그는 허무주의를 지금까지의 최고 가치들의 무가치를 드러내주는 하나의 역사적 과정이자 운동으로 보면서 '허무주의'의 의미를 전환시켰다. 스스로를 '최초의 완전한 허무주의자'라고 칭하였던 니체는 자신이 '허무주의를 그 끝에 이르기까지 생각해보고 그것을 극복'했다고 언급한다.[28]

니체에 따르면 불완전한 허무주의는 두 가지로 구분된다.[29] 첫째로 그것은 생성 소멸하는 현실적인 삶을 가상적인 것으로 보고 평가절하하면서 그것보다 고차적인 가치를 갖는 영원불변한 참된 실재가 존재한다고 보는 것이다. 참된 실재는 인간의 감성에 의해서 파악되지 않고 오직 순수한 영혼에 의해서만 파악되고 도달될 수 있는 초감각적인 세계로 간주되는데, 이와 같이 세계를 이원론적으로 파악하게 되면 현실적인 삶은 무가치한 것으로 평가할 수밖에 없다. 이에 따라 나타나는 허무주의는 진·선·미와 같은 영원불변하고 고차적인 가치를 추구하지만, 이러한 고차적인 가치들은 허구에 불과한 무(無)이기 때문에 이때의 힘에의 의지는 결국 무에의 의지로 귀결되고 만다.

두 번째 의미로 고차적인 가치들이 허구라는 것을 통찰하며 그것들의 실재성을 부정하지만 이와 함께 삶에 어떠한 의미도 목적도 존재하지 않는다고 생각하는 형태의 불완전한 허무주의가 있다. 이러한 허무주의는 오직 생성 소멸하는 현실적인 삶만을 실재로 인정하는데, 이러한 실재는 아무런 의미도 목적도 갖지 못한다는 점에서 염세주의에 빠지게 된다. 니체가 '신은 죽었다'라는 언명을 통해 근대를 초극할 것을

---

28 프리드리히 니체, 『유고-1887년 가을~1888년 3월』, 백승영 역, 책세상, 2000, 519쪽.
29 이하의 구분은 다음 책의 구분을 따르면서 보충한 것이다. 박찬국, 『들뢰즈의 『니체와 철학』 읽기』, 세창미디어, 2012, 179~180쪽.

선언한 것은 두 번째 니힐리즘의 시작을 알린 것이다. 니체는 기독교적 세계관이 인간이 고통스러운 현실로부터 도피하기 위해 만들어낸 허구에 불과한 무(無)를 추구하게 만들었다는 점을 비판한다. 그리고 그와 동시에 이러한 절대적인 가치가 붕괴된 이후 염세주의에 빠져 일체의 가치를 부정하는 근대적 형태의 허무주의를 부정적으로 평가한다.

들뢰즈는 이와 같은 니체의 주장을 보충하며 니체의 불완전한 허무주의와 완전한 허무주의 개념을 다음과 같이 네 단계로 세분화한다.[30] 우선 불완전한 허무주의에는 부정적 허무주의, 반동적 허무주의, 수동적 허무주의가 있다. 앞서 허무주의를 구분한 가운데 첫 번째가 부정적 허무주의에, 두 번째가 반동적 허무주의에 해당한다. 이때 반동적 허무주의는 부정적 허무주의를 연장하며, 결국 수동적 허무주의로 끝이 난다. 수동적 허무주의는 현실을 직시할 것을 회피하고 찰나적인 향락주의나 무관심한 이기주의 등 퇴폐적 삶을 통해 공허감을 채워보려는 태도를 말하며, '최후의 인간(der letzte Mensch)'이 이에 해당한다고 보았다.[31] 수동적으로 사라지기를 원하는 '최후의 인간'과는 달리 초인은 변증법적 반동으로부터 벗어나 디오니소스적 긍정을 통해 능동적 허무주

---

30 하이데거 역시 니체의 허무주의를 "이제까지의 삶으로부터 벗어나 '새로운 질서를 위해' 길을 열고, 사멸하려고 하는 것에게 '종말에의 열망'을 불어넣는다"는 점에서 긍정적으로 평가한다. 니체의 니힐리즘은 무력한 '무에의 동경'이 아니고 오히려 정반대라는 것이다(마르틴 하이데거, 『니체와 니힐리즘』, 박찬국 역, 지성의 샘, 1996, 131쪽). 하이데거는 들뢰즈보다 더 세분화하여 허무주의를 구분한다. "염세주의의 양의적인 선행형태, 불완전한 니힐리즘, 극단적인 니힐리즘, 능동적인 니힐리즘과 수동적인 니힐리즘, 그리고 탈자적-고전적 니힐리즘으로서 능동적-극단적 니힐리즘"이 그것이다. 하이데거가 긍정적으로 평가하는 니체의 허무주의는 "고전적이고 탈자적인 니힐리즘"으로 그는 이를 '일종의 신적인 사유방식'이라고 본다.

31 질 들뢰즈, 『니체, 철학의 주사위』, 신범순·조영복 역, 인간사랑, 1993, 249~257쪽.

의에 이른다. 무를 생의 적극적인 창조 원리로 전환시킨 능동적 허무주의가 바로 완전한 허무주의에 해당한다.[32]

완전한 허무주의의 상태는 니체가 말한 '초인'의 개념으로 발전한다. 니체는 '동물−인간−초인'으로의 이행을 일종의 진화론적 도정으로 소개하였다. 하지만 이는 인간을 '탈자연화'해온 서양 형이상학의 전통과는 구분된다. 그는 인간을 다시금 '자연화'할 것을 주장하며 '자연적 인간'(homo natura)의 개념을 발전시켰다.[33] 『반시대적 고찰』에서 니체는 오직 순간만을 사는 동물과 기억을 갖는 존재로서 역사의 과잉에 시달리는 인간의 삶을 대조한다. 그는 '비역사적인 것'[34]이 행복과 삶과 행위에 필수적임을 지적하면서, 건강한 삶에는 역사적인 것과 비역사적인 것이 똑같이 중요하다고 주장하였다. 니체는 '최후의 인간'을 스스로를 경멸할 줄 모르기 때문에 가장 경멸받을 만한 자가 되어버렸다고 비판하는 것은 이들이 자족적 삶을 영위하는 세련된 동물에 머물고 있기

---

32 들뢰즈는 니체의 능동적 허무주의가 우상의 가면을 벗기고 무(無)를 내세움으로써 무를 단순한 생의 소모 원리로부터 생의 적극적인 창조 원리로 전환시킨 것으로 본다.

33 니체는 '자연적 인간'을 "인간을 자연으로 되돌려 번역하는 것"이라고 설명한다. 니체는 루소가 그러했듯 자연을 낭만화하며 자연으로 돌아갈 것을 주장한 것이 아니라, 인간을 끊임없이 초극해야 하는 존재로 보면서 '자연으로의 상승'을 역설하였다. 프리드리히 니체, 『선악의 저편 · 도덕의 계보』, 김정현 역, 책세상, 2002, 220쪽.

34 프리드리히 니체, 『비극의 탄생 · 반시대적 고찰』, 이진우 역, 책세상, 2005, 297쪽. '비역사적인 것'은 인간이 건강성을 회복하기 위해 요청된다. 니체는 "비역사적으로 느낄 수 있는 능력을 더 중요하고 더 원초적인 능력으로 간주해야만 할 것이다. 즉 올바르고 건강하고 위대한 것, 진정으로 인간적인 것이 자라날 수 있는 토대가 그 안에 놓여 있는 한 그렇다. 비역사적인 것은 무언가를 감싸는 분위기와 비슷하다. 그 안에서 삶은 스스로 생성되고, 이 분위기의 파괴와 더불어 다시 사라진다."라면서 '비역사적인 것'의 의의를 강조한다. 위의 책, 295쪽.

때문이라고 보았다.[35] 니체가 소크라테스적 교양주의나 근대의 평등주의를 강력하게 비판한 것 역시 이것이 불충분한 인간의 모습을 인간이 도달해야 할 상태로 여기도록 만들 위험이 있기 때문이었다.

니체는 인간을 끊임없이 초극되어야 할 존재로 보면서 인간이 자족적 삶을 영위하는 세련된 동물에 머무는 것을 경계하였다. 그는 '자연으로 돌아가라'는 루소의 명제를 '자연으로의 상승'으로 변경시키면서 문화의 창조를 요구하고 문화를 창조할 힘을 가진 자연으로의 회귀를 주장한다.[36] 니체는 자연을 부정하는 힘의 원천을 자연 안에 재정위시킨다. 인간은 가장 반자연적이라고 여겨지는 순간조차 자연의 일부이다. 자연으로 돌아가되, 그것으로 인해 야만으로 떨어지는 것이 아니라 더 높은 문명으로 상승할 수 있다. 니체가 '동물-인간-초인'으로의 이행을 영원히 반복되는 것으로 설명하는 것은 이 때문이다. 동물에서 인간으로의 이행은 무정형의 혼돈으로부터 존재와 질서와 통일성을 만들어내는 형성적 창조력의 여부로 규정된다.[37]

---

35 "슬픈 일이다! 사람이 더 이상 별을 탄생시킬 수 없게 될 때가 올 것이니. 슬픈 일이다! 자기 자신을 더 이상 경멸할 줄 모르는, 그리하여 경멸스럽기 짝이 없는 사람의 시대가 올 것이니." 프리드리히 니체, 『차라투스트라는 이렇게 말했다』, 정동호 역, 책세상, 2002, 24쪽.

36 김주휘, 「니체의 '자연' 사유에 대한 소고」, 『니체연구』, 2011, 99쪽.

37 니체는 이와 같이 힘에의 의지가 발휘되는 순간을 예술가의 비극적 승리감으로 설명한다. 니체의 사상에서 '육체'와 '감각' 등이 디오니소스적인 것과 관련하여 중요한 주제로 부각되는 것은 이 때문이다. 그중에서도 『비극의 탄생』에서 니체는 아폴론적 '가상'과 디오니소스적 '진리'의 상호 필연적 관계를 상기시킨다. 세계를 있는 그대로 인식할 수 없는 인간에게 아폴론적 가상은 삶을 '보호'하고 그 아름다움을 통해 '구원'을 제공한다. 다만 인간은 디오니소스적 진리에 의해 '가상'이 '일시적'이라는 '비극적 인식'을 하게 됨으로써, 하나의 '가상'을 파괴하고 새로운 '가상'을 창조하는 데로 나아간다. 니체는 이를 통해 인간이 "단지 고통을 받을 뿐만 아니라 또한 낳는다"는 점을 지적하며, 창조의 '고통'뿐만 아니라 '기쁨'에 대해 강조한다. 정낙림, 「니체철학에 있어서 디오니소

니체는 '비역사적인 것'의 지평을 요구하며 자기통제의 금욕주의적 태도에 의해 주체가 하나의 화석으로 굳어져버리는 것을 경계했다. 거대하고 영원한 창조적 힘의 원천으로서 디오니소스적인 것은 아폴론적인 것의 일시성과 가상성을 비웃으며 그것을 드러내고 파괴한다.[38] 니체의 영원회귀는 반동적인 것의 영원회귀까지 긍정함으로써 더 많은 생성과 진리를 포함하는 영혼의 크기를 요청하게 된다. 백 개의 영혼을 가로질러 온 차라투스트라처럼, 니체는 수많은 영혼들을 거쳐 관점을 확장함으로써 편협성을 극복하고 모든 사태들의 이면을 돌아볼 줄 아는 '자기'(das Selbest)를 요청한다. 이런 점에서 니체의 관점주의는 선과 악의 이원론을 넘어서 삶의 고통스러운 이면까지도 긍정하려는 디오니소스주의와 연관된다. 차라투스트라는 존재하는 모든 것에 '예스'를 말하며, 그래서 그것 이하의 다른 모든 편협한 관점들에 대해 '노'를 말한다.[39] 그의 긍정과 부정은 서로 다른 층위에서 작동한다.

신화학자 엘리아데 역시 세속적 시간의 총체로서의 '역사'를 불완전한 허무주의의 원인으로 지목하며, '영원회귀' 개념을 설명한 바 있다. 엘리아데가 설명하는 영원회귀는 원형적인 행위가 계시되었던 신화적인 순간을 재현함으로써 세계를 그 최초의 동일한 여명의 순간 속에 끊임없이 머물게 해주는 의례적인 의미를 지닌다. 그는 고대인들이 시간의 주기적인 폐기와 집단적인 재생을 통해 해마다 무구한 잠재성과 더불어 새롭고도 '순수한' 시간을 회복한다는 점에서 우주적인 차원의 '창조자'였다고 본다. 고대인들은 인간 존재의 운명이 결정적이고 돌이킬 수 없는 것이라는 생각을 받아들이지 않았으며, 오히려 인간의 조건을

스적인 것의 의미」, 『철학논총』38, 2004; 김주휘, 「니체의 완전주의적 요청에 대한 이해」, 『범한철학』, 2013.

38 김주휘, 「니체의 '자연' 사유에 대한 소고」, 99쪽.

39 프리드리히 니체, 『차라투스트라는 이렇게 말했다』, 142쪽.

초월하거나 무효화시키려고 하였다.[40] 원형적인 것을 되풀이하는 축제적 행위를 통해 성스러운 것과 실재적인 것의 근원으로 인간 실존을 무(無)와 죽음으로부터 구원할 수 있다.[41]

이를 참고하여 이 책에서는 니체의 완전한 허무주의 개념을 크게 세 개의 층위로 나눠 적용할 것이다. 우선 완전한 허무주의는 역사의식 혹은 시간의식의 측면에서 근대의 단선적이고 목적론적인 시간관과 대비된다. 엘리아데의 구분에 따른다면, 유물론의 사관은 세속화된 시간만을 실재라고 인정하면서 시공간을 균질적이고 중성적으로 파악한다. 헤겔과 마르크스의 시간관은 그리스도교의 목적론적 사관과 그 종말론을 세속화한 것으로, '착취=원죄'로 본다.[42] 이로써 세계의 신성성을 부인하고 모든 종교적 전제를 배제하게 된다. 이러한 시간관은 인간의 자유의지를 긍정하며 인간을 역사의 주체로 상정하는데, 역사적 주체로서의 인간이 역사의 폭압 앞에 무방비 상태가 되면 될수록, 개인은 끊임없이 역사에 대한 공포 속에서 살아갈 수밖에 없다.

니체 역시 끊임없이 생성되고 창조되어야 하는 생을 일반화 · 체계화

40 이런 점에서 엘리아데의 '창조자' 상(像)을 니체의 '초인' 개념과 관련지어 볼 수 있다. 엘리아데는 이어지는 부분에서 다음과 같이 부연한다. "문제는 그야말로 새로운 인간의 창조이고, 초인간적인 차원의 새로운 인간 창조, 역사적 인간으로서는 그런 존재를 창조할 수 있으리라고 상상조차 해본 적이 없는, 인신(人神)의 창조이기 때문이다." 미르치아 엘리아데, 『영원회귀의 신화』, 심재중 역, 이학사, 2009, 159쪽.
41 미르치아 엘리아데, 『성과 속』, 이은봉 역, 한길사, 1998, 95~96쪽.
42 루돌프 불트만, 『역사와 종말론』, 서남동 역, 대한기독교서회, 1998, 84쪽. "그리스도교의 목적론적 사관과 그 종말론은 유물론의 사관에서 완전히 세속화했다. 유물사관이 압박 계급과 압박당하는 계급 간의, 착취 계급과 피착취 계급 간의 경제적 대립이 역사적 운동을 일으킨다고 하는 것은 역사를 선과 악의 싸움으로 보는 그리스도교적 역사관이 세속화된 것이라고 말할 수도 있다. 착취가 곧 원죄라는 것이다."

를 통해 개념적이고 사변적으로 인식하게 만드는 역사주의적 태도를 비판한 바 있다. 그는 '역사'가 하나의 이데올로기에 불과함을 주장하며 역사적인 것에서 비역사적인 것으로의 인식론적인 전회를 가능케 하는 허무주의의 역할에 주목하였다. 근대에 들어 심화되고 있는 역사의 과잉으로 인해 삶이 위험하게 되었다면서, 그 양상으로 내면과 외면의 대립과 인격의 약화, 자신의 시대가 어느 때보다 정의롭다는 망상, 생의 본능의 약화 등의 해악을 들기도 한다.[43] 니체는 역사의 과잉에 사로잡혀 '중력의 악령'(Geist der Schwere)의 지배에서 벗어나지 못하고 타란툴라적 역사의 감옥에 갇혀 있는 상태에서 벗어나기 위해 낡은 서판을 깨부수고 새로운 서판에 낡은 가치를 대신할 새로운 가치를 새겨 넣어야 한다고 주장하였다.[44]

이런 점에서 완전한 허무주의에 나타나는 목적론적이고 단선적 시간관에 대한 부정의식을 김춘수가 개념화한 '역사허무주의'[45]와 관련지어 볼 수 있다. 역사허무주의는 '역사의 이름'으로 가해지는 폭력과 압력이라는 것이 어떠한 경우에도 정당성을 지니지 못하며 '역사'라는 것 자체가 이데올로기에 불과하다는 급진적 인식을 가리킨다. 역사허무주의

---

43 위의 책, 325쪽.

44 니체는 『차라투스트라는 이렇게 말했다』 2부 「타란툴라에 대하여」에서 평등의 설교로 사람들의 영혼에 독을 타는 자들의 내면과 그들의 위험성에 대해 지적한다. 니체는 우연, 차이, 순간의 가치를 악으로 보며 가치의 불변성을 신봉하며 '역사'의 무거운 짐을 부과하는 타란툴라적 존재로 '보편학의 이념'을 주장한 소크라테스, '신 앞의 평등'을 말하는 그리스도교 그리고 '평등의 이념'을 강요하는 근대의 옹호자들을 비판하였다(정낙림, 「왜 타란툴라는 춤을 출 수 없는가?」, 『철학논총』, 2013, 326쪽). 신범순은 이러한 흐름을 '타란툴라적 역사'라고 명명하며 타란툴라적 역사 전체의 감옥을 넘어가려는 문학가들의 기획에 주목해야 한다고 주장한다. 신범순, 「1930년대 시에서 니체주의적 사상 탐색의 한 장면 (1)-구인회의 '별무리 사상'을 중심으로」, 『인문논총』, 2015.

45 김춘수, 「장편 연작시 「처용단장」 시말서」, 『처용단장』, 미학사, 1991.

는 세계를 보편적 가치를 통해 파악해야 한다는 역사주의의 이념과 대결한다는 점에서 완전한 허무주의에 내재한 부정정신과 상통한다. 시인들이 인간의 본능적 충동을 약화시키는 역사를 부정하며 우연, 차이, 순간을 긍정하고 허무를 포용하는 독특한 시간관·역사관을 전개하고 있음을 분석하는 것은 이 책의 목표 가운데 가장 큰 비중을 차지한다.

두 번째로 허무주의를 미학적 의미를 고찰하기 위해 데카당스 미학과의 관련성을 살펴보고자 한다. 니체가 자신을 '데카당'이면서도 '데카당의 반대'라고 말했던 것은 데카당스 미학이 지니는 이중성과 관련된다. 총체로서의 건강을 확보하고 있으면서도 특수한 면에서는 데카당으로서의 고독과 비참과 낙담의 철학을 유지함으로써 오히려 삶을 새롭게 발견할 수 있다. 니체가 그리스 비극에 주목하였던 이유 역시 거기에 나타난 염세주의가 오히려 생명의 충일함에서 비롯되는 것이라고 파악했기 때문이다.[46] 니체는 후기 그리스 문화에 나타나는 '명랑성'을 오히려 "쇠약해져가는 힘, 다가오는 노쇠, 생리적인 피로의 징후"로 해석하면서 이것과는 정반대의 것으로 '염세주의'를 발견하였다.

니체에 따르면 그리스인들은 삶을 고뇌에 찬 것으로 인정한다는 점에서 염세주의자이지만, 이들 염세주의자는 그러한 삶으로부터 도피하여 '보다 명랑하고' '학문적'이 되는 방향을 택하지 않고, 삶 자체를 긍정하면서 '웃는' 것을 배웠다는 점에서 강함에서 비롯되는 염세주의라고

---

46 상징파 시에 나타난 염세주의와 퇴폐적 경향은 이런 점에서 분석할 수 있다. 19세기 후반 프랑스에서 비관주의 반순응주의적 태도로 현실을 조롱하며 자유분방하고 무절제한 생활을 하여 '데카당'이라고 통칭되었던 이들은 예술을 물질주의로부터 해방시키고 전통의 도덕적 굴레에서 벗어나려고 하였다. 이후 '데카당스'의 의미는 확대되어 '세기말'과 유사한 뜻으로 쓰이게 된다. 상징주의는 이와 같은 퇴폐주의의 흐름 속에서 배태된 것으로, 데카당스와 상징주의는 확실히 분리되지 않는다. 김정란, 『프랑스 상징주의』, 연세대학교 출판부, 2005, 20~22쪽.

할 수 있다. 이에 비해 쇼펜하우어는 삶을 혐오하면서 그것으로부터 도피하려 했다는 점에서 약함의 염세주의를 보여주는 인물로 평가된다. 니체가 불교의 '열반'을 비판하는 것도 같은 이유에서이다.[47] 하지만 그렇다고 니체가 데카당스를 전적으로 긍정한 것은 아니다. 그는 데카당스 미학에서 나타나는 염세주의가 세속적인 세계의 불완전성을 인식하고 이를 초극할 수 있는 새로운 우주적 질서의 창조로 나아가는 원동력이 될 것이라는 점에서 조건적으로 긍정하였을 뿐이다.

마지막으로 완전한 허무주의가 존재미학(l'esthétique de l'existence)[48] 적 측면에서 삶과 죽음에 대한 인식에 어떠한 방식으로 작용하는지에 대해 살펴보겠다. 여기서 주목할 것은 인간에게 내재한 종교 지향성이다. 외견상으로 종교성('성/속'의 의미론적 구분)이 소멸한 듯이 보이는 근대인의 행위 패턴을 살펴보면, 그가 아직도 성스러운 것과 세속적인 것을 질적으로 구분하면서 성스러운 것을 추구하고 있음을 알 수 있다. 이는 엘리아데가 『성과 속』에서 '은폐종교성(crypto-religiosité)'이라는 개념을 통해 설명한 것이기도 하다.[49] 엘리아데는 세속적 인간

---

47 프리드리히 니체, 『비극의 탄생』, 박찬국 역, 아카넷, 2007, 24쪽, 각주 19번.

48 이 개념은 푸코가 예속화의 계기로부터 주체를 해방시키는 전략을 가리키기 위해 사용한 '자기(self)의 테크놀로지', '존재의 기술'에 대한 별칭이다. 푸코는 "신체, 영혼, 사고, 행위, 존재 방법을 일련의 작전을 통해 효과적으로 조정"하는 기술로서의 주체화 전략을 연구하면서 이를 모더니티의 개념과 관련지은 바 있다. 미셸 푸코, 『자기의 테크놀로지』, 이희원 역, 동문선, 1997, 36쪽.

49 "이러한 세속적 공간의 체험 속에서 공간에 대한 종교적인 체험을 특징짓는 비동질성을 환기시키는 가치들이 개입함을 알 수 있다. 아직도 차별화된 공간은 존재한다. 태어난 고향의 풍경, 첫사랑의 장소들, 청년기에 방문했던 외국의 첫 번째 거리나 골목 등. 이러한 장소들은 가장 노골적인 비종교적인 인간에게도 '유일한', 예외적인 질적 가치를 갖게 한다. 즉 그곳은 그 사람의 개인적 우주의 '성지'(聖地)이다. 마치 그와 같은 장소에서는 비종교적인 인간이라 할지라도 일상생활의 현실과는 다른 현실이 계시되는 것과 같다." 미르치아 엘리아

역시 종교적 인간의 후예로서, 그의 실존의 큰 부분이 그의 존재 깊은 곳, '무의식'이라 불리는 영역에서 발하는 충동으로 키워진다고 생각하면 이는 종교적 인간의 흔적이 남아 있는 것은 당연한 결과라고 설명한다.[50]

신화의 존재 양식은 자기 자신을 생산해야 한다는 과업을 지닌 인간에게 일정한 지향점을 제공한다. 푸코는 고대 그리스에서 자기 인식의 규율('너 자신을 알라')과 대립되는 자기 배려의 규율('너 자신을 배려하라')을 제시하는데,[51] 이와 달리 니체는 '자연으로의 상승'이라는 명제를 내놓았다. '자연으로의 상승'은 자기 초극의 명제가 '자연'의 요구이며, 인간이 지평의 돌파를 통해 끊임없이 스스로를 발명해내는 도정에 있음을 말해준다. 이때 예술작품에 숨겨져 있는 신화적 원형으로서의 '상징'은 주체가 세계를 향해 '열려' 있도록 할 뿐 아니라 우주적인 것에 접근하도록 도와준다. 인간은 상징을 통해 특수한 상황에서 벗어나 보편적인 것에 '자신을 여는' 것을 경험하게 된다. 이를 통해 속된 공간의 무형태적인 유동성에 고정점을 투사하고 우주적 지평 사이의 교류가 가능해지며,[52] 삶을 하나의 '작품'으로 만들어냄으로써 하나의 존재양식에서 더 차원 높은 존재양식으로 이행하게 된다.

이 책에서 주목한 '꽃' 기호는 더 높은 차원으로 이행하려는 존재 상승에의 의지와 관련된다. 시인들은 타란툴라적 역사 속에서 기계적 패턴을 반복할 뿐 새로운 것을 창조하지 못하고 피로에 젖어 있는 삶에 생명의 힘을 불어넣기 위한 시적 모색을 '꽃'을 피워내는 과정에 비유한다. 신범순에 따르면 이 질문은 '산유화/산유해'와 같은 '노래'들이 '너

데, 『성과 속』, 57쪽.

50   위의 책, 187쪽.

51   미셸 푸코, 『성의 역사』 2, 25쪽.

52   미르치아 엘리아데, 『성과 속』, 188~189쪽.

는 새로운 꽃을 피울 수 있는가'라는 방식으로 제기해온 질문이기도 하다.[53] 다시 말해 '꽃'은 스타일과 통일성의 요구를 만족시키는 미학적 차원에서의 새로움을 충족시킬 뿐 아니라 인간의 삶을 한 차원 높은 것으로 상승시키는 존재론적 의미를 동시에 지닌다. 니체에게 이것은 '제 힘으로 돌아가는 바퀴'라는 비유로 표현된다.[54] 무언가를 창조하는 자는 '스스로에서부터 돌아가는 바퀴' 놀이를 하는 아이의 정신을 구현함으로써, 지금까지 인간의 역사를 무겁게 짓누르던 중력의 악령이 명령한 가치들을 떠나보내며 완전한 허무주의에 이른다. 이 책은 이러한 대략적인 구도 아래에서 1920년대에서 1980년대 말에 이르는 시기 동안 한국 현대시에 나타난 허무주의의 계보를 그려보려는 시도이다. 이 책의 대략적인 내용은 다음과 같다.

2장 폐허 의식의 변모와 허무주의의 계보에서는 1920년대부터 1950년대 시에 나타난 허무주의의 계보를 검토한다. 1920년대에는 『개벽(開闢)』과 『폐허(廢墟)』를 중심으로 니체적 허무주의의 두 흐름이 형성되었다. 『개벽』파 논자들이 니체적 허무주의를 인간 해방의 실천적 측면에서 수용하였다면, 『폐허』에는 묵시록적 상상력으로 기존의 역사문명을 종결짓고 새로운 세계를 건설해야 하는 미학적 기획이 두드러진다. 1920년대 시인들 가운데에는 오상순(吳相淳), 김억(金億), 김소월(金素月)의 시와 시론에 주목하여 기존 연구에서 부정적으로 평가되어온 1920

---

53 신범순, 『노래의 상상계』, 서울대학교 출판문화원, 2011, 545~610쪽.

54 니체는 『차라투스트라는 이렇게 말했다』의 「창조하는 자의 길에 대하여」라는 장에서 다음과 같은 질문을 던진다. "너는 새로운 힘이자 새로운 권리인가? 최초의 운동인가? 제 힘으로 돌아가는 바퀴인가? 너 별들을 강요하여 네 주위를 돌도록 만들 수 있는가?" 프리드리히 니체, 『차라투스트라는 이렇게 말했다』, 103쪽.

년대 데카당스적 주체의 슬픔을 재해석한다. 폐허적 현실에 대한 비극적 인식을 통해 이를 초극하려는 움직임은 1930년대 구인회(九人會) 동인에게로 이어진다. 김기림(金起林)과 이상(李箱)의 작품에 공통적으로 나타난 태양 기호가 니체의 정오의 사상과 관련해 황무지적 현실을 넘어설 수 있는 생명력에 대한 희구를 비유적으로 드러낸 것임을 살펴본다. 오장환(吳長煥), 서정주(徐廷柱), 유치환(柳致環) 등 '생명파' 시인들은 '카인' 모티프를 통해 전대의 문제의식을 전개하였다. 이들 시에 두드러진 육체성에 대한 탐구, 역사에 대한 비애의식, 영원회귀에 대한 지향 등을 통해 이들이 니체적 허무주의의 계보 아래 있음을 파악할 수 있을 것이다. 이는 전후(戰後), 고석규(高錫珪), 박인환(朴寅煥), 전봉건(全鳳健)에게로 이어진다. 이들의 시에 나타난 '꽃' 기호를 통해 이들이 폐허의 현실을 초극할 수 있는 생명력을 간절히 추구했음을 조명한다.

3장 역사와의 대결의식과 디오니소스적 긍정에서는 김수영(金洙暎)이 예술을 통해 낡은 가치와의 싸움을 강조한『개벽』파의 흐름을 잇고 있다고 보고 그의 시 세계의 변모 양상을 살펴본다. 김수영의 초기시에 두드러지는 '설움'은 니체가 말한 '비극의 정신'과 관련되는 것임을 밝히고, 그가 생성을 위해서는 파괴가 필요하다는 사실을 긍정함으로써 '긍정의 연습'이라는 기획을 완수하고자 했음을 조명한다. 이러한 관점을 통해 김수영의 '온몸의 시학'을 새롭게 조망한다. 모더니티에 대한 김수영의 관점이 집약되어 있는 온몸의 시학은 대극적인 것의 긴장을 통해 더 높은 '자기'를 창조하기 위한 존재의 상승운동과 관련됨을 논증한다. 김수영의 유고작인「풀」은 자기 안에 내재되어 있는 사랑이 도래할 때까지 우주적 우연과 대결하는 자세를 보여준다는 점에서, 온몸의 시학을 구현한 텍스트로서 주목된다.

4장 역사허무주의와 '처용 – 천사'의 존재론에서는 김춘수(金春洙)의 역사허무주의에 주목하여 김춘수가 역사를 전면적으로 거부하며 초월적 세계에 대한 지향을 드러내는『폐허』의 계보를 이어받고 있음을 다룬다. 김춘수의 초기시에 나타나는 '비애' 의식은, 김수영의 시에 나타난 '설움'이 그러하듯, 인간의 운명에 대한 비극적 인식에서 기인한다. 비극적 상황에서 벗어나기 위해 그는 폭력적인 역사를 철저히 부정하는 한편, 사물을 대상성으로부터 구해내어 병든 세계를 치유할 수 있는 초월적 시선을 확보하고자 한다. 이를 위해 김춘수가 릴케의 시학을 탐구해나갔으며 '꽃' 연작과 '처용' 연작 등을 통해 심연에 잠겨 존재의 의미를 구하는 시인의 사명에 천착해나갔음을 살펴본다. 이와 함께 김춘수 특유의 언어의식에서 기인한 '역사허무주의'라는 역사관을 조명하며, 김춘수가 삶의 근원적 위태로움을 아름다움으로 변용시키는 존재론적 미학을 보여주고 있음을 논증한다.

5장 자기구원을 위한 비가 혹은 송가에서는 강은교(姜恩喬), 이성복(李晟馥), 기형도(奇亨度)의 시를 읽으며 1970년대에서 1980년대로 이어지는 허무주의의 계보를 검토한다. 이들의 시에 나타나는 보이지 않는 세계에 대한 탄식은 비가의 형태로 발화되지만 더 높은 차원으로 이행하려는 의지를 통해 자기구원을 위한, 삶에 대한 사랑을 노래하는 송가로 변화한다. 우선 '허무'의 시인으로 주목받아온 강은교의 시에서 소멸이나 몰락을 창조적 생성의 계기로 파악하는 태도가 나타남을 살펴본다. 이를 통해 허무가 보이는 세계와 보이지 않는 세계를 연결함으로써 사물에 생명을 불어넣어준다는 강은교 시의 독특한 상상력을 읽어본다. 이성복의 경우 습작기와 초기작을 중심으로 그의 시에 나타나는 치욕 혹은 설움의 정서를 살펴본다. 이성복이 '신 없는 세계에서 어떻게 살아야 하는가' 혹은 '사람은 시 없이 살 수 있는가'라는 물음으로부터 비롯하는 치욕을 사랑의 설움으로 치환하여 탐구해나갔음을 조명하겠다. 마지막으로 기형도가 역사적 전망이 부재한 시대를 '안개'라는 은유적 매개물을 통해 그려내면서 당대의 민중과 개인이라는 이분법을 비켜나고 있음을 살펴본다. 기형도는 타자에 대한 혐오를 넘어 공감의 가능성을 발견하는데, 그 매개가 되는 것이 바로 타자성과 조우하는 과정에서 맞닥뜨린 슬픔이었음을 분석할 것이다.

폐허 의식의 변모와 허무주의의 계보

1. 데카당스의 기원과 '감각'의 발견

1) 『개벽』과 『폐허』의 허무주의

한국 시사(詩史)에서 허무주의와 관련된 흐름의 기원은 '병적 낭만주의 시대'라고 불리는 1920년대의 폐허 의식에서부터 발견된다. 1920년대 동인지 문단에 대한 문학사적 평가는 '허무주의적·퇴폐적·낭만적 경향'이라는 담론으로 집약되어왔다. 이러한 시각은 다음과 같은 백철의 언급을 통해 단적으로 드러난다.

> 1920년 하반기 《폐허》지(誌)의 창간을 전후한 시기와 1923년경 《백조》시대 이후까지도 포함하여 한국문단에는 퇴폐적인 분위기가 짙은 안개와 같이 흐르고 있었다. 그리고 이 퇴폐적인 경향은 문단에 한한 것이 아니고, 이 시대의 비관과 회의와 무기력은 막연한 정도를 넘어서 의식화(意識化)한 정신의 자태였다. 나태는 그들의 생활습성이요, 자포자기는 그들의 정신적 타성(惰性)으로 되었다.

그들은 우울을 껌과 같이 씹고 다니는 세기병(世紀病)의 중독자였던 것이다.[1]

여기서 백철은 1920년대 문단에 '세기말적인' 퇴폐사조가 유행한 원인으로 3·1운동의 실패와 프랑스 상징주의 문학 및 러시아 문학의 유입을 든다. 이러한 관점은 이후의 문학사에서도 반복되어왔는데, 당시 예술이 현실로부터의 도피처 역할을 했다는 것이 특히 비판의 근거가 되었다. 민족문학사를 정립해야 한다는 당위 아래 기술된 저서들에서 이에 부합하지 않는 움직임에 대해 곱지 않은 시선을 보냈던 것은 당연하다. 하지만 1920년대 문학에 나타난 허무주의를 역사적 상황에 의한 것으로만 볼 수 있을지 의문을 가져봄직하다. 실제로 2000년대 들어 1920년대의 허무주의를 재평가하려는 움직임이 일어나면서 기존에 퇴폐적이고 현실도피적인 맥락에서 허무주의를 부정적으로 이해해왔던 기존의 연구사에 대한 반성이 시도되었다.

조영복은 1920년대 문학의 '퇴폐' 혹은 '데카당스'를 "삶 자체가 문학이며 삶 자체가 수사학이 되는 세계"에 대한 지향이라는 점을 지적하였다.[2] 현실성의 구속과 제약을 받지 않고 열정을 끝없이 바치려는 이들의 자유분방함이 문학에 대한 헌신적인 욕망으로 드러났다는 것이다. 조은주 역시 잡지 『폐허』에 대한 분석을 통해 허무주의에 대한 문학청년들의 매혹을 '폐허의 수사학'이라고 표현하였다.[3] 조은주는 '폐허'에서의 소멸과 생성, 파괴와 건설이라는 양가적인 힘의 배치가 역동적이고 창조적인 사유를 담고 있었다는 점에 주목한다. 이를 통해 병적 낭

1 백 철, 『조선신문학사조사─현대편』, 한일문화사, 1948, 147쪽.
2 조영복, 『1920년대 초기시의 이념과 미학』, 소명출판, 2004, 19쪽.
3 조은주, 「1920년대 문학에 나타난 허무주의와 '폐허'의 수사학」, 『한국현대문학연구』, 2008.

만주의, 감상주의, 퇴폐주의 등으로 이해되어왔던 1920년대의 허무주의를 반역주의, 탈역사주의적 관점을 담지한 적극적이고 능동적인 사상으로 읽을 수 있는 가능성이 모색되었다.

1920년대 허무주의의 역동성을 고찰하려는 최근의 문제의식은 당시 수용된 니체 사상의 영향을 전방위적으로 검토함으로써 논증될 수 있다. 1920년대 니체의 사상이 수용된 양상을 살펴보면 비극의 정신을 통해 허무주의를 완성하고자 하는 니체의 문제의식이 폭넓은 공감을 얻었음을 확인할 수 있다.[4] 이러한 측면은 일본과 중국의 니체 수용과 구분되는 지점으로, 한국 현대시에 나타난 허무주의 계보의 기원을 추적하는 데 있어서도 중요한 지점이다. 니체의 사상을 인간해방과 연결 짓는 한국의 사례는 니체의 개인주의적 측면을 강조하며 자아의 해방과 주관주의적 본능의 만족을 강조한 일본과 정치적 혁명가로서 니체의

---

4 한국에서 니체의 저작이 본격적으로 번역된 것은 1950년대 후반부터이지만, 니체의 사상에 대한 언급은 이미 1920년대부터 나타난다. 1950년대 니체의 저작은 수필집이나 수상록이라는 장르명이 붙어 '통속 니체주의' 형태로 번역된 경우도 적지 않았다. 이는 니체 번역과 관련해 특기할 만한 부분이다. 전공자에 의한 번역은 1959년 박준택의 『이 사람을 보라』와 『짜라투스트라는 이렇게 말하였다』를 시작으로, 『비극의 탄생』(이장범, 1962), 『인간적인 너무나 인간적인』(박영식, 1963)이 있다. 다섯 권짜리 『니이체전집』(강두식 외, 휘문출판사)이 출간된 것이 1969년, 10권으로 된 두 번째 니체 전집이 청하출판사에 의해 나온 것이 1982년의 일이다(정동호, 「니체 저작의 한글 번역-역사와 실태」, 『철학연구』, 1997). 니체의 저작이 수필이나 수상록의 형태로 번역된 것은 니체가 '시인'으로 소개되었던 초기 수용 양상과 관련된 것으로 보인다. 김진섭과 서항석에 의해 '차라투스트라의 노래'가 번역되었고(김진섭, 「프리-드릿히 · 늬췌 〈짜라투-쓰트라의 노래〉」, 『해외문학』, 1927; 서항석, 니체의 시 이편(詩二篇)」, 『조선문학』 1-3, 1933.10) 1935년 잡지 『시원』에서는 니체 탄생 90주년을 기념하는 특집에서 니체를 위대한 철학자인 동시에 서정시인으로 간주하며, 앞서 김진섭, 서항석이 번역한 작품을 '고독'이라는 제목으로 재번역하여 게재하기도 하였다(C生, 「세계시단소식-독일」. 『시원』, 1935).

위상을 부각시킨 중국의 경우와 대조된다.[5] 한국에서는 개벽 사상이라는 매개를 거치며 개인과 공동체에 대한 니체 사상의 이중적 측면이 인간 해방의 사상으로 의미화 되었다.

한국의 지식인들은 새로운 문화의 창조자로서 '초인'의 출현을 요청하며 니체의 사상을 인간해방의 주장과 연결시켰다. 그중에서도 야뢰(夜雷) 이돈화(1884~1951)는 우주진화의 창조적 원리를 기반으로 인간을 창조적 주체로 해석하면서 '사람성의 자연주의'('사람성주의')[6]와 '신인간'의 철학을 발전시켰다. 이돈화는 "일개의 민족이 그 민족으로 동일한 생명의 충동에 따라 모든 습성, 제도, 풍화를 통일하면서 전 민족의 소성(素性)을 미화"한다는 의미로 "민족적 초인주의"를 주장하였다.[7] 이돈화의 생명사관이 종합적으로 제시된 「생명의 의식화와 의식의 인본화」에서는 이전 논설에서 거론되었던 '본능·충동'과 '의식' 개념을 '생명' 개념으로 일원화하고 우주와 인간, 개체와 우주(혹은 자연) 사이의 유기적 연결 관계를 '생명의 진화과정'으로 설명했다.[8]

---

5 유럽과 영미 철학에 미친 니체의 영향에 대해서는 다음의 연구를 참조. 백승영, 「현대철학과 니체-유럽 전통철학과 영미 분석철학」, 정동호 외, 『오늘 우리는 왜 니체를 읽는가』, 책세상, 2006.

6 이돈화가 사용한 '사람성'이라는 개념은 포이어바흐의 '사람성'이라는 번역어를 단서로 만들어진 것으로, 허수에 따르면 포이어바흐의 개념이 인간 고유의 차원에 머무르며 '이지·의지·감성'이라는 세 구성요소를 가진 데 비해, 후자는 궁극적으로 현실자연과 연결되며 구성요소를 가지지 않는 차이가 있다고 한다. 허 수, 『이돈화 연구』, 역사비평사, 2011, 135쪽.

7 이돈화, 「공론의 사람으로 초월하여 이상의 사람, 주의의 사람이 되라」, 『개벽』, 1922.5. 그는 이어서 버나드 쇼의 초인설을 인용하며 "오인은 이 기관(뇌수_인용자)에 의하여 오인의 활동을 합리적 되게 하며 생명의 방향을 정당히 행하게 하도록 노력하는 임무를 가졌으며 그리하여 생명은 또 현재인으로부터 다시 초인적 어떤 물(物)을 조성키 위하여 노력 진행하는 중에 있나니 즉 사람으로부터 초인 즉 신에 향하여 나아가는 중이라 하리라"라고 설명한다.

8 이돈화, 「생명의 의식화와 의식의 인본화」, 『개벽』, 1926.5.

이에 비해 일본의 경우, 니체의 사상은 '국가'와 '개인'을 대립적인 것으로 보면서 미적 생활의 창조자로서의 '개인'을 강조한다. 대표적으로 다카야마 초규(高山樗牛)는 니체의 사상에 입각한 「문명 비판사로서의 문학자」, 「미적 생활을 논하다」를 쓰며 주아적(主我的) 감정의 해방을 선언한 바 있다. 그는 도덕과 지식의 상대적 가치에 대비되는 '미적 생활'의 절대적 가치와 우위를 주장하며 이른바 '본능만족주의' 속에서 인생의 목적과 이를 추구하는 방법의 통일, 즉 실천적인 자기 확립의 장을 추구할 것을 주장하였다.[9] 이와 같은 관점은 하이데거 수용에도 영향을 미쳤다. 하이데거가 개인의 고유한 죽음을 강조한 것이 일본에서는 인간 개별자만을 강조하는 것으로 받아들여지면서 그에 대한 반작용으로 '죽음 공동체'로서의 국가에의 귀속을 강조하는 흐름이 나타난 것이다. 와쓰지 데쓰로(和辻哲郎)가 미학적인 죽음 공동체를 정당화하는 과정에서 하이데거의 『존재와 시간』에 대한 비판을 수행한 것은 이러한 맥락에서라고 볼 수 있다.[10]

중국에서는 니체를 전통과 우상을 파괴하는 혁명가로 평가하는 경향이 두드러진다. 니체의 사상은 1900년 량치차오(梁啓超)에 의해 소개된 이래 1919년 5·4문화운동 이후 폭발적으로 논의되었으며, 이로 인

---

9 이에나가 사부로, 『근대 일본 사상사』, 연구공간 '수유 너머' 일본근대사상팀 역, 소명출판, 2006, 119~123쪽.

10 진은영, 「니체와 문학적 공동체」, 『니체연구』, 2011, 19~22쪽. 개별자만을 강조하는 하이데거를 비판하면서 풍토적 지역 공동체로서의 '국가'를 강조한 와쓰지 데쓰로와 달리 니시다 기타로를 비롯해 일본의 교토학파 철학자들은 하이데거의 '민족' 개념을 들어 동일한 결론에 도달하였다. 이들은 하이데거의 '민족' 개념을 '피와 토양'에 기초한 공동체로 해석하면서, 개인주의의 배제와 전통으로의 회귀를 주장하였다(하피터, 「하이데거와 근대성의 문제―역사적 관점에서 본 교토 학파의 하이데거 수용에 대한 비판적 고찰」, 『존재론 연구』, 2014).

해 니체는 노예 도덕과 귀족도덕 타파의 사상을 전파하는 혁명가로 각색되었다. 1930년대에 이르면 혁명의 열기가 잠잠해진 것과 동시에 니체 열풍 역시 소강상태를 보이다가 다시 1940년대에 이르러 장제스(蔣介石)에 의해 "가장 전진적이고 가장 혁명적이며 이상에 넘치는 정치사상가"로 호명되면서 니체의 철학은 강자(強者)의 논리를 정당화해주는 정치사상으로 전환되었다.[11] 중국의 경우 니체의 '초인'을 혁명적 영웅으로 호명하면서 '힘에의 의지'에서의 '힘'을 정치적 · 사회적 '권력(Macht)'으로만 해석함으로써, 자연적 · 존재론적 의미로서의 '힘(Kraft)'의 맥락은 소거되어버렸다.[12]

니체의 '개인'은 자신이 그 안에서 하나의 인간으로 성장했던 사회에 대해 거리를 두고 비판적으로 반성할 수 있는 자이다. 니체는 '개인'이 모든 사회적 문화적 변화의 씨앗이라고 보았고, 그래서 개인은 기존의 공동체의 무르익은 열매이자 새로운 공동체의 씨앗이기도 하다.[13] '개인'은 여러 수준과 크기의 힘에의 의지들이 한시적으로 결합된 상대적으로 독립적인 단위로서의 공동체이다. 그러므로 원자론적인 영혼의 관념은 형이상학적 허구이며 오랜 문법적 습관의 표현으로, 행위자와 행위를 부당하게 분리한 결과이다. 원자론적 영혼의 관념을 넘어서면

---

11 중국에서의 니체 수용과 관련해서는 다음의 글을 참고하였다. 이상옥, 「니체 중국 수용의 이중성―현대 중국 사상의 표상을 중심으로」, 『니체 연구』, 2010.

12 니체의 '힘'이 지니는 두 가지 의미 구분에 대해서는 백승영, 『니체, 디오니소스적 긍정의 철학』, 책세상, 2005, 333~340쪽 참조.

13 김주휘, 「니체의 완전주의적 요청에 대한 이해」, 『범한철학』, 2013, 126~127쪽. 니체는 개인을 민족(das Volk)이라는 나무의 열매 중의 열매이자 목적으로, 그리고 새로운 공동체의 씨앗으로 제시한다(프리드리히 니체, 『즐거운 학문 · 메시나에서의 전원시 · 유고(1881년 봄~1882년 여름)』, 안성찬 · 홍사현 역, 책세상, 2005, 99쪽). 또 『도덕의 계보』에서는 '주권적 개인'을 나무에서 가장 잘 익은 열매에 비유하기도 하였다. 프리드리히 니체, 『선악의 저편 · 도덕의 계보』, 397쪽.

하나의 개인 혹은 영혼이 그것을 구성하는 의지들의 힘의 변화에 따라 중심점을 이동한다는 것을 받아들일 수 있게 된다.[14]

이는 주체와 관련해 이중적인 관심을 보여준 이돈화의 사상과 유사하다. 이돈화는 니체와 마찬가지로 한편으로 원자적이고 실체적인 주체 이해를 비판하면서 본질적 주체를 해체하지만, 다른 한편으로는 주체의 형성이라는 과제를 제기한다.[15] 이러한 관점에서 이돈화의 사상을 이어받은 것은 김형준(김오성)이었다. 1930년대 김형준은 니체 사상에 기반해 네오휴머니즘론을 전개한다.[16] 초인의 도덕을 '싸움'의 철학과 연결시키며 영웅주의자의 면모를 비판하는 태도를 보이다가, 1930년대 중반으로 가면 니체의 사상을 시대적 위기와 연결시키게 된다. 「니체와 현대문화」[17]에서 김형준은 니체의 사상을 제1기 예술적 낭만주의, 제2기 자연과학의 영향 아래 있는 실증주의 시기, 제3기 초인사상의 시기 등으로 구분하여 체계적으로 소개한다.

한편『개벽』지에 나타난 니체주의와는 다른 흐름으로 1920년대 잡지 『폐허』의 활동 역시 주목된다.[18] 직접적으로 니체의 사상을 소개한『개

---

14 김주휘, 「니체의 사유에서 영혼의 위계와 힘의 척도들」, 159~160쪽.

15 위의 글, 167쪽.

16 김형준은 1932년 『농민』(3권 1호)지에 「니체철학에서 본 초인관」을 게재하고 이어서 같은 잡지 3, 4호에 「니체의 역사관」을 발표한다. 『농민』은 김기전, 이돈화, 박사직 등 천도교청년당 세력과 이성환, 최두선 등이 규합해 만든 조선농민사의 기관지로, 이를 통해서도 김형준과 이돈화 사상의 영향 관계를 짐작할 수 있다. 김정현, 「1930년대 니체사상의 한국적 수용 - 김형준의 니체해석을 중심으로」, 『니체연구』, 2008, 250쪽.

17 김형준, 「니체와 현대문화 - 그의 탄생일을 기념하야」, 『조선일보』, 1936.10. 19~25.

18 남궁벽은 이 제목을 독일 시인 실러의 "녯것은 滅하고, 時代는 變하엿다, 내 生命은 廢墟로부터 온다"는 시구에서 취한 것이라고 밝힌 바 있다. 여기서 알 수 있듯이 폐허 의식은 무언가를 새로이 건설하기 위해 현실을 '폐허' 혹은 '황무

벽』지의 활동에 비해 기존 연구에서 이들이 니체의 사상을 수용했다는 사실은 크게 주목을 받지 못했으나, 이들이 니체를 이해한 깊이는 『개벽』의 논자들에 뒤지지 않는다. 이들은 폐허를 새로운 생명과 예술이 시작되는 터전으로 보면서 새로운 계몽의 의지를 드러내고 있다. 『폐허』의 창간호에 실린 오상순의 「시대고와 그 희생」은 『폐허』에서 담고 있는 허무주의 사상의 양가성을 단적으로 보여주는 글로, 그는 이 글에서 시대고를 감내하고 자기희생을 거쳐 장엄한 부활을 맞이하며 "다시 봄이 오고 어린 生命樹에는 꽃"이 피는 폐허의 모습을 예감한다.[19]

정리하면 1920년대 허무주의의 계보는 니체 사상의 수용과 관련해 크게 두 흐름으로 구분된다. 『개벽』지를 중심으로 활동한 논자들이 보여주는 것처럼 역사문명의 불모성에 대한 비판을 바탕으로 이상적 공동체 건설을 모색한 경우와 『폐허』 동인들이 그러했듯이 문명의 병적인 양상을 퇴폐적으로 재현하면서 시대와 충돌하는 자아의 고독한 내면에 주목한 경우가 그것이다. 전자가 구체적인 '생활'을 변화시키려는 '운동'(movement)의 차원으로 발전하였다면, 후자는 역사문명과 분리된 미학적 주체를 세워나가는 방향으로 발전해갔다. 하지만 역사문명을 '폐허'로 인식하며 이를 극복하고 근원적인 생명을 회복할 수 있는 새로운 문명을 추구했다는 점에서는 공통점을 지닌다. 이들의 폐허 의식은 니체가 그러했듯이 공통적으로 세계의 불모성을 극복하는 데 초점이 맞춰져 있다.

1920년대는 이 중 하나의 흐름이 우세했다가 뒤섞이기도 하고 또 다른 흐름으로 전환되기도 하는 역동적인 정신사적 풍경을 보여준다. 절대적 자아의 고독한 내면을 주장하던 이가 이상적 공동체 건설을 위한

지'로 선언하는 수행적 발화의 성격을 띠고 있었다.

19 오상순, 「시대고와 그 희생」, 『폐허』, 1920.7.

정치운동에 투신하기도 하고, 그 반대로 이상적 공동체를 지향하면서 그러한 이상향과 너무나도 동떨어져 있는 현실을 비관하며 고독에 침잠하는 자아의 모습을 드러나기도 한다. 김소월, 오상순, 황석우 등은 그러한 뒤섞임의 다채로운 풍경을 심도 깊게 펼쳐 보여준다. 이 책에서는 니체의 수용을 계기로 이러한 정신사적 풍경이 구성되었을 것이라고 가정하여 논의를 진행하며, 직접적으로 니체의 영향을 받지 않았더라도 문제의식을 공유하는 경우, 대표적으로 김소월과 같은 시인을 계보에서 배제하지 않았다.

이돈화, 김형준이 강조한 니체의 행동주의적인 측면, 즉 인간을 역사적 사회적 제약에도 불구하고 이를 극복하고 자신의 삶을 능동적으로 창조해나가는 실천적 존재로 파악하는 태도는 이육사[20]와 유치환,[21] 박두진[22]에게로 이어졌으며, 이는 해방 후에는 김수영, 신동엽, 김지하 등에게로 계승된 것으로 보인다. 이들은 니체의 근대 비판 의식에 공명하며 역사와 문명에 대한 대결 의식을 바탕으로 인간의 해방을 추구했다. 이와 달리 『폐허』에서 기원을 갖는 흐름은 구인회의 동인들과 서정주,[23] 오장환,[24] 김동리[25] 등을 거쳐 해방 후에는 김춘수에게로 이어졌

---

20 근시영, 「육사 시의 니체철학 영향 연구」, 『동악어문논집』, 1995, 259~285쪽; 박노균, 「니체와 한국문학 (2)-이육사를 중심으로」, 『개신어문연구』, 2010; 김정현, 「1940년대 한국에서의 니체수용」, 『니체연구』, 2014, 311~313쪽.

21 오세영, 『현대시인연구』, 도서출판 월인, 2003, 312쪽; 박노균, 「니체와 한국문학 (3)-유치환을 중심으로」, 『개신어문연구』, 2012.

22 조연현, 「성진(星辰)에의 신앙-〈해〉를 통해 본 박두진」, 『문학과 사상』, 세계문학사, 1949, 130쪽.

23 박노균, 「니이체와 한국 문학」, 『니이체연구』, 1997; 허윤회, 「서정주 초기시의 극적 성격-니체와의 관련을 중심으로」, 『상허학보』, 2007; 김익균, 「서정주의 체험시와 '하우스만-릴케 · 니체-릴케'의 재구성」, 『한국문학연구』, 2014.

24 민미숙, 「오장환의 시세계에 나타난 니체 사상의 영향」, 『비교어문연구』, 2008.

25 조연현, 「허무에의 의지-'황토기'를 통해 본 김동리」, 앞의 책. 조연현은 "니힐

다. 다만 이러한 두 계보는 서로 대립되는 것이 아니라 니체주의를 이루는 두 개의 축으로서 개별 시인들에게서도 교차되어 나타난다.[26]

2) 적극적 허무로서의 시대고/세계고 : 오상순과 김억의 폐허 의식

니체의 수용과 관련하여 1920년대 시사(詩史)에서 주목할 만한 시인으로 오상순을 들 수 있다. 오상순을 비롯하여 니체에게서 허무주의자의 파괴정신을 발견한 이들은 니체에게서 톨스토이의 인도주의와 반대되는 개인주의적인 것을 발견했다.[27] 이러한 대비는 1930년대까지 이어져, 서정주는 18세(1932년) 무렵『차라투스트라는 이렇게 말했다』의 일본어 번역본을 읽었고, 19세 때 톨스토이와 니체 사이에서 갈등했다고 고백하기도 한다.[28] 박영희가 투르게네프의『아버지와 아들』의 주인공 '빠사로푸'를 소개하며 "모든 것을 비평적 관찰로 보는 사람이며 엇더한 권력에고 굴복하지 않이하고 엇더한 이론에고 신념을 가지지 안

리스트에게 절망이 없는 것은 그가 이미 추구하는 것을 버렸기 때문이다. 가치와 진리가 없을 때 추구할 필요와 대상이 있을 수 없기 때문이다. 추구하지 않는 곳에 절망은 오지 않는다. 그러나 시의 허무의 의지 속엔 그림자처럼 절망이 따라다닌다"라며 김동리의 허무를 "비통한 생의 한 행위"라고 해석하고 있다.

26 일례로, 서정주의 후기시를 특징짓는 신라의 '풍류정신'은 김범부의 영향에 의한 것이라고 할 수 있는데, 김범부는 '풍류정신'을 동학을 창시한 수운 최제우의 사상 내에서 재해석한 바 있다. 서정주의 시와 작품에 나타난 김범부의 영향에 대해서는 다음의 연구를 참고할 수 있다. 손진은, 「서정주 시와 산문에 나타난 김범부의 영향」,『국제언어문학』, 2011. 김범부의 최제우론은 다음의 책에 실려 있는 것을 참조하였다. 김범부,『김범부의 생각을 찾아서』, 한울아카데미, 2013.

27 박달성, 「동서문화사상(東西文化史上)에 현(現)하는 고금의 사상을 일별하고」,『개벽』, 1921.3.1.

28 서정주,『서정주문학전집』3, 일지사, 1972, 169쪽.

는 사람"이라고 소개한 것 역시 이와 같은 니체 수용의 맥락과 관련된다.[29] 당시 조선의 청년 지식인들은 니체와 '빠사로푸'의 개인주의적이고 니힐리스트적인 면모와 자신들의 처지를 동일시하였던 것이다.[30]

그런데 다음의 시에서 알 수 있듯, 오상순의 시적 주체는 비애의 감각에 사로잡혀 있다. 그가 기존의 가치 체계를 부정하며 니체가 말한 '사자'와 같은 성스러운 부정을 실천하고자 하였음을 생각하면 기이한 일이다.

> 病床에누어 / 偶然히싀름없이 / 여윈손에 / 떨면서 / 鐵붓을잡어 / 獅子, / 獅子, / 獅子! / 라 써보고 / 눈물지어 –
> ——「힘의 崇拜」전문[31]

> 싸호고도라온벗 / 니一ㅅ체全集을 / 가슴에한아름안어다노코 / 넉기始作하는 / 瞬間의表情보고 / 異常한悲哀를늣기어 –
> ——「힘의 悲哀」전문[32]

29 회 월, 「준비시대에 잇는 빠사로푸의 부정적 정신(투르게네프 작) 《아버지와 아들》에서」, 『개벽』, 1925.12.1.
30 실제로 19세기 러시아 문학에서 그려진 허무주의자의 면모는 기존의 허무주의에 대한 부정적 어감을 완화시키는 데 크게 기여했다. 박영희가 언급하기도 한 투르게네프의 소설 『아버지와 아들』에서 허무주의자로 그려지는 바자로프는 고질적인 급진주의로부터 벗어나지 못하기는 하였으나 정직하고 매력적인 이상주의자로 그려진다. 도스토옙스키의 소설 『백치』에도 허무주의자들은 확고한 신념을 지닌, 도발적이고도 활기찬 모습을 한 인물들로 그려진다. 이와 같은 변화가 가능했던 것은 이 당시 러시아에서 국가의 압제와 부도덕성에 맞서 반항하기를 주저하지 않는 투쟁적인 면모가 부각되었기 때문으로 보인다. 고드스블롬, 『니힐리즘과 문화』, 천형균 역, 문학과지성사, 1988, 29쪽.
31 오상순, 「힘의 숭배」, 『폐허』, 1920.7.
32 오상순, 「힘의 비애」, 『폐허』, 1920.7.

「힘의 숭배」에 등장하는 사자가 니체의 기호를 가져온 것임을 이어지는 시 「힘의 비애」를 통해 짐작할 수 있다. 「힘의 비애」에서 니체는 "싸호고도라온벗"으로 그려지며 그의 전집을 가슴에 안고 읽기 시작하는 시적 주체의 모습이 나타난다. 두 편의 단시에서 모두 비애가 감지되는데, "病床에누어 / 偶然히싀름없이 / 여윈손에 / 떨면서"라는 구절에서 짐작할 수 있듯이 화자가 자신의 왜소함을 자각하고 있기 때문이다. 오상순은 이 시를 통해 파괴에의 열정을 지니고 있지만, 그 열정을 실행할만한 여력이 부족하다는 자각에서 오는 우울감을 그려낸다. 그런데 이 우울함의 근원이 단순히 현실적 자아의 무기력함으로 귀결되지 않는다. 이들 시와 같은 호에 발표된 「시대고와 그 희생」을 보면 우울이 자아 내에 있는 자아 이상의 것, 즉 '우주적 의미'를 위해 자아를 희생해야 한다는 비극에 대한 인식으로 이어지고 있음이 확인된다.

　　荒凉한廢墟를뒷고선우리의발빗헤, 우슨한개의어린싹이소사난다. 아— 貴ᄒ고도반갑다. 어리고프른싹!
　　이어린싹이將次長成하야, 廢墟를덥ᄂ茂盛혼生命樹가될것을생각하니實로깃브다. 그러나이깃붓속에ᄂ슬픔과압흠의칼날이豫想된다.
　　이어린싹은다른것안이다. 一切를破壞하고, 一切를建設하고, 一切를革新革命하고, 一切를改造再建하고, 一切를開方解放하야眞正意味잇고價値잇고光輝잇는生活을始作코자하는熱烈한要求! 이것이곳그것일다.
　　이要求는實로宇宙的意味를가젓다. 最高理想의要求다. 우리가이要求에對한態度如何는우리의運命을決할것이오, 이要求의實現與否는곳우리의死活을支配할것이다.[33]

33　오상순, 「시대고와 그 희생」, 『폐허』, 1920.7.

'우주적 의미', '최고이상'은 자아 안에 있는 자아 이상의 것으로서 '자아'의 존재와 의욕을 절대로 부정해야 할 것을 요구한다. 인습적 노예적 생활양식에서 벗어나 "眞正意味잇고價値잇고光輝잇는生活을始作코자하는熱烈한要求"에 응답해야 하는 것이다. 다만 이러한 자아의 희생은 타인, 즉 시대로부터 인정받지 못하기 때문에 이들의 희생은 비극으로 귀결되고 만다. 오상순은 인용문에 이어지는 글의 후반부에서 "엇더한意味로보던지犧牲이란것은悲劇"이라면서, 이러한 요구에 응하려는 이들은 "함브로 傳統과 習俗과 權威에 反抗하는 不道德者, 悲哀와 孤立을 自招하는 愚者, 自己와 世上을 보지못하는, 또 世間과 步調를 合해 갈줄 모르는 幼稚者라는 冷評"을 받게 된다고 말한다. 여기서 오상순이 말하는 비극은 시대의 요구에 응답하는 '진실한 청년'들이 시대와 불화하는 모순된 상황 속에서 겪게 될 슬픔을 가리킨다.

오상순뿐만 아니라 김기진과 박영희 역시 강렬한 비애를 통해 소극적인 허무사상을 넘어서는 적극적인 허무의 정신을 옹호한 바 있다. 김기진은 현실의 가혹함 때문에 소극적인 허무사상은 "맹렬히 突進되야 적극적 엇더한『힘』을 짓든가 그러치 안으면 막다른 골목인 그 자리에서 도라 서서 모든 것에게 반역하는가 하는" 두 가지 경우에 한해서 적극적인 허무사상으로 바뀔 수 있다고 하였다.[34] 그가 클라르테 운동을 통해 혁명의 '씨앗'을 뿌리려는 실천을 지향하게 된 것 역시 이러한 인식에 기인한다. 박영희 역시 "憂鬱한 사람은 모든 것을 懷疑한다. 그것은 모든 것이 그에게는 眞理가 안인 까닭이다. 모든 것을 의심한다. 모든 것이 그의 생활에는 아모러한 關係가 업는 虛僞인 까닭이다."[35]라고 말하면서, 퇴폐에 빠지는 소극적 회의가 아니라 진리를 찾기 위한 적극

---

34 김기진, 「현 시단의 시인」, 『개벽』, 1925.4.1.
35 박영희, 「번뇌자의 감상어(수필)—눈물 만흔 이에게」, 『개벽』, 1926.6.1.

적인 회의에 이르러야 함을 역설하였다.

　오상순에게 적극적 회의를 통해 도달하게 될 '진리'는 "영원한 생명"
으로 표현된다. 오상순은 "우리靑年은 永遠한 生命을 니저서는 안된다.
우리의 눈은, 늘 無限한 무엇을 바라보아야 하겠다. 우리의 발은 恒常
無限한 흐름한가운데 서서 잇서야겟다. 우리의 心情은 항상 永遠한 愛
와 憧憬 속에 타잇서야겟다."라면서 청년들이 '영원한 생명'에 대한 '열
정적 신앙'[36]을 잃어버려서는 안 된다고 역설한다. 그는 이를 위해서 자
아가 그 자신의 존재와 의욕을 부정해야 함을 지적하면서, 자아와 자아
이상의 것 사이에 존재하는 근원적 모순을 지적한다. 이 글과 함께『폐
허』1호에 실린 김억의「스핑쓰의 고뇌」, 그리고 김억이 1916년 발표한
「요구와 회한」을 보면 오상순이 말한 시대고와 관련된 구절들이 나타난
다.

　刹那의 忘却을 엇드랴함은『깨는 心情』의 산靈을 보랴함이며,
딸아서, 보다 더 아름답은 象牙塔을 憧憬하는바 - 곳 永遠의 要求
하고 要求하기 말지아니하는 데의 바램을 노래함이다. 現代思想을
咀呪하고 否認하면은 몰으려니와 그럿치아니한 以上에는 共同히
가진바 世界苦(world-sorrow)에 엇지하리오[37]

　그들의 뉘웃는 그때의 맘은 닥가노흔 거울과 가치 맑앗다. 惡德
은 그림자조차 엄섯다. 그들의 靈은 陶醉의 때에 빗나는 것이 안

────────
36　"永遠한 內的世界에서는, 그것은 가장 崇古하고 莊嚴한 復活이다. 아모리적은
　　희牲이라도, 아모리 靜謐한 沈黙에 파뭇힌 희牲일지라도 永生의빗속에 들어오
　　지 않을 것은 업다. 그는 우리의 時代를 惱케하고 잇는 永遠한 生命의 世界에서
　　는 如何한 存在라도 祝福아니되며, 永生化되지안코 消滅하는 것은 絶大로 업
　　슬것임으로. 이것이 우리 靑年의 情熱的信仰일다."「시대고와 그 희생」,『폐허』,
　　1920.7.
37　김 억,「요구와 회한」,『학지광』, 1916.9.4.

이오 覺醒의 그때에 하나님을 본다 깨는맘! 그때에 그들의 靈은 산
다 웃는다. 그들의 深海에는 善과 惡, 美와 醜, 하나님과 惡魔, 서름
과 즐거움, 現實과 理想, 사랑과 미움, 無限과 有限, 肯定과 不定 이
것들이 가득하엿다 音響, 色彩, 芳香, 形象－이것들은 그들의 靈을
無限界로 잇끌어가는 象徵이 안이고 그들 自身의 靈이며 그가튼
내에 無限이었다. 善의 對照로의 惡, 惡의 對照로의 善도 안인 絶
對者를 그들은 끈치않코 求ᄒ엿다.[38](밑줄_인용자)

오상순이 '시대고'라고 표현한 것을 「요구와 회한」에서 김억은 세계
고(world-sorrow)라는 용어로 표현하고 있다. 이러한 표현들은 독일어
'Weltschmerz'에서 기원한 것으로 보이는데, 이는 개인의 내적인 요구에
부합하지 못하는 외적인 현실에 대한 불만에서 생겨난 회의적이고 염
세적인 생활 감각을 가리킨다.[39] 이들이 이 용어를 가져온 원전은 불분

---

38 김 억, 「스핑쓰의 고뇌」, 『폐허』, 1920.7.
39 이 단어는 'world-pain'이나 'world-weariness'로 번역된다. 이는 물리적 실체가
    마음(mind)의 요구를 결코 만족시키지 못한다고 믿는 이에 의해 경험된 감정
    을 가리키는 것으로, 바이런이나 레오파르디, 샤토브리앙 등 낭만주의 작가들
    가운데 이러한 세계관이 널리 퍼졌다. '세계고'는 독일 문학에서 주로 다루어
    진 주제로 평가된다. 그중에서도 괴테의 베르테르가 보여주는 고뇌는 세계고
    의 전형으로, 개인의 창조와 사랑의 능력을 억압하고 방해하는 일체의 사회적
    인습과 규칙, 즉 인간사회를 유지하는 일체의 문명적 제한을 세계 내의 고통으
    로 본다. 베르테르의 운명은 제우스에 맞서는 거인 프로메테우스의 자기 파괴
    적인 변형으로 분석되기도 한다. 독일 낭만주의 문학에서 세계고는 이보다 내
    면화되어 비극적인 영웅의 운명이 아니라 어떠한 제한이나 구속을 자기 안에
    서 해소해버리는 정신의 완전한 자유로 나타난다. 정신과 환상을 통해 절대적
    인 자유를 인간에게 모든 경계는 부서져 "하나의 생의 무한성(die Unendlichkeit
    des eines Lebens)" 안에 녹아 없어진다. 그리하여 낭만적인 정신의 자유는 "현세
    와 내세의 경계를 넘어 아래로는 영원한 밤에 침잠하고 위로는 영원한 빛으로
    솟아오르고자 한다." 홍성군, 「지상의 가난－빌헬름 뮐러의 『겨울여행』의 "세계
    고(世界苦)"와 손풍금 악사의 모티브」, 『독일문학』, 2006, 32~33쪽 참조.

명하고 서로 다른 식으로 표현하고 있기는 하지만 이들이 동일한 의미에서 이를 사용하고 있음을 분명하다. 오상순이 '영원한 생명'을 억압하는 인습에 대한 저항을 이야기한다면, 김억은 역시 생명의 단편을 모으는 힘으로서의 '사랑'을 이야기한 바 있다. [40] 이들은 자아가 '영원한 생명'(오상순) 혹은 생명의 긍정자로서의 '사랑'(김억)을 위해 시대와 불화하는 과정에서 발생하는 개인의 비극에 주목한다.

이들이 말한 '영원한 생명'이나 '사랑'은 니체의 비역사적인 것과 관련된다. 니체는 "이 고찰이 반시대적인 것은 시대가 자랑스러워하는 역사적 교양을 내가 여기서 시대의 폐해로, 질병과 결합으로 이해하려 하기 때문이며, 또 심지어 나는 우리 모두가 소모적인 역사적 열병에 고통을 받고 있으며, 적어도 우리가 고통을 당한다는 사실을 인식해야 한다고 믿기 때문이다." [41] 라고 말한다. 이러한 역사의 질병을 치유하기 위해 그는 본래 비역사적으로 느낄 수 있는 능력을 더 원초적인 능력으로 간주해야 한다고 보았다. "올바르고 건강하고 위대한 것, 진정으로 인간적인 것이 자라날 수 있는 토대"는 여기에 있다는 것이다. [42]

니체는 비역사적인 것을 '망각'의 능력과 연결시키는데 이는 김억이 「요구와 회한」에서 말하는 '망각'을 상기시킨다. [43] 김억은 베를렌과 보

천사의 허무주의

---

40 김억은 일찍이 「예술적 생활」(『학지광』, 1915.7.23)에서 "生命의 斷片을 모아 完全케하는 것"이 바로 사랑이라고 이야기하며, "사랑은 生命의 全肯定者이며, 生命의 斷片을 모아 엇던 큰 무엇을 맨드는 힘 - 生命은 藝術이며, 生命을 肯定함과 同時에 自己의 權威 밋 價値, 意味을 定하게됨으로써라"라고 하였다.

41 프리드리히 니체, 『비극의 탄생·반시대적 고찰』, 288쪽.

42 위의 책, 295쪽.

43 "이렇게 동물은 비역사적으로 산다. 기이한 분수(分數)를 남기는 어떤 수처럼 동물은 현재에 완전히 몰두하며, 꾸밀 줄도 모르고 아무것도 감추지 않으며, 매 순간 진정 있는 모습 그대로다. 다시 말해 동물은 정직하지 않을 수 없는 것이다. 이와 달리 인간의 과거의 커다란 하중, 점점 더 커지는 하중에 저항한다. 이 과거의 하중은 그를 짓누르거나 옆으로 휘게 만든다. 그것은 보이지 않는

들레르의 예를 들며 데카당의 비애는 선(善)과 진신(眞神)을 찾지 못하는 데서 비롯한 것으로, 이들은 이 세상의 미(美)가 거짓이라는 데 대한 슬픔으로 인하여 악을 노래하지 않고는 못 견디게 된 것이라고 설명한다.[44] 이들은 아무리 구해도 구하지 못하는 것에 대한 비애로 방랑, 분탕(奔蕩)의 죄업을 저지르고 인공낙원을 짓는 등 환락을 따르는 것이지만, 그 잘못을 깨우치는 "산 영(靈)"을 통해 마침내는 진신(眞神)과 만나게 된다. 이러한 맥락에서 중요해지는 것이 바로 '감각의 깨어남'이다. 김억이 「스핑쓰의 고뇌」에서 시인의 마음을 '맑은 거울'에 비유한 것은 이들이 각성을 통해 감각적으로 매우 예민한 상태에 있다는 것과 관련된다.

특히 「스핑쓰의 고뇌」의 강조 부분은 그의 다른 글에서도 조금씩 변형된 형태로 반복해서 나타난다.[45] "音響, 色彩, 芳香, 形象" 등의 감각이 영혼을 무한계로 이끌어가는 상징이 아니라 그 감각들 자체가 바로 영(靈)이며, 무한(無限)이다. 이는 이어지는 문장에서 알 수 있듯이 절대자가 선(善)으로서 표상되는 것이 아니라 선과 악을 모두 포괄하는 존재이

어두운 짐으로 그의 앞길을 힘들게 한다." 위의 책, 291쪽.

44 박영희 역시 보들레르의 시를 소개한 글에서 "보들레르의 「惡의 花」는 一種의 遊戱가 아니었었고, 깊은 生의 懊惱로부터 나와, 그의 心血을 다하여 피게 한 眞理의 꽃이고 人生의 虛僞없는 꽃이었다"라면서 보들레르가 "破壞와 頹廢로 하여금 人間의 本面을 찾으려 하였던 것"이라고 설명한 바 있다. 박영희, 「『악의 화』를 심은 뽀드레르론」, 『개벽』, 1924.6.

45 「요구와 회한」에서는 "現實의 音, 色, 香, 形 ─ 이들은 靈魂을 無限世界에 잇끌어가는 象徵이 안이고 그것들 自身이, 곳 靈魂이며, 그것들 自身이 곳 無限이라고 생각하엿다"라는 구절이 있으며, 「프란스 시단」(『태서문예신보』, 1918.12.7)에서는 "音響, 色彩, 芳香, 形象 ─ 이들은 그들의 靈을 無限界로 잇끌어가는 象徵이 안이고 그들 自身의 靈이며, 딸아서 無限이었다. 善의 對照로의 惡, 惡의 對照로의 善도 안인 絶對者를 그들은 끈치않코 求ㅎ엿다."라고 설명된다.

기 때문이다. 마찬가지로 감각과 영혼은 분리되어 있는 것이 아니라 감각적인 것 그 자체가 바로 무한(無限)이며 영(靈)이라는 논리가 도출된다. 그러면서 그는 상징은 "눈에 보이는 世界와 눈에 보이지 안이하는 世界 物質과 靈界, 無限과 有限을 相通식히는 媒介者"라고 정리한다.

여기까지 오상순과 김억의 글을 통해 1920년대의 폐허 의식이 '시대고' 혹은 '세계고'와 관련하여 니체가 말한 '비역사적인 것'과 관련될 수 있음을 살펴보았다. 오상순이 이를 자신의 시에서 니체가 언급한 사자의 정신에 비유한 것처럼, 이들이 추구하는 '영원한 생명'이나 '사랑'은 역사에 대해 '아니'라고 말하는 위대한 부정과 관련된다. 비록 이러한 부정의 과정에서 시대와의 불화를 피할 수 없더라도, 이들은 자기들에게 부과된 이와 같은 요구를 거부하지 않는다. 이런 점에서 1920년대 문학에 나타난 데카당스를 근대적 주체의 출현과 관련된 '미적 계몽주의'의 측면에서 이해해왔던 기존의 관점은 재고되어야 할 필요가 있다.[46] 관련해서 우선 오상순의 「방랑의 마음」을 보자.

흐름 위에／보금자리 친／오- 흐름 위에／보금자리 친／나의 魂
//바다 없는 곳에서／바다를 戀慕하는 나머지에／눈을 감고 마음 속에／바다를 그려보다／가만히 앉아서 때를 잃고……//옛城 위에 발돋움하고／들너머 山너머 보이는 듯 마는 듯／어릿거리는 바다를 바라보다／해지는 줄도 모르고- //바다를 마음에 불러 일으켜／가만히 凝視하고 있으면／깊은 바닷소리／나의 피의 潮流를 通하여

---

46 1920년대의 데카당스를 새롭게 고찰하려는 연구들은 1920년대 낭만주의 시편에 나타난 데카당스를 계몽을 타파하고 문학적 근대에 진입하기 위한 시도(윤상인)로서, 근대시의 자기운동을 주체의 내면세계로 나아가게 했다는 점(박승희, 이재복)에 주목해왔다. 윤상인, 「데카당스와 문학적 근대」, 『아시아문화』, 1997; 박승희, 「1920년대 데카당스와 동인지 시의 재발견」, 『한민족어문학』, 2005; 임수만, 「1920년대 데카당스 문학」, 『국어국문학』, 2007; 이재복, 「한국현대시와 데카당스」, 『비교문화연구』, 2008 등.

우도다.//茫茫한 푸른 海原 - /마음눈에 펴서 열리는 때에/안개같
은 바다와 香氣/코에 시리도다

　　　　　　　　　　　　　　— 「放浪의 마음(一)」 전문[47]

　시인으로서 오상순의 위치를 확실하게 굳혀준 작품으로 평가되는 이
시는 「시대고와 그 희생」에서 자아 안에 있는 자아 이상의 것이라고 표
현한 '영원한 생명'의 흐름에 예민하게 감각을 열어놓고 있는 시적 주
체의 모습이 형상화되어 있다. 이 시의 1연에 나타난 '흐름'이라는 시어
는 「시대고와 그 희생」의 '영원한 생명'의 흐름과 연결된다. 오상순에게
'영원한 생명'의 흐름은 자아 내에 깃들어 있는 것으로, 그는 이를 "흐름
위에/보금자리 친/나의 魂"이라고 묘사한다. 자아의 혼은 우주적 흐름
과 무관치 않은 것이자 자아 안에 깃들어 있는 비가시적이고 비물질적
인 것으로 그려진다.

　이어서 2연에서는 '영원한 생명'을 '바다'에 비유하고 있다. '바다'는
비가시적이고 무한한 영원의 세계에 속해 있는 것이기 때문에, 자아가
이를 감지하기 위해서는 "때를 잃고", 즉 시간을 망각하고 자기 자신 속
으로 침잠해야 한다. 이렇게 해서 "바다를 마음에 불러 일으켜" 그것을
응시할 수 있게 되면, 바다는 청각과 후각과 같은 감각을 예민하게 작
동시키며 그 존재감을 완전히 드러낸다. 이 시는 영원성의 세계를 발견
하기 위해 자기 내면으로의 여행을 감행하는 자아의 신비로운 탐색을
보여준다. 영원성에 대한 추구는 자아를 고양시키며 그가 세계를 무한
하게 수용할 수 있게 만들어준다. "마음눈"이 열리며 "안개같은 바다"의
희미한 존재를 감각할 수 있게 되면서 그는 세계를 다른 방식으로 감각
하게 된 것이다.

47　오상순, 「방랑의 마음 (一)」, 『동명』, 1923.1(『공초 오상순 시집』, 자유문화사,
　　1963; 『한국현대시사자료집성』, 태학사, 1983, 659~660쪽 재수록).

3) 영적으로 고양된 감각의 관능성과 슬픔 : 김소월의 영혼과 감각

　최초의 시 전문지인『장미촌』의 동인들 역시 영원성에 대한 추구를 '장미' 기호를 통해 드러내면서 비가시적이고 무한한 세계에 대한 동경을 표현하고 있다. 「장미촌」(변영로), 「장미촌의 향연」, 「피여오는 장미」(춘성) 등이 그것으로, 여기서 '장미'는 보들레르의 「악의 꽃」에서 모티프를 얻은 것이다. 여기 실린 시론들에는 1920년대 문학에서 빈번하게 등장하는 육체와 영혼, 현실과 이상 등의 관념론적 이원론이 반복된다. 변영로는 「장미촌」에서 물질계와 정신계, 유한과 무한, 가시적 세계와 비가시적 세계라는 이원론을 내세우며, 헛된 유한의 물질계 · 가시적 세계의 삶에서 극도의 피로함을 느끼는 인간의 영혼이 "精神의 隱遁所"로서 무한의 비가시적 세계로 나아가게 된다고 보았다.[48] '시의 왕국'은 '장미촌'으로 표상되는 비가시적 세계에 그 기반을 두지 않으면 안 된다는 변영로의 관점은『장미촌』동인들에게 공유되고 있다.

　이처럼 생성 소멸하는 현실 세계를 덧없는 것으로 보는 태도는 삶을 덧없는 것으로 여기게 함으로써 결국 죽음에 대한 찬미로 귀결될 위험이 있다.[49] 이는 니체가 쇼펜하우어와 바그너를 비롯한 낭만주의자를 비판했던 이유이기도 하다.[50] 1920년대 데카당스가 그 역동성을 상실하고 죽음에 대한 예찬으로 귀결되고 만 것은 고질적인 이원론을 극복

48　변영로, 「장미촌」, 『장미촌』, 1921.5.

49　권희철은『장미촌』동인들의 시에 대한 구체적 분석을 통해 이들이 죽음에 대한 부정적 힘을 삶에 전가함으로써 죽음을 평화와 안식의 위상을 차지하는 것으로 그리게 되었다고 분석한다. 권희철, 「1920~30년대 시에서의 '죽음'의 문제」, 서울대 박사논문, 2014, 22쪽.

50　프리드리히 니체, 『즐거운 학문 · 메시나에서의 전원시 · 유고(1881년 봄~1882년 여름)』, 372~376쪽.

하지 못했기 때문이다. 가시적 세계와 비가시적 세계를 분리시키고 비가시적 세계만을 영원성을 담지한 것으로 보면서 생성 소멸하는 현실적인 삶을 가상적인 것으로 평가절하하는 것은 부정적 허무주의의 양상을 보여준다.[51] 이들이 추구하는 고차적인 가치들은 허구에 불과한 무(無)로서 이들의 힘에의 의지는 무에의 의지로 귀결되고 만다.

하지만 김억이 상징주의를 통해 설명하고자 하였던 비가시적 '무한'의 개념은 가시적 '유한'과 대립되는 것이 아니다. "音響, 色彩, 芳香, 形象" 등의 감각이 영혼을 무한계로 이끌어가는 상징이 아니라 그 감각들 자체가 바로 영(靈)이며, 무한(無限)이라고 본 그의 시론은 1920년대 관념적인 시적 경향들과 구분된다. 김억이 강조한 '감각주의'는 김소월에게로 이어졌다. 김억 그 자신의 작품에서는 감각에 대한 강조가 시의 음악성을 추구하는 방향으로 나아갔으나, 김소월은 가시적 세계와 비가시적 세계를 소통시키는 '상징'의 차원을 열 수 있는 '감각의 깨어남'에 대한 탐구로 나아갔다. 이는 그의 유일한 시론인 「시혼(詩魂)」을 통해 확인된다.

> 우리에게는 우리의 몸보다도 맘보다도 더욱 우리에게 各自의 그림자 가티 갓갑고 各自에게 잇는 그림자가티 반듯한 各自의 靈魂이 잇습니다. 가장 놉피 늣길 수도 잇고 가장 놉피 깨달을 수도 잇는 힘, 또는 가장 强하게 振動이 맑지게 울니어오는, 反響과 共鳴을 恒常 니저 바리지 안는 樂器, 이는 곳, 모든 물건이 가장 갓가히 빗치워드러옴을 밧는 거울, 그것들이 모두 다 우리 各自의 靈魂의 표상이라면 標像일 것입니다. …(중략)… 따라서 詩魂도 山과도 가트며는 가름과도 가트며, 달 또는 별과도 갓다고 할 수는 잇스나, 詩魂 亦是 本體는 靈魂 그것이기 때문에, 그들보다도 오히려 그는 永遠의 存在며 不變의 成形일 것은 勿論입니다.

51   질 들뢰즈, 앞의 책, 251~252쪽.

그러면 詩作品의 優劣 또는 異同에 따라, 가튼 한 사람의 詩魂일 지라도 或은 變換한 것가티 보일는 지도 모르지마는 그것은 決코 그러치 못할 것이, 적어도 가튼 한 사람의 詩魂은 詩魂 自身이 變하 는 것은 안입니다. 그것은 바로 山과 물과, 或은 달과 별이 片刻에 그 形體가 變하지 안음과 마치 한 가지입니다.

그러나 作品에는, 그 詩想의 範圍, 리듬의 變化, 또는 그 情調 의 明暗에 따라, 비록 가튼 한 사람의 詩作이라고는 할 지라도, 勿 論 異同은 생기며, 또는 닑는 사람에게는 詩作 各個의 印象을 주기 도 하며, 詩作 自身도 亦是 어듸까지든지 儼然한 各個로 存立될 것 입니다, 그것은 또마치 山色과 水面과, 月光星輝가 도두다 엇든 한 때의 陰影에 따라 그 形狀을, 보는 사람에게는 달리 보이도록함과 갓습니다. 勿論 그 한때 한때의 光景만은 亦是 混同할 수 업는 各個 의 光景으로 存立하는 것도, 詩作의 그것과 바로 갓습니다.[52]

이 시에서 영혼은 "永遠의 存在며 不變의 成形"으로 김소월이 말하는 시혼의 본체를 이루는 것으로 그려지며, 영혼은 '음영'의 차원으로 시로 나타나게 된다고 설명된다. 이때의 영혼은 각자의 그림자같이 가깝고 반듯한 것이며, "가장 놉피 늣길 수도 잇고 가장 놉피 깨달을 수도 잇는 힘"이라는 데서 이때의 영혼이 사물을 예민하게 감각할 수 있는 능력과 관련된 것임을 알 수 있다. 그가 영혼을 '악기'나 '거울'에 비유한 것은 김억이 「스핑쓰의 고뇌」에서 마음을 '맑은 거울'에 비유했던 것과 상통 한다. 감각적으로 매우 예민한 상태에 있는 이들은 자기 영혼의 존재를 세계에 대한 감각을 통해 발견한다. 영혼을 얼마나 예민하게 유지하는 지에 따라 감각하는 차원이 달라지며 이에 따라 음영도 변화하게 되는 것이다.

김소월에게 '영혼'은 몸과 마음보다도 우리 자신에게 가장 가까운 것

52 김소월, 「시혼(詩魂)」, 『개벽』, 1925.5.

으로, '그림자'라는 비유적 이미지를 통해 설명된다. 신범순은 김소월에게서 '나'의 존재론적 범위가 본질적인 중심부로부터 영혼, 마음, 몸 순서로 배치되어 있으며, 영혼보다도 '나'의 본질에 가까운 것은 언급되지 않고 있다고 분석한 바 있다. 그러면서 김소월의 영혼관이 서구적 '자아' 개념 대신 새로운 '자아' 개념을 탐구했던 『개벽』의 이돈화의 사상과 연결된다고 본다.[53] 이돈화는 서구 철학과 과학적 지식을 가져와 허술하게 보였던 전통적인 인내천주의 속의 인간론을 새롭게 혁신시켰다. 모든 물질에도 감정이나 의식이 있다는 철학자 네케리의 이론을 인용하여, 이돈화는 대우주 속에서 매우 작은 물질과 원자들의 의식이 진화되어 사람이라는 고도의 결정체를 낳았고 그 사람에서 가장 진화된 의식을 마련했다고 주장한다.[54]

이돈화는 이를 인내천주의를 해석하는 데 적용하여 사람은 우주의 최고의식의 중심이며 사람의 '자아' 속에는 본래부터 그러한 대아의 본질이 존재한다고 주장하였다. '소아'와 '대아'로 구분하는 두 범주에서 영혼은 대아의 의식에 속해 있는 것으로 소아의 마음이나 신경조직(감각)의 차원을 넘어 있다. 이를 통해 그는 당대의 과학 패러다임과 대비되는 영혼의 과학을 전개하였다.[55] 「시혼」에서 설명된, 영원불변하는 실체로서의 영혼과 감각작용에 의해 파악된 음영(陰影) 간의 관계는 이돈화가 말한 '신의 표현'의 문제와 관련지을 수 있다.[56] 이돈화는 허무

---

53 신범순, 「김소월의 시혼과 자아의 원근법」, 한국현대시학회, 『20세기 한국시론 1』, 글누림, 2006.

54 이돈화, 「의식상으로 관한 자아의 관념」, 『개벽』, 1921.1.

55 이돈화, 「오인(吾人)의 신사생관」, 『개벽』, 1922.2.

56 이돈화, 『수운심법강의』, 천도교중앙총부, 1925, 72쪽(이규성, 『한국현대철학 사론』, 이화여자대학교 출판부, 2012, 164쪽 재인용). 이와 관련해서 라이프니츠가 서구의 '신' 개념과 동양의 이(理)가 서로 대응한다고 분석한 것을 참고해 볼 수 있다. 『중용』에서 공자는 리-태극은 실체적 진리, 법, 만물의 원리와 목

주의가 신과 우주와 인간을 '분립(分立)' 혹은 '고립'시키는 데 그 원인이 있다고 분석하면서, 동학은 그것을 분리시키지 않고 모든 것을 '신의 표현' 문제로 본다고 한다. 허무주의가 존재 상실을 의미한다면, '표현'의 세계상은 우주의 존재와 인간을 하나의 일원론으로 회복시킨 것이다.

이는 다시 김억이 "音響, 色彩, 芳香, 形象"등의 감각이 곧 무한이며 영이라고 본 것을 상기시킨다. 영혼과 감각은 서로를 비추는 거울에 비유할 수 있을 정도로 밀접하게 연결되어 있으며, 거기에 맺히는 상(像)으로서의 '음영'을 결정짓는 역할을 한다. 김소월은 제대로 포착되지 않았던 사물의 음영을 구현함으로써 가시적 세계의 '표피적 의미'에 깊이를 부여하고자 하였다. 이러한 시적 이상(理想)은 다음의 시에 탁월하게 형상화되어 있다.

> 푸른 구름의 옷 닙은 달의 냄새. / 붉은 구름의 옷 닙은 해의 냄새. / 안이, 땀냄새, 때무든 냄새, / 비에마자 축업은 살과 옷냄새. // 푸른 바다……어즈리는 배…… / 보드랍은 그립은 엇든 목슴의 / 조그마한 푸릇한 그무러진 靈 / 어우러져 빗기는 살의 아우성…… // 다시는 葬死 지나간 숨속엣 냄새. / 유령실은 널뛰는 배깐엣 냄새. / 생고기의 바다의 냄새. / 느즌 봄의 하늘을 떠도는 냄새. // 모래두던 바람은 그물안개를 불고 / 먼거리의 불빗츤 달저녁을 우러라. / 냄새만흔 그몸이 좃습니다. / 냄새만흔 그몸이 좃습니다.
>
> ―「여자의 냄새」 전문[57]

적을 나타낸다면서 리-태극으로부터 자신의 실재적이고 참된 존재를 품수받지 않은 사물은 없으며 사물의 본질은 불완전한 단자를 포함하고 있지 않다고 하였는데, 라이프니츠는 이러한 리-태극에 대한 설명이 「창세기」의 '섭리'로서의 신에 대한 설명과 일치한다고 하였다. 이와 같은 범신론적 관점은 이돈화가 설명하는 인내천주의 전제가 된다. 라이프니츠, 『라이프니츠가 만난 중국』, 이동희 역, 이학사, 2003, 116쪽.

57 김소월, 『김소월시전집』, 문학사상사, 2007, 130~131쪽.

이 시는 특정한 감각을 감각의 본질이 무엇인지에 초점을 맞춘다. 감각은 감각을 발생시키는 매개로서의 '몸'을 필요로 한다. '몸'은 사물에 자신을 열어놓음으로써 사물을 감각할 수 있게 되는 것이며 이는 사물 역시 마찬가지다. 몸은 보이는 것들의 존재에 동참하기 위해 하나의 수단으로 자기 존재를 사용한다. 이를 위해 몸은 감각되는 것이자 감각하는 것으로서, 가시적인 세계와 비가시적인 세계라는 두 차원에 동시에 열려 있어야 한다.[58] "몸은 감각되는 것 전체를 자신에게 합체하고 합체하는 바로 그 동작에서 자기 자신을 '감각되는 것 자체'에 합체시킨다.[59] 이와 같이 감각이 '몸'과 '사물'의 동시적인 열림 속에서 발생한다는 것은 주체와 객체를 이원화하는 것이 불가능함을 말해준다. 이 시에서 김소월은 감각의 메커니즘을 '여자의 냄새'를 통해 감각되는 '우주', '우주'를 통해 감각되는 '여자의 냄새'라는 상호성을 통해 드러낸다. 이 시에 나타난 감각에는 냄새를 맡는 몸과 냄새를 풍기는 몸이 공존하는, 감각의 덩어리로서의 우주적 차원이 개입해 있다.

"푸른 구름의 옷 닙은 달의 냄새/붉은 구름의 옷 닙은 해의 냄새"는 감각을 가능하게 하는 잠재적 감각의 차원으로서 "땀냄새, 때무든 냄새"와 같이 세속적인 냄새와 거의 동일한 것으로 연결되어 있다. 시적 주체는 여자의 냄새를 맡고 있는 것이자 우주의 냄새를 맡는 것이다. 이를 통해 김소월은 여자는 곧 우주이며 우주는 곧 여자라는 존재의 은유를 완성시킨다. 감각은 감각하는 자와 감각되는 것 어느 쪽에도 속해 있지 않다. 오로지 이 상호간의 삽입과 얽힘만이 실재적인 것이다. 나아가 죽은 자와 산 자의 감각 역시 엄밀히 구분되지 않는다. "살의 아우성"에는

---

58 메를로-퐁티, 『보이는 것과 보이지 않는 것』, 남수인 · 최의영 역, 동문선, 2004, 195쪽.
59 위의 책, 198쪽.

"그무러진 靈"의 냄새가 진동하고 있다. "葬死 지나간 숨속엣 냄새 / 유령실은 널뛰는 배깐엣 냄새. / 생고기의 바다의 냄새. / 느즌 봄의 하늘을 떠도는 냄새"라는 구절은 '냄새'가 사람과 자연, 유한한 것과 무한한 것이 교통하고 있음을 보여준다. 죽은 것들과 살아 있는 것들이 "어우러져 빗기[60]"며 '아우성'을 치는 것이 '냄새'로 감각되는 것이다.

김소월은 「시혼」에서 이 영역에 도달하기 위해 대낮의 밝음이 아니라 어둠 속에서 나타나는 음영에 주목하였다. 김소월은 날카로운 신경에서 파생된 감각 작용을 강조하지 않는다. 이는 김소월이 이장희를 비롯해 정지용, 김기림 등의 모더니스트들의 감각주의와 구분되는 지점이다. 신범순은 모더니스트들의 감각주의가 인위적인 감각의 착란을 조장해야 얻을 수 있는 상호 조응의 차원과 관련된 것으로, 극도로 날카로운 자극적 신경 활동을 요구한다는 점을 지적한 바 있다.[61] 이와 달리 김소월의 감각주의는 몸이 무한, 영혼, 우주에 열려 있을 때 감각 자체가 무한, 영혼, 우주가 되는 일치의 차원을 보여준다. 이와 함께 주목해야 할 것은 「여자의 냄새」에 나타나는 독특한 관능성이다. 김소월의 시는 영적으로 고양된 감각이 관능성과 얼마나 밀접하게 연결될 수 있는지를 보여준다.

냄새와 맛에 대한 감각은 바다에서 생겨났을 뿐 아니라 사람들 스스로가 바다의 냄새와 맛을 내기도 한다.[62] 인간의 감각은 인체의 다른 많은 기능과 마찬가지로 진화 초기, 아직 바다에 살던 시절의 유물이다. 후각 역시 물에 용해되어야 점막에 흡수되어 작용하게 된다. 피는 주로 소금물이고 어느 시대에나 여성의 질에서는 '생선 냄새'가 나는 것

60   이 시에서 '빗기다'는 '가로지르다'는 의미로 이해된다.
61   신범순, 『노래의 상상계』, 320쪽.
62   다이앤 애커먼, 『감각의 박물학』, 백영미 역, 작가정신, 2004, 41쪽.

으로 묘사되어왔다. 이런 점에서 「여자의 냄새」에서 김소월이 "생고기의 바다의 냄새"라는 표현한 것은 단순한 비유가 아니다. '바다'는 생명의 근원으로서 여성의 육체와 연결되는 것으로, 여자의 육체에서 '바다의 냄새'가 난다는 표현은 이 시의 화자가 원초적 감각을 파악하는 데까지 이르렀음을 보여준다. 이와 유사한 이미지가 「붉은 潮水」에도 나타난다.

> 바람에밀녀드는 저붉은潮水 / 저붉은潮水가 밀어들때마다 / 나는
> 저바람우헤 올나서서 / 푸릇한 구름의옷을 닙고 / 붉갓튼저해를 품
> 에안고 / 저붉은潮水와 나는함께 / 뛰놀고십구나, 저붉은潮水와
> ― 「붉은 潮水」 [63]

「붉은 조수」에는 「여자의 냄새」와 유사한 구절이 등장한다. "푸릇한 구름의옷을 닙고 / 붉갓튼저해를 품에안고"가 그것이다. 이 구절은 「여자의 냄새」의 1연에서는 "푸른 구름의 옷 닙은 달의 냄새. / 붉은 구름의 옷 닙은 해의 냄새."라는 구절과 등치된다. 달과 해의 병치는 전통 시가에서 빈번하게 반복되는 소재인데, 김소월은 이를 '구름의 옷'과 해를 품에 안은 바다의 끊임없는 일렁임과 결합시켜 생동감 있게 표현하고 있다. 이들 두 시에서 공통적으로 자연을 바다와 같이 끊임없이 운동하는 역동성을 지닌 것으로 그려내면서 그 감각적 존재에 은밀하게 스며들어 하나가 되거나 함께 '뛰놀고자' 하는 소망을 드러낸다. 김소월이 그려내고 있는 감각은 외면과 내면이 일치된 조화로운 상태를 보여준다. 김소월은 생동하는 감각의 세계와 영원성의 세계가 무르녹아 있는 우주적 차원을 조명함으로써, 슬픔을 강렬한 사랑으로 변주해낼 수 있는 힘을 보여준다.

---

63   김소월, 『김소월시전집』, 170쪽.

사랑하는 대상과의 만남은 점점 더 불가능해지는 것으로 나타남에도 불구하고, 김소월은 이러한 한계상황에서 더 강력하게 임에 대한 사랑을 노래하며 그를 다시 이 세계에 불러내기 위해 슬픔을 집약시킨다. 이는 사랑하는 사람과 이별한 여인의 탄식을 그린 「수심가」의 주제와 연결되는 것으로, 「삭주구성」이나 「초혼」 등에 나타난 강력한 슬픔의 깊이에는 임과의 사랑에 대한 절대적 염원이 반영되어 있다. "죽음의 영역까지 뚫고 들어가 영적인 사랑을 확인하고 싶다는 근본 주제를 밑바닥에 깔고 있"는 「수심가」의 정신은 "여성주의적 정신의 승리"와 관련된다.[64]

김소월의 시뿐만 아니라 1920년대 시에 나타나는 슬픔은 죽음조차도 갈라놓을 수 없는 사랑 혹은 상처 입은 세계의 회복에 대한 강력한 염원과 관련된다. 1920년대 시에서 시적 주체가 표현하는 슬픔은 그가 그 정도로 강력하게 이를 염원하고 있음을 보여준다. 죽음의 밑바닥까지 내려가서도 견딜 수 있는 강력한 사랑의 힘을 보여주기 위해 이들은 슬픔을 극도로 밀어붙였다. 이는 "나무가 더욱 높고 환한 곳을 향해 뻗어 오르려 하면 할수록 그 뿌리는 더욱 힘차게 땅 속으로, 저 아래로, 어둠 속으로, 나락으로, 악 속으로 뻗어 내려"간다고 한 니체의 몰락과 상통한다.[65] 오상순이 허무주의의 파괴적 힘을 극단적으로 추구하였던 것과 마찬가지로 김소월의 시에 나타난 절망적인 슬픔의 파토스 역시 끔찍하고 두려우며 불완전한 것까지도 정당화해낼 힘을 가진 위대한 영혼의 존재를 증명해주는 것으로 이해할 수 있다. 니체가 말한 것처럼 비극 예술가는 스스로 아름다움을 만들어낼 힘을 지니고 있기 때문에 완전하고 아름다운 것만을 선별할 필요가 없는 것이다.

64 신범순, 『노래의 상상계』, 357~361쪽.
65 프리드리히 니체, 『차라투스트라는 이렇게 말했다』, 66쪽.

2. 불안사조와 니체적 '태양' 기호

1) '태양의 풍속'과 인공태양 : 김기림과 이상의 '태양'

  1930년대 허무주의는 세계대공황으로 인한 자본주의의 위기와 관련하여 1930년대 초부터 운위되던 '불안'에 대한 논의 속에 끼어 있었다. 1930년대 중반 들어서는 실존주의의 유행과 관련하여 허무주의에 대한 이론적 검토가 시도되었는데, 백철은 1932년과 1933년을 전후한 시기의 '불안사조'에 대해 언급하며 근대 자본주의의 붕괴에 따른 비합리적 혼돈 상태와 이성적 법칙에의 회의에서 시작된 다다이즘, 불안철학, 불안문학 등의 '데카당한 경향'을 지적한다.[66] 김형준 역시 짐멜, 하이데거, 야스퍼스, 셰스토프를 주로 언급하며 불안사상이 전파된 기원을 제1차 세계대전에서 찾는 한편, 위의 철학자들이 불안과 위기의 근원을 주관적인 데서 발견하고 극복하려는 경향을 비판하였다.[67]

  김형준은 이러한 위기를 극복하는 방법이 '주체'를 재정립하는 문제와 관련된다면서 변증법적 역사 발전 법칙에 입각하여 실존주의 철학자들과 구분되는 계급주의적 주체론을 내세웠다. 그런데 약 1년 뒤에 발표된 『네오 · 휴머니즘』론-그 근본적과 창조의 정신」에서 그는 죽음 앞에 선 인간의 투쟁을 강조하면서 인간주의의 입장으로 돌아선다. 김형준의 네오휴머니즘론은 백철의 '인간묘사론'을 시작으로 한 휴머니즘 문학론과 사회주의 리얼리즘 문학론 진영 간의 논쟁을 이어받고 있는 것으로, 김형준은 백철의 휴머니즘론을 니체나 도스토옙스키, 프루스트의 문학과 같이 내성적(內省的)인 것이라고 비판하면서 여전히 주체

---

66 백 철, 앞의 책, 417~423쪽.
67 김형준, 「위기에 빠진 현대문화의 특징」, 『개벽』, 1935.1.1, 76쪽.

의 실천이라는 문제를 강조한다.[68] 김형준은 니체나 짐멜 등의 '생철학자'들의 말을 인용하면서 인간을 동물성과 정신성(짐멜) 혹은 동물과 초인(니체) 사이에 놓여 있는 존재로 보면서 인간의 생을 영원히 고정시키려는 문화와의 갈등 상황 속에서 위기가 발생한다고 분석한다.[69]

아울러 도스토옙스키, 셰스토프, 지드 등의 평론이 일본 동경을 거쳐 조선에도 넘어왔다.[70] 이에 대해 박치우는 이와 같은 셰스토프류의 불안 철학이 유행하는 것은 당시 지식인층이 이러한 철학에서 불안과 절망에서 헤매는 그 자신의 초상을 발견하기 때문이라고 지적한다. 불안 철학은 "막다른 골목"에 서게 된 이 절망적인 생존의 극도의 불안"에서 나온 허무에 의한 것으로, "절망적인 불안에서는 무밖에는 생길 도리가 없"다는 것이다.[71] 함대훈 역시 이를 지식계급의 불안 의식과 연결 짓는 한편, 여기서 더 나아가 회의주의와 염세주의를 경계하는 데서 그치

---

68 이에 대해 김영민은 김형준의 네오휴머니즘론이 1935년의 '국제작가회의'와 제7차 코민테른이라는 국제적 문단상황의 영향에 의한 것으로, 마르크스주의적 인간이해에서 출발하여 그것을 독창적으로 재해석한 사례로서 당시 발표된 휴머니즘 논의 가운데 가장 주목할 만한 것이라고 평가한 바 있다(김영민, 『한국 근대문학비평사』, 소명출판, 1999, 473~477쪽). 이와 관련해 참고할 만한 연구로는 이경재의 연구("백철 비평과 천도교의 관련양상 연구』, 『한국현대소설의 환상과 욕망』, 보고사, 2010)가 있다. 이경재는 백철의 휴머니즘론의 세계관적 배경으로 천도교를 지목하면서 김형준(김오성) 역시 천도교 동경지부의 중심인물로, 천도교의 인내천주의를 마르크스적으로 해석 수정하고자 했던 인물이라고 지적한다(위의 글, 277쪽).

69 김오성, 「『네오·휴머니즘』론-그 근본적과 창조의 정신」, 『조선일보』, 1936. 10.1~9.

70 장혁주는 1930년대 중반 동경에서 도스토옙스키의 문학 및 셰스토프, 지드의 평론이 유행하는 것을 보고 자신도 "무슨 새 문학을 바라든 동경문인들의 정열에 합류한 것"이라고 고백한다(장혁주, 「내가 사숙하는 내외작가(其三)」, 『동아일보』, 1935.7.12).

71 박치우, 「신시대의 전망(其五)-인테리문제 불안의 정신과 인테리의 장래〈中〉」, 『동아일보』, 1935.6.13.

지 말고 이 가운데서 셰스토프와 같이 사상적 모색을 시도해야 한다고
해석한다.[72]

　문단의 퇴폐적 경향에 대한 비판은 1920년대에 "저 핏기없는 얼굴을
치워버리라 / 저 광채 없는 / 신경쇠약장이의 눈을 우구려 버려라"며 당
대 문인들의 병적 취향을 공격했던 이광수[73]에 이어 1930년대에는 김
남천, 임화 등 카프 계열 논자들에 의해 문단에서 지속적으로 제기된
바 있다.[74] 데카당스적 경향에 대한 비판은 근대의 이성적 합리주의에
근거한다. 데카당스적 주체들은 근대의 진보적 시간관에 반하여 "세계
의 종말을 알리는 고통스러운 전주곡"을 울리며, 몰락해가는 세기말의
분위기를 표현하였다. 최후의 심판이 가까워짐을 예감하고 있는 데카
당스적 주체들에게 계몽적 이성의 편에서 훈계를 내리는 심판자들의
비판은 무의미한 것으로 여겨졌다.

　니체에 따르면 데카당스와 데카당스를 비판하는 이론들은 모두 원한
감정에서 벗어나지 못하고 있다. 니체는 "수수께끼와 여러 가지 불확실
한 것 뒤에 자연이 몸을 숨겨대게 만드는 그 자연의 〈수치심〉을 우리는
존중해야 한다"라면서 "삶을 위해서는 표면에, 구름에, 피부에 남아 있
고 가상을 숭배하고 형태와 음조와 말과 〈가상의 올림푸스〉 전체를 믿
는 일이 필요"하다고 말한다.[75] 이는 자연을 신비화하는 낭만주의적 자
연관과는 본질적으로 구분된다. 니체는 루소와 달리 자연을 반문명적
인 것으로 이해하지 않는다. 그는 '자연으로 돌아가라'는 루소의 명제를

72　함대훈, 「지식 계급의 불안과 조선문학의 장래성(4)」, 『조선일보』, 1935.4.3.
73　이광수, 「너는 청춘이다」, 『창조』, 1921.1.
74　신범순, 「1930년대 문학에서 퇴폐적 경향에 대한 논의−불안사조와 니체주의
　　의 대두」, 『한국 현대시의 퇴폐와 작은 주체』, 신구문화사, 1998, 37~41쪽.
75　프리드리히 니체, 『비극의 탄생 / 바그너의 경우 / 니체 대 바그너』, 김대경 역, 청
　　하, 1982, 225쪽.

비판하며 '자연으로의 상승'을 제시한 것은, 문명 자체를 완성시키는 자연의 힘에 대해 말하기 위함이었다. 니체는 볼테르와 나폴레옹과 괴테를 자연으로 돌아가되 그것으로 인해 더 높은 문명으로 상승한 모범적 예로 제시하면서,[76] 자연에서 아름다운 것을 스스로 창조하지 못하고 과도하게 세련된 스타일을 추종하는 데카당스적 예술가들의 나약함을 비판한다.

이러한 맥락에서 니체는 숭고하고 신적인 존재로서 그리스인들이 칭송했던 사티로스에 주목한다. 그는 사티로스를 "자연의 전능한 생식력의 상징"으로서 "위장되고 위축되지 않은 웅대한 자연의" 위상을 드러내며 문명의 환영을 지워내는 존재로 그려낸다.[77] 사티로스의 성적 전능을 통해 표현된 니체의 '자연'은 끊임없는 변천 속에 영원히 창조하는 어머니의 형상으로 묘사되기도 한다. 니체는 파괴 뒤에는 언제나 자연으로부터 새로운 창조에의 힘이 솟아난다는 것을 강조한다. 자연은 문명의 허위성을 드러내는 파괴성을 띤 것이자, 다시 문명을 만들어내는 힘의 원천이기도 하다. 이런 점에서 자연을 단순히 야만적인 것으로 치부하는 태도만큼이나 자연을 무조건적으로 선한 것으로 바라보는 낭만주의적 자연관 역시 한계를 지닌다고 할 수 있다.

구인회에서 생명파로 이어지는 길들여지지 않은, 통제 불가능한, 넘쳐흐르는 생성적 힘을 지닌 육체의 생식력에 대한 추구는 이와 같은 니체의 문제의식과 관련하여 파악된다. 이들은 문명 이전의 삶이 아니라 "문화를 건설할 수밖에 없는 조건, 문화를 건설하지 않고서는, 즉 문화라는 하나의 베일을, 삶을 보호하는 지평을 건설하지 않고서는 삶을 유

76 김주휘, 「니체의 '자연' 사유에 대한 소고」, 94~96쪽.
77 프리드리히 니체, 『비극의 탄생』, 119쪽,

지할 수 없는" "자연적 조건"에 대한 비극적 인식을 지니고 있었다.[78] 아울러 구인회 동인들에게 예술은 역사와 동떨어져 흘러가는 미적 자율성의 산물이 아니었다. 예술이 자기외적 목적에 대한 종속에서 벗어나 과학적 진리나 도덕적 가치와 구별되는 순수미를 탐구하려고 한 것이 '예술을 위한 예술'이라는 탐미주의의 이념으로 귀결되었다고 할 때, 구인회가 추구한 것은 이와 같이 파편화된 가치들을 니체주의를 통해 다시금 통합하려는 데 있었다.

그중에서도 김기림은 시론 「오전의 생리」와 시집 『태양의 풍속』에서 니체의 사상을 명랑성과 육체의 생리에 대한 문제로 풀어냈다. 이 시집에서 김기림은 자신을 "절름바리" "우울한 어린 천사"[79]에 비유하며 우울과 권태, 비애에서 벗어나 다시 명랑한 건강성을 회복하고자 하였다.[80] 이 시집의 '화술(話術)'이라는 장의 절 제목으로 들어가 있는 '오후의 예의'가 우울과 권태를 그려낸다면 '오전의 생리'에서는 이와 대비되는 건강한 세계가 그려진다.

이 시집의 서문으로 쓴 「어떤 친한 「시의 벗」에게」[81]에서 김기림은 "歎息. 그것은 紳士와 淑女들의 午後의 禮儀가 아니고 무엇이냐?"고 말하

---

78   김주휘, 「니체의 '자연' 사유에 대한 소고」, 100쪽.

79   김기림, 「우울한 천사」, 『김기림 전집』 1, 심설당, 1988, 40쪽.

80   김기림의 문학에 나타난 명랑성에 주목한 연구로는 소래섭과 김예리의 연구가 있다. 그중에서도 소래섭은 김기림이 언급한 바 있는 '각도'의 문제를 니체의 원근법주의(perspectivism)와 연결시키며, 이들의 상대주의가 가치를 개입시키고 있기 때문에 허무주의로 귀결되지 않는다고 지적한 바 있다. 소래섭, 「김기림의 시론에 나타난 "명랑"의 의미」, 『어문논총』, 2009; 김예리, 「김기림의 예술론과 명랑성의 시학 연구 : 알레고리와 배치의 기술을 중심으로」, 서울대 박사 논문, 2011.

81   여기서 김기림은 운문을 '낡은 예복'에 비유하며 "아무래도 그것은 벌서 우리들의 衣裳이 아닌 것 같다"라고 말하기도 한다. 모더니티에 대한 추구, 산문성에의 지향 등 김기림의 시론은 김수영의 시론을 연상시키는 바가 적지 않다.

면서, 곰팡내 나는 '오후의 예의'를 대신하여 "놀라운 오전의 생리"를 추구해야 한다고 주장한다. 그것은 신선하고 발랄하고, 대담하고 명랑하고 건강한 태양의 풍속을 배움으로써 가능하다는 것이다. 이에 「분수」[82]에서 그는 "순아 어서 나의 病室의 문을 열어다고"라며 퇴폐적인 우울의 상태에서 벗어나고자 하는 의지를 그린다. 명랑하고 유쾌한 풍경은 '태양'과 '대낮'의 이미지를 통해 나타난다. 김기림은 "사람의 心臟에서 피를 몰아내고 그 자리에 아침 湖水의 자랑과 밤의 한숨을 모르는 灰色 建築을 세우"(김기림, 「상공운동회」)려는 문명의 기획에 저항하면서, 생명력이 사라지는 세계에 다시 '태양'의 열기를 불어넣으려 하였다.

> 太陽아/다만 한번이라도 좋다. 너를 부르기 위하야 나는 두루미의 목통을 비러오마. 나의 마음의 문허진 터를 닦고 나는 그 우에 너를 위한 작은 宮殿을 세우련다. 그러면 너는 그 속에 와서 살아라. 나는 너를 나의 어머니 나의 故鄕 나의 사랑 나의 希望이라고 부르마. 그리고 너의 사나운 風俗을 좋아서 이 어둠을 깨물어 죽이련다.//太陽아/너는 나의 가슴속 작은 우주의 호수와 산과 푸른 잔디밭과 흰 방천에서 不潔한 간밤의 서리를 핥아버려라. 나의 시내물을 쓰다듬어 주며 나의 바다의 搖籃을 흔들어 주어라. 너는 나의 병실을 어족들의 아침을 다리고 유쾌한 손님처럼 찾아오너라.//太陽보다도 이쁘지 못한 詩. 太陽일 수가 없는 설어운 나의 시를 어두운 病室에 켜놓고 太陽아 네가 오기를 나는 이 밤을 새여가며 기다린다.
>
> ─「太陽의 風俗」 전문[83]

「태양의 풍속」에서 화자는 "나의 어머니 나의 고향 나의 사랑 나의 희

82 김기림, 「분수」, 앞의 책, 67쪽.
83 김기림, 「태양의 풍속」, 위의 책, 17쪽.

망”인 '태양'을 반복해서 호명하며 '병실'의 어둠을 좇고 건강성을 회복하고자 한다. 하지만 "太陽일 수가 없는" 시를 쓰고 있다는 데서 발생하는 격차로 인해 우울함이 나타난다. 명랑성과 건강성에 대한 요구가 강렬할수록 이와 배치되는 현실세계의 풍경 속에서 더욱 강한 우울을 느낄 수밖에 없다. 불모의 세계에 신선한 생명력을 다시금 일으키려는 예술가의 염원이 강할수록 비극의 강도 역시 높아진다. 김기림의 시에서 반복적으로 재현되는 '태양' 기호가 니체의 영향을 받았음은 이 시집의 마지막에 배치된 「상공운동회」[84]를 통해 확인된다. 이 시에서 김기림은 "살어있는 「짜라투-스트라」의/山上의 탄식"을 말하며 서문에서 말했던 '오전의 생리'에 대한 추구가 결국 실패로 돌아갔음을 보여준다.

한편 이상은 자신이 섭렵한 방대한 서적들에 나오는 기호들의 의미를 재배치하는 기획을 통해 니체적 허무주의를 끝까지 밀어붙였다. 이상의 시에서 하나의 기호는 이중적인 의미를 띠며 무한한 의미의 변주를 보여준다. 니체의 '태양' 기호 역시 그러하다. 가령 이상은『건축무한육면각체』의 마지막 시 「대낮」에서 수많은 인공태양들이 뜨고 지는 풍경을 패러디함으로써 인공화 된 세계에 대한 비판을 드러냈다. 「이상한 가역반응」, 「LE URINE」, 「운동」 등에는 인공과 자연, 차가움과 뜨거움의 대립이라는 니체적 사유와 이미지 체계의 기본 구조를 바탕으로 이를 창조적으로 변용한 기계적이고 인공적인 태양 이미지가 나타난다.[85]

이상은 건강한 명랑성을 회복하기 위해 극복해야 하는 질병들의 목록을 제시하는데, '태양' 기호가 부정적으로 변형된 인공태양 역시 이에 해당한다. 인공태양은 몰락해야 할 때를 알지 못하고 인간을 피로하게 만드는 문명을 의미하며, 이에 비해 니체적 태양은 영원회귀의 신화적

---

84 김기림, 「상공운동회」, 위의 책, 122~123쪽.
85 신범순, 「1930년대 시에서 니체주의적 사상 탐색의 한 장면 (1)」, 25쪽.

원환이 회복된 자연의 질서를 의미한다.[86] 인공태양은 변치 않는 절대적 진리로서 진리 자체를 회의하고 부정하는 사상적인 투쟁을 가로막는다. 이상은 차라투스트라가 그러했듯 정오의 사상에 도달하기 위해 '가짜 태양'으로서의 데카당스 예술에 대한 철저한 비판을 실천한다.

그중에서도 이상의 처녀작인 「12월 12일」(『조선』, 1930.2~12)에는 불완전한 허무주의를 넘어서려는 문제의식이 나타나 있다.[87] 이는 '영점의 인간'에 대한 탐구로 정리된다. '영점의 인간'은 자신의 행불행을 남의 행불행인 것처럼 관조하는 사람으로, 이상은 벗어날 수 없는 인간의 운명적 비극을 초극하기 위해 모든 인간적 감정을 초월해야 한다고 말한다. 이상은 이러한 주제의식을 주인공 X의 삶을 알레고리적으로 제시한다. X는 "우주에는 오직 허무 외에는 아무것도 없"[88]다고 말하는 허무주의자로 그려진다. 그러던 그가 일하던 광산에서 갑작스런 석탄차 추돌사고로 죽을 뻔한 경험을 한 이후 완전히 다른 방식으로 세계를 경험하게 된다. 석탄차 추돌사고로 목숨을 잃을 뻔한 순간, 그는 자

점사의 허무주의

86　권희철은 "직선은 원을 살해하였는가"라는 「이상한 가역반응」의 구절을 낮과 밤의 신화적 원환이 깨진 근대의 기계적 시간과 관련지어 해석한다. 또한 「지도의 암실」에 나타나는 "백열전구"는 일종의 인공태양으로 주인공이 잠드는 것을 막아 시간이 순환하는 것을 차단하는 역할을 한다(권희철, 앞의 글, 133~134쪽, 189~191쪽). 이는 니체가 '절름발이' 기호를 통해 지성에 편향된 인간을 "훌륭한 태엽장치"에 비유한 것을 연상시킨다. 지성의 절름발이들은 똑같은 리듬을 기계적으로 반복하는 근대적 질서에서 결코 벗어나지 못한다.

87　이상 문학에 대한 연구자들의 폭발적인 관심과 대비되게 「12월 12일」에 대한 연구는 미미한 편이었다. 이는 이 작품이 처녀작에서 발견되는 기법상의 미성숙을 드러내며 주목할 만한 문학적 성취를 이루었다고 보기 어렵다는 판단 때문으로 보인다. 김윤식은 "〈12월 12일〉은 체계적으로 씌어진 작품이 아니다."라면서 이 소설의 미숙함을 지적한 바 있다(이 상, 『이상문학전집』 2, 김윤식 편, 문학사상사, 1991, 148쪽).

88　이 상, 『이상전집』 3, 권영민 편, 뿔, 2009, 143쪽. 이후 인용 시 책제목과 전집 권수, 쪽수만을 표기한다.

신의 목숨을 희생하는 대신 다른 사람들의 목숨을 구하기로 결심한다. "참으로 생명을 내어던지는 일을 하든 그 의식 업든"[89] 순간의 경험을 통해 그는 세계를 새롭게 바라보게 된다. 그런데 이 장면에서 니체적 기호인 '태양'이 등장한다.

> 태양은—언제나 물체들의짧은그림자를 던저준적이업는 그태양 을머리에이고—엿다는이보다는 빗두로바라다보며살아가는곳이 내가재생(再生)하기전에살든곳이겠네 태양은정오(正午)에도결코 물체들의짧은그림자를던저주기를영원히거절하야잇는—물체들은 영원히 긴그림자만을가짐에만족하고잇지안이하면안이될—그만콤 북극권(北極圈)에갓가운 위경도(圍徑圖)의 수ㅅ자를소유한곳—그 곳이내가재생하기전에 내가살든참으로꿈갓흔세계이겟네 원시(原 始)를자랑스러운듯이니야기하며 하날의놉흔것만알앗든지 법선(法 線)으로만법선으로만 이럿케울립(鬱立)하야잇는 무수한침엽수(針 葉樹)들은 백중천중(百重千重)으로포개저잇는 닙새사이로 담황색 (淡黃色)태양광을 황홀한간섭작용(干涉作用)으로 투과(透過)식히고 잇는 잠자고잇는듯한광경이 내가재생하기전에살든 그나라그북국 이안이면 어느곳에서도어더볼수업는시덕정조(詩的情調)인것이겟 네 오로지지금에는꿈—꿈이라면 넘우나깁히가깁고니저버리기에 넘우나 감명독(感銘毒)한꿈으로만 나의변화만흔생(生)의한쪼각답 게기억되네만은 그언제나휘발유쯱긱이갓흔 갑싼음식에살찐사람 의지방빗갓흔 그하늘을내가부득이련상할적마다구름한점업는 이 청천을보고잇는나의개인(個人)마음까지 지저분한막대기로휘저어 놋는것갓네 그것이영원히나의마음의 흐리터분한기억으로 조곰이 라도밝은빗을얻더보랴고 고닯허하는나의가엽슨로력에최후까지수 반(隨伴)될 저주할방해물인것일세.[90](밑줄_인용자)

89　위의 책, 153쪽.
90　위의 책, 151~152쪽.

니체는『우상의 황혼』에서 사물의 그림자가 가장 짧아지는 정오의 시간에 초인이 도래할 것이라고 말한 바 있다.[91] 이를 암시하듯 X는 자신이 재생하기 전에 살던 곳은 언제나 태양을 비스듬히 바라보며 살아가는 곳으로 묘사한다. 실감이 없는 한낱 꿈처럼 아련하게 사라져가는 것으로 그려지는 과거의 삶은 "억지로 매질을 바다가며 강제되는『삶』"[92]에 다름 아니었다. 법선이 울립하여 있는 "무수한 침엽수"는 지구 위에서 살아가는 인간의 형상을 그린 것으로, X는 생명의 본질을 망각한 채 "흐리터분한 기억"을 가지고 살았던 과거의 삶을 반성한다. 이를 통해 그는 "조그만한 경멸할 니힐리스트였던" 과거의 자신을 반성하며,[93] "신에 대한 최후의 복수는 부정되려는 생을 줄기차게 살아"가는 것임을 깨닫게 된다.

「12월 12일」은 사건을 우주적 관점에서 이해함으로써 순수 사건과 인칭적 사건 사이에 존재하는 거리가 무화되는 장면을 보여준다.[94] 이 소설에 등장하는 끝없는 우연의 반복은 들뢰즈가 말한 비인칭적인 죽음, 즉 인칭과 관계없이 순수 사건으로 우주에서 영원히 반복되는 사건으로서의 죽음과 관련된다. 우주적 섭리와 동일시할 때 죽음은 기쁨과 슬픔을 초월해 있다.[95] 죽음은 반복되는 사건이지만 현상학적인 차원에서는 개체에게 두려움과 슬픔으로 다가온다. 우연에 대한 긍정은 인칭적인 죽음과 비인칭적인 죽음을 일치시키면서 두려움과 슬픔과는 다른 차원의 의미를 발생시킨다.[96] 이는 우연과 운명이 대립하는 것이 아님을, 자연사와 자살이 일치하는 경지이기도 하다. 개체적 자아의 두려움에서 벗어나 우주와의 일치를 인식하게 된 주체에게 죽음은 삶과 대립하지 않으며, 전체로서의 삶 안에서 긍정될 수 있는 것으로 변화한다.

이런 점에서 '영점의 인간'은 모든 운명적 우연들과 대결하면서 생성을 긍정하는 니체의 초인과 관련된다. 니체가 『비극의 탄생』에서 설명한 것처럼, 가상적인 존재를 창조하는 것은 감각 지각의 부정확함과 거칢의 결과로서 사태를 있는 그대로 파악하지 못하는 무능의 결과이다. 무정형의 혼돈에서 살아남기 위해서는 아폴론적인 것을 통해 경계 구분이 필요한 것이다. 그런데 동시에 인간은 그러한 통일성의 부여가 인간의 무능에 의한 일시적이고 기만적인 틀임을 깨닫고 다시 우연과 생성을 긍정하며 '비역사적인 것'의 지평을 수용해야 한다. 1920년대 김억과 김소월이 감각을 '무한'과 연결 지은 것 역시 삶이 고양된 상태로서 '디오니소스적인' 상태에 이르기 위해 개방된 감각의 풍요로움을 획득하고자 하는 지향과 관련된다. 니체는 이를 사랑하는 법조차 배워야 한다는 명제와 관련짓는다.

> 사랑하는 것을 배워야 한다. ─음악의 세계 안에서 우리에게는 이런 일이 일어난다. 우선 우리는 전체적인 주제와 선율을 듣는 것을 배워야 한다. 즉 소리를 골라내서 듣고, 구분하고, 독자적인 생

---

96 이와 같은 대립이 시간의 차원으로 전개될 때, 이는 수렴하는 시간(시계)과 발산하는 시간(우주적 시간)의 대립으로 나타난다. 이러한 대립은 인간의 제한적인 분별력에 의한 구분일 뿐, 양자는 구분되는 것이 아님을 말하고자 하는 것이 이상의 의도였다고 생각된다.

명으로 분리하고, 경계를 짓는 것을 배워야 한다. 그 다음에는 그 것을 견뎌내려는 노력과 의지가 필요하다. 그것이 생소할지라도 그 눈길과 표현을 참아내고, 그것이 지닌 기이함을 부드러운 마음 으로 받아들여야 한다 : ―그리하여 결국 그것에 친숙해지고, 기대 를 품고, 그것이 없으면 아쉬워하게 되리라고 예감하는 순간이 찾 아온다 ; 이제 음악은 자신의 힘과 마력을 계속해서 발휘하여 우리 가 자신에게 굴복당해 겸손해지고 매료된 연인이 되어, 이 세상에 서 그것만을 그리고 또 그것만을 원하며, 다른 어떤 것도 그것보다 더 나은 것은 없다고 여기기 전에는 끝을 맺지 않는다. ―하지만 음 악 안에서만 이런 일이 일어나는 것은 아니다. 우리가 지금 사랑하 고 있는 모든 것에 대한 사랑도 우리는 그런 방식으로 배워왔다.[97]

니체는 사랑하는 것을 음악을 듣는 법을 배우는 과정에 비유한다. 음 악을 제대로 듣기 위해서 우선 전체적인 선율을 듣는 것, 즉 경계 짓는 것을 배워야 한다. 이는 무정형의 혼돈에서 경계를 짓는 통일성의 작업 으로 비인칭적인 것을 인칭적인 것으로 변화시키는 것을 말한다. 그 다 음으로 그것을 견뎌내려는 노력과 의지가 필요한데, 이는 대상의 미세 한 부분까지 충실하게 된다는 것을 의미한다. 그렇게 되면 사랑하는 대 상과 자신이 분리되지 않는 사랑의 순간이 도래한다. 비인칭적인 것과 인칭적인 것의 구분이 무화되어 그 어떤 것도 원하지 않게 되는 사랑의 순간이 오면 생소하고 두려운 것이었던 세계가 친숙한 사랑의 공간으 로 변모한다. '영점의 인간'은 이와 같은 사랑의 순간을 계속해서 생성 해내기 위해 친숙했던 것에서 다시 낯설고 생소한 무한의 감각을 발견 해내는 것을 두려워하지 않는 힘을 지닌 자이다.

니체는 "자기 자신을 통제할 것을 명령하는 도덕주의자"들이 가져오

97 프리드리히 니체, 『즐거운 학문 · 메시나에서의 전원시 · 유고(1881년 봄~1882 년 여름)』, 302쪽.

는 질병으로 인해 "그의 영혼의 가장 아름다운 우연들로부터 단절되어 빈곤해"져버린 상황을 비판하며, "사람들은 때때로 자신을 잃을 줄 알아야" 한다고 말하였다. "우리와 다른 것들로부터 무언가를 배우기를 원한다면 말이다."[98] 허구로서의 사랑을 추구하지 않을 수 없는 인간의 무능에 대한 깨달음을 통해 그는 더욱 강렬하게 사랑을 추구하는 동력을 얻는다. 마찬가지로 '영점의 인간'은 인간의 삶이 죽는 순간까지 운명적 우연에 맞서지 않을 수 없는 것임을 알게 됨으로써 삶을 사랑하게 된다. 그는 더 많은 생성과 진리를 포함할 줄 아는 영혼의 크기를 갖추기 위해 더 많이 보고 더 많이 경험하며 더 많은 관점을 거침으로써 창조의 힘을 갖추고자 한다.

이러한 점에서 '영점의 인간'은 업이 소멸할 때까지 수동적으로 생을 반복해야 한다고 보는 불교적 허무주의와는 구분된다. 비역사적, 비시간적인 순간을 끊임없이 소환함으로써 편협성을 극복하고 삶의 고통스러운 이면까지도 긍정하려는 것이 니체의 영원회귀라면, 불교에서는 업을 통해 고통스러운 경험을 설명함으로써 현실 체념적이고 현실 순응적인 태도로 귀결된다.[99] 선과 악의 이원론을 넘어서고 삶의 고통스러운 이면까지도 긍정하려는 니체의 디오니소스주의는 "불완전한 것들까지도 필수적인 것으로 느끼는" 긍정의 자세와 관련된다.[100] 이런 맥락에서 「12월 12일」에서 '허무주의자'라고 소개된 X는 불교적 허무주의

---

98 위의 책, 282쪽. 이 부분의 인용은 김주휘, 「니체의 사유에서 영혼의 위계와 힘의 척도들」, 171쪽의 번역을 따랐다.

99 보편적인 인과의 법칙인 업(카르마)은 인간의 조건을 정당화해주고 역사적인 경험을 설명해줌으로써 위안의 원천이 될 수 있었다. 허나 시간이 흐르면서 '업'이 인간의 '예속상태'를 나타내는 상징이 되어버리면서 카르마의 소멸이 추구되지 않을 수 없었다. 미르치아 엘리아데, 『영원회귀의 신화』, 121∼122쪽.

100 김주휘, 「니체의 사유에서 영혼의 위계와 힘의 척도들」, 174쪽.

에 빠져 있었다가 죽음의 체험을 통해 우연으로서의 삶을 긍정하는 능동적 허무주의에 이른 것으로 볼 수 있다.

2) 부정적 '거울' 기호와 최저낙원의 순백한 우수

이상 문학에 나타나는 '거울' 기호는 불완전한 허무주의에서 빠져나오지 못하고 있는 상태와 관련된다. 이는 「12월 12일」에 나타났던 '절름발이'와 병세를 '진단'[101]하는 모티프는 니체적 기호이기도 하다. 니체는 『차라투스트라는 이렇게 말했다』에서 타란툴라적 역사에 갇힌 거미와 같은 존재들을 "지식의 절름발이"에 비유하면서 "그들이 지혜롭다고 자처할 때면, 그 보잘것없는 금언과 진리에 나는 소름이 돋는다"라고 비판한다. 이들의 지혜를 "훌륭한 태엽장치"에 비유하며 니체는 스스로 신성한 중심이 되지 못하고 이성과 역사의 촘촘한 거미줄에 걸려 삶에 대한 건강한 감각을 상실해버렸음을 비판한다. 이상이 「지비」(『조선중앙일보』, 1935.9.15)[102]에서 이 세상은 비극이면서 비극이 아니고 무사한 것처럼 보이는 병원이며 거기에서 살아가는 인간들은 '없는 (것처럼 보이지만 실재하는) 병(無病)'을 치료받기 위해 기다리는 환자들로 보는

---

101 「오감도 시제4호」에는 "책임의사 이상"이 진단한 "환자의용태에 관한 문제"가 숫자와 검은 원의 기호로 등장하며, 시제8호는 '해부'라는 부제가 붙어 있기도 하다. 불교의 연기설과 사성제(불타가 깨달음에 이른 후 최초로 베푼 가르침)는 붓다에 의해 고대 인도 의학으로부터 차용된 것이라고 한다(에리히 후라우바르너, 『원시불교』, 박태섭 역, 고려원, 1991, 21쪽). 남회근은 불법이나 노장 및 『역경』이 모두 마음을 치유하는 학문이라고 하면서 동양 경전과 고대 의학의 관련성을 지적하기도 한다. 남회근, 『황제내경과 생명과학』, 신원봉 역, 부키, 2015, 145쪽.

102 "내바른다리와안해원다리와성한다리끼리한사람처럼걸어가면아아이夫婦는부축할수업는절름바리가 되어버린다. 無事한世上이病院이고꼭治療를기다리는無病이꼿꼿내잇다". 『이상전집』 1, 99쪽.

것 역시 근대문명의 불모성에 대한 비판과 관련된다.

이상은 '태양' 기호로 상징되는 생명력을 회복하기 위해 사람이 '광선=거울'이 된 상태를 제시한다. 유일하게 긍정적인 '거울'로 나타나는 「선에관한각서 7」에서 "光線이 사람이라면 사람은 거울이다. / 光線을 가지라"라는 구절은 다시 생명을 회복하기 위해 사람 자체가 우주-거울이 되어야 함을 주장하는 것으로 해석된다. 이는 우주와 자아가 단절되지 않은 상태를 의미한다. 하지만 이상의 작품에서 두드러지는 것은 부정적인 '거울' 기호이다. 우주와 자아가 단절된 상태를 의미하는 부정적인 거울의 차가운 속성[103]은 인간을 절름발이로 만든 차가운 지성의 한계를 보여준다. 다시 말해 거울은 지식, 논리, 이성의 2차원의 평면에 갇혀 모방하는 수준에서 벗어나지 못하고 있는 근대 세계의 자화상을 가리킨다.

「선에관한각서 6」에서 "사람은사람의客觀을버리라//主觀의體系의收歛과收歛에依한凹렌즈"에서 '사람의객관'은 '주관'을 달리 표현한 것으로, 이는 주관에 갇혀 세계를 인식하는 자아의 인식이 오목렌즈에 비유된다. 사방에서 들어오는 빛은 오목렌즈를 통과하면서 마치 허초점(虛焦點)이라고 하는 하나의 점에서 들어오는 것처럼 인식되는데, 이상은 주체가 세계를 인식하는 방식 역시 이와 다르지 않은 것으로 본다. 혼돈한 자연세계를 인식하기 위해서는 인간 문명은 주관이라는 오목렌즈로 수렴된 사실만을 진실이라고 받아들인다는 것이다. 이와 반대로 볼록렌즈는 빛을 하나의 초점으로 모아 집중시키는 작용을 하는데, 이상은 이를 「선에관한각서 2」에서 "인문을뇌수를마른풀처럼소각하는" 유클리드의 초점이라고 표현한다. 여기서 유클리드가 제시한 기하학의

---

103 "설마 그렇랴? 어디觸診……/하고 손이갈때 指紋이指紋을 가로막으며/선뜩하는 遮斷뿐이다" —「명경」

공준(公準)들이 이 연작시의 제목인 '선'에 대한 것들이라는 점에서 중요한 의미를 지니는데, 그중에서도 '한 직선이 다른 두 직선과 만날 때 어느 한쪽에 나타나는 두각을 합해서 180°보다 작을 때는 그 두 직선을 어디까지 연장해도 합해서 180°보다 작은 각이 있는 쪽에서 만나게 된다'라는 제5공준은 볼록렌즈의 작용과 마찬가지로 한 점으로 수렴되는 두 직선과 관련된 것이다. 이상은 유클리드를 통해 볼록렌즈의 수렴 작용을 설명하면서 근대적 주체, 즉 그 자신의 사유로 세계의 존재를 확신하는 주체의 오만을 비판한다.

김기림과 달리 이상은 상승하는 '태양' 기호가 아니라 조락해가는 최저낙원의 풍경을 그려냄으로써 역설적으로 건강성에 대한 희구를 보여준다. 이상 문학에 나타난 고통과 절망은 그가 얼마나 최저낙원의 세계에서 벗어나고자 했는지를 알려준다. 이상은 자신의 사상을 '뇌수에 피는 꽃'[104]이라고 표현하면서 사상의 꽃을 피우고자 하는 의지를 드러냈다. 그는 "적토 언덕 기슭에서 한 마리의 뱀처럼 말라 죽을지도 모르지만, 나는 아름다운 – 꺾으면 피가 묻는 고대(古代)스러운 꽃을 피울 것이다."[105]라고 토로한다. 이는 몹시도 고독한 투쟁으로 그려진다. 그의 시 「절벽」에는 보이지 않고 향기만 만개한 꽃을 간절하게 찾는 시적 주체가 등장하며, 「꽃나무」에는 "제가생각하는꽃나무에게갈수" 없는 꽃나무가 그려진다. '꽃'은 이상의 사상이자 그의 존재 자체를 은유하는 것이었으며, 이를 펼치지 못하는 상황에 대한 절망이 '꽃'을 잃어가는 과정으로 그려진다. 그런데 다음 시에는 최저낙원에 대한 절망에도 불구하고 불모의 세계에 생명의 꽃을 피우고자 하는 그의 열망이 나타나 있다.

불길과같은바람이불었건만불었건만얼음과같은水晶體는있다.憂愁는DICTIONAIRE와같이純白하다. 綠色風景은網膜에다無表情을가져오고그리하여무엇이건모두灰色의明朗한色調로다./들쥐(野鼠)와같은險峻한地球등성이를匍匐하는짓은大體누가始作하였는가를瘦瘠하고矮小한ORGANE을愛撫하면서歷史冊비인페이지를넘기는마음은平和로운文弱이다. 그러는동안에도埋葬되어가는考古學은과연性慾을느끼게함은없는바가장無味하고神聖한微笑와더불어小規模하나마移動되어가는 실(糸)과같은童話가아니면아니되는것이아니면무엇이었는가./진綠色납죽한蛇類는無害롭게도水泳하는瑠璃의流動體는無害롭게도半島도아닌어느無名의山岳을島嶼와같이流動하게하는것이며그럼으로써驚異와神秘와또한不安까지를함께뱉어놓는바透明한空氣는北國과같이차기는하나陽光을보라. 까마귀는恰似孔雀과같이飛翔하여비늘을秩序없이번득이는半個의天體에金剛石과秋毫도다름없이平民的輪廓을日沒前에빗보이며驕慢함은없이所有하고있는 것이다./이러구려數字의COMINATION을忘却하였던若干小量의腦髓에雪糖과같이淸廉한異國情調로하여假睡狀態를입술우에꽃피워가지고있을지음繁華로운꽃들은모다어데로사라지고이것을木彫의작은양이두다리잃고가만히무엇엔가귀기울이고있는가./水分이없는蒸氣하여왼갖고리짝은마르고질리지않는[106]午後의海水浴場近處에있는休業日의潮湯은芭蕉扇과같이悲哀에分裂하는圓形音樂과休止符, 오오춤추려나, 日

---

106 이 구절은 1956년 『이상전집』을 발간한 임종국의 번역 이래 "왼갖고리짝은말르고말라도시원찮은—"이라고 번역되어왔다. 그러나 일본어 원문이 "あらゆる行李は乾燥して/飽くことない—"로 "왼갖고리짝은마르고/질리지않는—"으로 번역하는 것이 타당하다. 이를 풀어 쓰면 '증기에 수분이 없어서 모든 고리짝(행리, 행장)은 마르고'에서 끊어 읽고, '질리지 않는(싫증나지 않는)'이 그 뒤에 이어지는 "오후의 해수욕장 근처에 있는 휴업일의 조탕"을 꾸며주는 것이 된다.

曜日의뷔너스여, 목쉰소리나마노래부르려무나日曜日의뷔너스여.
— 「LE URINE」 부분[107]

불길과 같은 바람에도 "얼음과 같은 수정체"는 녹지 않는다. 수정체
는 동공(瞳孔)의 뒤에서 빛을 모아주는 역할을 하는 볼록렌즈 모양의 투
명한 구조물로서, 「선에관한각서 2」에서 "인문의뇌수를마른풀처럼소각
하는" 유클리드의 초점을 연상시킨다. 이는 1연에서 '녹색풍경'으로 그
려지는 자연의 우연과 혼돈을 하나의 화석으로 고착시킨 이후 다시 '영
점'으로 되돌리는 것을 두려워하는 주체의 방어적 자세와 연결된다. '회
색'의 진리는 지식의 가장 나약한 형태를 의미하는 것으로, 더 많은 생
성과 진리를 포함할 줄 아는 영혼의 크기를 지니지 못한 빈곤한 상태를
의미한다. 이로 인해 자연의 무한한 감각들은 "무엇이건모두灰色"의 무
표정으로 변화되어버린다. 이 시에서 '역사'를 빈 페이지에 비유한 것
역시 그것이 더 많은 관점을 포함할 수 있는 영혼의 크기를 제공해주는
것과 무관한 불모의 지식이기 때문이다. 이는 역사 역시도 도덕이나 지
식과 마찬가지로 가상이나 허구에 불과한 것으로, 그것이 인간의 삶을
위해 봉사하는 한시적이며 상대적이라는 인식을 담고 있기도 하다.

이와 대비되는 것으로 순백한 '우수'가 나타난다. 시적 주체는 이성적
사유에 의해 차갑게 냉각된 세계에서 "瘦瘠하고矮小한ORGANE을" 애
무하며 생식력을 상실해버린 대지에 대한 슬픔에 잠겨 있다. 그는 생식
력을 상실해버린 역사의 조락을 슬퍼하는데, 이 슬픔에서 냉각된 세계
를 녹일 수 있는 "실(糸)과같은童話"의 이미지가 출현한다. 이 시의 제
목이 프랑스어로 '오줌'을 의미한다는 데서 '실과 같은 동화'는 오줌줄
기로 해석되어왔는데, 이 시에 나타난 우수나 비애와 관련하여 이를

107 이 상, 『이상전집』 1, 233쪽.

'눈물'의 이미지로 볼 수도 있다. 니체가 그리스 비극을 분석하며 문화를 만들어내는 힘으로서의 디오니소스적인 것에 주목했던 것처럼, 이 시에서 이상은 낡은 역사적 가상을 부정하고 다시 새로운 역사를 만들어낼 수 있는 원동력으로서 슬픔을 요청한다. 기존의 낡은 서판을 평화롭고 '무해롭게' 부수며 '아이'가 자기 창조의 놀이에 몰두할 수 있는 기반을 구축한다.

이는 3연의 지구등성이를 기어가는 뱀 이미지와 연결된다. 이 디오니소스적 뱀은 무표정한 역사의 풍경을 매장시키고 지상을 유영(遊泳)하듯이 포복하며, 고정되어 있는 것처럼 보이는 '산악'과도 같은 진리를 "驚異와神秘와또한不安" 속에 유동하는 것으로 만들어버린다. 바닥에 납작하게 엎드려 온몸으로 땅과 접촉하는 지상적 동물인 뱀은 차라투스트라의 동물 가운데 하나이기도 하다.[108] 인간의 삶을 고양시키기 위해 다른 영혼으로 들어가는 소통력을 증진시킬 필요가 있다고 보았던 니체는 다른 영혼과의 소통은 도덕적인 현상이 아니고 생리학적 예민 반응에 따른 것이라면서 무엇보다 외부에 대해 개방된 감각을 중시하였다. 감각의 열림을 통해 인간은 세계를 이해할 수 있는 "더 많은 눈을, 다양한 눈을" 가질 수 있으며, 그럴수록 '개념'이나 '객관성'은 더욱 완벽해진다.[109] 3연에서 디오니소스적 뱀의 이미지가 양광(陽光)과 결합된 까마귀의 형상으로 변신하는 것은 니체의 정오의 사상을 연상시킨다. 니체는 기만적인 존재의 틀을 부과하지 않고 사물을 있는 그대로 이해할 수 있게 된 상태를 그림자가 사라진 정오의 순간에 비유한다.

---

108 김주휘는 니체에게 "가장 높은 인간"이 가장 광대한 책임감을 가능하게 하는 강인한 심장과 더불어 "가장 밝고 날카로운 눈과 가장 긴 팔"을 가진 존재였다면서, 이를 지상적 동물인 뱀과 연결 짓는다. 김주휘, 「니체의 사유에서 영혼의 위계와 힘의 척도들」, 앞의 글, 172쪽.

109 프리드리히 니체, 『선악의 저편 · 도덕의 계보』, 483쪽.

이 시에서는 이것이 뱀과 까마귀의 형상으로 재현된다.

이어서 4연에는 "번화로운 꽃들"이 사라지고 "목조의 작은 양"으로 묘사되는 왜소한 주체가 무언가에 귀를 기울이고 있는 장면이 나타난다. 「12월 12일」에서 재생 이전의 X가 과거의 일을 마치 꿈인 것 같았다고 회상하듯, 이 시의 시적 주체 역시 "가수(假睡)상태"에서 자신의 삶을 반추하고 있다. 여기서 시적 주체가 망각한 것으로 그려지는 "數字의COMINATION"은 「삼차각설계도」의 「선에관한각서 1」, 「선에관한각서 3」, 그리고 「오감도－시제4호」와 「건축무한육면각체」의 「진단 0 : 1」에서 반복해서 등장하는 숫자와 ●의 배치와 같은 '조합'(combination)[110]과 관련되는 것으로 해석된다. 이것을 창조적 생성에 이르기 위한 비밀을 담고 있는 신비로운 창조적 생성의 조합을 가리키는 것으로 본다면, 이 시에서는 이를 망각하고 만 고통과 절망을 표현한 것이라 볼 수 있다. 이와 같은 절망은 그 다음 연에 나타나는 '수분이 없는 증기'를 의식이 완전히 증발해버려 다시 물방울로 돌아오지 않는 지경에 이른 것으로 나타난다.[111] 이는 '뇌수의 꽃'이 자라날 수 없게 변해버린 상황을 가리킨다.

이에 시적 주체는 자신의 뮤즈인 '비너스'에게 노래하기를 청한다. '비너스'의 노래는 태양을 연상시키는 "원형음악"(圓形音樂)으로 표현된다. 비너스를 '태양'의 이미지와 관련시켜 '일요일(sunday)'의 비너스라

천사의 허무주의

---

110 조합(combination)은 선형대수학에서 쓰이는 개념으로 서로 떨어져 있는 특정한 두 지점이 있을 때 한 지점에서 다른 지점으로 가기 위한 경우의 수의 조합을 의미한다. 이상은 이를 탄생에서 죽음에까지 이르는 인생의 경로에 비유한 것으로 보인다. 이상의 작품에 나타나는 '미로'의 기호는 삶과 죽음을 '조합'으로 보는 관점이 반영된 것이다.

111 이는 다음 수필에 나타난 문장과 관련되는 것으로 파악된다. "그는 월광의 파편 위에 쓰러졌다. 증발한 의식이 차디차게 굳어가는 그 구각에 닿아도 다시 빗방울로는 되지 않았다." 「얼마 안 되는 변해」, 『이상전집』 4, 350쪽.

고 호명하고 있는 점도 특기할 만하다. 일요일은 예수가 부활한 요일이기도 하다는 점에서, 이를 통해 "원형음악"이 가수상태에 빠진 시적 주체의 잠을 깨워줄 부활의 음악을 의미하는 것으로 해석할 수 있다. 비애로 인해 목 쉰 소리로 불리는 것이나마 황무지에 다시 생명의 꽃을 피워내기 위해 죽는 순간까지 부활의 노래를 멈추지 않겠다는 강력한 의지를 표현한 것이다.

3. '생명파'의 카인 모티프와 불모성의 극복 문제

1) 정신적 표박자(漂迫者)들의 유랑 : 오장환의 보헤미안적 카인

구인회와 생명파 시인들의 접점은 카인 모티프에서 찾아볼 수 있다. 이전의 시인들에게서 단편적으로 나타났던 카인 모티프는 '생명파'라고 불리는 일군의 시인들에게서 전면화되어 나타난다. 이들에게 카인은 반항적인 정신을 대표하는 인물 또는 망국민으로서 방랑의 운명을 부여받은 형상으로 나타난다. 이들은 스스로를 '카인의 후예'로 자처하면서 문명의 불모성을 극복하기 위한 육체성의 탐구를 추구하는 한편, 육체성에 대한 탐구가 정신과 영혼의 문제와 동떨어져 있지 않다는 인식의 전환을 함께 보여준다.

'생명파'라는 명명은 이 당시 다양한 양태로 분화되고 교차하며 난맥상을 형성하였던 당시 시단의 흐름을 뭉뚱그려 표현한 것으로 애매모호한 측면이 없지 않다. 그럼에도 불구하고 일군의 시인들을 '생명파'라고 묶을 수 있는 것은 당시 문단 안팎으로 팽배해 있던 시대정신으로서의 '생명의 위기' 혹은 '인간성의 위기'라는 문제의식에 대한 대응 양상에서 공통점을 드러내기 때문이다.

萬若 우리들의 뮤우즈들이 좀더 총명한 頭腦와 明徹한 정신의 소유자로서 肉體와 精神을 相互 分離시키지 않고 좀더 깊고 넓게 時代相과 精神的인 결투를 하였다하면 詩라는 것이 意味와 音의 兩面의 審美性의 剛烈한 統一 가운데 빚어지는 열매(實)라는 것을 이해하였다면 경박한 "모더니즘"이나 "포르마리즘"등의 流行病에 걸려 험한 '亞流' 노릇을 하지 않고 서로 생활을 영위할 수 있었을 것이며 소박한 정치적 개념과 선전 삐라를 자기도 모르게 제작하지 않고서도 문학할 수 있었을 것이다.[112]

세째 슬픈 겨레로서 유일한 희망의 길은 아무리한 원수의 박해 아래서도 굴하지 않고 끝까지 견딜 일이니 그러한 강인하고 줄기찬 야성적 생명력을 잃지 않도록 겨레를 채찍질하여야 된다는 것이었읍니다. 그러한 생각에서 이 마지막 야성적 生命力을 노래한 것으로는 北滿으로 가기 전후하여 남긴 〈日月〉〈頌歌〉〈生命의 書〉 등이 있는 것입니다.[113]

위 인용문은 윤곤강과 유치환이 각각 쓴 것으로, 이들은 "시대상과 정신적 결투" "마지막 야성적 생명력"이라는 구절에서 각각 강조하듯, 시대와 불화하는 투쟁적 태도를 강조한다. 이들은 모더니즘과 계급주의 시로는 포착할 수 없는 영역을 '생명'이라는 용어를 사용하여 표현했다. 이들의 '생명' 인식은 인간의 중간자적 위치에 주목한 실존주의 철학의 영향 하에 있는 것으로 이해되어왔으나,[114] 이를 실존주의의 영향만으로 파악하기는 어렵다. '생명파'의 시에는 무한자와 유한자를 하늘과 땅, 신과 짐승에 대입하는 변증법적인 입장뿐만 아니라 스스로를 인신(人神)적 존재 혹은 작은 신으로 보는 니체의 초인 사상이 함께 나타

112 윤곤강, 「현대시의 반성」, 『조선일보』, 1938.6.
113 유치환, 『구름을 그리다』, 신흥출판사, 1958, 24쪽.
114 오세영, 『20세기 한국시 연구』, 새문사, 1989, 217쪽.

나기 때문이다.

서정주는 생명파를 '사람의 기본적 가치의식, 그 권한의식—이런 것 때문에 질주하고 저돌하고 향수하고 원시회귀하는 시인들'이라고 설명한다. 그는 생명파가 일제말기에 자연스러운 대응방식으로 '나체'를 선택하게 되었다고 진술하면서 서정주, 김동리, 오장환과 동인지 『생리』의 유치환이 이런 공통의 정신을 지향하고 있었다고 밝혔다.[115] 당대의 비평가들도 이들의 시에서 이전과는 달리 육체적인 감각이 전면화된다는 점에 특히 주목하였다. 김기림은 오장환의 시 「신생의 노래」를 평하면서 "「獻詞」이래 이 시인의 시가 우리에게 육박해오는 힘은 어떤 육체적인 압력"이라면서 오장환의 시가 정신의 비극을 육체로써 체험할 때 전달되는 박력을 가지고 있다고 평한 바 있다.[116] 그중에서도 생명파 시에 나타난 '비애'와 관련해 서인식의 「애수와 퇴폐의 미」[117]는 주목할 만한 견해를 보여준다.

> 현대에 투탁(投託)할 곳을 갖지 못한 그들에게 갈 곳이 있다면 그 하나는 퇴폐의 길이다. 그들은 카인의 말예(末裔)가 되지 않을 수 없다. 설사 무너져간 전통이나 잃어버린 정신의 세계라 하더라도 그것이 우리의 회상의 대상이 될 수도 있고 내면적 생활의 지주가 될 수 있는 한 그것은 어느 의미에서는 우리의 자랑이고 보물이다. 그것은 의연히 우리의 행로에 있어서 십자성의 역할을 알 수 있다. 그러므로 그것을 회상하는 애수의 정이란 고○(苦○)한 듯하면서도 기실은 감미(甘美)한 것이다. 애수한 정의(情意)의 바다의 표면에 일어나는 연파(連破)나 미풍과 같은 것이다. 그것은 인간의 감정을 그 근저로부터 번복(飜覆)하고 교란(攪亂)하는 것이

---

115 서정주, 「한국현대시의 사적 개관」, 『동국대논문집』 2-11, 1965.
116 김기림, 「감각·육체·「리듬」」, 『인문평론』, 1940.2.
117 서인식, 「애수와 퇴폐의 미」, 『인문평론』, 1939.1.

아니다."[118]

　여기서 서인식은 조선인뿐만 아니라 현대인들은 모두 애초부터 마음의 고향을 가진 적이 없는 "정신적 표박자"들이라고 지칭한다. 현대인들에게 전통은 "매력없는 형해(形骸)"에 불과한 것으로, 이들은 자신들이 가져본 적이 없는 것에 대한 동경을 부질없는 비애로 표출하고 있다는 것이다. 허무와 애수가 "회상의 대상이 될 수도 있고 내면적 생활의 지주가 될 수도 있는" 전통이 부재한 데서 발생한다고 보는 관점은 주목할 만한 것이다.[119] 이는 하이데거가 말하는 귀향에 대한 문제의식을 비롯해 인간 존재의 불안을 전통을 세우는 방식으로 해결하고자 했던 엘리엇의 전통론과도 관련된다. 서인식은 현대의 퇴폐를 노래한 시인으로 오장환을 들며 「폐역(廢驛)」과 같은 현대에 발붙일 곳을 갖지 못한 그가 표박(漂迫)과 독향(毒香), 죽음과 카인을 노래함은 자연스러운 일"이라고 말하기도 하였다.

　그는 현대인들을 "정신적 표박자"들이라고 칭하면서 돌아갈 곳을 잃어버린 채 여기저기를 유랑할 수밖에 없는 현대인들의 피폐한 정신적 풍경을 묘사한다. 이와 같이 세계를 방랑할 수밖에 없는 운명을 자각한 이들은 돌아가야 할 고향을 상실한 데 대한 슬픔을 노래하였다. 생명파 시에 나타난 카인 모티프는 애수가 범람하는 이와 같은 시대적 분위기와 맞닿아 있다.

천사의 허무주의

118　위의 글, 152쪽.

119　벤야민 역시 전통이 병들어버리면서 "지혜의 붕괴된 잔해"만이 남아 있는 진리의 일관성이 사라져버린 시대의 비극에 대해 이야기한 바 있다. 그는 카프카의 세계를 전통과 관련된 신화적 경험과 현대 대도시의 경험이라는 두 축으로 파악하는 한편, 카프카의 경험의 근저에 놓여 있는 것은 오로지 "전통뿐이었다"고 지적한다. 발터 벤야민, 「좌절한 자의 순수성과 아름다움」, 『발터 벤야민의 문예이론』, 반성완 역, 문예출판사, 1983, 100쪽.

우선 오장환의 경우 「불길한 노래」, 「The Last Train」에 카인 모티프가
나타난다. 오장환의 시에 '악마', '카인', '사탄' 등의 모티프가 출현한다
는 사실은 기존 연구에서 이미 지적된 바 있는데,[120] 이들은 오장환 시
에 나타나는 보헤미안적 주체가 도시 문명의 타락을 비판하는 양상을
보여줄 뿐 아니라 새로운 질서를 창조하고자 하는 의지를 동시에 표명
하고 있다고 본다. 오장환의 문학에서 카인 모티프는 이미 그가 휘문
고보 시절 창작한 소설 「그들의 형제」[121]에서 발견되는데 이 소설은 시
기와 질투로 동생을 살해하는 내용을 담고 있다. 하지만 이후에 창작된
카인의 이미지는 「그들의 형제」에 나타났던 구약성서의 카인 이미지와
는 다른 양상을 보인다. 다음 시에서 오장환은 자신을 '카인의 말예(末
裔)'라고 칭하면서 신에 대한 반항 의식과 함께 그로 인해 저주 받은 자
신의 운명에 대한 혼란을 표출하고 있다.

> 나요. 吳章煥이요. 나의곁을 스치는 것은, 그대가 안이요. 검은
> 먹구렁이요. 당신이요. / 외양조차 날 닮엇드면 얼마나 깃브고 또한
> 信用하리요. / 이야기를 들리요. 이야길 들리요. / 悲鳴조차 숨기는
> 이는 그대요. 붉지를 않고 검어타지요. / 음부 마리아모양, 집시의
> 게집에모양, // 당신이요, 충충한 아구리에 까만 열매를물고 이브의
> 뒤를 따른 것은 그대사탄이요. / 차듸찬몸으로 친친이 날 감어주시
> 요. 나요 카인의末裔요. 病든詩人이요. 罰이요. 아버지도 어머니도
> 능금을 따먹고 날 낳었오. // 寄生蟲이요. 追憶이요. 毒한 버섯들이
> 요. / 다릿 ─ 한 꿈이요. 번뇌요. 아름다운 뉘우침이요. / 손 발 조차
> 가는몸에 숨기고, 내뒤를 쫓는 것은 그대안이요. 두엄자리에 半死

120 전미정, 「한국 현대시의 에로티시즘 연구─서정주, 오장환, 송욱, 전봉건의 시를
     중심으로」, 서강대 박사논문, 1999; 김진희, 「생명파 시의 현대성 연구」, 이화여
     대 박사논문, 2000; 이지은, 「오장환의 상징시론 연구」, 서울대 석사논문, 2015;
     최희진, 「오장환 문학의 전위적 시인의식 연구」, 서울대 석사논문, 2015 등.
121 오장환, 「그들의 형제」, 『휘문』, 1933.12

한 占星師, 나의 豫感이요. 당신이요.//견딜수 없는 것은 낼룽대는
혓바닥이요. 서릿발같은 面刀ㅅ날이요. /괴로움이요. 괴로움이요.
피흐르는詩人에게 理智의 푸리즘은 眩氣로웁소. /어른거리는 무지
개속에, 손꾸락을 보시요, 주먹을 보시오. /남ㅅ빗이요ー빨갱이요.
잿빗이요. 잿빛이요. 빨갱이요.

　　　　　　　　　　　　　　　　　—「不吉한 노래」 전문[122]

　이 시에서 오장환은 실명을 밝히면서 자신의 노래를 듣는 청자로서
'먹구렁이'를 부른다. 1연에서는 그가 '카르멘'을 생각하면서 외웠던 구
절 "나는 칼멘이야요. 보헤미안의 계집이야요. 내 피는 검었습니다. 붉
질 않어요. 검었습니다."를 연상케 하는 시구가 나온다.[123] 카르멘과 같
이 관능적인 존재로서 막달라 마리아가 등장하기도 한다. 이 시에서 뱀
은 유혹적인 성격을 지닌 여성적 존재로 나타난다. 2연에서는 '그대'가
'사탄'으로 지칭되면서 이브에게 선악과를 권했던 뱀처럼 시적 주체에
게 '까만 열매'를 권하는 모습이 묘사된다. 여기서 열매를 '까만' 것으로
묘사한 데 주목할 필요가 있는데, 이는 4연의 '빨갱이'와 '잿빛'의 이미
지가 번갈아 나타나는 장면, 그리고 이 두 색깔이 합쳐진 '남ㅅ빗'이 무
지갯빛으로 어른거리는 장면과 관련된다. 4연에서 "피흐르는詩人에게
理智의 푸리즘은 眩氣로웁소"라는 구절에서 알 수 있듯이 현재 시인은
'이지(理智)'의 유혹적인 색채에 취해 있는 상태이다.
　이는 오장환이 지식을 관능성을 지닌 유혹적인 대상이자 악마적인

<hr>

122　오장환, 「불길한 노래」, 『헌사』, 1939.7(오장환, 『오장환 전집』, 김재용 편, 실천
　　문학사, 2002, 76~77쪽).

123　오장환, 「독서여담」(『오장환 전집』, 221쪽). 오장환은 이 수필에서 이 구절이 소
　　설 『카르멘』의 한 구절인 줄 알고 떠들고 다녔는데 나중에야 그런 구절이 없다
　　는 것을 알게 되었다고 말한다. 피조차 검은 먹구렁이의 이미지를 그는 도대체
　　어디에서 가져온 것일까.

것으로 치부하고 있음을 보여준다. 이브가 선악과를 먹고 선과 악에 대한 지식을 얻게 되면서부터 도덕 관념을 가지게 되었음을 생각해볼 때, 오장환이 카인과 자신을 동일시하면서 지식에 대한 자신의 욕망을 죄의식을 느끼면서 추구한다는 점은 그가 처해 있는 딜레마를 짐작케 한다. 그에게는 금기에 있는 지식에 대한 욕망 자체가 하나의 '벌'(罰)에 다름 아니었다. 이 시의 3연은 이와 관련하여 시인이 결국 지식의 유혹에 따르면서 자기혐오와 동시에 황홀감에 빠져 있는 장면을 보여준다. 그는 자신을 '기생충' '독한 버섯'이라고 혐오하면서도 그 '다릿한 꿈'에서 벗어나지 못하고 뉘우침마저도 '아름다운' 것으로 감각한다.

오장환이 '이지'를 금기의 것으로 여기는 까닭은 지식이 죄의식을 불러일으키기 때문이다. 한 수필에서 오장환은 "속절없다. 내 만 권의 서책을 읽어왔노라."라는 말라르메의 시 구절을 인용하면서 지식의 무용함에 대해 토로한다.[124] 하지만 그는 이런 구절을 모른 체하며 다시 쓸쓸한 마음으로 책장 문을 연다. 책에서 얻은 것이라곤 "자신에 대한 불신임과 과대망상증과 일상의 불안에서 오는 공박관념(恐迫觀念)" 등이라고 말하면서도, 그는 한때 자살까지 생각하였던 막막한 상황에 처했을 때 "육신상의 동기(同氣)가 아니라 정신상의 형제들"이라 할 수 있는 "페르캉, 크라보, 가린, 기요" 등의 시인들에게서 위안을 구하였음을 고백한다. 하지만 서구의 시인들과 달리 오장환은 자신이 이들의 길을 따를 수 없다고 느끼며, 자신은 "서구인의 끊일 줄 모르는 투쟁 정신을 멀리멀리 바라보기만" 하였다고 자책한다. 그러면서 그 까닭으로 "너의 조상 때부터 불러오던 노래" "네 폐부에 흐르는 노래"때문이라면서 다음의 노래를 인용한다.

---

124 오장환, 「팔등잡문」, 『오장환 전집』, 240쪽.

늙은이는 지팡이 짚고 / 젊은이는 봇짐 지고 / 북망산이 어디멘
고 / 저기 저 산이 바로 북망산이라.

정확한 출처를 밝히지 않고 있으나 '북망산'이 언급되고 있는 것으로
보아 만가(輓歌) 즉 상엿소리에서 가져온 것인 듯하다.[125] 상엿소리, 혹
은 상두 소리, 향두가, 상두가라고 불리는 노래는 장례식 때 상여를 메
고 가는 상여꾼들이 부르는 만가로서 선창자가 상여의 앞에 서서 요령
을 흔들며 노래를 선창하면 상여를 맨 상여꾼들이 그 뒤를 이어받아 후
렴구를 부르는 식으로 진행된다. '북망산천'이라고 표현되기도 하는 '북
망산'은 죽으면 북쪽으로 돌아간다고 하는 생각에서 비롯한다.[126] 지역
별로 전승되는 상여 노래마다 차이가 있기는 하지만 오장환이 인용하
고 있는 노래처럼 죽음이 멀지 않은 곳에 있으며 인간은 나이를 막론하
고 누구나 그 죽음을 향한 도정에 있다는 인식을 보여준다.[127] 홍사용

125 김열규가 소개하는 상두 노래 역시 이와 거의 유사하다. "북망 산천 멀다더니,
   문전 앞이 거기로다." 김열규는 상두 노래의 "눈 감으면 그만이다"라고 하거나
   "한번 가면, 다신 못 오는 길"이라고 하는 가사를 죽음의 허무감을 진하게 표출
   하고 있는 것으로 해석한다. 김열규, 『메멘토 모리, 죽음을 기억하라』, 궁리출
   판, 2001, 94쪽.
126 "망산(邙山)은 중국 낙양의 북쪽에 있는 산으로 …(중략)… 특히 중국 남쪽에 있
   는 사람들은 죽어서 북망산에 묻히는 것이 소원이다. 북망산에는 역대 중국 왕
   들의 무덤이 즐비하게 들어서 있다." 서정범, 「우리는 죽어서 어디로 가나」, 『가
   라사대 별곡』, 범조사, 1989, 297쪽.
127 박두진의 「묘지송」(『문장』, 1939.6)에도 '북망(北邙)'이라는 구절이 등장한다. 이
   시는 죽음의 세계를 해가 들지 않는 어두운 지하세계로 그리며, 무덤 속을 환
   히 비춰줄 태양을 바라고 있다. 죽음의 세계를 오히려 더 매력적인 것으로 그
   리고 있다는 점에서 퇴폐적 분위기가 강하게 드러난다. "북망이래도 금잔디 기
   름진대 동그만 무덤들 외롭지 않어이//무덤 속 어둠에 하이얀 촉루가 빛나리.
   향기로운 주검의 내도 풍기리.//살아서 설던 주검 죽었으매 이내 안 서럽고 언
   제 무덤 속 화안히 비춰줄 그런 태양만이 그리우리//금잔디 사이 할미꽃도 피
   었고, 삐이 삐이 배, 뱃종! 뱃종! 멧새들도 우는데, 봄볕 포근한 무덤에 주검들

역시 「백조시대에 남긴 여화」[128]에서 '상두군의 소리'를 우리 민족의 원형인 '부루종족'의 역사로 꼽은 바 있다. 홍사용은 우리 민족의 역사를 남쪽으로 유리도망(琉璃逃亡)하여 온 것이라고 설명하며, 상두가의 기원을 민족의 표랑사(漂浪史)와 연결 짓는다. 오장환의 시편 가운데 연잎이 지는 "차고 쓸쓸한" 풍경을 그린 「연화시편」과 "두꺼운 어름장 밑에 숨어 흐르는 우리네 슬픔"에 대해 노래한 「강을 건너」는 이러한 허무의 정신이 반영된 작품이다.

> 한겨울은 다시 얼어붙은 웅뎅이에 눈싸리를 쌓어언즈나 어둠속에 가라앉은 거북이는, 목을 느려, 구정물 마시며, 半年동안 밤이 이웃는 俄羅斯의 獄窓과 같이, 맛읍는 울음에 오 - 맛없는 울음에 보드라운 悔恨의 진흙구뎅이 깊이 헤치며 뜯어먹는 미꾸리와 저머리. /두꺼운 어름짱으로 連이어 깜깜한 어둠이 흐른다해도, 구름속에 上弦ㅅ달이 오른다해도 거북이의 이고있는 하늘엔 히부연 어름짱이 깔려 있을뿐, 한사리 싸락눈이 쌓여있을 뿐.
>
> —「蓮花詩篇」 부분[129]

> 엇지사 엇지사 울을 거시냐. 禮成江이래도 좋다. 城川江이래도 좋다. 두꺼운 어름짱밑에 숨어 흐르는 우리네 슬픔을 건너. 보았느니. 보았느니. 말없이 흐르는 모든 江물에. 松花. 松花. 송애까루가 흥근-히 떠나려가는 것. 十日平野에 뿌리를 막고. 엇지사 울을거시냐. 꽃가루여. 꽃수염이여.
>
> —「江을 건너」 부분[130]

이 누웠네."

128 홍사용, 「백조시대에 남긴 여화」, 『조광』 2-9, 1936.9.

129 오장환, 「연화시편」, 『삼천리』, 1941.4.

130 오장환, 「강을 건너」, 『문장』, 1940.7.

「연화시편」에 나타나는 '거북'은 「The Last Train」에서 "병든 역사"를 싣고 느릿느릿 가는 기차를 연상시킨다. 이 시에서 오장환은 '거북'을 "슬픔으로 통하는 모든 노선이 / 너의 등에는 지도처럼 펼쳐있다"라면서 '역사'라는 무거운 짐을 싣고 가면서 슬픔에 잠긴 '거북이-기차'를 그려냈다. '거북'은 살얼음이 두꺼워지는 겨울을 앞두고 "맛없는 울음"을 우는 슬픈 존재로 그려진다. '거북'이 이고 가는 지도가 마치 '꽃'처럼 펼쳐있다고 표현한 것은 이러한 맥락과 연결된다.[131] 「강을 건너」에서도 '강'을 "두꺼운 얼음장 밑에 숨어 흐르는 우리네 슬픔"이라고 묘사하며 이 강물 위로 송화가루가 "흥근-히" 흘러가는 풍경을 그린다. 이러한 시편들에서 그려지는 슬픔이나 비애는 서구적인 데카당스에 의해 발생하는 비애와는 구분된다. 데카당스가 기독교 역사철학의 종말론적 성격과 관련하여 진보와 긴밀하게 연결되어 있는 데 반해,[132] 오장환이 향두가에서 발견하고 있는 조선적 허무 의식은 역사 자체를 허무한 것, 슬픈 것으로 인식하며 이로부터 벗어나 생명이 가득한 '꽃의 세계'에 도달하는 것을 목표로 한다.

「연화시편」에 나타나는 얼어붙어가는 세계의 이미지는 이상의 「LE URINE」를 연상시킨다. 이 시에서 이상 역시 냉각되어가는 세계의 우수 어린 풍경을 "얼음과 같은 수정체"에 비유하여 그려낸 바 있다. 이 시에

---

131 서정주가 1942년 『춘추』 6월호에 발표한 시 「거북이에게」는 오장환의 '거북' 이미지를 연상시킨다. 이 시에서 서정주는 "거북이여. / 구름 아래 푸르른 목을 내둘러, / 장구를 쳐줄게 둥둥그리는 / 설장구를 쳐줄게, 거북이여 // 먼 산에 보랏빛 은은히 어리이는 / 나와 나의 형제의 해 질 무렵엔, / 그대 쇠먹은 목청이라도 / 두터운 갑옷 아래 흐르는 피의 / 오래인 오래인 소리 한마디만 외여라"라며 연연히 이어져 내려온 '거북'의 정신을 응원한다. 이와 같은 '거북'의 이미지는 김춘수의 「꽃밭에 든 거북」으로 이어진다.

132 M. 칼리니스쿠, 『모더니티의 다섯 얼굴』, 이영욱 외 역, 시각과언어, 1998, 193쪽.

서 이상은 성적 생식력을 상징하는 오줌에서 흘러나온 '실과 같은 동화'를 통해 타란툴라적 역사를 꿰뚫고 우수와 비애의 힘으로 다시금 강렬한 디오니소스적 생성의 운동을 일으키고자 하였다. 이는 「연화시편」에서 나타나는 얼어붙어가는 세계에서 역사의 '진흙구덩이'를 헤치고 느릿느릿 역사의 밑바닥을 기어가는 거북의 이미지로 변형되어 나타난다.

2) 절정의 에로티시즘과 생명의 꽃밭 : 서정주의 관능적 카인

서정주의 초기시에는 강렬한 에로티시즘에 대한 추구가 두드러지게 나타난다. 서정주는 '새빨간' 수의를 입은 카인을 붉은 벼슬을 달고 있는 수탉 이미지와 병치시키면서 예수 그리스도를 관능적인 육체를 가진 존재로 변형시킨다. 오장환이 「불길한 노래」를 비롯해 「황무지」, 「선부의 노래 2」, 「매음부」를 통해 타락한 도시 관능에 골몰한 데 반해, 서정주의 시에는 생명력이 정점에 이른 '대낮'의 이미지와 해바라기, 수탉 등 니체적 태양 기호와 관련된 소재들로 니체의 정오의 사상에 대한 추구가 전면적으로 나타난다.[133]

　　따서 먹으면 자는 듯이 죽는다는 / 붉은 꽃밭새이 같이 있어 // 핫슈 먹은 듯 취해 나자빠진 / 능구렝이같은 등어릿길로, / 님은 다라나며 나를 부르고… // 强한 향기로 흐르는 코피 / 두손에 받으며 나

133　신범순은 서정주와 오장환을 '정신적 쌍둥이'에 비유하며, 서정주가 초인사상의 질주를 표현하며 사상의 고지를 탐색했다면, 오장환은 타락한 도시 관능의 이미지를 그리며 도시의 저류를 훑어나가면서 서정주와 대결해나갔다고 하였다. 서정주가 1943년 친일행각에 빠져들기 전까지 이들은 정신적 형제이나 경쟁자로서 사상적 경주를 이어나갔다. 신범순, 「'시인부락'파의 해바라기와 동물기호에 대한 연구—니체 사상과의 관련을 중심으로」, 『관악어문연구』, 2012, 313쪽.

는 쫓느니//밤처럼 고요한 끌른 대낮에/우리 둘이는 웬몸이 달
어…

— 「대낮」 전문[134]

어찌하야 나는 사랑하는 자의 피가 먹고싶습니까 '雲母 石棺속
에 막다아레에나!' /닭의 벼슬은 心臟우에 피인꽃이라/구름이 왼
통 젖어 흐르나……/막다아레나의 薔薇꽃다발.//傲慢히 휘둘러본
닭아 네눈에/蒼生 初年의 林檎이 瀟洒한가.//임우 다다른 이 絕頂
에서/사랑이 어떻게 兩立하느냐//해바라기 줄거리로 十字架를 엮
어/죽이리로다. 고요히 침묵하는 내닭을죽여……//카인의 쌔빩안
囚衣를 입고/내 이제 호을로 열손까락이 오도도떤다.//愛鷄의生
肝으로 매워오는 頭蓋骨에/맨드램이만한 벼슬이 하나 그윽히 솟
아올라……

— 「雄鷄(下)」 전문[135]

서정주는 『화사집』을 창작했던 시절을 회상하며 자신이 육체의 문제
에 경도되어 있었음을 고백한 바 있다.[136] 그는 10대 시절에 이미 니체
의 『차라투스트라는 이렇게 말했다』를 읽고 인간의 경지를 넘어선 존재
의 차원을 모색하였다고 말하기도 하였다.[137] 그가 이 시절을 회상하면

---

134 서정주, 「대낮」, 『新撰詩集』, 1940.2(『미당 시전집』 1, 민음사, 1994, 38쪽).

135 서정주, 「웅계」, 『시학』 창간호, 1939.5(『미당 시전집』 1, 56~57쪽).

136 서정주, 『서정주문학전집』 3, 169쪽. 남진우는 서정주가 『차라투스트라는 이렇
게 말했다』 외에도 『비극의 탄생』 정도를 읽었을 것으로 추정한다. 남진우, 「남
녀양성의 신화」, 조연현 외, 『미당연구』, 민음사, 1994, 214쪽.

137 "갓 젊어오르던 육체의 탓이었겠지. 나는 10대 후반기에는 그리샤神話 속에 이
쁜 그림과 조각과 함께 표현되어 나온 神들의 아름다운 육체의 미력에 많이 이
끌리게 되었던 게 사실이다. …(중략)… 여기에는 또 내가 18세 때 가을부터 심
취해 읽게 된 니체의 〈짜라투스트라는 이렇게 말한다.〉의 日譯本의 영향도 첨
가되어서, 드디어는 나도 나 자신을 神이요 同時에 人間인 存在라야 한다고까
지 생각하게 되었다." 서정주, 「화사집 시절」, 『현대시학』, 1991.7.

서 니체의 문제의식이 자신의 작품 세계에 미친 영향을 토로하는 장면은 그의 수필에서 빈번히 등장하거니와, 다음의 회상은 이러한 영향이 특히 육체성과 관련하여 표출되었음을 보여준다. 그는 「화사」를 지을 당시를 회고하면서 "이때의 나는 이를테면 그리이스 신화 속의 아폴로 신 같은 거나, 구약의 솔로몬 노래 속의 사내 비슷한 무엇 그런데 가까우려는 것이 하나 되어 있었다."라고 술회한다.[138]

위에 인용한 「대낮」과 「웅계(하)」에서는 육체성의 절정에 다다른 시적 주체의 모습이 그려진다. 「대낮」에서 아편(핫슈)을 먹은 것처럼 취해서 "나자빠진" 자신을 부르는 임의 형상과 코피를 흘리며 그 뒤를 좇는 시적 주체의 모습은 「웅계(하)」에서 "어찌하야 나는 사랑하는 자의 피가 먹고싶습니까"라는 시구와 호응한다. 이는 사랑의 절정에 이르렀을 때 그와 함께 죽음에의 유혹이 다가온다는 사실을 암시적으로 드러내고 있다. 혹은 사랑의 절정에 이르기 위해 일부러 죽음의 위태로움을 감내하는 장면을 그린 것일 수도 있다. 이는 「대낮」에서 이 연인이 "따서 먹으면 자는 듯이 죽는다는/붉은 꽃밭" 사이에 함께 있는 까닭을 설명해준다. 죽음을 감내할 정도로 서로를 사랑하고 욕망한다는 사실을 통해 역설적으로 사랑의 강렬함을 증명하는 것이다. 「웅계(하)」에서 사랑하는 사람에 대한 욕망이 그의 피를 먹고 싶은, 즉 그를 파괴하고자 하는 욕망과 연결된다는 것은 더욱 명확하게 나타난다. 그의 연인 '막달라 마리아'는 이미 '운모 석관' 속에 들어가 있는 상태임에도 불구하고 '나'는 여전히 그 사랑의 강렬함에서 벗어나지 못하고 피처럼 붉은 '장미'를 욕망하고 있다.

이를 통해 서정주는 예수에게 부여되었던 금욕주의적 이미지를 철저히 파괴한다. 「웅계(하)」에서 서정주는 '막달라 마리아'를 예수의 연인으

---

138 서정주, 「천지유정」, 『서정주문학전집』 3, 183쪽.

로 등장시키며 이들의 사랑을 육체적이고 관능적인 것으로 묘사한다. 이 시에 등장하는 '해바라기'는 니체의 태양 이미지와 관련된 기호로서 더 강렬한 생명을 추구하려는 희생 제의를 위해 동원되는 소도구인 것으로 보인다.[139] 그런데 이 시는 누군가의 희생을 필요로 하는 재생(再生)은 예수의 '부활'보다는 카인의 살해와 유사한 것이라는 깨달음에 이른다. "고요히 침묵하는 내닭을" 죽이는 행위 이후에 나타난 수탉은 카인이 상징하는 육체적 악마성을 보여준다. 이러한 점에서 서정주의 시에 등장하는 '카인'은 저주받은 동시에 신성한 힘을 지닌 존재를 대변한다. 오장환의 카인이 근대적 지식에 대한 그의 욕망과 그에 대한 허무 의식과 동시에 관련되는 것이라면, 서정주의 카인은 생명의 절정을 닿기 위해 죽음의 금기까지 거스르는 저주받은 영웅을 의미하는 것이었다.

서정주의 카인 모티프는 죽음과 생명에 대한 문제의식으로 확장된다. 서정주는 죽음을 생명의 원환을 작동시키기 위해 필수적인 것으로 인식함으로써 죽음과 삶의 경계를 해체한다. 서정주는 1942년경 혹독한 열병으로 인해 죽음의 문턱까지 이르는 경험을 하게 되면서 "한 개의 형이상학적 성찰"을 얻게 된다.[140] 그는 "사망(死亡)한 사람 전체의 호흡(呼吸)이 정기(精氣)가 되어 나를 에워싸고 있는 것 같은 의식이 적으나마 내게 생긴 것은 이때부터다"라며, 죽은 사람의 세계와 산 사람

139 서정주뿐만 아니라 『시인부락』 동인들의 시에서는 니체적 생명 구도에서 파악할 수 있는 태양 이미지가 나타난다. 함형수의 「해바래기의 비명」, 김진세의 「나의 태양」(『맥』, 1938.10)에 나타난 태양과 해바라기의 이미지가 그렇다. 권희철은 윤동주의 시에 나타난 "향일성 충동"에 대한 분석을 더해 이들의 시가 나타난 태양 이미지가 "죽음의 의미를 변환시켜 죽음이 생명을 더 강력한 것으로 만드는 계기가 되게 하거나 존재론적 도약의 계기가 되게 한다"는 점을 밝힌 바 있다(권희철, 앞의 글, 115쪽). 유치환의 「해바라기 밭으로 가려오」, 「생명의 서 제이장」에도 태양 이미지가 등장한다.
140 위의 글, 200쪽.

의 세계가 서로 분리된 것이 아니라 서로 중첩되어 있다는 사실을 발견한다. 이후 서정주 시에 나타나는 '꽃'의 의미 역시 달라진다. 『화사집』의 꽃이 뱀과 결합된 관능적인 '화사(花蛇)'의 이미지로 대표된다면, 『귀촉도』의 '꽃'은 영적인 것을 담아내는 '그릇'과 관련된다.[141] 서정주의 영혼관은 절대적 진리나 고정된 질서가 없다는 허무 인식에 기반한 것으로, 이때의 '무'는 "비물질 세계를 활짝 열어주는 문이며, 거기서 모든 것이 새롭게 생명력을 얻어 다시 태어나는 자궁이고, 그 안에서 모두 편안하게 거할 수 있는 집"으로 해석된다.[142]

> 물론 이 「아무것도 없는 것」이라는 것은 孔子가 中庸에서 한 말씀을 빌자면 「보아도 안 보이고 들어도 안 들리는 것」을 말한 것으로, 요샛말 空氣라는 것은 그때에는 없어서 이걸 따로 指示는 안해 놓았지만, 그것 그 「無」 속에 포함되는 것이 되어 있었다.
> 그리고, 東洋의 이 「無」는 「니힐리티(nihility)」 그것이 아니라 대단히 靈的인 것이었다. 눈에 안 보이고 귀에 안 들리는 理由로 「無」라고는 했지만, 이것은 모든 있는 것의 靈的인 根本이 되는 것이다.
> 『골짜기의 神이 죽지 않는 걸 深奧한 어머니라 하고, 深奧한 어머니의 門 이걸 하늘 땅의 뿌리라 한다.』

---

141 김학동 역시 『화사집』과 『귀촉도』에 나타난 '꽃'의 의미 변화에 주목한 바 있다. 그는 "『화사집』의 세계가 서구적 지성과 존재의 형이상학적 고뇌로 인한 인간 비극의 단층을 깊이 파고들어 절망과 허무 의식을 형상화한 것이라면, 서정의 드라마를 투과하여 나오는 생명, 곧 『귀촉도』의 세계는 허무의 심연에 걸려 있는 조명과도 같다. 그리하여 이 조명 위에 감도는 허무와 갈망의 기류 속에서 미당은 '생'의 창조적 작업을 하게 된다."(131쪽)고 지적하면서 "이렇게 '꽃'과 '님'을 통해 동양적 감성의 세계로 돌아온 초기의 고열한 육체의 찢긴 상처를 아물리고 현실에 대한 부정적이 아닌, 긍정적 인생태도를 취하게 된다. 미당은 찢긴 상처를 아물리고 나체가 아닌 정갈한 무명옷을 갈아입고서, 파란 하늘 속에 곱게 피어 있는 '꽃', 곧 생명의 근원으로 회귀하여 '꽃의 작업'을 지속하게 된다."(138쪽)고 하였다. 김학동, 『서정주 평전』, 새문사, 2011.
142 신범순, 『이상의 무한정원 삼차각나비』, 현암사, 2007, 148쪽.

老子의 이 말을 들어 보면 그 빈 그릇 속의 「無」라는 게 대단히 靈的인 걸 알 수가 있다. 山골의 골짜기라는 것은 여러 가지 나무와 풀과 꽃과 사람과 動物들을 生成시키지만 역시 그 生成은 곧 골짜기의 텅 빈 데를 통해서다. 그러나, 이 텅 빈 데에는 보이지도 들리지도 않게 들어 있는 神의 靈氣가 늘 죽지 않고 있어 이것이 天地의 根本이 된다.[143]

서정주는 런던의 안개를 깡통에 담아서 수출하기로 했다는 이야기를 언급하며 글을 시작한다. 이것이 런던을 그리워하는 이들의 향수를 잠시는 달래줄 수 있을지 모르나 그것이 "한낱 물질일 뿐, 그 이상의 것"은 되지 못한다. 그러면서 그는 『중용』의 한 구절을 패러디해 "눈으로 보아도 보이지 않고, 귀로 들어도 들리진 않지만 이 깡통 속 안개에 붙어서 빼놓으려야 빼놓을 수 없는 것"이야말로 중요한 것이라고 말한다.[144] 그러면서 아무것도 담지 않고 빈 그릇만을 옆에 두고 그 '없음'의 상태를 즐기는 것을 동양의 오랜 미학이라고 덧붙인다. 생명을 생성시키는 것으로서의 무(無)는 곧 죽음과 관련된다. 보이지 않고 들리지 않는 것으로 존재하는 것은 니체가 말한 디오니소스적인 것의 존재 양태이기도 하다. 사태를 있는 그대로 파악하지 못하는 인간에게는 생성하고 변전하는 세계를 있는 그대로 지각하고 견딜 능력이 없다.

---

143 서정주, 「한국의 미─동방의 무, 한국의 무」, 『서정주문학전집』 1, 49쪽.

144 해당하는 『중용』의 전체 구절은 다음과 같다. "視之而不見(시지이불견), 聽之而不聞(청지이불문), 體物而不可遺(체물이불가유)" 이는 "그것은 보려 해도 보이지 않고 들으려 해도 들리지 않지마는 만물의 본체가 되어 빠뜨리는 것이 없는 것이다"는 의미로 해석된다(자사, 『중용』, 김학주 역주, 서울대학교 출판문화원, 2009, 39쪽). 이 장은 귀신(鬼神)의 공덕을 설명하는 부분으로, 어떤 사물에도 귀신의 작용이 없을 수가 없다는 점에서 귀신을 만물을 생성시키는 근원으로 보는 관점이 나타나 있다. 주희는 여기서 '귀신'이 만물의 본체가 되는 '이기(二氣)', 즉 음양이 지니고 있는 기능을 의미하는 것이라고 설명하고 있다.

하지만 디오니소스적인 것에 의해 안정된 가상은 언제나 파괴될 위험에 처해 있다. 이는 죽음을 무(無)로 취급하며 살아가는 불완전한 허무주의자들이 처해 있는 위험이기도 하다. 이와 대비되는 것으로 서정주는 동양정신을 든다. 동양에서는 무를 '신의 영기'로서 '천지의 근본'이 되는 것으로 보았다면서, 무를 곧 '무한'과 연결 짓는다.[145] 그러면서 서정주는 자신의 죽음 체험을 신라 정신과 연결한다.[146] 그는 "죽은 자와 산 자를 연결하는" 혼교(魂轎)와 영통(靈通)의 전통에 대해 이야기하면서 이를 "고대 사유 고대감응의 방식"으로 소개한다.[147] 서정주의 시 「무슨 꽃으로 문지르는 가슴이기에 나는 이리도 살고 싶은가」에는 죽은 이들의 만남을 통해 죽음에서 삶으로 건너오는 시적 주체의 모습이 그려진다. 이 시에서 시적 주체는 이미 이 세상에 속해 있지 않은 이러한 존재들의 숨소리를 느낀다.

아조 할수없이 되면 고향을 생각한다. / 이제는 다시 도라올 수 없는 옛날의 모습들. 안개와같이 스러진 것들의 形象을 불러 이르킨다. / 귀ㅅ가에 와서 아스라히 속삭이고는, 스처가는 소리들. 머언 幽明에서처럼 그소리는 들려오는 것이나, 한마디도 그뜻을 알수는없다. // 다만 느끼는건 너이들의 숨ㅅ소리. 少女여, 어디에들 安在하는지. 너이들의 呼吸의 훈짐으로써 다시금 도라오는 내靑春을 느낄따름인것이다. // 少女여 뭐라고 내게 말하였든것인가? / 오히려 처음과같은 하눌우에선 한 마리의 종다리가 가느다란 피ㅅ줄을 그리며 구름에 무처 흐를뿐, 오늘도 굳이 다친 내 前庭의 石門앞

---

145 어원상으로 '무(無)'는 열 십(十) 자가 모인 것으로, '가장 큰 수'를 가리킨다. 무는 무한인 것이다. 깨달음은 에고가 사라진 자리에 무한과 절대가 현현하는 대사건이다. 호르헤 루이스 보르헤스, 『보르헤스의 불교강의』, 김홍근 역, 여시아문, 1998, 231~232쪽.

146 서정주, 「신라의 영원인」, 『한국일보』, 1959.2.16.

147 서정주, 「짝사랑의 역정」, 『미당 자서전』 2, 민음사, 1994, 223~224쪽.

에서 마음대로는 處理할 수 없는 내 生命의 歡喜를 理解할따름인
것이다.
　　　　　　　　　　　 ―「무슨 꽃으로 문지르는 가슴이기에
　　　　　　　　　　　　　 나는 이리도 살고 싶은가」 부분[148]

　이 시에 등장하는 소녀들은 "안개와 같이 스러진" 존재들로서, 시적
주체는 이들이 자기 귓가에 무언가를 속삭이는 소리를 듣는다. 소녀가
무엇을 말하는지는 이해할 수 없지만 그는 이 존재들이 살아 있는 자신
을 감싸고 있다는 것을 깨닫는다. 영적 존재들과의 소통은 이내 닫혀버
린 "석문(石門)"을 앞에 두고 있듯이 끝나버리지만 이들과의 소통을 통
해 시적 주체는 "생명(生命)의 환희"를 이해할 수 있게 된다.[149] 인용한
부분에 이어 그 소녀들과의 구체적인 추억의 장면들이 제시된다. 마치
전설 속의 한 장면을 보는 것처럼 "섭섭이와 서운니와 푸접이와 순녜"
라고 하는 네 명의 소녀들은 아득하고 멀리 떨어져 있다. 그들은 끝내
시적 주체에게 잡히지 않고 오히려 더 빨리 달아난다. 그러면서 시적
주체에게 "여긴 오지 마…… 여긴 오지 마……"라며, 저승세계에 오지
말라고 그를 쫓아낸다.

---

148 서정주, 「무슨 꽃으로 문지르는 가슴이기에 나는 이리도 살고 싶은가」, 『귀촉
　　도』(서정주, 『미당 시전집』 1, 95쪽).
149 서정주가 말한 '뜨내기 정신'이라는 것은 이와 관련된다. 정영진은 서정주의
　　'영원성'은 관념적인 차원이 아니라 법을 위반해 현실세계에서 쫓겨난 사람들
　　을 낙오자로 만들지 않고 '재생'할 수 있는 길을 허용했던 신라 정신을 의미한
　　다고 본다. 서정주는 이러한 '신라 정신'을 한국 민족 속에 아직 뿌리박고 있는
　　'뜨내기 정신'과 연결시킨다(정영진, 「낙오자와 영원인―서정주의 신라 기획과
　　전율의 시학」, 『비교어문연구』, 2015, 561쪽). 인간을 '뜨내기'라고 표현한 것은
　　릴케 역시 마찬가지였다. 고향을 잃고 세상을 방랑할 수밖에 없는 처지에 있는
　　인간을 릴케는 '뜨내기'라고 하였다. 이런 점에서 서정주의 '신라'는 릴케에게
　　그러하였듯이 실존적 의미를 지닌 것으로 볼 수 있다. 그것은 죽은 자들의 영
　　혼과 만날 수 있는 영적인 공간으로서의 '고향'을 의미하는 것이다.

그런데 시적 주체가 가시에 찔려 아파하자 소녀들은 "어머니와 같은 손까락으로" 시적 주체를 치유하기 위해 다가온다. "그 노오란 꽃송이로 문지르고는, 하연 꽃송이로 문지르고는, 빠알간 꽃송이를 문지르고" 하자 상처가 낫는다. 소녀들로부터 상처를 치유 받은 시적 주체는 이 소녀들이 자신을 지키는 존재들임을 알고 죽음의 세계에 대한 두려움을 떨친다.[150] 초기시에서 강렬한 에로티시즘을 탐색함으로써 외부에 활짝 열린 생리적으로 예민한 육체를 발견했던 서정주는 이를 통해 죽음 너머의 세계를 감각한다. 죽음 너머의 세계가 아무 것도 존재하지 않는 '허무(虛無)'한 세계가 아니라 살아 있는 존재들을 보호해주는 무한한 존재들로 북적이고 있음을 확인한 서정주에게 그리스적 육체성에 대한 탐구와 신라 정신은 단절된 것이 아니었다.

> 봄이 와 햇빛속에 꽃피는것 기특해라. / 꽃나무에 붉고 흰 꽃 피는 것 기특해라. / 눈에 삼삼 어리어 물가으로 가면은 / 가슴에도 수부룩히 드리우노니 / 봄날에 꽃피는것 기특하여라
>
> ─「꽃피는 것 기특해라」 전문[151]

---

150 서정주는 이러한 사실을 유년시절 자신의 할머니로부터 들은 기억이 있다면서, 이 꽃봉오리가 혼의 꽃이고, 하늘은 이 혼들의 꽃밭이라고 설명한다. 그는 할머니가 혼불을 본 경험을 이야기하면서 죽은 이들의 혼이 꽃이 되어 "공중에 빽빽이 빈틈없이 차 있는" "혼들의 꽃핌"에 대해 했던 말을 기억해낸다. 그러면서 그는 자신은 혼불을 직접 보지는 못했으나 자신이 접한 "그림으로 기억되어 남은 형상" 그것들이 주는 감개는 "몸으로 나타나 오는 산 사람들과의 접촉에서 얻은 감개보다 언제나 적은 것은 아니다"라면서 "저승의 형상으로 사랑이 제일 많이 가는 때는 이건 어쩔 수 없이 또 내 제일현실"이라면서 자신에게는 죽음의 세계와의 만남이 더 실재적인 것이었다고 말한다. 서정주, 『미당 자서전』 1, 민음사, 1994, 111~113쪽.

151 서정주, 「꽃피는 것 기특해라」, 『서정주 시선』(『미당 시전집』 1, 123쪽).

꽃밭은 그향기만으로 볼진대 漢江水나 洛東江上流와도같은 隆
隆한 흐름이다. 그러나 그 낱낱의 얼골들로 볼진대 우리 조카딸년
들이나 그 조카딸년들의 친구들의 웃음판과도같은 굉장히 질거운
웃음판이다. / 세상에 이렇게도 타고난 기쁨을 찬란히 터트리는 몸
둥아리들이 또 어디 있는가. 더구나 서양에서 건네온 배나무의 어
떤것들은 머리나 가슴팩이뿐만이아니라 배와 허리와 다리 발ㅅ굼
치에까지도 이쁜 꽃숭어리들을 달었다. 맵새, 참새, 때까치, 꾀꼬
리, 꾀꼬리새끼들이 朝夕으로 이많은 기쁨을 대신 읊조리고, 數十
萬마리의 꿀벌들이 왼종일 북치고 소구치고 마짓굿 올리는 소리를
허고, 그래도 모자라는놈은 더러 그 속에 묻혀 자기도하는 것은 참
으로 當然한 일이다.

—「上里果園」 부분[152]

「꽃피는 것 기특해라」의 시적 화자는 생명의 신비에 눈을 뜨게 되면
서 생명을 지닌 것들을 대견하게 보고 있다. 서정주는 살아 있는 것들
이 보이지 않은 존재들로부터 보호를 받고 있음을 깨닫고, 이를 통해
생명을 지닌 것들과 존재론적으로 교감할 수 있게 되면서 자신이 생명
의 주재자라도 되는 양 꽃이 피어 있는 광경을 기특해한다. 「상리과원」
에 나타나는 꽃밭의 '隆隆한 흐름' 역시 살아 있는 것들에 내재해 있는
영원성을 흐름을 가리킨다. 시적 주체는 이를 자신의 조카딸이나 조카
딸의 얼굴에 핀 '웃음꽃'에 비유하며 꽃밭이 "질거운 웃음판"을 만들어
내고 있다고 묘사한다. "타고난 기쁨을 찬란히 터트리는 몸둥아리들"
은 곧 육체적 생명력이 극도에 달해 있는 관능적인 화사(花蛇)와 연결
된다. 충일한 생명력을 뽐내며 온몸에 '꽃숭어리들'을 달고 있는 나무
의 주위에 맵새, 참새, 때까치 등이 모여 축제를 벌인다. 언젠가는 꽃
잎도 떨어지고 이 축제도 끝이 날 것이겠지만 서정주는 그러한 몰락조

152 서정주, 「상리과원」, 『서정주 시선』(『미당 시전집』 1, 127쪽).

차도 생성을 위해 필수적인 것으로 수용하며 생명의 '융융한 흐름'을 긍정한다.

3) 몰락의 파토스와 '느낌'의 존재론 : 유치환의 낭만적 카인

유치환은 1920년대 아나키즘을 접하면서 허무에 대한 인식을 심화시켜 나가는데, 이런 점에서 그의 시는 1920년대의 아나키즘과 1930년대 실존주의의 교차점을 보여준다.[153] 유치환의 허무 의식의 기원을 일본 유학시절부터 영향을 받은 아나키즘 사상에서 찾는 기존 연구에서 알 수 있듯이, 초기의 허무주의는 아나키즘의 부정정신과 맞닿아 있다. 유치환 스스로도 1920년대 자신의 '니힐리즘'은 '로맨틱'한 것이었다고 회상한 바 있다.[154] 유치환의 초기시에 나타난 대결의식 역시 혁명적 로맨티시스트의 부정정신에서 비롯한 것이다. 그중에서도 그의 대표작이라 할 수 있는 「生命의 書 第 一章」에는 혁명을 위해 그 무엇과도 타협하지 않고 진실한 자신과 마주하고자 하는 의지가 드러나 있다.

> 나의 知識이 毒한 懷疑를 求하지 못하고 / 내 또한 삶의 愛憎을
> 다 짐지지 못하여 / 病든 나무처럼 生命이 부대낄 때 / 저 머나먼 亞
> 刺比亞의 沙漠으로 나는 가자 // 거기는 한번 든 白日이 不死身 같이

---

153 유치환은 일생 동안 무정부주의자였던 유림, 하기락, 박노석 등과 친교를 맺으면서 아나키즘을 자연스럽게 접했던 것으로 보인다(오세영, 앞의 책, 2000, 25쪽). 이재훈 역시 유치환의 아우인 치상, 형인 치진이 아나키즘 계열 조직에 가담했다는 점과 아나키스트인 유림(柳林), 하기락(河岐洛), 박노석 등과 친분을 맺은 것을 들어 유치환의 시에 나타난 아나키즘의 영향을 분석한다. 이재훈, 앞의 글, 54~65쪽.

154 유치환, 『청마 유치환 전집』 5, 국학자료원, 2008, 349쪽. 이후 인용 시 책제목, 전집권수, 쪽수만 표기한다.

灼熱하고/一切가 모래 속에 死滅한 永劫의 虛寂에/오직 아라-의
神만이/밤마다 苦悶하고 彷徨하는 熱沙의 끝//그 烈烈한 孤獨 가
운데/옷자락을 나부끼고 호올로 서면/運命처럼 반드시 「나」와 對
面ㅎ게 될지니/하여 「나」란 나의 生命이란/그 原始의 本然한 姿
態를 다시 배우지 못하거든/차라리 나는 어느 沙丘에 悔恨 없는
白骨을 쪼이리라

—「生命의 書 第一章」 전문[155]

　김춘수, 문덕수, 오세영 등은 이 시가 니체적 초인 의지를 표상하고
있다고 지적한 바 있다.[156] 하지만 신 앞에 "호올로" 서서 "「나」"와 대면
하고 있는 시적 주체의 모습은 니체의 초인보다는 키르케고르의 단독
자에 가깝다. 이 시의 시적 주체는 자신의 존재를 보증해줄 수 있는 절
대적 존재로서 신(神)까지는 부정하지 못한다. 시적 주체가 운명처럼
'나'와 대면하기 위해서는 내가 대면하려는 '나'의 존재를 보증해줄 신
이 필요하였다. 유치환의 시에서 시적 주체는 신으로부터 벗어나기 위
해 극한의 공간에 이르렀음에도 다시 신(神)을 발견한다. 유치환은 이
시에서 삶에 대한 회의와 애증으로부터 벗어나기 위해 단독자로서 자
기 자신과의 대결을 추구하는 모습을 보여주고 있는 것이다.
　1940~1945년간 만주로 이주하여 살면서 그는 마주할 신이 없는, 그
리하여 '나'와 대면할 수 없음을 깨닫게 된다. 유치환은 수필 「광야의 생
리」[157]에서 그는 "인생을 한번 다시 재건하여 보자는" 마음으로 찾아간
만주에서 "가실 수 없는 망국 민족으로서의 치욕"과 "인간 앞에 막아 선

155　유치환, 『생명의 서』(1947)(『청마 유치환 전집』 1, 120쪽).
156　김춘수, 『한국현대시형태론』, 해동문화사, 1959, 107쪽; 문덕수, 「생명과 허무
　　　의 의지」, 『평론선집』 2, 어문각, 1975; 오세영, 『유치환』, 건국대학교 출판부,
　　　2000, 202쪽.
157　유치환, 『청마 유치환 전집』 5, 292쪽.

광막한 자연"을 마주하면서 자신이 "마치 원시인처럼 大自然의 인간의 문제를 처음부터 풀이 하여야만 될 위치에 놓여지고 말았던 것"이라고 한다. 그는 망국 민족의 일원으로서 자신의 영혼조차 돌아갈 곳을 가지지 못한 처지임을 자각하게 되었고, 이와 같은 의식의 변화로 말미암아 "나 자신의 운명이 어떠하건 나는 나의 겨레와 끝까지 운명을 같이하기 마련"이라고 생각하게 된다. 그에게 신은 '더 큰 나'로서 '조선민족'을 의미하는 것이었다. 이에 그는 조선민족을 '카인의 후예'에 비유하면서 망국민의 처지를 방랑자 카인의 운명에 겹쳐놓는다.

> 아아 카인의 슬픈 후예 나의 혈연의 형제들이여 / 우리는 언제나 우리나라 우리겨레를 / 반드시 다시 찾을 날이 있을 것을 나는 믿어 좋으랴 / 괴나리 보따리 하나 들고 땅 끝까지 쫓기어 간다기로 / 우리는 조선 겨레임을 잊지 않고 죽을 것을 나는 믿어 좋으랴
> ——「나는 믿어 좋으랴」 부분[158]

> 胡ㅅ나라 胡同에서 보는 해는 : / 어둡고 슬픈 무리(暈)를 쓰고 / 때묻은 얼굴을 하고 / 옆대기에서 甛瓜를 바수어 먹는 니ㅣ야여 / 나는 한귀人이요 / 할아버지의 할아버지쩍 물러 받은 / 道袍 같은 슬픔을 나는 입었소 / 벗으려도 벗을 수 없는 슬픔이요 / 나는 한귀人이요 / 가라면 어디라도 갈 / 꺼우리팡스요
> ——「도포」 부분[159]

유치환은 만주를 유랑하며 민족의 일원으로서 자신의 정체성을 재확인한다. 쫓기어 다니는 입장에서 그는 "카인의 슬픈 후예"로서 자신과 피를 나눈 형제들을 호명한다. 그의 시 「송가」에도 자신들을 '카인'으로

158 유치환,『생명의 서』(1947),『청마 유치환 전집』1, 156쪽.
159 위의 책, 133쪽.

인식하는 태도가 나타난다.[160] 「도포」에서 유치환은 자신을 망국지민과 거지를 합친 의미를 지닌 '꺼우리팡스(高麗房子)'라고 칭하며 일제의 위세를 내세워 본토인을 모멸하고 착취하려는 만주의 조선인들을 비판하였다. 이렇게 자신의 '민족'을 "불쌍하고 천한 겨레"라고 한탄하면서도,[161] 그는 자신이 '한궈인'(한국인)이라는 사실을 부정하지 않는다. 그는 망국민으로서 만주를 떠도는 조선민족을 '카인'의 후예에 비유하면서 '신 앞에 선 단독자'로서 조선민족의 자유를 보장해주는 신이 없어진 진공 상태를 그려냈다. 이 진공상태 속에서 그는 "도포 같은 슬픔"을 입고 어디에도 정착하지 못하고 떠돌아야 하는 운명을 탄식한다.

해방 이후 유치환의 신(神)은 형이상학적인 존재로 나타난다. 『예루살렘의 닭』(1953)에는 보이지 않는 세계에 대한 긍정의 자세가 본격적으로 나타난다. "보이지 않는 곳에 깊이 뿌리 박고 있기에 항시 亭亭할 수 있는 나무"(「나무」)[162]를 그린 시나 "니힐한 神이야, 바위야"(「니힐한 신」)라며 바위를 신에 비유하고 있는 시 등에 유치환의 범신론적 자연관이 드러난다. 유치환은 보이지 않는 세계의 신비를 생명의 근원으로 바라보았다. 이는 신의 존재를 확인하는 과정이기도 하였다. 이를 통해 그는 신비 앞에 자기 존재의 왜소함을 깨닫게 되었고, 절대자와 대결하는 거만하고 오만스러운 주체의 모습 대신 신 앞에 겸허한 자세를 가져야 함을 이야기하기 시작한다. 그에게 신은 "무한한 질서 속에 이 대우주와 자연을 존재 지탱하여 있게 하고 있는 어떤 절대한 의사! 능력!"을 지닌 존재였다.[163]

유치환은 죽음을 '의미 없는 지속으로서의 무한'으로 돌아가는 것으

---

160 위의 책, 43쪽.

161 유치환, 「허무의 방향」, 『청마 유치환 전집』 5, 302쪽.

162 유치환, 『예루살렘의 닭』(1953), 『청마 유치환 전집』 2, 17쪽.

163 유치환, 「신의 존재와 인간의 위치」(1955), 『청마 유치환 전집』 5, 234~235쪽.

로 파악함으로써[164] '허무'를 '영원'의 차원으로 끌어올린다. "인간의 생명이 끝내 알 수 없는 데서부터 와서 알 수 없는 것으로 돌아가는 것이라는 거룩한 존귀성을 체득함으로써만" 안심입명을 구할 수 있으리라는 것이다.[165] 이에 따라 유치환의 허무 의식은 '영원'에 대한 사유로 발전한다. 그는 아름드리 노목(老木)과 전마루의 어린 묘목을 바라보다가 둘 사이에서 "눈에는 볼 수 없으나 엄연히 존재하여 있는 그 무엇" "어떤 엄숙함"을 느끼게 되었다면서, 이를 통해 "우주의 오의(奧義)인 영원한 생성을 결코「나」라는 개체 위에서 풀이할 것이 아니라,「나」란 인간의 전나무에 피어 달렸다 낙엽하기 마련인 한 이파리일 뿐 인간의 전나무는 결단코 죽는 것이 아니요, 영원한 생성(生成)을 향하여 쉼 없이 전진하고 있음"을 깨닫는다.[166] 이와 같은 인식의 전환을 통해 그는 '느낌'의 존재론을 제시한다.

> 생각하는 갈대가 아니라, 느끼는 갈대!/나는 이 우주의 무량광대함과 그 오묘함을 생각하므로서가 아니라 오직 느낌으로서 알 따름
>
> ──「느끼는 갈대」전문[167]

> 神! 神이라면 어찌 어마하고 거치장한 것으로 치는가?/보라, 지금 아카샤 꽃주저리에 산들바람이 희롱하는 황홀을─/저 방욱한 향치와 순결한 빛깔인즉 무슨 다른 엉뚱한 뜻으로 있음이 아니라 그대로─지금 너를 황홀케 하는 그대로─神의 표상(表象)인 것!/또한 어찌 죄값의 연옥(煉獄)을 말하는가?/아니거니! 오늘 이 삶에

---

164 오세영, 앞의 책, 2000, 128쪽. 이러한 점에서 오세영은 유치환의 시세계를 '의지─허무의 의지'라는 한마디로 압축할 수 있다고 분석한다.

165 유치환,「나는 고독하지 않다」,『청마 유치환 전집』5, 230쪽.

166 유치환,「무용의 사변」, 위의 책, 244쪽.

167 유치환,『뜨거운 노래는 땅에 묻는다』(1960),『청마 유치환 전집』3, 203쪽.

서 저 아카샤 꽃주저리의 빛나는 황홀을 기차게 모를진대 그것이
곧 지옥의 형벌인 것.

— 「아카샤꽃」 전문[168]

　나의 의식이 눈떠 있을 때 그 오만으로 말미암아, 나를 에워있는
무궁한 섭리에 대하여 차라리 나는 얼마나 맹목한가?/그같은 의식
을 재워, 눈 감고 자는 한밤에 문득 깨어 보면 기다렸던 듯 사무치
게 느껴 드는, 나와 萬有를 감싸 있는 끝 모를 심심한 숨결과, 그리
고 바로 나의 곁, 심연에서 지금 억조 성좌끼리 이루어 있는 그지없
이 찬란한 화원의 극치!/아아 나의 목숨인즉 이같은 무궁한 조화
의 영위에, 초목이 天數의 운행에 힘입어 피고 지듯, 그렇게 나도
곁들어져 있는 것./다만 나는 저 영원한 화원가에 피어 장차 시들
어야 할, 죽음이란 벌떼를 지닌 꽃! 그러므로 더욱 애석한 한 떨기
꽃일네라.

— 「죽음을 지닌 꽃」 전문[169]

　이 세 편의 시에서 유치환은 '생각하는' 존재로서가 아니라 '느끼는'
존재로서의 인간을 긍정한다. 마찬가지의 인식이 유치환의 다른 시에
도 나타난다. "우주의 무량광대함과 그 오묘함"은 이성이 아니라 감각
을 통해 주체에게 인지될 때 그 자신과 세계에 대한 긍정으로 나아간
다. 「아카샤꽃」, 「죽음을 지닌 꽃」의 시적 주체는 그러한 '느끼는' 존재
에 해당한다. 「아카샤꽃」에서 시적 주체는 자신과 바람에 흩날리는 꽃
을 동일시하고 있다. 산들바람에 떨어지는 꽃의 향기와 빛깔을 그 자신
의 것으로 감각하는 '황홀' 속에서 그는 신의 존재를 예감한다. 김억과
김소월이 감각이 곧 무한이라고 했던 순간이 이 시에서 재현되고 있다.

168 위의 책, 223쪽.
169 위의 책, 235쪽.

"아카샤 꽃주저리의 빛나는 황홀"은 곧 신, 즉 무한을 감각하는 것이다. 「죽음을 지닌 꽃」에서는 이러한 황홀이 "찬란한 화원의 극치"로 그려진다. 개체적 자아의 의식에서 벗어나 만유(萬有)를 감싸고 있는 우주의 숨결을 느낄 때 그는 자신의 존재가 "영원한 화원가에" 피었다가 질 "한 떨기 꽃"임을 알게 된다.

유치환은 '영원'의 세계와 '현실' 세계를 단절된 것으로 파악하지 않았기 때문에 생성 소멸하는 현실을 부정하지 않는다. 그는 자신을 "이 밤이 다하기 전에 이 무한한 壁을 뚫어야 하는 囚人. / 또는, / 虛無를 데굴대는 쇠똥구리."(「나」[170])에 비유하면서, 가상으로서의 현실에 갇혀 있다는 자의식과 함께 "또는,"이라는 접속어로 그렇지 않을 가능성을 또한 탐색한다. 이를 위해 자신을 쇠똥구리에 비유하면서 '허무'를 자신이 살아가는 일상적 사건으로서 의미화한다. 그는 "어떠한 〈니힐리즘〉도 인간인 존재 위에서만 비로소 있을 수는 있는 것이며 인간이란 존재 그것이 이미 커다른 긍정"이라고 말한다.[171] 허무주의에 대한 긍정을 통해 인간 존재에 대한 '커다란 긍정'으로 나아가고자 한 것이다. 그는 유한자로서의 비애를 '커다란 긍정'으로 변모시키기 위해 사랑을 탐구하게 된다.

> 사랑하는 사람을 사랑함이 나위없는 자연일진대 우리가 사랑하는 사람을 지극히 사랑함은 바로 자연속에 同化되는 일임에 틀림없겠읍니다. 따라서, 자연이란 오로지 永遠을 念願하는 염원속에 있는 것일진대 사랑하는 사람을 통한 이 자연속의 同化는 곧 영원에의 동화이기도 할 것입니다. / 이같은 사실, 즉 사랑하는 사람을 사랑함은 영원에의 동화인 사실은 적어도 나 자신의 경험으로선

---

170 위의 책, 35쪽.
171 유치환, 「허무의 방향」, 『청마 유치환 전집』 5, 349쪽.

그렇다고 단언할 수 있읍니다. 진정 나는 나의 사랑하는 이를 사랑하므로서 저 영원이란 으슥한 정체의 언저리에나마 참례할 수 있을 뿐만 아니라 인간의 진실하고 美하고 善함이 어떤 것인가도 동시에 맛볼 수 있은 것입니다.[172]

이 글은 유치환의 시 「행복」이 실려 있는 시집의 서문이다. "사랑하는 것은 / 사랑을 받느니보다 행복하나니라 / 오늘도 나는 너에게 편지를 쓰나니 / ─그리운 이여 그러면 안녕 / 설령 이것이 이 세상 마지막 인사가 될지라도 / 사랑하였으므로 나는 진정 행복하였네라"(「행복」[173])라는 구절로 유명한 이 시에서의 '사랑'은 사적인 감정에 한정되지 않는다. 유치환은 사랑하는 사람을 사랑하는 것을 '자연' 속에 동화되는 것으로 본다. 사람을 사랑한다는 것은 지극히 자연스러운 것으로 사랑을 통해 자연이라는 영원에 닿을 수 있다. 누군가를 사랑하는 것은 '죽음'이 그러하듯 '영원이란 으슥한 정체의 언저리'를 참례(參禮)할 수 있는 경험이다. 이를 통해 유치환은 '죽음'과 '사랑'의 본질이 다르지 않다는 깨달음을 전달한다. 유치환은 단독자로서 자신의 실존을 보장해주는 절대적 존재로서의 신을 설정함으로써 '모럴'과 '영원'을 조화시키고자 하였다. 현실참여적인 시를 쓰는 한편으로 허무주의에 대한 형이상학적 탐구를 지속한 결과 그는 사랑을 주는 행위를 통해 영원에의 동화를 이룰 수 있다는 것을 발견한다.

오장환, 서정주, 유치환 등 생명파 시인들은 카인 모티프를 통해 돌아갈 고향을 잃어버린 근대인의 애수를 그려내는 한편, 저주받은 운명에 대한 비애를 넘어서기 위한 방법을 모색했다. 오장환과 서정주의 시

---

172 유치환, 「이 시집을 엮으며」, 『파도야 어쩌란 말이냐』(1965), 『청마 유치환 전집』 3, 341~342쪽.

173 위의 책, 348~349쪽.

에 두드러지는 관능성이 불모의 근대문명에 대한 비판 의식을 담지하고 있는 것이라면, 유치환에게는 생성 소멸을 반복하는 세계에 대한 긍정을 통해 인간의 존재 조건으로서의 허무의 가치를 발견하는 자세가 나타난다.

4. 전후 시에 나타난 폐허 의식과 생명 표상으로서의 '꽃'

1) 니힐리즘으로서의 모더니즘 : 고석규, 함형수, 오상순의 '태양-꽃' 기호

고은은 1950년대를 회상하면서 이 시기의 '폐허 의식'에 대해 지적한다. 그는 "〈아아 50년대〉라고 말하지 않으면 안 된다. 모든 논리를 등지고 불치의 감탄사로서 말하지 않으면 안 된다."라고 이 시기를 설명한다.[174] 전쟁으로 인해 폐허가 된 현실은 이성적으로 세계를 인식하는 것을 불가능하게 하였다. 해방과 전쟁 이후 사회 정치적인 혼란 속에서 역사의 진보에 대한 믿음을 잃어버린 문인들은 폐허가 된 현실 속에서 이후에 나아갈 길을 모색하지 않을 수 없었다. 이 시대는 "신이 침묵하

---

174 고은은 한국전쟁이 문학적으로 제2의 개화기를 가져왔다고 보면서 1950년대 문학의 폐허 의식을 새로운 '근대성'의 정립과 연관시킨다. 이와 같이 1950년대의 폐허 의식을 낡은 봉건질서를 타파해야 한다는 협소한 계몽의식의 차원에서 인식함으로써 1950년대 폐허 의식의 연속성과 역동성을 제대로 파악하지 못하였다. 그는 1950년대를 '축제의 세대'와 연결시키는 날카로움을 보여주었지만, 그 축제에서 살인의 광기만을 발견했을 따름이다. 그는 한국전쟁 이전까지의 문학을 토속적 샤머니즘에 바탕한 '성황당문학'이었다고 명명하면서, 한국전쟁을 계기로 '성황당문학'에서 나타난 여성적 노예적 체념으로부터 벗어나야 한다고 주장하였다. 고 은, 『1950년대』, 향연, 2005, 399쪽.

는, 신이 떠나버린 시대"[175]로, 좌표를 잃어버린 예술가들은 절망 속에서 퇴폐적 낭만에 빠져들었다.

　이러한 분위기는 비단 한국의 상황에 국한되지 않았다. 황야에 홀로 있는 고독자로서의 개인의 존재만을 진리로 여기고, 자신의 경험을 통해서만 세계를 이해하며 세계를 개인의 내면을 통해서 표현하는 것으로 여기는 실존주의가 당시 전 세계적으로 유행했다는 사실을 통해서도 이를 알 수 있다.[176] 실존주의 철학은 죽음으로 향하는 시간 흐름의 불가역성이 인간의 삶의 방향을 명백하게 규정해왔다고 보며, 이와 같은 시간성의 원리를 기초로 인간을 형이상학적으로 분석한다.[177] 이러한 흐름 속에서 폐허 의식에 기반한 창조에 대한 탐구는 이어졌다. 고석규, 박인환, 송욱, 전봉건 등이 그러하다. 이들의 시에 나타나는 '꽃'의 기호는 '너는 새로운 꽃을 피울 수 있는가'라는 니체적 명제를 계승하고 있다. 전쟁으로 인해 폐허가 된 세계에서 시인들은 다시 세계를 풍요롭게 할 수 있는 정신을 탐색하였다.

　　　Nietzsche의 니힐리즘은 創造的. 破壞的. 意慾的 니힐리즘이다
　　　(〈無爲自然〉의 老莊의 니힐리즘은 人間的 意慾이 靜止된 法悅狀態
　　　의 니힐리즘이다) 主體로서의 主觀的 生의 問題를 一貫하여 끌고
　　　간 그의 니힐리즘은 또한 浪漫主義다.
　　　　詩에 있어서는 Baudelaire 以後 Lautreamont과 Rimbaud가 Nietzsche
　　　的 니힐리즘의 現代的 先驅者로 登場한다. Lautreamont은 〈Maldoror
　　　의 노래〉에서 神도 動物도 아닌 〈人間〉을 咀呪하고 있다. 〈倦怠로
　　　서의 生〉이 그의 問題다. 暗鬱한 밤의 厭世主義이기는 하나, 主體
　　　로서의 主觀的 生이 問題의 全部였다는 立場으로서는 Nietzsche와

175　김윤식, 『한국 현대문학 비평사』, 서울대학교 출판부, 1982, 271쪽.
176　전기철, 『한국 전후 문예 비평 연구』, 도서출판 서울, 1994, 148쪽.
177　한스 마이어홉, 『문학과 시간현상학』, 김준오 역, 삼영사, 1987, 96쪽.

同類다.

　Rimbaud는 〈地獄의 季節〉에서 말하고 있다. 「술이란 술이 넘쳐 흐르던 나는 祭典이었다」「구름 속에서 薔薇빛을 한 불의 鐘이 운다」－〈善惡의 彼岸〉에서 黃金의 生의 果實은 눈이 부시다. 그가 生을 〈地獄〉이라고 命名할 적에 Faust의 〈生의 苦惱〉를 알고 있었다. 알고 있으면서 生을 讚美할 적에 그는 Nietzsche와 함께 大地의 忠僕임에 틀림없었다.[178]

　김춘수는 "虛無는 精의 立場에서 보면 健康이고, 動의 立場에서 보면 病이다"라는 에른스트 윙거(Ernst Junger)의 말을 인용하면서, 니체의 니힐리즘의 창조적 허무 정신에 주목한다. 기존 질서에 대한 반항을 통해 허무가 창조에 참여하고 있다는 것이다. 이 글에서 니체의 니힐리즘은 노장의 니힐리즘과 함께 프로이트에 사로잡힌 비관적 니힐리즘과 대비된다. 노장의 니힐리즘은 인간적 의욕마저 정지된 것인 데 반해 니체의 니힐리즘은 주체로서의 주관적 생의 문제를 중시한다는 점에서 낭만주의적 경향을 지닌다. 보들레르, 로트레아몽, 랭보 등 프랑스 상징주의를 대표하는 시인들 역시 주관적 생의 문제를 다룬다는 점에서 니체의 니힐리즘의 계보에 들어간다. 이들은 프로이트에 사로잡힌 초현실주의 작가들과 달리 생의 고뇌를 알고 있으면서도 생을 찬미한다는 차이를 지닌다.

　김춘수는 1910년대 이탈리아 미래파의 출현을 신이 없는 이성적 계몽주의적 인간상이 위기에 부딪히면서 불안 심리에 의해 사로잡힌 부르주아들의 상태를 반영하는 것이라고 보고, 이러한 흐름을 니체적 니힐리즘과 구분 짓는다. 1920년대 초현실주의 역시 "절망한 부르주아의 비관적 자기표현"일 뿐이라며, 라인홀트 니부어의 말을 빌려와 프로이

178 김춘고, 「모던이즘과 니힐리즘」, 『시연구』, 산해당, 1956, 93~94쪽.

트류의 비관적 니힐리즘을 비판한다. "초현실주의가 Freud에 사로잡혀 있는 동안은 초현실주의는 신과 이성을 동시에 잃은 심각한 비관적 니힐리즘이다"[179]라는 것이 비판의 요지이다. 초현실주의는 니체의 니힐리즘과는 달리 생에 대한 긍정에 이르지 못한다. 이러한 관점은 부산대 강사 시절 김춘수의 제자인 고석규의 글에도 드러난다. 고석규가 '모더니즘'에 대해 쓴 글을 보면, 그가 김춘수와 마찬가지로 모더니즘을 문명의 위기를 극복하려는 위기의식의 소산으로 보고 있음을 알 수 있다.

2년 전에 청록파의 한 사람인 조지훈 씨는 〈시의 전기에 대하여〉라는 논문에서 시의 무의미한 질식을 경계하면서 '세계적 인식은 생명의 종합성'이라고 피력한 일이 있다. 씨에 있어서 생명의 종합성이란 그대로 시에 있어서 모더니티 이콜 존재라는 말로써 바꾸어질 수 있는 것이라 보아진다.

우리는 김춘수의 근작 〈인인(隣人)〉과 김구용 씨의 〈산재〉, 〈오늘〉과 같은 작품에서 이러한 향기를 강하게 맡을 수 있었다. 사실 모든 시인들이 이 전기적 모색으로 나가고 있다는데 동의할 수 있을 것인즉 그것은 가장 긍정적인 출발이며 리리시즘의 구경적(究竟的) 실천이 제반 폴마리즘을 극복할 수 있는 가능성을 여기에 노출케 한 것이다. 그러한 가능성은 또 원시적인 태동과 전일적 사상으로 시의 총체적인 기능을 더욱 확충한 것이었다.

한 걸음 나아가볼 때 2차대전을 전후로 한 서구에 있어서 공동으로 제기된 휴머니티의 회복이니 옹호니 하는데 있어서 시가 레지스탕스나 사회적 앙가아쥬 또는 종교적 통일로 대개 전기되었음을 우리들은 여러 가지 면에서 용인할 수 없는 것이다.

— 「모더니티에 관하여」 부분[180]

179 위의 글, 96쪽.
180 고석규, 「모더니티에 관하여」, 출처 미상, 1954(『고석규 문학전집 제2권—평론

이 글에서 고석규는 과거의 낭만자연적인 리리시즘을 압도한 모더니티가 "엑스터시적 경악으로 질주하는 사이비 모더니티"에 불과했음을 지적하면서, "모더니티 이콜 엑스터시"라고 말한 김기림의 모더니티 개념을 비판한다. 그리고 위에 인용한 것처럼 이와 같은 착오에서 벗어나기 위해서 "모더니티 이콜 존재"라는 새로운 선언을 이끌어낸다. 그러면서 그는 모더니티가 리리시즘과 대립되는 것으로 보아왔던 관점을 전환할 필요가 있다고 지적한다. 김춘수와 김구용의 작품을 들어가면서 "리리시즘의 구경적(究竟的) 실천"을 요청하는 것은 이 때문이다. 나아가 고석규는 이 글에서 이와 같은 리리시즘의 회복과 휴머니티의 옹호를 내세우며 등장한 실존주의적 모색을 연결시킨다.[181] 그러면서 모더니티를 "전체적이며 세계적이며 생명적이며 존재적인 것"으로 변화시키기 위해 "모든 말초적 언어의 타락을 본질적 언어의 건강으로 회복하는 노력"이 필요하다고 주장한다.[182]

'니힐리즘으로서의 모더니즘'을 조명하면서 프로이트류의 비관적 니힐리즘이 아니라 니체가 말한 창조적 니힐리즘을 되살릴 필요를 제기한 김춘수의 주장과 "모더니티 이콜 존재"라는 명제를 제시하면서 모더니즘과 배치되지 않는 새로운 리리시즘의 차원을 열어야 한다고 보는 고석규의 주장은 생명파 시인들의 문제의식과 일맥상통한다. 생명의 전체성, 창조성을 폐허의 문명을 극복할 수 있는 힘을 지닌 것으로 인간의 본능, 원시성의 회복을 추구하였다는 점이 그러하다. 이와 관련하

집 여백의 존재성 외』, 마을, 2012, 69~70쪽 재인용).

181 고석규가 김소월을 "가장 전형적인 대결의 인간, 모더니스트"라고 평가하는 것은 이러한 이유에서이다. 고석규는 김소월의 시에서 "숙명적인 무저항과 체념" 같은 것을 찾아내는 것은 부당한 것이라고 말하면서 "소월에겐 우리들 눈으로 식별할 수 없는 자기의식의 방법이 언제나 엄숙하게 서정의 밑바닥을 채우고 있었습니다"라고 말한다. 「소월 시 해설」, 위의 책, 176쪽.

182 위의 글, 71쪽.

여 주목되는 것이 전후 한국시에 나타난 릴케의 영향이다. 릴케의 시가 1930년대 중반 한국에 소개된 이래 가장 강렬한 영향력을 발휘한 것은 1950년대인 것으로 보인다. 그동안 릴케의 영향은 실존주의 수용의 맥락에서 주로 이해되어왔으나, 릴케의 영향은 김춘수가 말한 니체적 니힐리즘의 계보에서 새롭게 파악될 필요가 있다.

한국 현대시에서 릴케의 영향은 김춘수와 고석규, 전봉건뿐만 아니라 이미 서정주와 김영랑, 박용철 등 시문학파 동인들에게서도 확인된다. 한국에서 최초로 릴케의 글이 소개된 것은 김진섭이 『조선일보』에 게재한 「릴케 : 어떤 젊은 문학지원자에게」라는 편지글이며,[183] 릴케의 시는 박용철에 의해 1936년 『여성』지에 게재되었다.[184] 박용철은 1938년에는 릴케의 시론을 최초로 소개하는 등 릴케의 소개에 앞장섰다.[185] 박용철과 절친한 사이였던 서정주 역시 그를 통해서 릴케를 알게 된 것으로 보인다.[186] 이에 대해 김익균은 이를 서정주가 '동양적 릴케'를 발견한 것이라고 설명하며, 『화사집』의 「대낮」에 등장하는 디오니소스적 육체성과 『귀촉도』의 「국화 옆에서」의 아폴론적인 육체성을 대비시킨다. 하지만 니체에게 디오니소스적인 것과 아폴론적인 것이 대립하는 것이 아니듯, 서정주가 릴케를 받아들이면서 신라 정신을 탐구하게 된 것을 이전의 시 세계와 단절된 것으로 보기 어렵다.

이는 니체의 비극의 정신에 대한 릴케의 관심에서도 확인된다. 릴케는 루 살로메를 통해 니체의 사상을 직접 접하고 니체의 『비극의 탄

183 김진섭, 「릴케 : 어떤 젊은 문학지원자에게」, 『조선일보』, 1935.7.12~13.
184 박용철, 「소녀의 기도(마리아께 드리는)」, 『여성』 1-3, 1936.6.
185 박용철, 「시적 변용에 대해서」, 『삼천리문학』, 1938.1.1.
186 김익균은 서정주의 시에서 릴케 수용이 명징하게 드러나는 것은 1939년 11월에 발표한 「봄」(『인문평론』), 1946년 12월 1일에 발표한 「석굴관세음의 노래」(『민주일보』)라고 본다.

생』에 대한 주석을 남길 정도로 니체의 사상에 대해 깊은 관심을 보였다.[187] 이는 릴케의 예술론을 비롯해서 그의 시 전반에서 확인된다. 무엇보다 이들은 디오니소스적인 것을 향한 몰락을 긍정함으로써 창조적 생성에 이를 수 있다고 보는 비극의 정신을 공유하였다. 『비극의 탄생』에 대한 주석에서 릴케는 니체가 말한 디오니소스적인 황홀경과 망각을 니체의 글을 직접 인용하며 "디오니소스적 삶은 무한히 내면적이고 총체적인 삶"이라는 주석을 단다. 그에 비해 일상은 "가소롭고 조그마한 위장에 불과한 모습"을 띠는데, 예술은 이러한 위장된 모습이 확장되어 커다란 연관관계 속으로 들어갈 수 있는 가능성을 제공한다. 그러면서 릴케는 그리스 비극의 사티로스 합창을 창조적 구원의 힘의 원천을 제공하며 예술적 영감을 제공하는 다수의 꿈과 연결시킨다.

> 합창 : 꿈의 의미를 제대로 파악하기 위해서는 꿈꾸는 사람들을 보는 것이 필수적이다. 그것은 한 사람이나 하나의 존재가 아니라 다수의 존재들이 그들 꿈의 공통성에 의해 리듬감 있게 움직일 때, 그리고 그들 감각의 외부에서, 마치 그들 내면에서 꿈꾸는 사람을 보는 것처럼 무대 위에서 행위로 묘사될 수 있는 현상의 원인이 될 때, 그런 경우에 꿈을 보는 것은 더불어 우리의 관심을 증대시킨다. 꿈꾸는 이 사람들은 변함없이 그대로 존재함으로써 우리를 두려움과 행동의 협소함으로부터 구원할 수 있다. 그리고 우리가 무시무시한 꿈으로 난도질되지 않은 그들의 불가침적 존재를 함께 느끼기 위해서는 반드시 그들이 우연적인 것에서가 아니라 우리 존재의 지속적 성향에서 우리와 비슷하며 형제와 같아야 한다. 우

---

187 릴케가 일상의 안온함을 넘어서려는 창조적인 분투의 가치를 역설하는 것이나 철학자와 시인이 미래를 내다보아야 한다는 언급에서 차라투스트라의 목소리를 들을 수 있으며, 운명애와 같은 니체의 주제가 릴케의 시에 나타난다(Rick Anthony Furtak, "Translator's Introduction", Rilke, *Sonnets to Orpheus*, Pennsylvania: University of Scranton Press, 2007, pp. 5~6).

리는 무대 위의 동적인 유희에서 그들이 추는 춤의 정적인 변두리로 피신하며 그들의 안정성과 친근성에서 덧없는 것에 대해서보다는 두려운 것에 대해 기뻐할 수 있는 능력을, 나아가 몰락을 넘어서 합창의 동인이 되는 영원성을 바라볼 수 있기 위해 몰락을 희망할 수 있는 능력을 얻는다.[188]

　여기서 릴케가 말하는 '다수의 존재들이 꾸는 꿈'은 니체가 『비극의 탄생』에서 언급한 디오니소스적 도취의 상태를 연상시킨다. 그리스 비극의 사티로스에게서 문명의 때가 묻지 않은 자연 그 자체, 인간이 가진 강력한 동력의 표현이자 지혜의 선포자이며 성적 전능함의 상징을 발견한 니체는 끊임없이 고통받을 뿐만 아니라 영원한 창조의 즐거움을 누리는 자연을 발견하였다.[189] 릴케가 이 글에서 "몰락을 희망할 수 있는 능력"에 대해 언급한 것은, 디오니소스적인 것이 아폴론적 가상을 파괴할 뿐만 아니라 다시 삶을 구원하는 새로운 아폴론적 가상을 피워 올리는 창조적 힘의 원천으로 작용한다는 점을 파악하고 있었음을 말해준다. 진정한 예술은 '하나의' 일시적인 가상에서 해방되어 "존재의 지속적 성향" 즉, 디오니소스적 진리를 통해 그 자신을 인식하게 함으로써 "두려움과 행동의 협소함"에서 벗어나 무한한 총체성을 회복한 진정한 자신을 인식하게 한다.

　같은 글에서 릴케는 "예술가의 창조적 행위는 예술가가 아닌 사람이

188　라이너 마리아 릴케, 「〈프리드리히 니체에 대한 주석─《비극의 탄생》」(릴케, 『릴케전집 13 ─ 시인에 대하여, 체험, 근원적 음향 외』, 전동열 역, 책세상, 2000, 239~240쪽. 이 글에는 다음과 같은 역자 주가 붙어 있다. "손으로 쓴 이 글은 루 안드레아스 살로메의 유고와 함께 들어 있다. 위에 제목은 붙어 있지 않다. 여러 특징들로 보아 릴케가 1898년 여름에 쓴 것으로 추정된다." 이 글은 18장으로 구분되어 있으며, 릴케가 사용했던 니체 판본의 페이지가 가끔 덧붙어 있다.
189　김주휘, 「『비극의 탄생』 읽기」, 『철학사상』, 2008, 96쪽.

자신의 몰락을 감내하는 것과 같은 가치를 지닌다"라면서, 이를 예술에 국한되지 않은 삶 전반의 문제로 확장시킨다.[190] 릴케는 니체가 그리스 비극에서 발견한 비극적 인식을 비가적 상상력을 통해 전개해나갔는데, 이와 같은 릴케의 사상은 전후의 시인들에게서 '꽃'의 기호로 나타난다. 김춘수와 고석규뿐만 아니라 전후에 다시 시를 창작한 오상순, 그리고 박인환, 전봉건 등의 시에 공통적으로 나타나는 '꽃'은 니체의 정오의 사상과 관련된 것으로, 기존의 세계를 파괴하고 생명의 운동을 만들어내는 힘을 지닌다. 우선 고석규의 시부터 읽어보자.

> 모든 정신병원에는/꽃들이 피었겠습니다//상(喪)하는 하늘 끝에 목을 따 늘인 듯/술 아지랑이 자욱한 햇발에 걸우며/빠알간 꽃들이 피었겠습니다
>
> —「4월 남방(南方)」 전문[191]

> 너야!/흑석의 달빛을 부어라//피가 굳어지면/소리도 잊혀 끊으리라//저리 부풀어간 사막과/부풀어오는 사막의 그림자와/또 눈먼 시간 길을/빈센트 반 고흐의 자살같이/혹은 그 무한추도(無限追悼)의 응혈과 같이//오늘 어두운 철문이여/싸늘한 돌 속에도/꽃들은 빠알갛게 피었겠습니다.
>
> —「도가니」 부분[192]

---

190 하이데거는 형이상학적 측면에서 릴케의 '천사'를 차라투스트라에 대응된다고 지적한 바 있다. "근대의 형이상학이 완성되는 과정 속에서 이러한 자와의 관계가 어느 정도로 존재자의 존재에 속하고 있는지, 또 릴케가 바라본 천사의 본질이 니체의 차라투스트라의 모습과 내용적으로 완전히 상이함에도 불구하고 과연 어느 정도로 형이상학적으로 동일한 것인지 하는 문제는, 주체성의 본질을 보다 더 근원적으로 전개함으로써만 제시될 수 있다." 마르틴 하이데거, 「무엇을 위한 시인인가?」, 『숲길』, 458쪽.
191 고석규, 『고석규 문학전집 제1권—시집 청동의 관·시인론』, 마을, 2012, 51쪽.
192 위의 책, 50쪽.

위의 「4월 남방」에서 고석규는 폐허적 현실을 '정신병원'으로 묘사한다. 고석규는 이 시에서 영원성의 세계가 훼손되었음을 "상(喪)하는 하늘"로 그려내는 한편, 그럼에도 불구하고 해를 향해 목을 늘이고 꽃들이 피어 있는 장면을 그려냈다. 「도가니」의 마지막 구절에서도 이와 유사한 장면이 반복된다. "상(喪)하는 하늘"을 대신하여 "싸늘한 돌"이 제시되었다는 차이가 있을 뿐이다. 유치환의 시 「생명의 서 제일장」을 연상케 하는 태양이 작열하는 사막의 이미지도 나타난다. "빈센트 반 고흐의 자살"이라는 구절을 통해 암시되듯, 이 공간은 생명이 자라날 수 없는 불모의 공간이다. 하지만 고석규는 이 시를 통해 그 어떤 불모의 공간에서도 '빠알간 꽃'으로 비유되는 생명의 창조가 일어났으리라 예상한다. 두 시에서 반복되는 "피었겠습니다"라는 서술어는 시적 주체 그 자신도 확신하지는 못하지만 그럴 것임이 분명하다며 독자를 설득시키려는 묘한 뉘앙스를 풍긴다.

고석규의 시들은 서정주의 『화사집』의 분위기와 비교된다. 「4월 남방」은 서정주의 「서풍부」의 마지막 연을 떠올리게 한다. 이 시에서 서정주는 "서녘에서 부러오는 바람속에는/한바다의 정신ㅅ병과/징역시간"을 느끼며 어딘가에 갇혀 있는 상황을 정신병을 앓고 징역을 살고 있는 수인의 시간에 비유했다. 하지만 "폐허에 꽃이 되거라"[193]라고 노래하였던 서정주와 달리 고석규는 불모의 사막에 피어 있을 꽃을 막연히 상상할 뿐이다. 고석규는 「침윤」에서는 "달빛 어리는 내 가슴 위에는/파란 상화(傷花)가 꿈처럼 피어 있다"[194]고 하며 이 꽃이 환상 속에서만 피어

193 "밤에 홀로 눈뜨는건 무서운 일이다/밤에 홀로 눈뜨는건 괴로운일이다/밤에 홀로 눈뜨는건 위태한일이다//아름다운 일이다. 아름다운 일이다. 汪茫한 廢墟에 꽃이 되거라!/屍體우에 불써 이러나야할, 머리털이 흔들흔들 흔들리우는, 오-이 시간. 아까운 시간."(「문」 부분)

194 고석규, 앞의 책, 117쪽.

있는 것으로 그린다. 「4월 남방」에서 막연하게나마 불모의 대지에 꽃을 피우는 생명력이 존재함을 가정했던 것과 달리, 「침윤」에서는 이것이 한낱 낭만적 환상에 불과한 것으로 치부된다. 노발리스의 '푸른 꽃'을 연상케 하는 고석규의 '파란 상화'는 폐허 속에서 생명력을 지닌 존재를 찾는 것이 낭만적 동경의 차원으로 현실에서 점차 멀어져갔음을 보여준다.

전쟁 후에 다시 작품 활동을 전개한 오상순의 시에도 영원성에 대한 지향이 나타난다. 오상순의 「불나비」에는 죽음을 두려워하지 않고 '사랑'의 정열을 추구하는 존재로서의 '불나비'의 모습이 그려지고 있으며,[195] 「나의 스케취」에서는 "나의 귀는 소라인양 / 恒常 波濤소리의 그윽한 餘韻을 못잊"[196]어한다면서 영원성의 세계를 상징하는 바다를 잊지 못하는 시적 주체의 모습이 나타난다. 한편 다음 시에서는 영원성에 대한 지향이 향일성(向日性)을 지닌 해바라기에 대한 탐구로 나타난다.

해바라기!//너는 무삼 億劫의 어둠에 시달린 族屬의 精靈이기에

---

195 오상순, 앞의 책, 649쪽. 이 시에는 다음과 같이 오상순이 직접 시에 대해 설명한 내용이 달려 있다. "누가 뭐라해도 우리들 白衣民族은 東西古今에 赫赫히 빛나는 文化民族의 後裔요 繼承者요 永遠한 앞날에 傳受者로서 그 使命과 義務와 責任은 참으로 重且大한 것입니다. 이 不滅의 文化價値와 矜持는 世界의 人類에게 過時하고도 남음이 있습니다. …(중략)… 여기 〈불나비〉란 極히 작은 昆蟲이 있으니 그 몸은 비록 微小하드라도 그것이 죽음까지를 超越하고 志操와 情熱의 大根源力을 猛烈하게 自在롭게 矜持있게 發揮하는 그 모습이야말로 能히 萬有全體의 不滅의 根源力을 代表하는 것이라 보는 바입니다." 이를 통해 알 수 있듯이, 오상순은 사랑을 위해 죽음을 초월하여 정열을 바치는 자세를 생명의 근원(根源)이라고 보고, 이러한 생명의 원리를 알고 있는 '우리들'은 '문화민족'으로서 자긍심을 가져야 한다고 주장하고 있다. 전후의 폐허에서도 오상순이 절망하지 않았던 것은 죽음을 초월해서 존재하는 '불멸의 근원력'에 대한 믿음이 있었기 때문이다.

196 오상순, 「나의 스케취」, 위의 책, 654쪽.

빛과 熱과 生命의 源泉! 또 그 母體 太陽이 얼마나 그리웁고 핏줄기 땡기었으면/너 自身 이글이글 빛나는 華麗한 太陽의 모습을 닮아/그 뉘 알길 없는 永劫의 원풀이를 위함인가/저 모양 色身을 쓰고 나타났으리……//태양이 꺼진 밤이면 靑孀스럽게도/목고개를 힘없이 떨어뜨리고/夢魔처럼 그 속모를 沈鬱한 鄕愁에 사로잡혀/죽은 듯 無色하다가도//저 멀리 먼동이 트기 시작하면/迷夢에서 깨어나듯 奇蹟 같이 生動하여/忽然! 活氣 띠우고 찬란히 빛나며//太陽이 가는 方向의 뒤를 따라 고개 틀어 돌아가기에 바쁘면서도/얼굴은 노상 다소곳이 숙으려 수집은 窈窕인양/限없이 솟아오르는 그리움과 반가움의 心情 주체 못하는고녀!//오! 너는 무삼 뜻 있어/人間의 生理와 表情과 꼭같은/그 속모르게 수집고 은근하고 향기롭고 華麗하고/아아 恍惚한 微笑! 넘쳐 흐르도록 發散하여/永遠히 불타는 太陽의 입맞춤과/抱擁을 사뭇 誘惑하고 强要하는 것이뇨

— 「해바라기」 부분[197]

이 시는 『시인부락』 창간호 맨 앞에 실린 함형수의 「해바래기의 비명(碑銘)」을 연상시킨다. 이 시에서 함형수는 "나의 무덤 주위에는 그 노오란 해바래기를 심어 달라", "노오란 해바래기는 늘 太陽 같이 太陽같이 하던 華麗한 나의 사랑 이라고 생각하라"라고 노래하였다.[198] 위 시에서 오상순 역시 해바라기를 모체(母體)로서 태양을 그리워하는 관계로, 태양과 해바라기의 질긴 인연을 강조한다. 태양의 자식답게 해바라

197 오상순, 위의 책, 696~700쪽.
198 신범순은 『시인부락』 동인들에게 나타나는 '해바라기' 기호가 니체의 정오의 사상 및 영원회귀의 사상과 관련된다고 분석한 바 있다. 함형수의 시뿐만 아니라 서정주의 「웅계」 시편, 오장환의 「귀향의 노래」 등에도 해바라기가 등장하는데, 이는 이들이 공유하였던 니체의 사상이 반영된 기호라는 것이다. 신범순, 「'시인부락'파의 해바라기와 동물기호에 대한 연구 — 니체 사상과의 관련을 중심으로」.

기는 "이글이글 빛나는 화려한 태양의 모습을 닮아" 있다. 그런데 이 시의 마지막에서 해바라기는 태양보다, "생명보다도 또 죽음보다도 더 심각한" 존재로 그려진다. 영원성을 향한 인간의 근원적 지향을 해바라기를 통해 보여주었던 함형수와는 달리 오상순은 영원성에 도달할 수 없는 인간의 '원풀이'에 초점을 맞춤으로써, 인간이 처해 있는 "속 모를 사랑의 심연"을 부각시킨다.

고석규 역시 "너의 눈과 마음을 괴롭히지 않기 위하여 그늘에 숨어서도 해를 쫓으라"라는 니체의 말을 인용하며 태양에 대한 사랑을 디오니소스적인 것과 연결 짓는다.[199] 그는 향일성을 "인간의 공정(共情)한 슬픔의 하나"라고 설명하면서 이를 인간 본연의 비극으로 설명한다. 이어서 그는 그리스 신화에 나오는 해바라기와 관련된 신화를 설명하다가 해바라기의 가장 열렬한 모티브를 완성한 '네덜란드의 종교적 화가' 빈센트 반 고흐를 소개한다. 고석규가 고흐를 '종교적 화가'라고 소개한 것은 고흐가 특정한 신앙을 소재로 한 작품을 그렸기 때문이 아니다. 고석규는 고흐의 "신앙적 크리스토는 치열한 태양과 일치된 것이었으며 신은 바로 색채 그것으로 존재"하였다고 말한다. 고흐가 숭배한 대상은 다름 아닌 태양이었다는 것이다. 고흐는 태양을 그리는 것으로 만족하지 않고 "태양 그 자체를 열망"하다가 결국 "생명의 몰락"을 맞이하고 말았는데, 그 몰락의 형상이 해바라기의 모습과 흡사하다며, 고석규는 해바라기의 운명과 인간의 운명을 동일시한다.

고석규는 고흐와 함께 이러한 운명을 그려낸 시인으로 아르튀르 랭보의 작품에 주목한다. 1870년 랭보가 쓴 「태양과 육체」를 인용하며, 붉게 타는 태양을 숭배하였던 랭보의 삶과 문학 세계를 조명했다. 고석

---

199 고석규, 「해바라기와 인간병」, 『초극』, 1953.12.16(고석규, 『고석규 문학전집 제1권 – 시집 청동의 관 · 시인론』, 16쪽).

규는 랭보의 향일성을 "불붙는 과수원"에 비유하며 "무수한 과실이 무르녹아 타는 환죄(患罪)적 정경에서 모든 우주와의 교감을 수립하였으며 〈새로운 꽃과 새로운 별과 새로운 이야기〉를 발명"하였다고 평가한다. 고석규는 고흐와 랭보의 예술에 나타난 향일성이 영원성에 목말라 하는 인간의 저주스러운 운명을 보여주는 것이라고 보면서, 이를 '인간병'이라고 말한다. 영원성의 빛을 구하는 이들의 추구는 또한 "저 노쇠하지 않을 광란을 전 존재로서 사랑"한다는 점에서 "해바라기의 광기"라고 명명되는데 니체, 고흐, 랭보뿐만 아니라 "도스토예프스키와 프뢰벨과 보들레르와 갈씬과 네르발"등의 예술가들이 모두 이러한 '인간병 환자'들에 해당한다. 앞서 고석규의 시에서 세계가 '정신병원'으로 묘사되었던 것도 이와 관련된 것으로 보인다.

그는 고흐와 랭보가 그러했듯이 '태양'과 동소적(同素的)인 존재가 되고자 하는 예술가들의 병적인 열망이 그 무수한 꽃으로서의 작품을 그들의 목숨 위에 피워준다고 보았다. 그들은 태양을 지향하다가 그것을 닮은 존재로서의 '꽃'이 된다. 이것이 고석규가 내다본 예술가의 존재론이었다.

2) 불모의 역사와 사랑의 승리 : 박인환, 송욱, 전봉건의 '꽃'

기존의 1950년대 시 연구에서는 전쟁으로 인해 죽음의 공포, 폭력성과 불모성에 주로 주목하여 당시의 시들을 분석해왔다. 물론 이 당시에 창작된 시에 비참한 현실이나 사회 부조리, 불안 의식 등이 나타나 있는 것은 부인할 수 없는 사실이다. 하지만 동시에 폐허의 현실을 극복하기 위한 모색 역시 존재했다. "리리시즘의 구경적 실천"을 논했던 고석규가 대표적이다. 고석규는 모더니즘에서 주창해온 합리적 낙관주의가 비관적 니힐리즘으로 귀결되었음을 비판하면서, 주지(主知)의 정신을 보완할 수 있는 서정의 힘을 촉구했다. 박인환, 송욱, 전봉건 역시 꽃의 존재론을 공유하였다. 이들은 꽃의 존재론을 문화사, 문명사의 맥락에서 고찰함으로써 폐허의 현실을 초극할 수 있는 생명의 기호로 작동시켰다. 다음은 1949년 간행된 『새로운 도시와 시민들의 합창』 서문이다.

불모의 문명 자본과 사상의 불균정한 싸움 속에서 시민 정신에 이반된 언어작용만의 어리석음을 깨달았었다.
자본의 군대가 진주한 시가지는 지금은 증오와 안개 낀 현실이 있을 뿐……더욱 멀리 지난날 노래하였던 식민지의 애가이며 토속의 노래는 이러한 지구(地區)에 가라앉아간다.
그러나 영원의 일요일이 내 가슴속에 찾아든다. 그러할 때에는 사랑하던 사람과 시의 산책의 발을 옮겼던 교외의 원시림으로 간다. 풍토와 개성과 사고의 자유를 즐겼던 시의 원시림으로 간다.
아, 거기서 나를 괴롭히는 무수한 장미들의 뜨거운 온도.[200]

이 글에서 박인환은 '불모의 문명 자본'이 지배하고 있는 도시의 풍경을 바라보며, 식민지의 애가와 토속의 노래를 떠올린다. 그 노래들이 현실 속에 뿌리내리지 못하고 다만 침잠하고 있을 뿐이라는 사실에 그는 낙담한다. 자본과의 싸움에서 패배한 사상의 향방 역시 이와 다르지 않다. 그러던 그에게 '영원의 일요일'이 가슴속에 찾아든다. 이는 이상이 「LE URINE」에서 노래한 '일요일의 비너스'를 연상시킨다. 이상이 이 시에서 '일요일'이라는 시간성을 활용하여 '태양'의 이미지를 암시했듯이, 박인환의 시에서도 '일요일'은 '영원'이라는 수식어와 어울려 있다.[201] 박인환은 이상을 추도하는 시 「죽은 아포롱—이상 그가 떠난 날

200 박인환, 『박인환 전집』, 맹문재 편, 실천문학사, 2008, 247쪽.
201 박인환의 시 「영원한 일요일」은 '영원의 일요일'과 정반대되는 의미를 지닌다.

에」에서 이상을 태양의 신 아폴론에 비유하면서 태양 기호와 이상을 연결시킨 바 있기도 하다. 이 시에서 박인환은 "당신은 싸늘한 지하에 있으면서도 / 성좌를 간직하고 있다"[202]라면서 이상의 사상을 '성좌'에 비유하였다. 박인환의 「나의 생애에 흐르는 시간들」에도 '죽은 시인' 이상을 상기시키는 구절이 나타난다.

이 시에는 『새로운 도시와 시민들의 합창』의 서문에 등장하였던 "사랑하는 사람과 시의 산책의 발을 옮겼던 교외의 원시림"이라는 구절을 연상케 하는 "빛나는 樹木"이 나온다. 사랑하는 사람과 울고 있던 시적 주체가 숲속에서 들리는 '죽은 시인'의 목소리를 듣고 다가간다. 하지만 시적 주체는 '피로한 계절'과 '부서진 악기'를 발견할 뿐,[203] 여전히 슬픔에서 벗어나지 못한다. "빛나는 수목"은 "죽은 시인" 이상이 노래하였던 「죽은 아포롱—이상 그가 떠난 날에」의 성좌의 사상과 관련된다. "피로한 계절"이라는 구절 역시 이상의 시 「명경」[204]의 구절을 가져온 것으

'영원의 일요일'이 사랑과 자유를 즐겼던 '원시림'과 연결되는 반면에, 「영원한 일요일」에서는 일요일임에도 불구하고 구원을 얻지 못하고 절망에 빠진 사람들을 "자라지 못하는 유용 식물(有用 植物)"에 비교하고 있다. 이 시에서 영원에 대한 믿음을 잃어버린 사람들을 '절름발이'에 비유하는 것 역시 이상의 영향으로 볼 수 있다.

202 박인환, 「죽은 아포롱—이상 그가 떠난 날에」, 『한국일보』, 1956.3.17(『박인환 문학전집』 1, 엄동섭 · 염철 편, 소명출판, 2015, 338쪽).

203 이 시에서 "부서진 악기"는 "▽이여 나는 그 호흡(呼吸)에 부서진 악기(樂器)로다."라는 구절이 등장하는 이상의 시 「신경질적으로 비만한 삼각형(神經質に肥滿した三角形)」을 연상시킨다.

204 이와 관련된 「명경」 부분은 다음의 도입부이다. 동일한 구절은 나타나지 않지만 '계절', '피로한' 등 동일한 단어가 나타난다. ""여기 한 페—지 거울이 있으니 / 잊은 계절(季節)에서는 / 얹은머리가 폭포(瀑布)처럼 내리우고 / 울어도 젖지 않고 / 맞대고 웃어도 휘지 않고 / 장미(薔薇)처럼 착착 접힌 / 귀 / 들여다보아도 들여다보아도 / 조용한 세상이 맑기만 하고 / 코로는 피로(疲勞)한 향기(香氣)가 오지 않는다".

로 보이는데, 이런 점에서 위 시의 '죽은 시인'은 이상을 의미하는 것으로 추측된다.[205] 하지만 사람들은 각자의 슬픔을 이야기할 뿐이고, 시적 주체 역시 사랑하는 사람과 어두워진 길목에서 눈물을 흘리고 있을 뿐 "빛나는 수목"을 향해 떠나지 못하고 있다.

이와 달리 「열차」[206]에서는 "精力과 새로운 意慾 아래" "깨진 유리창밖 荒廢한 도시의 雜音을 차고" "우리들의 恍惚한 永遠의 거리"가 있는 "처음의 綠地帶"를 향해 달리는 열차의 모습이 나타난다. 박인환은 이 시에 "軌度 우에 鐵의風景을 疾走하면서 / 그는 野生한 新時代의 幸福을 展開한다"라는 스티븐 스펜더의 말을 인용해놓았다. 박인환은 「정신의 행방을 찾아서」[207]에서 "오늘의 문명"을 "불모의 지구"에 비유하며 "원시의 평화"를 되찾아야 함을 주장하기도 하였다. 이외에도 "슬픔 대신에 나에게 죽음을 주시오. / 인간을 대신하여 세상을 풍설로 뒤덮어 주시오"(「검은 신」)라는 시 구절이나 "이 창백한 세상과 나의 생애에 / 종말이 오기 전에 / 나는 고독한 피로에서 / 氷花처럼 잠든 지나간 세월을 위해 / 시를 써본다"(「세 사람의 가족」[208])라며 고요하게 종말의 시간이 도래하기를 기다리는 모습을 묘사한 것 등을 통해 박인환의 묵시적 상상력이 확인된다.

---

205 박인환의 시 「전원」에도 "시인이 죽고 / 괴로운 세월은 / 어데론지 떠났다"라는 구절이 나온다.

206 박인환, 「열차」, 『개벽』, 1949.3.25. 이 시는 『새로운 도시와 시민들의 합창』 (1949.4.5)에 수록되었다(『박인환 문학전집』 1, 262~263쪽).

207 박인환, 「정신의 행방을 찾아서」, 『민성』, 1949.3.26(『박인환 문학전집』 1, 264~265쪽).

208 이 시에서 박인환은 예수, 마리아, 요셉이 이룬 성가정(聖家庭)의 이미지를 중첩시키고 있다. 예수의 탄생으로 새로운 '세기'가 시작되었던 것처럼, 새로운 시간을 도래시킬 성스러운 가족의 이미지를 그려내고 있다. 「밤의 미매장(未埋葬)」에도 "나는 다음에 오는 시간부터는 인간의 가족이 아닙니다"라는 유사한 구절이 나온다.

박인환은 불모의 역사를 끝내고 새로운 시대를 열고자 하는 의지를 드러낸다.[209] 박인환이 말하는 "교외의 원시림"이나 "시의 원시림"은 앞서 고석규가 '모더니티 이콜 존재'라는 표현을 써가면서 "리리시즘의 구경적 실천"을 통해 "원시적인 태동과 전일적 사상"으로 시의 총체적인 기능을 확충해야 한다고 주장했던 것과 관련된다. 고석규가 말하였던 '빠알간 꽃'은 박인환에게는 "무수한 장미들의 뜨거운 온도"로 보다 생명의 뜨거운 열정을 지닌 것으로 나타난다. 『새로운 도시와 시민들의 합창』에 실린 「인도네시아 인민에게 주는 시」에서 그는 절망적인 역사에서 해방되기 위해 "최후의 한 사람까지 싸"울 것을 독려하면서 "참혹한 몇 달이 지나면/피 흘린 자바 섬에는/붉은 칸나의 꽃이" 필 것이라며 꽃을 해방과 축복의 기호로 사용한다.

이와 달리 송욱과 전봉건은 인간에게 생명력을 북돋아주는 존재로서의 '꽃'을 통해 생명력이 넘치는 세계를 부각시킨다. 우선 송욱의 작품을 살펴보자.

> 장미 밭이다/붉은 꽃잎 바로 옆에/푸른 잎이 우거져/가시도 햇살 받고/서슬이 푸르렀다.//벌거숭이 그대로/춤을 추리라/눈물에 씻기운/발을 뻗고서/붉은 해가 지도록/춤을 추리라.//장미밭이다./핏방울 지면/꽃잎이 먹고/푸른 잎을 두르고/기진하며는/가시마다 살이 묻은/꽃이 피리라
>
> ─ 「장미」 전문[210]

---

209 곽명숙, 「1950년대 모더니즘의 묵시록적 우울」, 오문석 외, 『박인환─위대한 반항과 우울한 실존』, 글누림, 2011, 50~51쪽. 곽명숙은 박인환 시에 나타난 '우울'이 세상의 종말, 신학적 구원에 대한 부정적 상상력을 배경으로 하고 있다는 점에서 이를 '묵시록적 우울'이라고 부른다. 곽명숙은 박인환 시에 나타난 '검은 신'이나 '불행한 신'의 이미지가 전쟁 체험을 신학적으로 변용시킨 이미지라고 해석한다.

210 송 욱, 「장미」, 『문예』, 1950.3(송욱, 『송욱 시 전집』, 정영진 편, 현대문학,

이 시에서 '장미'는 '벌거벗은 육체'라는 기호와 상응하면서 원시적인 육체성을 회복한 생명력의 기운을 전달한다. 또한 송욱의 '장미'는 홀로 피어 있지 않고 '장미밭'의 꽃밭을 이룬 것으로 그려진다. 눈물을 햇살에 씻기고 이 장미 꽃밭에서는 해가 지도록 춤을 추는 생명의 축제가 벌어지고 있다. 여기서 장미와 벌거숭이인 채로 춤을 추는 인간의 세계는 구분되지 않는다. 마지막 연에서 "꽃잎을 먹고 / 푸른 잎을 두르고" 제 몸에 장미꽃을 피우고 있는 인간의 모습은 자연과 혼연일체가 된 디오니소스적 합일의 순간을 보여준다. 몸에 가시가 박히는 것도 무시한 채 기진할 정도로 춤을 추는 것은 망아(忘我)의 경지를 보여준다. 이 시가 수록된 송욱의 첫 시집 『유혹』(1954)에는 거의 매 시마다 '꽃'이 시어로 등장할 정도로, 이 시기 송욱의 시에서 '꽃'은 중요한 비중을 차지한다.

송욱은 서정주의 『화사집』을 연상케 하는 강렬한 이미지를 바탕으로 원시적 생명력의 회복을 그려낸다. 하지만 같은 시집에 실린 여타 시들에서 이 정도로 구체적인 이미지를 제시하는 작품은 찾아보기 어렵다. 이는 그의 시에 '꽃'을 통해 극복하고자 하는 역사 문명에 대한 비판적 통찰이 뒷받침되지 않았기 때문이다. 이 때문에 그의 시에서 나타나는 숱한 이미지들은 그것들이 가리키고자 하는 '영원'이나 '사랑' 등의 개념과 유기적으로 결합되지 못하고 겉돌고 만다. 송욱의 대표작인 「하여지향」 연작에도 문명의 부정성이 구체적으로 지적되지 못하고 "어두운 하늘을 / 밝히려고 애타는 것은 / 스스로 어둠인 까닭이라는 / 까닭 모를 슬픔 뿐"[211]이라는 식으로 슬픔의 원인을 애매하게 그리는 데 그친다.

제2장 폐허 위에서 탈모와 허무주의의 제보

211 송 욱, 「하여지향 3」, 『하여지향』, 1961(위의 책, 113쪽).

이와 달리 전봉건은 역사 문명에 대판 비판적인 통찰력과 이를 섬세한 언어와 감각적인 이미지를 사용하여 불모의 문명 이후 도래할 새로운 세계의 모습을 구체적으로 재현하고 있다. 전봉건의 초기시부터 지속적으로 나타나는 릴케의 영향은 니체의 비극적 인식이 릴케를 경유하여 전후 시인들에게로 이어지고 있음을 보여준다.

> 부드러움을 한없이 펴는 비둘기같이 / 상냥한 손을 주십시오. //
> 빛나는 바람 속에서 태양을 바라 / 꽃피고 익은 젖가슴을 주십시
> 오. // 샛맑간 들이랑 하늘이랑……바다랑 / 그런 냄새가 나는 입김
> 을 주십시오. // 불타는 사과인 양 / 즐거운 말을 주십시오. // 오! ……
> 나에게 내 자신의 모습을 주십시오.
> ― 「원(願) ― 저는꿈이라도 좋아요 · 알리엣 오드라」 전문[212]

전봉건은 1950년 『문예』 1월호에 「원(願)」이, 3월호에 「사월(四月)」이 서정주의 추천을 받고 5월호에 「축도(祝禱)」가 김영랑의 추천을 받으면서 등단하였다. 전봉건의 초기시에는 「축도(祝禱)」를 비롯 릴케의 영향을 확인시켜주는 작품들이 다수 발견된다. 전봉건 스스로도 자신이 릴케의 시의 영향을 받았다고 고백한 바 있다.[213] 위에 인용한 「원」에서는 릴케가 자주 사용하는 '부드러움', '상냥한'과 같은 익숙한 수식어를 비롯하여 "꽃피고 익은 젖가슴", "즐거운 말"과 같이 풍요로운 여성적인 생명력과 생명의 결실이 응집되어 있는 언어를 추구하는 주제의식 등 릴케의 영향을 나타난다. 이 시의 마지막 구절 "나에게 내 자신의 모습을 주십시오"는 "오 주여, 각자에게 자신의 고유한 죽음을 주소서, / 각

---

212 전봉건, 『전봉건 시전집』, 남진우 편, 문학동네, 2008, 19쪽.

213 전봉건, 「나의 처녀작을 말한다─시론 없는 새로운 시인」, 『세대』, 1965.9. 전봉건은 1946년 가족들과 함께 월남하였는데, 그때 가지고 온 것이 릴케의 시집 『과수원』이었다.

자가 사랑과 의미와 슬픔을 만났던, / 진정 그 삶에서 비롯하는 죽음을."
이라고 노래했던 릴케의 『기도시집』을 연상시킨다.[214]

　그런데 등단을 한 바로 그해 터진 한국전쟁을 거치며 전봉건은 서정
적인 경향의 시를 대신하여 전쟁의 참혹함을 고발하는 난해한 모더니
즘 계열의 시를 창작하였다. 「BISCUITS」, 「그리고 오늘쪽 눈을 감았
다」, 「ONE WAY」 등이 그렇다. 이들 시를 통해 그는 생명력의 상실로
서의 죽음과 비인간화의 극단을 비판하며 전쟁으로 인한 정신적 공황
상태에 빠진 모습을 그려냈다. 이때에도 전봉건은 전쟁의 참상을 고발
하거나 폐허가 된 현실에 절망적으로 집착하기보다 이러한 상황에서
벗어나기 위한 방안을 모색하는 데 집중하였다. 그가 자신의 시에 다시
금 릴케를 불러들이게 된 것은 이러한 맥락에서 이해된다.

　　　그후 / 나는 몇 번인가 너를 보았다 / 창이 무너져내리는 전쟁의
　　거리에서도 / 너는 귀마저 벌어져서 웃고 있었다. / 그때마다 돌멩
　　이가 꽃을 낳았을 것이다. / 모래밭은 / 꽃밭을 낳았을 것이다. // 죽
　　음을 역습하였을 것이다. / 눈부신 연애가 햇살처럼 지구를 지배하
　　는 시간을 위하여서 / 너의 천상의 악기가 / 불붙는 암흑 속에서 / ―
　　죽음을. // 나는 알지 못한다. / '하늘에 핀 꽃' 그러한 것이 / 모든 사
　　람들의 눈동자 속에서 / 피어날 것인가 어떤가. 허나 나는 알고 있
　　다. / 이 젊은 표범처럼 / 불붙는 암흑을 갈기갈기 찢어발기며 / 언제
　　나 언제까지나 내닫고 있는 너를.
　　　　　　　　　　　　　　　　　　― 「꽃 · 천상의 악기 · 표범」 부분[215]

──────────
214　라이너 마리아 릴케, 「기도시집」 3부, 『릴케전집 1 ― 첫시집들 외』, 김재혁 역,
　　책세상, 2000, 432쪽. 인용한 부분은 모리스 블랑쇼의 『문학의 공간』(이달승
　　역, 그린비, 2010, 169쪽)의 번역을 따랐다.
215　전봉건, 『사랑을 위한 되풀이』, 춘조사, 1959(『전봉건 시전집』, 95~96쪽).

전봉건의 시에 나타나는 건강성과 생의 충일을 향한 갈망은 릴케가 상기시키는 '꽃'의 이미지와 연결되어 있다.[216] '꽃' 이미지와 관련되지 않더라도 햇살, 빛, 음악, 동화와 천사 이미지가 나타나는 시들에서 릴케의 영향을 확인할 수 있다. 이 시에서 전봉건은 이러한 릴케의 기호들을 나름대로 변용하여 사용하고 있다. "불붙는 암흑을 갈기갈기 찢어발기며" 내닫는 표범이 대표적이다. 이는 쇠창살에 갇혀 피로한 릴케의 표범과 대비된다. 릴케의 표범은 "너무나 지쳐" 시선에 아무것도 담지 않고 동물원 우리(cage) 안에서 빙빙 돌고 있는 고독한 표범의 이미지를 그려냈다.[217] 이에 비해 전봉건은 질주하는 표범의 이미지에 '꽃'과 '악기'의 이미지를 겹쳐놓는다. 죽음을 '역습'하며 생명을 향해 도약하는 표범은 "불붙는 암흑 속에서"도 꽃의 웃음을, 그리고 천상의 악기가 연주하는 음악을 선사한다.[218]

전봉건은 생명력을 '하늘에 핀 꽃'과 같이 아득하게 보이지 않는 존재

---

216 이철범은 전봉건의 시에 나타난 건강성, 생의 충일을 향한 갈망을 유년시절의 기억과 관련지은 바 있다. "전봉건은 자기의 시의 밑바닥을 흐르는 옵티미즘을 이렇게 얘기하고 있다. 아마도 자기의 시는 어렸을 때, 고향의 풍토에서 찾아든 체취에서 싹튼 것이 아닌가 생각한다는 것이다. 그는 어렸을 때, 陽德과 孟山에서 자랐는데, 첫째 그 지방의 물이 참 맑다는 것이다. 그 물이 여름에는 얼음처럼 찬데 겨울이 되면 김이 무럭무럭 난다고 한다. 그리고 주변에 울창한 신선한 나무들, 거기서 그는 자연의 그 생생한 감각, 그 건강성을 모름지기 느꼈다는 것이다. 그 건강성이 언제나 자기의 시의 저변에 흐르고 있음을 부인할 수 없다고 한다." 이철범, 「시인론」, 『현대와 현대시』, 문학과지성사, 1977, 239쪽.

217 라이너 마리아 릴케, 『릴케 전집 2-형상시집 외』, 김재혁 역, 책세상, 2010, 188~189쪽.

218 송기한은 전봉건의 시에서 꽃 이미지가 차지하는 중요성에 대해 언급하면서 전봉건의 시에서 꽃이 전후의 폐허를 딛고 일어서는 재생의 이미지와 결부됨으로써 그 의미가 한층 효과적으로 부각되어 있다고 설명한 바 있다. 송기한, 「시간의 해체와 재생의지-박인환 전봉건의 경우」, 『한국전후시와 시간의식』, 태학사, 1996, 224쪽.

가 아니라 지상의 존재인 '표범'과 연결 짓는 한편, 이를 다시 시인을 연상케 하는 '천상의 악기' 이미지와 연결시킨다. 전쟁으로 폐허가 된 현실을 넘어설 수 있는 힘을 표범의 질주로, 그리고 그 질주를 통해 피어나는 생명력의 표상으로서의 꽃과 그 꽃에 대해 노래하는 '악기'를 중첩시키고 있는 것이다.

이런 점에서 전봉건의 시는 고석규가 말하였던 "리리시즘의 구경적 실천"과 관련지을 수 있다. 전봉건의 시에는 문명에 대한 위기의식과 이를 초극하기 위한 새로운 '서정'에 대한 탐구가 동시에 나타난다. 전봉건은 김영랑이나 박용철 등과 마찬가지로 언어에 대한 예민한 감각을 가지고 있었으며 이를 통해 섬세한 서정시를 추구하였다. 그러면서도 '현대성'의 문제를 문명사적인 관점에서 이해하는 통찰력을 가지고 문명에 대한 위기의식을 극복하기 위한 모색을 보여준다.

> 우리에게 그러한 자격을 가질 수 있게 하는 것은 우리의 현대에 대한 자각에서부터 시작된 인식이다. 감촉과 적응만으로는 다시 말하면 산다는 그것으로는 이루어질 수 없는 시대 인식―현대가 그 배후에 짊어지고 있는 전세계사에의 질문으로서 얻어지는 인식 이것이 우리에게 있어서 우리가 '현대'를 말하고 쓰는 우리의 이유와 자격이 있을 것이다. …(중략)… 우리가 가지는 우리의 자각 아마 인류는 절멸하여 버릴지도 모른다는 위기의식에 의해서 초래된 그러기에 이미 단 하나의 우리의 행동 이런 우리의 자각 이것을 전파하여서 처음 그 '허무의 심연'은 우리에게 있어서 우리의 정신 소위 현대 정신의 기초가 될 수 있었던 것은 아닌가.[219]

전봉건에게 현대성의 위기는 인류가 절멸할지도 모른다는 극도로 절박한 상황 인식에서 비롯한 것으로, 그는 이러한 위기의식을 '허무의

---

219 전봉건, 「현대와 그 인식과 문학」, 『조선일보』, 1955.5.5.

심연'이라고 칭하며 이를 현대 정신의 기초로 삼아야 한다고 주장한다. 제1차, 제2차 세계대전으로 인해 전 세계에 만연한 '허무의 심연' 그 자체는 '니힐리즘'에 다름 아니지만, 인류의 파국이라는 위기의식을 갖고 '허무의 심연'이 하나의 행동으로 나타날 때 현대 정신의 기초가 될 수 있다는 것이다. 다른 글에서 전봉건은 "인류의 역사는 전쟁의 역사입니다. 3천 년에 이르는 인류의 오랜 역사. 그러나 그동안 인류가 가진 모든 역사책은 여러 나라가 흥하고 망한 기록으로만 채워져 있습니다. 한없이 되풀이하는 전쟁의 기록으로만 채워져 있는 것입니다."[220]라면서 인류 문명의 역사를 전쟁의 되풀이였을 뿐이라고 설명한다. 전봉건에게 한국전쟁은 민족사의 비극이기 이전에 '역사'의 끔찍한 반복으로 인식되었음을 이를 통해 알 수 있다.

전쟁이 되풀이되는 역사 속에서 원시적 생명력을 회복한 합일의 순간은 오직 환상 속에서만 아득하게 펼쳐질 뿐이다. 「꽃과 하강」이 대표적이다. 전쟁 속에서 죽음의 위협이 닥친 상황에서, 시적 주체는 자신의 이름이 '꽃'이라고 하는 여자와 만나는 환상을 경험한다. 그가 손을 뻗자 시적 주체는 '소년'으로 변하고 그의 앞에는 바람과 빛과 냇물이 흐른다. 꽃을 향해 손을 뻗어 겹겹이 포개진 꽃잎을 헤쳐 나가는 장면이 여자의 옷을 벗기는 장면과 교차 편집되듯이 제시된다. 하지만 성적인 합일의 순간 그의 몸에는 총알이 박히고 그의 하반신은 "질척이는 액체"로 범벅이 된다. 이 시에서 헬리콥터의 '상승'은 시적 주체의 '죽음'을 암시한다. 위악적인 현실은 환상을 통해 무화되지 않으며, 오히려 환상으로 인해 현재적 상황의 비극성이 부각될 뿐이다. 이런 점에서 「꽃과 하강」에서의 '꽃'은 역사 문명 속에서 한낱 환상으로 타락해버린 대상을 가리키는 것으로 전봉건의 다른 시에 나타나는 '꽃'과는 다른 층

220 전봉건, 『시와 인생의 뒤안길에서』, 중앙사, 1965, 7쪽.

위에 있다.

「꽃과 하강」에 나타난 타락한 꽃의 이미지와 달리 전쟁이 되풀이되는 역사를 넘어서게 해주는 강렬한 생명의 표상으로서의 '꽃'을 다음 시에서 발견할 수 있다.

> 보라 / 꽃들은 지금 / 나비의 폐허 / 창유리의 폐허 / 항아리의 폐허 / 꿀벌과 꿀의 폐허 / 장독과 김장독의 폐허에 / 어우러져 피는 것을 / 피어서 나부끼는 것을 / 꽃들은 / 지금 사랑의 깃발이다 // 사랑하고 오직 사랑함으로써 / 장미의 이파리와도 같은 눈시울을 지닌 / 너와 나의 / 그리고 또한 / 사랑하고 오직 사랑함으로써 / 장미의 이파리와도 같은 눈시울을 지닌 / 수없이 많은 / 동서남북 그 모든 너와 나의 / 너와 나의 / 너와 나의 / 깃발이다
> — 「지금 아름다운 꽃들의 의미」 부분[221]

김춘수의 「대지진」을 상기시키는 이 시에서 '꽃'은 폐허에서 "너와 나의" 사랑을 보여주는 "사랑의 깃발"로 그려진다. 뿐만 아니라 이 시에서는 '폐허'와 '사랑의 깃발'이 서로 대립되지 않고 조화롭게 어울리고 있다. '너와 나'가 사랑으로서 어우러져 있는 것처럼 말이다. 전봉건은 폐허가 가지고 있는 부정성을 대수롭지 않은 것으로 그려낸다. '사랑의 깃발'을 펄럭이는 '폐허'는 이미 '폐허'가 아니다. 이어지는 연에서 전봉건은 "오 이 시대의 무지개의 폐허에 어우러져 / 오 이 시대의 무지개의 폐허를 뒤덮고서" 피어서 나부끼는 꽃의 승리를 말한다. 여기서 '깃발'은 폐허에 대한 '꽃'의 철저한 승리를 비유하기 위해 동원된 것이다.

'깃발'은 전봉건의 다른 시에서 릴케와 관련된 기호로 등장한다. 전봉건은 「오늘」에서 "라이너 마리아 릴케의 시 같은 / 그렇듯 가장 아름다운

---

221 전봉건, 『새들에게』, 1983(전봉건, 『전봉건 시전집』, 250~251쪽).

마지막 한 마리 말을/스스로 내 죽음 속에 묻고/수없이 초연(哨煙) 속에 묻히어간/젊은 깃발들을 위하여"라고 노래한 바 있다. 그는 되풀이 된 전쟁으로 인해 죽어간 '젊은 깃발'들의 원혼을 위무하기 위해 릴케의 시와 같은 '아름다운 말'이 필요하다고 본다. 여기서 '말'은 언어로 읽을 수도 있지만 깃발과 어울려서 말(馬)이라는 의미로도 해석된다. 죽음의 깃발을 대신하여 사랑의 깃발을 흔들면서 '아름다운 말(言語/馬)'을 신생(新生)의 세계로 이끌어가는 풍경을 전봉건은 그려낸다. 그러면서 그는 "오늘/필요한 것은" "노래만 하며 날개 치는 새들/생선들이 뛰노는 티없이 맑은 해안" "즐거운 소식 행복한 소식 넘친/황금빛 수없이 많은 편지 가을 잎새를/창문마다 보내어주는 가로수"와 같은 것들이라고 말한다.

「은하를 주제로 한 바리아시옹」에도 릴케의 이름이 등장한다. 이 시에서는 포탄이 쏟아지는 전쟁의 와중에 "꿈처럼 은하처럼 흐드리지게 핀 진달래/그 진달래와 맞닥뜨린 나로 하여금/문득 당신의 이름을 떠올리게 한/라이너 마리아 릴케 당신은 누구인가/그때 새처럼 휘파람 분 나는 무엇인가"라는 구절이 나온다. 전봉건의 시에서 라이너 마리아 릴케는 전쟁의 폐허를 뚫고 거기에 꽃의 이미지를 떠올리게 하는 영감의 원천이었다. "라이너 마리아 릴케 당신은 누구인가"라는 이 시의 물음은 '라이너 마리아 릴케'가 포괄적으로 가리키는 그 영감의 실체가 무엇인지에 대한 물음에서, 릴케가 떠올리게 한 '진달래'에 '휘파람 소리'로 반응한 자신은 누구인가에 대한 질문으로 이어진다.

전봉건은 전쟁이 되풀이될 뿐인 역사로부터 생명을 재생시킬 수 있는 힘을 릴케에게서 찾는다. 그 힘은 "가시 돋친 철조망으로 에워싸인/이 땅에서" 밤하늘의 별에서 "지천으로 널린 꽃 첨 보는 꽃사태 같"다고 생각하는 그 자신에게도 있음을 깨닫게 된 것이다. 그는 이 순간 '라이너 마리아 릴케'라는 이방(異邦)의 시인과의 일체성을 느낀다. 릴케가 시인에게 상기시킨 것은 그 어떤 절망적인 상황 속에서도 아름다운 것을 바라는 마음은 결코 사라지지 않는다는 삶에 대한 끈질긴 의지였다.

제3장

역사와의 대결의식과
디오니소스적 긍정 : 김수영론

1. 초기시에 나타난 비가적 상상력과 '설움'의 재인식

1) 은자(隱者)의 모더니티와 생활의 '설움'

김수영은 초인의 도덕을 투쟁적인 것으로 파악하며 예술을 통해 낡은 가치와의 싸움을 강조한 『개벽』파의 흐름을 잇고 있다. 이는 혁명에 대한 인식을 통해 단적으로 나타난다. 4·19혁명이 이전에 이미 김수영은 예술을 통해 주체에게 '혁명'이라고 할 만한 존재론적 변화가 일어날 수 있다고 보았다. 다만 그에게 '혁명'은 미학적 전위주의자들이 주장하는 것과는 구분된다. 김수영이 박인환을 비롯해 후반기 동인들의 모더니즘을 '코스튬'에 불과하다고 비판한 것은 이러한 맥락에서 이해된다. 김수영은 새로움만을 신봉하는 모더니티의 경박성을 비판하며 고석규와 마찬가지로 모더니티에 대한 반성을 요구하기도 한다. 먼저 김수영의 초기시에 나타나는 현대성(모더니티)의 성격을 확인하기 위해 「공자의 생활난」(1945)을 읽어보자.

꽃이 열매의 上部에 피었을 때 / 너는 줄넘기 作亂을 한다 // 나
는 發散한 形像을 구하였으나 / 그것은 作戰 같은 것이기에 어려웁
다. // 국수ー一伊太利語로는 마카로니라고 / 먹기 쉬운 것은 나의
叛亂性일까 // 동무여 이제 나는 바로 보마 / 事物과 事物의 生理와 /
事物의 數量과 限度와 / 事物의 愚昧와 事物의 明晳性을 // 그리고 나
는 죽을 것이다.

　　　　　　　　　　　　　　　　　　　　　—「孔子의 生活難」 전문[1]

　이미 기존 연구에서 수차례 지적되었던 것처럼, 이 시에 나오는 "그
리고 나는 죽을 것이다"라는 구절은 "아침에 도를 들으면 저녁에 죽어
도 좋다(朝聞道 夕死可矣)"는 『논어』의 구절을 인유한 것이다. 김현은 이
를 "바로 보마"라는 구절과 연동하여 해석하면서 "상식에 대한 반란"
을 읽어냈다.[2] 다른 연구들에서도 현실을 직시할 것을 다짐하는 태도
를 표명하는 것으로 보면서 명철한 현실인식을 바탕으로 역사적 현실
을 타개하려 했던 것이라고 해석되어왔다. 이러한 해석은 '바로 보기'를
"사물의 명석성"의 차원에서만 주목한 것으로, "사물의 우매"와 "사물의
명석성"이 동시에 발화되고 있는 의도를 간과한다. 여기서 "사물의 우
매"는 "줄넘기 作亂"과 관련하여 혼돈을 만들어내는 시의 역할을 상기
시킨다. 이는 3연의 "作戰"이라는 시어와도 대구를 이루며 '싸움'에 의

1　김수영, 『김수영 육필 시고 전집』, 이영준 편, 민음사, 2009, 26쪽. 인용시의 경
　우 『김수영 육필 시고 전집』에 실린 원본을 옮겼다. 이후 인용 시 책 제목과 쪽
　수만 표기한다.

2　"그의 두 번째 작품인 「孔子의 生活難」은 복고주의보다는 명확하게 대상을 관
　찰하고 파악하고 이해하겠다는 의지를 보여준다. ……바로 본다는 것은 대상
　을 사람들이 그 대상에 부여한 의미 그대로 이해하지 않고, 그 나름으로 본다
　는 것을 뜻한다. 그것은 도식적이고 관습적인 대상인식이 아니다. 그런 의미에
　서 그것은 상식에 대한 반란을 뜻한다."(김　현, 「자유와 꿈」, 『거대한 뿌리』 해
　설, 민음사, 1975, 10~11쪽).

해 조성되는 시적 혼돈을 암시한다. 하지만 이것만으로는 이 작품의 의미를 온전히 이해하기 어렵다. 이를 위해 이 시는 비슷한 시기에 창작된 작품들을 함께 검토할 필요가 있다.

> 倒立한 나의 아버지의 / 얼골과 나여 // 나는 한번도 이(蝨)를 / 보지 못한 사람이다 // 어두운 옷 속에서만 / 이(蝨)는 사람을 부르고 / 사람을 울린다 // 나는 한번도 아버지의 / 수염을 바로는 보지 / 못하였다 // 新聞을 펴라 // 이가 걸어 나온다 / 行列처럼 / 어제의 물처럼 / 걸어나온다
>
> —「이(蝨)」 전문[3]

> 아버지의 寫眞을 보지 않아도 / 悲慘은 일찌기 있었던 것 / 돌아가신 아버지의 寫眞에는 / 眼鏡이 걸려 있고 / 내가 떳떳이 내다볼 수 없는 現實처럼 / 그의 눈은 깊이 파지어서 / 그래도 그것은 돌아가신 그날의 푸른 눈은 아니요 / 나의 飢餓처럼 그는 서서 나를 보고 / 나의 모—든 사람을 또한 / 나의 妻를 避하여 / 그의 얼굴을 숨어 보는 것이요 // …(중략)… // 그의 寫眞은 이 맑고 넓은 아침에서 / 또 하나 나의 팔이 될수없는 悲慘이오 / 행길에 얼어붙은 유리창들 같이 / 時計의 열두시 같이 / 再次는 다시 보지 않을 編曆의 歷史…
>
> —「아버지의 사진」 부분[4]

우선 「이」에는 "나는 한번도 아버지의 / 수염을 바로는 보지 / 못하였다"라는 구절이 등장한다. 시적 주체가 아버지의 수염을 '바로' 보지 못하는 것은 아버지가 물구나무를 서 있는 까닭이다. 이 시에서는 "어두운 옷 속"에 숨어 있는 이(蝨)와 물구나무 서 있어서("倒立한 나의 아버지의 얼굴과 / 나여") 얼굴을 마주 볼 수 없는 아버지의 존재를 등치시킨

3   김수영, 『김수영 육필 시고 전집』, 31~32쪽.
4   위의 책, 39~40쪽.

다. 이는 '아버지'로 표상되는 존재가 어둠 속에 숨어 있는 왜소한 미물에 불과함을 가리킨다. 김수영은 왜 '아버지'를 이러한 존재에 비유한 것일까. 의문이 풀리지 않은 채로 '이'에 대한 묘사가 이어진다. 신문을 옷 위에 올려두면 잉크 냄새 때문에 어두운 옷 속에서 "행렬처럼 / 어제의 물처럼" 이(虱)가 기어 나온다는 것이다. 이를 통해 '아버지'의 얼굴을 바로 보기 위해서 '신문'과 같은 수단이 필요함이 드러난다.

　이 시에 등장하는 '신문'은 「가까이 할 수 없는 서적」(1947)과 「아메리카 타임 지(誌)」(1947) 등의 시에서 '고운 활자'로 비유되는 근대적 지식과 관련된다. 김수영은 이들 시에서 신문과 잡지, 서적을 통해 얻는 지식과 그 자신의 생활과의 격차로 인한 괴로움을 토로한 바 있다.[5] 오장환이 그러했듯이, 김수영은 삶과 지식 사이의 괴리로 인해 서적을 '가까이할 수 없는' 존재로 여긴다. 서적을 가까이할수록 삶의 낙후함을 인식함으로써 자신의 무능과 무기력을 확인하게 되기 때문이다. 한편 「아버지의 사진」(1949)에서 '아버지'는 '안경'을 쓰고 있으며, '푸른 눈'을 가진 존재로 그려진다. '아버지'를 '푸른 눈'을 지녔다고 설명한 것은 이 시에 나타난 '아버지'가 현실적 아버지를 의미하는 것이 아님을 암시한다. 이 시에서도 시적 주체는 아버지의 사진을 '바로 보지' 못한다는 사실을 토로하는데, 이런 사실들을 종합해 보았을 때 '서적'은 서구의 근대적 지식을 가리키는 것으로 해석된다.[6]

5　김수영은 이 당시만 해도 국내에서 발행된 잡지나 책 등을 거의 읽지 않았다. 김수영이 국내 잡지를 보기 시작한 것은 4 · 19혁명 이후부터였다.

6　김수영의 시에서 '아버지'가 전통과 근대의 부조화를 상기시키는 존재라면, '동생'은 남과 북이 분단된 이데올로기적 상황과 관련된다. 이는 그의 남동생 김수경이 월북한 상황과 관련되는 것으로 「누이야 장하고나!─신귀거래 7」에서 김수영은 "너의 방에 걸어놓은 오빠의 사진 / 나에게는 〈동생의 사진〉을 보고도 / 나는 몇 번이고 그의 진혼가를 피해 왔다 / 그전에 돌아간 아버지의 진혼가가 우스꽝스러웠던 것을 생각하고 / 그래서 나는 그 사진을 10년 만에 곰곰이

김수영은 이 시에서 비참한 현실을 각인시키는 근대적 지식을 "또 하나 나의 팔이 될 수 없는 비참", "재차는 다시 보지 않을 편력의 역사"라고 표현하며 이에 대한 곤란함을 드러낸다. 자신의 예술이 뿌리를 내리고 있는 서구의 근대문명은 그의 대결 상대라는 점에서 다시는 보지 않을 '역사'에 해당한다. 하지만 이러한 대결이 지지부진한 것으로 파악되면서, 김수영은 이를 '열매'에서 꽃이 핀 상황("꽃이 열매의 上部에 피었을 때"—「공자의 생활난」)으로 그려낸다.[7] 제대로 뿌리를 내리지도 못하고 '열매'를 맺은 상황에서 생성을 감행해야 하는 어려움이 여기에 나타난다. "줄넘기 작란" 역시 "발산한 형상"으로서 새로운 "꽃"(문학, 예술)을 피우지 못하고 이미 '열매'를 맺은 서구적 근대를 뒤쫓으며 이를 '반복'하고 있을 따름인 상황을 보여준다.

이러한 상황을 타개하기 위해 그는 '작전(作戰)'을 계획한다. 이는 3연의 '국수/마카로니(전통/근대)'의 구도를 통해 파악된다. "먹기 쉬운 것은 나의 반란성일까"라는 구절에서 김수영이 이 싸움을 어느 한 쪽의 승리를 위한 투쟁이 아니라 싸움 자체를 무화시켜버리는 태도가 발견된다. 이런 점에서 이 구절은 김수영의 산문 「와선」과 관련된다. 여기서

정시(正視)하면서/이내 거북해서 너의 방을 뛰쳐나오고 말았다"라고 말하였다. 이 시는 1961년 8월 5일에 창작된 것으로 한국전쟁이 일어난 지 10년 만에, 월북한 동생의 사진을 보며 그리고 자신은 이해할 수 없는 동생의 사진을 방에 걸어놓고 있는 누이에 대해 생각하며 그들과의 '화해'를 모색하고 있는 작품으로 읽을 수 있다.

7 이러한 상황에 대한 비판은 「히프레스 문학론」에서 본격적으로 나타난다. 그는 "문학을 하겠다고 발버둥질치는 비교적 근면한 양심적인 친구들이 보내주는 소설집 같은 것을 간혹 들추어볼 때마다 이태준(李泰俊)이나 효석(孝石)의 왕년의 작품수준을 그대로 답습하고 있는 정도의 인상"을 받는다면서, 이것이 "그들이 취하고 있는 자양의 원천이 여전히 같은 데에 머물러 있다는 애석한 현상에서 오는 결과"라고 해석한다. 「히프레스 문학론」, 『김수영 전집』 1, 민음사, 2003, 279쪽. 이후 『김수영 전집』 인용 시 권수와 쪽수만 표기한다.

김수영은 "선(禪) 중에서 제일 어려운 것이 누워서 하는 선"이라면서, "부처를 천지팔방을 돌아다니면서 구하는 것이 아니라 자기의 골방에 누워서 천장에서 떨어지는 부처나 자기 몸에서 우러나오는 부처를 기다리는 가장 태만한 버르장머리 없는 선의 태도"라고 말한다.[8] 아무것도 하지 않음으로써 오히려 선의 경지에 이를 수 있다는 이러한 자세는 국수와 마카로니의 대결구도에도 적용할 수 있다. 이분법적 구도 자체를 무화시키는 '쉬운' 방법으로, 그는 반란을 도모한다. 즉, 이는 기존의 이분법에 싸움을 거는 '작전(作戰)'을 통해 혼란을 일으키는 '작란(作亂)'이자, '반란(反亂)'이라 할 수 있다.

김수영은 모더니티를 서구적 근대의 모방이라고 보는 태도와 거리를 두었다. 김수영이 박인환을 비롯한 후반기 동인들의 모더니즘을 '코스튬'에 불과하다고 강력하게 비판한 것은 이 때문이다. 김수영은 이들이 모더니즘을 그럴듯하게 흉내를 내고 있을 뿐, 그 진수를 파악하고 있지 못하다고 판단한다. 그렇다면 김수영이 진정한 '모더니티'를 제대로 이해하고 있다고 인정한 인물은 누구였을까? 이와 관련해 주목할 만한 인물이 화가 박일영이다. 등단은 했지만 본격적으로 문학에 뛰어들기 전인 1946년경 김수영은 박일영을 따라다니면서 간판화 그리기와 통역 일에 종사하였다.[9] 그런데 전집에 실리지 않은 김수영의 산문 「나와 가극단 여배우와의 사랑」(1954)에는 10년쯤 후에 쓰인 「마리서사」(1966)에서 묘사된 것과는 조금 다른 '박일영'의 모습이 나타나 있다. 이 당시 박일영에 대한 묘사를 보면 당시 김수영의 초기의 난해시를 해결할 수 있는 실마리를 발견할 수 있다.

8   김수영, 「와선」(1968), 『김수영 전집』 2, 151쪽.

9   유종호, 「김수영의 새로운 자료에 나타난 실존적 풍경」, 『한국언어문화』, 2013, 95~96쪽.

드가의 무희를 그린 한 폭의 그림을 잘 감상할 줄 아는 나는, 천박한 무대장치와 속된 악사들 앞에서 악독한 스포트라이트 광선에 나체를 태우며 춤을 추는 삼류 가극단의 실제의 무희에게는 매력을 느낄 수가 없었다. 그러니까 사실은 가극단이 좋아서 가는 것이 아니라 P가 좋아서 가는 것이 된다. 즉 P가 좋아하는 구경이니까 나도 좋아하는 것이었고 또 좋아하지 않으면 아니 되는 것처럼 느꼈다. 미국이나 불란서의 허다한 예술영화가 상연되었지만 그러한 일류 상설관에는 P가 가기 싫어하였다. <u>나의 취미에 대한 감정도 나도 모르는 동안에 혁명이 완수되고 있었던 것이며, 날이 날수록 처음에는 가혹한 고행같이 생각이 들었던 가극단 구경과 어린 댄서의 얼굴들이 차차 신비적인 쾌감을 풍기게 되었다. 그래도 P가 가지고 있는 도취감이나 종교감 같은 것을 느끼기까지는 나는 아직도 거리가 멀었다. 인생의 모든 것에 패배한 불행한 P가 사십 고개를 바라다보며 나이 어린 가극단 댄서에게 바치고 있는 정열이란 말할 수 없이 슬픈 종교적인 색채가 있었다.</u>[10] (밑줄_인용자)

「마리서사」에서 김수영은 "복쌍은 인환에게 모더니즘을 가르쳐 준 것이 아니라 예술가의 양심과 세상의 허위를 가르쳐 주었다." "인환은 그에게서 시를 얻지 않고 코스츔만 얻었다. 나는 그처럼 철저한 隱者가 되지 못한 점에서는 인환이나 마찬가지로 그의 부실한 제자에 불과하다."라면서 박일영을 예술가의 양심과 세상의 허위를 가르쳐준 '은자'로서 인물로 고평한다.[11] 위 인용글에는 그 '은자'의 면모가 어떠한 것인

10 김수영, 「나와 가극단 여배우와의 사랑」, 『청춘』, 1954.2(위의 글, 92쪽 재인용).
11 "寅煥의 최면술의 스승은 따로 있었다. 朴一英이라는 畵名을 가진 초현실주의 화가엿다. 그때 우리들은 그를 「복쌍」이라는 일제시대의 호칭을 그대로 부르고 있었다. 복쌍은 싸인 보드나 포스터를 그려주는 것이 본업이었는데 어떻게 해서 인환이하고 알게 되었는지는 몰라도, 쓰메에리를 입은 인환을 브로드웨이의 신사로 만들어 준 것도, 꼭또와 쟈꼬브와 東鄕靑兒의 〈가스빠돌의 입술〉과 부르똥의 〈超現實主義宣言〉과 트리스탄 짜아라를 교수하면서 그를 전위시인

지 보다 구체적인 내용이 나온다. 그것은 미국이나 불란서의 예술 영화 대신 삼류 가극단의 공연을 보러 다니는 것과 같이 일부러 하위문화를 찾아다니는 것으로 그려진다. 김수영은 점점 거기서 "신비적인 쾌감"을 느끼고 박일영이 가지고 있는 "도취감이나 종교감"에 대한 동경을 표하기도 한다.

김수영은 박일영이 어린 댄서에게 바치는 순정을 조소하지 않는다. 조소는커녕 박일영이 삼류 예술에 가지고 있는 도취감이나 종교감으로부터 '혁명적'이라고 할 만한 변화를 배운다. 김수영은 몰락하는 것에서 아름다움을 발견하는 박일영에게서 성스러운 종교감을 느낀다. 이는 모더니티에 대한 김수영의 이해에 '혁명'이라고 할 수 있을 정도의 영향을 미친다. 모더니티에서 신봉하는 '새로움'이란 언젠가는 파괴되어야 하는 일시적 가상에 불과한 것이며, 어떤 것도 영원하지 않다는 데서 생성의 근거가 마련됨을 김수영은 깨닫는다. 이와 같은 비극을 '바로' 보려 할 때 '설움'이 발생한다.[12]

팽이가 돈다 / 어린아해이고 어른이고 살아가는 것이 신기로워 /

으로 꾸며낸 것도, 말리서사의 「말리」를 시집 《軍艦말리》에서 따준 것도 이 복쌍이었다. 파운드도 엘리어트를 이렇게 친절하게 가르쳐주지는 않았을 것이다. 나는 복쌍을 알고 나서부터는 인환에 대한 그나마 얼마 남지 않은 흥미가 전부 깨어지고 말았다. …(중략)… 복쌍은 인환에게 모더니즘을 가르쳐 준 것이 아니라 예술가의 양심과 세상의 허위를 가르쳐 주었다. …(중략)… 인환은 그에게서 시를 얻지 않고 코스츔만 얻었다. 나는 그처럼 철저한 隱者가 되지 못한 점에서는 인환이나 마찬가지로 그의 부실한 제자에 불과하다." 「마리서사」 (1966), 『김수영 전집』 2, 106~107쪽.

12 최하림은 "53년 12월부터 다음해 12월 사이에 쓴 9편의 시를 보면 위와 같은 절망의 숨소리가 배어 있다. 그 9편에는 '설움'이라는 단어가 무려 15번 등장하고, 울음소리, 애처로움, 부끄러움과 같은 절망과 슬픔의 유사어들이 널려 있다." 라고 지적한 바 있다. 최하림, 『김수영 평전』, 실천문학사, 2001, 209~210쪽.

물끄러미 보고 있기를 좋아하는 나의 너무 큰 눈 앞에서 / 아해가
팽이를 돌린다 / 살림을 사는 아해들도 아름다웁듯이 / 노는 아해
도 아름다워 보인다고 생각하면서 / 손님으로 온 나는 이 집 주인과
의 이야기도 잊어버리고 / 또 한번 팽이를 돌려주었으면 하고 원하
는 것이다 / …(중략)… / 팽이가 돈다 / 팽이가 돌면서 나를 울린다 /
젯트機 壁畵 밑의 나보다 더 뚱뚱한 주인 앞에서 / 나는 결코 울어
야 할 사람은 아니며 / 영원히 나 자신을 고쳐가야 할 運命과 使命
에 놓여 있는 이 밤에 / 나는 한사코 放心조차 하여서는 아니 될 터
인데 / 팽이는 나를 비웃는 듯이 돌고 있다 / 비행기 〈풀로페라〉보다
는 팽이가 記憶이 멀고 / 강한 것보다는 약한 것이 더 많은 나의 착
한 마음이기에 / 팽이는 지금 數千年前의 聖人과 같이 / 내 앞에서
돈다 / 생각하면 설어운 것인데 / 너도 나도 스스로 도는 힘을 위하
여 / 공통된 그 무엇을 위하여 울어서는 아니 된다는 듯이 / 서서 돌
고 있는 것인가 / 팽이가 돈다 팽이가 돈다

— 「달나라의 장난」 부분[13]

이 시에서 김수영은 자신의 '생활'을 '팽이'에 비유하며, 팽이가 계속
해서 돌 수 있는 것은 그것이 '쓰러지려고' 하는 속성이 있기 때문인 것
처럼 자신의 '생활'이 안정되지 않기 때문에 오히려 "스스로 도는 힘"을
지닐 수 있게 된다는 역설적 결론에 도달한다. 즉, 김수영에게 '생활'은
예술적으로 상승되기 위해 주기적으로 부정되어야 하는 것일 뿐, 그 자
체가 부정적인 의미를 지닌 것은 아니었다. 김수영이 "내가 으스러지게
설움에 몸을 태우는 것은 내가 바라는 것이 있기 때문이다"(「거미」)라고
노래한 데서도 '설움'의 역설적 의미가 나타난다.[14] 새로운 것을 창조하

13 김수영, 『김수영 육필 시고 전집』, 41~43쪽.
14 「너를 잃고」(1953) 역시 이와 같은 맥락에서 분석된다. 시적 주체는 "늬가 없어
    도 나는 산단다"라는 말을 반복하면서, 자신이 현재의 공허함에서 벗어나게 해
    줄 '너'를 찾아 헤매고 있다. "별과도 등지고 앉아서 / 모래알 사이에 너의 얼굴

려고 하는 디오니소스적 충동은 '설움'에 몸을 태우며 낡은 것을 파괴하는 고통의 과정을 거친다. '설움'은 한때는 구원을 제공했던 삶의 일부가 퇴락해버림으로써 다른 것으로 대체되지 않으면 안 된다는 사실에 대한 비극적 인식에서 비롯한 것으로, 김수영은 이와 같은 몰락의 과정에서 발생하는 고통에서 성스러운 아름다움을 발견한다. 이러한 태도는 다음 시에서도 나타난다.

> 종로 네거리도 행길에 가까운 일부러 떠들썩한 차ㅅ집을 택하여 나는 앉어 있다/이것이 도회 안에 사는 나로서는 어디보다도 조용한 곳이라고 생각하고 있기 때문이다/그러나 나의 반역성을 조소하는 듯이 스무 살도 넘을가 말가한 노는 계집애와 머리가 고슴도치처럼 부수수하게 일어난 (쓰메에리)의 학생복을 입은 청년이 들어와서 (커-피-)니 (오-트밀)이니 사과이니 어수선하게 버려놓고 계통 없이 쳐먹고 있다/神이라든지 하느님이라든지가 어디 있느냐고 나를 고루하다고 비웃은 어제져녁의 술친구의 천박한 머리를 생각한다/그 다음에는 나는 중앙선 어느 협곡에 있는 역에서 백여리나 떨어진 광산촌에 두고 온 잊어버린 겨울모자를 생각한다/그것은 갈색 낙타모자/그리고 유행에서도 훨씬 뒤떨어진 서울의 화려한 거리에서는 도저히 쓰고 다니기 부끄러운 모자이다/거기다가 나의 부처ㅅ님을 모신 법당 뒤ㅅ산에 묻혀있는 검은 바위 같이 큰 머리에는 둘레가 적어서 맞지 않아 그 모자를 쓴 기분이란 체ㅅ바퀴를 쓴 것처럼 딱딱하다/그러나 나는 그것을 시골이라고 무관하게 생각하고 쓰고 간것인데 결국은 잊어버리고 말았다/그것이 아까워서가 아니라/서울에 돌아온지 일주일도 못 되는 나에게는 도회의 騷音과 狂症과 속도와 허위가 새삼스럽게 미웁고

을 찾고 있"다는 것이나 "나의 생활의 원주(圓周) 위에 어느 날이고/늬가 서기를 바라고/나의 애정의 원주가 진정으로 위대하여지기 바라고"라는 구절은 '너'의 부재가 오히려 지금 '나'의 생활이라는 원주를 돌아가게 하는 애정의 동력임을 암시한다.

서글프게 느껴지고/그러할 때마다 잊어버려서 아까웁지 않은 잊
어버리고 온 모자 생각이 불연 듯이 난다/저기 나의 맞은편 의자
에 앉아 먹고 떠들고 웃고 있는 여자와 젊은 학생을 내가 시골을 여
행하기 전에 그들을 보았더라면 대하였으리 감정과는 다른 각도와
높이에서 보게 되는 나는 내 자신의 감정이 보다 더 거만하여지고
순화되어진 탓이라고는 생각하지 않는다/나는 구태여 생각하여
본다/그리고 비교하여 본다/나는 모자와 함께 나의 마음의 한 모
퉁이를 모자 속에 놓고 온 것이라고/섧은 마음의 한 모퉁이를.
—「시골 선물」(1954) 전문(밑줄_인용자)[15]

이 시에서도 '모자'는 '설움'과 관련된다. '모자'는 「달나라의 장난」의
'팽이'와 마찬가지로 첨단을 달리는 시대와는 맞지 않는 낡고 고루한 것
으로 그려진다. 그런데 이러한 사물들은 다시 신이나 하느님과 같이 초
월적 관념에 대한 김수영의 사념으로 이어진다. 시적 주체는 "신이라든
지 하느님이라든지가 어디 있느냐고"[16] 자신을 비난하는 친구를 '천박'
하다고 비판하며, 진정 성스러운 것이 무엇인가에 골몰한다. 시적 주체
는 모자를 두고 옴으로써 이와 함께 "설운 마음의 한 모퉁이를" 같이 두
고 올 수 있었다. 모자를 놓고 온 것은, 세속적인 '생활'을 위해서 그가
성스럽다고 여겨온 것에 대한 믿음을 버리려는 것으로 해석된다. 이때
모자는 그 자신의 "설운 마음의 한 모퉁이"로서, 그것이 사라졌다는 것
은 '생활'의 측면에서는 '선물'이라고 표현된다. 하지만 이는 반어적 표
현으로 읽는 것이 타당하다. 이 시에서는 모자를 잃어버린 시적 주체의
설움이 더 부각되고 있기 때문이다. 이 시에 나오는 '낙타' 기호와 관련
하여 김수영이 쓴 다음의 수필을 읽어보면, 그가 '모자'에 대한 애착을

15 김수영, 『김수영 육필 시고 전집』, 68~70쪽.
16 김수영의 시에서 '신'에 대한 언급은 꽤 자주 나온다. 「서책」, 「수난로」, 「영교
일」, 「꽃」, 「초봄의 뜰 안에」 등이 그렇다.

버리지 못하는 이유를 짐작할 수 있다.

　　어느 거리, 어느 다방에서도 흔히 볼 수 있는 계집아이들. 붉은
양단 저고리에 비로드 검정 치마를 아껴가며 입고 있는 계집아이
들. 내가 이 아이들을 볼 때는 무심하고 범연하게 보고 있지만 이
아이들이 생각에 잠겨 있는 지금의 나를 볼 때는 여간 이상하게 보
이지 않을 걸세. 이런 생각을 할 때마다 나는 공연히 엄숙한 마음이
드네. 그리고 그들이 스치고 가는 치맛바람에서 나는 온 인간의 비
애를 느끼고 가슴이 뜨거워지네.
　　술이 깰 때 기진맥진한 이 경지가 나는 세상에서 둘도 없이 좋으
이. 이것은 내가 〈안다는〉 것보다도 〈느끼는〉 것에 굶주린 탓이라
고 믿네. 즉 생활에 굶주린 탓이고 애정에 기갈을 느끼고 있는 탓이
야. 그러나 나는 이 고독의 귀결을 자네에게 이야기하지 않으려네.
거기에는 너무 참혹한 귀결만이 기다리고 있는 것만 같아! 내 자신
에게 고백하기도 무서워. 이를테면 죽음이 아니면 못된 약의 중독
따위일 것이니까. …(중략)…
　　Y여, 나의 가슴에도 눈이 올까?
　　새해에는 나의 가슴에도 눈이 올까?
　　서러운 눈이 올까?
　　머릿속은 방망이로 얻어맞는 것같이 지끈지끈 아프고 늑골 옆에
서는 철철거리며 개울물 내려가는 소리가 나네. 이렇게 고통스러
운 순간이 다닥칠 때 나라는 동물은 비로소 생명을 느낄 수 있고,
설움의 물결이 이 동물의 가슴을 휘감아 돌 때 암흑에 가까운 낙타
산의 원경이 황금빛을 띠고 번쩍거리네.
　　나는 확실히 미치지 않은 미친 사람일세그려.
　　아름다움으로 병든 미친 사람일세.[17] (밑줄_인용자)

이 글은 지금의 서울 대학로 뒤편에 위치한 낙산(낙타산) 아래 다방

17　김수영, 「낙타 과음」(1953), 『김수영 전집』 2, 23쪽.

에서 쓴 글이라고 설명된다. 김수영은 낙타산이 자신과 인연이 두터운 곳이라며 낙타산에 얽힌 첫사랑의 기억을 회고하기도 한다. '낙타'는 첫사랑과 같이 평생 기억에 남을 그리움의 대상을 상기시키는 것이었다. 이 글의 제목이 「낙타 과음」인 데서 알 수 있듯, 여기서 김수영은 자신을 '낙타'에 비유하고 있다. 뿐만 아니라 '낙타'는 「시골 선물」에 등장했던 "갈색 낙타 모자"도 연상시킨다. 이런 점에서 '낙타'는 첫사랑과 같이 아름답고 신성한 것과 멀어져가는 속악한 현실에 괴로워 과음하는 시인의 자화상이라 할 수 있다. 김수영이 위 인용문에서 고통의 순간에 자신의 생명을 느낀다고 말하는 것은 이 때문이다. 자신이 타락하지 않았음을 고통을 통해 확인하는 것이다.

김수영에게 애정의 동력은 아는 것이 아니라 "〈느끼는〉" 데서 비롯한다. 니체가 소크라테스의 합리주의를 비판하며 인식의 한계를 지적했던 것처럼, 김수영은 술의 힘을 빌려 잠시나마 신적인 것과의 일치의 경지에 다가서려 한다. 이는 김억과 김소월이 말했던 '무한'으로서의 '감각'과도 관련되는 것이기도 하다. '신적인 것'은 일상과 완전히 분리된 것은 아니다. 김수영은 "어느 거리, 어느 다방에서도 흔히 볼 수 있는 계집아이들"의 치맛바람에서도 신적인 것과의 마주침을 발견한다. 치맛바람에서 느껴지는 아름다움을 김수영은 '설움'이라고 표현한다. 이는 신적인 것과 유한자로서 자신과의 거리감에서 비롯한다. 일상의 사물들에서 아스라이 멀리 있는 것처럼 느껴지는 신비로운 아름다움을 발견하는 순간, 그 황홀함은 서러운 것이기도 하다.

2) '설움'의 비가성(悲歌性) : 거대한 비애와 거대한 여유

김수영이 '설움'을 말하는 시들에는 비가적 분위기가 나타난다. 이는 릴케가 「두이노의 비가」에서 신적인 것과 화해할 수 없는 인간 존재의 슬픔에 대해 노래한 것을 상기시킨다. 「두이노의 비가」에서 릴케는 아무리 '성스러운 것'에 도달하려고 해도 인간에게 주어진 제약에서 벗어날 수 없다고 본다. 릴케는 인간은 동물과 달리 죽음을 인식하고 있기 때문에 신적인 것과의 완전한 일치는 불가능하다고 하였다.[18] 『반시대적 고찰』에서 니체 역시 "자신이 인간임을 동물 앞에서 자랑하면서도, 동물의 행복을 시기심 어린 눈으로 쳐다보"는 인간의 시선에 대해 언급한 바 있다. 망각을 배우지 못하고 과거에 매달려 있는 인간은 "행복한 맹목성 속에 놀고 있는 아이를 보면 마치 잃어버린 낙원을 기억하는 것처럼" 감동을 받기도 한다.[19]

마찬가지로 김수영은 '서러운' 인간의 삶과 동물의 삶을 대비시킨다. 「하루살이」에서 그는 "나는 확실히 하루살이에게 졌다고 생각한다"라고 말한다. 죽음을 인식하지 못하고 신의 보호 아래에서 죽음에 대한 불안에 시달리지 않고 살아가는 하루살이의 모습을 보며, 시인은 자신의 패배를 인정한다. 하루살이에게는 무의미한 반복조차도 자연스러운 데 비해 죽음을 생각하며 살아가는 인간에게 반복은 견딜 수 없는 것으로 여겨진다("너의 모습과 몸짓은/어쩌면 이렇게 자연스러우냐/소리없이 기고 소리없이 날으다가/되돌아오고 되돌아가는 무수한 하루살이") 그런데 다음 시에서는 릴케가 고통의 근원에서 "기쁨의 샘"을 발견하는 것과 같이 소박한 일상에서 성스러운 것을 발견하는 장면이 나타난다.

18 "죽음을 보는 것은 우리들뿐이다. 자유로운 존재인 동물은/언제나 몰락을 뒤에 두고/앞에는 신을 보고 있다. 걸을 때에는 영원 속으로/걸어 들어간다, 마치 샘물이 흘러가듯이./〈우리는〉 단 한 번도, 단 하루의 날도/꽃들이 끊임없이 피어 들어가는 그 순수 공간을/만나는 적이 없다." 라이너 마리아 릴케, 『두이노의 비가』, 손재준 역, 열린책들, 2014, 444~445쪽.

19 프리드리히 니체, 『비극의 탄생·반시대적 고찰』, 290~291쪽.

누구 한 사람의 입김이 아니라/모든 家族의 입김이 합치어진 것
　그것은 저 넓은 문 창호의 수많은/틈 사이로 흘러들어오는 겨울
바람보다도 나의 눈을 밝게 한다//조용하고 늠름한 불빛 아래/家
族들이 저마다 떠드는 소리도/귀에 거슬리지 않는 것은/내가 그
들에게 全靈을 맡긴 탓인가/내가 지금 순한 고개를 숙이고/온 마
음을 다하여 즐기고 있는 書冊은/偉大한 古代彫刻의 寫眞//그렇지
만/구차한 나의 머리에/聖스러운 鄕愁와 宇宙의 偉大感을 담아주
는 삽시간의 刺戟을/나의 家族들의 기미 많은 얼골에 比하여 보아
서는 아니 될 것이다//제각각 자기 생각에 빠져 있으면서/그래도
조금이나 부자연한 곳이 없는/이 가족의 조화와 통일을/나는 무
엇이라고 불러야 할 것이냐

— 「나의 家族」 부분[20]

　이 시는 김수영의 초기시 가운데는 드물게 일상에 대한 긍정이 나타
난다. '설움'에 대해 노래하는 시들이 죽음에 이르기까지 무의미하게 순
환하고 반복하는 시간에 대한 부정적 인식을 보여주고 있는 데 비해,
이 시에서는 「하루살이」에서의 패배를 만회하듯이 일상적 삶을 자연스
럽게 받아들이며 거기에서 기쁨을 발견하고 있다. "모든 가족의 입김이
합치어진 것"이라는 구절에서 알 수 있듯이, 이러한 조화로운 행복의
상태는 '가족'이라는 공동체의 구성원들의 생명력('입김')이 합일된 데서
비롯한다. 시적 주체는 이 조화를 깨뜨리지 않기 위해 겸허하게 고개를
숙이고 그들이 떠드는 소리에 가만히 귀를 기울인다. '가족들이 떠드는
소리'는 서책 속의 "위대한 고대 조각의 사진" 그러니까 위대한 고대적
이상(理想)과 배치되지 않는다. 중립적이고 균질적인 시간을 대신하여
"성스러운 향수와 우주의 위대감"으로 표현되는 성스러운 영원의 시간
이 도래한다.

20　김수영, 『김수영 육필 시고 전집』, 81~82쪽.

김수영에게 '설움'은 존재론적 상승을 재촉하는 촉매라 할 수 있다. 김수영은 "질서와 무질서와의 사이에／움직이는 나의 생활은／섧지가 않아 시체나 다름없는 것이다"(「여름 뜰」, 1956)라며 설움을 자신의 삶과 불가분의 관계에 있는 것으로 그린다. 또한 「예지」(1957)에서는 "바늘구멍만한 예지(叡智)를 바라면서 사는 자의 설움"에 대해 말하며, "강력과 기도가 일체가 되는 거리에서／너는 비로소 겸허를 배운다"라고 말한다. 여기서 '거리'는 '하루살이'가 그러하듯이 "어제와 함께 내일을 사는 사람들", 즉 죽음을 인식하지 않고 순간순간의 삶에 몰두하여 살아가는 사람들을 가리킨다. 설움을 극복한 자들의 생명력('강력')과 신적인 것에서 다가서려는 소망('기도')이 일치되는 "헐벗은 거리"에서 김수영은 설움을 넘어서고자 한다.

> 너무나 잘 아는／循環의 原理를 위하여／나는 疲勞하였고／또 나는／永遠히 疲勞할 것이기에／구태어 옛날을 돌아보지 않아도／설움과 아름다움을 대신하여 있는 나의 긍지／오늘은 필경 긍지의 날인가 보다／／내가 살기 위하여／몇 개의 번개 같은 幻想이 必要하다 하더라도／꿈은 教訓／靑春 물 구름／疲勞들이 몇 배의 아름다움을 加하여／있을 때도／나의 源泉과 더불어／나의 最終點은 긍지／波濤처럼 搖動하여／소리가 없고／비처럼 퍼부어／젖지 않는 것／그리하여 疲勞도 내가 만드는 것／긍지도 내가 만드는 것／그러할 때면 나의 몸은 항상／한치를 더 자라는 꽃이 아니드냐／오늘은 필경 여러 가지를 합한 긍지의 날인가 보다／안만 불러도 싫지 않은 긍지의 날인가 보다／모든 설움이 합쳐지고 모든 것이 서름으로 돌아가는／긍지의 날인가 보다／이것이 나의 날／내가 자라는 날인가 보다
> ― 「긍지의 날」 전문[21]

21 김수영, 『김수영 육필 시고 전집』, 96~98쪽.

病을 생각하는 것은/病에 매어 달리는 것은/필경 내가 아직 健康한 사람이기 때문이리라/巨大한 悲哀를 갖고 있는 사람이기 때문이리라/巨大한 餘裕를 갖고 있는 사람이기 때문이리라//저 광막한 양지 쪽에 반짝거리는/파리의 소리 없는 소리처럼/나는 죽어 가는 법을 알고 있는 사람이기 때문이리라
— 「파리와 더불어」 부분[22]

"너무나 잘 아는/순환의 원리"는 반복되는 일상을 가리키는 것으로, 이는 그를 '피로'하게 한다. 죽음에 이를 때까지 이 반복은 계속될 것이기에 인간은 '영원히 피로'할 수밖에 없다. 그런데 반복되는 일상에서 무의미한 고통이 아니라 축제적인 조화로움을 발견하게 되면서 김수영에게 설움은 긍지로 전환된다. 그 조화로움이 "번개 같은 환상"에 불과하다고 할지라도, 그 환상은 설움을 긍지로 변화시키고 덧없이 흘러가는 시간을 영원 속에 '정지'시키는 힘을 지닌다. 이를 통해 「긍지의 날」에서 시적 주체는 "피로도 내가 만드는 것/긍지도 내가 만드는 것"이라는 깨달음을 얻는다. 이는 「파리와 더불어」에서 "죽어가는 법을 알고 있는 사람"이라는 구절과 관련된다. 이 시에서 '파리'는 '하루살이'와 마찬가지로 죽음을 인식하고 있지 못한 존재로, 시적 주체에게 질시의 대상이다. 하지만 그는 자신에게 찾아오는 이 고통이야말로 그것을 극복하고 '기쁨'에 닿기 위한 조건이 될 수 있다고 본다. 이는 이 시에서 병에 매달리는 것을 건강하기 때문으로 보는 것이나, "거대한 비애"를 갖고 있는 사람은 동시에 "거대한 여유"를 갖고 있는 사람이라고 하는 이유이다. 그는 반복되는 일상에서 무의미함이 아니라 무한한 의미의 가능성을 발견해낸다.

니체는 질병을 건강이 결여된 상태로 보지 않았으며, 이를 통해 익숙

---

22 위의 책, 220~221쪽.

한 사고를 떠나 생명의 의지를 이끌어낼 수 있다고 말한 바 있다. 건강한 사람은 병을 풍요로운 삶을 위한 적극적 계기로 수용할 수 있다. 니체는 질병을 이질적인 힘들의 공존 상태로 만들었다. 질병을 통해 서로 다른 힘들이 역동적으로 상호작용을 하는 신체를 가지게 됨으로써 그는 건강을 넘어선 건강, 곧 '위대한 건강'에 이르게 된다.[23] 그는 "상처에 의해 정신이 성장하고 새 힘이 솟는다"라는 고대 로마 수필가 겔리우스의 말을 자신의 좌우명이라고 소개하며,[24] "몰락하라"라는 데카당스적 본능을 모든 가치를 전도시키기 위한 명령으로 내세운다.[25] 삶에 유죄 판결을 내리는 모든 허위와 억압을 해체하고 그로 인해 발생하는 고통을 이겨낼 때 건강한 삶에 이를 수 있다. 니체는 이를 통해 얻게 되는 '위대한 건강'의 상태를 힘에의 의지 혹은 디오니소스적인 것이라고 부른다.

김수영 역시 한국시에 나타난 비극적 애수의 정서에서 무한한 힘을 발견하였다. 「예술작품에서의 한국인의 애수」(1965)[26]라는 글에서 그는 한국문학에 흐르는 애수가 비참한 현실에 대한 자포자기는 아니라는 점을 분명히 한다. 최근의 유행가에 나타나는 청승맞은 애수와 "고전적 애감(哀感)"을 대비시키면서, "애수를 넘어선 힘의 세계"를 보여주는 작품이야말로 진정한 예술작품이라고 말한다. 진정한 예술작품은 비애를 감정적으로 소비하는 퇴폐성에 머물지 않고, "힘찬 예술적 승화"를 통해 비애를 '힘'으로 전환시킨다는 것이다. 김수영은 힘에까지 승화된 애

23 프리드리히 니체, 『즐거운 학문·메시나에서의 전원시·유고(1881년 봄~1882년 여름)』, 392쪽.

24 프리드리히 니체, 『바그너의 경우·우상의 황혼·안티크리스트·이 사람을 보라·디오니소스 송가·니체 대 바그너』, 73쪽.

25 위의 책, 110쪽.

26 김수영, 「예술작품에서의 한국인의 애수」(1965), 『김수영 전집』 2, 340~351쪽.

수의 예로 김소월의 시를 든다. 소월의 「팔베개 노래」를 인용하며 그는 "세계 어느 나라에서도 찾아볼 수 없는 독특한 한국적 애수"를 발견한다. 이외에도 박용철의 「빛나는 자취」, 윤곤강의 「지렁이의 노래」, 오장환의 「Last Train」 등의 작품이 "애수를 넘어선 힘의 세계"를 보여준 작품으로 거론된다. 그러면서 그는 "애수의 흙탕물 속에서 예술의 흑진주를 건져내는 일은 앞으로의 우리의 문학과 예술을 정리하고 격려하는 가장 주요한 작업의 하나가 될 것"이라며 애수의 가치를 되새겨야 한다고 지적한다.

니체가 데카당스를 "역사의 질병"을 치유하여 '위대한 건강'을 얻기 위해 앓아야 하는 병으로 보았던 것과 마찬가지로, 한국문학에서 나타나는 '한'은 삶의 의미를 상승시키기 위한 것으로 볼 수 있다. '한'에는 삶을 어떻게 살아야 하는가라는 존재론적인 질문을 통해 삶을 상승시키려는 비극의 정신이 담겨 있다. 애수를 넘어서 창조를 가능케 하는 '힘'을 바탕으로 삶을 구원하는 예술적 창조물을 탄생시키기 위해서는 아폴론적 질서가 요구된다. 문화를 만들어내는 생성적 힘으로서의 설움 혹은 비애는 자신의 구원을 위해 개체화의 고통을 지나쳐야 한다. 김수영은 이러한 태도를 "수동적 태세의 실험"이라고 설명한다. 이를 '찾으려고' 몸부림치는 것이 아니라 시를 '기다리는' 자세로 성숙해가는 체험을 할 수 있다는 것이다.[27] 그러면서 그는 이런 초월철학이 "한없이 신선하고 발랄하고 힘의 원천"이 된다고 하였다.

이러한 인내와 절제는 슬픔과 비애로 인한 절망에 빠지지 않도록 그

---

27 "대체로 시의 경험이 낮은 시기에는, 우리들은 시를 〈찾으려고〉 몸부림을 치는 수가 많으나, 시의 어느 정도의 훈련과 지혜를 갖게 되면, 시를 〈기다리는〉 자세로 성숙해 간다는 나의 체험이 건방진 것이 되지 않기를 조심하면서, 나는 이런 일종의 수동적 태세를 의식적으로 시험해 보고 있다."(「생활의 극복」, 『김수영전집』 2, 93~94쪽).

를 '보호'한다. 김수영은 절제와 인내를 "욕심을 제거하려는 연습은 긍정의 연습"[28]이라고 부르는데, 이는 「봄밤」, 「서시」, 「광야」 등의 시에서 절제, 정지, 인내를 강조하는 태도와 관련된다. 이와 같이 파괴와 생성, 죽음과 사랑, 아폴론적인 것과 디오니소스적인 것을 분리되어 있지 않은 것으로 파악함으로써 김수영은 사물의 상대성에 착목하게 된다.

> 이만한 여유를 부끄럽게 여기는 부정(否定)의 잔재가 남아 있는 것은 나의 경우에는 너무나 당연한 일이다. 그러나 이 모순의 고민을 시간에 대한 해석으로 해결해보는 것도 순간적이나마 재미있는 일이라고 생각된다. 이런 여유가 고민으로 생각되는 것은 우리들이 이것을 〈고정된〉 사실로 보기 때문이다. 이것을 흘러가는 순간에서 포착할 때 이것은 고민이 아니다. 모든 사물을 외부에서 보지 말고 내부로부터 볼 때, 모든 사태는 행동이 되고, 내가 되고, 기쁨이 된다. 모든 사물과 현상을 씨(동기)로부터 본다―이것이 나의 새 봄의 담배갑에 적은 새 메모다.…(중략)… 그러나 우리들의 앞에는 모든 냉전의 해소라는 커다란 숙제가, 우리들의 생애를 초월한 숙제가 가로놓여 있다. 냉전―우리들의 미래상을 내다볼 수 있는 눈을 주지 않는, 우리들의 주위의 모든 사물을 얼어붙게 하는 모든 형태의 냉전―이것이 우리들의 문화를 불모케하는 냉전―너와 나 사이의 냉전―나와 나 사이의 모든 형태의 냉전―이것이 다름아닌 비평적 지성을 사생아로 만드는 냉전.[29] (밑줄_인용자)

김수영은 '고정된' 사실로 보는 오인에서 비롯하는 모순을 비판한다. 본래 만물은 순환하기 마련이라는 상대적 관점에서 몰락하는 사물들에 대한 '설움'은 창조적 생성에 대한 '기쁨'으로 전환된다. 사물을 외부에서 보지 말고 내부로부터 보라는 것은 죽음과 삶이 구분되지 않는, 일

28 위의 글, 96쪽.
29 위의 글, 96~97쪽.

청사의 허무주의

상의 시간과 대비되는 본래의 시간을 회복하는 작업을 요청하는 것이다. 인간이 눈에 보이는 세계에 집착하는 한 '깊은 존재의 세계'로 변용할 길은 막혀 있다.[30] 때문에 시인은 외부세계를 '눈에 보이지 않는 세계'(das Unsichtbare), 즉 내면세계로 바꾸어주는 변용(Verwandlung)의 작업을 통해 본래의 시간을 회복해야 한다. 이를 통해 "사물을 얼어붙게 하는 모든 형태의 냉전", "문화를 불모케 하는 냉전"을 끝낼 수 있다.

2. '긍정의 연습'과 '꽃'의 의미 변주

1) '꽃'에 나타난 죽음 이미지 : 「꽃」 연작을 중심으로

김수영 시에 나타나는 '설움'은 삶의 고통과 분리되고 화석화되어버린 개별화된 형상들을 '가상'으로 드러내어 파괴하고 그것 너머에서 영원히 존재하는 창조적 원천으로서의 디오니소스적 예술의 존재와 관련된다. 이를 통해 김수영은 개체들의 경계를 파괴하는 시간성을 '기쁨'의 원천으로 인식하게 된다. 이러한 전환 과정은 김수영이 '꽃'에 대해 쓴 일련의 작품에도 드러난다.

'꽃'은 김수영 시 전체에서 '사람' 다음으로 빈도가 높은 일반명사이다.[31] 빈도수에서뿐만 아니라 '꽃'은 김수영의 시학을 설명하는 데 있

---

30 전광진, 『『두이노의 비가』에 나타난 천사상」, 김주연 편, 『릴케』, 문학과지성사, 1981, 72~73쪽.

31 이영준, 「꽃의 시학 – 김수영 시에 나타난 꽃 이미지와 '언어의 주권'」, 『국제어문』, 2015, 169쪽. 이영준에 따르면, 김수영 시 전체에서 가장 빈도수가 높은 일반명사는 '사람'으로 114회 사용되었고, 그 다음으로 '꽃'이 112회 사용되었다고 한다. 이외에 '사랑', '돈', '설움', '바람'의 순서로 빈도수가 높은 것으로 파악되었다.

어 핵심적인 의미를 담고 있다. 앞서 「꽃」 연작을 살펴보기도 하였지만, 「묘정의 노래」, 「공자의 생활난」, 「九羅重花」를 비롯해 '꽃'이라는 어휘가 사용된 4·19혁명 이전에 발표된 시들은 관념적이고 주지주의적인 성향이 두드러진다. 이 시들에서 '꽃'은 죽음의 이미지와 관련된다. 「묘정의 노래」에서는 죽은 자를 모신 사당을 장식하는 '백화'(百花)의 이미지로 등장하며, 「공자의 생활난」에서는 죽은 꽃으로서의 열매 위에 피어나는, 즉 죽음 위에서 피어나는 생명력을 상징하는 것으로 그려졌다.[32] 한편 「말복」에서는 "버드나무 밭 아래의 나팔꽃도 그렇다/앙상한 연분홍,/오므라질 때는 무궁화는 그보다 조금쯤 더 길고/진한 빛/죽음의 빛인지도 모르는 놈……"이라며 더욱 직접적으로 꽃을 '죽음의 빛'과 겹쳐서 표현하였다. 다음의 시에서도 꽃은 죽음 이미지와 중첩되어 나타난다.

꽃 꽃 꽃/부끄러움을 모르는 꽃들/누구의 것도 아닌 꽃들/너는 늬가 먹고사는 물의것도 아니며/나의것도 아니고 누구의것도 아니기에/지금 마음 놓고 고즈넉히 날개를 펴라/마음대로 뛰놀 수 있는 마당은 아닐지나/(그것은 「골고다」의 언덕이 아닌/現代의 가시철망 옆에 피어 있는 꽃이기에)/물도 아니며 꽃도 아닌 꽃일지나/너의 숨어 있는 忍耐와 勇氣를 다하여 날개를 펴라//물이 아닌 꽃/물같이 엷은 날개를 펴며/너의 무게를 안고 날러 가려는 듯//늬가 끊을 수 있는 것은 오직 生死의 線條뿐/그러나 그 悲哀에 찬 線條도 하나가 아니기에/너는 다시 부끄러움과 躊躇를 품고 숨가빠하는가//결합된 색깔은 모두 엷은 것이지만/설음이 힘찬 미소와 더불어 寬容과 慈悲로 통하는 곳에서/늬가 사는 엷은 世界는

---

32 「조국에 돌아오신 상병포로 동지들에게」에서는 "꽃같이 사랑하는 무수한 동지들과 함께/꽃같은 밥을 먹었고/꽃같은 옷을 입었고/꽃같은 정성을 지니고/대한민국의 꽃을 이마 위에 동여매고 싸우고 싸우고 싸워왔다"라고 하여 역시 죽음의 이미지와 관련된다.

自由로운 것이기에 / 生氣와 愼重을 한몸에 지니고 // 사실은 벌써 滅
하여 있을 너의 꽃닢 위에 / 二重의 봉오리를 맺고 날개를 펴고 / 죽
엄우에 죽엄위에 죽엄을 거듭하리 / 九羅重花
— 「九羅重花 – 어느 소녀에게 물어보니 너의 이름은
『구라지오라스』라고」 부분[33]

이 시를 메타적 시로 읽은 염무웅[34]의 독법에 따르면, 이 시는 시를
의식하는 시인에 대한 자기의식을 보여주는 시편이라 할 수 있다.[35] 시
의 전반부에서 김수영은 붓과 식물의 줄기를 등치시키며 시를 쓰는 행
위와 꽃이 피어나는 것을 중첩시킨다. 그는 "누가 무엇이라 하든 나의
붓은 이 시대를 진지하게 걸어가는 사람에게는 치욕"이라고 말하면서
시 쓰는 행위를 치욕스러운 것이라고 표현한다. 그럼에도 시적 주체는
'꽃'을 바라보며 "무량(無量)의 환희"에 젖는데, 이는 자신과 달리 '꽃'은
부끄러움을 모르는 존재들이기 때문이다. 이와 같이 김수영은 자아와
타자의 구분을 망각하고 "누구의 꽃"도 아닌 상태로 있는 순수 상태를
통해 탈아적 망각의 예술에 대한 지향을 보여준다.

그런데 '꽃'은 동시에 "마음대로 뛰놀 수 있는 마당"이나 "현대의 가시
철망 옆"으로 비유되는 현실에 그 발을 딛고 있어야 한다는 점에서 이중
적인 상황에 놓여 있다.[36] '꽃'이 자신에게 주어진 한계를 넘어설 수 없

33 김수영, 『김수영 육필 시고 전집』, 72~74쪽.
34 염무웅, 「김수영론」, 『김수영 전집』 별권, 민음사, 1992, 144쪽.
35 김수영의 무제 시편 가운데는 직접적으로 시와 꽃을 동일시하는 구절이 보인
    다. "詩는 나쁜 詩만이 가슴에 / 남는다 / 그것도 아무도 꺾지 않는 / 꽃이다". 『김
    수영 육필시고 전집』, 548쪽.
36 이러한 점에서 조영복은 이 시에서 "'꽃'은 시인의 자기 물음이며 자기 부정이
    며 자기 염원이며, 삶과 죽음 사이, 지식인의 사회적 책무와 시적 가치의 절대
    적 순수성 사이에 놓여 있는 김수영의 이중화된 자기 의식"을 드러내는 것으로
    분석한 바 있다. 조영복, 「김수영 시의 죽음 의식과 현대성」, 『한국 현대시와 언

음을 알 때 그는 다시 어딘가에 구속된 존재로 떨어져 내린다. 이러한 이중 구속의 상황에서 벗어나기 위해 '설움'은 "힘찬 미소"로 전환되어야 한다. 죽음을 두려워하지 않고 "죽음 위에 죽음 위에 죽음을 거듭"하며 무수한 반복을 견디는 자세를 통해 설움을 극복할 수 있는 것이다.

深淵은 나의 붓끝에서 퍼져가고 / 나는 멀리 世界의 奴隷들을 바라본다 / 塵芥와 糞尿를 꽃으로 마구 바꿀 수 있는 나날 / 그러나 深淵보다도 더 무서운 自己喪失에 꽃을 피우는 것은 神이고 / / 나는 오늘도 누구에게든 얽매여 살아야 한다 / / 도야지 우리에 새가 날고 / 국화꽃은 밤이면 더한층 아름답게 이슬에 젖는데 / 올 겨울에도 산위의 초라한 나무들을 뿌리만 간신히 남기고 살살이 갈라갈 동네아이들…… / 손도 안 씻고 / 쥐똥도 제멋대로 내버려두고 / 닭에는 발등을 물린채 / 나의 宿題는 微笑이다 / 밤과 낮을 건너서 都會의 저편에 / 영영 저물어 사라져버린 微笑이다

— 「꽃」 전문[37]

꽃은 過去와 또 過去를 向하여 / 피어 나는 것 / 나는 결코 그의 種子에 대하여 / 말하고 있는 것은 아니다 / 또한 설음의 歸結을 말하고자 하는 것도 아니다 / 오히려 설음이 없기 때문에 꽃은 피어나고 / / 꽃이 피어나는 瞬間 / 푸르고 연하고 길기만 한 가지와 줄기의 內面은 / 完全한 空虛를 끝마치고 있었던 것이다 / / 中斷과 繼續과 諧謔이 一致되듯이 / 어지러운 가지에 꽃이 피어오른다 / 過去와 未來에 通하는 꽃 / 堅固한 꽃이 / 空虛의 末端에서 마음껏 燦爛하게 피어오른다

— 「꽃 2」 전문[38]

어의 풍경』, 태학사, 1998, 139쪽.

37 김수영, 『김수영 육필 시고 전집』, 181~182쪽.

38 위의 책, 161~162쪽.

「꽃」은 김수영의 설움이 전통과 근대, 이상과 현실, 예술과 생활 사이의 좁혀지지 않는 간극에서 비롯되는 것임을 보여준다. 김수영은 「무제」 시편에서도 "나의 허탈하고 황막한/생활에도 한 떨기 꽃이 있다면/어머니/나에게도 정말 꽃이 있습니까"라고 질문을 던진다.[39] 이 시에서 '어머니'는 나에게 돈을 벌어야 하고 '독립된 살림'을 해야 한다고 말하고, 그러한 어머니에게 시적 주체는 "더 이상 괴로움을 주지" 말라고 호소한다. 그러면서 시적 주체는 자신에게 '생활'보다 더욱 확실한 것은 아름다운 가상으로서 '꽃'임을 노래한다. 「꽃」에서 "세계의 노예들"과 달리 그 자신만이 볼 수 있는 심연을 적어나가는 행위 역시 이러한 대립 구도를 전제로 한다. 시적 주체는 이러한 대립으로 인해 발생하는 설움과 비애에서 벗어나기 위해 "미소"를 연습하지만, 이는 여전한 '숙제'로 남겨진다.

「꽃 2」에서는 꽃을 피어나게 하는 것은 설움 그 자체라는 인식이 나타난다. '꽃'은 "설움이 없기 때문에" 피어난다. 하지만 이는 본래부터 설움이 없었다는 것이 아니라 "완전한 공허"로서의 '설움'을 끝내야지만 '꽃의 시간'이 시작된다는 것을 말해준다. 그러므로 꽃은 다시 그 자신의 과거이자 미래로서의 '종자'로서의 가능성을 담지한 존재가 될 수 있다. '생활'이나 '전통'의 공통점은 그것들이 끊임없이 과거로 사라져간다는 데 있다. 현재는 끊임없이 과거로 밀려나버리는 공허한 것이다. 하지만 그러한 "공허의 말단"에서야말로 "견고한 꽃"이 피어날 수 있다. '꽃'은 그것이 언제든 꺾일 수 있는 허약한 대상이기에 '새로운' 꽃을 피워낼 수 있는 가능성을 지니고 있다.

이와 같은 '꽃'의 속성은 문명을 상승시키는 니체적 자연의 파괴적 생성력과 관련된다. 니체는 『우상의 황혼』에서 자연을 반문명적인 것으로

---

39 위의 책, 493쪽.

이해하는 루소의 입장을 비판하며, "오히려 문명 자체를 완성시키는, 인간을 완성시키는 예술가 자연"[40]에 대해 말한다. 문명의 허위를 드러 내는 자연의 생명력은 인간에게 창조적 생성을 위한 '힘'으로 발현되어, 낡은 문명의 서판을 부수고 더 높은 문명으로 나아가는 길을 제시한다. 김수영의 '꽃' 연작과 비슷한 시기에 쓰인 김광림[41]의 '꽃' 연작 역시 이 러한 계보에 넣을 수 있다. 김광림은 「꽃의 문화사 초」 연작을 비롯해 「꽃의 서시」, 「꽃의 반항」 등 일련의 꽃 연작시를 창작하였다. 그는 '꽃' 을 예술적 이상을 가리키는 것일 뿐만 아니라 문명 비판의 기호로 사용 하였다. 김광림의 시에서도 '꽃'은 연약하지만 영원성을 지닌 존재로 그 려진다.

> 처음, 人間에게 들킨 아름다움처럼 / 驚愕하는 / 눈. 눈은, 그만 / 꽃이었다. // 애초엔 빛깔 / 보다도, 내음보다도 / 안·속으로부터 참 아 나오는 울음 / 소릴 지른 것이 / 분명했다 // 地球를 꽃으로 變容 시킬 / 神의 意圖가 / 挫折되기에 / 앞서 — // 樹液을 보듬어 孕胎하는 生成의 / 아픔. 아픈 / 槪念이 / 꽃이었다
>
> — 「꽃의 문화사 抄 I」 전문[42]

> 하나의 지론 같은 고집의 덩어리 / 꽃망울은 / 달라져가는 미의식 의 / 이파리들 / 앞에선 / 응향이고저 / 하는 듯 // 인간의 손목이면 꺾 이는 / 꽃가진데도 / 간을 씹는 전쟁의 / 하루 아침 // 죽음들 / 뒤안길

---

40 김주휘, 「니체의 '자연' 사유에 대한 소고」, 96쪽.

41 김광림은 전봉건, 김종삼과 『전쟁과 음악과 희망과』(1957)를 펴내면서 본격적 인 작품 활동을 시작하였다. 1948년 월남한 그는 박두진의 추천으로 구상을 만 나 「문풍지」를 발표하며 문단활동을 시작하였다. 김광림과 함께 시집을 출간한 전봉건, 김종삼뿐만 아니라 고석규, 박남수도 월남 시인이었으며, 1950년대를 대표하는 화가인 이중섭 역시 이데올로기에 의한 예술적 부자유를 견디지 못 하고 월남한 바 있다.

42 김광림, 「꽃의 문화사抄 I」, 『상심하는 접목』, 백자사, 1959.

에 피어서 / 신의 뜻대로 / 있는 듯 / 꽃 / 시공을 넘어서는 / 우렁찬 음
악 // 관념의 울안에서 / 밖을 / 밝히는 / 훤히 꺼진 눈시울
— 「꽃의 서시」 전문[43]

「꽃의 문화사 초 1」에서 김광림은 '꽃'을 "수액을 보듬어 잉태하는 생
성의 / 아픔", 그 아픈 '개념'을 꽃이라고 표현한다. '아픔'이라는 감각을
개념화함으로써 그는 '꽃'을 관념적인 대상으로 변화시킨다. 1연에서
처음으로 '아름다움'을 발견하고 경악하는 장면을, 2연에서 그 경악이
속에서 나오는 울음으로 변화하였다는 것을 서술하며, 그러한 이미지
들을 '아픔'이라는 개념으로 전환시키고 있다. 「꽃의 서시」에는 꽃이 생
성의 아픔을 대변하는 존재로 그려지는 까닭이 나타난다. 꽃은 "인간의
손목이면 꺾이는" 연약한 존재이면서 "하나의 지론 같은 고집의 덩어
리"로 묘사된다. 이상은 "시공을 넘어서" "관념의 울안에서 / 밖을 / 밝히
는" 영원성을 지닌 동시에 "간을 씹는 전쟁"으로 묘사되는 현실 앞에서
는 언제 꺾일지 알 수 없는 연약함을 지닌다. 이로 인해 '꽃'의 아름다움
을 발견한 인간은 동시에 그것이 지닌 한계를 절감하며 슬픔에 사로잡
히게 된다.

박인환 역시 '꽃'의 연약함에 대한 비관주의적 태도를 드러낸다. 다음
의 시에서 그는 자유롭게 흘러가는 구름과 태양 아래 고통스럽게 홀로
피어 있는 장미를 대조적으로 그리면서 특유의 센티멘털리즘을 보여준
다. 이는 고석규가 '푸른 꽃'에 대한 낭만적 동경을 보여주며 폐허적 현
실을 부정하는 순교자적 태도를 드러냈던 것과 상통한다.

구름은 자유스럽게 / 푸른 하늘 별빛아래 / 흘러가고 있었다 // 장
미는 고통스럽게 / 내려쪼이는 태양아래 / 홀로 피어 있었다 // 구름

은 서로 손잡고 / 바람과 박해를 물리치며 / 더욱 멀리 흘러가고 있
었다 // 장미는 향기짓튼 몸에 상처를 지니며 / 그의 눈물로 붉게 물
드리고 / 침해하는 자에게 / 꺽기어갔다 // 어느날 나는 보았다 / 산과
바다가 정막에 잠겼을 때 / 구름은 흐르고 / 장미는 시드른 것을
— 「구름과 장미」 전문[44]

이 시는 1948년 발행된 김춘수의 첫 시집 제목이자 시의 제목이기도
한 「구름과 장미」와 같은 제목을 가지고 있다. 이 시에서 김춘수는 "저
마다 사람은 임을 가졌으나 / 임은 / 구름과 장미되어 오는 것"이라고 읊
었다. 김춘수는 구름을 낮, 장미를 밤과 관련지으며 구름과 장미가 시
적 주체의 비애와 연결한다. 이에 비해 위 시에서는 장미만이 고난과
박해로 인한 고통을 의미하는 것으로 나타나며, 핍박받는 자의 절망
이 더욱 부각된다. 장미는 "고통스럽게 / 내려쪼이는 태양아래 / 홀로 피
어" 있는 고독한 존재로, 박해를 피해 흘러가는 구름과 대비된다. 이러
한 장미의 이미지는 기독교의 순교자 모티프를 상기시킨다. 박인환은
고석규가 해바라기를 통해 영원성을 지향하지만 결코 거기에 다다르지
못하는 인간의 운명을 비유했던 것처럼, 장미를 통해 유한성을 지닌 존
재의 비극을 강조하고 있다.

2) 무의식과 의식의 동시성 : 「꽃잎」 연작을 중심으로

김수영은 '꽃'의 나약함이야말로 새로운 '꽃'을 피워낼 수 있는 터전을
만들어내는 생명의 힘과 관련된 것임을 간파하였다. 김수영은 고통이
있는 곳에는 그 고통을 구원하는 창조적 행위가 있을 것이라고 생각하
였다. 아폴론적 창조와 디오니소스적 고통이 상호 필연적 관계임을 깨

44 박인환, 「구름과 장미」, 『학우』, 1952.9(박인환, 『박인환 문학전집』 1, 2015).

달음으로써 고통마저도 긍정하는 '숙제'를 해결하려 한 것이다. 1960년
대 후반 김수영이 창작한 '꽃잎' 연작은 이러한 의도하에 창작되었다.[45)
김수영은 '꽃' 연작에서 당위적으로 반복했던 명제를 실행하기 위해 의
미와 무의미에 대한 본격적인 탐구에 이른다.

> 그러나 무의식의 시가 시로 되어 나올 때는 의식의 그림자가 있
> 어야 한다. 이 의식의 그림자는 몸체인 무의식보다 시의 문으로 먼
> 저 나올 수도 없고 나중 나올 수도 없다. 정확하게 말하면 동시(同
> 時)다. 그러니까 그림자가 있기는 하지만 이 그림자는 그림자를 가
> 진 그 몸체가 볼 수 없는 그림자다. 또 이 그림자는 몸체를 볼 수도
> 없다. 몸체가 무의식이니까 자기 그림자는 볼 수 없을 것이고, 의
> 식인 그림자가 몸체를 보았다면 그 몸체는 무의식이 아닌 다른 것
> 일 것이기 때문이다. 따라서 이런 시는 시인 자신이나 시 이외에 다
> 른 증인이 있을 수 없다. 그러나 시인이나 시는 자기의 시의 증인이
> 될 수 없다.[46)

이 글에서 김수영은 초현실주의 시에서의 무의식과 의식, 실존주의
에서 실존과 이성, 참여시에서의 이념과 참여 의식이 서로 동류의 관계
에 있음을 지적하면서, "초현실주의 시에서 의식이 무의식의 증인이 될
수 없듯이, 참여 의식이 정치 이념의 증인이 될 수 없는 것이 원칙"이

---

45 강웅식은 김수영의 산문 「생활의 극복」(1966)과 「반시론」과 하이데거의 릴케론
을 연관지으면서, "원래부터 있는 것을 처음부터 그 자체로서 긍정하는 것"으
로서의 하이데거의 긍정이 이 시기에 나타나기 시작한다고 지적한 바 있다. 김
수영이 "생활의 경제적 여유와 함께 대상에 대한 시각을 '부정'에서 '긍정'으로
전환하는 '회심'(回心) 연습을 하고 있었고, 「반시론」에 이르러 시에서도 역시 그
런 회심을 적용하게 된 듯"하다는 것이다(강웅식, 『김수영 신화의 이면』, 웅동,
2004, 127~130쪽).

46 위의 글, 387~388쪽.

라고 말한다.[47] 그런 의미에서 무의식과 의식은 "동시(同時)"에 나올 수밖에 없다는 것이다. 즉, 무의식과 의식, 실존과 이성, 이념과 참여 의식 중 그 어느 것이 먼저이거나 나중에 오는 것이 아니다. 그것은 동시에 와야 한다. 김윤식은 김수영의 '온몸의 시학'을 참여시론으로 성급하게 단정 짓는 태도를 경계하며, '온몸의 시학'은 시의 본질에 대한 일반론으로 보아야 한다고 주장한 바 있다. 그럼에도 불구하고 김수영을 참여 시인으로 단정 짓는 것은 "한국시가 현실적, 세계성보다 예술성, 대지성, 은폐성을 근본적으로 결해 있음에서 연유"한다는 것이다.[48]

김수영은 시의 참여적 성격을 의식과 무의식의 동시성에서 비롯하는 것으로 본다. 김수영은 무의식이야말로 변하지 않는 '몸체'라고 보면서 이것이 표현된 형태로서의 '의식의 그림자'를 시라고 규정한다. 그런데 무의식/무의미가 반드시 의미/의식을 매개로 나타나야 한다고 본다는 데서 김수영의 참여시론이 김춘수의 무의미시론과 결정적인 차이를 보인다. 김수영은 김춘수의 시를 평하면서 "모든 진정한 시는 무의미한 시"라고 말하면서 "시의 예술성이 무의식적이라는 것"을 강조하면서도, 진정한 시는 "〈의미〉를 껴안고 들어가서 그 〈의미〉를 구제함으로써 무의미에 도달"한다면서 의미를 통해 무의미의 획득을 주장한다.[49] 이와 달리 김춘수는 '의미/이미지'의 소멸을 통해 동시성에 도달하고자 하였다.

> 이미지를 지워 버릴 것. 이미지의 소멸(消滅) – 이미지와 이미지
> 의 연결이 아니라, 한 이미지가 다른 한 이미지를 뭉개 버리는 일,
> 그러니까 한 이미지를 다른 한 이미지로 하여금 소멸해 가게 하는

---

47 김수영, 「참여시의 정리 – 1960년대 시인을 중심으로」, 『김수영 전집』 2, 389쪽.

48 김윤식, 「시에 대한 질문방식의 발견」, 황동규 편, 『김수영의 문학』, 민음사, 1983, 74~75쪽.

49 김수영, 「변한 것과 변하지 않은 것」(1966), 『김수영 전집』 2, 민음사, 2003, 367쪽.

동시에 그 스스로도 다음의 제3의 그것에 의하여 꺼져가야 한다.
그것의 되풀이는 리듬을 낳는다. 리듬까지를 지워버릴 수는 없다.
그것은 무(無)의 소용돌이다. 이리하여 시(詩)는 행동이고 논리다.
동양인(東洋人)의 숙명일는지도 모른다.[50]

김춘수의 경우, 관념으로부터의 해방을 위한 이미지의 소멸을 구상
하면서 무의미시론을 고안한다. 김춘수는 이미지의 소멸로부터 리듬이
탄생하는 장면을 발견하며 이렇게 해서 탄생하는 리듬은 '무의 소용돌
이'에 불과한 것으로 본다. 김춘수가 이미지를 지워버린다고 말한 것은
이미지를 다른 이미지로 끊임없이 대체함으로써 하나의 고정된 이미
지에 특정한 의미 혹은 관념을 부여하는 것을 피하겠다는 것이다. 그는
사물에 감정을 이입하는 것을 최대한 피하면서 강요된 의미를 전달하
는 것을 회피하려 하였다. 의미를 지워버렸음에도 불구하고 리듬에 의
해서 미지의 '의미'가 생산되는 것을 김춘수는 시에서 만들어지는 "행동
이고 논리"라고 설명한다.

그런데 김수영의 후기시에 나타나는 속도감은 김춘수의 시론을 상기
시킨다. 김수영 시의 '속도감' 역시 "하나의 텍스트가 고정적인 의미로
귀착되는 것을 끊임없이 지연시키는 것으로, 하나의 정체성으로부터
끊임없이 이탈 및 과정 그 자체로서 생성을 뒷받침하는 미학적 전략"에
서 발생한다.[51] '꽃잎' 연작[52]은 그 결과물이다. 우선 「꽃잎 1」에서 '꽃잎'

50 김춘수, 「이미지의 소멸」, 『의미와 무의미』, 1976(『김춘수 시론전집』 1, 현대문
    학, 2004, 546~547쪽).
51 신형철, 「김수영 시에 나타난 '사랑'과 '죽음'의 의미 연구」, 서울대 석사논문,
    2002, 68쪽.
52 전집에는 세 편으로 분리되어 실려 있으나, 이 연작 시편이 1967년 최초로 발
    표되었을 때는 '꽃잎'이라는 제목 아래 한 편의 시로 소개되었다. 이영준, 앞의
    글, 178쪽.

은 "거룩한 우연"을 가져다주는 신성하고도 평범한 일상을 지시하는 기호로 사용된다. 시적 주체는 "누구한테 머리를 숙일까/사람이 아닌 평범한 것에/많이는 아니고 조금"이라며 설움을 가져다주는 일상적 삶에 겸허하게 고개를 숙이는 태도를 보인다. 자기가 일어서는 줄도, 자기가 가 닿은 언덕도, 거룩한 산에 가 닿기 전에는 즐거움을 모르듯이 평범한 일상에 깃들어 있는 성스러운 아름다움을 발견하기란 쉬운 것이 아니다.

하지만 "한 잎의 꽃잎"에는 "바위를 뭉개고 떨어져 내릴" "혁명"의 힘을 지니고 있다. 이것이 김수영이 의식으로 파악될 수 없는 거대한 무의식의 세계를 '작은 꽃잎'에 비유하며 평범한 것들에 대해 고개를 숙여야 한다고 노래하는 까닭이다. 이러한 태도는 다음의 연작시에도 이어진다.

> 꽃을 주세요 우리의 苦惱를 위해서/꽃을 주세요 뜻 밖의 일을 위해서/꽃을 주세요 아까와는 다른 時間을 위해서//노란 꽃을 주세요 금이 간 꽃을/노란 꽃을 주세요 하얘져 가는 꽃을/노란 꽃을 주세요 넓어져 가는 소란을//노란 꽃을 받으세요 원수를 지우기 위해서/노란 꽃을 받으세요 우리가 아닌 것을 위해서/노란 꽃을 받으세요 거룩한 偶然을 위해서//꽃을 찾기 전의 것을 잊어버리세요/꽃의 글자가 삐뚤어지지 않게/꽃을 찾기 전의 것을 잊어버리세요//꽃의 소음이 바로 들어오게/꽃을 찾기 전의 것을 잊어버리세요/꽃의 글자가 다시 삐뚤어지게//내 말을 믿으세요 노란 꽃을/못 보는 글자를 믿으세요 노란 꽃을/떨리는 글자를 믿으세요 노란 꽃을/영원히 떨리면서 빼 먹은 모든 꽃잎을 믿으세요/보기 싫은 노란 꽃을
>
> ──「꽃잎 2」 부분[53]

──────────
178   53   김수영, 『김수영 육필 시고 전집』, 443~444쪽.

이 시는 속도감의 측면에서 「풀」을 예고한다. 메시지를 전달하는 데 목적이 있는 것이 아니라 반복과 변형에서 생기는 리듬감 속에서 무의미와 의미를 경합시키는 것이다. 이 시에서 전달되는 메시지는 이러한 시의 형식과 무관하지 않다. '꽃잎'은 "뜻밖의 일"이나 "아까와는 다른 시간"을 위해 주어져야 한다. 그런데 2연에서 의미의 변주가 일어난다. '꽃'이 '노란 꽃'이 되면서 금이 가고, 하얗게 탈색되어가는 불안의 징조가 포착된 것이다. 이는 김수영 시에서 중요한 모티프인 '죽음'과 관련되는 것으로, 이때 꽃은 고정되어가는 의미를 끊임없이 교란시키는 "소란"으로 해석된다. 「공자의 생활난」에 대한 해석에서 지적했듯, 김수영에서 '소란'이나 혼란, 혼동은 생성을 위한 전조로 볼 수 있다. 가치의 전도과정에서 모든 것이 의문에 붙여지게 되면 모종의 혼란이 생겨날 수밖에 없는 것이다.

3연에 이르러 꽃을 달라는 요청은 꽃을 받으라는 제안으로 이어진다. 노란 꽃에서 하얀 꽃으로의 변화, 꽃을 받는 자에서 주는 자로의 전환이 빠르게 진행된다. 이것이 망각을 위한 것이라는 사실이 4연을 통해 밝혀진다. 이 망각은 꽃을 찾기 전, 혹은 꽃이 피어나기 전의 '설움'을 중단시키고 새로운 '설움'을 출현시키는 무화 작용을 가리킨다. 하지만 부정성이 능동적 생성을 위한 것이라는 사실마저 망각될 때, 이는 '반동적 생성'에 그칠 우려가 있다.[54] 니체가 병을 긍정했던 것은 그것을

---

54   들뢰즈는 "니체가 능동적 힘이라고 부른 것은 그 결과의 한계까지 가보는 것이다. 반동적 힘에 의해서 그것이 할 수 있는 것에서 분리된 능동적 힘은 그래서 반동적 힘이 된다"라면서, 가치를 생성시키는 힘을 능동적 힘과 반동적 힘으로 구분한다. 들뢰즈는 반동적 힘의 사례로 '병'을 든다. 병은 주체를 거기에 적응시키기 위해 축소된 환경에 가둠으로써, "새로운 의지를 부여하고 낯선 권력의 한계"에 갈 수 있게 한다. 그런데 데카당스 예술이 그러하듯 병적인 나약함 자체를 희구하는 데서 그치게 되면, 이때의 반동적 힘은 능동적 생성(건강성)에 이르지 못하고 '반동적 생성'으로 귀결된다. 질 들뢰즈, 앞의 책, 119~122쪽.

이겨내고 새로운 건강을 획득할 수 있다고 보았기 때문이다. 그런데 병에 노예로 붙들려 있는 자들은 능동적 힘을 오염시키며 반동적 생성의 한계로 이끌려 무에의 의지에 빠지고 만다.

「꽃잎 2」에서는 금이 가고 하얗게 바래져가는 꽃의 이미지를 그려내면서 불길한 분위기가 형성되고 있다. 이는 자아를 탈각하고 타자와 만나는 과정에서 발생하는 혼란을 암시한다. 김수영은 「사랑」(1961)에서도 "그러나 너의 얼굴은 / 어둠에서 불빛으로 넘어가는 / 그 찰나에 꺼졌다 살아났다 / 너의 얼굴은 그만큼 불안하다 // 번개처럼 / 번개처럼 / 금이 간 너의 얼굴은"[55]이라면서 불안을 담지한 사랑을 그려낸 바 있다. 사랑은 불안마저도 긍정함으로써 "원수를 지우"고 "거룩한 우연"에 도달해야 한다. 하지만 이 시에서는 불안한 분위기가 형성되고 있을 뿐, "거룩한 우연"에 도달한 장면은 나타나지 않는다. 이 시에서 '노란 꽃'은 죽음을 상기시키며 불안을 보장하는 "보기 싫은" 대상에 그칠 뿐, 삶에 대한 긍정에 이르지 못한다. 이러한 한계는 「꽃잎 3」에 이르러 극복된다. 「꽃잎 3」에 등장하는 '소녀' 순자는 죽음의 불안으로부터 시적 주체를 일깨우는 존재로 등장한다.

> 순자야 너는 꽃과 더워져 가는 화원의 / 초록빛과 초록빛의 너무나 빠른 변화에 / 놀라 잠시 찾아오기를 그친 벌과 나비의 / 소식을 완성하고 // 宇宙의 완성을 건 한 字의 생명의 / 歸趨를 지연시키고 / 소녀가 무엇인지를 / 소녀는 나이를 초월한 것임을 / 너는 어린애가 아님을 / 너는 어른도 아님을 / 꽃도 장미도 어제 떨어진 꽃잎도 / 아니고 / 떨어져 물 위에 썩은 꽃잎이라도 좋고 / 썩는 빛이 황금빛에 닮은 것이 순자야 / 너 때문이고 / 너는 내 웃음을 받지 않고 / 어린 너는 나의 全貌를 알고 있는 듯 / 아아 순자야 깜찍하고나 / 너 혼자

55 김수영, 『김수영 전집』 1, 211쪽.

천사의 허무주의

서 깜찍하고나[56] // 네가 물리친 썩은 문명의 두께 / 멀고도 가까운 그 어마어마한 낭비 / 그 낭비에 대항한다고 소모한 / 그 몇 갑절의 공허한 投資 / 大韓民國의 全財産인 나의 온 정신을 / 너는 비웃는다 // 너는 열네살 우리집에 고용을 살러 온지 / 三일이 되는지 五일이 되는지 그러나 너와 내가 / 접한 시간은 단 몇분이 안되지 그런데 / 어떻게 알았느냐 나의 방대한 낭비와 넌센스와 / 허위를 / 나의 못 보는 눈을 나의 둔감한 영혼을 / 나의 애인 없는 더러운 고독을 / 나의 대대로 물려 받은 음탕한 전통을 // 꽃과 더워져가는 화원의 / 꽃과 더러워져 가는 화원의 / 초록빛과 초록빛의 너무나 빠른 변화에 / 놀라 오늘도 찾아오지 않는 벌과 나비의 / 소식을 더 완성하기까지 // 너무 간단해서 어처구니 없이 웃는 / 너무 어처구니 없이 간단한 진리에 웃는 / 너무 진리가 어처구니 없이 간단해서 웃는 / 실날 같은 여름 풀의 아우성이어 / 너무 쉬운 하얀 풀의 아우성이어

— 「꽃잎 3」 전문[57]

이 시에서 김수영은 '순자'라고 하는 "열네살"의 나이에 식모살이를 하게 된 소녀를 자기 시의 뮤즈로 등장시킨다. 순자는 집안 살림을 도와주러 온 열네 살짜리 여자 아이에 불과하다. 그런데 시적 주체는 자신과 접한 지 얼마 되지 않았음에도 순자가 자신의 본질을 꿰뚫었음을 깨닫는다. "썩은 문명의 두께"라는 "어마어마한 낭비"와, "그 낭비에 대항한다고 소모한" 온 "대한민국"의 정신을 비웃으며, 순자는 "너무 간단해서 어처구니 없"는 "간단한 진리"를 보여준다. 순자가 드러내는 진리가 "실날 같은 여름 풀의 아우성"으로 그려지는 데서 알 수 있듯이, '풀'의 속성과 관련된다.[58] 풀은 '실날'처럼 가녀린 존재이자 동시에 "초록

빛과 초록빛의 너무나 빠른 변화"를 보여주며 벌과 나비를 놀라게 하는 생명력을 지니고 있다. 풀은 언제나 너무 빠른 변화 속에 있기 때문에 '나약한' 존재이자 '놀라운' 존재이기도 하다. '순자'는 자연의 변화(운동성)를 자연스러운 것으로 받아들이는, 그리하여 모든 것을 파괴하는 동시에 생성시키는 자연과 합일되어 있는 존재이다.

「꽃잎 2」에서 불완전하게 나타났던 긍정의 자세가 소녀를 통해 완성된다. 이 시에서 순자가 어떠한 점에서 시적 주체에게 긍정의 자세를 상기시켰는지는 구체적으로 제시되지 않는다. 다만 이 시에서 주목해야 할 것은 시적 주체가 순자에 의해 사물을 완전히 다른 방식으로 인식하게 되었다는 사실이다. 시적 주체는 "떨어져 물 위에 썩은 꽃잎이라도 좋고/썩는 빛이 황금빛에 닮은 것이 순자야/너 때문이고"라고 말하면서 죽음의 빛에서 '황금빛' 생명력을 발견한다. 또한 순자는 시적 주체의 허위를 꿰뚫고 너무나 "간단한 진리"를 완성시키며 '웃음'을 불러일으킨다. 이를 통해 시적 주체는 부정성으로 가득 찬 세계조차 긍정할 수 있는 사랑의 힘을 얻고 있다. '설움'을 상기시켜주던 사물들이 순자를 통해 사랑의 대상으로 변모한다. 생성을 위한 파괴적 혼돈은 이 일으키는 불안을 극복하고 이를 "거룩한 우연"으로 바꿔낼 수 있기 위해 김수영은 '힘'이 필요하다고 보았다. "썩은 문명의 두께"라는 구절에는 이러한 '힘'을 지니지 못함으로써 삶에 대한 사랑에 이르지 못한 문명에 대한 비판이 담겨 있다.

자 「풀」의 세계로 나아가는 통로로 본 바 있다. 하지만 박수연은 '꽃'의 의미를 사회 현실에 대한 비판의 차원에 한정함으로써 이 시에 나타나는 '순자'의 상징적 의미를 간과한다. "「꽃잎 1·2」가 언어에 대한 얽힘이라는 구심적 소란을 보여준다면 「꽃잎 3」은 사회적 생산의 소란을 부가함으로써 「풀」의 의미 공간을 언어에서 현실로 열어놓도록 하는 근거이다."라는 것이다. 박수연, 「「꽃잎」, 언어적 구심력과 사회적 원심력」, 『문학과사회』, 1999년 겨울, 1720쪽.

3. '힘'의 시학으로서 온몸의 시학

1) 무엇을 위한 시인인가? : 김수영의 릴케론

김수영의 후기시론은 '온몸의 시학'으로 정리되어왔다. 이는 그의 대표적인 시론인 「시여, 침을 뱉어라」에서 본격적으로 전개되었다. 하지만 그 이전에 이미 '몸'을 시의 현대성과 결부시키며 '온몸의 시학'을 예비하는 발언을 하고 있다. 그는 시의 현대성의 근원으로서 '몸'을 언급하면서 "진정한 현대성은 생활과 육체 속에 자각되어 있는 것이고, 그 때문에 그 가치는 현대를 넘어선 영원과 접한다"[59]라고 말한다. 또한 그는 '몸'에 의해 구현되는 시의 현대성은 "외부로부터 부과되는 감각이 아니라 내면에서 우러나오는 지성의 화염(火焰)이며, 따라서 그것은 시인이-육체로서-추구할 것이지, 시가-기술면으로-추구할 것은 아니다"[60]라고 밝히기도 한다. 여기서 알 수 있듯이, 김수영의 '몸'은 1) 시의 '현대성'과 관련된 중요한 개념이자 2) 현대를 넘어 '영원'과 접하게 해주는 것으로, 3) 외부에서 부과되는 감각이 아니라 내면에서 우러나오는 지성과 관련된 것이라고 할 수 있다.

이와 함께 '온몸의 시학'을 해명하는 데 있어 중요한 개념이 바로 '힘'이다. 김수영은 「시여, 침을 뱉어라」의 부제로 '힘으로서의 시의 존재'라는 표현을 쓰고 있으며, 「예술작품에서의 한국인의 애수」에서는 "엄격한 의미에서 볼 것 같으면 예술의 본질에는 애수가 있을 수 없다. 진정한 예술작품은 애수를 넘어선 힘의 세계"라면서[61] "힘에까지 승화된 애

59 김수영, 「진정한 현대성의 지향―박태진의 시 세계」, 『김수영 전집』 2, 317쪽.
60 김수영, 「모더니티의 문제―1964년 4월 시평」, 위의 책, 516쪽.
61 김수영, 「예술작품에서의 한국인의 애수」, 위의 책, 341쪽.

수"를 지닌 작품으로 김소월의 「산유화」와 「초혼」을 제시한다. 이를 통해 4) '힘'이 '애수'를 넘어서게 하는 예술의 본질과 관련된 것이라는 사실을 추가적으로 알 수 있다. 그렇다면 이제 문제는 김수영이 말하는 '애수'의 정체가 무엇인지, 또 이와 같이 애수를 넘어 예술의 본질을 드러내게 하려면 어떤 방식으로 시작(詩作)을 해야 하는지에 대해 해명하는 것이라 할 수 있다.[62]

이를 살펴보기 위해 김수영의 시론에 지대한 영향을 미친 것으로 평가받는 하이데거의 「릴케론」을 검토할 필요가 있다. 김수영은 하이데거를 상당한 수준에서 이해하고 있었으며, 그것을 자신의 창작 및 비평에 적용해왔다.[63] 김수영은 그의 대표적인 시론 「시여, 침을 뱉어라」에서 "시에 있어서의 모험이란 말은 세계의 개진(開陳), 하이데거가 말한 〈대지(大地)의 은폐〉의 반대되는 말"이라고 설명하며, 하이데거의 철학

62 서준섭은 김수영과 하이데거, 릴케와의 만남은 "그의 문학활동 전체에서 하나의 사건이라 할 만하다"라고 평가하면서, 이들과의 만남을 통해 시인의 존재론적인 전환, 시적 혁명, '생성으로서의 시'와 관련된 시의 본질론을 제기할 수 있었다고 지적한 바 있다. 서준섭은 김수영의 시에서 '힘'이 표현되는 방식을 ① 정치의식의 적극적 표현 ② 정치적 현실과 시인, 사회와 시 사이의 긴장감, 의식 세계의 긴장감을 표현 ③ 언어의 속도감 ④ 이야기의 극적 구성 등으로 세분화하여 설명한다. 하지만 이와 같은 속성들이 어떻게 '힘'이라는 개념과 관련되는지에 대해서는 설명되지 않고 있다. 서준섭, 「김수영의 후기 작품에 나타난 '사유의 전환'과 그 의미―'힘으로서의 시의 존재'와 관련하여」, 『현대문학연구』, 2007.
63 김수영의 부인 김현경은 이에 대해 다음과 같이 회상한다. "그와 같이 마지막으로 사들인 하이데카 전집을 그는 두 달 동안 번역도 아니하고 뽕잎 먹듯이 통독하고 말았다. 하이데카의 시와 언어라든가 그의 예술론 등을 탐독하고는 자기의 시도 자기의 문학에 대한 소신도 틀림없다고 자신만만하게 흐뭇해했었다." 김수영이 워낙 하이데거를 좋아해서 죽었을 때 하이데거의 릴케론을 그의 관에 넣어주었다고 말할 정도였다. 「얼굴없이 살아온 40년… 시인 김수영 미망인 김현경」, 『국민일보』, 2009. 6.18.

을 시론 안에 끌어들인 바 있다. 그의 대표적 시론의 이론적 배경을 하이데거가 제공하고 있는 셈이다. 하지만 이는 일방적인 영향으로 볼 수 없다. 하이데거의 「릴케론」에 대해 언급하고 있는 「반시론」[64]에서 김수영은 "요즘의 강적은 하이데거의 「릴케론」이다. 이 논문의 일역판을 거의 안 보고 외울 만큼 샅샅이 진단해보았다. 여기서도 빠져나갈 구멍은 있을 텐데 아직 오리무중이다"라며 하이데거에 대한 대결의식을 보여준다.[65]

김수영이 「릴케론」이라고 언급한 글은 하이데거가 릴케 사후 20주기를 기념하여 강연한 내용을 담은 「무엇을 위한 시인인가(Wozu Dicher?)」[66]이다. "…그리고 궁핍한 시대에 무엇을 위한 시인인가?"라는 횔덜린의 『빵과 포도주』의 시구를 인용하면서 하이데거는 신의 결여를 결여로서 감지할 수조차 없게 된 이 시대의 비극을 토로한다. 하이데거는 이러한 시대적 상황에 처한 시인의 존재란 무엇인지에 대한 횔덜린의 물음에 "시인들이란 진심으로 주신을 노래하며, 사라져버린 신들의 흔적을 밟아 나가고, 그 흔적 위에 머무르면서, 이렇게 하여 [자신과] 동류인 죽을 자들에게 전향할 길을 처음으로 찾아내주는 죽을 자들"이라고 묘사한다. 하이데거가 시의 본질을 선취하고 있다는 점에서 시인들의 '선구자'라고 보고 있는 횔덜린과 이 글에서 주요 분석 대상으로 삼고 있는 릴케는 "신들의 흔적"을 찾아내 주고 있는 "죽을 자들"로서, 자신들과 같은 운명에 처해 있는 "죽을 자들"에게 신적인 것의 존재를 일깨워주는 역할을 수행한 것으로 평가된다.

---

64 김수영, 「반시론」(1968), 『김수영 전집』 2, 413쪽.

65 김수영의 문학에 나타난 하이데거의 사상에 대한 연구 가운데 주목할 만한 것은 김유중의 연구가 있다. 김유중, 『김수영과 하이데거』, 민음사, 2007.

66 마르틴 하이데거, 「무엇을 위한 시인인가?」, 『숲길』. 이 글에서는 김수영이 쓴 대로 「릴케론」이라고 표기하였다.

하이데거는 이 시대의 '궁핍성'이 신이 죽었다는 사실 자체 때문이 아니라 죽을 자들이 자신에게 고유한 죽음을 알지 못하고 그리하여 죽음을 죽음으로서 떠맡을 수도 없게 되었기 때문이라고 본다. 시인의 존재가 이 세계에 필요한 것은 이 때문이다. 시인들은 그 자신들 역시 '죽을 자'들로서 성스러움의 흔적을 간직하고 있는 노래를 통해 인간의 존재론적 '궁핍성'을 자각시켜야 한다. 그러면서 그는 릴케를 설명하는 가장 핵심적인 키워드로 '모험'을 든다.[67] 하이데거에 따르면 세계에 파묻혀서 그것과의 거리 없이 삶을 영위해나가는 식물이나 동물과 달리 인간은 모든 것을 대상화하는 의식을 지녔다는 점에서 모험적인 것으로 규정되는데, 여기서 '모험하다'라는 말은 낯선 곳을 향해 있는 길 가운데에서 겪게 되는 '위험', 그것을 감수하는 '경험'(Er-fahren)[68]을 뜻한

---

[67] 하이데거가 주요한 분석대상으로 삼고 있는 릴케의 '즉흥시' 전문은 다음과 같다. "마치 자연이 뭇 생명들/그들의 몽롱한 욕망의 모험에 맡기고, 결코 어떤 것도/흙더미와 나무 가지로 특별히 보호하고 있지 않는 것처럼,/그렇게 우리도 또한 우리의 존재의 근원으로부터//그 이상 사랑받고 있는 것은 아니다. 그것은 우리를 모험에 빠뜨린다. 다만 우리는/식물이나 동물보다 그 이상으로/이런 모험과 함께 나아가고, 그 모험을 의욕하면서, 때로는 또한 생명 그 자체가 존재하는 것보다도/더욱더 모험적으로 존재한다(이것은 자기 이익을 위해 그런 것이 아니다). 한 숨 돌릴 동안만//더욱더 모험적으로…. 이것이 보호 밖에 있는 우리들에게/안전함을 제공한다,/그곳은 순수한 힘들의 중력이 작용하는 곳이다./우리를 마지막으로 감싸고 있는 것은/우리의 보호받지 못한 존재이다. 그리고/이러한 존재를 위험하는 것을 우리는 보았기에, 그것을//법칙이 우리와 접촉하는 가장 넓은 권역 속에서/긍정하기 위해, 우리는 그것을 열린 장 속으로 옮겨 놓았던 것이리." 이 시는 1924년 릴케가 부인 클라라에게 보낸 편지에 동봉된 것으로 당시에 발표되지는 않았다가 릴케 사후 발간된 『후기 시집』(1934)에 실리면서 알려졌다(마르틴 하이데거, 「무엇을 위한 시인인가?」, 『숲길』, 406~407쪽 재인용).

[68] 김동규에 따르면 이때의 경험은 "길을 가는 도상에서 어디에 도달함, 길을 감으로써 그것에 닿음"을 의미하는 것으로, 길을 따라가는 도중 온몸으로 겪는 고뇌를 통해 경험하는 자의 존재 전체가 변모하게 되는 경험을 뜻한다. 김동

다.[69] 자연을 대상화하여 자신과 맞서 있는 것으로 파악하는 인간의 경우 그 자신 역시 대상화될 위험에 노출되어 있는데, 인간은 언어를 통해 위험에서 벗어날 수 있다.

이는 "더욱더 모험적으로 모험함"이라고 표현되는바, "세계 앞에" 열려진 존재로서 위험에 노출되어 있는 인간이 자기 앞에 보호막을 세우는 것이 아니라 오히려 "보호 밖에" 있음으로써 안전을 도모함을 의미한다. 인간은 언어를 자연을 대상화하는 도구로서 표상[70]하는 것이 아니라 오히려 존재의 심연에 뛰어들어 위험을 위험으로 직시함으로써 '보호'받을 수 있다. 모험되는 것으로서의 각각의 모든 존재자가 거기에 내맡겨져 있는 전체적 연관을 릴케는 "열린 장"이라고 불렀다. 열린 장으로 들어오도록 허용된 식물, 동물과 달리 인간은 세계와 이성을 가진 존재로서 세계와 대립하여 있다. 이런 점에서 식물과 동물이 보호 받고 있는 존재들이라면, 인간은 보호받고 있지 못한 상태라고 할 수 있다. 그런데 이러한 제약으로 인해 인간에게는 다른 가능성이 주어진다. 인간은 사물을 표상할 수 있는 능력을 통해 열린 장 속으로 들어가도록 허락 받을 수 있다는 것이다.

> 더욱더 모험적인 사람들의 양식으로 존재하는 시인들은 온전하지 않은 것을 온전하지 않은 것으로서 경험하기 때문에, 그들은 성스러운 것의 흔적을 찾는 도상에 있다. 나라 곳곳에 그들의 노래는

규, 『하이데거의 사이-예술론』, 그린비, 2009, 327쪽.

69 위의 책, 190쪽.

70 『숲길』을 번역한 신상희에 따르면 하이데거는 자연을 인간의 '앞에-세움(Vor-stellen, 표상행위)'에 대한 비판을 통해 표상과 의지의 주체로서의 인간이 세계를 객체화하여 대상화시키면서 그것을 자신의 지배의지 아래에 두려는 근대 이후의 역사적 진행과정을 her-stellen(가까이에 세워놓음)의 다양한 방식을 통해 보여주고 있다고 한다. 위의 책, 422쪽 역주 31번 참고.

성스럽게 울려 퍼진다. 그들의 노래는 구의 신성함을 축하한다.

온전하지 못한 것으로서의 온전하지 못한 것은 우리로 하여금 온전한 것의 흔적을 찾아 나서게 한다. 온전한 것은 성스러운 것을 부르면서 눈짓한다. 성스러운 것은 신적인 것을 불러들인다. 신적인 것은 신을 가까이 오게 한다.

더욱더 모험적인 사람들은 온전함을 상실한 불행한 삶 속에서 보호받지 못한 존재를 경험한다. 그들은 세계의 밤의 어둠 속으로 달아나 버린 신들의 흔적을 죽을 자들에게 가져온다. 더욱더 모험적인 사람들은 온전한 것을 노래하는 사람들로서 "궁핍한 시대의 시인들"이다.[71]

시인은 '온전한 것' 혹은 '구의 신성함'이라고 표현되는 존재론적 일자 혹은 전체성의 보호를 받지 못하고 있는 온전하지 못한 그들의 운명을 자각하고 있다. 즉, 그들은 자신들이 "죽을 자"들이라는 것을 알고 "온전함을 상실한 불행한 삶 속에서 보호받지 못한 존재를 경험"한다. 그리고 이를 통해 "달아나 버린 신들의 흔적을 죽을 자들에게 가져"오는 것이다. 그러니까 시인들은 직접적으로 신적인 것에 대해 노래하는 것이 아니라, 온전함을 상실한 삶에 대해 노래함으로써 그것을 찾아 나서게 하는 역할을 한다. 하이데거는 "대상들을 앞에 세우는 표상작용의 내재로부터 마음의 공간 안에서의 현존(현재)에로 그 시선을 바꾸어 내면을 열어 밝히는" '상기'(Er-innerung)를 통해 사물들을 단순한 대상성으로부터 구출할 수 있을 것이라 말한 바 있다.[72]

앞서 정리한 것처럼, 김수영은 시의 존재로서 '힘'을 2) 현대를 넘어 '영원'과 접하게 해주는 것이자, 3) 외부에서 부과되는 감각이 아니라 내면에서 우러나오는 지성과 관련된 것으로 설명하였다. 김수영이 말

71 위의 책, 468~469쪽.
72 위의 책, 451쪽.

한 '영원'은 하이데거가 '구의 신성함'이라고 말한 존재론적 일자와 관련된 것으로 신의 존재와 관련된다. 시는 온전하지 않은 것을 노래함으로써 온전한 것의 흔적을 찾게 하여 신적인 것을 가까이 오게 한다. 하이데거가 '상기'를 통해 인간이 '열린 장' 속으로 들어갈 수 있게 된다고 한 것은, 김수영이 '힘'을 내면에서 우러나오는 지성이라고 본 것과 관련된다. 하이데거는 "우리가 내면적으로 보유하고 있는 것만을 우리는 본래적으로 외면적으로 안다"라고 말하면서, 이를 릴케의 '내면세계공간'(Weltinnenraum) 개념으로 설명한다. 이를 통해 4) '애수'를 넘어서게 하는 '힘'의 속성은 시인이 '상기'를 통해 사물을 단순한 대상성으로부터 구출해냄으로써 "온전함을 상실한 불행한 삶"에서 벗어나는 것과 관련지을 수 있다.

김수영이 '힘'의 속성을 시의 1) 현대성과 관련지은 것은 이런 점에서 이해된다. 김수영은 "제정신을 갖고 사는 사람이란 끊임없는 창조의 향상을 하면서 순간 속에 진리와 미(美)의 전신(全身)의 이행을 위탁하는 사람"이라고 말하면서 진리와 미를 아울러 이행하는 시인의 시인됨에 대해 말한 바 있다.[73] 시인이란 흘러가는 시간 속에서 지속되는 것으로서의 '영원'을 말함으로써 끊임없이 새로운 세계를 창조한다는 의미에서 시의 현대성을 창출해낸다. 이런 점에서 하이데거가 지적한 시인의 '궁핍한' 상태는 김수영에게는 시인이 '더욱더 모험적으로 모험'함으로써 창조적 생성에 이르게 할 수 있는 예술의 기반으로 설명된다. 하이데거가 사라져 버린 신들의 흔적을 찾아내야 할 사명을 지닌 인간의 존재론적 '궁핍성'을 비관하며 온전함을 상실한 상황을 불행한 것으로 치부하고 있는 것과 달리, 김수영은 영원한 진리가 없다는 사실을 자각하게 됨으로써 "끊임없는 창조의 향상"을 이룰 수 있다고 생각한다.

---

73 김수영, 「제 정신을 갖고 사는 사람은 없는가」(1966), 『김수영 전집』 2, 187쪽.

이들의 차이를 구체적으로 비교해보기 위해 하이데거가 분석 대상으로 삼고 있는 릴케의 「오르페우스에게 바치는 소네트」에 대한 해석을 비교해보겠다. 김수영의 글에서 「오르페우스에 바치는 송가」라는 제목으로 소개되고 있는 릴케의 「오르페우스에게 바치는 소네트」 제3장의 내용은 총2부로 구성된 이 작품에서 제1부의 3장에 해당한다.

> 노래는 욕망이 아니라는 것을 곧 알게 될 것이다. / 그것은 급기야는 손에 넣을 수 있는 사물에 대한 애걸(哀乞)이 아니라는 것을 알게 될 것이다. / 노래는 존재다. 신(神)으로서는 손쉬운 일이다. / 하지만 우리들은 언제 존재할 수 있겠는가? 그리고 우리들은 언제 / 신의 명령으로 대지와 성좌(星座)로 다시 돌아갈 수 있게 되겠는가? / 젊은이들이여, 그것은 뜨거운 첫사랑을 하면서 그대의 다문 입에 / 정열적인 목소리가 복받쳐오를 때가 아니다. 배워라 / 그대의 격한 노래를 잊어버리는 법을. 그것은 아무짝에도 소용 없는 것이다.
>
> — 「반시론」에서 인용된 「오르페우스에 바치는 송가」[74]

> 신은 할 수 있으리라. 허나 말해다오, 사람이 / 어떻게 그 좁은 현금을 통해 그를 따라갈 수 있으리? / 사람의 마음은 분열된 것. 두 마음의 길이 교차하는 곳에 / 아폴로의 신전은 서 있지 않다. // 당신이 가르쳐주는 노래는 욕망이 아니다. / 마침내 얻어 내는 구애도 아니다. / 노래는 존재. 신에게는 쉬우리라. / 허나 우리는 언제 〈존재하는가〉? 신은 언제 // 대지와 별들이 우리의 존재를 향하게 해줄 것인가? / 젊은이여, 네가 사랑을 하고, 그래서 목소리가 불쑥 나온다해도 / 그것은 아니다 — 네가 한 노래를 // 잊는 법을 배워야 한다. 그것은 흘러 사라진다. / 진실 속에서 노래하는 것, 그것은 다른 숨결이다. / 아무것도 원치 않는 숨결. 신 안에서의 나부

  74 위의 책, 413쪽.

낌. 바람이다.
— 「오르페우스에게 바치는 소네트」 제1부 3장[75]

김수영의 글에는 1연의 내용 전체와 마지막 연의 두 행 "진실 속에서 노래하는 것, 그것은 다른 숨결이다. / 아무 것도 원치 않는 숨결. 신 안에서의 나부낌. 바람이다."가 빠져 있다. 이러한 누락이 의도적인 것인지는 알 수 없다. 누락된 부분은 시 전체에서 중요한 의미를 담당하고 있을 뿐만 아니라 하이데거가 「릴케론」에서 마지막으로 인용하면서 설명하고 있는 구절이기도 하다. 「오르페우스에게 바치는 소네트」의 1연에서 릴케는 "사람의 마음은 분열된 것"이라고 노래하면서, 인간의 중간자적 한계를 노래한다. 이는 동물과 신 사이에서 분열된 인간의 존재성을 지적한 것이다. 릴케가 비가에서 노래한 인간의 비애의 근원이 바로 여기에 있다. 이와 같은 분열의 상태를 넘어서서 "현존"에 도달하기 위해서는 상기를 통해 '열린 장'에 들어가야 한다.

하지만 신에게는 쉬운 '노래'가 인간에게는 어렵기만 하다. 하이데거는 이를 "아무것도 원치 않는 숨결"이라는 구절과 관련지어 해석한다. 노래하는 것이 더 이상 무엇인가를 얻으려는 것으로 존재할 필요가 없고 오히려 현존재로 존재해야만 하는 한에서 노래는 어려운 것이다. 인간은 분열된 욕망의 눈으로 바라보지 않을 수 없다는 점에서, 사물을 있는 그대로 인식하기가 어렵다. 이에 그는 끊임없이 사물을 대상화하지 않을 수 없는 상황에 직면하게 된다. 대표적인 대상화의 도구가 바로 언어이다. 이에 대해 하이데거는 "스스로 의욕하는 인간은 어디에서나 사물들과 인간들을 대상적인 것으로서 계산한다"면서 진리에 다가서기 위해서는 평정된 시선으로 사물을 바라보는 것이 필요하다고 지

75   라이너 마리아 릴케, 『두이노의 비가』, 329~330쪽.

적한다. 이러한 주장에는 개체적 욕망을 부정하는 금욕주의적 측면이 나타나는데, 김수영이 릴케를 비롯한 예술가들을 '와선'의 자세와 관련지어 설명한 것은 이와 상통한다.

김수영은 "보오드렐[보들레르]은 자기의 시체는 남겨놓는데 릴케는 자기의 시체마저 미리 잡아먹는다. 그런데 릴케의 시체에는 적어도 머리카락 정도는 남아 있는 것 같은데 헨델의 시체에는 손톱도 발톱도 머리카락도 남아 있지 않다. 완전무결한 망각이다."[76]라고 릴케에 대해 설명한다. 그는 "우리나라에 수입된 릴케는 소녀 릴케는 많았지만 이런 깡패적인 릴케의 일면을 살려서 받아들인 사람은 거의 한 사람도 없었던 것 같다"[77]면서 릴케를 버르장머리 없는 깡패이자 폭군으로 이해한다. 김수영이 「미인」과 함께 「릴케론」의 내용을 반영해서 썼다고 언급한 「먼지」에도 "망각을 실현한 나를 발견한다"라는 구절이 등장한다.

김수영은 "진정한 시는 자기를 죽이고 타자가 되는 사랑의 작업이며 자세"이라며,[78] 자아를 망각하는 것을 '사랑'과 관련짓는다. 「'죽음과 사랑'의 대극은 시의 본수(本髓)」라는 글에서 김수영은 "죽음과 사랑을 대극에 놓고 시의 새로움이라는 것을 생각해 볼 때 시라는 것이 얼마만큼 새로운 것이고 얼마큼 낡은 것인가의 본질적인 묵계를 알 수 있다"[79]라면서, '죽음'과 '사랑'의 '싸움'이야말로 시의 새로움을 낳는 원동력으로 평가하기도 한다. 그는 대극적인 것을 통해 끊임없는 긴장을 불러일으킴으로써 설움이나 비애를 넘어설 수 있는 '힘'을 작동시킬 수 있음을 주장한다. 이러한 태도는 김수영이 하이데거의 「릴케론」과 대결하면서 쓴 것이라고 밝힌 다음 시에서도 확인된다.

천사의 허무주의

---

76 김수영, 「반시론」, 『김수영 전집』 2, 151~152쪽.
77 김수영, 「와선」(1968), 위의 책, 151쪽.
78 김수영, 「로터리의 꽃의 노이로제」, 위의 책, 201쪽.
192   79 김수영, 「'죽음과 사랑'의 대극은 시의 본수(本髓)」, 위의 책, 601쪽.

美人을 보고 좋다고들 하지만 / 美人은 자기 얼굴이 싫을거야 / 그렇지 않고야 미인일까 // 美人이면 미인일수록 그럴 것이니 / 미인과 앉은 방에선 무심코 / 따 놓는 방 문이나 창 문이 / 담배 연기만 내보내려는 것은 / 아니렷다

— 「미인」 전문[80]

김수영은 이 시가 자신의 경험에서 비롯된 것이라며 그 일화를 설명한다. 회식자리에서 Y여사라는 미인을 만나 담소를 나누고 있는데, 자신이 피운 연기가 자욱해지자 Y여사는 살며시 창문을 열어주었고, 자신 역시 그것을 보고 자기도 미안해져서 창문을 조금 더 열어놓았다는 것이다. 그러면서 김수영은 '미인'의 '아름다움'을 대극적인 것 사이에서 일어나는 긴장과 관련짓는다. '미인'은 자기 얼굴을 싫어하기 때문에 '미인'이라는 1연의 내용은, '미인'이란 자신의 아름다움에 취해 있거나 다른 이들의 미적 기준에 우왕좌왕하는 것이 아니라 오히려 자신이 아름답지 않다고 생각하는 데서 비롯한다고 보는 김수영의 생각을 담아낸 것이다. 2연으로 넘어가면 아름다움의 모순성은 성스러운 것으로 변용되는데, 이 과정에서 '미인'은 자욱해진 담배 연기를 성스러운 것으로 변화시키는 존재로 그려진다.

하이데거는 릴케의 시를 설명하며 온전한 존재로서의 '천사'를 노래함으로써 인간이 '온전하지 못한' 방식으로 세계를 인식하고 있음을 드러내는 것이 결국 '신들의 흔적'을 드러낼 수 있다고 하였다. 그런데 김수영은 릴케의 '천사'를 '미인'으로 변용시키면서 '아름다움'이란 '아름답지 않음'과의 긴장에서 발생하는 것으로 본다. 하이데거는 보호받지 못한 인간의 존재론적 비극성을 인식한 시인이 '그럼에도 불구하고' 시를

---

80 김수영, 『김수영 육필 시고 전집』, 458쪽.

쓰고 신의 흔적을 좇아야 한다며 사명을 강조한다. 이에 비해 김수영은 인간의 비극적 존재성이야말로 시인이 시를 창조할 수 있는 근원이라고 보았기 때문에, 지속적으로 그 비극성을 일깨우고 심지어는 그것을 '의욕해야' 한다고 본다. 이는 「미인」에서 스스로를 '아름답지 않다'고 생각하는 '미인'의 '아름다움'을 반어적으로 그려내면서, '아름답다'라는 개념 자체에 혼돈을 일으키는 방식으로 드러난다. 이에 따르면, '아름다움'은 고정된 표상을 지니는 것이 아니라 오히려 아름답지 않음과의 관계 속에서 발생하는 혼돈과 관련된다.

2) 탈아적(脫我的) 망각과 존재의 상승운동

김수영이 소위 '불온시' 논쟁에서 이어령이 불온성의 개념을 부당하게 좁혀 이해하거나 근본적으로 잘못 이해하고 있다고 한 것은 이러한 맥락에서 이해된다. 이어령과의 논쟁에서 김수영은 정치적 자유와 문학의 전위성이 분리 불가능할 정도로 밀착되어 있다는 점을 지적하며, 정치적 자유가 없는 사회에서는 문화 예술의 불온성이 허용되지 않는다는 점을 강도 높게 비판한다.[81] 김수영이 "모든 진정한 새로운 문학은 그것이 내향적인 것이 될 때는—즉 내적 자유를 추구하는 경우에는—기존의 문화 형식에 대한 위협이 되고, 외향적인 것이 될 때에는 기성 사회의 질서에 대한 불가피한 위협이 된다"고 주장한 데서 그가 시

---

81 이어령과의 논쟁 이후 김수영은 '사복'들에게 연행되는 일을 겪는다. 그는 이를 이어령과의 논쟁으로 인한 것이라고 짐작했으나, 이는 월북한 그의 동생 김수경과 관련된 연행으로 논쟁과는 무관했다. 하지만 김수영은 이 일로 인해 자신이 감시의 대상이 될 것이고 이로 인해 자신의 시나 산문에 대한 검열을 의식하지 않을 수 없게 되었음을 인식했다. 김수영이 '자유'에 민감할 수밖에 없었던 사정은 여기에서 연유한다.

의 불온성을 내적인 것과 외적인 것으로 나누고 있음을 알 수 있다.[82] 김수영의 「반시론」은 이어령과의 '불온성' 논쟁에서 그가 비판한 획일주의에 대한 비판으로, 이때 '반시'는 의식/무의식, 시/반시의 대립 혹은 결핍을 통해 획일적이고 고정되어 있는 시에 대한 관념에 혼란을 불러 일으키고 이를 통해 생성 혹은 운동을 일으키는 힘으로서의 부정성을 의미한다. 이와 같은 사유의 방식은 김수영의 대표적 시론인 「반시론」과 「시여, 침을 뱉어라」에도 나타난다.

> 그런데 여기에서 또 똑같은 말을 되풀이하게 되지만, 〈내용의 면에서 완전한 자유를 누리고 있다〉라는 말은 사실은 〈내용〉이 하는 말이 아니라 〈형식〉이 하는 혼잣말이다. 이 말은 밖에 대고 해서는 아니 될 말이다. 〈내용〉은 언제나 밖에다 대고 〈너무나 많은 자유가 없다〉는 말을 해야 한다. 그래야만 〈너무나 많은 자유가 있다〉는 〈형식〉을 정복할 수 있고, 그때에 비로소 하나의 작품이 간신히 성립된다. 〈내용〉은 언제나 밖에다 대고 〈너무나 많은 자유가 없다〉는 말을 계속해서 지껄여야 한다. 이것을 계속해서 지껄이는 것이 이를테면 38선을 뚫는 길이다.[83]

> 귀납과 연역, 내포와 외연, 비호(庇護)와 무비호, 유심론과 유물론, 과거와 미래, 남과 북, <u>시와 반시의 대극의 긴장. 무한한 순환. 원주의 확대.</u> 곡예와 곡예의 혈투. 뮤리얼 스파크와 스푸트니크의 싸움. 릴케와 브레히트의 싸움. 앨비와 보즈네센스키의 싸움. 더 큰 싸움, 더 큰 싸움, 더, 더, 더 큰 싸움……[84] (밑줄_인용자)

---

82 김수영, 「실험적인 문학과 정치적 자유－문예 시평, 〈오늘의 한국 문화를 위협하는 것〉을 읽고」, 『김수영 전집』 2, 220쪽.
83 김수영, 「시여, 침을 뱉어라」, 위의 책, 400쪽.
84 김수영, 「반시론」, 위의 책, 416쪽.

「시여, 침을 뱉어라」에서는 이것이 대지의 은폐와 세계의 개진, 의식과 예술성과 현실성 등의 대립항으로 제시된다. 그중에서도 대지의 은폐와 세계의 개진은 하이데거는 하이데거가 「예술작품의 근원」에서 예술과 진리의 관계를 설명하기 위해 사용한 개념이다.[85] 하이데거는 예술 작품이 하나의 세계를 건립함으로써 은폐성을 지니는 대지와 싸움이 벌어지는데, 이 투쟁이야말로 작품을 단순한 사물로부터 벗어나게 하여 '순수한 예술작품'으로 변모시킨다고 본다.[86] 위에 인용한 「반시론」에서 제시된 "비호(庇護)와 무비호"의 대립항 역시 하이데거가 말한 보호받는 존재(비호)와 보호받지 못한 존재(무비호)의 관계를 설명한 것으로,[87] 김수영이 하이데거의 시론을 적극적으로 차용하고 있음을 알 수 있다.

하지만 앞서 지적한 것과 같이 김수영의 시론은 하이데거의 시론과 일정한 차이를 지닌다. 이는 창조하는 행위에 대한 의욕을 어떻게 바라보느냐에 따라 발생한다. 하이데거가 "스스로 의욕하는 인간은 어

85 하이데거는 이 글에서 예술작품을 신성한 것을 모셔두는 사원에 비유하면서 "신전이란 작품은 거기(대지_인용자)에 서서 세계를 열어놓는 동시에 [대지의 품으로] 되돌아가 그 세계를 대지 위에 세운다"라며 예술 작품 속에서는 진리가 스스로를 열어 보이는 '탈은폐함'이 일어난다고 설명한다. 마르틴 하이데거, 「예술작품의 근원」, 『숲길』, 50쪽.

86 "진리가 환한 밝힘과 은닉 사이의 근원적 투쟁으로서 일어나는 한에서만, 대지는 세계를 솟아오르게 하고, 세계는 대지 위에 스스로 지반을 놓는다." 위의 책, 77쪽. 이런 점에서 하이데거 역시 대지와 세계의 대립을 상호보완적인 것으로 본다. "세계와 대지의 대립은 어떤 하나의 투쟁이다. 물론 우리는 투쟁의 본질을 반목과 불화와 혼동함으로써 결국 그것을 교란과 파괴로만 생각하며, 투쟁의 본질을 오인하는 경우가 너무나 흔히 있다. 그러나 본질적 투쟁 속에서는 투쟁하는 것들이 [서로를 파괴하는 대신에] 각자 서로의 상대가 자신의 본질을 스스로 주장할 수 있도록 치켜세운다." 위의 책, 67쪽.

87 마르틴 하이데거, 「가난한 시대의 시인」, 『시와 철학』, 소광희 역, 박영사, 1975, 252쪽.

디에서나 사물들과 인간들을 대상적인 것으로서 계산한다."면서 '의욕함'(Wollen)을 부정적으로 인식하는 것과 달리 김수영은 '의욕함'이 일으키는 긴장을 새로운 가치의 창조와 관련시킨다. 「시여, 침을 뱉어라」에서 김수영이 '내용'이 밖에다 대고 '너무나 많은 자유가 없다'라는 말을 해야 한다고 주장하는 것은 이러한 맥락에서 이해된다. '완전한 자유'를 말하는 형식에 맞서 내용은 '자유가 없다'고 말하며 긴장을 일으킨다. 이 긴장을 통해서만 '내용'은 '완전한 자유'를 누리고 있다고 말하면서 '형식'을 극복하고 '하나의 작품'을 만들어낼 수 있다. '의욕함'은 대극적인 것의 부정성, 즉 인간이 사물을 대상화할 수밖에 없다는 사실에서 비롯하는 근본적인 '부자유'를 상기시킴으로써 길들여지지 않고, 통제 불가능한 생성적·창조적 힘으로 작용한다.

「반시론」에서는 대립항이 귀납과 연역, 내포와 외연 등으로 확대된다. 이러한 대립항들은 그 자신의 고유한 부정성을 잃지 않고 "대극의 긴장"을 일으킴으로써 "무한한 순환"을 일으키며 "원주의 확대"를 가져온다. 이런 점에서 이 글에서 제시된 두 항의 관계는 니체가 『비극의 탄생』에서 말한 디오니소스적인 것과 아폴론적인 것의 관계와 유사하다. 세계를 설명하기 위해서는 두 항 가운데 특정한 항을 선택하지 않을 수 없다. 문제는 두 항 중의 하나를 선택하고 그것을 영원한 진리로 가정하는 태도에 의해 발생한다. 선택받지 못한 또 다른 항은 '진리'이지 않다는 점에서 폐기되어야 할 가치가 아니라 주체가 선택한 항을 진리로 상승시키기 위해 긴장을 불러일으키는 역할을 수행한다. 대극적인 것은 창조적 순환을 지속적으로 발생시키기 위해 상호 보완적인 작용을 해야 하며, 이를 통해 김수영이 "더 큰 싸움"이라고 표현한 고양된 존재로의 상승을 도모할 수 있다.

김수영에게 자아를 망각한다는 것은 하이데거처럼 자아를 무화시키는 것과는 거리가 있다. 그것은 오히려 '더 큰 싸움'을 견딜 수 있는 '더 큰 자아'가 되어야 한다는 차라투스트라적 명제와 관련된다. "진정, 나 백 개나 되는 영혼을 가로질러 나의 길을 걸어왔으며 백 개나 되는 요람과 해산의 고통을 겪어가며 나의 길을 걸어왔다"고 말한 차라투스트라는 "너희 삶에는 쓰디쓴 죽음이 허다하게 있어야 한다!"면서 덧없는 모든 것을 받아들이면서 이를 넘어설 수 있는 힘을 지닌 자가 되어야 한다고 강조했다.[88] 차라투스트라는 그러한 힘이 '더 큰 영혼'을 지니기 위한 의욕에서 비롯하는 것임을 말하며 "나의 의욕은 언제나 나를 해방시켜주는 자이자 기쁨을 전해주는 자로서 나를 찾아온다"라고 말한다. 하나의 '가상'으로서의 자아를 '죽이는' 것은 니체에게는 '가상' 자체를 부정하는 것을 의미하지 않는다. 그것은 모든 '가상'을 창조해낼 수 있는 힘을 지닌 '더 큰 자아'에 대한 의욕으로 나아가야 한다.

김수영의 '탈아적 망각'은 욕망에 사로잡혀 편향된 시각에서 사물을 바라보는 데서 벗어나 자기를 '죽이고' 존재의 심연을 인식하기 위한 것이다. 이를 통해 "타자가 되는" 사랑의 자세에 이를 수 있으며, 이는 타자를 자기 안에 품을 수 있는 '더 큰 영혼을 지닌 나'가 되는 과정으로 설명된다. 끊임없이 '모험'을 계속할 수밖에 없는 원초적 고통에서 인간이 영원히 구제될 수 없다는 사실을 비관한 하이데거와는 달리, 김수영은 '혼돈'을 의욕하면서 혼돈 자체를 긍정한다. 김수영은 '온몸'으로 시를 밀고 나갈 때 "무한대의 혼돈에의 접근"[89]이 가능하다면서, 혼돈을 생성을 위한 근원으로 본다. '온몸'은 정신과 육체의 이분법에 혼돈을 불러일으키며 '정신'과 '육체'를 새롭게 사유할 수 있는 '힘'을 불러일으킨다. 이는 니체가 위대함을 구현한 최고의 창조력을 갖춘 자에 대해 이야기한 바와 일치한다. 비극 예술가는 스스로 아름다움을 만들어

---

88 프리드리히 니체, 『차라투스트라는 이렇게 말했다』, 142쪽.
89 김수영, 「시여, 침을 뱉어라─힘으로서의 시의 존재」, 『김수영 전집』 2, 397쪽.

낼 힘을 가지고 있기 때문에 불완전한 것들까지도 취하여 그것들의 존재를 정당화해낼 힘을 갖는다. 김수영은 '대극적인 것'의 긴장을 자신의 시에 유지함으로써 비극 예술가가 지닌 창조의 '힘'을 구현하고자 했다.

김수영의 시를 해탈이나 득도, 달관의 관점으로 해석해온 연구들은 하이데거나 들뢰즈의 영향을 과도하게 평가하면서, 김수영이 대극적인 것의 긴장을 긍정하고 있음을 간과해왔다. 하지만 삶을 구원하는 형상들은 영원하고 파괴 불가능한 '존재'가 아니라 '생성'임을 주장한다는 점에서 김수영은 하이데거와 구분된다. 김수영은 자기를 망각하는 '해탈적 죽음'에 그치지 않고 이를 바탕으로 새로운 '자기'를 창조하는 존재의 상승운동을 추구했다. 김수영이 가치들 간의 위계를 설정하면서 더 높은 가치의 차원으로 상승해야 한다는 점을 이야기한다는 데서 그의 존재론은 들뢰즈와도 구분된다. 들뢰즈는 가치들 간의 위계를 인정하지 않는 다원주의의 관점에서 니체를 해석함으로써, 니체의 사상에 내재한 창조와 생성의 위계성을 파악하지 못했다. 니체에게는 존재냐 생성이냐, 창조냐 파괴냐가 중요한 것이 아니라 그것들이 힘의 넘침으로부터 나왔는지 결여로부터 나왔는지가 훨씬 중요하다. 존재 혹은 생성이 위대함을 향한 힘의 상승운동을 형성하는지가 관건인 것이다.[90]

김수영의 시를 '해탈'이나 '달관'에 주목하여 해석해온 연구들은 김수영 시에 나타난 부정과 긍정이 서로 다른 층위에서 작동하는 것임을 파악하지 못하고 있다. 대극적인 것의 긴장을 유지하며 대결하려는 자세가 '현대성'에 대한 추구로 나타난다면, 존재하는 모든 것을 긍정하며 부정성을 유지하려는 것조차 스스로의 의욕함과 연결 지음으로써 '온몸의 시학'이 탄생한다. 이런 점에서 김수영의 '온몸의 시학'은 편협한 관점에 대해 '노'를 말하면서 다른 많은 관점들을 자신 안에 포섭하며

---

90   김주휘, 「니체의 사유에서 영혼의 위계와 힘의 척도들」, 179쪽.

더 큰 관점을 지닌 위대한 존재에 이르고자 하는 '힘의 시학'을 의미한다. 니체는 인간이 끊임없이 자기를 극복해야 할 존재로서의 열망을 지니지 않는다면 새로운 가치를 창조해낼 수 없다고 보았다. 타자의 부정성을 '해탈'이나 '득도'로 무화시켜버려서는 타자의 부정성을 더 큰 차원에서 긍정하는 김수영 시학의 이중성을 제대로 파악하기 어렵다.

더 높은 자아에 대한 사랑으로서의 의욕함은 삶에 목적과 방향을 부여하며, 이것은 다시 사물들과 사건들을 평가하는 원리와 기준을 만들어내고 혼돈으로서의 삶에 질서를 부여한다.[91] 더 높은 자아는 편협한 '자아'의 틀을 깨고 가치창조자로서 새로운 공동체의 씨앗으로 거듭난다. 이런 점에서 개인의 존재론적 혁명은 공동체의 혁명에 대한 사유로 이어진다. 자기–창조하는 개인들은 사적 개인이 아니라 공동체의 역동성의 한 가운데 존재하는 개인들로 이해된다.[92] 이는 2장에서 분석한 이돈화와 유치환의 명제이기도 하였다. 이돈화는 현대 문명의 폐해를 비판하며 우주적 본질이 표현된 존재로서의 인간이 스스로의 잠재적 완전성을 자각하여 그 완전성을 실현하기 위해 분투·노력하면서 자기 자신을 우주와 자연, 사회로 확충해나가는 존재로 자리매김하였다.[93] 이와 같은 이돈화의 "'민족적 초인주의'는 유치환에게도 나타난다. 유치환은 "우주의 오의(奧義)인 영원한 생성을 결코 「나」라는 개체 위에서 풀이할 것이 아니라, 「나」란 인간의 전나무에 피어 달렸다 낙엽하기 마련인 한 이파리일 뿐 인간의 전나무는 결단코 죽는 것이 아니요, 영원한 생성(生成)을 향하여 쉼 없이 전진하고 있음"을 주장한 바 있다.[94]

---

91 김주휘, 「짜라투스트라의 '의욕하는 주체'에 대한 소고」, 『인문과학논총』 60, 2008, 254쪽.
92 위의 글, 240쪽.
93 허 수, 앞의 책, 256쪽.
94 유치환, 「무용의 사변」, 『청마 유치환 전집』 5, 244쪽.

김수영이 "시는 그림자에조차 의지하지 않는다. 시는 문화를 염두에 두지 않고, 민족을 염두에 두지 않고, 인류를 염두에 두지 않는다. 그러면서도 그것은 문화와 민족과 인류에 공헌하고 평화에 공헌한다. 바로 그처럼 형식은 내용이 되고 내용은 형식이 된다. 시는 온몸으로, 바로 온몸으로 밀고 나가는 것이다."라고 할 때, 그가 말하는 '온몸'은 의식과 무의식이 구분되지 않고 시인이 '시인'으로서의 자신을 망각하고 '인류'와 일체가 된 상태를 가리킨다. 김수영은 사회의 부정부패에 대해 야유하는 것보다 "내 영혼의 문제"가 더 급하다고 하면서, "진실을 추구하다 타고르의 시보다 더 따분한 시를 쓰게 되어도 좋을 것 같다"[95]고 고백하기도 하였다. 여기서 '영혼'의 문제와 사회 문제는 서로 분리된 것이 아니다. 더 큰 관점을 지닌 영혼으로 상승하기 위해 자기완성과 극복을 추구하는 과정에서 탄생한 개인은 공동체라는 나무에 맺힌 '열매'이자 미래적 공동체의 입법자로서의 '씨앗'이 된다. 김수영의 다음 시에 나타나는 '욕망'은 이러한 '의욕함'에 대한 사유를 보여준다.

욕망이여 입을 열어라 그 속에서/사랑을 발견하겠다 都市의 끝에/사그러져 가는 라디오의 재잘거리는 소리가/사랑처럼 들리고 그 소리가 지워지는/강이 흐르고 그 강 건너에 사랑하는/암흑이 있고 三월을 바라보는 마른나무들이/사랑의 봉오리는 준비하고 그 봉오리의/속삭임이 안개처럼 이는 저쪽에 쪽빛/산이//사랑의 기차가 지나갈 때 마다 우리들의/슬픔처럼 자라나고 도야지 우리의 밥찌끼/같은 서울의 등불을 무시한다/이제 가시밭, 넝쿨 장미의 기나긴 가시가지/까지도 사랑이다//왜 이렇게 벅차게 사랑의 숲은 밀려 닥치느냐/사랑의 음식이 사랑이라는 것을 알 때까지//난로 위에 끓어 오르는 주전자의 물이 아슬/아슬하게 넘지 않는 것처럼 사랑의 節度는/열렬하다/間斷도 사랑/이 방에서 저 방

95 김수영, 「이 일 저 일」, 『김수영 전집』 2, 81~82쪽.

으로 할머니가 계신 방에서 / 심부름하는 놈이 있는 방까지 죽음 같은 / 암흑속을 고양이의 반짝거리는 푸른 눈망울처럼 / 사랑이 이어져가는 밤을 안다 / 그리고 이 사랑을 만드는 기술을 안다 / 눈을 떴다 감는 기술—불란서혁명의 기술 / 최근 우리들이 四 · 一九에서 배운 기술 / 그러나 이제 우리들은 소리 내어 외치지 않는다 // 복사씨와 살구씨와 곶감씨의 아름다운 단단함이여 / 고요함과 사랑이 이루어놓은 폭풍의 간악한 신념이여 / 봄베이도 뉴욕도 서울도 마찬가지다 / 신념보다도 더 큰 / 내가 묻혀 사는 사랑의 위대한 도시에 비하면 / 너는 개미이냐

—「사랑의 변주곡」 부분[96]

이 시는 "욕망이여 입을 열어라"라는 구절로 시작된다. '욕망'은 그 뒤에서 이어서 제시되는 "라디오의 재잘거리는 소리" "지워지는 / 강" "마른 나무" 등은 사랑의 대상으로 변모한다. 김수영은 이를 '꽃'이 피어나기 직전의 봉오리에 비유한다. 사랑의 힘으로 편협한 관점에서 벗어난 시적 주체는 존재하는 모든 것을 긍정함으로써, 그것들에서 자신의 존재를 상승시킬 '사랑'을 발견해낸다. "사랑의 음식이 사랑"이라는 구절은 사물에서 사랑을 발견함으로써 자신의 존재를 상승시키는 사랑을 얻게 되는, 원인이자 결과로서의 사랑의 성격을 보여준다. 여기서 사랑은 부정보다 더 높은 차원에서 작동하는 긍정을 의미하는 것으로, 이를 통해 부정까지 포함하여 모든 존재를 긍정할 수 있게 된다. 반동적인 것의 영원회귀마저 긍정할 수 있는 더 높은 자아로 상승하기 위한 '혁명'에 대한 욕망('의욕함')이 바로 사랑인 것이다.

이러한 점에서 김수영이 말하는 '욕망'은 공동체적 차원으로 확산되어 공동체를 완성시키고자 하는 '사랑을 만드는 기술'로 이어진다. 더

96 김수영, 『김수영 육필 시고 전집』, 570~572쪽.

높은 자아에 대한 사랑은 그가 속한 공동체를 더 나은 것으로 고양시키고자 하는 욕망이기도 하기 때문이다. 김수영은 이러한 사랑의 가능성을 프랑스 혁명과 4·19혁명에서 발견한다. 이 시에서 '혁명'의 기술로서의 사랑이 열매의 씨앗에 비유되는 것은 앞서 설명한 개인과 공동체의 관계에 대한 니체의 비유를 상기시킨다. 혁명은 사랑에 의해 공동체가 완성된 상태에 이르렀음을 보여주는 것이자 미래의 공동체를 위한 가치의 입법자로서의 역할을 한다는 점에서 '씨앗'에 비유된다. 시적 주체는 스스로를 "사랑의 위대한 도시"에 묻혀 사는 '위대한' 존재에, 이와 달리 공동체적 실천으로서 '사랑'에 이르지 못한 원자적 개인을 '개미'에 비유한다.

김수영은 "4·19를 경계로 해서 그 이전의 10년 동안을 모더니즘의 도량기"이며, "그 후의 10년간을 소위 참여시의 그것"이라고 말하며 자신의 시의 변모과정을 설명할 정도로,[97] 혁명이 자신의 시 세계에 결정적 영향을 미친 것으로 평가한다. 그런데 4·19혁명 직후 5·16군사 쿠데타(1961.5)가 일어나는 등 당시 4·19혁명이 '실패'한 혁명으로 인식되었다는 사실을 떠올려보면, 이와 같은 의미 부여는 이해하기 어렵다. 김수영 자신도 「그 방을 생각하며」(1960)에서 "혁명은 안 되고 나는 방만 바꾸어버렸다"라며 자기의 무력함을 고백한 바 있다. 과연 그는 어떠한 계기를 통해 4·19혁명을 '사랑의 기술'과 연결시키며 재인식하게 된 것일까.

---

97 김수영, 『김수영 전집』 2, 389쪽.

4. '혁명'의 기술과 사랑의 수동성

1) 혁명의 체험과 시적 순간의 도래

김수영이 모더니티에 대해 강박증에 가까울 정도로 집착하며 '현대성의 정신'에 관심을 두었던 것은 이것이 "근대화의 〈병균〉"[98]이라 할 수 있는 "획일주의"에서 벗어날 수 있는 길을 제공해주기 때문이다. 김수영은 냉전 이데올로기와 경제적 성장이 강요되는 획일주의적 사회 분위기를 비판하며, "복지사회란 경제적인 조건만으로 되는 것이 아니고 영혼의 탐구가 상식이 되는 사회이어야만" 한다고 보았다.[99] 시는 이와 같은 상황에 대해 문제를 제기하며 "문화의 본질적 근원을 발표시키는 누룩의 역할"을 해야 한다.[100]

이와 같은 맥락에서 김수영은 4·19 직후 쓴 글에서 "두말할 나위도 없이 혁명이란 위대한 창조적 추진력의 부본(複本, counterpart)"[101]이라고 하면서, 혁명을 창조의 계기로 보았다. 이를 통해 알 수 있듯, 김수영에게 미학적 급진성과 정치적 급진성은 분리된 사안이 아니었을뿐더러, 이를 분리된 것으로 보는 문화적 후진성을 "우리는 아직도 문학 이전에 있다"[102]면서 강력히 비판하였다.

---

98 김수영, 「무허가 이발소」, 위의 책, 147쪽.
99 김수영, 「독자의 불신임」, 위의 책, 159쪽. 김수영은 여기서 자신이 말하는 영혼이란, "유심주의자들이 고집하는 협소한 영혼이 아니라" "현대시가 취급할 수 있는 변이하는 20세기 사회의 제 현상을 포함 내지 망총(網總)"할 수 있는 개념이라면서, 이를 4·19혁명에 대한 작품들이 반향을 일으키지 못하는 이유를 "영혼의 교류"를 느끼지 못하고 있기 때문이라고 지적한다.
100 김수영, 「시여, 침을 뱉어라」, 위의 책, 403쪽.
101 김수영, 「일기초(抄)2 –1960.6~1961.5」, 위의 책, 494쪽.
102 김수영, 「마리서사」, 위의 책, 110쪽.

김수영은 획일적으로 동일한 것을 반복할 뿐 새로운 것을 생성하지 못하는 근대문명과 역사의 불모성을 비판하며, 전통에 대한 사유를 발전시켰다. 박일영을 통해 몰락하는 것에서 아름다움을 발견하는 자세에서 어떠한 '혁명성'을 발견하였던 김수영은 전통을 낡고 타파해야 하는 것이나 계승해야 하는 것으로 보는 관점에서 벗어나 시적 혁명과 존재론적 혁명을 일치시키는 혁명의 기술을 연습하였다. 김수영이 전통을 긍정하는 것은 그것 자체에 긍정적 속성이 있기 때문이 아니다. 「더러운 향로」(1954)에서 "더러운 것 중에도 가장 더러운/썩은 것"으로서 나타나는 전통은 일상적 삶을 의미하는 것이기도 하다. 낡아져가는 전통은 인간이 시간과의 싸움에서 패배할 수밖에 없음을 보여준다. 첨단을 달리던 문명도 결국에는 낡은 유행으로 뒤처질 수밖에 없다는 데서 설움이 발생한다. 그런데 김수영은 그러한 전통을 긍정하며 사라져가는 것들의 아름다움에 대해 노래한다.

이러한 태도는 인간의 사소하고 구질구질한 일상의 배후를 이루는 거대한 흐름으로서의 존재에 대한 긍정으로 이어진다.

> 전통은 아무리 더러운 전통이라도 좋다 나는 광화문/네거리에서 시구문의 진창을 연상하고 인환(寅煥)네/처갓집 옆의 지금은 매립한 개울에서 아낙네들이/양잿물 솥에 불을 지피며 빨래하던 시절을 생각하고/이 우울한 시대를 파라다이스처럼 생각한다/버드 비숍 여사를 안 뒤부터는 썩어빠진 대한민국이/괴롭지 않다 오히려 황송하다 역사는 아무리/더러운 역사라도 좋다/진창은 아무리 더러운 진창이라도 좋다/나에게 놋주발보다도 더 쨍쨍 울리는 추억이/있는 한 인간은 영원하고 사랑도 그렇다/비숍 여사와 연애를 하고 있는 동안에는 진보주의자와/사회주의자는 네에미 씹이다 통일도 중립도 개좆이다/은밀도 심오도 학구도 체면도 인습도 치안국/으로 가라 동양척식회사, 일본영사관, 대한민국관리/아이스크림은 미국놈 좆대강이나 빨아라 그러나/요강, 망건, 장

죽, 種苗商, 장전, 구리개 약방, 신전, / 피혁점, 곰보, 애꾸, 애 못
낳는 여자, 무식쟁이, / 이 모든 無數한 反動이 좋다 / 이 땅에 발을
부치기 위해서는 — 第三人道橋의 물 속에 박은 鐵筋 기둥도 내가
내 땅에 / 박는 거대한 뿌리에 비하면 좀벌레의 솜털 / 내가 내 땅에
박는 거대한 뿌리에 비하면 // 怪奇映畵의 맘모스를 연상시키는 / 까
치도 까마귀도 응접을 못하는 시꺼먼 가지를 가진 / 나도 감히 想像
을 못하는 거대한 거대한 뿌리에 비하면……

— 「거대한 뿌리」 부분[103]

이 시가 이사벨 버드 비숍(Isabel Bird Bishop)의 『한국과 그 이웃 나라
들(Korea and Her Neighbors)』(1897)을 읽고 쓴 것이라는 점은 이미 여
러 차례 지적된 바 있다.[104] 비숍은 19세기 말의 한국사회를 미개한 동
양의 전형으로 묘사했다는 평가를 받는다. 2연에서 비숍 여사가 한국
에 대해 묘사한 내용을 언급한 데 이어 "전통은 아무리 더러운 전통이
라도 좋다"라며 전통을 무조건적으로 긍정하는 선언이 나온다. 이러한
선언은 김수영의 다른 글들과 마찬가지로 이중적으로 반어적인 의미를
가진다. 우선 이 전통들은 공식적 역사에 기록되기 힘든, 이 시의 표현
에 따르자면 '더러운 전통'으로, 그런 의미에서 이를 '계승'해야 할 전통
이라고 볼 수 없다. 이러한 김수영의 태도는 전통의 선별을 통해 단절
할 것과 계승할 것을 구분 지었던 당시의 전통론과 구분된다. 1950년대
중반 전통 단절이나 계승이냐는 지루한 논쟁을 반복했던 전통론자들이
나 저항정신, 주체성, 현실의식 등을 강조하며 복고적 전통과 현실 비
판적 전통을 구분해야 한다고 주장한 정병욱, 최일수 등을 비롯해 전통

---

103 김수영, 『김수영 육필 시고 전집』, 363~364쪽.

104 최동호, 「김수영의 시적 변증법과 전통의 뿌리」, 김승희 편, 『김수영 다시 읽
　　 기』, 프레스21, 2000, 78쪽; 박연희, 「김수영의 전통 인식과 자유주의 재론 —
　　 「거대한 뿌리」(1964)를 중심으로」, 『상허학보』, 2011, 222쪽.

은 현재를 위해 동원되어야 하는 수단으로 사유되었다.

그런데 비숍 여사가 쓴 기행문을 읽으며 김수영은 전통을 '일상적 삶'의 차원에서 인식하게 된다. 비숍 여사가 쓴 기행문에 적혀 있는 내용이란, "인경전의 종소리가 울리면 장안의/남자들이 모조리 사라지고 갑자기 부녀자의 세계로/화하는 극적인 서울"의 모습이나 "심야에는 여자는 사라지고 남자가 다시 오입을 하러/활보하"는 지극히 일상적인 풍경들이다. 전통이란 이와 같이 과거에 너무나 당연하게 반복되었을 장면들에 다름 아니다. 이에 비하면 진보주의자나 사회주의자들이 주장하는 이데올로기나 "은밀도 심오도 학구도 체면도 인습"은 새로운 문화를 창조해내지 못하고 획일주의에 갇혀 있는 혁명과는 무관한 산물들일 따름이다. 전통을 이데올로기적 관점에서 사유하는 자들 역시 획일주의에서 벗어나지 못한다. 계승해야 하는 전통과 부정해야 할 전통을 임의적으로 구분함으로써 이질적인 전통들은 배제되고 획일적인 문화만 재생산될 가능성이 있기 때문이다.

이런 점에서 삶에서 부정되었던 면들조차 필연적이고 의미 있고 영원히 회귀하기를 원할 정도로 가치 있다고 인정하려는 "긍정의 연습"이 요청된다. 살아 있는 인간은 항상 고통받는 인간이며 고통에 대한 긍정이 삶의 기본 특성이라는 니체적 명제는 김수영에게 불완전한 전통까지도 '거대한 뿌리'로 긍정하는 자세로 나타난다. 위 시에서 "요강, 망건, 장죽, 種苗商, 장전, 구리개 약방, 신전,/피혁점, 곰보, 애꾸, 애 못 낳는 여자, 무식쟁이"와 같이 타파해야 할 전통으로 분류되는 "무수한 반동"들이야말로 끊임없이 변화해가는 일상의 혁명성을 증명하는 대상들로서 삶에 대한 사랑을 불러일으킨다. 이와 같은 "무수한 반동"들이 상기시키는 것은 태양 아래 영원한 것은 없다는 현대성의 명제이다. 영원한 것은 이 세계가 언제까지나 생성과 소멸을 반복한다는 것으로, 자기 극복과 창조를 위해 부정되어야 할 "무수한 반동"이 있다는 사실이야말로 창조력의 긍정성을 보증한다.

　김수영은 결핍되거나 부재한 것 자체를 긍정하는 것이 아니라 그것을 통해 새로운 창조가 일어난다는 점을 긍정한다. 이와 같은 긍정의 자세는 니체에 의해 "있는 것은 아무것도 버릴 것이 없으며, 없어도 좋은 것이란 없다"(『이 사람을 보라』)라는 명제로 정리된바, 가장 큰 고통까지도 받아들이며 자신과 운명에 자유롭게 머물게 하는 운명애(amor fati)로 나아간다. 운명에 대한 사랑은 "우리 자신이 갖는 창조적 에너지를 거스르거나 억제하지 않고, 오히려 창조적으로 우리의 운명을 결정하며, 이렇게 결정된 우리의 운명을 긍정하는 것"을 의미한다.[105] 니체는 『우상의 황혼』에서 "자신의 최고 유형의 희생을 통해 제 고유의 무한성에 환희를 느끼는 삶에의 의지—이것을 나는 디오니소스적이라고 불렀으며, 비극시인의 심리에 이르는 다리로 파악했다."[106]면서 디오니소스적 긍정을 생성의 원리로 지목하고 있다. 다음은 이와 관련된 『차라투스트라는 이렇게 말했다』의 한 단락이다.

　　　—가장 긴 사다리를 갖고 있으며 가장 깊은 심연까지 내려갈 수 있는 영혼, / 자기의 내면으로 더없이 뛰어들고, 그 속에서 방황하며 배회할 만큼 더 없이 포괄적인 영혼. / 기쁜 나머지 우연 속으로 추락하는 가장 필연적인 영혼, / 생성 속으로 존재하는 영혼, 의욕과 요구 속으로 가기를 원하는 존재하는 영혼— / 스스로에게서 도망치고, 더 없이 큰 원환 안에서 자기를 따라잡는 영혼, / 어리석음이 가장 달콤하게 말을 거는 더없이 현명한 영혼, / 내부의 모든 것이 흐름과 역류, 썰물과 밀물을 지니고 있는 자기 자신을 가장 사랑

105　백승영, 앞의 책, 111쪽.
106　프리드리히 니체, 『바그너의 경우·우상의 황혼·안티크리스트·이 사람을 보라·디오니소스 송가·니체 대 바그너』, 203쪽.

니체는 『이 사람을 보라』에서 이 구절을 인용하며 "이것은 디오니소스 개념 그 자체"라고 설명한다. 가장 무거운 운명을 짊어지고 가장 높은 곳에 이를 수 있는 사다리를 가지고 있으며 동시에 가장 깊은 심연까지 내려갈 수 있는 영혼을 지닌 자를 요청하였다. 그는 그 자신을 극복하기 위해 "스스로에게서 도망치고, 더 없이 큰 원환 안에서" 마침내 자기를 따라잡는다. 더 높은 차원으로 상승하기 위해 방황하고 배회하기를 두려워하지 않는 이 영혼에게서 니체는 어리석음과 현명함을 동시에 발견한다. 이 어리석은 현명함을 지닌 영혼은 "자기 자신"에 대한 사랑을 통해 존재론적 비애를 넘어 비가를 송가로 전환시키는 긍정의 힘을 발산한다. 김수영이 혁명에 대한 사유를 통해 전개하고자 한 주체성의 양태 역시 이와 관련된다. 김수영은 획일주의에서 벗어나 새로운 문화를 창조하기 위해 삶에 대한 사랑에서 비롯하는 긍정의 자세를 추구하였다.

김수영이 말하는 '혁명'은 니체가 "삶에의 의지"라고 표현한 삶에 대한 사랑을 통해 파괴에서조차 생성의 기쁨을 발견하는 더 높은 영혼으로의 상승과 관련된다. 이는 4·19혁명에 대한 김수영의 평가에도 적용된다. 4·19혁명은 김수영에게 시적인 혁명이기도 하였다.

> 형, 나는 형이 지금 얼마큼 변했는지 모르지만 역시 나의 머릿속에 있는 형은 누구보다도 시를 잘 알고 있는 형이오. 나는 아직까지도 〈시를 안다는 것〉보다도 더 큰 재산을 모르오. 시를 안다는 것

---

107 프리드리히 니체, 『차라투스트라는 이렇게 말했다』, 344~345쪽; 프리드리히 니체, 『바그너의 경우·우상의 황혼·안티크리스트·이 사람을 보라·디오니소스 송가·니체 대 바그너』, 430~431쪽.

은 전부를 아는 것이기 때문이오. 그렇지 않소? 그러니까 우리들끼리라면 〈통일〉같은 것도 아무 문젯거리가 되지 않을 것이오. 사실 4 · 19때 나는 하늘과 땅 사이에서 '통일'을 느꼈소. 이 '느꼈다'는 것은 정말 느껴본 일이 없는 사람이면 그 위대성을 모를 것이소. 그 때는 정말 '남'도 '북'도 없고 '미국'도 '소련'도 아무 두려울 것이 없습니다. 하늘과 땅 사이가 온통 '자유독립' 그것뿐입디다. 헐벗고 굶주린 사람들이 그처럼 아름다워 보일 수가 있습디까! 나의 온몸에는 티끌만한 허위도 없습니다. 그러니까 나의 몸은 전부가 바로 '주장'입디다. '자유'입디다…… 108)

말하자면 혁명은 상대적 완전을, 그러나 시는 절대적 완전을 수행하는 게 아닌가.

그러면 현대에 있어서 혁명을 방조 혹은 동조하는 시는 무엇인가. 그것은 상대적 완전을 수행하는 혁명을 절대적 완전에까지 승화시키는 혹은 승화시켜 보이는 역할을 하는 것이 아닌가.

여하튼 혁명가와 시인은 구제를 받을지 모르지만, 혁명은 없다.109)

위의 글에서 김수영은 혁명을 형이상학적인 차원에서 사유하고 있다. 그가 시와 혁명을 동일시할 수 있었던 까닭은 여기에 있다. 김수영은 혁명의 체험을 통해 성과 속이 일치되는 순간을 확인하고 성스러운 시간으로서 시적 순간을 감각한다. 이를 통해 혁명은 역사적 사건이 아닌 실존적 사건으로 의미화 된다. 4 · 19혁명은 '자유'나 '주장' 등의 이념이 현실로서 출현하는 '통일'을 체험하게 해주었다. 그는 혁명을 '아는' 것이 아니라 '느끼는' 것의 차원으로 감각하는 것이 중요하다고 생각했다. '아는' 것은 혁명을 온몸으로 체험하게 해주지 못한다. 지식은

---

108 김수영, 「저 하늘 열릴 때」, 『김수영 전집』 2, 163쪽.
109 김수영, 「일기초(抄)2 – 1960.6~1961.5」, 위의 책, 495쪽.

'혁명'을 표상으로 만들어버리고 말 뿐이지만, 감각은 그것은 주체의 내부로 옮겨와 세계와 주체가 하나가 되는 통일을 경험하게 한다. 이런 점에서 혁명은 동시성의 체험이라 할 수 있다.

김수영에게 4·19혁명은 종교적인 체험이었다. 성스러움이 세속적인 것의 '바깥'에 존재하는 것이 아니라 그 안에 내재해 있으리라는 그의 믿음을 4·19는 확인시켜주었다. 이를 통해 그는 세계와의 일체감을 확인하고 성스러운 것과 멀어지고 있다는 자각에 의해 발생하는 설움을 극복할 수 있게 된다. 김수영은 '시'는 종교적인 대상으로, 그는 시를 통해 성스러운 것에 다가가려 하였다. 세속적인 시간을 뚫고 불현듯 솟아오르는 시적 영감은 혁명의 순간과도 같이 자유와 사랑을 온몸으로 경험하게 해주었다. 이에 그는 「일기초2」에서 시가 혁명을 방조하거나 동조하는 데 그쳐서는 안 된다고 주장한다. 이는 오히려 혁명을 불가능하게 하며 '상대적 완전'에 불과한 혁명을 '절대적 완전'인 것처럼 호도하는 역할을 할 뿐이다. 시는 '절대적 완전'으로서 혁명 그 자체가 되어야 한다.

혁명은 개별 '혁명가'나 '시인'을 위대하게 만드는 것이 아니라 "헐벗고 굶주린 사람들"과 같이 혁명 이전에는 인간 취급조차 받지 못했던 이들마저도 위대하게 만드는 것이어야 한다. 혁명은 인간 전체에 대한 긍정에 이르러 인간 존재의 성스러움을 드러나게 해야 한다. 그런 점에서 혁명은 세속적인 시간이 정지한 시간이라 할 수 있다. 김수영은 "역사 안에 산다는 건 어렵다"[110]라면서 역사에 대한 부정적 견해를 밝힌 바 있다. 이는 시인이 '언어 안에 산다는 건 어렵다'라고 말할 수밖에 없는 맥락을 상기시킨다. 자신에게 주어진 언어의 한계 내에서 새로운 시를 창작해야 하는 고통을 시인은 숙명론적으로 받아들여야 한다. 하지

---

110 위의 글, 506쪽.

만 시인은 언어를 가지고 유희함으로써 시적 순간을 도래시킨다. 하이데거가 '모험'의 속성 가운데 "놀이의 진행 속으로 가져오다"[111]가 있음을 설명한 것 역시 이와 관련된 것으로 보인다.

시인은 언어를 통해 대지로 은폐되는 속성을 지닌 '존재'를 현현시킨다. 대지의 은폐성을 정지시킴으로써 세계를 개진하는 것이다. 마찬가지로 김수영에게 혁명은 역사를 정지시키고 신적인 시간을 도래시키는 것으로 나타난다.

> 시금치 밭에 거름을 뿌려서 파리가 들끓고/이틀째 흐린 가을 날은 무더웁기만 해/가까운 데서 나는 人聲도 옛날 이야기처럼/멀리만 들리고/눈은 왜 이리 소경처럼 어두워만 지나/먼 데로 던지는 汽笛소리는/하늘 끝을 때리고 돌아오는 고무공/그리운 것은 내 귓전에 붙어 있는 보이지 않는 젤라틴지紙/―나에게 남아 있는 유일한 재산처럼/外界의 소리를 濾過하고 彩色해서/宿題처럼 나를 괴롭히고 보호한다//머리가 누렇게 까진 땅 주인은 어디로 갔나/여름저녁을 어울리지 않는 지팽이를 들고/異邦人처럼 산책하던 땅주인은/―나도 필경 그처럼 보이지 않는 누구인가를/항시 괴롭히고 있는 보이지 않는 拷問人/時代의 宿命이여/宿命의 超現實이여/나의 生活의 定數는 어디에 있나//혼미하는 아내며/날이 갈수록 간격이 생기는 骨肉들이며/새가 아직 모여들 시간이 못 된 늙은 포플러나무며/소리 없이 나를 괴롭히는/그들은 神의 拷問人인가/―어른이 못 되는 나를 탓하는/구슬픈 어른들/나에게 彷徨할 시간을 다오/不滿足의 物像을 다오/두부를 엉기게 하는 따뜻한 불도/졸고 있는 잡초도/이 無感覺의 悲哀가 없이는 죽은 것//술 취한 듯한 동내아이들의 喊聲/미처 돌아 가는 歷史의 반복/나무 뿌리를 울리는 神의 발자죽 소리/가난한 沈默/자꾸 어두워가는 白晝의 活劇/밤 보다 더 더 어두운 낮의 마음/時間을

111 마르틴 하이데거, 앞의 책, 413쪽.

잊은 마음의 勝利 / 幻想이 幻想을 이기는 時間 / -大時間은 결국
쉬는 時間

— 「長詩(二)」 전문[112]

이 시에도 여전히 일상적 삶으로 인한 비애가 나타난다. 1연에서 더
워지기만 하는 날씨와 들끓는 파리가 있는 풍경 속에서 시적 주체는 사
람들의 목소리마저도 아련하게 멀어지는 것처럼 피로에 빠져 있다. 그
는 자신의 늙어감을 소경처럼 어두워지는 눈을 통해 확인한다. 하지만
시적 주체는 그가 죽는 날까지 해야 할 일이 있음을 상기한다. 가령 "보
이지 않는 젤라틴지"는 시인으로서의 소명을 상기시키는 사물이다. 여
전히 자신이 써야 할 시가 있다는 사실, 그것이 하늘에 가 닿았다고 되
돌아오는 고무공과 같은 반복일지라도, 시인으로서의 소명을 가지고
있음으로써 그는 세계로부터 '보호'받는다. 2연에서 집주인은 그가 세
속적인 세계로부터 초월하지 않았음을 확인시켜주는 존재다.

이를 통해 그는 살아가는 동안에는 서로에게 얽매여 살아갈 수밖에
없다는 것을 숙명으로 받아들인다. 비애가 없는 상태는 죽음에 이르러
서야 가능하기 때문이다. 이에 숙명적으로 주어진 삶의 비애를 김수영
은 부정하지 않는다. 다만 시인은 그 비극적 세계 안에서 "불만족의 물
상"을 시적 대상으로 변용시키는 작업을 해나가야 할 뿐이다. 그리하여
3연에서 두부를 엉기게 하기 위해 군불을 지피듯이 시적 주체는 설움
가득한 일상적 삶에서 시적인 순간을 솟아오르게 하는 작업을 시작한
다. 그것은 "미쳐 돌아가는 역사의 반복"을 쉬게 하고 "신의 발자국 소
리"를 울리는 것으로 그려진다. 일상을 잠시 정지시키고 거기에 내재되
어 있는 시적 순간을 끄집어내는 것을 통해 설움마저 긍정될 수 있다.

---

112 김수영, 『김수영 육필 시고 전집』, 332~334쪽.

역사의 "쉬는 시간"을 맞아 거기에 내재되어 있는 성스러운 시간으로서 "대시간"이 도래한다. 혁명은 이러한 "대시간"을 도래하게 하는, 역사의 쉬는 시간에 다름 아니다. 김수영은 역사의 시간을 정지시키는 위대한 부정을 통해 시적 순간, 신적인 시간에 대한 긍정에 도달한다.

2) '대자연의 법칙'으로서의 운명애

김수영이 말하는 '혁명'은 역사의 절대적 종말을 기대하는 유대-그리스도교의 종말론을 계승한 마르크스주의 역사관과는 구분된다. 그는 마르크스와는 달리 세계의 존재론적 상태를 변화시킬 사명을 짊어지고 수난을 당하는 의인(義人)의 구원자적 역할을 언급하지 않는다.[113] 김수영에게 '혁명'은 자신 안에 혁명을 일으킬 힘이 내재되어 있다는 것을 깨닫고 '역사'를 중지시키는 것으로서 의미를 지닌다. 이를 통해 4 · 19 혁명의 의의는 재발견되며 미완성으로서의 혁명을 완수해내는 이행의 작업이 요청된다.

> 詩를 쓰는 마음으로/꽃을 꺾는 마음으로/자는 아이의 고운 숨소리를 듣는 마음으로/죽은 옛 戀人을 찾는 마음으로/잊어버린 길을 다시 찾은 반가운 마음으로/우리가 찾은 革命을 마지막까지 이룩하자//물이 흘러가는 달이 솟아나는/평범한 大自然의 法則을 본 받아/어리석을 만치 素朴하게 성취한/우리들의 革命을/배

---

113 "마르크스는 유대-그리스도교적 메시아주의 이데올로기를 이 존경할 만한 신화에 덧붙였다. 그것은 한편으로 그가 프롤레타리아트에게 부여한 예언자적 역할과 구원자적 기능, 다른 한편으로, 그리스도와 반그리스도 간의 묵시록적 투쟁 및 거기에 이어지는 그리스도의 완전한 승리에 비유될 수 있는 선과 악 사이의 최종적 결투를 생각해보면 알 수 있다."(미르치아 엘리아데, 『성과 속』, 185쪽)

암에게 쐐기에게 쥐에게 살쾡이에게／진드기에게 악어에게 표범에게 승냥이에게／늑대에게 고슴도치에게 여우에게 수리에게 빈대에게／닿치지 않고 깎이지 않고 물리지 않고 더럽히지 않게／／그러나 쟝글 보다도 더 험하고／소용돌이보다도 더 어지럽고 海底보다도 더 깊게／아직까지도 부패와 부정과 殺人者와 强盜가 남아 있는 社會／이 深淵이나 砂漠이나 山岳보다도／더 어려운 社會를 넘어서／／이번에는 우리가 배암이 되고 쐐기가 되드라도／이번에는 우리가 쥐가 뒤고 살쾡이가 되고 진드기가 되드라도／이번에는 우리가 악어가 되고 표범이 되고 승냥이가 되고 늑대가 되드라도／이번에는 우리가 고슴도치가 되고 여우가 되고 수리가 되고 빈대가 되드라도／아마 슬프게도 슬프게도 이번에는 우리가 革命이 성취하는 마지막 날에는／그런 사나운 추잡한 놈이 되고 말드라도／／나의 晶있는 몸의 억천만개의 털구멍에／罪라는 罪가 가시같이 박히어도／그야 솜털만치도 아프지는 않으려니／／詩를 쓰는 마음으로／꽃을 꺾는 마음으로／자는 아이의 고운 숨소리를 듣는 마음으로／죽은 옛 戀人을 찾는 마음으로／잊어버린 길을 다시 찾은 반가운 마음으로／우리가 찾은 革命을 마지막까지 이룩하자

　　　　　　　　　　─「기도─4·19 순국학도 위령제에
　　　　　　　　　　부치는 노래」 부분[114](밑줄_인용자)

이 시는 신동엽의「껍데기는 가라」[115]와 함께『4월혁명기념전집』에 실렸다. 김수영은 신동엽의 시에 대해 "신동엽의 이 시에는 우리가 오늘날 참여시에서 바라는 최소한의 모든 것이 들어 있다. 강인한 참여 의식이 깔려 있고, 시적 경제를 할 줄 아는 기술이 숨어 있고, 세계적 발언을 할 줄 아는 지성이 숨쉬고 있고, 죽음의 음악이 울리고 있다."[116]라고 평가한다. 신동엽의 시에 나타나는 "〈동학〉, 〈후고구려〉, 〈삼한(三

114　김수영,『김수영 육필 시고 전집』, 603~604쪽.
115　신경림 편,『4월혁명기념시전집』, 학민사, 1983, 18쪽.
116　김수영,「참여시의 정리」,『김수영 전집』2, 394~395쪽.

韓)〉 같은 그의 고대에의 귀의는 예이츠의 〈비잔티움〉을 연상시키는 어떤 민족의 정신적 박명(薄命) 같은 것을 암시"하며, 그러면서도 "서정주의 〈신라〉에의 도피와는 전혀 다른 미래에의 비전과의 연관성을 제시"해준다는 것이다.

김수영의 「기도」 역시 혁명을 "대자연의 법칙을 본 받아" 성취한 것으로 본다. 이 혁명은 심연이나 사막보다도 더 어려운 "사회"를 넘어서 이뤄진다. 혁명이 사회를 넘어서 이뤄지는 것으로, 혁명이 일어나는 동안 인간은 동물적인 본능을 드러내게 된다. 김수영이 이를 슬픈 '죄'라고 표현하는 것은 '혁명'이 "죽음의 음악"을 불러오기 때문이다. '아사달 아사녀'와 같은 순수한 존재가 된다는 것은 문명을 벗어던지고 죽음의 심연으로 내려간다는 것을 의미한다. 김수영은 이를 인간이 배암이 되고, 쐐기가 되는 동물적 변신으로 그려낸다. 하지만 이 시에서 김수영은 물리쳐야 할 동물적 존재와 역사를 정지시키고 '대자연의 법칙'을 좇아서 이룩한 혁명을 통한 존재론적 변신을 구분하지 않고 뒤섞어놓음으로써 혼란을 일으킨다.

김수영은 "모든 문제는 우리집의 울타리 안에서 싸워져야 하고 급기야는 내 안에서 싸워져야 한다"라면서,[117] "지식인이라는 것은 인류의 문제를 자기 문제처럼 생각하고, 인류의 고민을 자기의 고민처럼 고민하는 사람"[118]이라고 말한다. 이처럼 그에게 시적 혁명과 존재론적 혁명, 그리고 세계의 혁명이 분리된 사안으로 인식되지 않았다. 김수영이 「거대한 뿌리」에서 이데올로기를 비판한 것은 이데올로기가 무의식적으로 다른 삶의 가능성을 차단해버리기 때문이다. 인간은 세계를 인식할 수 있는 관념을 만들어내는 동시에 기존의 관념이 배제해온 것들을

117 김수영, 「삼동(三冬) 유감」, 위의 책, 131쪽.
118 김수영, 「모기와 개미」, 위의 책, 88쪽.

바탕으로 새로운 서판을 구성하려는 싸움을 통해 획일주의에서 벗어나 새로운 세계를 창조할 수 있다. 니체는 이를 기존의 우상을 파괴하고 가치의 전도를 통해 더 높은 차원으로 올라서는 존재 상승의 과정으로 설명하였다. 김수영이 다음 시에서 설명하는 성속의 일치는 이와 같은 가치 전도의 주장과 관련하여 이해된다.

> 텔레비 속의 텔레비에 취한/아아 元曉여 이제 그대는 낡지/않았다 他動的으로 自動的으로/낡지 않았고//元曉 대신 元曉 대신 마이크로가/간다 「제니의 꿈」의 허깨비가/간다 연기가 가고 연기가 나타나고/魔術의 元曉가 이리 번쩍//저리 번쩍〈제니〉와 大師가/왔다갔다 앞뒤로 좌우로/왔다갔다 웃고 울고 왔다갔다/파우스트처럼 모든 象徵이//象徵이 된다 聖俗이 같다는 원효/大師가 이런 機械의 영광을 누릴/줄이야〈제니〉의 덕택을 입을/줄이야〈제니〉를〈제니〉를 사랑할 줄이야
>
> ──「원효대사─텔레비를 보면서」 부분 [119]

이 시에 등장하는 '제니'는 TBC에서 방영한〈사랑스러운 지니〉라는 외화에 나오는 주인공이다. 김수영은 이 시에서 성속이 같다는 원효의 성스러운 깨우침이 텔레비전 전파라는 세속적 장치를 통해 "기계의 영광"을 누리며 전달된다는 아이러니를 보여준다. 텔레비전에 출현한 원효는 더 이상 낡은 가치의 수호자가 아니다. 김수영은 숭고하고 신성한 사상적 전통을 대표하는 원효가 '제니'라고 하는 지극히 세속적인 차원으로 내려감으로써, 본래 원효가 의도했을 성속이 같다는 상징이 자연스럽게 당대의 일상에 전파되고 있다는 사실에 감탄한다. 시청자들은 텔레비전 전파를 타며 원효가 주장했던 낡은 가치가 재탄생하는 장면

119 김수영,『김수영 육필시고』, 465~467쪽.

을 목격하고 있다. 이런 점에서 가치의 전도란 단순히 성과 속의 자리가 뒤바뀌는 것을 의미하는 것이 아니다. 그것은 성속이라는 가치의 위계 자체를 파괴하는 것을 의미한다.

니체는 차라투스트라의 입을 빌려 "선과 악의 창조자이기를 원하는 자는 먼저 파괴자여야만 하며 가치를 파괴해야만 한다"고 말한다.[120] 텔레비전에 방영되고 있는 원효는 성스러운 것은 성스러운 방식으로 전달되어야 한다는 고정관념을 깨뜨림으로써 '성속 일치'라는 신성한 계율을 전달한다. 더 높은 영혼을 지닌 자가 불완전한 것까지 긍정하는 더 포괄적인 영혼의 크기와 높이를 보여주는 것처럼, '제니'를 긍정하는 '원효'는 세속적인 것까지 끌어안음으로써 그가 지지하는 가치의 진리성을 입증한다. 이는 차라투스트라가 자기를 극복하기 위해 몰락이 필요하다고 한 것과 유사하다. 차라투스트라는 "진정, 몰락이 일어나고 낙엽이 지는 곳에서 생명은 자신을 제물로 바치니. 힘을 확보하기 위해!"[121]라며 몰락마저 자기 극복을 위한 계기로 긍정한다. 이와 같이 필연적으로 고통이 수반되는 자기 운명에 대한 사랑의 자세를 통해 자기 극복의 힘을 확보함으로써 시적 혁명, 존재론적 혁명을 일으킬 수 있다. 마지막으로 살펴볼 김수영의 유고작인 「풀」에는 죽음마저 유희의 계기로 수용하는 운명애의 자세가 나타난다.

> 풀이 눕는다/비를 몰아 오는 동풍에 나부껴/풀은 눕고/드디어 울었다/날이 흐려서 더 울다가/다시 누웠다//풀이 눕는다/바람 보다도/더 빨리 눕는다/바람 보다도/더 빨리 울고/바람보다/먼저 일어난다//날이 흐리고 풀이 눕는다/발 목 까지 발 밑 까지 눕는다/바람 보다 늦게 누워도/바람 보다 먼저 일어 나고/바람 보

120 프리드리히 니체, 『차라투스트라는 이렇게 말했다』, 193쪽.
121 위의 책, 194쪽.

다 늦게 울어도 / 바람 보다 먼저 웃는다 / 날이 흐리고 풀뿌리가 눕
는다

— 「풀」 전문[122]

풀은 바람과의 관계에 온전히 몰입해 있다. 꽃이 피고 지듯이 풀은
눕고 또 일어난다. 하지만 풀은 자연의 질서에 순응하는 자연물로 그려
지지 않는다. 날이 흐리고 바람이 부는 동안 그는 자신을 위험에 온전
히 내맡겨야 한다. 이 시의 마지막 구절인 "날이 흐리고 풀뿌리가 눕는
다"는 이러한 관점에서 이해된다. 이 구절에는 다시 일어날 수 없을지
도 모른다는 그 위험, 그러니까 죽음이 감지된다. 하지만 풀은 자신의
운명을 그저 기다리고 있지만은 않는다. 운명 자체는 부정하되, 운명과
의 관계는 긍정한다. 그러니까 풀이 기다렸다는 듯이 "바람보다도 더
빨리 울고 / 바람보다 먼저 일어"나는 장면에서 보아야 할 것은 죽음이
라는 한계 앞에서도 너무도 자연스럽게 자신을 위협하는 바람과의 관
계를 가지고 '노는' 풀의 자세이다.

풀은 운명에 순응하지도 방관하지도 않는다. 그렇다고 바람을 극복
하거나 응전하는 것이라고도 볼 수도 없다. 애초에 풀과 바람의 관계
자체가 극복하거나 극복될 수 있는 관계가 아니기 때문이다. 이처럼 이
시는 두 대상의 관계를 일방적인 것으로 보지 않는다. 바람은 풀의 운
명을 좌우하는 존재이지만 그렇다고 풀이 바람에 굴복하지 않으며, 풀
이 바람보다 먼저 일어나고 웃는 존재라고 해서 바람에게 어떠한 위해
가 가해지는 것도 아니다. 풀은 자신이 바람으로 인해 죽을 수도 있을
것이라는 사실을 알면서도 보란 듯이 바람과의 관계를 즐긴다. 놀이를

---

122 김수영, 『김수영 육필 시고 전집』, 472~473쪽. 『김수영 육필 시고 전집』에 따르
면 이 시의 2연에는 행갈이 표시가 되어 있으나, 현재 출판된 어느 판본도 이
행갈이 표기를 따르지 않고 있다.

하듯, 사랑을 하듯 눕고 일어나고 울고 웃는다. 관계를 주도하는 것은 바람이기도 하지만, 또한 풀이기도 하다. 이것이 바로 사랑의 수동성이다.

이 시는 극복할 수 없는 운명으로 인한 비극도, 죽음을 극복한 영웅적인 신화의 가능성도 제거한다. 김수영은 '긍정의 연습'을 통해 죽음을 생성의 근원으로 삼는 '사랑의 기술'을 알게 되었으며, 이를 통해 설움을 넘어서 생명을 지닌 모든 존재에 대한 긍정을 시도한다. 이를 위해 김수영은 디오니소스적 긍정에 이른 타자를 불러들였다. 4·19혁명을 통해 발견된 '민중'이 그러하다. 「꽃잎 3」의 '순자' 역시 이러한 맥락에서 해석된다. 이들은 더 나은 미래의 공동체의 가능성을 담지한 존재들로서, 통제할 수 없는, 흘러넘치는 생명력을 지닌 공동체적 개인들이라 할 수 있다. 이와 같이 '민중'을 평등주의의 관점이 아니라 더 나은 공동체를 만들기 위한 혁명의 주체로 바라봄으로써, 그는 평등주의가 야기할 수 있는 전체주의의 위험성을 돌파할 수 있었다.[123] 김수영은 역사를 극복할 수 있는 가능성이 역사 안에 내재해 있음을 깨닫고 그 가능성에 '혁명'이라는 이름을 붙인다. 혁명은 일시적으로는 '실패'할 수 있어도 역사 전체의 과정에서 보면 결코 실패할 수 없다. 역사는 그 자신을 넘어서는 무수한 혁명의 가능성을 자신 안에 간직하고 있기 때문이다.

123 이런 점에서 김수영이 '민중'이나 '혁명'에 대해 이야기할 때 '평등'이 아니라 '자유'를 강조했음은 충분히 강조될 필요가 있다. 김수영이 역사의 주체로서 민중을 호명하고 이들에 의한 혁명을 통해 이루고자 한 것은 '동일한 욕망'이나 '동일한 삶'을 요구하기 위함이 아니었다. 더 나은 가치를 가려내기 위해 가치들 간의 투쟁을 발생시키려면 대전제로서 자유가 보장되어야 한다.

역사허무주의와 '처용–천사'의 존재론 : 김춘수론

1. 비극의 정신과 역사허무주의

1)『낭만파』의 시적 지향점:"고도의 인간주의"

김춘수의 시에 나타난 비극의 정신과 낭만성은 역사에 대한 전면적인 부정으로서 '역사허무주의'와 맞닿아 있다. 역사허무주의는 역사의 폭력성을 비판하는 데 그치지 않고 '역사' 자체를 완전히 부정하는 태도를 가리킨다. 김춘수는 '역사의 이름'으로 가해지는 폭력과 압력이 어떠한 경우에도 정당성을 지니지 못하며 '역사'라는 것 자체가 하나의 이데올로기에 불과하다는 급진적 인식을 보여준다.

김춘수는 청마 유치환에게 바친 시 「기(旗) – 청마 선생께」[1]에서 "여기도 아니고 거기도 아닌 일상에서는 멀고 무한에서는 가까운 희박한

---

1   김춘수, 「기(旗) – 청마 선생께」,『김춘수 시전집』, 현대문학, 2004, 105쪽. 이후
     『김춘수 시전집』인용 시 책제목과 쪽수만 표기한다.

공기의 숨가쁜 그 중립지대에서, 노스탈쟈의 손을 흔드는 손을 흔드는 너"라며, 자신이 선배 시인들의 시 정신을 이어나가고 있음을 알리고 있다. 김춘수는 「귀촉도 노래」, 「서풍부」 등 서정주의 시와 동명의 제목의 시를 창작하기도 하였다. "네 살을 네가 뜯어 피흘리며/늘어져라 배암!/눈 감고 징그럽게 늘어져라/배암!"의 모습을 그린 「사(蛇)」[2]에도 서정주의 영향이 확인된다. 김춘수는 유치환과 서정주를 통해 이어져 내려온 깃발을 들고 "우리들 마지막 성"을 지켜내기 위해 시적 모험에 나선 기사(騎士)의 역할을 자임하였던 것이다.[3]

김춘수는 1948년 첫 시집 『구름과 장미』를 발간한 이래, 1950년 『늪』, 1951년 『기』, 1953년 『인인(隣人)』, 1959년 『꽃의 소묘』를 발행하는 등 자신의 시 세계를 구축하기 위한 숨 가쁘게 작업을 이어나갔다. 『구름과 장미』의 「서」를 유치환이, 『늪』의 「서」를 서정주가 쓴 데서 알 수 있듯이, 김춘수는 자신의 시 작업의 성과를 이들에게 인정받고자 하였다. 유치환, 서정주와의 관계는 김춘수가 해방 직후 참여한 동인지 『낭만파』[4]시절의 활동에서 시작된 것으로 보인다. 『낭만파』의 문학사적 위상은 이들이 주장한 '낭만성'의 성격을 통해 파악된다. 낭만파 3집에 게재된 「전통·낭만·지성−머리말에 대신하여」에서 이들은 "감정, 감각, 정열, 정서의 순수하고 무량대한 비약, 아름다운 파탄"을 낭만으로 설

---

2   위의 책, 104쪽.

3   「기」라는 시에서 김춘수는 "알프스의 산령에서 외로이 쓰러져 간 라이나·마리아·릴케의 기여"라고 노래하며, "우리들 마지막 성"에 비유한다. 여기서 릴케의 '기'는 김춘수가 유치환과 서정주를 비롯하여 역사를 비판하고 더 높은 차원의 삶을 지향하여 온 시인들의 정신적 계보를 지칭한다.

4   『낭만파』는 마산에서 발행된 지방 동인지로, 조향, 김춘수, 김수돈 등이 발간하였다. 이 동인지에 대해 최초로 언급한 김윤식은 이들이 문학가동맹 주도의 프롤레타리아 문학에 대응하기 위해 출현했음을 지적한 바 있다(김윤식, 『탄생 백주년 속의 한국문학 지적도』, 서정시학, 2009, 26쪽).

명하면서 '지성'에 바탕한, "영원한 생명"을 얻은 '모더니티'를 획득해야 한다고 주장한다. 이들이 프롤레타리아 문학에 반발한 까닭은, 그러한 문학이 예술을 부패하게 하는 "상식적이고 또 너무나 독재적인" 세계에 머무를 수밖에 없다고 보았기 때문이다. 이런 점에서 이들이 내세우는 '낭만성'은 프로문학에 대립하는 '순수문학'이 아니라 프로문학과 순수문학을 모두 비판하는, 예술을 통한 "高度의 인간주의"로 설명된다.[5] 다음은 『낭만파』에 실린 유치환의 시이다.

> 즐겁고도 호화스런 권족들 / 이 땅에 생(生)을 의탁한 너희도 한 결같이 영화하라 // 여기는 아시아에 굽이치던 알타이의 어두운 세기(世紀)의 거맥(巨脈)이 / 남(南)으로 화안히 트인 사라 센 비단 결 같은 푸른 태평양을 찾아 나온 / 계절의 고운 명암의 무늬가 / 가실 새 없이 스쳐 가고 스쳐오는 보바빛 반도(半島) / 그 어느 태초 때 슬픈 교망(翹望)의 배달족속 선구가 / 이 아름다운 지역 어느 쪽 령(嶺) 머리를 헤치고 햇빛같이 넘어서서 / 처음으로 가지 휘어 우로(雨露) 피할 집 엮어 연기 올리고 / 활 공중에 쏘고 땅에 광이 넣어 / 깊이 깊이 묻혔던 산울림을 놀라이던 그 옛 옛 옛날을 기억하느뇨 / 그리고 너희와 더불어 아득히 우러른 만년(萬年) // 아아 줄기차고도 호화스런 권족들 / 삼림(森林)이여 너희는 우주의 구원한 의지를 받들어 / 아름드리로 자라 하늘도 어두이 칠칠히 땅에 번지고 / 모든 금수 가운데도 / 사나운 범 이리로부터 어질고 소심한 노루 토끼에 이르기까지 / 서로 쫓고 쫓기고 포효(咆哮)하고 비명(悲鳴)하여 원시 그대로 / 즐거이 살고 / 공중에 나는 새는 항상 신의 총명과 축목을 입어 가지에 깃들어 / 이 나라의 호호(浩浩)한 대기와 좋은 밤과 낮을 하염없이 노래하고 / 가지가지 요조(窈窕)의 화초(花草)는 / 여기에 기름진 땅과 맑은 시내 있으니 / 그 적적히 호사스런 꿈으로 짠 화문석(花紋席)을 곳곳이 깔라 / 그리고 그밖에 이름도 없는 어패조

---

5 「전통 · 낭만 · 지성 — 머리말에 대신하여」, 『낭만파』, 1947.1(마산시 편, 『마산의 문학동인지』1, 마산문학관, 2007, 8~11쪽).

류(漁貝藻類)와 무수한 생물들도 / 이 복된 지역(地域)자락의 변두리와 그 그늘에 의지하여 / 한없이 낳고 묻고 즐거이 살고 놀찌니 / 아아 줄기차고도 호화스런 권족(眷族)들이여 / 이 같이 너희도 이 족속과 더불어 / 저 한가지 해 곱고 빛나는 해 우러러 달고 달게 영화할지니 // 그리하여 오월(五月)이라 이 나라의 명절날이 오거들랑 / 연지 찍고 분 바르고 창포 뿌리 주사(朱砂) 찍어 머리 꽂고 / 짐승은 짐승끼리 사람은 사람끼리 나비는 나비끼리 / 아아 우리 우리 즐거움에 무르녹는 가슴 얼싸안고 / 확확 달아 숨막히는 사랑 아찔아찔 취하여 / 이 동산 그대로 꽃밭을 꽃밭을 이룰거나!

— 「호화스런 권족(眷族)들」 전문[6]

이 시에서 유치환은 대대로 생명을 숭상하던 풍조를 상기시키며 이를 '만년'의 역사라고 명명한다. 자연과 문명이 분리되지 않았기 때문에 풍요로운 삶을 영위할 수 있었던 시절을 '만년의 역사'라는 명제로 제시한 것이다. '호화스런 권족'은 '만년의 역사'에 대한 기억을 간직하며 살아가고 있는 이들을 가리키는 것으로, 이들은 자신들이 살아가는 "기름진 땅과 맑은 시내"에서 자연에 의지하며 "한없이 낳고 묻고 즐거이 살고 놀" 수 있는 '족속'들을 말한다. 이에 호응하여 이 시의 마지막 연에서는 자연의 생명력이 정점에 달한 오월을 배경으로 자연과 문명의 조화롭게 어우러지는 축제적 풍경을 벅차게 그려진다. 즐거움이 무르녹는 축제의 가운데, "확확 달아 숨막히는 사랑"에 "아찔아찔 취하여" "꽃밭"을 이루고 있는 풍경은 "감정, 감각, 정열, 정서의 순수하고 무량대

6　위의 책, 12~13쪽. 낭만파 3집에는 유치환의 시 외에 김달진, 박두진, 박목월, 이호우, 김수돈, 김춘수, 조향 등의 시가 실려 있다. 그리고 4집에는 유치환, 조지훈, 김달진, 박두진의 시와 김동리의 산문, 서정주, 조연현의 평론 등이 실려 있다. 추후 이들이 공통적으로 언급하고 있는 '시정신(Poesie)'을 중심으로 생명파와 청록파, 그리고 조향으로 대표되는 초현실주의 시의 계보를 탐색해볼 필요가 있다.

한 비약, 아름다운 파탄"을 그려내야 한다는 『낭만파』의 지향을 보여주는 것이다.

앞서 『낭만파』의 시적 지향으로 언급된 "高度의 인간주의"는 인간의 삶을 신적인 것으로 상승시키고자 하는 욕망과 관련된다. 이들은 "짐승은 짐승끼리 사람은 사람끼리 나비는 나비끼리" 자연의 각 주체들이 "즐겁고도 호화스"러운 삶을 영위하였던 시절의 꿈을 현재에 다시 재생시키고자 한다. 이를 위해 유치환은 자연과 인간의 삶이 대립하지 않고 동반자이자 경쟁자로서 "서로 쫓고 쫓기고 포효(咆哮)하고 비명(悲鳴)" 하면서도 즐거울 수 있었던 "옛날"의 기억을 상기시키고 있다. 이런 점에서 '만년의 역사'는 이와 같은 원초적 기억이 점점 잊히면서 삭막하게 변해버린 역사문명에 대한 비판을 담고 있는 것으로 해석된다.

2) '동양적 허무'와 천사의 시선

김춘수는 첫 시집 『구름과 장미』에서 이러한 문제의식을 이어받았다. 이 시집에 대해 유치환은 "인류의 영원한 향수와 동경의 소재를 찾기에 이렇게 애달프게 노력"하는 시인이야말로 신의 "가장 의로운 자식"일 것이라며, 김춘수의 낭만성을 신적인 것에 대한 추구와 관련짓는다. 현재의 삶에서 망각되어버린 성스러운 시간을 현현시키기 위해 이들은 자연과 문명이 어우러진 축제의 풍경을 그려냈다. 이는 김소월의 민요조 시들이 보여주는 축제적 정신을 상기시키는 것으로,[7] 유치환은 위 시에서 이를 "호사스런 꿈으로 짠 화문석(花紋席)"이라고 묘사한다. 이

---

7   신범순은 김소월 시에 나타난 민요적 시학을 '놀'이라는 개념으로 이해하면서, 김소월이 민요조의 경쾌한 가락에 "자연의 계절적 흐름과 인생의 흐름"이 서로 호응하며 하나가 되어 흘러가다 갈라지는 장면을 포착하고 있다고 지적한 바 있다. 신범순, 『노래의 상상계』, 362쪽.

들에게 성스러운 시간은 세속적 시간 위에 곱게 펼쳐진 비단결 같은 꿈의 시간들로, 무의미하게 반복되는 일상적 삶을 생명력이 넘치는 즐겁고 아름다운 축제적 시간으로 변모시키는 도약을 가능케 하는 것이었다. 이를 위해 김춘수는 역사문명의 시간을 비워내는 철저한 부정이 필요하다고 보았다. 그는 역사 부정의 정신을 니체가 말한 창조적 니힐리즘과 연결시키며, 큰 범주에서 보면 이 또한 '낭만주의'라고 설명한다.[8] 또한 "권태로서의 생"을 극복하기 위해 철저한 허무주의를 추구한 보들레르, 로트레아몽, 랭보 등은 니체의 니힐리즘이 지니는 창조적, 파괴적, 의욕적 측면을 보여주는 시인으로 평가된다.

김춘수는 비애를 무조건 부정적으로 볼 수는 없다고 주장한다. 비애 가운데에는 삶을 고양시키는 역할을 하는 것도 있음을 지적하며, 비애의 긍정성에 주목한다. 1950년대 초 결핵을 치료하기 위해 마산에 있던 결핵요양소에 입원했던 문인들이 발행한『청포도』동인들을 회상하며 쓴 글에서 김춘수는 "눈에는 잘 안 띄는 병균이 때로 우리의 마음속 한 공간에 알을 깐다. 그것은 우리를 괴롭히고 우리의 삶을 좀먹는 형이하의 병균이 아니다. 우리의 삶을 축복해주고 찬미해주는 그런 따위 형이상의 병균이다"라면서 "삶을 동경하는 사람은 가슴이 병을 앓는다"라며 형이상의 비애와 형이하의 비애를 구분한다.[9]『구름과 장미』의 실린 시들은 유사한 문제의식 아래에서 놓여있다.

> 가자. 꽃처럼 곱게 눈을 뜨고, 아버지의 할아버지의 원한의 그 눈을 뜨고 나는 가자. 구름 한점 까딱 않는 여름 한나절. 사방을 둘러봐도 일면의 열사(熱沙). 이 알알의 모래알의 짜디짠 갯내를 뼈에

---

8   김춘수, 「모던이즘과 니힐리즘」, 『시연구』, 산해당, 1956, 93~94쪽.
9   김춘수, 『청포도』동인들-그늘이 깃드는 시간 · 8」, 『시와 반시』, 1997.6(마산시 편, 앞의 책, 362쪽).

새기며 뼈에 새기며 나는 가자. / 꽃처럼 곱게 눈을 뜨고, 불모의 이
땅바닥을 걸어가 보자.

— 「서시」 전문[10]

　이것이 무엇인가? 할아버지의 할아버지의 그 또 할아버지의 천
년 아니 만년, 눈시울에 눈시울에 실낱같이 돌던 것. 지금은 무덤
가에 다소곳이 돋아나는 이것은 무엇인가? / 내가 잠든 머리맡에 실
낱 같은 실낱 같은 것. 바람 속에 구름 속에 실낱 같은 것. 천년 아
니 만년, 아버지의 아저씨의 눈시울에 눈시울에 어느 아침 스며든
실낱 같은 것. 네가 커서 바라보면, 내가 누운 무덤가에 실낱 같은
것. 죽어서는 무덤가에 다소곳이 돋아나는 몇 포기 들꽃…… / 이것
이 무엇인가? 이것이 무엇인가?

— 「눈물」 전문[11]

「서시」는 현 시대를 "일면의 열사", "불모의 이 땅바닥"이라고 묘사면
서 대결하는 자세를 보여준다. 이어서 불모의 문명이 주는 극한의 고통
을 뼈에 새기면서 "꽃처럼 곱게 눈을 뜨고" 아름다움에 대한 지향을 버
리지 않는 태도가 나타난다. 이 시에 나타나는 낭만성은 초월적 세계에
대한 분명한 지향성과 죽음의 고통을 각오할 정도로 강렬한 의지적 자
세와 관련하여 이해된다. 그의 시에 나타나는 슬픔은 지향하는 세계로
부터 멀어지고 있다는 거리감과 관련된 것으로, 유치환이 말한 '만년의
역사'라는 명제를 상기시킨다. 한편 「눈물」에서 김춘수는 '눈물'을 대대
로 이어져 내려오는 역사성의 맥락 안에서 해석한다. 시적 주체의 비애
는 '만년의 역사'가 상실된 문명사적 관점에서 파악된다. 신화적 세계에
대한 지향이 "실낱같이" 연약하면서도 "할아버지의 할아버지의 그 또

10　김춘수, 「서시」, 『김춘수 시전집』, 47쪽.
11　김춘수, 「눈물」, 위의 책, 68쪽.

할아버지의 천년 아니 만년"동안 이어져 내려온 것이라는 구절은 유치
환의 영향을 보다 분명히 보여준다. 이는 위의 시에 국한되지 않는다.
장미와 구름을 중첩시키고 있는 「장미의 행방」("깜빡이며 흘러간 아아
한송이 장미!"), 「신화의 계절」("몇 포기 엉기어 꽃 같은 구름이 서으로
서으로 흐르고 있었다"), 「푸서리」("골골에 물소리도 살살살 멀어진 데
몇 만년 흘러서 옛소리 들을는고, 도사리고 늘어진 꽃 같은 구름") 등의
시에도 망각 속에서 '잃어버린' 세계에 대한 지향을 드러내고 있다. 다
음 시들에서는 김춘수가 지향하는 초월적 세계의 모습이 보다 구체적
으로 묘사된다.

> 이리로 오너라. 단둘이 먼 산울림을 들어 보자. 추우면 나무 꺾
> 어 이글대는 가슴에 불을 붙여주마. 산을 뛰고 산 뛰고 저마다 가
> 슴에 불꽃이 뛰면, 산펑이고 할미새고 소스라쳐 달아난다. / 이리와
> 배암떼는 흙과 바윗틈에 굴을 파고 숨는다. 이리로 오너라. 비가
> 오면 비 맞고, 바람 불면 바람을 마시고, 천둥이며 번갯불 사납게
> 흐린 날엔, 밀빛 젖가슴 호탕스리 두드려보자. / 아득히 가 버린 만
> 년(萬年)! 머루 먹고 살았단다. 다래랑 먹고 견뎠단다. ……짙푸른
> 바닷내 치밀어 들고, 한 가닥 내다보는 보오얀 하늘……이리로 오
> 너라. 머루 같은 눈알미가 보고 싶기도 하다. 단둘이 먼 산울림을
> 들어 보자. 추우면 나무 꺾어 이글대는 가슴에 불을 붙여 주마.
>
> — 「숲에서」 전문[12]

> 벌 끝에 횃불 나리며 원하는 소리 소리 하늘을 태우고 바람에 불
> 리이는 메밀맡인 양 태백(太白)의 산발치에 고소란히 엎드린 하이
> 얀 마음들아 // 가지에 닿는 바람 물 뒤를 기는 구름을 발 끝에 거
> 느리고 만년(萬年)소리 없이 솟아오른 태백(太白)의 멧부리를 넘어
> 서던 그 난은 // 하이얀 옷을 입고 눈보라도 부시게 하늘의 아들이

12   김춘수, 「숲에서」, 위의 책, 71쪽.

라 서슴지 않았나니 어질고 착한 모양 노루 사슴이 따라 // 나물 먹
고 물 마시며 자나 새나 우러르는 겨레의 목숨은 하늘에 있어 울부
짖는 비와 바람 모두 모두 모두어 제단에 밥 드리고 // 벌 끝에 햇불
날리며 원하는소리 소리 정말 해맑은 하늘을 태우도다

— 「밝안제」 전문[13]

이들 시에도 유치환이 말한 '만년'의 기호가 나타난다. 여기에는 머루
나 다래를 먹으며 혹은 "나물 먹고 물마시며" 소박한 삶을 영위하는 모
습이 그려진다. 이들은 자신들을 자연과 일체되어 있는 존재로 생각하
기 때문에 그 이상의 풍요를 바라지 않는다. 그들은 "보오얀 하늘", "해
맑은 하늘"로 표현된 성스러운 대상과 일체되어 있다. 이들이 숭배하고
"제단에 밥"을 올리는 대상은 외부에 존재하는 절대적인 존재가 아니다.
하늘을 섬기는 이들은 그들 자신을 "하늘의 아들"[14]이라고 여기면서 자
신들을 신적인 존재로 고양시킨다. 이는 「숲에서」에서 "가슴에" 이글대
는 불의 이미지로 나타난다. 김춘수는 생명의 근원이라 할 수 있는 태양
과 연인들 간의 사랑을 등치시킴으로써 '사랑'을 생명을 생성시키는 근
원으로 상승시킨다. 다음 글에서 김춘수는 이러한 모티프들을 역사주
의와 대비되는 '신화주의'로 명명하면서 신화주의의 차원으로 넘어서지
못하는 한계가 인간의 삶에서 비극이 반복되는 원인이라고 설명한다.

인간의 운명은 결정적인 거다, 그런 의미에서, 다르게 말하면 역
사주의가 아니고 신화주의다, 어떤 패턴이 있어가지고 그것이 되
풀이되어 나간다는 것이지요. …(중략)… 그러니까 인간존재는 비

---

13 김춘수, 「밝안제」, 위의 책, 74쪽.
14 김춘수는 「밝안제」를 쓰면서 "진(震)땅에는 예로부터 '붉은'이란 신도(神道)가 있
어 태양을 하늘님이라 하여 높이 섬겼으니 옛날의 임금은 대개 이 신도(神道)의
이름이니라"라는 최남선의 말을 인용하기도 한다.

극적이라는 거죠.

화가 폴 클레의 작품이 비극의 세계라는 말이 있어요. 폴 클레 자신의 삶이 비극적이었고, 또 생활 속에서 비극을 체험했기 때문에 우러나온 비극의 세계는 아니라 이겁니다. 그가 인식한 세계가 바로 비극적이었고, 그것은 어디까지나 그의 인식의 세계라는 것입니다.[15]

니체는 '비극의 탄생'이라고 했다. 비극은 어느 날 문득 탄생하지 않는다. 태초에 이미 비극이 있었다. 비극은 탄생이라고 하지 않고 발견이라고 하는 것이 좋을 듯하다. 내가 비극을 발견하게 된 것은 꽤 오래된 일이다.

내 나이 스물이 겨우 지났을 때 나는 충격적인 경험을 하게 됐다. 어떤 사건에 연루돼 처음에는 요코하마 헌병대에 한 달쯤 수감됐다가 도쿄의 세다가야서에 이감돼 약 반년쯤 영어 생활을 했다. 나는 그때 먼저 헌병대에서 난생 처음으로 크나큰 좌절감을 안게 됐다. …(중략)…

현실에서는 논리적으로는 안 되는 것을 되는 것처럼 처신해야 할 때가 있다. 그래야 사회가 유지된다. 이를테면 역사가 그런 것이다. 역사란 극단적으로 말하면 아무 데도 없다. 그러나 있는 것처럼 대접해야 현실이 유지된다. 랑케는 역사를 사실이라고 했지만 사실의 온전한 모습은 인간의 능력으로는 파악이 안 된다. 그렇게 말한 랑케 자신도 왕당파의 입장에서 역사를 기록했다는 것이 밝혀졌다. 나는 베르쟈예프의 책 『현대에 있어서의 인간의 운명』을 읽고 역사허무주의자가 돼갔다. 지금도 나는 이 함정을 빠져나오지 못하고 있다. 그는 말한다.

"여태까지는 역사가 인간을 심판했지만 이제부터는 인간이 역사를 심판해야 한다"고―.[16] (밑줄_인용자)

15 김춘수·조정권 대담, 「생리(生理)와 방법(方法)」, 『문학사상』, 1985.10.

16 김춘수, 『쉰 한편의 비가』 중 「책 뒤에」, 『김춘수 시전집』, 1100~1101쪽.

첫 번째 인용문에서 김춘수는 인간의 운명이 일정한 패턴이 되풀이 되는 것으로 보면서, 이런 점에서 '신화주의'를 통해 설명할 수 있다고 지적한다. 예술이 비극의 세계를 다룰 수밖에 없는 것은 예술의 창조자인 인간의 운명이 지니는 근원적 비극성에서 기원한다. 두 번째 인용문에서는 니체가 말한 '비극의 정신'을 '세타가야서 사건'[17]이라고 불리는 체험을 통해 구체화한다. 그는 감옥에서 고문에 견뎌내지 못한 스스로에게 "절망적인 굴욕감"을 느꼈다며, 이를 통해 "이념이 어떤 절박한 현실을 감당해낼 수 없다는 것"을 절감하였다고 말한다. 단순히 '머리'로 이해된 이념만으로는 구원에 이를 수 없다는 깨달음을 얻게 된 것이다. 이 체험을 통해 그는 두 가지 이율배반적인 사실에 눈을 뜨게 된다. 역사란 하나의 이데올로기에 불과할 뿐 그 실체는 무(無)에 불과하다는 점과, 그럼에도 불구하고 사회의 질서를 유지하기 위해 역사를 있는 것처럼 가정하고 처신해야 한다는 데 인간의 비극이 비롯한다는 사실이다.

인간은 있지도 않은 역사로 인해 고통받아야 하는 처지에 있다. 이것이 김춘수가 역사허무주의자가 된 까닭이다. 김춘수는 있지도 않은 역사로 인해 인간이 고통받아야 하는 상황을 체험하며 역사를 '악'으로 인식하게 된다. 그리고 그 악이 나오는 근원을 역사, 이데올로기, 폭력의

---

17 이는 '세타가야 경찰서 사건' 혹은 '세타가야서 사건'이라고도 지칭되는 일로, 김춘수가 일제 말기에 무고로 반년쯤 투옥되었던 사건을 말한다(김춘수, 『꽃과 여우』, 민음사, 1997, 94쪽). 김춘수는 평생에 걸쳐 이 사건에 대해 여러 차례 언급할 뿐 아니라 시의 소재로도 삼은 바 있다. 다만 이 사건이 매번 동일한 방식으로 해석되지 않는다는 데 주목할 필요가 있다. 김춘수는 초기시에서는 이 사건을 통해 개인의 자유를 억압하는 역사와 이데올로기의 문제를 부각시키는 데 집중하며, 이후 감옥에서 만난 몰염치한 사상가에 대한 기억을 떠올리다가 후기시에 이르러서야 투옥되었을 당시 자신의 비겁함을 고백한다. 이 사건이 외상으로서 반복되면서 그 의미가 변주된다.

삼각관계로 도식화하면서[18] 이를 '심판'하지 않으면 안 된다고 생각하게 된 것이다. 김춘수의 시에 나타나는 슬픔은 이와 같은 역사에 대한 강력한 부정정신에서 기인한다. 역사를 넘어서 까마득한 과거에 존재했던 유토피아적 기억을 되살리고자 하는 의지가 슬픔으로 표출된 것이다.

> 늪을 지키고 섰는 / 저 수양버들에는 / 슬픈 이야기가 하나 있다. // 소금쟁이 같은 것, 물장군 같은 것, / 거머리 같은 것, / 개밥 순채 물갈개비 같은 것에도 / 저마다 하나씩 / 슬픈 이야기가 있다. // 산도 운다는 / 푸른 달밤이면 / 나는 / 그들의 슬픈 혼령을 본다. // 갈대가 가늘게 몸을 흔들고 / 온 늪이 소리 없이 흐느끼는 것을 / 나는 본다.
>
> ─「늪」전문[19]

「늪」에서 인간의 비극적 존재성은 "소리 없이 흐느끼는" 갈대의 이미지로 나타난다. 자신의 존재론적 본질을 망각하고 역사의 '늪'에서 빠져나오지 못하고 있는 모습은 "슬픈 혼령"으로 표현된다. 여기서 시적 주체의 슬픔은 '수양버들'을 비롯해 소금쟁이, 물장군, 거머리, 개밥, 순채, 물갈개비 같이 늪에서 공동체를 이루고 살아가는 미물들의 슬픔으로 번진다. 이 시는 슬픔을 공유하고 있는 생태 공동체의 모습을 담아낸다. 김춘수는 「갈대」[20]에도 "너는 슬픔의 따님인 가부다"라면서 "인간존재의 비극성"을 갈대에 비유하기도 하였다. 갈대는 이성적이고 합

---

18 "나는 역사를 악으로 보게 되고 그 악이 어디서 나오게 되었는가를 생각하게 되자 이데올로기를 연상하게 되고, 그 연상대는 마침내 폭력으로 이어져 갔다. 나는 폭력·이데올로기·역사의 삼각관계를 도식화하게 되고, 차츰 역사허무주의로, 드디어 역사 그것을 부정하는 지경에 이르게 되었다." 김춘수, 「장편연작시 「처용단장」 시말서」.

19 김춘수, 「늪」, 『김춘수 시전집』, 91쪽.

20 김춘수, 「갈대」, 위의 책, 113쪽.

리적인 판단이 아니라 '느낌'으로 존재의 비극성을 인식한다("느낀다는
것. 그것은 또 하나 다른 눈. / 눈물겨운 일이다." ― 「갈대」).

인간의 합리적 이성은 이미 사물을 '죽은' 것으로 판단하기 때문에 그
것을 해부하듯이 분류해낸다. 하지만 사물을 살아 있는 것으로 바라보
는 시인에게 세계는 온몸과 마음으로 감각된다. 김춘수는 "꿈꾸기 쉬운
사람은 게으른 손을 가졌다. 밭을 갈고 씨앗을 뿌리기도 전에 물결치
는 이랑을 보고 있다"(「산악」, 『늪』)라며, 꿈을 꾸듯이 반복해서 나타나
는 유토피아의 풍경을 소담하게 담아낸다. 그의 내면은 고귀하고 아득
한 슬픔에 젖어 소리 없이 흐느끼는 갈대와 같이 한없이 침잠하다가도
어느새 물결치는 이랑의 풍경을 꿈꾸듯 바라보며 황홀하게 비약하는
파동을 그리고 있다. 이 내면의 파동은 유동하는 세계의 풍경과 주체의
내면이 호응하고 있음을 보여주는 것으로, 김춘수는 이를 '동양적 허무'
의 상태라 칭한다.

> 나는 지금 심신의 건강을 간절히 요구하고 있다. 키에르규-라는
> 사람의 『이십오시』라는 책에 이런 것이 있었다. 중국의 한 쿠리(苦
> 力)가 길을 가다가 어떤 집의 처마 끝에 걸린 조롱(鳥籠)에서 새 소
> 리를 듣고, 그 새 소리에 정신이 팔려 몇 시간이고 몇 시간이고 한
> 자리에 멍하니 서 있더라고―
> 이것을 그는 동양적인 허무라고 했다. 즉 속에 충만하여 겉으로
> 는 비어 있는 상태. 서양인의 능률생활에 비하여 이 쿠리(苦力)의
> 상태를 인간 본래의 건강이라고 했다. 무엇에 악착하지 않는 정신
> 의 건강과 수목과 같은 육체의 건강을 아울러 가지고 싶다.
> 무엇보다도 나는 심리의 진흙밭에서 헤어나고 싶다. 나는 희랍
> 을 꿈꾸어 보고 신라를 그려 본다. 푸라토-가 읽고 싶고 괴-테가
> 읽고 싶다.

나는 너무 이지러지고 찌그러지고 치우쳐 버렸는가?[21](밑줄_인
용자)

　위 글에 인용된 게오르규의 소설 『25시』(1949)는 김춘수가 말하는 존
재론적 비극을 보여주는 작품이다. 이 소설의 주인공 모르츠는 아무리
해도 비극적 운명에서 벗어날 수 없는 인간의 실존을 암시한다.[22] 김춘
수는 이 소설에 나타난 쿠리에 관한 이야기에 주목하여 결정론적 운명
관에 휘둘리지 않는 '동양적 허무'의 자세를 발견해낸다. 이는 "속에 충
만하여 겉으로는 비어 있는 상태"로 "인간 본래의 건강"을 지칭한다. 이
는 "무엇에 악착하지 않는 정신의 건강과 수목과 같은 육체의 건강"을
획득한 것으로, 우주의 무한한 흐름에 자신의 몸을 맡기는 '갈대'의 모
습과 다르지 않다.
　'동양적 허무'의 상태는 우주의 흐름에 몸을 맡기면서 존재론적 비애
를 느끼면서도 내면은 "희랍을 꿈꾸어 보고 신라를 그려" 봄으로써 충
만하게 차오르는 아이러니의 자세를 가리킨다.[23] 여기서 희랍이나 신
라의 세계는 「숲에서」, 「밝안제」에서 '사랑의 불'을 상징하는 생명의 근
원으로서 '태양'을 숭앙하며 소박한 삶을 살아가던 고대적 세계의 이상
을 가리키는 것으로 보인다. 원시적 건강성을 상실한 세계를 비판하기

천사의 허무주의

21　김춘수, 『기』−후기」, 위의 책, 127쪽.
22　소설 속 주인공은 처음에 유대인으로 오인되어 헝가리로 탈출하지만 헝가리에
　　서는 '적성(敵性) 루마니아인'으로 오인되어 나치스의 강제노동수용소에 보내진
　　다. 여기서는 게르만의 '순수한 혈통'을 이은 후예로 인정되어 감시병이 되었다
　　가, 연합군으로 탈주한 이후 적국 병사로 잡혀 다시 수용소에 갇히고 만다. 전
　　쟁이 끝나고 석방되어 처자를 만나지만 제3차 세계대전이 일어나면서 18시간
　　만에 다시 감금된다. 이 소설은 우연과 대결하면서 살아가는 인간의 비극적 운
　　명을 그리고 있다.
23　「갈대」에서 김춘수는 이를 '기도하는 자세'라고 묘사한다.

위해 그는 "해를 못 봐서, 수목같이 싱싱하던 우리들의 피는 가슴에 응결하여 병이 되겠다."라며 "우리들 원시의 건강을 찾아 / 아! 초원으로 가자."라고 노래하였던 것이다. 건강성의 회복은 사물을 대상성으로부터 구원할 뿐 아니라 자신의 죽음을 인식하고 있는 인간에게 그를 둘러싸고 있는 생명의 기운을 경험하게 해준다. 다음 시에서 김춘수는 건강성의 회복을 통해 사물의 강렬한 생명력을 체험하는 경험을 그려낸다.

> 점점점 포실한 가슴 속에 안기어 가는 듯한 그러한 느낌인데. 나의 귓전에는 찌, 찌, 찌……무슨 벌레 같은 것이 우는 소리가 선연히 들려왔다. / 그것은 정적의 소린지도 몰랐다. / 나는 어디 밝은 그늘 밑에서 졸고 있는 듯도 하였다. / 내가 눈을 다시 떴을 때, 그때 나는 나의 왼쪽 뺨에 불간이 달은 시선을 느꼈다. 나는 처음에 그것이 꽃인가 하였다. / 그것은 딸기였다. 쟁반에 담긴 일군(一郡)의 딸기는 곱게 피어오른 숯불같이 그 벌겋게 달은 체온이 그대로 나에게까지 스며올 듯, 진열장의 유리를 뚫고 그것은 연신 풋풋한 향기를 발하고 있는 것만 같았다. 손님이라고는 나 한 사람뿐인 다방의 오전의 해이해진 공기를 그것들이 혼자서만 빨아들이고 토하고 있는 상 보였다. 진열장 근처의 공기는 그만큼 긴장해 보였다. / 조금 전의 벌레 우는 것 같은 소리는 어쩌면 그것들이 쉬는 숨소리인지도 모를 일이었다. // …(중략)… // 나는 열심히 딸기를 보았다. 그 솜솜이 얽은 구멍이 구멍마다 숨을 쉬고 있는 듯 쟁반 위의 딸기는 생동하고 있었을 뿐 아니라, 그 근처를 완전히 제압하고 있었다. 온 방안의 공기가 유리 안의 한 개 쟁반 위에 모조리 흡수되었다. // 딸기는 그날 누구보다도 비장하였다.
>
> ─「딸기」 부분 [24]

당신의 눈짓은 이상한 치유력에 빛나고 있었습니다. / 꽃 한 송

24 김춘수, 「딸기」, 『김춘수 시전집』, 123~124쪽.

제4장

역사허무주의와 '처용─천사'의 존재론: 김춘수론

이 풀이파리 하나 하나가 모두 그들 본래의 건강을 회복해 갔습니다.//모든 사람들이 병들고 싶어 할 적에 당신은 의사였습니다 모든 사람들이 위대한 암흑을 구가할 적에 당신은 외로이 「돌담에 속삭이는 햇발」을 노래해야 하는 사명을 지니고 있었습니다.//잊혀지기 쉽고 믿어지지 않는, 그러나 발아하는 수목과 같은 미래에의 당신의 자세였습니다. / 퇴화한 종자들이 스스로의 토양을 좀먹고 있는 동안 생명을 위하여 아름다운 내일을 가꾸어야 하는 당신은 저 위대한 원정(園丁)의 한 사람이기도 하였습니다.//당신은 비장한 운명의 의사였습니다. / 만물의 가장 어두운 곳에 굼틀거리는 무수한 병균들을 당신은 그 크낙한 당신의 애정 속에 삼켜 버렸습니다. …… 이 끝 없는 헌신과 신뢰.//당신의 눈짓은 이상한 치유력에 빛나고 있었습니다. / 상쾌한 오전의 산령이었습니다.

— 「오전의 산령(山嶺)–한스 · 카롯사에게」 전문[25]

「딸기」에서 '열심히' 딸기를 바라보던 시적 주체는 딸기가 "생동하고 있었을 뿐 아니라, 그 근처를 완전히 제압"하며, "온 방안의 공기"가 딸기에게 흡수되는 듯한 압도감을 느낀다. 딸기의 압도적 존재감은 시적 주체의 시선과 딸기의 시선이 만나 강렬한 생명의 불꽃을 일으켰음을 보여준다. 시적 주체는 릴케가 말한 '천사'의 시선으로 사물을 구원해내고 있는 것이다. 김춘수에게 사물을 대상성으로부터 구원해낸다는 것은 거기에서 강렬한 생명력을 발견해내는 것을 의미한다. 시인의 시선을 통해 '딸기'는 생동하는 사물로서 그것은 의미 있는 존재가 된다. 이 시는 그러한 과정을 생동감 있게 묘사하고 있다. 딸기의 "벌겋게 달은 체온"이 시적주체에게 감응되는 장면과 그것이 유리르 뚫고 "풋풋한 향기"를 내뿜고 있는 장면 등이 그렇다.

「오전의 산령–한스 · 카롯사에게」에서는 이를 시의 치유력으로 설명

---

25 김춘수, 「오전의 산령(山嶺)–한스 · 카롯사에게」, 위의 책, 125쪽.

한다. 이 시에서는 "당신의 눈짓은 이상한 치유력에 빛나고 있었습니다. / 꽃 한 송이 풀이파리 하나 하나가 모두 그들의 건강을 회복해 갔습니다."라면서, 시인의 비장한 사명을 상기시킨다. 이 시에서 김춘수는 김영랑의 「돌담에 속삭이는 햇발」이라는 시를 인용하면서, 생명을 치유하는 힘을 지닌 시의 대표적 예로 들고 있다. 시인들은 생동하는 사물의 힘을 예민한 감각으로 발견해냄으로써 "어두운 곳에 굼틀거리는 무수한 병균들을" 애정으로 삼켜버리고 이를 "끝 없는 헌신과 신뢰"로 치유해야 한다.

2. 비애의 초극을 위한 '꽃'의 존재론

1) '꽃병'과 '천사'의 존재론 : 김춘수의 릴케론

김춘수는 사물들이 생동하지 못하고 있는 세계를 슬픈 것으로 인식한다. 이 세계를 다시 생동하게 하는 것은 시인의 노래이다. 오르페우스의 노래가 그러하듯, 시인이 사물을 소생시키기 위해 부르는 노래는 그의 죽음을 애도하는 진혼가의 형태를 띤다. 다음 시에서 김춘수는 순진무구한 소녀가 전쟁의 폭력성에 희생당하는 장면에 한국 전쟁에서 죽어간 이름 모를 소녀의 이미지를 중첩시키며 역사의 폭력에 희생되어간 모든 죽음을 애도하는 진혼가를 부르고 있다.

> 십자가에 못박힌 한 사람은 / 불면의 밤, 왜 모든 기억을 나에게 강요하는가, / 나는 스물두 살이었다. / 대학생이었다. / 일본 동경 세다가야서(署) 감방에 불령선인(不逞鮮人)으로 수감되어 있었다 / 어느날, 내 목구멍에서 / 창자를 비비 꼬는 소리가 새어 나왔다. / 〈어머니, 난 살고 싶어요!〉 / 난생 처음 들어보는 그 소리는 까마득한

어디서,／내 것이 아니면서, 내 것이면서……／나는 콩크리이트 바닥에 머리를 부딪고／북받쳐 오르는 울음을 참을 수가 없었다.／누가 나를 우롱하였을까,／나의 치욕은 살고 싶다는 데에서부터 시작되었을까／부다페스트에서의 소녀의 내던진 죽음은／죽음에 떠는 동포의 치욕에서 역逆으로 싹튼 것일까,／싹은 비정의 수목들에서보다／치욕의 푸른 멍으로부터／자유를 찾는 소녀의 뜨거운 피 속에서 움튼다.／싹은 또한 인간의 비굴 속에 생생한 이마아쥬로 움트며 위협하고／한밤에 불면의 염염한 꽃을 피운다.／인간은 쓰러지고 또 일어설 것이다.／그리고 또 쓰러질 것이다. 그칠 날이 없을 것이다.／악마의 총탄에 딸을 잃은／부다페스트의 양친과 함께／인간은 존재의 깊이에서 전율하며 통곡할 것이다.

— 「부다페스트에서의 소녀의 죽음」 부분[26](밑줄_인용자)

이 시에서 시인은 소녀의 죽음을 통해 전쟁의 폭력성을 고발한다. 전쟁은 무의미한 죽음을 대량으로 양산한다. 그것이 어떠한 역사적 의미를 지녔든지, 혹은 이데올로기적으로 정당화될 수 있을지에 대해 김춘수는 관심을 보이지 않는다. 그는 그러한 의미들이 인간을 더 깊은 절망으로 빠뜨리는 덫에 불과함을 알고 있다. 대신 그는 "십자가에 못 박힌 사람", 인류를 죄로부터 구원하기 위해 자신의 목숨을 대신 희생한 예수의 존재를 상기시킨다. 그는 역사에 대한 원한을 품는 대신 "콩크리이트 바닥에 머리를 부딪고" 우는 울음을 통해 살고 싶다는 생에의 의지를 발견한다. 살고 싶다는 근원적 욕망은 죽음이 아니라 삶에 대한 긍정에 의해 추동되는 것이기 때문이다. 이런 점에서 "인간의 비굴 속에 생생한 이마아쥬"로 움트며 죽음을 위협하는 "염염한 꽃"은 결코 시들지 않는 사랑의 힘을 의미하는 것으로 해석된다.

이를 통해 그는 '죽음'을 가진 존재로서의 이웃을 재발견한다. 그중에

26　김춘수, 「부다페스트에서의 소녀의 죽음」, 위의 책, 164~165쪽.

서도 「무구한 그들의 죽음과 나의 고독」에는 위 인용시와 유사한 구절이 나타난다. "어찌 아픔은/견딜 수 있습니까?//어찌 치욕은/견딜 수 있습니까?//죄 지은 기억 없는 무구한 손들이/스스로의 손바닥에 하나의/장엄한 우주를 세웠습니다"라는 구절이 그러하다. 이 시에서 김춘수는 죽음을 가진 자신들의 이웃을 '꽃'에 비유하며 이들이 괴롭게 죽어가는 장면을 고통스럽게 노래하였다.[27] 하지만 그는 "그들이 나의 이웃이 된 것은/그들에게 죽음이 있기 때문입니다/죽음을 위하여/그들이 나의 이웃이 된 것은 아닙니다."(「생성과 관계」)라면서, 그가 부르는 노래가 결코 죽음의 부정적 가치를 드러내기 위한 것이 아님을 못 박는다. 다음 시는 김춘수가 죽음을 생명의 가치를 드높이는 계기로 변용시키고 있음을 보여준다.

> 1
> 꽃이 없을 적의 꽃병은/벽과 창과/창 밖의 푸른 하늘을 거부합니다//(정신은/제 부재 중에 맺어진 어떤 관계도/용납할 수 없기 때문입니다)//그리하여 꽃병은 제가 획득한 그 순수공간에/제 모습의 또렷한 윤곽을 그리려고 합니다.//(고독한 니-췌가 그랬습니다)

> 2
> 그러나/빈 꽃병에/꽃을 한 송이 꽂아 보십시오/고독과 고독과의 사이/심연의 공기는/얼마나 큰 감동에 떨 것입니까?//비로소 꽃병은/꽃을 위한 꽃병이 되고/꽃은 꽃병을 위한 꽃이 됩니다//…(중략)…

---

27 "그러나/꽃들은 괴로웠습니다//그 우주의 질서 속에서/모든 것은 동결되어/죽어갔습니다".

4

꽃병에 있어서 / 벽과 창과 / 창밖의 푸른 하늘은 / 저항이었습니다 // 꽃병은 / 제 영혼이 나는 것을 보아야 합니다 / 꽃병은 / 제 육체가 떨어지는 것을 보아야 합니다 // 아, 꽃병은 / 벽과 창과 / 창 밖의 푸른 하늘에 부딪쳐가는 / 제 스스로의 모습을 보아야 합니다 // 그것은 어쩔 수 없는 / 저 시원(始原)의 충동이어야 합니다

5

그리하여 꽃병은 / 벽과 창과 / 창 밖의 푸른 하늘에 에워싸여 / 한 사람의 이웃으로 탄생하는 것입니다 // 그것은 사로잡히고 사로잡는 / 한 관계라고 해도 좋습니다

— 「최후의 탄생」 부분[28]

이 시에는 니체의 니힐리즘에 대한 김춘수의 해석이 '꽃'과 '꽃병'의 비유를 통해 형상화된다. 1연에서는 꽃이 꽂혀 있지 않은 꽃병의 상태가 그려진다. 꽃병은 그 어떤 관계 맺기도 거부하며 고독하게 '순수공간'을 획득하고자 한다. 김춘수는 이러한 상태를 "고독한 니―췌"의 사상과 관련짓는다. 이는 2연에서 '꽃병'에 '꽃'이 꽂힌 상태와 대비된다. 순수공간에 '꽃'이 꽂히면 '꽃'과 '꽃병'은 "사로잡히고 사로잡는" 관계를 맺게 된다. "벽과 창과 / 창밖의 푸른 하늘"에 거부하며 고독한 상태에 있던 꽃병은 '꽃'을 통해 세계에 열린 존재로 거듭난다.[29] '꽃'이 꽂히는 순간 '꽃병'은 "제 모습의 또렷한 윤곽"을 잃어버리는 상실을 겪게 되지만, 상실 혹은 추락("제 육체가 떨어지는 것")을 겪으며 '꽃병'은 "제 영

28 김춘수, 「최후의 탄생」, 『김춘수 시전집』, 138~141쪽.

29 이 시에서 '꽃병'은 릴케의 '향수병' 이미지를 변용시킨 것으로 보인다. 김춘수는 「릴케的인 實存―詩 「香水瓶」에 對하야」(『문예』, 1952.1)에서 1926년 파리에서 발간된 시집 『과수원』에 실린 이 시의 한 구절을 인용하며, 시인을 "健實한 日常生活의 테 밖에 쓰러져 있"는 향수병에 비유한 바 있다.

혼이 나는 것을" 볼 수 있는 존재로 거듭나게 된다.

김춘수는 「릴케的인 實存—詩 「香水瓶」에 對하야」라는 글에서 "불행을 한 의지에까지 끌고 나가야 한다. 蒸發해버리면 허수아비처럼 늘어졌다가도 적은 香水瓶으로 再生하여 쉬임없이 香水를 쏟아야 한다. 드디어 詩人은 호-머의 英雄들과 같은 確固不動한 使命에의 姿勢를 가지게 될 것이다. 시인은 스스로의 不幸을 不斷히 쏟아감으로써 巨人의 意志를 가지게될 것이다"라면서 불행과 고통을 부단히 시적으로 변용시킴으로써 창조적 생성에 이를 수 있음을 말하였다. 시인의 불행은 그를 나락으로 몰아넣는 것이 아니라 "거인의 의지"를 지닌 강한 존재로 단련시킨다. 존재의 극복을 위해 세계와 "부딪쳐가는/제 스스로의 모습을" 보려는 태도를, 이 시에서는 "시원(始原)의 충동"이라 설명한다. 다른 존재와 "사로잡히고 사로잡는" 관계 속에서 살아가면서 거기에서 자기 고양의 계기를 발견하는 것을 인간의 근원적 충동으로 파악하고 있는 것이다.

"제 부재 중에 맺어진 어떤 관계도" 용납하지 못했던 고독한 니체의 허무주의는 고독을 방해하는 '꽃'의 출현을 계기로 세계와 화해하게 된다. 김춘수는 화해의 계기를 릴케에게서 발견한 것으로 보인다. 이미 일찍부터 릴케와 김춘수의 영향 관계에 대한 논의가 있었다.[30] 연구자들은 릴케와 김춘수의 시에 나타나는 '천사'의 의미에 주목하거나 시 창

---

30 릴케와 김춘수의 관계에 주목한 연구는 다음과 같다. 김재혁, 「시적 변용의 문제: 릴케와 김춘수」, 『독일어문학』, 2001; 김재혁, 「릴케와 김춘수에게 있어서 '천사'」, 『릴케와 한국의 시인들』, 고려대학교 출판부, 2006; 류신, 「천사의 변용, 변용의 천사」, 『비교문학』, 2005.6.; 권 온, 「김춘수의 시와 산문에 출현하는 천사의 양상」, 『한국시학연구』, 2009.12; 강숙아, 「릴케 문학의 영향과 김춘수의 시」, 『외국학연구』, 2012; 조강석, 「김춘수의 릴케 수용과 문학적 모색」, 『한국문학연구』, 한국문학연구소, 2014.

작 방법의 변화과정과 관련지어 설명해왔다. 하지만 이들은 릴케의 천사를 기독교적인 맥락에서 해석하거나 '시적 변용'이라는 릴케의 시 창작 방법을 수용하는 과정에서 차용한 것으로 보는 데 그치는 등 김춘수와 릴케가 공유하고 있는 세계관의 전모를 드러내는 데까지는 이르지 못하고 있다.[31]

김춘수는 「릴케와 천사」[32]에서 릴케의 '천사'가 "世界와 歷史에 對한 크나큰 背反"이라는 점을 명시하며, "그것은, 誠實한 人間이 橫幅한 世界에 對한 復讐였기도" 하였음을 밝힌다. 김춘수는 이와 같은 릴케의 기치에 같이 공명하며 "알프스의 산령에서 외로이 쓰러져 간 라이나·마리아·릴케의 기"(「기」)에 대해 노래하였다. 그는 릴케가 "不斷히 터지는 噴火口인 世界에서 永遠한「存在者」를 스스로의 안에서 哺育하고, 結集하고, 秘藏할 使命"을 지니고 있었다고 말하면서, 릴케의 천사가 바로 그 영원한 '존재자'를 의미하는 것이라고 설명한다. 여기서 영원한 '존재자'로서의 천사는 바로 존재 자체이기도 하다. 이 글은 다음과 같이 마무리 된다.

> 릴케에 있어서 天使는 媒介物이 아니고, 바로 「存在」 그것이었고
> 天使의 發見은 그대로 릴케 自身의 發見이었기 때문에, 疲困한 世

---

31 한국에서 최초로 릴케의 글이 소개된 것은 김진섭이 『조선일보』에 게재한 「릴케: 어떤 젊은 문학지원자에게」라는 편지글이며(김진섭, 「릴케: 어떤 젊은 문학지원자에게」, 『조선일보』, 1935.7.12~13), 릴케의 시는 박용철에 의해 1936년 『여성』지에 게재되었다(「소녀의 기도(마리아께 드리는)」, 『여성』, 1936.6). 박용철은 1938년에는 릴케의 시론을 최초로 소개하는 등 릴케의 소개에 앞장섰는데, 서정주 역시 박용철을 통해 릴케에 대해 알게 된 것으로 보인다(박용철, 「시적 변용에 대해서」, 『삼천리문학』, 1938.1.1).

32 김춘수, 「릴케와 천사」, 『문예』 2, 1949.2. 이외에도 김춘수가 릴케에 대해 언급한 산문으로는 「릴케적인 실존」(『문예』, 1952년 1월호), 「릴케와 나의 시」(김주연 편, 『릴케』, 문학과지성사, 1987, 235~246쪽)가 있다.

紀의 눈에 그 湖水같이 잔잔하고 맑은, 不動의 確立性을 獲得한 릴
케魂의 姿勢는 날이 갈수록 蠱惑的으로 비치었다. 마치 狂亂의 파
우스트의 눈에 비친 處女 그레-트헨과도 같이……
　　릴케는 스스로 뜻하여 二十世紀의 地獄에 눈부신 「童話」를 放射
하였다.
　　天使는 릴케魂의 勝利였다.

　"피곤한 세기의 눈"이나 "이십세기의 지옥"과 같은 구절은 김춘수가
릴케에게서 "소모적인 역사적 열병"으로 인한 고통을 발견했음을 보여
준다. 릴케의 천사는 역사의 과잉에 대한 해독제로서 "눈부신 「동화」를
방사"한다. 이 동화에는 김춘수가 「숲에서」에서 노래한 생명력의 근원
으로서의 '사랑'이 담겨있다. 이는 김춘수가 릴케의 천사를 파우스트가
사랑한 소녀 그레트헨에 비유한 데서 알 수 있다.[33] 시인과 천사는 파
우스트와 그레트헨처럼 서로를 존재의 심연으로부터 구원해주는 관계
인 것이다. 또한 김춘수는 '천사'를 통해 릴케 자신의 "永遠한 모습"과
독일민족 자체의 "永遠한 모습"이 동시에 나타난다고 지적하며, 천사를
종족적인 관점에서 사유한다. 천사를 수호하는 릴케의 근원적인 힘이
「라인, 메르헨, 카도릭」[34]에서 비롯한다고 보는 것 역시 이와 관련된다.

33　김춘수는 이 산문에서 설명한 릴케의 시 정신을 시적으로 형상화하기도 하였
　　다. "(호수에서 눈. 눈에서 호수. 고모호에서 그레-트헨의 눈. 그레-트헨의 눈
　　에서 고모호)//원한다며는 호수가 化하여 천사될 수도 있는 우리들 창조하
　　는 이 무한한 기쁨!"이라는 구절에서 이 산문과 시의 연관성이 확인된다. 이 시
　　에서 "높고 아늑한 그곳"에서 "슬프도록 푸른 달빛을 이고 스스로의 한밤에 꽃
　　처럼 곱게 눈을 뜨고 넘쳐 흐르는 정적을 고요히 느껴 우는" 얼굴은 천사의 존
　　재를 이르는 것이다. 김춘수, 「호수」, 『김춘수 시전집』, 115~116쪽.
34　이는 라인 강과, 동화(Märchen), 가톨릭을 말한다. 이는 이 글에서 릴케와 함께
　　언급된 독일 서정시인 슈테판 게오르게(Stefan George)의 「라인, 古代, 敎會」
　　와 등치된다.

이와 같은 태도는 니체가 『차라투스트라는 이렇게 말했다』의 「천 개 그리고 하나의 목표에 대하여」장에서 창조의 주체로서 개인과 인류가 아닌 민족을 내세운 것과 비교된다. 여기서 민족의 개념은 선과 악에 대한 가치를 공유하는 집단으로, 혈연적 민족 개념과는 무관하다. 니체는 "저마다의 민족 위에 가치를 기록해둔 서판이 걸려 있다. 보라, 그것은 저마다의 민족이 극복해 낸 것들을 기록해둔 서판이니. 보라, 그것은 저마다의 민족이 지닌 힘에의 의지의 음성이니"[35]라면서 창조의 주체로서 민족을 언급한다. 그는 "개인 그 자체는 최근의 산물"일 뿐이며, "다수의 이익을 돌보는 대신에 자기 자신의 이익이나 챙기는 약삭빠르고 무정한 자아. 집단에게 이런 자아는 그 집단의 근원이 아니라 몰락을 의미한다."라면서 다음과 같이 덧붙인다.

> 선과 악을 창조한 것은 언제나 사랑을 하고 창조를 하는 자들이 었다. 그리하여 모든 덕목 속에는 사랑의 불길이, 분노의 불길이 타오르고 있는 것이다.
> 차라투스트라는 많은 나라와 많은 민족을 둘러 보았다. 이 세상에서 이들 사랑을 한다는 자들이 만들어낸 창조물보다 더 막강한 힘을 차라투스트라는 보지 못했다. "선"과 "악", 그것이 바로 그 창조물들의 이름이렷다.[36]

각 민족이 스스로들에게 부과한 선과 악의 가치는 그 누구로부터 받아들인 것도, 스스로 찾아낸 것도, 천상의 음성에 의해 주어진 것도 아니다. 사람들은 그 자신을 보존하기 위해 사물들에 가치를 부여해온 것이다. 니체는 "평가가 곧 창조 행위이다." "평가라는 것이 없다면 현존

---

35 프리드리히 니체, 『차라투스트라는 이렇게 말했다』, 96쪽.
36 위의 책, 99쪽.

재라는 호두는 빈껍데기에 불과할 것이다"라면서, 스스로를 보존하려는 목표 아래 선과 악에 대한 가치 평가가 내려져야 하며 그것이 바로 창조 행위라고 하였다. 바로 다음 장인 「이웃 사랑에 대하여」에서 가치가 "더없이 먼곳에 있는 사람과 앞으로 태어날 미래의 사람들에 대한 사랑", "유령에 대한 사랑"으로 설명되는 데서 알 수 있듯이, 이는 초월적 가치를 지닌 것이다. 초월적 세계는 존재자가 되돌아가야 할 시원적 고향으로서, 그가 따라야 하는 모든 가치들이 흘러나오는 샘물이기도 하다. 릴케의 천사 역시 종족적 의미를 지닌 것임을 고려하면서, 죽음의 심연에서 존재자를 구원해내고 있는 '영원한' 존재자로서의 '천사'를 형상화하였다. 한편 다음 시는 릴케의 '천사'에 대한 김춘수의 격앙된 태도를 보여준다.

> 세계의 무슨 화염에도 데이지 않는 / 천사들의 순금의 팔에 이끌리어 / 자라가는 신들, / 어떤 신은 / 입에서 코에서 눈에서 / 돋쳐나는 암흑의 밤의 손톱으로 / 제 살을 핥아서 피를 내지만 / 살점에서 흐르는 피의 한 방울이 다른 신에 있어서는 / 다시 없는 의미의 향료가 되는 것을, / 라이너어 · 마리아 · 릴케, / 당신의 눈은 보고 있다. / 천사들이 겨울에도 얼지 않는 손으로 / 나무에 꽃을 피우고 있는 것을, / 죽어간 소년의 등 뒤에서 / 또 하나의 작은 심장이 살아나는 것을 / 라이너어 · 마리아 · 릴케, / 당신의 눈은 보고 있다. / 하늘에서 죽음의 재는 떨어지는데, / 이제사 열리는 채롱의 문으로 / 믿음이 없는 새는 어떤 몸짓의 날개를 치며 날아야 하는가를,
>
> ― 「릴케의 장」 전문[37]

이 시에서 김춘수는 존재자를 죽음의 심연에서 구원해줄 수 있는 천사를 "세계의 무슨 화염에도 데이지 않는" "순금의 팔"을 지닌 초월적인

존재로 그려낸다. 천사는 죽음의 고통을 "다시 없는 의미의 향료"로 변용시키며 죽음을 통해 생명의 가치를 고양시킨다. 이는 "겨울에도 얼지 않는 손으로/나무에 꽃을 피우고" "죽어간 소년의 등 뒤에서/또 하나의 작은 심장이 살아나는" 것으로 묘사된다. 김춘수는 릴케의 천사 개념의 핵심이 죽음과 삶의 끊어진 연결고리를 완성시키는 것임을 간파하였다. 그가 앞서 언급한 산문에서 천사를 "릴케魂의 勝利"라고 단언한 것은 이 때문이다. 위의 시에서도 천사는 '죽음'을 응시하는 존재로 나타난다. 이 시를 비롯해 김춘수는 초기시부터 죽음을 응시하는 차가운 눈을 지닌 존재에 대해 노래한 바 있다.[38] 김춘수가 언급한 '차가운 눈을 지닌 존재'는 릴케가 「두이노의 비가」에 묘사하는 천사를 상기시킨다. 릴케는 '천사'에 대해 다음과 같이 설명한 바 있다.

「비가」에 나타나는 천사는 우리가 이루고자 하는 가시적 세계에서 비가시적 세계로의 변용을 이미 성취한 피조물입니다. 「비가」의 천사에게는 지난 날의 온갖 탑이라든가 궁전 따위가 존재하고 있습니다. 왜냐하면 이미 오래 전에 비가시적으로 변용되었기 때문이죠. 또한 우리가 살고 있는 현실에 존재하는 탑이나 다리들도 비가시적으로 변용되어 있는 것입니다. (우리 인간에게는) 여전히 물리적 물체의 상태로 지속하고 있는데도 말입니다. 「비가」의 천사는 비가시적 세계 속에서 보다 차원 높은 현실을 인식할 수 있음을 증명해 보이는 그러한 존재인 것입니다. ― 그렇기에 인간에겐 두려운 존재일 수밖에요. 천사를 연모하고 변용을 성취해야 하는 인간은 아직도 여전히 가시적인 세계에만 집착하고 있으니까

---

38 가령 「죽어가는 것들」에서 그는 "너도 차고 능금도 차다/모든 죽어가는 것들의 눈은/유리 같이 차다//가 버린 그들을 위하여/돌의 볼에 볼을 대고/누가 울 것인가"라며, 죽어가는 것들의 차가운 눈과의 마주침, 그리고 그들을 위하여 누군가 울지 않으면 안 된다는 인식을 보여주었다. 김춘수, 「죽어가는 것들」, 위의 책, 36쪽.

요.[39](밑줄_인용자)

릴케는 천사를 "가시적 세계에서 비가시적 세계로의 변용을 이미 성취한 피조물"이라고 설명한다. 인간에게는 가시적인 세계의 형상이 천사에게는 비가시적인 것으로 변용되어 있다. 때문에 천사에게는 가시적인 세계와 비가시적인 세계가 구분되지 않는 것이다. 이에 대해 릴케는 천사가 "보다 차원 높은 현실을 인식할 수 있음을 증명해 보이는" 존재라고 설명한다. 「두이노의 비가」의 제1비가에서 짐승과 달리 죽음을 인식하고 있는 인간이 삶과 죽음을 확연히 구분한다는 것을 한탄하는 태도는 이와 관련된다. 릴케는 "아름다움을 우리가 그처럼 찬탄하는 것도 그것이 / 우리를 파멸시키는 일 따위는 멸시하는 까닭이다. 모든 / 천사는 두렵다"라며 아름다움에 서려 있는 소멸의 그림자를 읽어내지 못하는 인간과 천사를 대비시킨다.[40]

2) 능금과 꽃과 나비

그러나 살아 있는 자들은 지나치게 분별하는 과오를 범하고 만다. / (전하는 말에 의하면) 천사들은 살아 있는 자들 사이에 있는지 / 혹은 죽은 자들 속에 있는지를 모른다고 한다. / 영원한 흐름이 삶과 죽음의 두 영역에 걸쳐 온 세대를 휩쓸어가는 모두를 굉음 속에 삼켜 버린다. // 마침내 요절한 그들은 우리를 필요로 하지 않는다. / 언젠가 어머니 가슴을 떠나 성장하듯이 사자들도 조용히 지상

---

39 Rilkes Brief an Witold Hulewicz, 13. Nov. 1925, zit. nach: Jacob Steiner: a. a. O., S. 14; Hans Egon Holthusen, *Rainer Maria Rilke*, Hamburg 1958, S. 152f(김자성, 「릴케의 『두이노의 비가』에 나타난 천사의 본질」, 『헤세연구』, 2003, 108쪽 재인용).
40 라이너 마리아 릴케, 『두이노의 비가』, 399쪽.

의 품을 떠나기 마련이다. / 그러나 우리들, 그 큰 비밀을 필요로 하
는 우리들, / 가끔은 슬픔으로부터 지극히 행복한 진전을 얻는 우리
들 / 우리는 과연 그 죽은 자들 없이 〈살아갈 수〉 있을까? / 그 전선
을 헛된 이야기인가? 언젠가 리노스의 죽음을 슬퍼하는 통곡이 /
최초의 과감한 음악이 되어 메마른 곳을 속속들이 적시었다는 것
은. / 거의 신에 가까운 그 젊은이가 홀연히 영원한 발걸음을 들여
놓는 순간 경악한 공간 속에 / 그 공허함이 마침내 울림을 일으켰다
고 한다. / 지금도 그 울림은 우리를 황홀하게 하고, 위로하고, 그리
고 힘을 갖게 한다.[41]

위 인용시는 「두이노의 비가」 중 제1비가의 일부이다. 위 시에서 천
사는 시간을 초월해 삶의 세계와 죽음의 세계, 가시적 세계와 비가시적
세계를 구분하지 않기 때문에, 자신들이 "살아 있는 자들 사이에 있는
지 / 혹은 죽은 자들 속에 있는지를" 알지 못한다. 이와 달리 "살아 있는
자들은 지나치게 분별하는 과오를 범하"며 보다 높은 차원의 현실이 있
음을 알지 못한다. 그런데 릴케는 죽음의 의미를 이해하고 있는 자만이
삶의 아름다움을 진정으로 이해할 수 있다면서 인간이 '죽은 자'들 없이
는 살아갈 수 없다고 말한다. 이에 홀레비츠(W. Hulewicz)에게 보낸 편
지에서 릴케는 "진정한 생의 형상은 두 영역을 통해서 흐르고 있습니
다. 더 없이 거대하게 순환하는 피가 두 영역을 뚫고 흐르고 있지요. 이
승도 저승도 없고 위대한 통일의 세계가 있어 바로 그 안에 우리를 능
가하는 존재인 천사들이 있는 것입니다."라고 말하였다.[42]

이런 점에서 릴케의 천사는 기독교의 천사와 구분된다. 천사들이 존

41   위의 책, 404~405쪽.

42   Rilkes Brief an Witold Hulewicz, 13. Nov. 1925, zit. nach: *Rilkes Duineser El-
      egien*, hrsg. v. Ulrich Fulleborn u. Manfred Engel, Bd.a., F / M 1980, S. 319(김
      자성, 앞의 글, 112쪽 재인용).

재하는 공간은 삶과 죽음의 두 영역을 포함하는 통일된 전체의 세계이며 릴케 자신의 말처럼 "온전한 세계"(「오르페우스에게 바치는 소네트」)로서의 내면세계공간을 의미한다. 이는 「최후의 탄생」에서의 '꽃'을 받아들인 '꽃병'의 변신과도 관련된다. '꽃병'은 '꽃'의 존재를 받아들임으로써 자신의 육체의 몰락을 경험함으로써 '순수한 고독'에서 벗어나 "한 사람의 이웃"으로 탄생할 수 있었다. 이는 '꽃병'이 고립에서 벗어나 세계에 열린 존재로 거듭났음을 의미한다. 이 시의 제목인 '최후의 탄생' 역시 릴케의 시에서 가져온 것으로 보인다. 릴케는 "생각하라, 영웅은 스스로 자신의 존재를 유지하는 법, 몰락조차도 그에겐/존재를 위한 구실, 최후의 탄생에 불과했나니"라면서,[43] 죽음조차 자기 존재를 위한 구실로 만드는 인간을 '최후의 탄생'을 완수해낸 영웅적 존재로 그려낸 바 있다. 김춘수는 다음의 시에서 이를 축제적인 것으로 설명한다.

> 그는 그리움에 산다. / 그리움은 익어서 / 스스로도 견디기 어려운 / 빛깔이 되고 향기가 된다. / 그리움은 마침내 / 스스로의 무게로 떨어져 온다. / 떨어져 와서 우리들 손바닥에 / 눈부신 축제의 / 비할 바 없이 그윽한 / 여운을 새긴다.
>
> ─「능금」 부분[44]

그리움이 무르익어 스스로의 무게로 떨어질 때 그것은 축제적인 것이 된다. "무거운 포도송이에 / 마지막 단맛을 불어넣어주십시오"[45]라는 릴케의 기도와 마찬가지로, 삶을 더욱 무르익게 만들어주는 죽음에 대한 인식이 위의 시에도 나타난다. 충분히 성숙한 상태에서 맞이하는 죽

---

43 라이너 마리아 릴케, 『두이노의 비가』, 401쪽.
44 김춘수, 「능금」, 『김춘수 시전집』, 179쪽.
45 라이너 마리아 릴케, 「가을날」, 『두이노의 비가』, 119쪽.

음은 "그윽한/여운"을 새기며 축복 받을 만한 죽음의 순간을 선사한다. 김춘수 역시 죽은 자들이 산 자들의 삶을 보호해주는 역할을 하고 있음을 보여준다. 「처용단장」 중 「제3부 메아리―33편」이 대표적이다. 이 시에는 어렸을 적 죽은 친구 '호'의 죽음을 슬퍼하는 장면이 그려진다. "호야, 네 숨이 멎던 그 날은 시베리아로 가는 티티새의 무리가 하늘을 가맣게 덮고 있었다"며 그의 죽음을 애도하던 시적 주체는, 호가 죽음이 그를 데려갈 때까지는 "네 잎 토끼풀"처럼 꼭꼭 숨어서 "망국의 왕세자처럼 그렇게 살"으라는 당부를 남겼다고 말한다.

서정주의 「무슨 꽃으로 문지르는 가슴이기에 나는 이리도 살고 싶은가」에도 이와 유사한 장면이 나타남을 앞서 살펴보았다. 이 시에는 "안개와 같이 스러진 것들의 形象"으로서 죽은 이들의 만남을 통해 죽음에서 삶으로 건너오는 시적 주체의 모습이 그려진다. 서정주는 이미 이 세상에 속해있지 않은 이러한 존재들이 건네준 '꽃'을 통해 치유를 받아 다시 생명력을 회복하는 장면을 포착했다. 이 시 뿐만 아니라 해방 후 서정주가 최초로 발표한 시 「꽃」에도 죽은 이들을 통해 살아 있는 자들이 치유되고 정화되는 장면이 나타난다.

> 가신이들의 헐덕이든 숨결로/곱게 곱게 씻기운 꽃이 피었다.//
> 흐트러진 머리털 그냥 그대로,/그 몸스직 그 음성 그냥 그대로,/
> 옛사람의 노래는 여기 있어라.//오― 그 기름묻은 머리스박 낱낱
> 이 더워/땀 흘리고 간 옛사람들의/노래스소리는 하늘우에 있어
> 라.//쉬여 가자 벗이여 쉬여서 가자/여기 새로 핀 크낙한 꽃 그늘
> 에/벗이여 우리도 쉬여서 가자/맞나는 샘물마다 목을 추기며/이
> 끼 낀 바위스돌에 택을 고이고/자칫하면 다시못볼 하늘을 보자.[46)]
>
> ―「꽃」 전문[46)]

46 서정주, 『미당 시전집』 1, 68쪽.

이 시의 1연에는 "가신이들의 헐덕이든 숨결"로 정화된 '꽃'이 등장한다. 시적 주체는 이미 사라져버린 것들의 흔적이 "옛사람의 노래"에 그대로 보존되어 있음을 느낀다. 흐트러진 머리털과 땀 흘리고 간 이들의 흔적은 산 사람들의 것인 양 생생하다. "새로 핀 크낙한 꽃 그늘"은 "가신이들의" 숨결이 담긴 영혼의 꽃으로 만들어진 보호막과 같은 것으로, 살아 있는 자들이 죽은 자의 보호를 받고 있는 상태를 보여준다.[47] 이 시에는 그들이 만들어준 '꽃그늘' 아래에서 "옛사람들이 불렀던 노래"를 되새기며 초월적 세계("하늘")에 대한 지향을 보여주고 있는 것이다.

김춘수는 「꽃밭에 든 거북」, 「꽃 · Ⅰ」, 「꽃 · Ⅱ」, 「꽃의 소묘」, 「꽃을 위한 서시」 등 '꽃'에 관한 시를 여러 편 남겼다. 이들 시에서 김춘수는 서정주가 "가신이들"이라고 표현한 초월적 존재와의 만남을 통해 삶을 상승시키려는 의지를 드러낸다. 김춘수는 자신의 시 「꽃」에 대해 설명하며 "이 시는 사물로서의 꽃의 생태적인 속성을 매개로 해서 인간의(인간적 존재양상이라고 함이 더 적절하리라) 근원적 고독을 드러내려고 해 본 것이라고 할 수 있다. 릴케 몸짓이라고 나는 말하고 싶다"라고 설명한 바 있다. 여기서 김춘수가 말하는 근원적 고독은 사물과 대립되어 있는 인간의 "존재론적 분열상"과 관련된다.[48] 이는 「꽃 · Ⅰ」에서 분열되어 있지 않은 존재의 '웃음'과 나의 '울음'의 대비로 표현된다.[49] 그런데 이미 여러 차례 앞서 설명했던 것처럼, 이러한 존재론적 분열 상태

---

47 김춘수는 "미당이 "마흔 다섯은/귀신이 와 서는 것이 보이는 나이"라는 시(「마흔다섯」)도 썼듯이 "시인은 보이지 않는 세계, 자신의 내면을 보는 사람"이라면서, 미당의 시에 나오는 귀신은 결국 내면세계를 말하는 것이고, 릴케나 미당은 내면세계를 들여다본 사람들이라고 했다. 류기봉, 「선생님은 하늘을 훨훨 날아서 가시다」, 『현대문학』, 2005.1.

48 김춘수, 「릴케와 나의 시」, 김주연 편, 『릴케』, 243~244쪽.

49 "한나절, 나는 그의 언덕에서 울고 있는데, 도연(陶然)히 눈을 감고 그는 다만 웃고 있다." 김춘수, 「꽃 · Ⅰ」, 『김춘수 시전집』, 170쪽.

에 대한 슬픔이 생성의 근원이 된다.

> 나는 시방 위험한 짐승이다. / 나의 손이 닿으면 너는 / 미지의 까
> 마득한 어둠이 된다. // 존재의 흔들리는 가지 끝에서 / 너는 이름도
> 없이 피었다 진다. / 눈시울에 젖어드는 이 무명의 어둠에 / 추억의
> 한 접시 불을 밝히고 / 나는 한밤내 운다. // 나의 울음은 차츰 아닌
> 밤 돌개바람이 되어 / 탑을 흔들다가 / 돌에까지 스미면 금이 될 것
> 이다. // ……얼굴을 가리운 나의 신부여
>
> —「꽃을 위한 서시」 전문[50]

이 시에서 시적 주체가 스스로를 "위험한 짐승"에 비유하고 있는 것
은, 그가 동물과 같이 죽음을 인식하지 못하는 '동물'의 상태에 있음을
의미한 것으로 해석된다. 여기서 시인의 노래는 그 자신의 존재를 건
모험인 것이다. 이는 "이 무명의 어둠"에 이름을 붙여줌으로써 '신부'를
어둠으로부터 구출해내고자 하였던 오르페우스의 하강을 상기시킨다.
시인은 자신의 목숨을 걸고 죽음의 세계로 내려가 심연에 잠겨 있는 존
재의 의미를 구해내려 한다. 그들은 베일로 얼굴을 가진 신부와 마찬가
지로 자신의 비밀을 숨기고 있는 것일 뿐 존재하지 않는 것은 아니다.
시인에게 죽음이라는 베일에 가려진 '타자'는 사랑하는 연인과 같은, 즉
'신부'와 같은 존재이다. 시인은 이들의 죽음에 대한 슬픔을 노래함으로
써 죽어버린 존재들에게 생명을 부여한다.

물론 "미지의 까마득한 어둠"과 마주하는 것은 결코 함부로 할 수 있
는 일은 아니다. 다음 시들에서는 이러한 과정에서 주체가 맞닥뜨리게
되는 심연의 공포를 상기시킨다.

50 김춘수, 「꽃을 위한 서시」, 위의 책, 189쪽.

바람도 없는데 꽃이 하나 나무에서 떨어진다. 그것을 주워 손바닥에 얹어 놓고 바라보면, 바르르 꽃잎이 훈김에 떤다. 화분도 난(飛)다. 「꽃이여!」라고 내가 부르면, 그것은 내 손바닥에서 어디론지 까마득히 떨어져 간다. / 지금, 한 나무의 변두리에 뭐라는 이름도 없는 것이 와서 가만히 머문다.

—「꽃·Ⅱ」 전문[51]

거북이 한 마리 꽃그늘에 엎드리고 있었다. 조금씩 조금씩 조심성 있게 모가지를 뺀다. 사방을 두리번거린다. 그리곤 머리를 약간 옆으로 갸웃거린다. 마침내 머리는 어느 한자리에서 가만히 머문다. 우리가 무엇에 귀 기울일 때의 그 자세다. (어디서 무슨 소리가 들려오고 있는 것일까.) / 이윽고 그의 모가지는 차츰차츰 위로 움직인다. 그의 모가지가 거의 수직이 되었을 때, 그때 나는 이상한 것을 보았다. 있는 대로 뺀 제 모가지를 뒤틀며 입을 벌리고, 그는 하늘을 향하여 무수히 도래질을 한다. 그동안 그의 전반신은 무서운 저력으로 공중에 완전히 떠 있었다. (이것은 그의 울음이 아니었을까.) / 다음 순간, 그는 모가지를 소로시 옴츠리고, 땅바닥에 다시 죽은 듯이 엎드렸다.

—「꽃밭에 든 거북」 전문[52]

「꽃·Ⅱ」에서 바람도 없는데 나무에서 떨어진 '꽃'은 가을날 스스로의 무게로 떨어진 성숙한 존재를 의미한다. 시적 주체는 죽음의 세계로 내려간 '꽃'과의 마주침을 통해 "위험한 짐승"이 되어 존재론적 심연과 마주한다. 그러한 장면을 "이름도 없는 것", 그러니까 죽음을 응시하는 차가운 눈을 지닌 천사가 와서 바라보고 있다. "꽃이여!"라는 시인의 외침은 초혼(招魂)의 의식이기도 하다. 이는 「꽃」에서는 "하나의

---

51 김춘수, 「꽃·Ⅱ」, 『김춘수 시전집』, 172쪽.
52 김춘수, 「꽃밭에 든 거북」, 위의 책, 168쪽.

몸짓"에 지나지 않는 대상을 '꽃'으로 변용시키는 것으로 그려진다. 이 시에서 '이름'을 부르는 행위는 가시적인 것("이 빛깔과 향기")을 비가시적인 것("이름")으로 변용시키는 것으로, 김춘수는 이를 '릴케의 몸짓'이라고 표현하였다. 릴케가 "생명을 앗아갈 수 있는 영혼의 새들"[53]이라며 천사를 두려운 존재로 그려낸 것에서 알 수 있듯이, 릴케의 천사는 아름다움과 두려움의 양면성을 지닌 존재이다. 특히 꽃의 아름다움을 받아들일 준비가 안 된, 즉 내면세계공간에 도달하지 못한 인간에게 꽃의 아름다움은 목숨을 앗아갈 수 있을 정도로 치명적인 것이 될 수 있다.[54]

하지만 이러한 위험에도 아랑곳하지 않고 더 높은 세계를 지향하는 존재들은 초월적 세계를 향해 한껏 목을 치켜드는 것으로 나타난다. 이는 「꽃밭에 든 거북」에서는 "우리가 무엇에 귀 기울일 때의 그 자세"로 그려진다. 어느 순간 천사를 감각하게 된 거북이는 주위를 두리번거리다 비가시적 존재에게서 들려오는 소리를 감지한다. 이 존재와의 만남은 존재자의 삶을 일순간 비약시킨다. 김춘수의 「꽃밭에 든 거북」은 역사의 밑바닥을 기어가면서 울음을 우는 거북이를 그려낸 오장환의 「연화시편」을 연상시킨다. 김춘수는 오장환이 그러했듯, 역사 자체를 허무하고 슬픈 것으로 인식하며 이 병든 역사에서 꽃을 피워내려는 '꽃-거북'의 이미지를 형상화하였다. 이를 통해 그는 삶과 죽음, 가시적 세계와 비가시적 세계의 경계를 넘나드는 천사와 같은 존재를 지향한다. 김춘수는 이를 '빛'과 '나비'가 결합된 이미지로 묘사하기도 한다.

---

53 라이너 마리아 릴케, 『두이노의 비가』, 406쪽.
54 이와 달리 천사는 "넘치는 스스로의 아름다움을 / 다시금 얼굴 속으로 거두어들이는 거울"에 비유된다. 나르시스가 스스로의 아름다움을 외부에 투사하여 그와의 합일을 위해 죽음에 이르는 것과 달리, 천사는 아름다움을 내부로 투사하여 '아름다움'이라는 관념 자체를 생성한다. 위의 책, 407쪽.

한 번 본 천사는 잊을 수 없다. 봄바다가 모래톱을 적시고, 한 줄기의 빛이 열 발짝 앞의 느릅나무 잎에 가 앉더니 갑자기 수만 수천만의 빛줄기로 흩어진다. 그네가 저만치 새로 날개를 달고 오고 있다.

— 「실제(失題)」 전문[55]

가을이 가고 겨울도 가고 봄이 또 와서 나비가 장다리꽃에 앉는 것을 보았을 때, 나비를 나는 이해할 수가 없었다. 언젠가 수많은 수천만의 빛줄기로 흩어져서 한려수도 저쪽으로 가버린 그 많은 천사, 그들 중의 하나가 아닐까, 눈앞이 하얗고 매끌매끌한 그런 것으로 동그랗게 부풀어오르더니 그것은 어느새 쾌적한 무게로 나를 지그시 누르고 있었다. 그것은 그러나 손에 잡히지가 않았다.

— 「나비가」 부분[56]

위의 시에서 김춘수는 천사를 '빛'에 비유하면서 우주를 창조시키는 근원적 존재로 의미화 시킨다. 한 줄기의 빛이 수만 수천의 빛줄기로 흩어지는 장면은 근원적 일자에 의해 우주가 탄생하는 창세기적 장면을 연상시킨다. 릴케 역시 「두이노의 비가-제2비가」에서 천사를 "만발한 신성의 꽃가루"에 비유하며 우주에 흘러넘치는 빛을 뿌리는 "창세의 걸작, 조화의 총아"라고 표현한 바 있다. 한줄기의 빛이 신적인 존재를 가리킨다면, 그것에 의해 생성된 사물들의 본성에 신적인 것이 깃들어 있다고 할 수 있다. 죽음은 우리 안에 깃든 신적인 본질을 깨닫게 함으로써 그의 텅 빈 내면을 충만하게 만들어준다. 죽음은 생성의 본질인 것이다. 나비는 죽음과 삶의 경계를 넘나드는 천사적 존재로, 이러한 생성의 본질을 일깨워주는 영원회귀적 존재다. 시적 주체는 나비를 이

---

55   김춘수, 「실제(失題)」, 위의 책, 684쪽.
56   김춘수, 「나비가」, 위의 책, 698쪽.

해하지 못하면서도, "쾌적한 무게"로 그의 존재감을 파악한다. 나비의 이미지는 영혼의 유토피아에 대한 상상으로 이어진다.

> 몸은 어디 가고 넋만 있다. 참(斬) 편(鞭)에도 무상(無傷)이다. 생사(生死)가 없고 애증이 없다. 옛날 성황 황제가 낮잠을 자다 꿈에 보았다고 한다. 신분의 상하가 없고 사욕이 없고 이해손득이 없다. 거북이 등에 갑이 없고 토끼 몸에 털이 없다. 여름에 부채가 없고 겨울에 화로가 없다. 아니, 여름도 없고 겨울도 없다. 넋은 하늘에서 잠자고 구름처럼 간다. 몸이 없으니 도(盜)와 간(姦)이 없다. 넋은 뭔가 간절히 보고 싶은 것도 없다. 있는 건 갓 핀 꽃잎 같은 두 개의 날개, 거기가 바로 빛나는 상춘(常春)의 나라, 호접(胡蝶)의 나라다.
>
> — 「화서국(華胥國)」 전문[57]

화서국은 생사도 애증도 없는 천사의 나라다. 이는 인간의 사리분별로는 헤아릴 수 없는 무한의 세계이다. 이 세계에서 무는 결핍이 아니라 무한의 깊이를 지닌 것으로 변용된다. 이는 "인간들 속에서/인간들에 밟히며"[58] 살아가는 인간들의 사회와는 대비되는 신화적 세계이다. 그리고 이 신화의 세계에 거주하는 것은 "갓 핀 꽃잎 같은 두 개의 날개"를 지닌 나비−천사이다. 김춘수는 이와 같은 신화적 세계에 보다 가까이 접근하기 위해 '처용'이라는 신화적 인물을 탐구하게 된다. 처용은 자신의 신적인 본질을 깨닫고 세계에 유토피아를 도래시키는 신인(神人)의 이미지를 가지고 있다.

---

57 김춘수, 「화서국(華胥國)」, 위의 책, 716쪽. 이 시를 포함해서 「화서국」, 「다시 화서국」 등을 연작시로 묶을 수 있다.

58 "인간들 속에서/인간들에 밟히며/잠을 깬다. /숲속에서 바다가 잠을 깨듯이/젊고 튼튼한 상수리나무가/서 있는 것을 본다. /남의 속도 모르는 새들이/금빛 깃을 치고 있다."(「처용」 전문, 위의 책, 233쪽)

3. '처용 — 천사'의 존재론적 변용과 나선형적 반복

1) 고통의 시적 변용과 광대의 슬픔

「처용단장」에 등장하는 '처용'은 초월적 세계로 나아가고자 하는 김춘수의 시적 지향을 드러내는 대표적 페르소나다. 이 연작시편에서 '처용'이 릴케의 천사 이미지와 결합되어 있다는 점에서 '처용 — 천사'라고 명명하고자 한다. 이외에도 천사 이미지는 예술적, 정치적, 종교적 차원에서 확대되어 영웅적인 존재자들에게 투사되어 나타난다. 이중섭 연작을 비롯하여 반 고흐, 루오, 세잔, 파스텔 화가 강신석 등 예술가들을 그린 시들이 이에 해당한다. 한편 아나키스트 프루동, 바쿠닌, 피그넬, 신채호, 박열, 이회영 등에게서는 죽음을 극복한 영웅적 이미지가 나타나며, 이와 함께 예수 그리스도를 대상으로 한 시들 역시 하나의 계열을 이룬다. 이와 같이 예술가, 아나키스트, 그리고 예수가 만들어내는 각 계열들은 서로 교차하거나 중첩되면서 '처용'의 얼굴을 만들어내고 있다.

이들은 슬픔을 동력으로 삼아 이 세계를 존재가 숨을 쉴 수 있는 열린 세계로 변화시키려 했던 것으로 평가된다. 김춘수는 이를 '은유'의 측면에서 설명한다. 김춘수는 은유가 그리스어에서 '―를 지나서', '―을 초월하여'를 의미하는 메타(meta)와 '옮기다' '나르다'를 의미하는 'phrein'에서 나온 말로, 원래의 뜻을 초월하여 다른 차원으로 운반한다는 어원적 함의를 지니고 있다고 설명한다. 은유(metaphor)는 존재가 변신(Metamorphose)하는 순간으로, 정신이 형이상학적(metaphysic)으로 초월(meta)하는 순간을 보여준다는 것이다.

신화학자인 조셉 캠벨 역시 김춘수와 마찬가지로 은유의 어원이 한 장소로부터 다른 장소로 주체를 이동시킴으로써 경계를 넘어설 수 있게 한다는 것을 강조한 바 있다. 시공간을 초월하는 진리들이 은유적 그릇을 통해서만 전달될 수 있으며, 은유가 일깨우는 진리의 여러 측면들에 대한 증거들의 성운을 통해서만 전달될 수 있다.[59] 캠벨은 "우리들 가운데 이미 내재하고 있는 새로운 신화, 정신에 고유하게 내장되어 있는 신화는 잠자는 왕자가 연인의 키스를 기다리듯이 새로운 은유적 상징이 자신을 깨워주기를 기다리고 있다"고 말한다. 그는 이를 "새롭게 충전된 신화"라고 말하는데, 예술가들의 소명은 신화의 새로운 이미지를 창출하는 것이라고 한다.[60] 다음 시에서 김춘수는 거머리가 붕으로 변화하는 은유적 상징을 통해 신화의 이미지를 만들어내고 있다.

> 중앙아세아 아한대지방의/늪 속에 사는 거머리, /거머리가 붕으로 화(化)하는 동안/우리 영혼의 저공(低空)을 무시로 나는 것은/여린 날개의 참새들이다. /에스쁘리의 오월달 풀밭에서/한동안 연둣빛 식사를 하고/산다화도 피기 전에 마냥 포물선을 그리며 겨울로 떨어지는 것은/그들의 무게 그들의 몸짓이다. /엎질러진 한 접시 물 위에 뜨는/그들은 몇 알의 겨자씨에 지나지 않는다. /보다 육중하고 보다 영원한 것은/싱싱한 바람 싱싱한 은행나무/살찐 표범도 삼키는/중앙아세아 아한대지방의/늪속에 사는 거머리, /거머리가 붕으로 화하는 동안/우리가 지레 보는/우리 영혼의 상공을 덮는/거대한 날개, /날개가 던지는 미지의 그림자다.
>
> ─「붕의 장」 전문[61]

이 시는 늪 속에 사는 거머리가 붕이 되는 변신에 대해 다룬다. 이 시에서 거머리는 '늪'으로 표현된 사물의 밑바닥에서 살아가는 존재로 그

59 유진 스미스, 「서문」, 조셉 캠벨, 『네가 바로 그것이다』, 박경미 역, 해바라기, 2004, 19쪽.

60 위의 책, 41쪽.

61 김춘수, 「붕의 장」, 『김춘수 시전집』, 222쪽.

려진다. 거머리와 대비되는 것은 "여린 날개의 참새들"로, 이들은 "영혼의 저공"을 날아다니다가 금세 죽음을 맞이하고 만다. 그들의 가벼운 무게와 몸짓은 이들이 영원의 세계로 비상할 정도의 힘을 주지 못한다. 이와 달리 거머리는 "싱싱한 바람 싱싱한 은행나무/살찐 표범도 삼키는" 거대한 무게를 지닌 존재다. 거머리가 지닌 무게는 충분히 성숙한 능금이 스스로 바닥을 향해 떨어지는 것처럼 그의 존재가 얼마나 성숙했는지를 보여주는 지표이다. 죽음을 통한 성숙은 거머리의 몰락을 붕의 비상으로 변용시킨다. 다음 시에 나타나는 파국의 풍경에서도 거대한 몰락을 통해서만 거대한 비약에 이를 수 있다는 주제의식이 나타난다.

> 한밤에 깨어보니 / 일만 개의 영산홍이 깨어 있다. / 그들 중 / 일만 개는 피 흘리며 / 한밤에 떠 있다. / 밤은 갈라지고, 혹은 찢어지고 / 또 다른 일만 개의 영산홍 위에 쓰러진다. / 밤은 부서지고 / 탈장(脫腸)하고 / 별들은 죽어 있다. / 별들은 무덤이지만 / 영산홍은 일만 개의 밤이다. / 눈 뜨고 밤에 깨어 있다. / 깨어 있는 것은 쓰러지고 / 피 흘리고 / 한밤에 떠 있다. / 마침내 비단붕어는 눈 뜨리라. / 지렁이가 눈에 불을 켜고 / 별이 또 떨어지리라. / 바다는 갈라지고 / 밤도 어둠도 갈라지고 갈라지고 / 땅은 가장 깊이에서 갈라지고 / 개미만 두 마리 살아나리라. / 영산홍의 바다. / 일만 개의 영산홍이 깨어 있다. / 커다란 슬픔으로 / 그것은 부러진다. / 영산홍 일만 개의 모가지가 / 밤을 부수고 있다 / 맨발의 커다란 밤이 하나 / 짓누르고 있다. / 어둠들이 거기서 새어나온다. / 어둠들이 또 한번 밤을 이룬다. / 갈라진다. / 혹은 찢어진다.
>
> ─ 「대지진」 전문[62]

이 시에는 혼돈에 빠진 세계의 모습이 그려진다. 이 속에서 깨어 있

는 사물들은 끔찍한 고통과 맞닥뜨리고 있다. 구원의 존재로서의 별들 마저 죽어 있는 고통의 한가운데서 영산홍은 피를 흘리고 있다. 이는 하나의 세계를 탄생시키기 위한 파괴를 그려낸 것이다. 영산홍의 모가 지를 부러뜨리는 "맨발의 커다란 밤"은 거머리가 살고 있는 거대한 늪 과 병치된다. 이는 신성한 시간을 열기 위해서는 통과의례를 거쳐야 함 을 가리킨다. 깨어 있는 양심으로 인해 세계의 고통을 온몸으로 체감하 고 있는 영산홍은 셰스토프가 말한 천개의 눈을 가진 천사적 존재로서, 세계의 고통을 서늘하게 지켜본다. 그렇게 피 흘리는 영산홍 꽃밭의 한 가운데서 "비단붕어"가, "지렁이"가 눈을 뜨는 신화적 시간이 도래한다. 이들은 거대한 디오니소스적 긍정에 이르기 위한 거대한 부정을 통과 한 것이다.

거대한 부정을 거쳐 고통의 참다운 의미를 이해하게 된 인간은 세계 를 더 높은 차원에서 인식할 수 있게 된다. 그는 가시적 세계를 비가시 적 세계로 변용시킴으로써 초라하게 사라져 가는 일상에서 성스러운 것을 발견해낸다. 이것이 릴케가 말한 시적 변용의 작용이다. 릴케는 "우리의 삶은 변용하며 떠나간다. 그리고 외부세계는 / 시시로 초라하 게 사라진다"[63]라며, '눈에 보이는 세계', 즉 외부세계를 '눈에 보이지 않 는 세계'(das Unsichtbare), 즉 내면세계로 바꾸어주는 작업으로서 변용 (Verwandlung)의 필요에 대해 말한다. 변용을 통해 죽음과 삶이 뚜렷하 게 구분되지 않는, 일상의 시간과 대비되는 시간으로서의 본래의 시간 이 이룩된다. 일상의 시간이 '파괴되는 시간'(die zerstörende Zeit)이라면, 본래의 시간이란 '충만한 미래'(die Fülle der Zukunft)의 시간이 된다.[64]

63 라이너 마리아 릴케, 『두이노의 비가』, 440쪽.

64 전광진, 「『두이노의 비가』에 나타난 천사상」, 김주연 편, 『릴케』, 72~73쪽.

저녁 한동안 가난한 시민들의/살과 피를 데워 주고/밥상머리에/된장찌개도 데워주고/아버지가 식후에 석간을 읽는 동안/아들이 식후에/이웃집 라디오를 엿듣는 동안/연탄가스는 가만가만히/주라기의 지층으로 내려간다./그날 밤/가난한 서울의 시민들은/꿈에 볼 것이다./날개에 산홋빛 발톱을 달고/앞다리에 세 개나 새끼공룡의/순금의 손을 달고/서양 어느 학자가/Archaeopteryx라 불렀다는/주라기의 새와 같은 새가 한 마리/연탄가스에 그을린 서울의 겨울의/제일 낮은 지붕 위에/내려와 앉는 것을,

— 「겨울밤의 꿈」 전문[65]

이 시는 「숲에서」나 「밝안제」의 유토피아적 이미지가 현대적으로 변형된 모습을 보여준다. 연탄에 대한 아름다운 몽상을 통해 가시적 세계는 비가시적으로 변용된다. 연탄의 따스함은 사람들의 살과 피를 데워줄 뿐만 아니라 차갑게 얼어서 내려가지 못했던 꿈의 지층을 탐색할 수 있게 한다. 연탄으로 데워진 저녁 식사를 마친 후 몸과 마음이 든든해진 사람들이 각자의 일상에 골몰하는 동안 연탄가스의 꿈은 "주라기의 지층"으로 내려간다. 깨어난 사물의 꿈은 거머리가 붕으로 화하는 것처럼 "날개에 산홋빛 발톱을 달고" 하늘로 날아올랐다가는 "연탄가스에 그을린 서울의 겨울의/제일 낮은 지붕"에 다시 내려와 앉는다. 이는 「샤갈의 마을에 내리는 눈」에서 수천수만의 날개를 달고 하늘에서 내려와 마을을 덮는 눈의 이미지를 연상시킨다. 죽은 자들이 산 자들의 세계를 보호해주고 있다는 생각이 초월적 세계와 세속적 세계와의 관계에도 적용된다.

연탄의 따스한 온기 덕에 단잠을 자는 시민들의 평온한 일상을 김춘수는 몽상적으로 그려낸다. 김춘수는 잠들어 있는 사물의 기억을 깨움

으로써 세계를 동화적으로 변화시키는 천사적 존재들을 탐구한다. 이들은 아이와 같이 순수한 시선으로 세계를 응시함으로써 초라하게 사라지는 일상의 순간들을 충만한 시간으로 변용시킨다. 사물들은 이들의 시선이 닿을 때 조심스럽게 깨어난다.[66] 김춘수의 시에서 성스러움은 이처럼 문명의 때가 묻지 않은 순수함을 지닌 존재로 나타난다. 그의 시에 나오는 '바보' 역시 천진난만한 아이의 순수함과 관련되어 성스러운 존재이다.

신범순은 이중섭과 김기창의 나타나는 '아이 같은 어른'의 해학적 미학을 지적하며 자신들의 모자람과 어리석음을 비웃는 자들의 경직한 지식과 교양을 비웃은 '바보'의 미학에 대한 분석한 바 있다.[67] 니체 역시 예수를 어린아이와 같은 존재로 보면서, 그를 "백치(Idiot)"라고 부른다. 예수는 대가나 보답 혹은 보복에 대한 관념을 다 떨쳐버린 채로 사랑을 실천하며 마음속의 천국의 상태를 경험하는 자이다. 그에게는 "괴로움도 없고, 싸우지도 않고, 혼란도 갖지 않는다. 성내지도, 탓하지도 처벌하지도, 자신을 방어하지도 않는다. 칼을 가져오지도 않고, 자신이 분열시킬 수 있다고 예상하지도 않는다. 기적이나 보상에 대한 약속을 통해서 자신을 입증하지도 않는다. 믿음 자체가 모든 순간에 자기 자신에 대한 증거이고 보상이며 기적이다. 가장 내면적인 것, 체험들에 대해서만 이야기한다." 이런 점에서 니체는 예수에게서 "참된 삶", "영원한 삶"을 발견한다.[68] 예수의 삶은 조건 없이 사랑하며 사는 삶 속에서

---

66 "서부인이 나들이를 가지 않으면/하늘은/낮동안 멍청히 누웠다가/한밤에 서부인의 머리맡에 와서 근심스럽게/에메랄드의 눈을 뜬다."(김춘수, 「서촌 마을의 서부인」, 위의 책, 248쪽).

67 신범순, 「혼돈의 카니발적 탁자」, 『바다의 치맛자락』, 문학동네, 2006, 61~62쪽.

68 "기쁜 소식은 무엇을 의미하는가? 참된 삶이, 영원한 삶이 발견되었다는 것 — 이런 삶은 약속되지 않는다. 이런 삶은 거기, 너희 안에 있다: 사랑하며 사는

누구든 신의 자식이 될 수 있음을 보여주었다.

김춘수의 시에서 바보스러운 존재는 사람들에게 익살스러운 웃음을 던져주는 동시에 슬픔을 느끼는 것으로 그려진다. 김춘수는 루오의 광대 이미지를 예수 이미지와 중첩시키면서 바보스러운 웃음에서 느껴지는 슬픔을 발견해낸다.

> 그 하나, 몸져누운 어릿광대 / 의롱과 갓으로 이름난 / 그때의 통영읍 명정리 갓골 / 토담을 등에 지고 쓰러져 있던 / 엿장수 아저씨, / 기분 좋아 실눈을 뜨고 / 입에는 게거품을 문 / 거나하게 취한 얼굴 만월 같은 얼굴, / 엿판을 허리에 깔고 / 기분 좋아 흥얼대던 육자배기 / 장타령, / 그러나 그는 울고 있었다. / 해저무는 더딘 봄날 멀리멀리 지워져 가던 / 한려수도 그 아득함, // 그 둘, 교외의 예수 / 예루살렘은 가을이다. / 이천 년이 지났는데도 / 집들은 여전히 눈감은 잿빛이다. / 예수는 얼굴이 그때보다도 / 더욱 문드러지고 윤곽만 더욱 커져 있다. / 좌우에 선 야곱과 요한, / 그들은 어느 쪽도 자꾸 작아져 가고 있다. / 크고 밋밋한 예수의 얼굴 뒤로 / 영영 사라져 버리겠다. 사라져 버릴까? / 해가 올리브 빛깔로 타고 있다. / 지는 것이 아니라 솔가리처럼 갈잎처럼 / 타고 있다. 냄새가 난다. / 교외의 예수, 예루살렘은 지금 / 유카리나무가 하늘빛 꽃을 다는 그런 가을이다.
>
> ―「루오 할아버지가 그린 유화 두 점」 전문[69]

삶으로서, 뺄 것도 제할 것도 없이 거리를 두지 않는 사랑을 하며 사는 삶으로서. 누구든지 다 신의 자식이다―예수는 결코 자기 자신에게만 적용되는 것은 아무 것도 없다고 주장한다―신의 자식으로서 누구든 다 동등하다…… 그런데 예수를 영웅으로 만들어놓다니!―게다가 '천재'라는 말은 또 그 어떤 오해할 말인가! '정신'이라고 하는 우리의 개념 전체는, 이 우리의 문화적 개념은 예수가 살던 시대에는 전혀 아무런 의미도 없었다. 생리학자들의 엄밀성으로 말하자면, 거기서는 오히려 완전히 다른 말이 적합할 것이다 : 백치라는 말이." 프리드리히 니체, 『바그너의 경우 · 우상의 황혼 · 안티크리스트 · 이 사람을 보라 · 디오니소스 송가 · 니체 대 바그너』, 253쪽.

69 김춘수, 「루오 할아버지가 그린 유화 두 점」, 『김춘수 시전집』, 504~505쪽.

이 시에는 두 개의 장면이 몽타주처럼 배치되어 있다. 첫 번째 장면은 그가 어릴 적 고향에서 목격했던 일과 관련된다. 김춘수는 엿장수가 어린 동생을 속여서 거스름돈도 주지 않고 가버렸다며 흥분한 학생이 엿장수를 때려눕혔고, 엿장수는 학생에게 얻어맞고 길바닥에 누워서 울고 있는 것으로 본다.[70] 하지만 수필에서 그려지고 있는 엿장수의 모습과는 달리 위 시에서 엿장수는 "기분 좋아" 실눈을 뜨고 거나하게 취한 얼굴로 육자배기 장타령을 흥얼거리면서 울고 있는 것으로 나타난다. 김춘수는 광대를 관객을 위해 웃음을 가장하는 존재로 그리지 않는다. 그는 비애를 억지로 감추려고 하지 않는다. 기분이 좋아 노래를 흥얼거리다가 "멀리멀리 지워져"가는 한려수도의 아득한 아름다움에 눈물을 쏟아낸 것이다.

엿장수가 "몸져누운 어릿광대"로 그려진다면, 루오의 그림 「교외의 그리스도」에서 영감을 얻은 것으로 보이는 2연에서는 얼굴이 문드러진 예수와 좌우에 선 야곱과 요한이 묘사된다. 김춘수는 이 시의 배경을 해가 올리브빛으로 타는 예루살렘으로 그리고 있지만, 루오의 그림은 불 꺼진 밤의 황량한 거리를 배경으로 한다. 키 큰 남자가 예수이고 그 옆의 아이들은 부모를 잃은 고아들로 설명된다. 인적도 끊기고 황폐화한 도시의 한복판에서 예수는 부모를 잃은 아이들의 유일한 보호자이다. 이와 달리 위 시에서 고아들은 야곱과 요한으로, 황량한 밤거리는 "유카리나무가 하늘빛 꽃을 다는" 가을의 풍경으로 그려진다. 루오가 황폐하게 퇴락한 세계에서 절망에 빠진 것으로 그려낸 이들을, 김춘수는 올리브빛의 태양이 타는 이미 구원된 세계로 데려온다. 예수의 제자

---

70 김춘수, 『꽃과 여우』, 68~69쪽, "결국은 엿장수 아저씨는 길바닥에 메다꽂히고 끝내는 얼굴도 깎이고 코피도 터지고 하여 낭패한 꼴이 되고 말았다. 학생이 돌아간 뒤에도 언제까지나 그는 길바닥에 그록 누워 있었다. 그러나 그의 얼굴 표정은 일그러지고 있었다."

인 야곱과 요한은 점점 작아지고 대신 얼굴이 문드러진 예수의 윤곽이 커져 있는 것도 루오의 그림과 다른 부분이다. 이들은 작아지다가 예수의 얼굴 뒤로 사라져 버릴 듯이 아득해진다.

김춘수는 이 두 장면의 병치를 통해 우주와 합일되어 가는 순간의 자아의 미묘한 감정 변화를 그려낸다. "한려수도의 아득함"은 천사의 존재를 증명해주는 초월의 표지이다. 아득한 우주의 아름다움을 감각할 때, 혹은 자신 역시 예수와 마찬가지로 신성한 존재라는 것을 자각할 때 그는 세속적 세계의 껍질을 깨고 초월적 세계의 무한함을 경험한다. 이는 개체적 자아의 죽음을 선고하는 것이라는 점에서, 릴케의 천사가 그러하듯 아름다운 동시에 두려운 순간이다. 그 풍경을 바라보며 엿장수는 죽음에 대한 두려움은 해학적으로 웃어넘기면서 천사의 아름다움에 도달하지 못하는 한계에 대해서는 눈물을 짓는다.

이 시에서 해가 익어가다 못해 "올리브 빛깔로" 타는 것으로 그린 데에는 소멸을 아름다운 것으로, 인간을 성숙시켜주는 계기로 보는 김춘수의 관점이 반영되어 있다. 「샤갈의 마을에 내리는 눈」에서도 "샤갈의 마을의 쥐똥만한 겨울 열매들은/다시 올리브빛으로 물이 들고"라며 죽음을 통해 성숙해가는 존재를 익어가는 열매 이미지를 통해 그려낸다. 올리브빛은 예수가 그려진 시들에서 초월적인 분위기를 내는 데 동원되기도 한다. 예수의 기적을 다룬 「아만드꽃」, 「요보라의 쑥」 등의 작품에는 "올리브숲"이 등장한다. 김춘수는 자신이 어려서부터 성서에 나오는 예수의 기적에 관심을 가지게 되었다며, 자신의 한계를 뛰어넘는 초인의 존재가 되고 싶었기 때문이라고 설명한 바 있다.[71]

---

71 "배트맨과 같은 인물, 하늘을 날고 빌딩의 벽을 뚫고 내닫는다. 아무도 그를 붙잡지 못한다. 그런 초인들, 그리고 「쥐라기 공원」과 같은 환상 세계. 그런 것들이 모두 한때 내가 혼자서 보고 있었던 내 망막의 스크린이었다. 나는 60년도 더 앞질러 그런 영화를 만들고 있었다. 그것은 넌센스의 센스다. 내가 어려서

김춘수가 슬픔에 주목한 것은 이것이 의식과 무의식이 분열되어 있는 "실존의 타락"을 자각하게 해주기 때문이다. 그는 이와 같은 분열을 극복하기 위해 긴장을 유지하는 노력을 통해 "생물과 인간의 변증법적 지양을 완성한 새로운 차원의 차원(神)이 되어야" 한다고 하였다.[72] 나 아닌 것(타자)이 나와 만나게 되면서 "형식 윤리의 평면성을 뛰어넘"어 새로운 의미의 지평이 열린다는 것이다. 김춘수는 이를 '데페이스망의 미학'으로 설명한다.

> 별은 하나의 거리다. 화성은 목성에 대하여 목성은 명왕성에 대하여 서로 서로 별이 돼주고 있다. 이 세상에 안타까움이라는 거리 감각이 없었다면 별은 「별」이나 〈star〉나 〈Hosi〉가 될 수 없었을 것이다. 어느 민족에게나 점성술이 있었다는 것은 이것을 증명한다. 한 개인이나 민족의 문명은 하나의 거리 감각으로 잴 수는 없다. 그러나 그 거리가 영원히 도달할 수 없는 시공적 거리일 때 어느 것이 어느 것의 알레고리로 보인다. 운명이라고 하는 나에게 밀착돼 있으면서 눈에는 보이지 않는 신비의 촉수는 눈에 보이는 것 중의 가장 유현한 것으로 대치될 때 우리 상상력은 계시를 받는다. 일종의 데페이스망의 미학이다. 없는 것을 있는 것처럼 하는 무의미를 의미로 바꿔놓는 하나의 마술이다.[73]

이 글에는 김춘수의 언어의식과 존재에 대한 철학적 성찰이 어우러

부터 성서에 나오는 예수의 기적에 관심을 가지게 된 것도 이와 궤를 같이 한다."(김춘수, 『꽃과 여우』, 116쪽)

72 김춘수, 『시의 표정』, 『김춘수 시론전집』 2, 124쪽. 여기서 김춘수는 "윤리의 이름으로 현실의 어려움으로부터 고개를 돌리는 심약한 자의 감상"을 저지르지는 않을까 우려하기도 한다. 그럼에도 불구하고 그는 현실에 대한 "무관심의 표정"으로 "한국의 시가 자기 존재 이유의 깊이를" 획득할 날이 올지도 모른다면서 오히려 기대를 감추지 않는다.

73 위의 책, 139쪽.

져 있다. 그는 "영원히 도달할 수 없는 시공적 거리"에 대한 안타까움에서 언어가 발생했다고 본다. 안타까움은 닿을 수 없는 의미의 세계에 도달하게 하려는 무의미한 기표를 만들어낸다. 이 기표들은 도달할 수 없는 의미를 가리키는 알레고리인 것이다. 이는 의미를 "슬픔의 근원"[74]이라고 한 벤야민의 언어관을 연상시킨다. 벤야민은 문자에서 나타난 의미가 대상의 정신적 본질에 걸맞게 이름 불리는 것이 아니라 단지 불확실하게 읽힌다는 점에서 슬픔을 불러일으킨다고 하였다. 그는 기표와 기의 사이에서 철저한 불일치를 발견했기에 문자에 하나의 정해진 의미를 부여하지 않았다. 오히려 의미가 발화된 말과 대상 사이의 균열의 산물임을 인식함으로써 언어를 폐허나 흔적처럼 파편화된 것으로 바라본다. 이는 김춘수가 언어의 알레고리성을 지적한 것과 일치한다.

2) 신화적 반복과 자기창조의 놀이 : 「처용단장」을 중심으로

시적 언어는 언어가 최초로 만들어졌을 당시의 상황을 재현함으로써 창조적 생성을 가능케 한다. 시적 언어는 "눈에 보이지 않는 신비의 촉수"로 "없는 것을 있는 것처럼 하는, 무의미를 의미로 바꿔놓는 하나의 마술"을 일으킨다. 마찬가지로 "한 개인이나 민족의 문명" 역시 "눈에 보이지 않는 신비의 촉수"로 그 거리를 더듬어 나갈 때 무한하게 변용되는 의미를 찾아낼 수 있다. 김춘수가 유사한 모티프를 변주시키며 반복하는 것은 이 때문이다. 김춘수는 일회적으로 존재했던 인물이나 사건을 다른 맥락에서 패러디하듯 그려냄으로써, 그 밑에 깔려 있는 무한한 의미의 층위를 파고들어 간다. 그는 이를 역사주의를 넘어서기 위한 신화적 세계관의 실천이자 놀이라고 설명한다.

74　발터 벤야민, 『독일 비애극의 원천』, 최성만 · 김유동 역, 한길사, 2009, 312쪽.

나는 모더니즘 시대, 이를테면 T. S. 엘리엇에게서처럼 특별한 효과를 인정받고 있었던 패러디와 포스트모더니즘의 시대에 들어서서 특별히 그 당위성을 인정받고 있는 패스티쉬와는 또 다른 표절의 효용을 시도해보았다. 내 자신의 시에서 따온 것들이다. '처용단장'의 도처에 깔려 있다. 나의 과거를 현재에 재생코자 하는 방법이다. 동시에 그것은 역사주의의(유일회적)세계관을 배척하는 신화적. 윤회적 세계관의 실천이요 놀이이다. …(중략)… 나의 정서적 과거가 서로 포개지면서 되풀되는 생의 나선형적 반복을 보여준다.[75] (밑줄_인용자)

나는 역사주의자가 아니다. 역사에 대해서는 늘 절망적, 허무적 입장을 지켜왔다. 그래서 나는 반동으로 신화주의자가 됐는지도 모른다. 세상은 직선으로 뻗어가는 것이 아니라 나선형으로 돌고 있다는 것이 내 인식이다. 그런 관점에서 바라볼 때 내 눈에는 내 과거의 시들이 새롭게 보인다. 나는 이 시에서 몇 편의 과거의 내 시들을 재배치해서 그 콤비네이션이 또한 내 현재의 위치를 어떤 모양으로 부각시키고 있는가, 혹은 시킬 수 있는가를 스스로 시험해 본 셈이다. 그것이 또한 내 기교다. 나는 지금 어떤 상태로 있는가? 시의 내용, 즉 메시지로서가 아니라 시를 만들어가는 기교로서 그것을 밝히고 싶었다.[76] (밑줄_인용자)

위 인용문들에서 신화주의적인 것이란 역사를 단선적으로 바라보지 않고 나선형적인 것으로 인식하는 태도를 의미한다. 역사를 일직선적인 것으로 보게 되면 과거에 일어났던 사건은 다시는 돌이킬 수 없는 것, 즉 고정된 의미를 지닌 것으로 파악된다. 하지만 신화적 반복 속에서 생은 무한한 의미를 지니는 것으로 창조적 생성의 재료가 된다. 김

75 김춘수, 「장편 연작시 「처용단장」 시말서」.
76 김춘수, 『꽃과 여우』, 216쪽.

춘수는 이를 '윤회적 세계관'이라고 표현한다. 과거가 서로 포개지면서 되풀이되며 무한한 의미를 생성해내는 영원회귀가 나타나는 것이다. 나선형적인 것은 초월적 존재에 이르고자 하는 자기 초극적 존재의 상승 운동을 가리킨다. 과거의 사건이나 사물, 인간에 대한 완전한 이해에 이르기까지 위태로움 속에서 반복을 계속하는 것은 이 때문이다.

이는 대극의 긴장을 통해 무한한 순환을 일으킬 수 있다고 본 김수영의 관점과 유사하다. 김수영은 「반시론」에서 대극의 긴장을 통해 만들어지는 혼돈이 창조적 생성을 가능케 하는 동력으로 작용함으로써 "더 큰 싸움"을 일으킨다고 본다. 다만 김춘수는 나선형적 반복을 일으키는 것을 대극의 긴장에 의한 것으로 보지 않으며 '싸움'이 아니라 '놀이'로서의 반복을 내세운다. 서로 대립되는 관념들 간의 대립을 통해 긴장을 일으킴으로써 절대적 가치를 파괴하는 '싸움'에 방점을 둔 김수영과 달리 김춘수는 시를 짓는 과정을 창조의 놀이를 중시한다. 김춘수에게 '기교'의 차원이 중시되는 것 역시 이와 관련된다. 혼돈으로부터 아름다운 질서를 확립하는 자기창조의 놀이를 통해 그는 자신이 창작한 시들마저도 새롭게 볼 수 있는 시선을 얻을 수 있었고, 이를 통해 자신의 삶을 신화적으로 변용시키게 된다.

나선형적으로 반복되는 자기창조의 놀이는 무수한 '나'를 창조해내는데, 실제로 김춘수는 시를 쓴다는 것은 "무수한 〈나〉가 있지 않을까 하는 느낌"[77]을 확인하는 과정이었다고 설명한다. 이는 김춘수가 후기시 『들림, 도스토예프스키』[78]에서 본격적으로 실험한 '접붙이기 시학'과 관련된다. 접붙이기 시학은 서로 다른 맥락(context)을 접합하는 패러디하

---

77 위의 책, 126쪽.
78 '들림'은 다른 존재의 혼이 깃드는 '빙(憑)'의 상태를 의미한다. 처용단장 2부의 제목 역시 '들리는 소리'이다.

기라고 할 수 있다. 그는 기존의 패러디가 원본 텍스트에 대한 비판을 주된 목적으로 한다면, 자신의 패러디는 "사회성이 전혀 없"이 "존재론적인 세계"에 대해 다루는 것이 목적이라고 설명한다.[79] 존재론적 세계란 "자의식이 자신의 과거의 시에 대한 관심을 일깨우게 하여 내 과거의 서로 다른 시들의 단편(조각)들을 새롭게" 한다는 의미를 지닌다. 원본 텍스트는 무의식적으로 떠오르는 과거에 대한 기억이 되며 그에 대해 일정한 의도를 가지고 편집하는 과정을 통해 기억에 대한 새로운 이미지를 탄생시킬 수 있게 된다.

김춘수의 페르소나로 등장하는 '처용' 역시 존재의 변용이라는 문제의식과 관련하여 이해된다. 김춘수는 "극한에 다다른 고통을 견디며 끝내는 춤과 노래로 달래보자"라는 심정으로 처용을 시적 페르소나로 선택한 것이라고 밝힌 바 있다.[80] 이데올로기라는 탈을 쓰고 있는 역사가 휘두르는 폭력에 짓밟힌 자가 그 고통을 가무로 달래는 해학을 담아내고 싶었다는 것이다. 기존 연구에서는 이를 김춘수가 처용을 매개로 신화적 세계로 도피했다고 해석해왔다.[81] 허나 이는 역사를 철저하게 부정하며 신화적 세계관을 통해 역사주의를 넘어서고자 한 것이다. 김춘수에게 역사·이데올로기는 무의미한 폭력을 반복할 뿐인 불모의 시공간으로 인식되었다. 따라서 역사에 대항하기 위해서는 그것을 넘어설 수 있는 가능성을 역사 '바깥'에서 모색할 수밖에 없었다. 김춘수는 처

79 김춘수, 「접붙이기」, 『현대시사상』 1997년 봄, 89~98쪽(이승훈 편, 『한국현대대표시론』, 태학사, 2000, 123쪽 재인용).

80 김춘수, 『김춘수 시론전집』 2, 149쪽.

81 최윤정, 「처용신화를 재구성하는 현대적 이본고」, 『한국문학이론과비평』, 2012; 권 온, 「김춘수의 처용단장 연구: 화자와 체험의 관련을 중심으로」, 고려대 석사논문, 2002; 허혜정, 「처용이라는 화두와 벽사의 언어」, 박덕규·이은정 편, 앞의 책.

용에게서 "한 사람의 '타자'이면서 인류의 원형이기도 한 내 자신의 모습"[82]을 발견하면서 "분열 또는 대립의 상태에 있는 아(我_인용자)들을 변증법적으로 지양시켜 통일케 하는", "자연 우주의 섭리와 통해 있는" 초인적 존재로 그려낸다.[83]

> 눈보다도 먼저/겨울에 비가 오고 있었다./바다는 가라앉고/바다가 있던 자리에 군함이 한 척/닻을 내리고 있었다./죽은 다음에도 물새는 울고 있었다./한결 어른이 된 소리로 울고 있었다./눈보다도 먼저/겨울에 비가 오고 있었다./바다는 가라앉고/바다가 없는 해안선을/한 사나이가 이리고 오고 있었다./한쪽 손에 바다를 들고 있었다.
>
> ― 「처용단장 1부-4」 전문[84]

김춘수는 이 시를 인용하며 "이 시에서 독자들은 스토이시즘을 알아볼 수가 있을까?"라는 의문을 던진다. 여기서 스토이시즘은 운명을 감수함으로써 희열이나 비애의 감정을 억제하는 것을 의미한다.[85] 이 시는 김춘수가 스토이시즘이라고 표현한, 인간사에 일희일비하지 않는 초월적 태도를 보여준다. 하지만 이 시에는 여전히 아득한 슬픔이 나타난다. "죽은 다음에도 물새"는 "한결 어른이 된 소리"로 울고 있다는 구절이 그렇다. 물새의 울음에 조응하듯 겨울 바다에는 눈 대신 비가 내린다. 다만 바다가 가라앉는다거나 "바다가 없는 해안선"을 통해 나타난

82 김춘수, 『김춘수 시론전집』 2, 151쪽.
83 위의 책, 156쪽. 이는 또한 "가장 멀고 깊은 곳으로부터 숨어 있는 내 자신을 길어올리는 그런 작업"으로 서술되기도 하는데, 이때 "두레박의 역할을 하는 것은 자동기술"이라고 김춘수는 말한다.
84 김춘수, 「처용단장」 중 「제1부 눈, 바다, 산다화―4편」, 『김춘수 시전집』, 544쪽.
85 김춘수, 『김춘수 시론전집』 1, 635쪽.

초월적인 분위기는 이 시에 제시된 슬픔이 세속적인 차원의 것이 아님을 보여준다. 이는 세속적인 세계를 넘어서 초월적 세계, 닿을 수 없는 영원의 세계를 엿본 자가 느끼는 슬픔이다. 「루오 할아버지가 그린 유화 두 점」에서 엿장수의 울음과 마찬가지로 복잡한 의미를 담고 있는 것이다. 이 시에서 "한쪽 손에 바다를 들고" 나타나는 사나이는 '처용'일 것이다. 물새의 울음은 영원회귀의 존재인 처용을 불러낸다. 처용은 신화에서 용왕의 아들이자 역신을 물리치고 병든 문명을 치유하는 존재로 나타난다. 신화적 바다가 사라지고 폭력적인 문명을 상징하는 '군함'이 바다를 장악해버린 현실을 바꾸기 위해 처용은 바다를 들고 나타난다.

김춘수는 신화적 바다의 역동적인 물결을 다시 일으키고자 노래의 주술성에 착목하게 된다. 그는 '시가 이미지인 동안은 구원이 될 수 없다'거나 리듬을 통하여 이미지로부터 탈출해야 구원이 이루어진다면서 고려가요나 민요 등을 적극 검토한다.[86] 다만 이는 이미지를 소멸시키는 것이 아니라 특정한 형상에 이미지를 가두지 않음으로써 무의식에 접근할 수 있는 길을 마련하기 위함이다. 김춘수는 이를 "한 행이나 두 행이 어울려 이미지로 응고되려는 순간, 소리(리듬)로 그것을 처단하는" 액션 페인팅 기법에 비유한다. 그런데 김춘수가 무의식에 대해 설명하고 있는 다음 글을 보면 프로이트가 아니라 융의 영향을 발견할 수 있다.[87]

> 정신분석학자들의 말을 들으면 사람의 정신구조는 3층으로 되어 있다고 한다. 맨 하층에 Id라고 하는 본능의 좌(座)가 있고, 그 위에 Ego라고 하는 의식의 좌가 있고, 맨 상층에 Super Ego라고 하는 초의

86　위의 책, 250쪽.
87　김춘수가 평론에서 자주 인용하는 조향의 글에는 융의 무의식에 대한 언급이 나타난다. 「초현실주의의 사상과 기교」(『아시체』, 1975.9.10)에서 조향은 융의 글을 직접 인용하며 엘리엇의 「황무지」를 분석하였다.

식의 좌가 있다고 한다. 초의식은 개인을 초월한 것―인류가 오랜 경험 끝에 얻게 된 것―인류의 것이라고 한다. 이를테면 양심과 같은 것이 그것이리라. 그러나 이 초의식은 개인을 초월하고 있으면서 부단히 개인에게 작용한다고 한다. 우리가 양심을 끝내 우리 개인의 힘으로써는 죽일 수도 물리칠 수도 없다는 사실은 이 소식을 알리는 것이리라. 개인에게 작용은 하지만 개인의 힘으로는 어쩌지도 못하는 이 초의식―양심과 같은 것 때문에 우리는 얼마나 괴로워하고 있는가?[88]

이 글은 김춘수가 '천사'에 대해 설명하는 내용에 포함되어 있다. 그는 천사를 "전신이 눈으로 되어 있다는 천사는 이를테면 양심 그것이다"[89]라고 말한 데 이어, "정신분석학적으로 말하면 초의식이라고 하는 그것이다. 이리하여 천사라고 하는 환영은 개인의 힘을 초월한 실재(實在)가 되었다."고 덧붙인다. 천사를 내면적으로 파악할 수 있는 것은 양심('초의식')의 형태를 통해서이다. 초의식은 3층으로 되어 있는 정신구조의 맨 상층에 있는 것으로, "개인의 힘을 초월한 실재(實在)"이다. 김춘수는 초의식이 개인에게 부단히 작용하는 것으로 보면서, 양심과 같은 것으로 설명한다. 이런 점에서 김춘수가 말하는 '양심'은 인간 내면에서의 법정의 의식, 즉 선악을 판단하는 생득적인 능력으로서의 양심(Gewissen)[90]이 아니라, 융이 말하는 양심(Urgewissen)에 가깝다.

융은 인간의 무의식에는 누구나 언제나 전체가 되고자 하는 경향이 있어서 '자기'를 이룰 수 있는 것인데, 모든 인간은 이러한 자기실현에 이르는 길이 무언인가를 원래부터 알고 있다는 점에서 양심을 지녔다

---

88 위의 글, 348쪽.

89 김춘수, 「천사는 전신이 눈이라고 한다 (2)」, 『왜 나는 시인인가』, 현대문학, 2005, 349쪽.

90 사카베 메구미 외 편, 『칸트사전』, 이신철 역, 도서출판 b, 2009.

고 본다.[91] 전체가 되고자 하는 무의식의 가능성을 자기 원형, 자아의
식을 받아들여 실천에 옮기는 능동적 행위를 자기실현이라고 하는데,
자기원형은 누구에게나 상징을 보내서 자아로 하여금 전체로 생을 발
휘하도록 촉구한다. 그러니까 양심은 전체가 되고자 하는 인류 공통의
무의식적 경향으로, 마치 '닿을 수 없는' 거리에 있는 별처럼 아득한 존
재로 나타나는 것이다. 거기에 닿기 위해 기존의 세계를 파괴하지 않으
면 안 된다는 데서 발생하는 슬픔은 나선형적으로 상승하는 생성의 흐
름을 만들어 낸다. 김춘수는 이 나선형적 반복을 '차연'이라는 개념으로
설명한다.

> 이윽고 해가 지고, 등 뒤로부터 어둠이 밀려오고 있었다. 땅에
> 서 열기가 조금씩 가시어지고 있었다. 그때다. 예수는 자기의 눈앞
> 이 자기를 가만히 바라보는 하나의 눈으로 왼통 채워져 가는 것을
> 보았다. /「내가 다 보고 있다.」/ 그 커단 눈이 그렇게 말하고 있었
> 다.//그 커단 눈이 차(差) / 연(延), 슬픔이다. / 역사는 / 아라라선인
> 은 그럼 / 무엇일까,
>
> ― 「처용단장 4부-14」 전문[92]

어둠이 다가오고 땅에서는 열기가 사라지는 풍경 속에서 예수는 자
기 안에서 자기를 바라보는 커다란 눈을 발견한다. 이는 김춘수가 초의
식이라고 말한 양심의 눈을 의미한다. 2연에서는 이것이 "차/연"이라
고 설명된다. 이는 원형으로 회귀하기 위한 나선형적 반복을 의미하는
것으로 데리다가 말하는 '차연'과는 구분된다. 데리다에 따르면 기호가
표상기능을 완수하는 것은 차이를 통해서이다. 기호는 의미대상의 부

91 이부영, 『분석심리학 : C. G. Jung의 인간심성론』, 일조각, 2011, 119~124쪽.
92 김춘수, 「처용단장」 중 「제4부 뱀의 발-12편」, 『김춘수 시전집』, 616쪽.

재 속에서 그 대상을 '대리보충'(supplément)한다. 기호가 대신하고 있
는 것은 기호의 현존인 시니피앙 속에서 지연되어 있다. 그런 점에서
기호는 지연이자 흔적이다. 시니피에는 언어학적 체계 속에서 다른 기
호들과의 차이로부터만 생각될 수 있다.[93]

데리다는 레비나스와 달리 절대적 타자성을 거부하였기 때문에 언어
자체에 이미 폭력이 내재되어 있다고 본다. 이에 그는 의미(로고스)의
폭력을 해체하는 폭력의 필요성을 주장한다. 타자의 무한성과 절대적
타자성을 기술할 수 있는 언어를 찾는 것은 불가능하다는 것이다. 김춘
수는 의미의 폭력을 해체할 필요에 대해서는 동의한다. 그의 후기시에
나타나는 언어 해체 실험은 이를 뒷받침한다. 가령 「자장(磁場)」[94]에서
는 '부'라고 음독되는 한자들을 한 행마다 나열된다. 이 시에서는 발음
만 같은 것이 아니라 글자의 모양이 비슷한 '복(伏)'자가 중간에 들어가
있는 등의 방식으로 음성중심주의가 비판된다. 한편 같은 대상을 가리
키지만 서로 다른 식으로 지칭되는 '통영'과 '퇴영',[95] '구기자나무'와 '괴
좆나무',[96] '수박'과 'water melon'[97] 등을 통해 이미지와 기표간의 지속

---

93   박평종, 『흔적의 미학』, 미술문화, 2006, 279쪽.

94   "부(不)/부(仆)/그렇지/붙일/부(付)/복(伏)/부(孚)/부(斧)/그렇지/도끼로 쪼
     갤/부(剖)" 김춘수, 「자장(磁場)」, 『김춘수 시전집』, 817쪽.

95   "외할머니는 통영을/퇴영이라고 하셨다." 제3부 메아리 6장, 위의 책, 563쪽.

96   "우리 어릴 때는/괴좆나무열매를/구기자라고/했지," 제4부 뱀의 발 7장, 위
     의 책, 609쪽.

97   "10년 전 하와이 여행 때 동행한 어느 국회의원이 식당에서 water melon을 주
     문했다. 커다란 서양수박 한 덩이가 나왔다. 그러나 그는 오이를 생각하고 있
     었던 모양이다. 이상해서 또 한번 water melon을 시켰다. 커다란 서양수박이 또
     한 덩이 나왔다. 사정(使丁)이 표정이 코믹해진다. 커다란 서양수박을 두 덩이
     나 앞에 하고 그래도 그는 완강히 water melon water melon하고 있었다. 그 소
     리는 점점 입 안으로 기어들어가고 있긴 했지만," 김춘수, 「수과(水瓜)」, 위의 책,
     711쪽.

적인 불일치를 상기시킴으로써 의미의 폭력을 무력화시키고자 한다.

하지만 김춘수는 절대적 타자성을 기술할 수 있는 언어를 찾는 것이 불가능하다고 보지 않는다. 김춘수에게 절대적 타자성은 이 시에서 예수가 마주하고 있는 '커단 눈'과 같이 주체의 내면에 존재하는 것이었다. 인간은 자기 안에 있는 타자로서 인류의 원형과 마주함으로써 무의식을 끄집어낼 수 있다. 언어의 기원은 의미의 지연을 통해 그 모습을 드러내는 무의미에서 비롯한다. 무의미는 영원히 닿을 수 없는 거리에서 빛을 발하며 나선형적 반복을 만들어낸다. 여기서 생겨나는 무한한 차이들이 빚어내는 의미가 시가 된다. 이에 김춘수는 "시작(詩作)은 하나의 장난(game)이지만, 프리드리히 휠덜린과 같은 로맨티스트에 있어서는 이 장난 위에 형용사 '위험한'이란 말이 붙어 있었다. 내 경우에는 '위험한'이란 이 로맨틱한(비장한) 형용사 대신에 '오묘한'이란 형용사를 붙이고자 한다."[98]라며 시작(詩作)의 오묘한 신비로움을 단념하지 않는다.

4. '내용 없는 아름다움'의 존재미학

1) 영혼의 구원과 '자연적 인간'으로서의 예수

김춘수의 역사허무주의와 관련하여 베르댜예프와 셰스토프라는 두 사상가의 영향이 주목된다. 베르댜예프는 김춘수가 평생의 화두로 삼았던 '인간이 역사를 심판해야 한다'는 말을 남긴 러시아의 사상가이다. 베르댜예프는 자신이 살았던 시대를 묵시록의 시대라고 진단하며, "특

98 김춘수, 『김춘수 시론전집』1, 496쪽.

정한 역사 시기가 아니라 역사 자체에 대한 심판이 일어나고 있다"고 보았다.[99] 베르댜예프에 따르면 역사는 "인격과 초인격, 그리고 전인격 사이에 벌어지는 비극적인 충돌 과정"으로 정리된다. 하지만 역사 스스로는 결코 이러한 갈등을 해결하지 못한다. 이런 점에서 그는 이성의 간계에 의해 작동하는 역사 속에 모습을 드러내는 헤겔적인 보편정신에 대해 반대했으며, "역사 전체보다는, 모든 인간의 영혼이 더 많은 것을 의미하며 더 중요한 가치를 가지고 있다"[100]고 주장하였다.

베르댜예프가 문제 삼는 것은 역사의 과잉에 의해 개개인의 영혼이 "집단화되고 국유화"되어 가고 있다는 점이었다. 이런 점에서 그가 무엇보다 중요시한 것은 영혼과 양심의 자유, 그리고 창조의 자유와 같은 정신적 자유였다. 부르주아 자본주의 사회에서는 자유가 "자신의 노동력을 상품으로 판매하는 자유라든지 자기 지인들을 착취할 수 있는 자유라든지 다수의 대중을 빈곤과 결핍과 괴로운 예속 상태로 남겨두는 자유" 등으로 이해됨으로써 사람들이 노예 상태에 놓이게 되었다는 것이다.[101] 여기에 더해 현대에 들어 절대적이고 이념 정치적이고 전체적인 국가가 등장하게 되면서 종교적 양심과 기독교적 양심의 자유를 부정하는 일이 벌어지고 있음을 비판한다.

이러한 상태에서 벗어나기 위해 그는 기독교 사상을 기반으로 영적 능력의 계발을 통한 인격의 회복을 주장했다. 여기서 '인격'(personality)은 내적인 중심을 갖춘 통합적인 존재로서의 인간의 참모습을 가리키는 것으로, 그는 인간을 신의 형상과 모양으로 만들어진 인격적 존재로 보았다. 그는 영적인 것과 자연적, 사회적인 것, 존재의 세계와 객체화

99 니콜라이 베르댜예프, 『현대 세계의 인간 운명』, 조호연 역, 지만지, 2008, 21쪽.
100 위의 책, 26~27쪽.
101 위의 책, 72쪽.

된 세계, 신의 세계와 카이사르의 세계, 교회와 국가 등 이원론과 다원론이 있음을 주장하면서 동시에 이들이 결국 "신앙의 진정한 통일성"으로 수렴되어 절대적 일원론이 된다고 하였다.[102] 이런 점에서 베르댜예프는 하이데거뿐만 아니라 야스퍼스 등의 실존주의 철학자들과 프로이트 등에게서 죽음과 무의 형이상학을 발견한다.[103] 이들의 사상은 실존하지 않는 무(無)에 함몰되어 영혼을 상승시킬 수 있는 새로운 가치를 창출해내지 못한다는 것이다. 김춘수의 다음 글에는 베르댜예프와 유사한 문제의식이 나타난다.

프로이트는 정신분석학의 창시자다. 이른바 그는 과학자로 자타가 공인한 인물이다. 그는 선과 악이라는 도덕의 가치관을 허물고 가치의 중립 상태인 에고와 이드라는 과학 용어를 만들었다. 그는 이런 용어로 인간의 내부에 도사린 어떤 심리 현상을 사실로서 지적하는 데 그쳤다. 말하자면 그는 선이라는 이념 세계를 지시하지 않았다. 신학자 니버는 프로이트의 이런 따위의 몰이념의 세계를 계급의 이상을 잃은 상층 중산 계급의 절망의 표현이라고 했다. 다시 말하거니와 프로이트에게는 선도 악도 없고 오직 어떤 사실이 있었을 뿐이다. 인류는 이 사실을 응시하는 지점에서 다시 시작해야 한다고 프로이트는 말하고 있는 듯이 보인다. 그러나 도스토예프스키는 다르다.

도스토예프스키는 프로이트의 과학적 몰가치의 세계, 즉 과학적 허무의 세계와는 전연 다른 위치에 있다. 그는 선과 악을 가치관의

---

102 위의 책, 89쪽. 베르댜예프는 휴머니즘에 대해서도 부정적 입장을 내비친다. 그는 "휴머니즘은 삶의 기계화, 대중의 침입, 민주화 등이 진행되는 동안 넘어지지 않고 버틸 수 있는 힘을 가지고 있지 못하다"(위의 책, 148쪽)면서 오직 기독교적 진리만이 비인간화 경향에 대처할 수 있다고 보았다.

103 위의 책, 57쪽. "하이데거의 철학은 무(無)의 철학이다. 무는 실존하지 않는다. 이것은 존재의 마지막 비밀인 무의 존재론이고 절망의 철학이자 절대적인 비관론이다."

차원에서 보고 있다. 선과 악은 갈등하고 있는 것이 사실이지만 이 악을 압도해야 한다고 그는 가치관, 즉 이념의 차원에서 말하려고 한다. …(중략)…

도스토예프스키를 읽으면 들리게 된다. 프로이트를 읽을 때처럼 단지 논리적 수긍만 하고 있을 수가 없다. 그것이 문학과 과학의 차이라고 한다면 너무 단순한 도식적 해석이 되지 않을까? 도스토예프스키는 인간의 존재 양식이 비극적(신학적 용어를 쓰면 앤티노미의 상태)이라는 것을 여실히 그려 보인다. 여기서 우리는 하나의 계시를 받게 된다. 인간 존재의 이 비극성은 역사의 대상이 될 수 없다는 그 계시 말이다. 이미 인간의 존재 양식은 한 패턴으로 굳어 있다. 역사는 이 점을 잊어서는 안 된다. 역사주의의 낙천주의는 도스토예프스키에게서 좌절을 경험해야 한다. 그래야만 역사주의는 겸손해질 수 있다.[104] (밑줄_인용자)

이 글에서 김춘수는 프로이트가 선과 악이라는 가치를 허물면서 새로운 가치를 정립하는 데는 실패했음을 비판한다. 이는 프로이트뿐만 아니라 과학주의적 합리주의가 빠진 함정이라 할 수 있다. 선악의 가치 판단에서 벗어난 객관적 사실의 절대성을 주장하는 태도는 "과학적 몰가치의 세계"로 이어져 과학적 허무에 도달하게 된다. 이는 절대적 신에 대한 믿음으로 인해 부정적 허무주의에 빠진 기독교적 세계관의 한계와 동일하다. 김춘수는 이를 극복하기 위해 도스토옙스키의 문제의식을 상기시킨다. 도스토옙스키의 문학은 선과 악이 끊임없이 갈등하고 있음을 들어 악을 압도해야 한다는 '이념'을 제시했다. 끊임없이 갈등하는 선과 악의 싸움에서 선의 가치를 지키기 위해 계속해서 싸우지 않으면 안 된다는 점에서 이는 비극에 대한 인식으로 이어진다.

김춘수는 인간 존재 양식의 비극성을 "역사의 대상이 될 수 없다는

---

104 김춘수, 「책 뒤에」, 『김춘수 시전집』, 886~887쪽.

계시"로 해석한다. 이는 베르댜예프가 역사의 과잉에 의해 영혼의 자유가 억압당하고 있는 현실을 비판하며 영혼의 구원을 당면의 문제로 제시했던 맥락과 관련된다. 영혼의 문제는 선악의 가치를 넘어서 존재하는 것으로, 역사가 제시하는 해결 방식으로는 영혼의 구원에 이를 수 없다. 김춘수가 도스토옙스키의 문학에서 발견한 인간 존재 양식의 비극성은 모든 창조는 파괴를 수반하며, 파괴가 선행되어야만 새로운 것의 창조가 가능하다는 삶의 양면성과 관련된다. 생명을 구성하는 힘에의 의지는 창조적이고 형성적인 힘이면서 동시에 폭력적이고 지배적이고 공격적인 힘이다. 이러한 힘은 선악 판단을 넘어서 존재하는 것으로, 이 비극적이고 무시무시한 힘에 기반하여 삶을 고귀하게 하는 가치를 추구해야 한다.

　역사주의의 낙천주의는 삶의 모든 과정과 창조에 폭력성이 수반된다는 사실을 부정하고 폭력성을 제거할 수 있을 것이라는 거짓 희망을 부여잡게 한다. 이를 통해 삶을 거세하고 부정하는 결과를 초래한다. 베르댜예프가 영혼이 "집단화되고 국유화"될 것을 염려했던 것처럼, 김춘수는 역사에서 폭력을 일소할 수 있을 것이라는 거짓 희망을 주입시키는 역사가 오히려 인간의 삶을 파괴할 것을 염려한다. 김춘수가 존재론적 변용을 통해 초월적 세계로 상승한 처용이나 예수 등의 인물에 주목한 것은 이와 관련된다. 도스토옙스키의『까라마조프가의 형제들』의「대심문관」모티프를 가져온 다음의 시에서 김춘수는 역사주의와 신화주의의 대결구도를 그리고 있다.

　　대심문관 왜 또 오셨소?/이미 당신은/역사에 말뚝을 박지 않았소?/당신 자신이 더 잘 알 것이오./그러나/그 뒤에도 역사는 가고 있소./아니/모두들 그렇게 믿고 있소./당신이 다시 오게 된 건/그것 때문이 아닐까?/역사는 끝났다고/아니 역사는 처음부터 있지도 않았다고/한 번 더 알려주려고/당신은 다시 오게 됐지요? 저들/할

렐루야 할렐루야 부르는 저들을 위하여는 / 그러나 / 역사는 언제나
가고 있다고 하는 / 눈 딱 감고 / 헛소리를 해야 했소. / 기다림의 아득
함이 없으면 / 저들은 못 견뎌요. / 언제까지나 저들은 기다릴 것이
오. / 이 점 당신은 성급했소. 이건 / 내 기준에 따른 것이오.
— 「대심문관-극시를 위한 데생」 부분[105]

이 시에서 예수는 한마디도 하지 않고 대심문관의 대사만이 제시된
다. 대심문관은 지상의 질서를 수호하기 위해 어쩔 수 없이 예수를 가
둘 수밖에 없었음을 토로하며, "이승에는 / 이승의 저울이 있"다고 변명
한다. 이 '지상의 저울'은 사람들에게 "역사는 언제나 가고" 있으며 때문
에 언젠가는 '끝'에 도달할 것이라는 환상을 심어줌으로써 작동한다. 대
심문관은 "역사는 처음부터 있지도 않았다"는 것을 알고 있다. 하지만
나약한 인간들을 다스리기 위해서는 예수가 아니라 카이사르의 법이
필요하다는 것이다. 나약한 인간들은 자신들도 예수와 같이 자신의 이
웃들에게 사랑을 실천할 수 있다는 것을 부인하고 이를 '기적'이라고 말
하며 예외적인 사건으로 취급해버린다. 이들은 그 자신이 '예수'와 같은
존재가 될 수 있음을 부인하며 예수를 숭배함으로써 어떠한 존재론적
변용도 거부한다. 이러한 인간의 나약한 속성을 간파한 대심문관에 대
해 김춘수는 "겉으로는 대립적인 입장"이지만 내적으로는 동감하는 "아
이러니칼한 입장"에 있는 것으로 분석한다.[106]

하지만 대심문관 역시 예수의 사랑을 실천하지 못하고 있다는 점에
서는 나약한 인간에서 벗어나지 못하고 있음을 알 수 있다. 대심문관은
예수에게 "당신은 너무 아낌없이 주기만 했소. / 다른 한쪽 뺨은 이젠 내
주지 마시오. / 너무 헤프면 저들은 버릇이 없어져요"라며 예수에게 지

105 김춘수, 「대심문관-극시를 위한 데생」, 위의 책, 876~877쪽.
106 김춘수, 「책 뒤에」, 위의 책, 999쪽.

상의 질서를 강요하며 스스로를 예수를 부인한 베드로에 비유한다. 그러면서 "나는 저들을 끝내 / 용서하지 않을 것이오. / 나도 저들 중의 하나니까요."라며 이율배반에서 벗어나지 못하고 있는 자신의 처지를 비관한다. 역사가 하나의 환상에 불과하다는 사실을 알면서도 지상의 질서를 확립하기 위해 환상을 주입하지 않을 수 없다고 고백하는 대심문관의 입장은 인간이 '역사'에서 벗어나기가 얼마나 힘든지를 암시한다. 대심문관은 예수를 추궁하며 예수가 자신의 말을 부정하면서 그를 이끌어줄 것을 기대한다. 하지만 대심문관의 긴 독백에 대해 예수는 그어떤 반박도 하지 않는다.

예수가 끝내 한 마디 말도 하지 않는 것으로 그려냄으로써, 김춘수는 구원이란 초월적 존재에 대한 믿음에 의해 일어나는 것이 아니라 누구나 예수가 될 수 있다는 것을 깨달음에 의해 얻어지는 것임을 암시한다. 하지만 사람들은 진보하는 역사에 대한 믿음을 통해 그 자신에게 주어진 존재론적 사명감에서 벗어나고자 한다. 이와 같은 인간의 나약함은 자신이 속한 자연의 입장을 이율배반적인 것으로 인식하는 원인이 된다. 김춘수는 이를 '서서 잠자는' 상태에 대한 문명과 자연의 관점 대비로 설명한다.

> 〈서서 잠자는〉은 인간의 입장에서 보면 하나의 아이러니가 된다. 그러나 나무와 같은 자연의 입장에서는 그 상태는 아주 정상적일 수밖에는 없다. 자연이니 생명이니 하지만 인간의 입장에서는 그것들은 로맨틱한 환상일 따름이다. 인간은 〈서서 잠자는〉 상태를 가눌 수가 없듯이, 인간에게는 그 자신의 차원이 따로 있다. 인간은 일면 자연이기도 하고 생명이기도 하면서 다른 일면 문화와 역사를 만든다. 즉 대자적(對自的) 존재다. 인간된 비애다.[107]

---

107 김춘수, 「후기」, 위의 책, 724쪽.

따로따로 우리는 / 누워서 잠을 잡니다. / 나무들은 숲이 되어 하
나가 되어 / 서서 잠을 잡니다. / 해가 서쪽으로 졌습니다. / 장군께서
또 오시게 되면 / 해가 동쪽으로 지게 하세요. / 한 번 다시 크리미아
전쟁을 일으키세요. / 세바스토포리를 도로 찾으세요. / 이번에는 /
사람은 한 사람도 죽이지 마세요. / 다치지도 마세요.

— 「에반친 장군 영전에」 전문[108]

　문화와 역사를 만드는 인간의 입장에서 보면, '서서 잠자는' 나무의
상태는 "로맨틱한 환상"일 따름이다. 때문에 인간은 대자적 존재로서
의 비애를 안고 살아갈 수밖에 없다. "숲이 되어 하나가 되어" 서서 잠
을 자는 나무들과 달리 인간들은 "따로따로" 누워서 잔다. 그런데 인간
은 한편으로 자연이기도 하고 생명이기도 한 존재이기 때문에 '역사'로
는 해결할 수 없는 문제를 안고 살아간다. 대심문관이 문화와 역사를
대변하는 입장에 서 있다면 예수는 '서서 잠자는' 자연과 생명의 입장을
대변하는 위치에 있다. 이런 점에서 예수가 회복한 신성이란 자연 안의
창조적 힘을 회복한 것에 다름 아니다. 이는 힘에의 의지를 통해 자연
적 인간(homo natura)을 초인의 경지에 이른 이상적 인간상으로 제시한
니체의 입장과 일치한다. 니체는 문명과 자연의 대립에서 출발한 프로
이트와 달리 자연 안의 창조적 힘에서 출발하여 문명과 자연의 이중적
관계를 설정한다.[109]

108　김춘수, 「에반친 장군 영전에」, 위의 책, 848쪽.
109　김주휘는 프로이트가 생명본능과 죽음본능의 이원론에 빠져 딜레마에서 벗어
　　나지 못한 데 비해, 니체는 창조성과 폭력성의 두 측면을 함께 갖는 힘에의 의
　　지로부터 수월하게 즐거운 감각성의 가능성에 도달하였음을 지적한다. 김주
　　휘, 「니체와 프로이트: '내면화Verinnerlichung' 테제의 비교 고찰－'힘에의 의
　　지Wille zur Macht'와 '죽음본능Todestrieb'의 차이를 중심으로」, 『니체연구』,
　　2015, 32쪽.

니체는 창조적 힘의 약화와 결여로 인해 파괴와 무질서와 혼란이 발생하는 것이라고 지적하며, 힘을 증진시켜야 한다고 주장한 바 있다.[110] 힘이 증진될수록 베풂의 덕으로 표현되며 차가운 계산적 정의를 넘어 '자비'로 나아간다는 것이다. 김춘수가 예수를 통해 보여주는 것이 이러한 베풂과 자비의 힘이다. 이 힘으로 예수는 역사주의의 가면을 벗고 그것의 허위성을 까발리며 사회에 무질서와 혼란을 가져온다. 그런데 이와 같은 무질서와 혼란은 더 나은 '미래'의 공동체를 창조해내기 위한 위대한 파괴에 해당한다. 이러한 의미에서 예수는 김수영이 추구했던 공동체의 열매이자 씨앗으로서 더 높은 관점을 지닌 개인의 형상을 구현한다. 예수는 해는 서쪽으로 진다거나 전쟁에서 사상자가 발생하는 것은 어쩔 수 없는 것과 같이 절대적인 진리로 여겨졌던 모든 가치를 파괴하며, 더 차원 높은 진리의 차원을 열어 보여준다. 그것은 역사와 문화 역시 자연의 힘에 의해 창조된 것임을 깨닫게 한다.

> 역사는 비껴 서지 않는다. / 절대로, 그러나 / 눈이 저만치 찢어지고 턱이 두툼한 / (그 왜 있잖나?) // 그는 오지 않는다. / 오지 않는 것이 오는 거다. / 그는, / 기다림이 겨울에도 망개알을 익게 하고 / 익은 망개알을 땅에 떨어뜨린다. / 또 한 번 일러주랴, / 역사는 비껴 서지 않는다. / 절대로, 땅에 떨어진 / 망개알을 겨울에도 썩게 한다. / 썩게 하여 엄마가 아기를 낳듯 그렇게 / 땅을 우비고 땅을 우비게 한다. / 그는 온다고 지금도 오고 있다고, / 오지 않는 것이 오고 있는 거라고, // 바라보면 멀리 통영 / 내 생가가 눈을 맞고 있다. 내 눈에 / 참 오랜만에 보인다. / 기왓장 우는 소리.
>
> ─「강설(降雪)」 전문[111]

110 위의 글, 26쪽.
111 김춘수, 「강설(降雪)」, 『김춘수 시전집』, 1109쪽.

이 시에서 '그'는 예수나 처용과 같은 천사적 존재를 의미한다. 역사의 입장에서 천사는 기다림의 존재이다. 언젠가 초월적 존재가 나타나 자신들을 구원해줄 것이라는 믿음을 통해 사람들은 고통을 인내하는 법을 배우며 역사를 견딘다. 이와 같이 '그'가 오면 모든 문제가 해결될 것이라는 환상은 낙관적 역사주의를 작동하게 하는 원리이다. 역사주의는 자기 구원의 문제를 숭배할 만한 대상을 '발명'해냄으로써 해결하려 한다.

이에 대해 이 시는 "오지 않는 것이 오는" 것이라고 하며, 인류를 구원할 '그'가 오지 않을 것이라고 생각해야 '그'가 올 수 있다는 아이러니한 진실을 전달한다. '그'는 인류를 구원해줄 기적을 일으키는 존재로 인식되어서는 안 되며, 누구나 예수가 될 수 있음을 자각함으로써 출현하는 존재이다. 겨울에도 망개알을 익게 하고 그것을 떨어뜨려 썩게 함으로써 땅을 비옥하게 하는 것처럼, 인간은 자연적 존재로서 창조적 생성의 힘을 지니고 있다. 이것이 바로 예수가 행한 사랑의 힘이기도 하다.

2) 언어의 불완전한 본질과 우연적 생성으로서의 시

역사와 문화는 사랑의 힘에 의해 만들어지며 이 힘을 고양시키는 방향으로 장려될 때 인간을 억압하지 않는 것으로 기능할 수 있다. 이런 점에서 김춘수의 역사허무주의적 입장은 역사를 부정하는 방향이 아니라 역사가 지니는 의미 자체를 바꿔야 한다는 생각으로 발전한다. 역사는 허무한 것이지만, 그렇기 때문에 인간은 역사의 주체로서 역사를 더 나은 방향으로 이끌어나갈 책임을 지니고 있다. 이는 베르댜예프와 함께 김춘수의 역사허무주의에 영향을 미친 셰스토프의 주장이기도 하다. 셰스토프는 1930년대 '불안사조'가 유행하면서 일본을 거쳐 조선의

지식인들에게 영향을 끼쳤으며,[112] 김춘수 역시 30년대에 셰스토프의
시를 읽었음을 밝힌 바 있다.[113] 김춘수가 셰스토프의 책을 읽은 경험
에 대해 쓴「허무로부터의 창조」라는 시의 제목은 셰스토프가 체호프를
분석한 서적 제목과 동일하다.[114]

'허무로부터의 창조'라는 명제는 김춘수의 역사허무주의가 의미하는
바를 간명히 보여준다. 그것은 어떠한 역사적 사실이나 과학적 법칙도
돌이킬 수 없거나 필연적인 것은 아니는 점에서 실재하지 않는 '허무'의
상태에 있다. 하지만 바로 이런 점에서 인간은 각자가 지니고 있는 관
점을 관철시키기 위해 '투쟁'을 벌여나가지 않으면 안 되며, 이를 통해
더 나은 관점을 지닌 존재로 거듭날 수 있다.[115] 절대적 진리가 없다는
사실을 받아들이는 것은 인류를 구원해줄 존재로 '예수'와 같은 가상의
존재에게 모든 것을 맡겨버리지 않는 것과 동일한 맥락에서 이해된다.
인간은 각자가 초월적 존재가 되기 위해 세계에 대한 해석방식을 관철
시키기 위한 투쟁의 과정을 거쳐 나가야 한다.

'허무로부터의 창조'라는 명제는 김춘수가 언어의 불완전한 본질을
시의 본질과 연관시키는 데로 발전하였다. 김춘수는 불완전한 언어에
대한 서구 근대 철학의 한계를 비판하며 언어의 불완전함을 논리가 아
닌 '슬픔'으로 초극하는 과정에서 나타나는 것이 시라고 보았다.

> 말이 존재의 집이라고 한 것은 로고스를 신으로 모신 유럽인들

---

112 왕신영,「1930년대의 일본에 있어서의 '불안' 논쟁을 중심으로」,『일어일문학
    연구』, 한국일어일문학회, 2003.
113 김춘수,「처용단장」중「제3부 메아리 −20편」,『김춘수 시전집』, 574~575쪽.
114 허만하에 따르면, 이 책은 1934년 일본의 시바(芝) 서점에서 번역(가와카미 데
    쓰다로 역) 출판된 단행본으로, 이 책에서 셰스토프는 체호프 안에서 허무를 발
    견했다고 한다. 허만하,『시의 근원을 찾아서』, 랜덤하우스중앙, 2005, 194쪽.
115 제임스 이디,『러시아철학』, 정해창 역, 고려원, 1992, 251~256쪽.

의 착각일는지도 모른다. 신은 그것이 인간의 능력 밖에 있는 이상은 인간의 말 속에 완전히 담아질 수는 없다. 언제나 신의 많은 부분은 말(인간이 만든) 밖으로 비어져나가고 있다. 우리는 결국 신을 말 속에서 가지지 못한다는 것이 된다. 그것은 결국 하나의 사물도 말 속에는 가지지 못한다는 것이 된다. 그런 안타까운 표정이 곧 말일는지도 모른다. 시는 그런 표정의 정수일는지도 모른다.[116]

'내용 없는 아름다움'이란 아무런 효용성이 없는 순수한 감동 그것인데 요컨대 '가난한 아희에게 온/서양 나라에서 온/아름다운 크리스마스 카드'와 같은 것이다. 이 두 개의 장면은 아름다움이 하나의 진실의 세계라는 것을 보여준다. 그것은 일상적 협잡물의 저편에 있다. 이런 아름다움이(무상의 아름다움이) 우리에게 다가올 때 우리는 우주적 연대감을 느끼게 된다. 그리고 그것은 동시에 역으로 일상성의 덧없음을 느끼게 해준다(제행무상). 그때 우리에게 슬픔이 온다. 우리는 평시에는 느끼지 못한 우리 자신을 존재자로서 느끼기 때문이다.

시는 그러니까 슬픔을 일깨워주어 종교적 차원의 심정을 빚어준다. 하이데거의 존재란 말의 철학적·개념적 속성이 어떤 명명할 수 없는 기분이나 분위기 속으로 녹아내린다. 하이데거 자신 선불교에 많은 관심을 기울이고 있는 듯하지만, 논리를 끝내 버리지는 못했다. 시는 원래가 불립문자(不立文字), 교외별전(敎外別傳)이다. 논리를 뛰어넘으려는 충동이다. 하이데거가 횔덜린의 「축제」와 같은 시편을 그의 산문을 해석하듯이 해석하고 있는 것은, 그의 철학을 위하여는 도움이 될는지 모르나 시를 위해서는 하이데거의 권위 때문에 더욱 유해로울는지 모른다.

어린 양들의 등성이에 진눈깨비가 내려, 어린 양들의 등성이에서 반짝이고 있다는 것은 아름다움에 대한 설명이 아니다. 아름다움 바로 그것이다. 노자는 '도가도비상도'(道可道非常道)라고 하였다. 그렇다면 하이데거가 '언어가 있는 곳에 세계가 있다'고 하여

언어를 '재보'라고 한 것은 잘못일까? 이에 대한 대답은 지금은 피하기로 한다.[117]

하이데거는 「무엇을 위한 시인인가?」에서 "언어는 존재의 집"[118]이라며 시인의 존재론적 사명을 강조한 바 있다. 첫 번째 인용문에서 김춘수는 이러한 하이데거의 주장을 "유럽인들의 착각"이라고 비판한다. 언어를 통해 존재를 이해할 수 있다고 한 하이데거의 입장에는 여전히 로고스 중심주의의 흔적이 남아 있다. 이에 비해 김춘수는 언어의 불완전함에 대한 안타까움을 드러내는 것이야말로 시가 해야 할 역할이라고 보면서, 시를 "안타까운 표정"과 연결시킨다. 이러한 시의 표정에 대한 탐구는 무의미시에 대한 실험으로 이어졌다. 김춘수는 초기시부터 일관되게 언어의 불완전함을 인식했으며,[119] 이러한 문제의식을 극단적으로 밀어붙이면서 '내용 없는' 무의미의 세계를 그려내고자 하였다.[120]

두 번째 인용문은 김춘수가 김종삼의 시를 해석한 글의 일부로, 이를 통해 김춘수가 무의미시를 통해 의도한 것이 무엇인지 이해할 수 있다.

천수의 허무주의

---

117 김춘수, 『김춘수 시론전집』 1, 605쪽.

118 마르틴 하이데거, 앞의 책, 454~455쪽.

119 김예리는 김춘수가 초기시가 근대적 인식주체가 아닌 무능한 주체를 구성해냄으로써 표현 불가능한 언어적 극단에 도달하게 되었다고 지적한 바 있다. 시인은 자신의 무능을 고백하며 언어가 사물 존재에 가 닿을 수 없다는 근원적 문제를 호출한다는 것이다. 김예리, 「김춘수 시에서 무한의 의미 연구」, 서울대 석사논문, 2003, 260쪽.

120 이에 대해 오규원은 "칸트의 이른바 遊戲說을 확대해석하여 〈遊戲=대상이 없는 유일한 人間的 行爲〉로 보고 대상으로부터 拘束을 받는 의식의 해방을 구하고, 해방=자유 속에서 행해지는 시인의 심리적(技巧的) 행위와 그 행위에 의한 새로운 언어 속성이 빚어내는 無意味한, 또는 애매한 第2의 自然을 표출시킴을 통해 본질에 닿은 시를 無意味詩라고 적고 있다"라고 정리한 바 있다. 오규원, 『현실과 극기』, 문학과지성사, 1982, 79쪽.

우선 첫 번째 인용문의 "안타까운 표정"은 두 번째 인용문의 '슬픔'으로 연결된다. 이것은 "존재자로서의 일상인(제행무상)의 슬픔(또는 덧없음)"으로, 이와 같은 존재론적 슬픔을 느낌으로써 인간은 종교적으로 고양된 상태에 이르게 된다. 이는 김수영이 나이 어린 가극단 댄서에게 정열을 바치는 박일영에게서 "말할 수 없이 슬픈 종교적인 색채"를 느꼈다고 말한 것을 상기시킨다. 이들이 느낀 슬픔은 일상의 덧없음이나 언어의 불완전함에 대한 허무 인식에서 비롯하는 것이지만, 이를 통해 인간은 존재자로서의 겸허한 자세를 가지고 "우주적 연대감"을 느끼게 된다.

김춘수가 이것을 '내용 없는' 아름다움이라고 설명한 것은 이 시가 "아름다움에 대한 설명"이 아니라 "아름다움 바로 그것"을 보여주고 있기 때문이다. 여기서 '아름다움'은 미적 취향에 따라 변동되는 상대적 가치가 아니라 인간이 자기보다 더 높은 가치를 발견하고 더 위대한 존재가 되고자 하는 자세와 관련된다. 이때 편협한 일상적 삶을 아름다운 것으로 고양시키는 역할을 하는 것이 바로 비애이다. 김춘수는 "시의 본질은 비애에 있는지도 모른다. 하이데거는 시를 '언어에 의한 존재의 건설'이라고 하였지만, 존재를 건설한 다음, 아니 존재의 건설과 함께 오는 존재자의 슬픔 ─그것은 시의 본질이 가진 어떤 음영일는지도 모른다."[121]라고 말한다. 존재의 건설은 언어보다 오히려 언어로 표현될 수 없는 '내용 없는' 무의미의 세계에 대한 비극적 인식을 통해 가능하다.

이런 점에서 김춘수는 '언어가 있는 곳에 세계가 있다'고 한 하이데거의 말을 반박한다. 언어가 없는 곳에도 세계는 존재한다. 언어는 닿을 수 없는 달을 향해 손을 뻗는 손짓에 다름 아니다. 생성 변전하는 세계를 이해하기 위해 '허무(무의미)로부터의 창조'를 계속하지 않으면 안

---

121 김춘수, 『김춘수 시론전집』 1, 607쪽.

된다는 데서 발생하는 비애가 곧 시의 본질이다. 다음 시에서 김춘수는 "민감한 촉수"로 미지의 세계를 탐험함으로써 시라는 '꽃'을 피워내는 장면을 그려내고 있다.

> 1/시를 잉태한 언어는/피었다 지는 꽃들의 뜻을/든든한 대지처럼/제 품에 그대로 안을 수가 있을까,/시를 잉태한 언어는/겨울의 설레이는 가지 끝에/설레이며 있는 것이 아닐까,/일진의 바람에도 민감한 촉수를/눈 없고 귀 없는 무변(無邊)으로 뻗으며/설레이는 가지 끝에/설레이며 있는 것이 아닐까,//2/이름도 없이 나를 여기다 보내 놓고/나에게 언어를 주신/모국어로 불러도 싸늘한 어감의/하나님,/제일 위험한 곳/이 설레이는 가지 위에 나는 있습니다/무슨 층계의/여기는 상(上)의 끝입니까,/위를 보아도 아래를 보아도/발뿌리가 떨리는 것입니다./모국어로 불러도 싸늘한 어감의/하나님,/안정이라는 말이 가지는/그 미묘하게 설레이는 의미 말고는/나에게 안정은 없는 것입니까,
>
> ─「나목과 시」 부분[122]

하늘을 향해 가지를 뻗는 나무들처럼 인간은 언어를 가지고 존재의 세계를 향해 "민감한 촉수"를 뻗는다. 천사적 존재에 대한 추구가 무미건조한 일상적 삶을 아름다운 것으로 상승시키듯이, 시는 언어를 더 나은 가치를 향해 상승시키고자 하는 의지에 의해 발생한다. 이에 김춘수는 시를 피었다 지는 꽃에, 언어를 그것을 품은 대지에 비유한다. 피었다가는 곧 져 버리는 '꽃'을 통해 대지의 무한한 생명력을 확인할 수 있듯이, 언어는 자신의 불완전함을 상기시키는 시를 통해 오히려 무한한 창조적 힘을 드러낸다. 물론 이어지는 2연을 통해 알 수 있듯이, 이는 "위험한" 작업에 다름 아니다. "모국어로 불러도 싸늘한 어감의/하나

122 김춘수, 「나목과 시」, 『김춘수 시전집』, 190쪽.

님"은 시가 결코 '안정'된 의미에 도달할 수 없다는 사실과 관련된다. 오히려 필연적이고 확고한 것으로 자리 잡은 언어와 관념 사이의 간극을 드러냄으로써 안정된 의미 관계를 파괴시키고, 우연적 생성을 통해 새로운 의미관계를 만들어내는 것이 시의 역할이다.

시는 말로 닿을 수 없는 무한의 세계를 향해 손을 뻗는 행위와 같이 위험을 무릅쓰고 존재의 한계를 넘어서려는 고투를 보여준다. 김춘수는 이러한 점에서 시를 '해탈'과 연결시킨다. 이 시의 4연에는 "시는 해탈[123]이라서 / 심상의 가장 은은한 가지 끝에 / 빛나는 금속성의 음향과 같은 / 음향을 들으며 잠시 자불음에 겨운 눈을 붙인다."라는 구절이 나온다. "빛나는 금속성의 음향"은 "모국어로 불러도 싸늘한 어감"과 마찬가지로 무의미의 심연에서 새로운 의미관계를 만들어내는 위험한 과정을 암시한다. 저승의 세계로 들어가는 오르페우스처럼 시인은 사랑하는 대상과 만나기 위해 의미의 심연을 건너지 않으면 안 된다. 시가 의미의 심연을 건너 '내용 없는' 아름다움을 드러냄으로써 언어를 의미에서 해방시키는 일순간을 경험하게 해준다는 점에서 해탈로 연결된다.

시는 언어의 심연을 건너 그것의 근원적 불완전함을 상기시킴으로써 비애를 느끼게 한다. 김춘수가 말년에 완성한 '쉰한 편의 비가'는 이러

---

123 「나목과 시」는 1959년 출간된 시집 『꽃의 소묘』(백자사)에 수록되었다가 같은 해 출간된 『부다페스트에서의 소녀의 죽음』(춘조사)에 재수록되었다. 『꽃의 소묘』에는 3연까지만 실렸다가 이후 『부다페스트에서의 소녀의 죽음』에 4연이 추가로 삽입 게재되었다. 그런데 4연에서 "시는 해탈(解脫)이라서"라는 구절이 1983년 출간된 문장사판 『김춘수전집』뿐만 아니라 1994년 민음사판 전집에도 "시는 해설(解說)이라서"로 잘못 표기되어 있다. 이는 2004년에 출간된 현대문학판 전집 역시 마찬가지다. 이 시는 김춘수 시론을 보여주는 대표적인 시로 많은 연구자들에 의해 분석이 이뤄져왔으나, 이와 같이 심각한 오류가 확인되지 않은 채 전집마다 반복되면서 시의 전체적인 맥락과 부합하지 않는 해석을 유발해왔다. 이 자리를 통해 자료 확인에 도움을 주신 마산문학관 최광석 선생님께 감사의 인사를 전한다.

한 문제의식에서 비롯한다.

> 네가 가버린 자리 / 사람들은 흔적이라고 한다. / 자국이라고도 얼룩이라고도 한다. / 그렇다면 / 새가 앉았다 간 자리 / 바람이 왜 저렇게도 흔들리는가, / 모기가 앉았다 간 자리 / 왜 깐깐하게 좁쌀만큼 피가 맺히는가, / 네 가버린 자리 / 너는 너를 새로 태어나게 한다. / 여름이 와서 / 대낮인데 달이 뜨고 / 해가 발을 떼지 않고 있을 때 그 때 / 어리석어라 / 사람들은 새삼 깨닫는다
> — 「제24번 비가」 전문[124]

지시대상 없이 '흔적'이나 '얼룩'과 같이 간신히 남아 있는 무의미한 말들은 언젠가는 사라질 수밖에 없는 모든 존재들의 운명을 상기시킨다. 사라짐이란 우주적인 차원의 문제다. 하지만 그 사라짐을 부정적으로 파악하는 것은 의식을 지닌 인간에게만 일어나는 일이다. 그는 "나는 개도 아니고 하느님도 아니다. / 나는 이승의 하루를 / 내 혼자만의 생각을 품에 안고 / 다만 사람으로 살고 싶다. 이런 생각이 / 때로는 왜 나를 슬프게 할까"[125]라면서 사람이기 때문에 견딜 수 없는 비애가 있음을 토로하기도 한다. 하지만 인간은 자신의 존재조차 흔적으로 남을 수밖에 없다는 '내용 없는 아름다움'의 의미를 자각함으로써 삶을 '의미' 있는 것으로 만들 수 있다. "네 가버린 자리 / 너는 너를 새로 태어나게 한다."라는 구절은 이러한 맥락에서 이해된다. 절대적 진리가 없다는 점에서 그는 계속 새로운 가치를 생성해내지 않으면 안 된다. 이는 매 순간 사물을 "새로 태어나게" 함으로써 사라짐으로부터 그를 구원한다.

아내의 죽음 이후 김춘수는 비애의 의미를 비로소 이해하게 된다. 눈

---

124 김춘수, 「제24번 비가」, 『김춘수 시전집』, 1072쪽.
125 김춘수, 「제25번 비가」, 위의 책, 1073쪽.

에 보이지 않는 것을 어떻게 믿을 수 있을지에 대해 릴케만큼이나 괴로워했던 그는, 아내가 떠난 이후에야 천사란 바로 아내와 같은 존재라는 사실을 받아들이게 된다. 그것은 '생각'이 아니라 '느낌'으로 오는 것이었다. 김춘수는 말한다. "나는 그것을 여실히 느낀다. 느낌은 진실이다."[126] 김춘수는 사람들이 '없음'의 아름다움에 대해 깨닫는 그 순간이야말로 그들 자신의 어리석음을 알게 되는 순간이기도 하다고 보았다. 자신의 존재조차 흔적으로 남을 수밖에 없다는 사실을 자각함으로써 인간은 삶을 의미 있는 것으로 만들 수 있다. 이를 통해 김춘수는 삶의 근원적 위태로움이야말로 아름다움의 근원이 된다는 존재론적 미학을 보여주고 있다.

---

126 김춘수, 「후기」, 『거울 속의 천사』, 『김춘수 시전집』, 1043쪽.

제5장

자기구원을 위한 비가 혹은 송가

1. 보이는 것과 보이지 않는 것 : 강은교론

1) 허무 의식의 기원과 보이지 않는 세계에 대한 지향

강은교[1]는 1968년 『사상계』로 등단한 이래 첫 시집 『허무집』(1971)을 상재하면서 이후 '허무'의 시인으로 명명된다. 강은교는 이 시집을 낸

---

1 강은교는 총 13권의 시집을 출간하며 최근까지 활발하게 활동을 이어가고 있다. 시선집이나 시화집까지 포함시키면 총 20여 권의 시집에 달한다. 이외에 『추억제』(1975), 『누라 풀잎으로 눈뜨랴』(1984) 등 산문집도 다수 출간되었다. 시집 목록은 다음과 같다. 『허무집』(칠십년대동인회, 1971/서정시학, 2006년 재발간), 『풀잎』(민음사, 1974), 『빈자일기』(민음사, 1977), 『소리집』(창작과비평사, 1982), 『붉은강』(풀빛, 1984), 『오늘도 너를 기다린다』(실천문학사, 1989), 『벽 속의 편지』(창작과비평사, 1992), 『어느 별에서의 하루』(창작과비평사, 1996), 『등불 하나가 걸어오네』(문학동네, 1999), 『시간은 주머니에 은빛 별 하나 넣고 다녔다』(문학사상사, 2002), 『초록거미의 사랑』(창작과비평, 2006), 『네가 떠난 후에 너를 얻었다』(서정시학, 2011), 『바리연가집』(실천문학사, 2014). 이하 본문에서 위 시집을 인용할 경우 시집 제목과 인용 면수만 밝히겠다.

이후 육신의 병고와 신앙의 발견이라는 경험을 치르게 되면서 '허무'와 '고독'이 깊이 침윤된 존재 탐구의 세계를 보여주었다.[2] 한편 70년대를 지나면서 강은교 역시 당대의 다른 시인들과 함께 시인의 양심과 가치에 대한 문제를 제기하기 시작하였고, 이 과정에서 '허무'에 대한 탐색이 역사적 삶에 대한 관심으로 지평을 넓혀갔다.

강은교 시에 대한 연구사는 허무 의식과 존재 탐구에 주목한 연구,[3] 리얼리즘 문학으로서의 주제의식에 주목한 연구,[4] 주요 이미지를 분석하여 형식적·미학적 특질을 밝힌 연구,[5] '비리데기'와 관련하여 여성주의적, 생태학적 관점을 바탕으로 시를 분석한 연구[6]로 정리된다. 이

2   유성호, 「책머리에」, 유성호 편, 『강은교의 시세계-허무와 고독을 넘어, 타자를 향한 사랑으로』, 천년의시작, 2005, 11쪽.

3   김병익, 「허무의 선험과 체험」, 『풀잎』 해설, 민음사, 1974; 김재홍, 「무(無)의 불꽃」, 『우리가 물이 되어』 해설, 문학사상사, 1986; 진형준, 「무덤의 상상력에서 뿌리의 상상력으로」, 『순례자의 꿈』 해설, 나남, 1988; 이영섭, 「강은교 시 연구-허무와 고독의 숨길」, 『경원대학교 논문집』, 1997; 남진우, 「천사의 시선이 머무는 곳」, 『사랑비늘』 해설, 좋은날, 1998; 박찬일, 「소극적 허무주의에서 적극적 허무주의로」, 『시와시학』, 2001년 가을호; 이재훈, 앞의 글.

4   신경림, 「강은교의 시세계」, 『빈자일기』 해설, 민음사, 1977; 박노균, 「존재탐구의 시에서 역사적 삶의 시로」, 『한국현대시 연구』, 민음사, 1989; 이선영, 「꿈과 현실의 변증법」, 『벽 속의 편지』 해설, 창작과비평사, 1992; 이성우, 「종합에의 의지」, 유성호 편, 앞의 책.

5   김경복, 「죽음으로의 초대-강은교 시에 나타난 물의 이미지 연구」, 『국어국문학』, 1988; 남금희, 「강은교의 시세계-물의 이미지를 중심으로」, 『여성문제연구』, 1990; 나희덕, 「물과 불, 그리고 탄생」, 『보랏빛은 어디에서 오는가』, 창작과비평사, 2003; 윤선아, 「강은교 시의 이미지와 상상력 연구」, 『한남어문학』, 2008.

6   송희복, 「허무와 신생, 그 아득한 틈새, 혹은 여성성의 깊이」, 『현대시』, 1995년 7월호; 이영섭, 「시의 풍요로운 생명감」, 『그대는 깊디깊은 강』 해설, 미래사, 1991; 이혜원, 「생명을 희구하는 비리데기의 노래」, 유성호 편, 앞의 책; 윤지연, 「강은교 초기시에 나타난 에코페미니즘적 상상력」, 강원대 석사논문, 2010; 이효린, 「강은교 시의 생명주의 연구」, 이화여대 석사논문, 2015.

러한 연구의 흐름은 강은교의 시 세계 변모과정과 거의 일치한다. 강은교는 허무와 초극의 개인의식이 드러난 초기시로부터 1980년대에 이르면 공동체 의식을 드러내며 사회적인 현실 문제를 반영하기 시작했으며, 최근에는 다시금 생명에 대한 문제의식에 대한 천착을 보여주고 있다. 이에 따라 최근 연구에서는 강은교가 허무를 극복하는 과정에서 여성성에 착목하게 되었음에 주목하며 적극적 허무주의를 모성성, 생명주의 등의 관점에서 파악한다.

다만 기존의 연구 경향과 관련해 다음의 한계를 지적할 수 있다. 첫째, 강은교 시를 리얼리즘 문학의 독법으로 읽는 방식이 강은교 시에 나타난 허무 의식을 부정적으로 해석하는 데 영향을 미치고 있다. 강은교가 소극적 허무주의에서 적극적 허무주의로 변모하게 되었다고 설명하면서, 이를 강은교 시가 개인적 사유에서 민중적이고 민족적인 세계로 확대되었기 때문이라고 보는 시각이 이에 해당한다. 강은교가 『빈자일기』에서 공동체 문제에 주목하기 시작하면서 사회·역사적 현실에 대한 소재를 다루기 시작한 것은 사실이다. 하지만 민중시 계열의 시들이 활발하게 창작되던 시기에도 강은교가 스스로 '어둠'이라고 명명한 형이상학적 세계에 대한 탐구에서 벗어나지 않았다는 점에서 그녀의 시 세계의 변모 과정을 변증법적인 것으로 해석해온 경향은 재고의 여지가 있다.

둘째, 강은교 시에 나타난 허무주의를 해석하는 데 있어 적절한 이론적 분석틀을 제시하지 못하고 허무를 극복해야 할 대상으로 보는 관점에 머물러 있다. 가령 송희복은 "세계와의 접촉과정에서 자기 존재에 대한 철저한 인식이 좌절될 때 허무 의식이 발생하는 것"이라며 허무주의를 부정적인 것으로 의미화한다.[7] 박찬일을 비롯해 강은교가 허무를

---

7   송희복, 「허무와 신생, 그 아득한 틈새, 혹은 여성성의 깊이: 강은교의 시세계」,

긍정하게 되면서 적극적 허무주의로 나아가 생명의 영속성을 찬양하게 되었다고 보는 경우에도, '소극적 허무주의'와 '적극적 허무주의'가 어떠한 차이를 지니는지, 과연 강은교의 허무 의식이 변화했다고 볼 수 있는 것인지는 해명하지 않는다.

셋째, 강은교의 시를 김혜순, 최승자 등 여성 시인들의 작품과 함께 여성성이라는 범주에서 논의하는 것 역시 문제적이다. 이는 비단 강은교에 국한된 문제가 아니라 여성 시인들의 시를 '여성시'라는 범주 혹은 '여성성'이라는 개념틀 아래에서 논의하는 것이 얼마나 생산적인가와 관련된 문제다.[8] 여성 시인들의 작품을 생물학적 성별과 관련된 '여성성'과 관련지어 논의할 경우 개별 시인들의 차이를 충분히 드러내지 못할뿐더러 '여성시'의 범주를 한정짓는 예상치 못한 결과를 낳을 수 있다. 강은교는 삶과 죽음, 보이는 것과 보이지 않는 것 등 이분법적인 경계 짓기를 무너뜨리고자 했던 시인으로, 비평가들이 자신을 '여류시인'이라고 명명하는 데 반발하기도 하였다. 이는 당시 여류시인이라고 호명되었던 시인들이 감상적 낭만주의에서 벗어나지 못했기 때문이기도 하지만, 동시에 생물학적 성별 이분법으로 자신의 시 세계가 재단되는 것을 거부한 것으로 이해된다.

강은교는 죽음이나 영혼과 같이 인식되지 못하는 상태에 있는 존재들이나 일상에서 배제되고 소외된 존재들에 대한 지속적인 관심을 표명하

『현대시』, 1995년 7월, 136쪽.

8   이러한 문제의식은 '여성성' 혹은 '남성성'을 "인간의 행위와 실천에 대한 선택적, 모순적, 단절적 기록"과 관련된 역사적 산물로 바라보려는 최근 연구의 흐름들에서 촉발된 것이다(권김현영 외, 『남성성과 젠더』, 자음과모음, 2011). 이는 젠더 수행성이라는 개념을 중심으로 '남성/여성'의 이분법을 해체시키려는 시도로서 생물학적 성별을 중심으로 진행되어 온 여성문학 연구에 새로운 방향을 제시하고 있다.

였다. 이는 그녀의 표현을 빌리면 "보이지 않는 것을 보이게 하라. / 보이는 것을 보이지 않게 하라. / 들리지 않는 것을 들리게 하라. / 들리는 것을 들리지 않게 하라."[9]라는 언명의 실천과 관련된다.[10] 강은교의 '허무'는 그 자체로 텅 빈 무(無)의 상태, 존재론적 공허, 비존재가 아니라 인간의 한계로 인해 인식되지 못한 상태로 존재하는 사물들을 어떻게 인식할 수 있을 것인가라는 문제의식과 관련된다. 인간의 인식의 한계로 말미암아 그 존재가 파악되지 않는 사물들을 인식의 영역으로 끌어올리려는 예술 본연의 과제를 그녀는 '허무'와 관련지어 풀어낸 것이다.[11]

강은교가 자신의 시론에 직접 인용하기도 했거니와 이는 보이지 않는 것을 보이는 것의 고양됨이자 깊이라고 설명하는 메를로-퐁티의 현상학적 인식론과 연결된다. 메를로-퐁티는 지각의 대상과 상상의 대상이 존재론적으로 구분된다고 보는 후설, 사르트르와는 달리 지각과 상상

---

9   강은교, 『젊은 시인에게 보내는 편지』, 문학동네, 2000, 11쪽. 유사한 표현은 이외에도 다소간 변주되면서 지속적으로 발견된다. "보이지 않는 것을 보십시오 / 들리지 않는 것에 귀 일으키십시오"(「이리로 오십시오」, 『벽 속의 편지』, 116쪽) "보이지 않는 것을 보이게 하라. / 보이는 것을 보이지 않게 하라. / 들리지 않는 것을 들리게 하라. / 들리는 것을 들리지 않게 하라."(「후기」, 『어느 별에서의 하루』, 120쪽).

10   "보이지 않는 것을 보이게 하라"라는 말은 파울 클레에게서 가져온 것으로 보인다(강은교, 『젊은 시인에게 보내는 편지』, 90쪽). 메를로-퐁티는 클레의 이 말에 크게 공감하며 보이지 않는 것을 보이게 한다는 문제를 탐구하였다.

11   강은교는 부재하는 것을 현전화하는 상상의 인식작용에 대한 지속적인 관심을 보여준다. 강은교의 시에서 상상력에 기반한 이미지 실험이 중요한 의미를 지닐 수밖에 없었던 것은 이 때문이다. 근대 인식론에서는 부재하는 대상을 정신에 직접 현전하게 하는 능력이나 관념을 결합하는 능력, 현전하지 않은 것을 직관하는 능력 등을 설명하기 위한 개념으로 상상력을 정의한다(강미라, 「현상학에서의 상상─후설, 사르트르, 메를로-퐁티의 상상이론 비교」, 『철학논총』, 2014.1, 4쪽). 이는 칸트가 '선험적'이라고 설명한 능력이나 후설이 '주어지지' 않은 것을 '주어질 수' 있게 해주는 것으로 설명한 현전화 작용과 관련된다(박승억, 「상상력과 관한 현상학적 연구」, 『철학과 현상학 연구』, 2011, 80쪽).

이 근본적으로 구분될 수 없음을 주장한 바 있다.[12] 메를로-퐁티에 따르면 보이는 사물들은 깊이와 밀도를 가지고 있다. 보이는 것들의 외적 표면이나 껍질(피부, Haut)은 그 자신들의 깊이와 밀도의 표면이다. 사물의 깊이와 밀도는 '살로 이루어진 존재'(das fleischliche Sein)의 차원이다. 예술가가 세계를 경험하는 경지는 세계의 표면에서 더 내려가 살[13]의 차원까지 들어가고, 여기에서 세계의 비밀스런 깊이와 밀도를 통찰하는 경지를 보여준다. 그러므로 보이지 않는 것은 부재의 방식으로 보이는 세계에 현전하고 있는 것이며 보이는 세계에서 축출될 수 있는 것도 아니다.[14]

이러한 점에서 중요한 것은 바로 '본다'는 것의 의미이다. 메를로-퐁티는 "본다"는 것은 보는 자의 사건만도 아니고 보이는 사물의 사건도 아닌, 보는 자가 보는 자를 보고 있는 사물을 보는 애매한 사건이라고 보았다. 이러한 근원적인 봄의 경지에 도달하면, 보는 자는 사물의 깊이 안에서 태어나고 사물도 보는 자 속에 침투하여 보는 자의 몸

13 메를로-퐁티가 '살' 개념에 대해 본격적으로 풀어나가는 것은 『보이는 것과 보이지 않는 것』의 마지막 장인 「교직-교차」에서이다. 살은 물질과 정신이 분화되기 이전에 이미 근원적으로 세계의 현존을 가능하게 해주고 있는 대문자 존재(Être)이고, 모든 개별 존재자들을 공속시켜주고 있는 일종의 공동육화의 원리이다. 메를로-퐁티는 살을 고대 그리스의 자연철학이 언급하는 존재의 근원원소(Element)처럼 이해해야 한다고 주장한다. 여기서 '원소'는 "유(類)에 속하는 사물"이라는 의미에서의 원소를 말한다고 메를로-퐁티는 설명한 바 있다(메를로-퐁티, 『보이는 것과 보이지 않는 것』, 200쪽). 살의 개념에 대해서는 조광제, 「메를로-퐁티의 후기 철학에서의 살과 색」, 『예술과 현상학』, 2001, 117쪽; 신인섭, 「메를로-퐁티의 살의 공동체와 제3의 정신의학 토대」, 『철학』, 2007년 가을호 참조.

14 메를로-퐁티는 프루스트나 클레가 보이지 않는 것을 보이는 것 이면에 숨어 있는 '깊이'로 이해함으로써 보이는 것과 보이지 않는 것의 관계를 설명했다고 보았다. 메를로-퐁티, 『보이는 것과 보이지 않는 것』, 213쪽.

안에서 메아리친다.[15] 보는 자는 특정한 개별자를 보면서도 모든 보이는 것들 전체를, 보는 자를 보고 있는 전체를 보는 자이다. 강은교는 시가 "총체성의 글쓰기"가 되어야 한다고 주장한 바 있다.[16] 강은교의 시에서 '본다'는 것은 사물 속으로 깊이 침투해 들어가는 시선으로, 시인이 사물의 비밀스러움을 내적으로 통찰할 수 있을 때 사물을 총체적으로 보여주는 것이 가능해진다. 메를로-퐁티가 사물의 깊이라고 설명한 중첩성의 차원을 인식할 수 있는 '봄의 동시성'은 강은교의 허무 의식의 지향성을 알려준다. 강은교는 사물을 총체적으로 인식하기 위해 보이지 않는 것을 보이게 만들고자 하였다. 강은교의 허무 의식은 미지의 것으로 존재하는 세계에 대한 의지를 보여주는 것이자 인식의 한계를 넘어 더 높은 존재로 초월하고자 하는 지향을 관련된다.

이러한 경향은 그녀의 초기작부터 발견된다. 강은교는 니체를 비롯한 서양철학과 함께 무가나 판소리, 설화 등을 통해 고유의 정신사적 계보를 탐색해갔다. 이 중에도 그녀는 후자에 지대한 관심을 표명한다. 강은교는 학창시절 심취했던 작가로 "니체, 하이데거에서부터 릴케, 딜런 토마스, 제임스 조이스, 카프카, 포크너 등과 러시아의 작가들"을 언급하면서도, 이보다는 "우리의 고전인 판소리나 무가 등에서 더더욱 깊은 감동과 함께 나 개인적인 실체는 물론 우리 사회의 어떤 윤곽을 찾아볼 수 있다"고 강조한다. 강은교가 첫 시집 『풀잎』에 실린 시들이 "판소리나 무가적 가락과 그 가락이 만들어내는 정신적인 형성을" 시로 형상화시킨 것이라고 자평하기도 한 만큼, 이에 유의해서 초기시에 나타난 허무주의의 성격을 분석할 필요가 있다.[17]

---

15 한정선, 「메를로-퐁티의 파울 클레: 그림은 보이지 않는 것을 보이게 한다」, 『철학과 현상학 연구』, 2007, 58쪽.

16 강은교, 『허무수첩』, 예전사, 1996, 105쪽.

17 강은교, 『우리가 물이 되어 만난다면』, 새벽, 1979, 77~78쪽.

그녀의 초기시를 대표하는「우리가 물이 되어」에서 물과 불의 만남은 무의식의 저류를 흘러가는 상징적 이미지를 보여준다.[18] 이 시에서 시적 주체는 세계의 황폐함을 적셔줄 수 있는 존재로의 변신을 열망하고 있다. 저류를 흐르는 물 이미지는「봄 무사(無事)」,「유성에서의 하루」에서는 '뿌리'에 대한 이미지로 변용되는데,「봄 무사」에서 강은교는 "가장 넓은 길은 뿌리 속 / 자네 뿌리 속에 있다"라며 보이지 않는 세계에 대한 상상력을 펼쳐보인다. 강은교는 이를 "보이지 않게 보이는 길"이라고 표현하는데(「네 개의 삽화 – 달」), 이와 같이 모순적인 표현을 사용하여 언어로 표현해낼 수 없는 세계가 포착된다. "잠들면서 / 참으로 / 잠들지는 못하면서"(「황혼곡조 2번」) 역시 마찬가지다. 이는 언어로 표현할 수 없는 의미상의 공백과 자명한 것처럼 보이는 세계의 '틈'을 드러내는 역할을 한다.

다시 말해 강은교에게 '본다는 것'은 상상력의 작용을 통해 얼마나 인식의 확장을 꾀할 수 있는지의 문제와 관련된다. 보이는 것과 보이지 않는 것은 대립적 관계가 아니라 보완적인 관계를 이룬다. 이에 대해 메를로-퐁티는 예술작품이 지각된 것, 보이는 것을 드러낼 때 동시에 보이지 않는 것, 보이지 않게 주어지는 세계와의 합의가 개시된다고 설명한다. 예술은 즉자의 세계에 속하는 것도, 주관적 구성물이나 허구의 산물도 아닌, 현전에 가깝게 완성되려는 것으로서 공존하는 몸의 차원과 관련된다.[19] 이에 따라 메를로-퐁티의 주체는 상상과 지각을 구

천사의 허무주의

18 '만남'의 중요성에 대한 강조는 강은교의 산문집 곳곳에 나타난다. 다만 이는 바위나 물방울, 새와 같이 언어로 소통할 수 없는 존재들과의 직감적인 만남을 의미한다. 그녀의 시들은 인간의 세계보다 관조에 바탕을 둔 사물과의 대화를 편하게 대하는 경향을 보인다. 위의 책, 30~35쪽.

19 이는 사물의 몸과 보는 주체의 몸이 분리된 것이 아니라 서로 개방되어 있다는 메를로-퐁티 특유의 '몸-주체' 개념으로 발전한다. 강미라, 앞의 글, 18~20쪽.

분하면서 주체를 의식적 존재라는 의미에서 대자존재로 파악하는 사르트르와 달리 상상과 지각의 경계를 명확한 것으로 구분하지 않는다. 사르트르가 '존재–무'라는 데카르트의 이원론에서 벗어나지 못하고 있는데 비해 메를로–퐁티는 주체를 신체로서 세계에 연루된 존재로 보면서 이원론을 부정한다.

강은교의 시가 샤머니즘의 세계관과 친연성을 지닌다는 지적은 이러한 맥락에서 음미될 수 있다.[20] 샤머니즘은 산 자와 죽은 자 사이의 단절을 거부하고 시공을 초월하여 산 자와 죽은 자가 만날 수 있을 것이라고 가정한다. 이에 따르면 이 세계는 산 자들만의 전유물이 아니다. 사물들은 보이지 않는 신의 형상이 구체화된 것으로서 시공(時空)의 한계를 뛰어넘는 '샤먼'들에 의해 초월적 세계와의 직접적 소통이 이뤄진다.[21] 강은교는 비리데기 서사무가에서 삶과 죽음의 경계를 뛰어넘어 보이지 않던 존재들을 불러내고자 하는 의지를 발견하고 이를 자신의 시와 접속시킨다. 강은교는 시인을 샤먼과 마찬가지로 보이지 않는 다양한 차원의 세계를 넘나들면서 비실재적인 상상적인 것을 드러낼 수 있는 존재로 본다. 사물을 평면이 아니라 깊이가 있는 대상으로 보는 시인의 인식론 역시 실재적인 것 혹은 산 자들의 세계가 비실재적인 세계 혹은 죽은 자들의 세계와 중첩되어 있다는 샤머니즘적 세계관에 의해 뒷받침된다.

가령 「풀잎」에는 "살 밖으로 나가 앉은", 즉 개체적 주체성에 갇혀 있지 않음으로써 죽은 존재들을 감각하는 시적 주체의 형상이 나타난다.

---

20 강은교 시는 생과 사를 넘나드는 상상력이나 우주적 소통의 방식, 리듬감 넘치는 언어의 근저에서 무가의 영향을 엿볼 수 있다는 점과 관련하여 샤머니즘과의 관련성이 지적되어왔다. 이혜원, 「강은교 시와 샤머니즘」, 『서정시학』, 2006, 77쪽.
21 김열규, 『동북아시아 샤머니즘과 신화론』, 아카넷, 2003, 69쪽.

「단가(短歌) 삼편(三篇)─붉은 해」에서는 '피'를 모으듯 '바리바리' 죽음을 모으는 존재로서의 '어머니'가 등장하며 생명이라는 것이 '소금'처럼 '쉬이 풀려버리는' 허무한 것임을 노래한다. 「네 개의 삽화─이 집 천정에는」에서는 "이 집 천정에는/내가 모르는 혼(魂)들이 있어요"라며 살아 있는 것들의 생명을 "야곰야곰" 갉아먹으면서 살아 있는 존재들에 대해 증언한다. 강은교의 초기시에 나타나는 이와 같은 이미지들은 시인이 세계를 있는 그대로 재현하거나 시인의 주관에 의거하여 구성된 것이 아니라 보는 자로서의 예술가와 보이는 사물로서의 세계가 맺는 특수한 형식과 관련됨을 보여준다.

이에 따라 비실재적인 것과 실재적인 것은 서로를 지탱하는 관계로 그려진다. 「연도(燃禱)─기다리는 모든 다정한 혼(魂)들에게」에서 강은교는 "살아있는 자 살아서 못 보나니./눈뜬 자 눈떠서 못 보나니" "떠도는 것이 우리를/이끄는도다./어두운 것이 우리를/눈뜨게 하는도다./보이지 않는 것 가벼운 것 슬픈 것 영원히 사라지는 것"[22]이라고 노래하며 비실재적인 것, 상상적인 것에 의해 새로운 차원의 세계가 개방됨을 밝힌다. 보이는 것과 보이지 않는 것은 뒤섞인 채로 존재하는데, 메를로─퐁티는 이를 상호간의 삽입과 얽힘의 구조로 설명한다.[23] 강은교가 샤머니즘적 수사는 보는 자와 보이는 사물이 내적 연관으로서 관계를 맺고 있다는 메를로─퐁티의 인식론을 상기시킨다.[24]

─────────

22 강은교, 『풀잎』, 121~122쪽.

23 메를로─퐁티, 『보이는 것과 보이지 않는 것』, 199쪽.

24 "나는 사물들에게 나의 몸을 빌려 주고, 사물들은 나의 몸에 등재되어 나를 사물들과 흡사하게 만드는, 사물들과 나 사이의 이 마법적 관계, 이 계약; 바로 나의 시각인 보이는 것의 이 주름, 이 중심적 공동(空洞); 보는 자와 보이는 것의, 만지는 자와 만져진 것(touché)의 이 거울상 두열, 이러한 것들은 내가 기초로 삼고 있는 밀접히 결속된 체계를 형성하며, 일반적 시각과 가시성의 항구적인 체계를 규정한다." 위의 책, 209쪽.

메를로-퐁티에 따르면 보는 자와 보이는 사물은 서로 연루되어 있는 결속된 체계를 이루는데, 강은교는 주체와 사물의 상호보완적 관계에 대한 인식을 통해 개별자가 그의 주관에서 벗어나는 과정을 그린다. 강은교의 초기시에는 '어둠'이라는 시어가 지속적으로 나타난다. 「우리의 적은」[25]이라는 시에서 시인은 우리의 적은 전쟁이나 부자유가 아니라 "어둠 속에서도 너무 깊이 보이는/그대와 나의 눈"이라면서 사물을 인식하는 문제의 중요성을 역설한다. 「풍경제」 연작시편에서 등장하는 "어둠의 아버지"(「풍경제-길」)나 "들리지 않는 귀는 언제나/들리는 귀가 되지 싶다"(「풍경제-서쪽 하늘」)라는 진술은 보이거나 들리지 않는 세계를 지각할 수 있게 만들고자 하는 시인의 바람을 드러낸다. 그런데 이는 죽음의 세계, 비실재적인 것에 대한 강렬한 열망으로 분출되어 허무 의식의 형태를 띠고 나타나게 된다. "끝나서 구름이 되는 삶/끝나서 즐거운 구름이 되는 그대"(「풍경제-비」)[26]와 같은 구절에서 알 수 있듯, 강은교의 초기시에는 소멸, 죽음이야말로 '즐거운' 것이고 삶은 헛된 것에 불과하다는 인식이 나타난다. 이러한 태도는 다음의 시에서도 확인된다.

> 오늘밤은 저쪽에 있으면 좋겠네./한 채의 무너지는 집을 짓고/젖은 바다 거품 속에/없는 무덤으로 흐르면 좋겠네.//풀인 그대와/모래인 그대와/폭풍인 그대와/또한 별인 그대.//아아 오늘밤은 그대 모두/가장 멀리 익사하세 익사하세./없는 무덤에 다시/캄캄한 무덤들로 누우며/죽은 꽃 속에 꽃을//불러보세 불러보세./앞 못 보는 것들아/끝내 사랑하올 것들아.
>
> ―「풍경제-없는 무덤」[27] 전문

25 강은교, 『풀잎』, 71쪽.
26 위의 책, 100~101쪽.
27 위의 책, 106쪽.

죽음을 통해 시적 주체는 '이쪽'과 '저쪽'의 경계를 넘어 수많은 '그대들'과 만난다. 시인은 죽음을 삶에 편재해 있는 것으로 이해함으로써 인식 바깥에 존재하는 사물들과의 소통이 가능하다는 사실을 강조한다.[28] 여기서 사물들은 고정된 형태로 머무르지 않고 '풀'이면서 '모래'이면서 '폭풍'이자 '별'이기도 한, 무한한 가능성을 지닌 존재로 그려진다. 또한 시적 주체 역시 사물들과 소통하기 위해 "가장 멀리 익사"하여 이들과 함께 '흘러갈' 수 있기를 바란다. '보이는' 세계가 언제나 무너질 수 있는 허무한 것임을 깨달은 자는 '보이지 않는' 세계를 인식함으로써 새 집을 세울 수 있다. 이 시에 나타나는 '없는 무덤'이라는 이미지는 죽음이 형체가 없는 채로 도처에 존재한다는 것을 암시한다. 보이지 않는 형태로 존재하는 사물들의 세계로 들어가기 위해 시인은 상상의 인식 작용을 가동하여 무의 세계에서 생성을 이뤄내고자 한다.

이 시에서 시인의 작업은 "죽은 꽃 속에 꽃을" 피워내려는 것으로 비유된다. 이는 삶을 잉태하고 있는 죽음의 이미지를 그린 것으로, 다른 시에서 이는 '죽은 나무'들 간의 소통이라는 형태로 묘사된다(「풍경제 ─ 봄 뜰」). 죽은 것으로 여겨졌던 사물들 간에 이뤄지는 속삭임은 "공중에서 춤"을 추고 떨어진다. 시적 주체는 이들의 속삭임에 귀를 기울이며 세계에서 사라지는 것들의 이름을 불러주는 일을 수행한다. 이와 같이 초기시가 샤머니즘적 상상력을 통해 죽음의 편재성을 드러내면서 주력

28 강은교는 이와 관련된 일화를 하나 소개한다. 명강의로 소문난 한 선생님이 "우리는 모두 죽음을 향해 가고 있습니다. 그렇기 때문에 우리가 하루 산다는 것은 그만큼 죽음에 빨리 도착하는 것이 되는 것입니다."라고 말하고 모두들 심각한 얼굴로 이 강연을 듣고 있는 것을 보며 그녀는 혼자 "변소간으로 가서 한참 웃어댔"다고 고백한다. 그러면서 강은교는 우리가 죽음을 향해 가는 존재라는 당연한 얘기가 아니라 "죽음에 이르기 전에 우리가 얻을 수 있는 사랑 그런 것에 대해" 말해야 한다고 덧붙인다. 강은교, 『우리가 물이 되어 만난다면』, 39쪽.

하고 있다면, 중기시에서는 죽음과 삶이 동시에 존재한다는 인식을 통해 삶의 문제로 시선이 이동하게 된다.

2) '꽃뿌리'의 상상력과 생명으로서의 '허무'

초기시가 비실재적인 세계에 대한 지향을 드러내는 시들이 주를 이루었다면, 1977년 출간된 『빈자일기』 이후에는 실재적인 세계와 비실재적인 세계의 동시성에 주목한 시들이 나타난다. 강은교 시에 두드러지는 이미지 역시 변화하게 된다. 초기시에 하강의 이미지가 주를 이루었던 것과 달리 중기시에는 상승하는 이미지가 나타나기 시작한다.[29] 이에 대해 강은교는 하강을 상승과 대립하는 것으로 보지 않고 하강 자체가 상승을 위한 것임을 밝힌다.[30] 보이지 않는 세계를 지향하는 것은 그것이 보이는 실재적인 세계와 맺고 있는 연관관계를 인식하고 있기 때문이다. 주체는 사물을 향해 자신을 개방하고 고정되어 있는 주체성을 해체함으로써 경험적 지각에 한정되지 않은 초월적 인식을 획득한다.

강은교의 시에 '현재적 삶'에 대한 긍정이 나타나기 시작한 것 역시 이러한 변화와 관련된다. 이와 관련하여 중기시에서 '꽃뿌리'라는 독특

---

29 『빈자일기』의 "오르기 위하여 / 오르기 위하여"(「헤매는 발들을 위한 노래」), "世上에 차고 차 / 떠오르라 달아"(「밤의 노래」), "한밤중에 붉은 / 햇덩이 뜬다. / 하늘로 가자. / 하늘로 가자."(「허총가 1」) 다수의 시에서 상승하는 이미지가 나타난다.

30 그런 점에서 강은교는 이카루스를 장인(匠人)인 아버지 다이달로스와는 달리 '규범' 이상으로 상승하려 했던 예술가라고 규정한다. 그러면서 이카루스의 추락이야말로 "영원히 추락하는 영원한 상승"이라고 본다. 언제나 완전히 다가갈 수는 없게 하는 "상승-추락의 날개"야말로 계속해서 유토피아를 꿈꾸게 한다는 것이다. 강은교, 『젊은 시인에게 보내는 편지』, 23쪽.

한 이미지가 출현하고 있다는 점은 주목을 요한다.[31] 『풀잎』에서는 하강하는 이미지와 함께 무의식의 저류를 흘러가는 물 이미지와 뿌리에 대한 상상력이 두드러졌다. 그런데 『빈자일기』에 이르러서 강은교는 보이지 않는 세계로 촉수를 뻗어가는 '뿌리'의 이미지를 '꽃'과 결합하여 보이지 않는 것과 보이는 것의 운동에 의한 생성의 장면을 드러낸다.

> 축하하시지요. 저는 점점 살아있네요. 어제는 비가 왔지만, 바람 불고 뜨거웠지만, 오늘은 快晴, 아, 쾌청. 저를 일으키시지요. 이 물꽃바람 즐거운 세상, 번뜩이는 진종일 銅劍을 갈아, 뜬 눈 두 발로 점점 서 있는, 저를 사랑하시지요. 그대 暗黑 발 아래 누워, 있는 혀 없는 혀로 전부 핥으며, 끝없는 낮 끝없는 밤 죽으며 태어나며, 大地가 되게 하시지요. 내가 곧 大地─이면 그대는 神, 머리 없는 神.//정말 축하하시지요. 이 발(足)뿌리 손(手)뿌리 이(齒)뿌리 피(血)뿌리, 덕분에 질기고 질기게, 어디로인가로 無窮 뻗어감
>
> ─「시드는 꽃노래─빠르고 단순하게」 전문[32]

이 시는 '시드는 꽃'의 이미지를 지하로 뻗어나가는 '뿌리'의 이미지와 결합시키면서 소멸과 생성이 끝없이 반복되는 영원회귀의 세계를 그려낸다. 이 반복을 강은교는 '축하'할 만한 일이라고 표현하면서 이 덕분에 "질기고 질기게" 뻗어나갈 수 있다고 강조한다. 그의 신체의 각 부분(발, 손, 이…)은 세계와 접속하는 촉수가 되어 무궁하게 뻗어나간다. 이 시에서 촉수는 사물의 '몸'을 감각하는 것이 주체의 '몸'임을 암시한다. 본다는 것은 이런 점에서 에로틱한 행위라 할 수 있는 것이다.[33] 강

31 "꽃뿌리여 꽃뿌리여"(「요즈음을 위하여」), 『빈자일기』, 29쪽.

32 위의 책, 55쪽.

33 사물들이 겹쳐지는 것은 그것을 인식하는 주체 역시 하나의 사물이자 사물 밖에 있는 존재이기 때문이다. 평면적인 그림을 보면서도 깊이를 인식하는 것은

은교는 미지의 세계를 향해 뻗어나가는 '뿌리'적 존재가 영원회귀적 반복을 '즐거이' 수행하는 모습을 생명력 넘치는 "점점 살아있"는 것으로 묘사한다. 생사를 무수히 반복하면서도 그는 반복에 싫증내지 않는다.

이 시에 나타난 뿌리 이미지는 "나무가 더욱 높고 환한 곳을 향해 뻗어 오르려 하면 할수록 그 뿌리는 더욱 힘차게 땅 속으로, 저 아래로, 어둠 속으로, 나락으로, 악 속으로 뻗어 내려"간다고 한 니체의 몰락을 상기시킨다.[34] 이는 뿌리의 하강은 창조적 생성에 이르기 위한 몰락으로, 이는 다시 존재자의 기반으로서의 '대지'가 되고자 하는 열망으로 변용된다. '꽃뿌리' 이미지에 내재한 허무 의식은 몰락하는 것들에 대한 애정을 함의한다. 「생자매장(生者埋葬)」 연작 중 「생자매장(生者埋葬)·IV.흙」에서는 "오라 즐거이 썩으라／엉켜 잊지 못하는 者들／이 나팔꽃 꿈 속／어둠아비보다 더 넉넉히／꽃피우라 노래하라"라며 망각을 통해 창조적 생성이 가능함을 노래한다.[35]

강은교는 "노래를 부를 때 너는 무수한 너이다. 현재의 하나는 무수한 하나들의 현재"[36]라고 말하면서, 그 자신의 개인적인 감상에 침잠하기보다 "나의 정서가 나도 모르게 타인의 정서 속에서 주관화되는"[37] 경지에 닿아야 한다고 설명한다. 그녀가 이를 '경지'라고 묘사한 데서 알 수 있듯이 이는 시인이 궁극적으로 닿고자 하는 지향점이다. 메를로-퐁티에 따르면 이러한 경지는 '봄의 동시성'이라는 개념으로 설명된

인식 주체가 거기에 환상을 부여하기 때문이다. 이런 점에서 메를로-퐁티는 시지각(視知覺)에 대해 "내가 나로부터 부재하는 방법이요, 내부에서 빠져나와 큰존재의 핵분열을 목격하는 방법이다. 이를 거친 후에야 비로소 나는 나 자신으로 복귀한다"라고 설명한다. 위의 책, 136쪽.

34 프리드리히 니체, 『차라투스트라는 이렇게 말했다』, 66쪽.
35 강은교, 『빈자일기』, 47쪽.
36 강은교, 『허무수첩』, 111쪽.
37 위의 책, 35쪽.

다. 메를로-퐁티는 보이는 세계와 보이지 않는 세계를 두 개의 지도로 비유하면서 두 개의 지도가 '겹쳐' 있다고 설명한다.[38] 이 두 지도는 저마다 완벽하며 "둘 다 동일한 대문자 존재(Être)의 부분이자 총체(partie totale)"[39]라 할 수 있다. 다시 말해 '봄의 동시성'이란 곧 보이는 세계와 보이지 않는 세계가 중첩되어 존재함을 인식하는 것이다. 다음 글에서 강은교는 보이지 않는 것을 '어둠'에 비유하며 이 세계를 가시적인 것으로 변환하기 위한 상상의 능력을 요구한다.

> 시에서의 주제는, 그때 어둠이 말하는 것을 '나'의 어둠에 실어 '우리'의 어둠으로 표현할 수 있는 것일 것입니다. 그것이 시에서의 변형일 것입니다. T. S. 엘리엇은 한 문학 에세이에서 말했지요. "사상을 장미의 향기처럼!" 문학에서의 사상은 그렇게 시적 전이(轉移)를 일으킬 수 있는 것이어야 할 것입니다. 그러면서 우리에게 삶의 갈피갈피에 들어갈 수 있게 힘을 주는 것이어야 할 것입니다. 메를로-퐁티는 세잔에 대해 재미있는 말을 하고 있습니다.
> "……화가는, 만일 그가 아니었더라면, 의식의 각기 분리된 삶 속에 갇힌 채로 있었던 것들, 즉 사물을 담은 요람인 외관의 진동을 가시적인 대상으로 재포착하여 적합하게 변화시킨다."
> 그러면서 화가의 임무란 '객관화'하고 '투영'시키고 '포착'하는 일인 것이다, 라고 하고 있습니다. 시인도 그럴 수 있는 사람일 것입니다. 당신이 만지는 것을 언어로 변형하십시오. 당신이 꿈꾸는 것을 언어로 변형하십시오. [40]

이 글에서 강은교는 "시적 전이"라는 개념을 등장시킨다. 이에 따르면 회화를 포함한 예술은 '어둠'이 말하는 것을 '우리'의 어둠 속에서 끄

---

38 메를로-퐁티, 『눈과 마음』, 김정아 역, 마음산책, 2008, 37쪽.
39 위의 책, 36쪽.
40 강은교, 『젊은 시인에게 보내는 편지』, 113쪽.

집어내어 가시적인 대상으로 변화시키는 작업을 의미한다. 하지만 그것이 일시적으로 가시화되었다고 해서 대상의 외형이 항구적으로 고정되는 것은 아니다. 세잔이 회화를 통해 "사물을 담는 요람인 외관의 진동"을 "재포착"하여 형상화하기는 하였으나, 위 글에서 강은교가 인용한 구절의 뒷부분에서 메를로-퐁티는 이를 통해 전달되는 것이 "낯설음의 느낌"일 따름이라고 부연한다.[41] 예술가들이 예술작품을 통해 가시화하는 것은 의미가 무의미를 향한 운동을 무한히 반복하고 있다는 것이다. 예술가가 인식할 수 있는 것은 사물의 본질이 아니라 그것의 "외관의 진동"일 따름으로, 그는 보이지 않는 미지의 세계를 가시화하기 위해 세계를 해체하는 동시에 재포착하는 작업을 무수히 반복한다.

이런 점에서 강은교가 '허무'를 '숨길'[42]이나 '출렁이는 뼈'[43]에 비유하는 것은 시사적이다. 강은교에게 '허무'란 보이지 않는 세계와 보이는 세계를 연결해주는 통로이자 두 세계를 지탱하는 뼈대라 할 수 있다. 즉 허무는 보이는 것과 보이지 않는 것 사이에서 움직이는 에너지로 이해된다는 점을 이해할 필요가 있다. 강은교는 이를 '틈'이라고 표현하기도 한다. 말이 없는 말, 소리가 없는 소리, 잠들면서 잠들지 않는 것, 떠나면서 떠나지 않는 것 등 강은교가 자주 사용하는 모순적인 표현들은 이러한 '틈'을 인식하기 위한 수단이기도 하다. 허무는 '주관'과 '객관'의 끊임없는 긴장 속에서 배태된다. 이는 인식론에서 주체와 사물의 관계

---

41 메를로-퐁티, 『의미와 무의미』, 권혁면 역, 서광사, 1984, 28쪽.

42 강은교, 『허무수첩』, 85쪽, 91쪽.

43 이는 강은교의 산문집 『허무수첩』의 부제 "허무, 그 출렁이는 뼈에 바침"에서 확인된다. 강은교는 이 책의 서문에서 "죽음도 네 출렁이는 뼈, 위에서는 하릴없이 웃고 있는 아침. / 세계의 아침에 해가 떠오른다. / 출렁이는 거대한 객관, 너를 향하여. / 객관과 주관의 무수한 싸움들을 향하여."라면서 허무를 객관과 주관이라는 인식론의 문제로 대치시킨다.

에도 적용된다. 보는 자는 보이는 존재 없이는 존재하지 못한다는 메를로-퐁티의 말처럼 인식 주체는 그가 인식하고자 하는 대상과 상호 보완적 관계에 있다. 이러한 현상은 감각하는 자와 감각되는 것이 근본적인 분열 혹은 분리되어 있는 까닭에 의해 성립된다. 이 분열 또는 분리에 의해 몸의 기관들은 교류하게 되고 한 몸에서 다른 몸으로서의 전이가 일어날 수 있다.[44]

비실재적 대상을 인식할 수 있게 해주는 지각작용으로서의 상상은 인간이 모든 사물을 인식하지 못한다는 근원적 한계를 통해 가능해진다. 의식이 보지 못하는 것이 있기에 보는 것이 가능하다. 이것이 바로 메를로-퐁티가 말한 의식의 신체성이다. 다시 말해 예술적 표현 작업은 "즉자를 대자와 분리시키는 심연"[45]에 침잠하여 그것에 새로운 질서와 구조를 부여하는 것이다. 예술가는 자신의 작품이 세상에 어떠한 의미를 던질지 조금도 예상하지 못한 채로 작품을 세상에 내놓는다. 어떠한 사상을 창조해서 표현하는 것은 그들의 사상이 타인들의 의식 속에 뿌리내릴 수 있도록 하기 위함이다. 그는 어디에도 존재하지 않던 의미를 정초하여 "삶의 갈피갈피에 들어갈 수 있게 힘"을 얻게 된다. 이를 위해 강은교는 예술가가 절대적 고독의 순간을 거쳐야 한다고 말한다. 고독의 순간을 거치며 예술가는 명백히 규정된 사고의 흐름에서 벗어나 침묵의 세계로 돌아간다. 최초의 말을 내뱉기 위해 말의 교환이 이루어지는 근원적 장소로 되돌아가야 한다.

> 한 편의 잘된 시는 아마도 저 파도의 흰 머리칼이라든가, 서성이는 바람의 내부와 같아야 하리라.//천천히 고독 속으로 빨려 들어가는, 그러나 그 외부는 그런 낌새가 전혀 없는 화려함과 단아한 눈

44　메를로-퐁티, 『보이는 것과 보이지 않는 것』, 205쪽.
45　위의 책, 196쪽.

부심에 젖은 그런 것이어야 하리라. 저 수족관의 살아 있음과 같은 그런 것이어야 하리라. 한 편의 시로써 무엇을 하려고 하는 어리석음은 결코 보이지 않는, 아아ᅳ, 그리고 시의 알맹이는 그런 '절대 고독'과 '만남이 누워 있는 헤어짐'을 준비하고 있는 것이어야 하리라. 사물을 섬세하게 표현함으로써, 보이지 않는 것을 보이게 해야 하리라. 또는 보이는 것을 보이지 않게 감추며, 그것이 당신의 내부에서 스스로 폭발하게 해야 하리라.[46]

　고독은 아무 것도 없는 공간(틈)에 실은 무언가가 있다는 것을 깨닫게 해준다. 강은교는 이를 '살아있는 고독'이라고 부른다.[47] 고독은 보이지 않는 것을 보이게 하고, 보이는 것을 보이지 않게 하여 폭발하게 하여 전율을 일으킨다는 점에서 허무와 유사한 성격을 지니는 것으로 이해된다. '절대 고독'의 세계는 심연으로의 침잠을 가능하게 하는 것으로, 보이지 않는 세계에 대한 인식 가능성과 연결된다. 그것은 동시에 보이는 것을 보이지 않게 감추어서 명백한 것처럼 보이는 의미의 세계에 균열을 일으킨다. 같은 맥락에서 강은교는 경험적 세계와 구분되는 보이지 않는 '꿈의 공간'을 열어나가야 한다고 주장한다.[48] 강은교는 경험적 현실과 시적 현실을 다음과 같이 구분한다. 강은교에 따르면, "은유의 세계"가 만들어내는 시적 현실은 "읽는 이의 가슴줄을 건들임으로써 향수자(享受者)만의 '쓰러져 있는' 꿈을 일으키는 것"이다.

　한편 초기시에 나타난 상징적 이미지들을 대신하여 후기시에는 구체

46　강은교, 『허무수첩』, 20~21쪽.
47　"산에는 '살아있는 고독'이 가득했다. …(중략)… 환상을 버리고 튼튼해지시라. 튼튼한 고독의 심장을 당신의 보이지 않는 벼랑에 세우시라. 그리고 홀로 꽃피시기를. 저 봄의 꽃들처럼. '홀로'의 완성들의 세계를. 그리하여 시간을 이루시기를". 위의 책, 70~71쪽.
48　위의 책, 105~106쪽.

성을 띠는 시적 순간들이 포착된다. 강은교는 초기시에서 현대인들을 새장을 열어주어도 날아가지 못하는 새에 비유하며 "자신들의 불구(不具)마저 잊어버린 바보새"라고 표현하거나[49] 일상이라는 사슬에 발목이 매인 존재로 그리며 일상을 부정적인 것으로 묘사한다.[50] 그런데 후기시에 이르면 일상은 무한한 의미의 창조가 가능한 생성의 공간으로 변모한다. 기존 연구에서는 이러한 변화를 허무 의식의 극복으로 보면서 강은교가 개인과 사회의 관계를 변증법적인 것으로 인식했다고 설명한다. 그런데 강은교는 "역사의 표층은 개인을 파괴시키며 자라는 것이다. 형편없이 작은 그대들을. 항생제를 먹고 큰다는 신종 바이러스처럼."[51]이라며 개인을 "형편없이 작은" 존재로 축소시키는 역사를 비판하는 한편, "욕망이 없는 시는 아름답다"[52]라고 하거나, "제발 사시(私詩)의 범주를 벗어나라"[53]라며 개별적 욕망에서 벗어난 시를 창작할 것을 요구하기도 한다. 이러한 모순적 발언은 강은교가 개인과 역사의 관계를 대립적으로 이해하지 않았다는 사실과 관련된다.

'왜 나는 조그마한 일에만 분개하는가'로 시작되는/어느 시인의 말은/수정되어야 하네//하찮은 것들의 피비린내여/하찮은 것들의 위대함이여 평화여//밥알을 흘리곤/밥알을 하나씩 줍듯이//핏방울 하나 하나/그대의 들에선/조심히 주워야 하네//파리처럼 죽는 자에게 영광 있기를!/민들레처럼 시드는 자에게 평화 있기를!//그리고 중얼거려야 하네/사랑에 가득 차서/그대의 들에 울려야 하네//'모래야 나는 얼마큼 적으냐' 대신/모래야 우리는 얼마큼

49 강은교, 『추억제』, 11쪽.
50 강은교, 『우리가 물이 되어 만난다면』, 17쪽.
51 강은교, 『허무수첩』, 87쪽.
52 강은교, 『젊은 시인에게 보내는 편지』, 205쪽.
53 강은교, 『허무수첩』, 87쪽.

작으냐/ '바람아, 먼지야, 풀아 나는 얼마큼 적으냐' 대신/바람아 먼지야 물아 우리는 얼마큼 적으냐, 라고//세계의 몸부림들은 얼마나 얼마나 작으냐, 라고.

　　　　　　　　　　　　　　　　　　— 「그대의 들」 전문[54]

　김수영의 「어느 날 고궁을 나오면서」를 패러디하고 있는 이 시에서, 강은교는 "하찮은 것들"의 "피비린내" 나는 "위대함"에 대해 역설한다. '하찮은 것'으로 치부되는 일상의 사건들이 사소하지만은 않은 것은 개인의 일상과 공동체의 역사가 완전히 분리된 것으로 존재하지 않기 때문이다. 강은교의 시에서 '일상'은 개인과 공동체의 '공속성'(Zusammengehörigkeit, 共屬性)에 근거한다. 역사의 무게에 짓눌린 개인이 "형편없이 작은" 존재로 추락하지 않기 위해서는 일상이 역사와 맺고 있는 관계를 이해해야 한다. "'모래야 나는 얼마큼 적으냐' 대신/ 모래야 우리는 얼마큼 작으냐'라고 말해야 한다는 것은 하찮은 것으로 치부되는 사소한 일상의 사건들이 바로 역사의 무수한 계열들을 구성하고 있음을 지적하는 것이자, 역사라는 것도 결국 '하찮은 것'에 불과하다고 인식함으로써 역사에 짓눌리지 않은 상상의 공간을 확보하려기 위한 의지와 관련된다.

　이러한 태도는 위 인용시와 같은 시집에 실린 「물에 뜨는 법」이라는 시에서도 발견된다. 강은교는 "그대 어깨에서 키 큰 수평선들 달려 나오고/그대 발목에서/꽃 핀 섬들 달려 나와/황금빛 지느러미/훨 훨 훨 훨/흔들 때까지" "힘을 빼야 하네/어깨에서 어깨힘을/발목에서 발목힘을"[55]이라고 노래한다. 역사를 '하찮은' 것으로 인식함으로써 상상적인 것이 기거할 수 있는 공간을 출현시키고자 하는 시인의 시적 기획이

54　강은교, 『소리집』, 7~8쪽.
55　강은교, 「물에 뜨는 법」, 『벽 속의 편지』, 10쪽.

드러난다. 이런 점에서 강은교의 후기시는 허무 의식의 극복이 아니라 심화로 해석된다. 강은교에게 허무는 보이지 않는 세계와 보이는 세계 사이의 심연과 관련된 것으로, 이 심연의 구조 혹은 질서를 드러내는 예술적 작업에 의해 상상적인 것이 나타난다. 상상적인 것은 개별적 주체성을 배제하고 동시에 역사의 구속에서도 벗어난 심연에서 솟아올라 일상을 재구성한다.

> 보았는가. /그 녀석이 은빛으로 빛나는 허리를 흔들며 / 거리를 오르내리는 것을 보았는가. / 바람을 맞으며 / 너의 집 / 문을 쓰윽 열고 들어서는 것을 보았는가. // 보았는가. / 그것이 하하 웃으며 지느러미를 신호등처럼 흔드는 것을 보았는가. / 신호등이 바람에 흔들리듯이 그렇게 흔들리는 것을 보았는가. // 보았는가, 제주산 은갈치가 허리를 흔들며 거리의 파도 속을 떠다니는 것을 / 하하, 웃으며 지느러미로 얼굴을 가리는 것을 // 모든 무의미의 의미를 위하여, 아야아.
>
> —「제주산 은갈치」 전문[56]

이 시에서 은갈치는 한 끼의 식사를 위한 재료로 쓰이기 위해 검은색 비닐봉지에 담겨 시장에서부터 시적 화자의 집으로 이동했을 것이다. 하지만 이 시에서는 그러한 상황을 재현하는 데 초점이 맞춰져 있지 않다. 오히려 은갈치가 "은빛으로 빛나는 허리를 흔들며 / 거리를 오르내리는" 초현실적인 이미지들의 나열이 중심이 된다. 은갈치가 일상의 공간을 가로지르며 만들어 내는 선의 움직임은 "무의미의 의미"를 만들어 내는 상상력의 운동과 관련된다. 의미와 무의미는 상호 의존하는 관계에 있는 것으로, 의미는 시적 주체가 상상력의 운동에 의해 무의미의

---

56 강은교, 『초록 거미의 사랑』, 28쪽.

세계로 침투함으로써 발생한다. 특히 "보았는가"라는 구절의 반복은 무의미한 것으로 치부되었던 사물의 깊이를 보라는 의미로 이해할 수 있다. 이 시는 '보이지 않는 것'을 '보는' 상상적인 차원에 대한 물음을 던지고 있는 것이다.

강은교는 이를 "보이는 것에겐 보이지 않는 것이 길이리라"(「마음」[57])라는 아포리즘적 시구로 표현한다. 이 구절은 무의미와 의미가 밀접히 결속되어 있다는 점을 시사한다. 사물의 깊이에 닿았을 때, 보는 자는 혼자서 보는 것을 장악하는 것이 아니라 사물로 하여금 스스로를 내보이게 내맡김으로써 사물의 깊이 속에서 끊임없이 태어나게 된다.[58] 사물의 깊이가 주체가 파악할 수 없는 심연의 공간이라고 할 때, 이 무의미의 공동(空洞)으로 말미암아 의미의 운동이 가능해진다. 메를로-퐁티는 보는 자와 사물이 상호 침투하여 얽히고 상호의존하고 서로 융합되는 과정에서 "보고 있는 것은 내가 아니고, 보고 있는 것은 그가 아니며, 익명의 가시성이, 즉 일반적 시각이 우리 두 사람 모두에게 주재"하게 되는데,[59] 이는 "지금 여기에 있으면서도 모든 시간과 공간으로 빛을 발하며, 개별자이면서도 동시에 차원(Dimension)이자 우주적인 것(Universelles)인 살의 본성"에 의한 것이라고 설명한다.[60]

강은교에게 허무란 바로 "익명의 가시성"을 의미한다. 허무는 주체와 사물이 상호 침투하고 융합하는 과정에서 상상적인 것이 깃들 수 있게

57　강은교, 『네가 떠난 후에 너를 얻었다』, 55쪽.

58　"모든 시각에는 근본적인 나르시시즘이 있다. 또한 결과적으로 동일한 이유로 보는 자는 자신이 행사하는 시각을 사물들 편으로부터 당한다. 그래서 나는 많은 화가들이 증언하듯이 사물이 나를 바라보는 듯한 느낌을 받는다. 결과적으로 나의 능동성은 똑같이 수동성인 것이다." 메를로-퐁티, 『보이는 것과 보이지 않는 것』, 200쪽.

59　위의 책, 204쪽.

60　이 부분의 번역은 한정선의 논문을 참조했다. 한정선, 앞의 글, 59쪽.

한다. 이에 강은교는 '허무'를 "사소하지만 위대한 바람"으로 묘사하면서 이를 "위대한 긍정의 폭발"로서의 '생명'과 관련짓는다.[61]

> 방바닥을 닦다가 방바닥, 너 참 사랑한다고 중얼거린다//질을 닦어 가옵소사 질을 닦어 가옵소사//네가 꽃이네/네가 허공이네/네가 우주이네/네가 역사이네//허공을 닦다가 허공, 너 참 사랑한다고 중얼거린다//가득 허공 가옵소사 가득 허공 가옵소사
> — 「방바닥의 노래」 전문[62]

이 시는 강은교가 강조한 '현재적 상상력'[63]의 힘을 보여준다. 허공은 "꽃" "우주" "역사"로의 변신이 가능해지며 무엇보다 '사랑할 수 있는' 대상이 된다. 무엇보다 중요한 것은 이 시의 주제의식이 초기시와는 달리 신화적 공간이 아니라 일상적인 삶의 공간에서 펼쳐지고 있다는 사실이다. 방바닥을 닦으면서 시인은 경험적 순간들을 파고드는 상상적인 것의 힘을 발견한다. 이 시에서 방바닥을 닦는 것은 단순히 먼지를 닦아내기 위한 행위가 아니라 상상적인 것이 생성될 수 있는 가능성을 만들어낸다는 형이상학적 의미를 지닌다. 그러한 가능성을 열어주는 것은 바로 '허공'이다. 허공이 있기에 그것은 꽃, 우주, 역사 등 무수한 이

---

61 강은교, 『허무수첩』, 141쪽.

62 강은교, 『바리연가집』, 56쪽.

63 강은교는 현재적 상상력을 통해 '서정'과 '역사'가 통합될 수 있으리라고 말하며 이를 가능케 하는 시인을 "꿈꾸는 사람"이라고 말한다. 상상적인 것('꿈')의 힘을 통해 억압적인 질서를 해체하고 그 안에 평화를 구축하는 작업이야말로 '시'라고 본 것이다. "그 안에서 서정과 역사는 한몸이 될 수 있다. 시인의 삶은 동시대의 시가 될 수 있다. 시대는 노래가 될 수 있다. 시대는 향기로워질 수 있다. / 현재적 상상력은 가장 깊은 뿌리의 노래를 낳는다. / 그 속에서 나는 꿈을 꾼다. / 시인은 아무래도 꿈꾸는 사람이다. 저항하는 현재를 허무 위에서 철없이 꿈꾸는 사람이다." 강은교, 『허무수첩』, 114쪽.

미지들로 변용될 수 있다. 허공은 주체가 사물을 즉자적으로 인식하는 것이 불가능함을 보여주는 증거이자 상상적인 것이 운동할 수 있게 하는 근거가 된다. 강은교는 이를 방바닥을 닦는 일상적 행위를 통해 드러냄으로써 일상에 대한 긍정을 완수한다.

강은교는 자신이 "소외의 꿈, 유배의 꿈 그러므로 그리움의 꿈을, 고독과 허(虛)와 무(無)의 꿈을" 끊임없이 꾸고 있다고 말한다.[64] '현재적 삶'을 긍정하기 위해 시인은 고독과 허무의 세계에 자발적으로 내려가는 것이다. 이를 통해 시인은 죽음을 삶으로, 무의미를 의미로 전환시키는 상상적인 것의 에너지를 획득할 수 있다. 강은교가 '허무'를 "사소하지만 위대한 바람"이라고 묘사한 것은 이 때문이다. 이를 통해 강은교의 허무가 개인과 공동체, 일상과 역사의 이분법을 해체함으로써 창조적 생성의 계기가 됨을 알 수 있다.

2. 예술과 구원의 문제 : 이성복론

1) 예술의 존재론적 가치에 대한 질문

이성복[65]은 1977년 계간 『문학과 지성』에 「정든 유곽에서」와 「1959년」

---

64 강은교, 『젊은 시인에게 보내는 편지』, 205쪽.

65 이성복은 최근까지 총 7권의 시집을 출간하였다. 시집으로는 『뒹구는 돌은 언제 잠 깨는가』(문학과지성사, 1980): 『남해 금산』(문학과지성사, 1986): 『그 여름의 끝』(문학과지성사, 1990): 『호랑가시나무의 기억』(문학과지성사, 1993): 『아, 입이 없는 것들』(문학과지성사, 2003): 『달의 이마에는 물결무늬 자국』(문학과지성사, 2003): 『래여애반다라』(문학과지성사, 2013)이 있다. 여기에 정식으로 발간되지 않았던 1976~1985년의 시를 묶은 『어둠 속의 시: 1976~1985』(열화당, 2014)도 최근 출간되었다. 이하 본문에서 시집을 인용할 경우 시집 제목과 인용 면수만 밝히겠다.

을 발표하면서 등단하였다. 1980년 첫 시집『뒹구는 돌은 언제 잠 깨는가』로 단번에 문단을 주목을 받으며 황지우와 함께 1980년대를 대표하는 시인으로 자리매김하게 된다. 1960년대 순수시 · 참여시의 대립과 1970년대 민중시 운동을 지나, 1980년대는 '80년 광주'로 대표되는 정치 · 사회 · 문화적 탄압에 대한 저항의 문제가 문학에서 주요한 쟁점으로 부각되었다. 하지만 1980년 단행된 언론통폐합 조치에 의해 1980년 7월『창작과 비평』, 『문학과 지성』이 폐간 조치되면서 한동안 문학에도 침체기가 나타나기도 했다. 이러한 매체적 공백을 메우기 위해 출현한 것이 '무크지(Mook誌) 운동'으로, 이성복 역시 이인성, 정과리 등과 함께 1982년 창간한 무크지『우리 세대의 문학』의 편집위원으로 활동한 바 있다.[66]

이성복의 시는 전통적인 시의 문법에 익숙해져 있는 이들을 당혹하게 하는 비어와 속어들, 우상파괴적인 대화법, 불규칙한 배열의 시행, 역설과 반어 등을 거침없이 구사하고 있다는 점에서 신선한 충격을 주었다.[67] 이와 함께『뒹구는 돌은 언제 잠 깨는가』는 이전 초현실주의 시편들과 달리 가족 혹은 사회적 무의식을 드러낸다는 점에서 주목받았다. 이승훈은 이를 조향, 김춘수나 김영태에게 나타나는 개인적, 관념적 초현실주의와는 다른 '유물적 초현실주의'라고 명명하면서, 이런 흐름이 90년대 박상순, 송찬호에게로 계승된다고 지적한다.[68] 권혁웅 역시 김수영의 시적 계보가 이성복의 가족 시편으로 넘어가면서 유력한

---

66 이 시기에는 무크지 운동과 함께 동인지 발간도 활발하여 김사인 · 황지우 · 김정환 등의『시와 경제』, 곽재구 · 이영진 · 김진경 · 하종오 등의『5월시』를 비롯해『삶의 문학』, 『분단시대』, 『시힘』, 『민중시』 등이 나왔다. 이들 무크지와 동인지들은 1980년대를 '시의 시대'라고 부를 수 있게 만든 원동력으로 평가된다.

67 박덕규, 「한(恨)의 얽힘과 풀림」, 『문예중앙』, 1982년 봄, 230쪽.

68 이승훈, 『한국 모더니즘 시사』, 문예출판사, 2000, 310쪽.

흐름을 형성하며 기형도, 강연호, 김중식, 송찬호 등으로 이어진다고
하였다. [69)]

이성복에 대한 연구는 이성복의 시작 방법에 주목한 연구, [70)] 이성복
의 시에 나타난 시의식의 변모 양상에 주목한 경우, [71)] 주제론적 관점에
서 이성복 시에 나타난 몸, 환상, 식물성 등에 주목한 연구[72)] 등 크게 세

---

69 권혁웅, 「김수영 시의 계보」, 『미래파』, 문학과지성사, 2005.

70 장석주, 「방법론적 부드러움의 시학; 이성복을 중심으로 한 80년대 시의 한 흐
    름」, 『세계의 문학』, 1982년 여름; 오세영, 「남해금산의 이성복」, 『문학정신』,
    1986년 10월; 연은순, 「80년대 해체시의 한 양상 연구」, 『비평문학』, 1999; 최
    현식, 「관계 탐색의 시학-이성복론」, 『말 속의 침묵』, 문학과지성사, 2002; 김
    수이, 「가족 해체의 세 가지 양상; 1980~90년대 이성복·이승하·김언희의 시
    에 나타난 가족」, 『시안』, 2003년 가을; 홍인숙, 「이성복 초기시 연구; 서사 구
    조와 해체적 기법을 중심으로」, 한국교원대 석사논문, 2003; 이광형, 「『뒹구는
    돌은 언제 잠 깨는가』의 해체적 읽기」, 『어문논집』, 2008.; 이도연, 「이성복 시
    에 나타난 시적 언어의 가능성과 구원의 문제」, 『한국문예창작』, 2011; 이수경,
    「이성복 시에 나타난 의물화와 실체와 양상 연구」, 『인문연구』, 2014.

71 임우기, 「타락한 물신(物神)에 대한 시적 대응의 두 모습」, 『세계의 문학』, 1986
    년 겨울; 정과리, 「이별의 '가'와 '속'」, 『문학과 사회』, 1989년 여름; 박혜경, 「닫
    힌 현실에서 열린 〈세계〉로」, 『문학정신』, 1989년 12월; 이희중, 「한글 세대 시
    인의 지형과 독법」, 『세계의 문학』, 1990년 겨울; 김현선, 「집 없는 시대의 서정
    적 묘사와 그 전망」, 『문학과사회』, 1990년 겨울; 오생근, 「자아의 확대와 상상
    력의 심화」, 『호랑가시나무의 기억』 해설, 문학과지성사, 1993; 이봉일, 「금지
    와 유혹의 기원에 대하여」, 『현대시』, 2003년 10월; 홍용희, 「아름다운 결핍의
    신화」, 『작가세계』, 2003년 가을; 유문학, 「이성복 시 연구; 시의 변모 양상을
    중심으로」, 경원대 석사논문, 2004; 이혜원, 「고통의 언어, 사랑의 언어」, 『열린
    시학』, 2005년 여름; 김주연, 「시적 우울의 예술성」, 『본질과 현상』, 2013년 가
    을.

72 이희중, 「생명의 회복과 식물성의 꿈」, 『서정시학』, 1992; 김진석, 「해체-이
    후의 관념에서 해체-이전의 몸으로」, 『동서문학』, 1996년 봄; 허혜정, 「마야
    (Maya)의 물집」, 『작가세계』, 2003년 가을; 성민엽, 「몸의 언어와 삶의 진실」,
    『문학과사회』, 2003년 가을; 신진숙, 「우주를 앓는/기억하는 몸」, 『비교문학연
    구』, 2005; 김나영, 「이성복 시 연구; 몸-감각을 중심으로」, 고려대 석사논문,

가지 흐름으로 나눌 수 있다. 이들 연구들은 공통적으로 이성복의 시세계가 지속적으로 변화하게 된 동력과 그에 따른 변화의 양상을 밝히는 데 중점을 둔다. 이는 이성복의 시 세계를 입체적으로 재구성하려는 시도로서, 『뒹구는 돌은 언제 잠 깨는가』에 나타난 극단적인 반미학의 해체시로부터 '연애시' 계열로, 여기서 다시 '육체'와 '죽음'에 대한 사상적 탐색을 보여주는 아포리즘적 시로 이동하게 된 계기를 방법론적, 주제론적 차원에서 접근한다.

이성복의 시의 알레고리적 성격과 해체시적인 특성에 대한 연구들이 지적하는 것처럼, 그의 시는 세계에 대한 회의를 미적 자율성에 의한 심미화 과정으로 표출하는 이전의 모더니즘 시와는 달리 탈심미화의 과정에서 세계 환멸의 의식을 표출한다.[73] 박판식은 『뒹구는 돌은 언제 잠 깨는가』의 시들을 보들레르 시와의 비교하며, 이성복이 미적 근대성이 조악한 현실에서 영원한 아름다움을 찾아내려 한다는 점에서 자족적인 심미적 세계의 함정을 벗어나고자 했다고 지적한 바 있다.[74] 다만 이성복의 시에서 중요한 것은 그가 세계에 대한 환멸을 표출하는 데서 그치지 않고 끊임없이 그 분열된 세계를 봉합할 수 있는 구원의 매개로서 예술의 가치를 제시한다는 데 있다. 아도르노는 "예술작품은 가상인데, 그 자체로 존재할 수 없는 것을 일종의 이차적인, 수정된 현존재가 되도록 돕는다는 점에서 그러하다"라며 예술작품 속에서의 미적 실현 덕분에 비존재가 하나의 굴절된 상태로나마 하나의 현존재가 될 수 있

2007; 박옥춘, 「이성복 시의 환상 연구」, 명지대 박사논문, 2008; 정의진, 「폭력적 일상 안에 피는 시적 환영의 꽃」, 『작가세계』, 2008년 여름.

73 구모룡, 「억압된 타자들의 목소리」, 『현대시사상』, 1995년 가을; 권혁웅, 「1980년대 시의 '알레고리' 연구」, 『한국근대문학연구』, 2009.

74 박판식, 「이성복 초기시의 미학적 근대성」, 동국대 석사논문, 2003.

다고 보았다.[75] 이성복의 시에 나타나는 사랑 역시 그것이 실현되지 않은 가상의 상태로 존재함으로써 세계와의 화해에 도달하고 있다는 특이점을 지닌다.

이를 본격적으로 검토하기에 앞서 이성복의 시 세계의 근원적인 문제의식을 살펴보기 위해서는 제1시집 『뒹구는 돌은 언제 잠 깨는가』이전에 창작되었던 작품들에 대한 검토가 필요하다. 등단하기 이전 이성복은 이미 여러 권의 시작(詩作) 노트를 가지고 있을 정도로 치열한 습작기를 거쳤다. 1977년 김현에게 가져간 노트는 그중의 한 권으로, 김현은 이 중에서 「정든 유곽에서」와 「1959년」을 내보낸 것이다. 이 두 편의 시가 선택된 까닭에 대해 박형준은 "사회성과 현실의식이 강했던 모양으로, 노트의 나머지 시들은 초현실주의적이고 섹슈얼하고, 딜런 토마스의 영향에서 자유롭지 못했다"라고 이성복은 말한다.[76] 이는 초기시의 특성을 대표하는 것으로 설명되고 있는 두 시가 이성복의 초기시 작품군에서는 오히려 예외적인 성격을 띠는 것이었음을 말해준다.

최근에 간행된 1976~1985년에 창작된 시들을 모은 시집 『어둠 속의 시』는 이성복 초기시의 원형을 담고 있는 것으로 주목된다. 이 시들은 김현이 이성복의 여러 작품 중 사회성과 현실의식이 강했던 것을 주로 골라냈던 것처럼, 당시의 시대적 분위기와 부합하는 것들이 시집에 실리고 그렇지 않은 것들은 발표되지 않은 채로 남아 있었을 가능성이 크

75 카이 함머마이스터, 『독일 미학 전통』, 신혜경 역, 이학사, 2013, 342쪽.

76 박형준, 「뱀의 입 속에 모가지만 남은 개구리가 허공에 대고 하는 고백」, 『작가세계』, 2003년 가을, 56쪽. 이러한 지적은 이성복 자신의 평가일 가능성이 높다. 이성복의 '문학적 연대기'를 재구성하는 방식으로 쓰인 이 글은 이성복의 메모와 노트 그리고 그로부터 직접 들은 이성복의 이야기를 토대로 한 것이라고 한다. 이 글에는 이성복의 유년시절부터 대학시절 등 2003년까지 이성복의 일대기가 상세히 묘사되어 있다.

다. 또한『어둠 속의 시』에 실린 시들과 함께 주목해서 보아야 할 작품이 바로 「천씨행장」이라는 산문이다. 이 작품은 산문집『꽃핀 나무들의 괴로움』[77]에 '소설'이라는 장르명이 붙어 실려 있다.『어둠 속의 시』와 함께 발간된 산문집『고백의 형식들—사람은 시 없이 살 수 있는가』[78]에도 같은 제목의 글이 실려 있다. 이 작품은 1977년 추락사고로 세상을 떠난 주인공 '천재영'의 친구로 등장하는 서술자가 그의 면모에 대해 일기 및 천재영이 남긴 편지와 유고를 소개하는 방식으로 전개된다.

이 작품에서 주목해야 할 것을 미리 정리해보면 크게 세 가지를 꼽을 수 있다. 첫째, 이 작품이『어둠 속의 시』에 실린 작품들과 같이 이성복의 '노트'에 실렸을 가능성이 높을 것이라는 점에서 이 작품이 이성복 초기시의 세계관까지 알 수 있게 해주는 자료가 될 수 있다는 점이다. 둘째, 또한 이 작품에는 이성복 초기시에 나타나는 문제의식, 즉 '신 없는 세계에서 어떻게 살아야 하는가' 혹은 '사람은 시 없이 살 수 있는가'라는 의문이 나타나 있다. 마지막으로 이러한 문제의식은 이성복의 초기시에 나타나는 인신(人神)으로서의 예술가에 대한 인식과 맞물려 있다. 이는 예수나 처용을 시적 화자로 등장시키는 시적 설정으로 나타난다.

이에 대해 구체적으로 살펴보기 위해 1990년 판은 물론 2014년 판 산문집에도 게재되지 않았으나 「천씨행장」에 등장하는 '천재영'이라는 인물이 등장하는 이성복의 수필이 주목된다.[79] 이성복은 1976년 11월 29일자『대학신문』에 「천씨어록(千氏語錄)」이라는 수필을 싣는데, 이 글에서 그는 「천씨행장」의 주인공으로 설정되어 있는 천재영이라는 인물에 대해 주를 달아 다음과 같이 간략하게 설명한다.

77 이성복,『꽃핀 나무들의 괴로움』, 살림, 1990.
78 이성복,『고백의 형식들』, 열화당, 2014.
79 『어둠 속의 시』에 1979년에 창작한 것으로 되어 있는 「병장 천재영의 사랑과 행복」 연작에도 '천재영'이라는 가상의 인물이 등장한다.

(註) 내 사랑하는 주인공 千在英은 1952年 서울에서 出生하여 1975年12月 소요산 동반 도중 失足死하였다. 나는 그의 흩어진 살점을 모아 「略傳」「舊約 行程記」「語錄」1을 만들었다. 아래의 단편을 그의 「語錄」2로 덧붙인다.[80]

　「천씨행장」에서 '천재영'은 "1953년생"이며, "외국어대학 불어과 이학년 재학중"인 것으로 설정되어 있다. 이성복이 1952년생이며 '불어과' 출신이라는 점을 생각해보면, 천재영이 이성복을 모델로 한 것이라는 추측이 가능하다. 또한 천재영이 해군으로 입대한 것으로 설정되어 있다는 것과, 「천씨행장」에서 천재영에 대한 일화로 소개되어 있는 '화분 훔치기'가 이성복의 체험이 반영된 것이라는 점 등의 설정 역시 이러한 추정에 힘을 실어준다.[81] 그런데 이성복은 '천재영'을 1975년 사망한 것으로 처리한다. 천재영이라는 인물은 어떠한 점에서 창조되었다가 자살에 가까운 죽음을 맞이한 것으로 설정하게 된 것일까. 이와 관련해 천재영에 대한 각주 설명에 뒤이어 나열된 어록의 내용이 주목된다.

　　㉮ 虛無. 기형적인 感情, 이파랑치를 表白시킨 感情. 虛無를 實體로 여기는 者들의 心弱性. 虛無가 虛無 자신을 간통하고 否定할

80　이성복, 「천씨어록(千氏語錄)」, 『대학신문』, 1976.11.29.

81　다음의 두 텍스트를 비교해보면 알 수 있다. "철물이 닫힌 약방 앞에 용설란 화분 하나가 주인의 상혼(商魂)을 피해 놓여 있었다. 그는 그것을 잽싸게 끌어안고 버스에 올라탔다. 서울의 정치가들이 따라오며 고함을 질렀다."(『고백의 형식들』, 27쪽) "이렇듯 그의 고뇌는 어느 가을 저녁, 철학 하는 친구와 술을 마신 후 약국 앞에 내놓인 국화 화분을 안고 창경원 뒷받길을 달려가게 했으나, 토할 것만 같은 그 세월을 더 이상 견디기 힘겹게 만들어 군에 입대한다."(박형준, 앞의 글, 53쪽). 천재영이 자기 고조부로부터 위 삼대가 지방 유림장(儒林長)을 지냈다고 말하는 것 역시(『고백의 형식들』, 27쪽) 역시 이성복의 가족사와 일치한다.

때까지 한 時代를 지탱해주는 것은 才能이 아니라 힘이다.

내가 「最新約」이라는 시험관 속에 神과 여러 종류의 人間郡··—전통주의자, 히피, 예술가—을 한꺼번에 집어 넣고 배양해본 결과 神은 결코 죽지 않는다는 사실이 드러났다. 人間들의 神의 살해에 公募할만큼 이해타산이 맞지 않는다. 이들의 相異한 主張 때문에 神은 자살할 만한 궁지에 몰리지도 않는다. 神의 죽음 또한 一派의 主張이다. 人間은 神을 죽일만한 플롯트에 참여할 수도 없다.

㉯ 時代의 어려움을 방종의 구실로 삼지말고 자기탓으로 돌리지도 말 것. 兩者 다 어둡고 진지한 표정으로 흥청거리는 꼴을 볼 때마다 혓바늘이 돋는다.

高級 文化가 서민들의 피 빨아먹고 자라났다는 말은 지나친 표현이다. 민중에게서 우러나온 것만을 문화로 국한시키고 싶은 우리들의 위험심도 민주주의의 맹점중의 하나인지 모른다. 민중 문화는 본능의 여과이다. 역사라는 투명한 비이커에 가라앉는 앙금도 아름답지만…, 의식적이고 지적인 문화를 언제까지나 사치하다고 비방할 수는 없다.

위의 내용들은 이성복의 분신(分身)이라고 할 수 있는 천재영의 세계관을 집약적으로 보여준다. ㉮를 통해 알 수 있는 것은 이 당시 이성복이 니체와 카프카의 영향을 강하게 받았다는 사실이다.[82] "虛無가 虛無 자신을 간통하고 否定할 때까지 한 時代를 지탱해주는 것은 才能이 아니라 힘이다"라는 구절은 카프카가 유대 민족은 오렌지와 같다고 비유한 것과 관련된다. 이성복이 이후에도 자신의 산문이나 대담에서 여러

82 이성복은 자신의 사상적 편력을 회고하면서 니체의 영향을 이야기한 바 있다. 이성복은 이후 김소월, 만해의 시를 거쳐 유가 사상을 공부하게 되었다고 술회하는데, 이러한 사상적 편력의 중심에는 여전히 니체와 카프카 등의 반역사주의적 태도가 작용했다고 생각된다. 이성복·이문재, 「중년, 시와의 불화」 (1994), 이성복, 『끝나지 않는 대화』, 열화당, 2014, 33쪽.

차례 언급한 바 있는 이 비유는, 유대 민족이 고난의 역사, 박해의 역사를 가졌기에 아름다운 것을 만들어낼 수 있었던 것처럼, 예술가 역시 "쥐어짜는 힘"을 통해 진정한 예술에 다다를 수 있다는 인식과 관련된다.[83] 이는 ④에서 민중 문화와 대비되는 "의식적이고 지적인 문화"의 가능성을 언급하는 관점으로 이어진다.

④에서 그는 "時代의 어려움을 방종의 구실로 삼"거나 "자기탓으로 돌리"는 태도를 비판하며 동시에 "민중에게서 우러나온 것만을 문화로 국한시키고 싶은 우리들의 위험심"에 대해 언급한다. 그가 민중 문화와 대비되는 "고급 문화"라고 언급한 예술의 가치는 비극적인 시대에도 불구하고 이를 초월하려는 힘을 지닌 것이라고 할 수 있다. 민중 문화가 "본능의 여과"라는 일차원적인 수준에 머물러 있는 데 비해 "고급 문화"는 사회에 맞설 수 있는 초월의 가능성을 지닌 것으로 서로 구분된다는 것이다. ㉮에서 언급하듯, "虛無가 虛無 자신을 간통하고 否定할 때까지 한 時代를 지탱해주는 것"은 이러한 "고급 문화" 즉, 예술의 힘이라 할 수 있다. 그는 현대에 들어 신(神)이 종교가 아니라 예술의 형식이라는 형태를 빌려 출현하고 있다고 보면서 예술이 지닌 구원의 가능성에 천착하고 있다.

그런데 2014년판 「천씨행장」에서는 예술이 구원의 가능성을 지니는 까닭이 다른 맥락에서 설명된다. 2014년판 「천씨행장」은 천재영이 시 없이 살 수 있기를 기도해달라며 군대로 떠나고 3년이 지나 서술자 S와 재회한 이후 그가 보낸 편지와 남긴 원고들을 수록하고 있다.

> 물 깊은 곳으로 제 남편이 나아가는 것을 막으려는 여인이 아니
> 면 노래 부를 수 없고, 부른다 해도 제 스스로 빚은 말의 술에 취

83 이성복·문일완, 『「아, 입이 없는 것들」, 치명적인 매혹(들)』, 위의 책, 73~74쪽.

해 거짓되게 죽고 말지요. 그때 나는 처음 시가 일년생 풀의 이름에 지나지 않는다는 것을 알게 되었어요. 나는 이제 시에게 고향을 마련해 주어, 금의환향하는 시가 나를 데려가게 하고 싶었어요. 그리하여 더 이상 시를 쓰지 않고 다만 시가 기거할 이동천막을 만들기로 결심했지요. 나는 정든 유곽(遊廓)의 저잣거리에서 막일을 하며, 막일의 고달픔이 나를 불러내어 노래를 불러 주면 그 말을 받아 적으려 했습니다. 이따금 내가 시인이 아니라는 사실이 어렴풋이 내 방랑과 도취를 비추어 주면, 나는 눈을 꼭 감고 잊어버리려 했어요. 대신 이렇게 중얼거렸습니다. 시를 쓰지 못하면 시의 순간을 믿고 느끼자. 시의 풀밭이 아니라면 대지(大地)가 무슨 소용이겠는가. … 그리하여 나는 '사람은 시 없이 살 수 있는가' 라는 질문이 '신 없는 세계에서 어떻게 살아야 하는가' 라는 질문과 다르지 않다는 것을 깨닫게 되었습니다. … 먼동이 틀 무렵 기진해 깨어났을 때, 나는 더 이상 시나, 시로 인한 상처와 별 인연이 없다는 것을 깨달았습니다… . 하지만 아직도 나는 시를 생각할 때마다 벅차오르는 생명과 공포를 느낍니다. 내 안에 살고 있는 죽음이 바로 시이기 때문이지요.[84] (밑줄_인용자)

천재영은 "'삶'을 사랑하는" 문제의 중요성을 역설하며 "부패해 가는 삶의 근원적인 '힘'"을 부활할 수 있는 것이 바로 '죽음'이라고 말한다.[85] 여기서 시는 '죽음'을 각오하고 강을 건널 때에야 비로소 흘러나오는 아름다운 노래와 같은 것으로 이야기된다. 고대가요 「공무도하가」를 끌어오는 것은 이러한 맥락에서이다. 천재영은 여인이 죽음을 각오하고 강을 건널 때 「공무도하가」와 같은 아름다운 노래가 나올 수 있었던 것처럼, 자신 역시 시가 금의환향하여 자신에게 올 것이라며 죽음의 강을 건너야겠다고 생각한다. 이를 위해 그는 시를 쓰는 대신 그 자신의 몸

84 위의 글, 57~59쪽.
85 이성복, 「천씨행장」, 『고백의 형식들』, 33~34쪽.

을 시가 "기거할 이동천막"으로 만들기로 결심하는데 이는 '시적인 것'을 자신의 몸으로 살아내겠다는 다짐으로 해석된다.

왜곡된 비극의식에 사로잡혀 있는 이들은 시대적 어려움을 방종의 구실로 삼는 데 그친다. 이는 니체가 말한 데카당스 예술의 폐해와 관련된다. 니체는 쇼펜하우어가 "삶의 의지에 대한 부정"이라고 말한 데카당스식의 병든 허무주의를 넘어서 '삶'을 소망하게 만드는 비극의 역할을 강조했다. 이에 예술을 도덕화하는 경향에 맞서는 싸움을 이야기하는 한편 이러한 태도가 예술을 위한 예술이라는 관점으로 왜곡되어 쇼펜하우어가 말한 것처럼 '체념시키는 것'이 예술의 유용성으로 설명되어서는 안 된다고 했다.[86] 이성복이 천재영의 목소리를 빌려 경계하고 있는 것은 니체가 바그너를 비판하면서 빠져나오려 했던 데카당스 예술과 관련된다. 동시에 이성복은 자신을 초월한 어떠한 힘, 운명이 압박해오는 극한 상황 속에서 예술을 통해 이에 저항하는 모습을 보여준다. 천재영은 '시적인 것'이 사라져가고 있는 상황 속에서 여전히 신 혹은 시에 대한 희망을 버리지 않는다. 천재영은 "내가 인간 예수는 아니지만, 나의 어머니가 무학(無學)의 마리아이고, 특히 나의 아버지가 선량한 목공이라는 사실은 자랑스러워요"라면서 자신을 예수와 동일시하기도 한다.

「천씨행장」의 '대화편'에 등장하는 처용과 귀신의 대화 역시 인신(人神)으로서의 예술가의 형상을 짐작케 해준다. 귀신은 "세계가 단순히

---

86 프리드리히 니체, 『바그너의 경우 · 우상의 황혼 · 안티크리스트 · 이 사람을 보라 · 디오니소스 송가 · 니체 대 바그너』, 161~162쪽. 다음과 같은 니체의 발언은 이러한 그의 주장을 압축해서 담고 있다. "비극 앞에서 우리 영혼 내부의 전사가 자신의 사티로스의 제의(祭儀)를 거행한다 ; 고통에 익숙한 자, 고통을 찾는 자, 영웅적인 인간은 비극과 더불어 자신의 존재를 찬양한다."(위의 책, 163쪽).

눈을 가리는 장막에 불과"하며 "그 다음에 나타날 세계도, 그 다음다음에 나타날 세계도 껍데기에 불과할 뿐, 아무런 의미도 없다는 걸 알게 될" 거라면서 처용을 유혹한다. 이에 대해 처용은 그것이 사실이라고 해도 그것은 어쩔 수 없는 일이라며 그러한 고통조차 즐거움으로 바꾸는 것이 인간의 약함을 강함으로 바꾼다고 답한다. 이성복은 자기 안에 살고 있는 죽음이 바로 시임을 깨닫게 된 천재영의 입을 빌려 '사람은 시 없이 살 수 있는가'라는 질문의 무용함을 일깨운다. 시 없이 살고자 해도 그럴 수 없는 것은 이 세계가 그만큼 타락했기 때문이다. 예술은 겉으로 보이는 조화로운 총체성을 파괴함으로써 그 안에 포함된 적대적인 힘을 가시화하기 때문에 고통을 표현하지 않을 수 없다.[87] 이성복 역시 예술이 고통의 언어임을 부정하지 않는다. 다만 그는 세계의 구원 가능성을 부정하는 방식으로, 즉 세계가 얼마나 타락했는지를 충격적으로 드러냄으로써 역설적으로 구원에 대한 희망을 드러내고자 하였다. 이러한 문제의식은 『뒹구는 돌은 언제 잠 깨는가』로 이어진다.

2) '꽃핀 나무들의 괴로움'과 연애시의 비밀

『뒹구는 돌은 언제 잠 깨는가』의 다수의 시편들은 타락한 현실을 알레고리적으로 재현함으로써 반유토피아적인 현실 상황을 보여준다. 이

87 아도르노 역시 예술이 구체적인 사회 투쟁에 개입함으로써 프로파간다나 상품이 될 수 있음을 경계하면서, 예술에서의 정치적 요소가 그 형식을 통해 사회에 적대해야 한다고 말한 바 있다. "예술은 동일시를 통해 그러한 재앙을 표현함으로써 그것의 힘이 사라지기를 기대한다. 재앙에 대한 사진술이나 거짓된 축복이 아니라 바로 그러한 것이야말로 어두워진 객관적 상황에 대한 진정한 현대 예술의 입장을 말해준다. 다른 입장은 모두 아부하는 것이며 그로써 자신의 허위를 인정하게 된다." 테오도르 아도르노, 『미학이론』, 홍승용 역, 문학과지성사, 1997, 40쪽.

와 같은 현실인식을 반영하는 것이 '정든 유곽'이라는 이미지다. 이는 이성복의 초기 작품 세계에 지대한 영향을 끼친 카프카에게서 영감을 얻은 것으로 보인다. 이성복을 모델로 하여 쓴 유태수의 「깃발없는 풍경」에서 "그 친구는 카프카를 무척 좋아했다"라고 묘사할 정도로 이성복은 대학 시절 카프카에 경도되어 있었다.[88] 이 시기 그는 카프카를 탐독하면서 창밖 서울의 풍경과 프라하의 고성을 중첩시킨 시편들을 창작하기도 한다. 그는 이 시편들에 '프라하 시편'이라는 제목을 달기도 했다. 이성복은 이 시편들을 창작하며 '정든 유곽'이라는 강렬한 이미지를 획득하게 된다.[89] 그의 첫 번째 시집『뒹구는 돌은 언제 잠 깨는가』에 실린「정든 유곽에서」에는 이보다 더 부정적인 현실인식이 나타난다.

1.
　누이가 듣는 音樂 속으로 늦게 들어오는 / 男子가 보였다 나는 그게 싫었다 내 音樂은 / 죽음 이상으로 침침해서 발이 빠져 나가지 / 못하도록 雜草 돋아나는데, 그 男子는 / 누구일까 누이의 戀愛는 아름다와도 될까 / 의심하는 가운데 잠이 들었다 // 牡丹이 시드는 가운데 地下의 잠, 韓半島가 / 소심한 물살에 시달리다가 흘러들었다 伐木 / 당한 女子의 반복되는 臨終, 病을 돌보던 / 靑春이 그때마다 나를 흔들어 깨워도 가난한 / 몸은 고결하였고 그래서 죽은 체 했다 /

88　유태수,「깃발없는 풍경」,『형성』(서울대 문리대 학회지), 1973(박형준, 위의 글, 44~45쪽 참조).

89　'정든 유곽'이라는 구절은 앞서 인용한「천씨행장」의 '고백의 서'뿐만 아니라 이 글과 함께 2014년판에 새롭게 들어가 있는 희곡의 제목으로 사용되기도 하였다. 또『어둠 속의 시』에도 1976년 창작된 것으로 되어 있는 시「정든 유곽에서」가 실려 있다. 이 시에서 시적 주체는 "무좀의 신"이 자신의 발가락을 뜯어 먹는 가운데, "창녀의 숯불 같은 자궁에서" "언어를 연마"하는 존재로 설정되어 있다.『어둠 속의 시』, 22쪽.

잠자는 동안 내 祖國의 신체를 지키는 者는 누구인가 / 日本인가,
日蝕인가 나의 헤픈 입에서 / 욕이 나왔다 누이의 연애는 아름다와
도 될까 / 파리가 잉잉거리는 하숙집의 아침에

2.

엘리, 엘리 죽지 말고 내 목마른 裸身에 못박혀요 / 얼마든지 죽
을 수 있어요 몸은 하나지만 / 참한 죽음 하나 당신이 가꾸어 꽃을 /
보여 주세요 엘리, 엘리 당신이 昇天하면 / 나는 죽음으로 超境할
뿐 더럽힌 몸으로 죽어서도 / 시집 가는 당신의 딸, 당신의 어머니

3.

그리고 나의 별이 무겁게 숨 쉬는 소리를 / 들을 수 있다 혈관 마
디마다 더욱 / 붉어지는 呻吟, 어두운 살의 하늘을 / 날으는 방패연,
눈을 감고 쳐다보는 / 까마득한 별 // 그리고 나의 별이 파닥거리는
까닭을 / 말할 수 있다 봄밤의 노곤한 무르팍에 / 머리를 눕히고 달
콤한 노래 부를 때, / 전쟁과 굶주림이 아주 멀리 있을 때 / 유순한
革命처럼 깃발 날리며 / 새벽까지 行進하는 나의 별 // 그리고 별은
나의 祖國에서만 별이라 / 불릴 것이다 별이라 불리기에 後世 / 찬란
할 것이다 백설탕과 식빵처럼 / 口味를 바꾸고도 광대뼈에 반짝이
는 / 나의 별, 우리 民族의 별

― 「정든 유곽에서」 전문[90]

이 시는 이성복의 전체 시를 통틀어서 보아도 이례적일 정도로 '한반
도', '조국', '민족' 등의 생경한 관념어들이 다수 등장한다. 이런 점에서
"유곽"을 한반도의 역사가 투영된 상징적 공간으로 내외적으로 참담한
조국 현실을 드러내는 것으로 보는 시각들이 타당성을 얻는다.[91] 이 시

90 이성복, 『뒹구는 돌은 언제 잠 깨는가』, 1~16쪽.
91 김응교, 「유린 당한 누이의 역사」, 『시와 사회』, 1993년 여름; 이경수, 「유곽의
    체험」, 『외국문학』, 1986년 가을.

에 등장하는 이와 같은 관념적인 시어들은 『뒹구는 돌은 언제 잠 깨는 가』에서 '정든 유곽'과 함께 가장 문제적인 단어인 '치욕'의 의미망 아래 서 그 의미를 중첩적으로 이해해야 한다. 이 시는 여러 개의 겹의 층으로 되어 있다. 첫째는 위에 나열한 관념어들과 관련을 맺는 도덕적 당위의 세계(ⓐ), 그리고 두 번째로 이 세계와 대립하는 절망적인 '조국'의 현실(ⓑ), 세 번째로는 '누이의 연애'로 표상되는 예술의 세계(ⓒ), 그리고 마지막으로 이 예술의 세계를 보이지 않는 힘으로 지탱해주는 천상의 세계(ⓓ)가 그것이다. ⓐ와 ⓑ는 현실적 당위와 관계를 맺는 것으로, 도덕적 자아와 관련을 맺는다. 반면, ⓒ와 ⓓ는 예술적 이상과 관계되는 것으로, 이들은 예술적 자아와 관련을 맺는다.

'천재영'을 분신으로 내세웠던 작품에서 예술의 자율성은 현실의 부정성으로부터 비교적 자유로웠다. 하지만 이 작품에서 '누이의 연애'로 비유되는 예술의 존재론적 위상은 의문에 부쳐진다. 시적 주체는 "누이의 戀愛는 아름다와도 될까"라는 질문에 대한 결론을 내리지 못하고 있으며, '한반도'는 '나'의 무의식 속에서 "소심한 물살에 시달리"는 것으로 그려진다. 고민을 회피하기 위해 빠져든 잠에서조차 시적 주체는 "잠자는 동안 내 祖國의 신체를 지키는 者는 누구인가"라는 물음에 시달린다. 2장에서는 예술적 자아의 목소리가 들려온다. 이전의 인신 모티프를 상기시키는 '나'의 목소리를 통해, 그가 '꽃'으로 표상되는 예술적 이상을 간절히 원하고 있음을 알 수 있다. 그러면서 그는 ⓓ의 주재자라고 할 수 있는 '나의 하느님'(엘리)을 부르며 예술의 죽음과 자신의 죽음을 동일시한다.

그런데 이 시의 3연에서는 도덕적 당위와 예술적 이상이 뒤섞여버린다. 2장의 1연과 2연에 등장하는 '별'은 "전쟁과 굶주림"과 같은 절망적인 현실(ⓑ) 속에서도 빛나는 예술적 이상을 의미하는 것으로 볼 수 있다. 그런데 3연에서는 이 '별'이 "나의 祖國에서만 별이라 불릴 것"이라

고 말하며 "우리 韓族의 별"이라고 마무리된다. "누이의 戀愛"처럼 고통
스런 현실을 외면하는 자신의 예술이 과연 '아름다워도' 되는 것인지를
고민한 끝에, 예술은 그것이 비록 "나의 祖國에서만 별이라 불릴"지라
도 병든 현실을 외면해서는 안 된다는 결론을 내리고 있는 것이다. 이와
같이 이 시는 도덕적 이상의 손을 들어줌으로써 갈등을 봉합하고 있다.

　이외에도 『뒹구는 돌은 언제 잠 깨는가』에 실린 다수의 시편들은 "무
기력과 불감증"으로 인해 생명력을 잃어버린 "오지 않는 봄"의 현실
(「1959」)을, "모두 병들었는데 아무도 아프지 않"다고 하는 절망적인 현
실(「그날」)을 알레고리적으로 그려낸다. 이 때문에 이 시집 곳곳에서는
자신이 생각하는 예술적 이상을 펼칠 수 없음에 절망하다가도 시가 세
상을 구원할 것이라는 희망을 버리지 않는 시인의 목소리가 들려온다.
"앵도를 먹고 무서운 애를 낳았으면 좋겠어／걸어가는 詩가 되었으면"이
라는 구절이나(「구화(口話)」) 우체부가 가져가지도 않고 이웃 사람이 모
르고 밟아버리고, 아이들이 비행기를 접어 날리는 '편지'를 그래도 매일
쓴다는 시적 주체가 등장하는 「편지」와 같은 시편이 그러하다. 출구가
없는 절망적인 세계에서 이길 수 없는 싸움을 하고 있는 '아버지'의 패배
를 무기력하게 기록하는 역할을 맡은 '아들'의 목소리가 나타나기도 한
다(「꽃 피는 아버지」).

　이성복은 현 사회에 적대하는 예술의 존재를 통해 세계의 부정성을
노출하면서 동시에 예술을 통한 극복의 희망을 보여준다. 가장 황폐한
상태에도 불구하고 여전히 현실을 버티고 존재하는 예술이 있다는 사
실을 통해 위로와 희망을 전달하는 것이다. 가령 "아들아 詩를 쓰면서
나는 사랑을 배웠다", "지겹고 지겨운 일이다 가슴이 콩콩 뛰어도 쥐새
끼 한 마리／나타나지 않는다 지겹고 지겹고 무덥다 그러나 늦게 오는
사람이／안온다는 보장은 없다"(「아들에게」)라는 구절에는 현존재에 대
해 스스로 끝까지 버텨낸다는 것을 최대의 가능성이자 희망으로 전달

하는 태도가 나타나 있다. 시를 쓰면서 배웠다는 사랑은 사랑에 대해 쓰는 시가 존재하는 한 사랑이 언젠가는 도달할 것이라는 가능성 그 자체라 할 수 있다.

「정든 유곽에서」외의 시편들에서는 현실의 절망을 예술이 구원할 수 있을 것이라는 식으로 분열을 봉합하는 태도는 나타나지 않는다. 그럼에도 불구하고 「정든 유곽에서」에서 문제적인 것은 이성복이 '누이의 연애'로 표상되는 예술의 미적 가치에 대해 의문을 표시하고 있다는 데 있다. 이는 타락한 세계의 징후로서 예술이 행복의 표상으로 존재할 수 없음을 의미한다. 아도르노는 모든 예술은 그 속에 자신의 지양, 즉 더 이상 예술을 필요로 하지 않는 삶으로의 소멸을 향한 욕망을 수반한다고 본다. 이에 따라 죽음 충동이 심화되는 사회에 대항해서 삶을 옹호하는 동안 예술은 자기 자신의 폐지를 꿈꾸는 욕망을 품게 된다.[92] 타락한 세계에서 꾸는 꿈(가상으로서의 예술)이 아름다울 수 없지만, 아름다운 꿈을 꾸게 되는 날이 오면 예술은 그 존재론적 가치를 다하고 세계에서 사라질 것이다. 『뒹구는 돌은 언제 잠 깨는가』에 실린 시편들은 예술에 의지하여 타락한 현실을 묵묵히 살아내는 주체들의 모습을 보여준다. "내가 나를 구할 수 있을까/ 시(詩)가 시(詩)를 구할 수 있을까"(「어째서 이런 일이 벌어졌을까」)라는 물음으로 삶을 지탱해나가면서 '누이의 연애가 아름다워도 되는 세상'을 탐색하는 것이다.

그런데 『남해 금산』의 '사랑'은 「정든 유곽에서」에서 "우리 民族의 별"로 나타났던 것처럼 이데올로기적인 방식의 봉합을 보여주지 않는다. 또한 "떨어지는 것들의 낮은 신음 소리"에 귀를 기울인다고 하였지만, 그의 시는 '정든 유곽'으로 비유되는 현실을 리얼리즘적인 방식으로 재

---

92 카이 함머마이스터, 앞의 책, 349쪽.

현하는 방향으로 천착하지 않는다.[93] 두 번째 시집 이후 이성복은 민중시가 아니라 '연애시'의 세계로 나아간다. 『남해 금산』의 시편들은 『뒹구는 돌은 언제 잠 깨는가』에 비해 길이가 짧고 단문들 위주로 구성되어 있으며 시집 곳곳에 죄의식이 나타난다.[94] 이는 이 시집이 1980년 광주의 비극 이후 창작된 시편들로 구성되어 있다는 데 기인한다. 이성복은 이 사건을 직접 언급하기보다 "입에 담지 못할 일"이라는 식으로 우회적으로 그려내고 있다.

그리고 다시 안개가 내렸다 이곳에 입에 담지 못할 일이 있었다
사람들은 말을 하는 대신 무릎으로 기어 먼 길을 갔다 그리고 다시
안개는 사람들의 살빛으로 빛났고 썩은 전봇대에 푸른 싹이 돋았

---

93 1980년대 '실험문학'의 '난해성'에 대한 김정환과 이인성의 대립은 이와 관련해서 주목할 만하다. 이인성은 "오늘날의 사회가 얼마나 다양한 집단 계층으로 분화되어 복합적으로 얽혀 있는가, 또 얼마나 정교하게 관리되고 있는가"를 염두에 두고 해결책을 모색하다 보면 문학이 난해해질 수밖에 없다고 지적한다. 이에 반해 김정환은 "우리 시대의 긴박한 문제의 해결"을 모색하는 데 있어 실험문학의 난해성은 "보편적으로 공감"을 얻지 못하게 하는 요인이 된다고 지적한다. 이러한 대립은 기본적인 세계관의 차이에서 비롯하는 것이다. '실험문학'의 난해성이란 세계 자체를 부조리한 것으로 파악하는 카프카적인 세계인식에 바탕을 두고 있는 것이기 때문이다. 그리고 바로 이러한 점 때문에 대담에서 김정환은 "신속한 대응방안이 나오지 않고 있는 것이 문제"라거나 "일종의 〈정신주의〉에 빠져서 될 일은 아닐 것"이라고 대응한다. 김정환 · 이인성, 「80년대 문학운동의 맥락」, 이남호 · 정효구 편, 『80년대 젊은 비평가들』, 문학과비평사, 1989.

94 이승훈의 일기는 이 시절의 분위기를 짐작하게 해준다. "어제와 다름없이 군인들이 성을 지키고 섰다. 책상 위의 스탠드를 켠다. 밖에는 흐린 가을이 머문다. 원고를 쓴다. 한참 글을 쓰다 보면 내가 쓰는 게 아니라 손이 쓴다는 생각이 든다. 가을 오전 따뜻한 스탠드 불빛 아래서 나는 글을 쓰는 게 아니라 나를 사로잡고 있는 죄의식, 한번도 털어버릴 수 없었던 우울, 가을 바람 속에 들어 있는 비애와 싸운다. 총을 메고 가을 햇살 속에 말 없이 서 있는 군인들을 보면 슬퍼지곤 했다." 이승훈, 앞의 책, 300쪽.

다 이곳에 입에 담지 못할 일이 있었어! 가담하지 않아도 창피한 일
이 있었어! 그때부터 사람이 사람을 만나 개울음 소리를 질렀다 /
그리고 다시 안개는 사람들을 안방으로 몰아넣었다 소곤소곤 그들
은 이야기했다 입을 벌릴 때마다 허연 거품이 입술을 적시고 다시
목구멍으로 내려갔다 마주보지 말아야 했다 서로의 눈길이 서로를
밀어 안개 속에 가라앉혔다 이따금 汽笛이 울리고 방바닥이 떠올
랐다 / 아, 이곳에 오래 입에 담지 못할 일이 있었다

— 「그리고 다시 안개가 내렸다」 전문[95]

감히 '입에 담지도 못할' 어떤 사건이 벌어진 이후, 사람들은 말을 하
는 대신 무릎으로 기거나 "개울음 소리를" 지른다. 이 시에서 두드러진
것은 '안개'의 이미지이다. 전망이 부재한 현실과 진실이 은폐되어가는
상황을 이성복은 안개를 이용하여 구축된다. "기억의 따스한 카타콤으
로"(「기억에는 평화가 오지 않고」[96]) 가려고 해도 이들은 갈 수가 없다.
"오래 입에 담지 못할 일"이 이들의 행로를 가로막고 있기 때문이다.
'치욕'은 이러한 기억을 안고서도 계속 살아갈 수밖에 없다는 데서 비롯
한다. 눅눅한 기억을 안고도 "모락모락 김 나는 / 한 그릇 쌀밥"(「치욕의
끝」)을 목구멍으로 넘길 수밖에 없다는 '치욕'은 '80년 광주'에 대한 죄
의식의 표출로 해석된다. 이러한 상황에서 이성복은 "우리가 아픈 것은
삶이 우리를 / 사랑하기 때문이다"라면서, "삶이 가엾다면 우린 거기 / 묶
일 수밖에 없다"(「세월의 습곡이여, 기억의 단층이여」)고 위로한다. "오
래 고통받는 사람은 알 것이다 / 그토록 피해다녔던 치욕이 뻑뻑한, / 뻑
뻑한 사랑이었음을"이라고 노래하기도 한다.

이러한 태도에 대해 박혜경을 비롯한 일부 연구자들은 "소극적 체념

---

95 이성복, 『남해 금산』, 19쪽.
96 위의 책, 15쪽.

주의나 무기력한 방관주의로 비난받을 소지를 안고 있다"고 지적하지만,[97] 그렇게 보기에는 이성복이 이 시에서 보여주는 절망이 죽음을 소망할 정도로 극단적인 상태일뿐더러,[98] 이성복 자신 역시 치욕을 견뎌내려는 자세가 방관주의라는 의심을 받을 만한 허술한 것으로 전락할 것을 경계하고 있다.『남해 금산』은 시집 후반부에 이르면 더욱 짙은 고립과 절망의 분위기를 풍긴다. "흙으로 얼굴을 뭉개고" 우는 것들에 대한 환청과(「환청 일기」) "빛이 닿지 않는 깊은 품속에서" 죽음을 만드는 새벽 세시 나무의 이미지(「새벽 세시의 나무」)와 같은 것이 그러하다. 무엇보다『남해 금산』에서 주목해야 할 것은 '사람은 시 없이 살 수 있는가'라는 의문이 절망적인 방식으로 변주되고 있다는 점이다.

> 그것은 거의 연극, /아버지 놀이에도 지친 아이가/물끄러미 바라보는 소꿉놀이/막이 내려도 괴로움은 끝나지 않는다//해가 지고 해가 뜨는 것도 연극/오이꽃이 웃는 것도 연극//고통은 밤하늘에 떠올라 울창한 숲을 이루고/그 아래 또 熱氣 나는 풀잎이 엉클어져/숨소리 거친 골짜기, /꽃 핀 나무들의 괴로움//그것은 거의 연극, /막이 내려도 괴로움은 끝나지 않는다
>
> ─「그것은 거의 연극」 전문[99]

이 시에서 예술에 대한 이성복의 인식은 "꽃 핀 나무들의 괴로움"[100] 이라고 표현된다. 이성복에게 '꽃'은 예술로 비유되는 기호이다.『뒹구

97   박혜경, 앞의 글, 273쪽.
98 「이젠 내보내주세요」가 대표적이다. 이 시에서 시적 주체가 내보내달라고 하는 것은 '죽음'을 의미하는 것으로 읽을 수 있다. "이곳에 와서 많이 즐거웠습니다"라며 세상에 하직 인사를 하고 있다.
99   이성복,『남해 금산』, 72쪽.
100 '꽃 핀 나무들의 괴로움'은 1990년 출간된 이성복의 산문집 제목이기도 하다.

는 돌은 언제 잠 깨는가』에서 이성복은 이 치욕스러운 현실을 예술적
으로 승화시킴으로써 그것을 견딜 만한 것으로 만들어낼 수 있으리라
는 믿음을 가지고 있었다. 하지만 『남해 금산』에 이르러 그 믿음은 위기
에 놓이게 된다. 1980년 쓴 시에서 그는 "나의 말은 세상을 / 바꾸지 못
함. 나의 기적은 / 세상을 바꾸지 못함. / 나의 개죽음은 세상을 바꾸지
못함"(「죽음의 서-하나」)라고 그 절망을 노래한다. 여기서 "나의 기적"
은 "나의 말"과 같이 '시'를 지칭하는 것으로 해석된다. 그는 자신의 시
가 세상을 바꾸지 못할 것이라고 절망하면서 "막이 내려도" 끝나지 않
는 괴로움을 "꽃 핀 나무들의 괴로움"에 비유한다.

　이러한 상황에서 그는 이 시절 쓴 비망록에서 자신이 "결과로서의 문
학에 집착함으로써" "예술이라는 허깨비만 얻게 되었다"라고 자책한
다.[101] '시' 혹은 예술에 대한 이성복의 절망은 『남해 금산』에 실린 마지
막 시 「남해 금산」에서 잘 나타난다. 「남해 금산」에서 "돌 속에 묻혀" 있
던 여자는 비 많이 오는 어느 여름날 "울면서 돌 속에서 떠나"간다. 그
리고 그 여자를 따라 돌 속에 들어갔던 자신만이 홀로 남해 금산에 남
겨진다. 떠나간 그 여자와 홀로 남겨진 나를 대비시킴으로써 치욕을 견
디고 홀로 살아남은 사랑의 설움을 이야기한다. 「남해 금산」은 『그 여름
의 끝』에서 본격적으로 시도된 연애시로의 전환과 관련된다. 『그 여름
의 끝』을 '당신'에 대한 연애시들의 모음집이라고 할 때, 이 '당신'은 「남

101　이성복, 「비망록·1984」, 『고백의 형식들』, 93쪽. 그는 자신이 추구해온 상반
　　된 두 방향, 즉 "한편으로는 도저한 현실 탐구와 적나라한 까발림, 다른 한편으
　　로는 꿈꾸는 자의 도피와 망각"라는 두 방향 사이에서 팽팽하게 싸우는 동안,
　　"홀로 깨어 괴로워하는 영혼, 자신의 타락을 절감하는 영혼, 자신의 죄로 인해
　　몸부림치는 영혼"이 나타나 "자석처럼 현실을 견인"하게 된다고 설명한다. 『뒹
　　구는 돌은 언제 잠 깨는가』는 이 싸움이 탄탄하게 치열하게 펼쳐졌던 데 반해,
　　1984년 전후의 시들은 영혼의 '더럽혀짐'으로 인해 그렇지 못하게 되었다는 것
　　이다.

해 금산」의 떠나간 '그 여자'를 연상시키는 바가 다분하다.[102]

이런 점에서 이 시기의 변화를 해명하는 데「연애시와 삶의 비밀」[103] 이라는 글은 중요한 자료가 된다. 이 글에서 그는 10년 전 문학을 "나의 유일한 '구원'"이라고 말했던 것에서 이제 태도가 바뀌었다면서, 문학을 구원으로 여기는 태도가 "문학을 신비화한 결과"라고 선을 긋고 있다.

> 문학을 구원으로 여기는 일련의 생각들은 알게 모르게 문학을 신비화한 결과이다. 언제부터 문학이 그렇게 대단한 것이었던가. 심연을 밝히는 것을 그 책임으로 여겼던 문학이 심연을 은폐하는 환각제 구실을 해온 것은 아니었던가. 그렇다면 문학은 자기기만에 불과한 것이 아닌가. 문학은 심연으로부터의 공포가 낳은 환상이다. 그 환상은 아주 자족적인 것이어서 그 내부에서 생산과 소비, 질문과 해답 등의 가능한 모든 인간의 삶의 방식들이 소화된다. 이를테면 그것은 '신앙촌' 같은 비이성적 사고에 바탕을 둔 공동체이다. 외부세계로부터의 혐의와 비판은 오히려 공동체 내에서의 신앙의 기폭제가 되는 것이다.[104]

이 글에서 이성복은 문학을 '환각제'나 '신앙촌'에 비유하면서까지 맹렬하게 공격한다. 문학이 환상에 불과하며, 때문에 현실로부터 도피할 수 있는 구실을 마련해준 것이 아니냐는 비판이다. 그는 자신의 "나약한 성격으로 인하여 삶과 세상의 상당 부분을 왜곡했던 것이 아닌가 하

정신의 허무주의

---

102 『남해 금산』의 뒤표지에는 다음과 같은 글이 실려 있는데, 이 글의 어조가『그 여름의 끝』에 실린 시의 어조와 흡사하다. "이젠 아시겠지요. 왜 내가 자꾸만 당신을 떠나려 하는지를. 사랑의 의무는 사랑의 소실에 다름 아니며, 사랑의 습관은 사랑의 모독일 테지요. 오, 아름다운 당신, 나날이 나는 잔인한 사랑의 습관 속에서 당신의 푸른 깃털을 도려내고 있었어요."

103 이성복,「연애시와 삶의 비밀」,『문예중앙』, 1988년 가을.

104 위의 글, 219쪽.

는 의구심"이 든다면서, 이러한 판단에 따라 "내가 알지 못하는 모든 것에 대해 '판단 중지'를 요청한다"라고 선언하게 된다. 이제 자신이 아는 부분이나 알 수 있으리라고 여겨지는 부분에 대해서만 관심을 기울이겠다는 것이다. 그는 "언젠가부터는 나는 내 시에 동원된 육체의 세부들이 거칠고 과장된 액세서리라는 느낌이 들기 시작했다"라고 토로하기도 한다.[105]

이 시기의 시들은 주관성을 배제하고 사물들을 세밀하게 관찰하여 있는 그대로의 모습을 전달하고자 하는 태도가 나타난다. 사소한 것들을 잡아내는 예민한 감각을 통해 미세한 '떨림'을 발견해내려고 하는 것이다.[106] 그는 이와 같이 세계를 현상학적으로 관찰하려는 태도를 유가 사상에 대한 공부를 통해 획득했다고 밝힌 바 있다.[107] 이는 그가『뒹구는 돌은 언제 잠 깨는가』와『남해 금산』을 쓰면서 "보이지 않는 것도 있을 수 있다는 가능성을 열어 놓"음으로써, "눈에 보이지 않는 가치의 보살핌 혹은 보존"[108]하는 것 역시 중요하다고 주장했던 태도와 상이한 것이다.『그 여름의 끝』의 뒤표지에서 그는 "璧도, 덮개 그림도 허깨비일 뿐이며, 그것들이 비록 양파 껍질처럼 거죽이면서 동시에 속이 된다 할지라도 허깨비 이상은 아닐 것"이라고 이야기한다.

105 이성복,「『그 여름의 끝』이 끝날 무렵」,『고백의 형식들』, 108쪽.

106 신범순,「내려가는 삶의 바닥과 미궁」,『한국 현대시의 퇴폐와 작은 주체』, 295쪽.

107 이성복은 이러한 '판단 중지'의 태도를 현상학이 아니라 동양철학에 대한 공부를 통해 얻어낸 것으로 보인다. 류철균과의 대담에서 이성복은 다음과 같이 말한다. "제가 본 유학의 특질이랄까, 특성이랄까 하는 것은 이 같은 환상과 실재 사이의 흔들림을 일단 정지시키고, 정지시킨 다음에 그 흔들림에 의미를 부여하는, 그런 과정을 취하는 것이 아닐까 하는 것입니다. 불교에 빗대어 이야기하면 처음부터 안심입명(安心立命)을 구하는 형국이지요." 이성복·류철균,「환상과 실재의 거리」,『현대문학』, 1992.5, 342쪽.

108 이성복,「부치지 않은 편지―셋」,『고백의 형식들』, 75쪽.

『그 여름의 끝』에 이르면 예술을 부정적으로 규정하고자 하는 태도가 확연해진다. 우선 이성복은 세계에 고정된 실체가 없다는 현상학적 깨달음을 통해 삶과 현실을 왜곡하는 관념체계들의 해악에서 벗어나 사물을 있는 그대로 바라볼 수 있을 것이라고 본다.[109] 그에 따르면, 인간은 자신이 무엇을 원하는지 모른 채로 살아간다. 욕망은 결핍에 의해, 즉 '길 없음'에 의해 작동하는 것이기 때문이다. 그런데 이성복은 욕망이 결핍에 의해 작동한다거나 모든 존재가 인식 주체의 자기 투영일 뿐이라는 관념론적 인식이 결코 회의주의적이거나 허무주의적인 것은 아니라고 부연한다. 오히려 이러한 관념론적 인식을 통해 인간의 삶과 현실을 왜곡하는 관념체계들의 중독성을 제거할 수 있다.[110]

이성복에게 문학을 비롯한 예술은 '감각의 환영'을 통해 '진정한 실재'를 추구하는 '위생학'이자 "고통받는 자의 불행을 행복으로 바꾸어"주는 "미학적 종교"라고 할 수 있다.[111] 이러한 맥락에서 아도르노 역시 예술이 '신비스러운 하나'로서의 거짓 총체성을 만들어내려는 경직된 현실에 충격을 가하는 역할을 수행해야 한다고 지적한 바 있다. 그는 '신비스러운 하나'를 만들어내려는 모든 시도를 기만이라고 보면서 사유의

---

109 이성복, 『프루스트와 지드에서의 사랑이라는 환상』, 문학과지성사, 2004, 71쪽.
110 이성복이 '환(상)'이 '진(실)'의 모태가 된다고 말하며, 이러한 인식 체계가 데카르트적인 사유체계를 넘어서 있다고 한 발언에 대해 류철균은 그것은 '상대주의자의 변명'이라고 비판한다. 이에 대해 이성복은 다음과 같이 답한다. "저는 류형의 이야기에 대해 두 가지를 지적하고 싶습니다. 첫째, 류형은 근대 이후의 인문·사회과학이 담보했던 이성적인 것에 대단한 의미를 부여하고 있다는 것, 둘째, 류형은 근대 이전의 삶에서 근대 이후의 삶으로의 변화를 하나의 발전이라고 파악하고 있다는 것입니다. 그렇게 파악하고 그렇게 바라보는 시각이 엄연히 존재를 하는 것이고, 그런 필터를 통해서 본다면 그렇게밖에 이야기할 수밖에 없겠지요. 그러나 만약 우리가 필터를 통째로 바꾼다면 반드시 그렇지만은 않을 것입니다." 이성복·류철균, 앞의 글, 345~347쪽.

111 이성복, 『프루스트와 지드에서의 사랑이라는 환상』, 74쪽.

중요성을 강조한다.[112] 예술작품은 현상으로서 나타나게끔 되어 있는 사물로서 그 자체의 사물적 성격을 통해 사물의 세계를 초월할 수 있는 것이다.[113] 예술을 통해 객관화 과정을 거치면서 즉자로서 존재하는 신화적 허위에서 벗어나게 되는데, 이러한 점에서 예술 작품의 소외 행위는 치유적인 성격을 띤다.[114]

이와 같은 예술의 존재 방식은 이성복이 도달할 수 없는 '당신'과의 거리를 확인함으로써 오히려 사랑의 계기를 지속적으로 재연하는 태도를 상기시킨다. 이성복은 사랑이 환상에 불과한 것임을 알면서도, 대상에 대한 환멸에 이르지 않기 위해 대상과 주체 간의 극복할 수 없는 거리감을 역이용한다. 이에 따라 이성복 스스로 '연애시'라는 이름을 붙인 『그 여름의 끝』의 전반적인 주조로 '설움'이 나타난다. '설움'의 감정은 자신이 있는 진창과도 같은 현실과 도달하고자 하는 세계('당신'이 있

---

112 "사유, 즉 자신의 강압 메커니즘 속에 자연을 반영하고 되풀이하는 사유는 자신의 철두철미함 덕분으로 스스로가 또한 강압적 메커니즘으로서의 '잊혀진 자연'임을 드러낸다. 표상(Vorstellung)은 도구에 불과하다. 사유를 통해 인간은 자연으로부터 거리를 갖게 되는데, 이는 자연을 극복하기 위해 자연을 눈앞에 떠올려보기 위해서이다." 테오도르 아도르노 · M. 호르크하이머, 『계몽의 변증법』, 김유동 역, 문학과지성사, 2001, 75쪽.

113 테오도르 아도르노, 『미학이론』, 134~135쪽.

114 다음과 같은 언급에서 아도르노의 태도가 더욱 분명히 나타난다. "절망에 직면해 있는 철학이 아직도 책임져야 할 것이 있다면 그것은 오직 사물들을 구원의 관점에서 관찰하고 서술하려는 노력이 아닐까 한다. 인식이란 구원으로부터 지상에 비추어지는 빛 외에는 어떠한 빛도 가지고 있지 않다. …(중략)… 언젠가 메시아의 빛 속에서 드러날 세상은 궁핍하고 왜곡된 모습일 수밖에 없다면, 그러한 메시아의 관점처럼 세상의 틈과 균열을 까발려 그 왜곡되고 낯설어진 모습을 들추어내는 관점이 만들어져야 하는 것이다. 어떤 자의나 폭력도 없이, 오직 전적으로 대상과의 교감으로부터만 나오는 그런 관점을 획득하는 것이 사유의 유일한 관심사이다." 테오도르 아도르노, 『미니마 모랄리아』, 김유동 역, 도서출판 길, 2005, 325쪽.

는 곳) 사이의 '거리감'을 보여준다. 가령 이성복은 「산」이라는 작품에서 "세상에는 사람들이 살고 있는 가장 더러운 진창과 사람들의 손이 닿지 않는 가장 정결한 나무들이 있다"라고 두 세계를 구분한다. 그 '산'의 세계에 닿을 수 없다는 거리감이 '당신'에 대한 설움으로 표현되는 것이다. 또한 이는 「정든 유곽에서」에서의 '별' 이미지를 상기시킨다.

설움은 시적 주체가 '당신'과의 거리감에도 불구하고 여전히 사랑을 포기하지 않고 있음을 확인시켜주는 초월적 태도이기도 하다. 「숨길 수 없는 노래 2」에서 이성복은 "아직 내가 서러운 것은 나의 사랑이 그대의 부재를 채우지 못했기 때문이다"라면서 사랑을 설움이라는 부정적 방식으로 현시한다. 예술을 부정적인 방식으로 규정하면서 구원 가능성을 탐색했던 태도가 연애시에서 '사랑'의 가능성을 모색하는 방식으로 반복되고 있는 것이다. 이성복은 설움을 견디는 시적 주체의 자세를 함께 조명한다. 「그 여름의 끝」에서 설움을 이겨낸 꽃나무는 "여러 차례 폭풍에도 쓰러지지" 않고 꽃을 피워냄으로써 절망을 끝내는 존재로 그려진다. 이 시에서 이성복은 고통에 초연한 주체가 아니라 극복할 수 없는 고통에 절망하면서도 쓰러지지 않는 세계를 사랑하기를 그치지 않는 단단하고 끈질긴 생명력을 지닌 존재를 그려내고 있다.

3. 공감의 윤리와 슬픔의 변증법: 기형도론

1) 포스트-진정성 시대와 '시류적 갈등'의 시학

기형도는 1985년 『동아일보』 신춘문예에 「안개」로 등단하였다. 등단한 지 5년 만의 첫 시집을 준비하던 그의 돌연한 죽음은 소위 '기형도 신화', '기형도 신드롬' 등으로 불리는 사건이 되었다. 기형도의 삶과 그의 문학을 모티프로 한 소설, 연극, 영화 등 2차, 3차 텍스트를 탄생시키며 대중적인 영향력과 문단의 인정을 동시에 확보하였다. 이러한 현상을 파급시킨 데는 김현의 영향을 언급하지 않을 수 없다. 더구나『입 속의 검은 잎』[115]의 해설을 맡은 김현이 기형도 사후 1년 뒤 유명(幽明)을 달리하면서 이들의 죽음은 거의 동시적인 것으로 받아들여졌다. 이 시기가 베를린 장벽이 무너지고 동구권 국가들이 무너지는 혼란 속에서 '문학의 위기'와 세기말 담론이 유행하던 시기였다는 점도 이들의 죽음을 이 시대의 상징적인 것으로 의미화 하는 데 영향을 미쳤다.

기형도 시의 죽음의식에 주목한 연구들은 이러한 전기적 사실에 바탕하여 논의를 전개하고 있다. 이들은 다시 기형도의 시에 나타난 비극적인 세계 인식을 시인의 자전적인 경험과 연관지어 설명하는 것과 그의 도시적 일상에 대한 부정적 인식을 사회 비판의식과 관련짓는 것으로 대별된다.[116] 이들 연구는 이를 통해 기형도의 시가 왜 그토록 죽음에 집착하고 있는가를 해명하고 그것의 사회적 의미를 점검하고자 한다.[117] 특히 후자의 경우 이성복, 최승자의 시와의 비교를 통해 기형도의 시에 나타난 허무주의적 세계관이 1980년대 시단의 지형을 완성해

---

115 기형도의 시집으로는 그의 사후 출간된『입 속의 검은 잎』(문학과지성사, 1989)이 있다. 1989년 초판이 발행된 이 시집은 기형도의 사후에 출간된 것으로, 시집 제목은 김현에 의해 붙여진 것으로 알려져 있다. 이후 소설, 산문 등이 포함된『기형도 전집』(문학과지성사, 1999)이 발간되었다. 이하 본문에서는『기형도 전집』을 주로 인용하였으며『기형도 전집』이라고 표기하고 쪽수만 표기하였다.

116 박철화,「집없는 자의 길찾기 ─ 혹은 죽음」,『문학과사회』, 1989년 가을; 오생근,「삶의 어둠과 영원한 청춘의 죽음 ─ 기형도의 시」,『동서문학』, 2001.6; 정과리,「죽음 혹은 순수 텍스트로서의 시」,『무덤 속의 마젤란』, 문학과지성사, 1999; 정효구,「차가운 죽음의 상상력」, 이광호 외,『정거장에서의 충고』, 문학과지성사, 2009.

117 이광호,「묵시와 묵시 : 상징적 죽음의 형식」,『사랑을 잃고 나는 쓰네』, 솔, 1994, 195~196쪽.

주는 것으로 그리고 있다. 하지만 동시에 기형도는 80년대 문학의 주류를 차지하였던 리얼리즘 문학과 거리를 두고 있다는 점에서 '1980년대적인 것'과의 결별을 의미하는 기표로 작동하기도 한다.[118]

1990년대는 '한국문학의 위기'에 대한 담론이 폭발적으로 논의되었던 시기로,[119] 여기에는 영화를 비롯한 대중문화의 영향력 증대, 멀티미디어 시대의 도래로 압축되는 매체환경의 변화와 함께 현실사회주의의 몰락과 포스트모더니즘의 등장이라는 문명사적 전환으로 인해 야기된 불안감이 자리하고 있었다. 이와 같은 불안의 징후는 2000년대 접어들어 본격적으로 '종언' 담론으로 나타났으며, 그 결정적인 계기가 된 것이 일본의 문예비평가인 가라타니 고진의 저서『근대문학의 종언』이다.[120]

이 책에서 가라타니는 "근대문학의 주체는 응답 없는 내면과의 집요하고 무한한 대화에 몰두하는 극도로 내향적인 존재"로서 "한마디로 요약하자면, '진정성(authenticity)'을 추구하는 주체"라고 언급한다.[121] 가

---

118 낮에 노동시를 읽고 밤에는 혼자 기형도의 시를 읽어나갔던 청년들이, "'변혁'에 복무하는 문학'이란 구호가 어느덧 문학청년들의 가슴을 사로잡지 못하게 되자 그들은 이제 대낮에 기형도의 시집을 손에 들고 다니게 되었다."라는 증언을 통해 당시 기형도 시집의 상징성이 짐작된다. 이성혁,「경악의 얼굴」, 이광호 외,『정거장에서의 충고』, 405쪽.

119 고봉준,「환상으로서의 시의 위기」,『현대문학의 연구』, 2013, 193쪽.

120 2004년『문학동네』가을호에 게재된「근대문학의 종말」에서 가라타니는 문학종언론의 보편적 타당성을 증빙하는 사례로 한국문학을 언급하고 있다. 이 글의 파급력은 이글과 관련된 집중적이고 전방위적인 한국 문학장 내의 반응을 통해 확인할 수 있다. 이에 대해서는 김홍중,「근대문학 종언론에 대한 비판적 고찰」,『사회와 역사』83, 2009 참조

121 '진정성'은 개인의 내면에 참된(sincere) 자아가 존재한다는 관념을 전제로, 외부 현실을 개인에게 부과된 제약이자 족쇄로 파악하여 그러한 억압으로부터 해방돼 존재의 근원과 본질이라는 더 위대한 의미의 장에 이를 수 있다는 식의 사고다(찰스 귀뇽,『진정성에 대하여』, 강혜원 역, 동문선, 2004, 80~86쪽).

라타니가 말하는 진정성의 주체는 1980년대 문학을 설명하는 주요한 키워드이기도 하다. 이를 통해 알 수 있듯이, 1980년대 문학을 지배한 진정성 담론은 80년대 고유의 것이라기보다 근대문학의 형성 과정에서 내내 추구되어온 이상이자 환상에 다름 아니다. 1980년대 문학과 '진정성' 담론의 관련성에 대해서는 별도의 논의가 필요하겠으나, 여기서는 일단 파편화된 주체들에게 공통의 집합체를 구성하는 '사회적' 사명을 최대치로 부여했던 시기라는 점에서 1980년대 문학을 '근대문학'의 연장선상에서 논의해보고자 한다.

한국에서 '근대문학'이 유럽이나 일본에 비해 오래 지속될 수 있었던 것은 네이션을 형성하는 데 지속적으로 실패해온 굴곡진 역사적 맥락을 들 수 있다. "1980년대는 내내 정치적 개인(individual)일 것을 요구"[122]하던 시대였다는 한 연구자의 언급에서 알 수 있듯이, 당시는 문학의 정치성 혹은 윤리성이 강하게 요구되던 시기였다. 정치적 활동이 제약을 받을수록 문학은 모든 것을 떠맡아야 할 책임을 요구받는 법이다. 그런데 1990년대에 이르러 형식적으로나마 민주화의 시대가 도래하면서 탈근대, 탈식민, 탈민족 등 이른바 '포스트' 담론이 등장하게 된다. "노동시를 독재정권의 종말과 함께 시효 만료된 '지나간 역사'의 문

이는 외부 현실과 내면을 대립적인 것으로 파악하는 이분법적 사고 체계에 따른 것으로, 배하은은 1990년대 한국 문학(장)에서 내면성 담론이 이와 같은 이분법적 '진정성' 개념에 입각하여 논의됨으로써 "개인의 내면을 문학적 진정성의 보관소이자 표상으로 규정하는 문학주의"에 빠져들고 말았다고 지적한다(배하은, 「만들어진 내면성」, 『한국현대문학연구』, 2016, 566쪽). 배하은은 이를 1980년대적인 것들을 배제하고 주변화 하는 형태와 방식이었다고 설명하는데, 이 글에서 설명하는 것처럼 문학주의가 "문학은 이러한 것이어야 한다"거나 "문학만이 그것을 할 수 있다"라는 신화라면 이는 정확히 1980년대적인 것을 반복하고 있는 것에 다름 아니다. 1990년대의 '문학주의'는 1980년대 리얼리즘 문학론의 거울상이라 할 수 있는 것이다.

122 이명원, 「문학의 탈정치화와 포스트 담론의 파장」, 『민족문화연구』, 2012, 133쪽.

학적 대응물로 정리하고, 이념을 위해 미학의 희생이 용인되기도 했던 예외적 시대의 산물로 과거화하는 새로운 시대가 열린 것"[123]이다.

물론 이러한 이행 과정이 순탄한 것은 아니었으며 그러한 와중에 기형도의 문학사적 위상 역시 기묘한 방식으로 자리매김 되었다. 1990년대 비평계의 가장 격렬한 논쟁 중 하나로 언급되는 소위 '김영현 논쟁'의 와중에 권성우에 의해 "기형도의 시를 애독하는 노동 해방 문학가"[124]라는 표상이 제안된 데서 알 수 있듯이, '기형도'는 기존의 리얼리즘 문학 계열과 대비되는 대표적 시인으로 언급되었다. 이후 '문지 3세대'로 호명된 권성우, 이광호, 우찬제 등을 포함한 소장 비평가 그룹은 『노동해방문학』 그룹의 문학관이 '문학적 진정성'과는 거리가 먼 이데올로기 편향성에 갇혀 있다고 비판하였다. '노동자 당파성' 요구에 부응하기 위해 소설의 등장인물의 많은 경우가 '이념형 인물'로 나타나면서 이러한 인물에게도 '내면'이 있는가, 라는 물음이 제기되었다.[125]

리얼리즘 문학의 종언을 앞두고서도 여전히 '내면'과 '진정성'의 차원이 문학의 가치를 평가하는 주요 기준으로 논의되고 있다는 점은 아이러니하다. 권성우가 문제적 작가로 호명한 김영현에게 '심리적 리얼리즘'을 발견해내고 있는 것은 이런 점에서 문제적인데, 이는 "〈진정한 자아〉 같은 것이 존재하는 것 같은 환상"[126]에 뿌리를 내리고 있는 근대적 주체의 형상과 여전히 맞닿아 있기 때문이다. 1980년대 문학과의 단절을 초래한 '사건'으로 받아들여지는 신경숙의 창작집 『풍금이 있던 자

---

123 김수이, 「'민주화'의 역설과 노동시의 새로운 양상−민주화 이후 시대의 노동시와 한국 민주주의」, 『민족문화연구』, 2013, 106쪽.

124 권성우, 「예술성·다원주의·문학적 진정성−최근의 민족문학 논의에 대한 몇 가지 생각」, 『비평의 매혹』, 문학과지성사, 1993, 146쪽.

125 이명원, 앞의 글, 129쪽.

126 가라타니 고진, 『일본근대문학의 기원』, 박유하 역, 도서출판 b, 2010, 94쪽.

리』(1991)을 비롯해 섬세한 '내면'의 결을 포착한 것으로 평가받은 90년
대의 작품들은 '진정성의 테제'를 고수하는 포즈를 취하며 하나의 문화
상품으로 자리매김하게 된다.[127]

　그런데 기형도의 시는 '나'의 내면을 발견하는 데 몰두하는 진정성 담
론과는 달리 '타자'와의 대면을 통해 진정성 담론에서 논의되는 '자아'
와는 구분되는 '개인'[128]을 출현시켰다. 기형도 시에 나타난 윤리적 개
인이 진정성 담론에 포섭되어버리는 '자아'나 탈진정성 담론의 흐름 속
에서 동물화나 속물화되는 주체와 구분된다.[129] 기형도 시의 시적 주체
는 주체를 파편화시키는 도시 공간에서 타자와의 '마주침'(encounter)을

127　앤드류 포터는 진정성 찾기가 "우리 시대에 무엇보다 중요한 영적 목표로 부상
　　했다"고 지적하는 한편, 이러한 진정성 찾기에 대한 추구가 "하나의 마케팅 전
　　략"으로 이용되고 있는 상황을 비판하고 있다. "진정한 욕구와 가짜 욕구의 대
　　비, 심오하고 진정한 자아와 상표로 구축된 천박한 정체성" 식의 대비가 이러
　　한 마케팅 전략에 이용되고 있다는 것이다(앤드류 포터, 『진정성이라는 거짓
　　말』, 노시내 역, 마티, 2016). 그런데 1990년대 한국에서는 이와는 상반되는 식
　　의 마케팅 전략이 등장한다. 한편으로는 마르크스주의의 '진정성'을 '가짜 욕구'
　　로 폄하하면서, 공적 주체를 거세시킨 '진정한' 자아를 추구하는 흐름에 부응하
　　여 문학을 상품화시키는 작업이 벌어졌다고 볼 수 있다. 이는 독자를 소비자의
　　위치에 머무르게 하며 '진정성'에 대한 욕망을 상품 구매로 충족시킨다.
128　담론적으로 개인이 배제되었던 1980년대에 '개인'의 문제에 주목했던 소위 자
　　유주의 시인들에 대해 연구하는 것은 1980년대 문학사를 새롭게 구성하는 데
　　있어서도 중요한 문제이다. 신두원은 80년대 권위주의와 독재체제를 무너뜨
　　리는 데 자유주의를 배경으로 하는 '개인'이 중요한 작용을 했을 것이라는 점을
　　지적하며 80년대 문학사에서 '개인'의 문제에 주목할 것을 주장한 바 있다. 신
　　두원, 「1980년대 문학의 문제성」, 『민족문학사연구』, 2012, 169쪽.
129　미국적 '동물'은 공적 영역에 대한 무관심, 사회적 관계로부터의 퇴각, 그리고
　　자폐적이고 자족적인 물질적 풍요 속으로의 침잠으로 특징지어지는 현대 소비
　　사회의 나르시시즘적인 주체를 가리킨다. 반면 일본적 '속물'은 자신과의 윤리
　　적 대면을 회피하며 자신이 속한 공동체의 규범(부나 성공)을 맹목적으로 추수
　　하는 '타자지향적' 주체를 가리킨다. 김홍중, 앞의 글, 249쪽.

통해 그들에 대한 혐오를 드러내는 한편으로, 이를 넘어 타자와의 공감을 지향하고자 하는 윤리성에 대한 지향을 보여준다. 이에 따라 기형도가 문단활동을 한 시기는 1985년 이후 약 5년간, 즉 80년대에 해당함에도 불구하고 그의 시 세계가 담고 있는 개체의 파편화된 고독과 죽음의 이미지, 고뇌로 점철된 내적 갈등들은 90년대의 시대적 정서와 상당 부분 일치한다는 평가를 받는다.[130] 그리고 이로 인해 기형도의 시적 특성을 그가 실제로 시를 창작한 80년대의 문학사적 맥락에서 파악하고자 하는 시도는 좀처럼 이뤄지지 않았다.

기형도는 시운동 회원으로 정식 가입을 하지는 않았으나, 『시운동』 동인에 객원 시인으로 활발하게 참여했다.[131] 『시운동』 동인은 1980년대 전반기에 새로운 세대의 시 쓰기 전략으로, 자유로운 상상력의 세계를 언어로 표현했다는 평가를 받는다. 이들은 개인의 문학적 개성을 살리는 것을 중요하게 여겼으며, 1980년대 말에 목적론적인 문학운동이 기운을 잃고 1990년대 들어 다양하고 해체적인 문학이 영향력을 행사하기 시작하면서 중요한 역할을 하게 된다. 『시운동』으로 활동했던 류시화[132]의 『외눈박이 물고기의 사랑』(1996)이나 1990년 문학 전문

---

130 김춘식, 「무너짐과 견딤의 시학—기형도 시의 구조분석」, 『현대시』, 1992.6.

131 박덕규, 「기형도—입다물고 부르는 속 깊은 노래」, 『시인열전』, 청동거울, 2001, 55~56쪽. 기형도가 정식 가입을 하지 않은 이유는 기자로서 자신의 위치를 고려한 결벽증적 태도에서 기인한 것으로 보인다. 이러한 태도는 다음의 일화에서도 나타난다. 1988년 중앙일보 문학월평에 김현이 기형도의 시를 다루자, 기형도는 자신이 담당하는 지면에 자신에 대한 호의적인 비평이 나오는 것을 저어하여 김현에게 해당 부분을 수정해줄 것을 요구하였다. 그러나 김현 역시 물러서지 않았고 결국 원고에서 기형도 부분을 맨 뒤로 돌리고 양을 줄이는 선에서 월평을 내보내게 된다. 이 월평에서 이미 평론가 김현은 기형도의 시를 '그로테스크 리얼리즘'이라 명명하였다. 성석제, 「기형도, 삶의 공간과 추억에 대한 경멸」, 『사랑을 잃고 나는 쓰네』, 솔출판사, 1994, 235~236쪽.

132 본명은 안재찬이다. 1980~1982년까지 '시운동' 운동으로 활동하다가 "시인은

지『문학동네』의 창간에 참여한 남진우, 이문재 등은 모두『시운동』동인 출신이다.[133] 이 동인지는 1980년 12월『詩운동』의 발간을 시작으로, 1991년 14집『지상의 울창한 짐승들 : 숲의 시』(푸른숲)가 마지막으로 간행되었다.[134]

『시운동』은 문학의 사회적 실천력을 강조하였던 80년대 문학의 흐름을 비판하면서 등장하였다. 이들은 "시는 시다. 외형적으로 인간은 시가 없어도 얼마든지 살 수 있다. 그 이상의 무엇이 요구될 때 시는 그 본래의 모습을 잃어버린다는 것을 우리는 똑똑히 목격했다."[135]면서 시의 본질에 대한 질문을 던졌다. 구체적으로 지향하는 목표 지점이 달랐던 만큼 이들의 시는 당대 문학적 지형에서도 독특한 관점을 보여주는 것으로 주목받았다. 특히 채광석,[136] 정과리[137] 등 당대 비평가들과 달리 김현은『시운동』의 제3집『그리고 우리는 꿈꾸기 시작하였다』를 읽고 "한국시의 새 지평"을 확인했다고 긍정적으로 평하였다.[138] 특히 안

전쟁이 나도 다락방에서 사랑의 시를 쓸 수 있어야 한다"라는 말과 함께 1983년 활동을 중단한다. 이후 본명을 대신하여 '류시화'라는 이름을 사용하며 명상서적 번역 작업을 시작한다.

133 김응교,『사회적 상상력과 한국시』, 소명출판, 2010, 417쪽.

134 『시운동』의 전체 목록은 다음의 글을 참조하였다. 김예리,「『시운동』동인의 상상력과 감각의 언어」,『한국현대문학연구』, 2013, 42쪽.

135 「서문」,『꿈꾸는 시인 - 시운동』2집, 1981, 2쪽(김예리, 위의 글, 44쪽 재인용).

136 당시 채광석을 비롯해 민중문학 진영에서는 이들의 시를 '개인주의적'인 것으로 비판하며, "역사적 · 사회적 밑동을 거세당한 개별적 존재로서의 개인에의 매몰"로 치부했다. 채광석,「부끄러움과 힘의 부재」, 백낙청 편,『한국문학의 현 단계』II, 창작과비평사, 1983, 65쪽.

137 정과리,「소집단 운동의 양상과 의미」,『문학, 존재의 변증법』, 문학과지성사, 1985.

138 김 현,「비를 만드는 커다란 나무 - 안재찬의 시 세계」,『현대문학』, 1982.1(김현,『김현 문학전집 6 - 젊은 시인들의 상상세계 / 말들의 풍경』, 문학과지성사, 1992, 143쪽).

재찬의 경우 이상한 세계에 대한 체험이 주는 공포감으로 인해 "나에게는 할 말이 없다"라고 쓰는 역설적 태도가 나타난다면서, "황동규·정현종·오규원, 혹은 이성복·김정환 등과는 다른 목소리"를 발견하기도 한다.[139]

기형도는 『시운동』의 동인은 아니었지만, 하재봉의 주도로 매주 인사동의 카페를 전전하면서 열리던 '시운동 청문회'[140]에 빠짐없이 참석할 정도로 열성적이었다. 기형도가 하재봉의 시집에 대해 쓴 평을 보면, 그가 어느 정도 시운동 동인의 방향성에 공감하였는지를 가늠해볼 수 있다. 하재봉의 시집 『안개와 불』에서 대한 서평에서 기형도는 "우리 시사에서 찾아보기 힘들었던 상상 공간들을 확장해온 열정적인 시정신들이 이 땅의 억압적 상황 때문에 상대적으로 평단으로부터 방치되어왔다"[141]면서 시운동 동인의 활동을 옹호한다. 기형도가 하재봉의 시집에서 주목한 부분 역시 하재봉의 시가 '무국적 몽상'이라는 혐의로 비판받는 것은 부당하며, 오히려 "80년대적 피의 현실을 독특하게 수용"했다는 점에 주목해야 한다는 것이다.[142]

기형도는 하재봉을 '밀교의 사제'라고 평한 김훈의 해설을 인용하면서, 그 밀교가 '배화교'에 가까운 것이라고 지적한다. 기형도는 하재봉

139 위의 글, 143~144쪽.
140 88년 당시는 국회의 5공 청문회가 남긴 파장으로 몇 사람이 모였다 하면 청문회라고 명명하던 시기였다. '시운동 청문회'는 신작 시집을 낸 젊은 시인을 초대해서 '시인학교'나 '연' '평화만들기' 등의 카페에 앉아 시인이나 시를 좋아하는 청춘들이 청문회를 벌이던 모임이었다. 성석제는 이 자리를 "일종의 시인 야유회"라고 묘사하며 당시의 흥성했던 분위기를 전한다. 참석자 중 한 사람이 기록한 청문회 내용은 하재봉이 매달 만들어냈던 '시운동' 팸플릿에 실렸다. 성석제, 앞의 글, 236~237쪽.
141 기형도, 「물에서 태양으로」(『현대시세계』, 1989년 봄), 『기형도 전집』, 335쪽.
142 위의 글, 339쪽.

이 그 당시의 시적 경향과는 달리 현실을 전형적인 방식으로 재현하거나 도덕주의에 의해 무장되지 않은 '몽상적 상상력'을 보여준다는 점에서 그의 시를 고평한다. 기형도를 비롯한 '시운동' 동인들이 상상력이 억압받는 상황에 대한 문제의식을 전면에 내세웠던 것은 예술과 현실의 관계를 새롭게 정립하려는 고민과 관련된다. 실제로 기형도는 1985년 1월 『동아일보』 신춘문예 응모 당시 작성한 약력에서 참여시와 순수시의 이분법을 비판한 바 있다.

> 지금의 나는 참여시(혹은 민중시), 순수시라는 작위적 이분법이 소재주의에 불과한 것이라 믿는다. 이러한 믿음은 당대를 살아가는 詩人의 가치지향성에 위배되는 허약함이라 비난받을 수 있겠으나, 나는 모든 사물과 그것들이 빚어내는 구조 및 현상에 대한 끝없는 탐구를 통하여 예술적 美學과 현실적 가치체계(혹은 理想型으로서의 질서공간) 모두에 접근하고 싶다. 전자는 구체적 이미지와 후자의 상관주의(칼·만하임의 의미에서)가 서로 만나고 부딪히는 詩世界는 나에게 다양성을 제공해 주는 무수한 時流적 갈등을 강요할 것이다.[143] (밑줄_인용자)

위 글에서 기형도는 "예술적 미학과 현실적 가치체계" 모두에 접근할 수 있는 방안을 모색하고자 한다. 이 두 범주가 서로 분리되어 있지 않다는 것을 "구체적 이미지와 후자의 상관주의"의 입장이 서로 부딪히는 시 세계를 모색하는 과정에서 보여줄 수 있으리라는 생각이다. 이 글에서 기형도가 말하는 칼 만하임(Karl Mannheim)의 상관주의(相關主義)는 만하임이 주장한 상대적 유토피아("理想型으로서의 질서공간")와 관련

---

143 이 자료는 금은돌이 기형도의 누나 기애도와의 인터뷰 도중 발굴한 것으로, 1985년 『동아일보』 신춘문예 응모 당시 직접 쓴 이력이라고 한다. 금은돌, 『거울 밖으로 나온 기형도』, 국학자료원, 2013, 186쪽.

된 제한된 상대주의를 말하는 것이다. 이는 절대적 진리 개념을 거부하면서도 역사적 상황에 침전되어 있는 가치들이 인간의 모든 인식과 지식에 스며 든 것임을 인정하면서 주어진 역사적 상황에 부합되는, 그리고 그 안에서 올바른 것으로 인정될 수 있는 진리를 규명할 수 있다고 보는 관점과 관련된다.[144] 기형도가 "작위적 이분법"을 부정한 것은, 이러한 이분법 자체가 개별적 역사·문화 상황을 고려하지 않은 허위적 이데올로기일 수 있기 때문이다.

칼 만하임의 상관주의 자체가 역사적－수직적 방법과 역사적－수평적 방법을 종합한 동태적 사관주의(dynamic relationism)라고 불리는 데서 알 수 있듯이,[145] 이는 고정된 진리 체계를 거부하며 "무수한 時流적 갈등"에 의해 도출되는 진리를 옹호한다. 기형도는 이러한 방법론을 예술에 적용하여 시대정신과 세계관과 이미지를 사용한 개인적 표현이나 사고, 행위의 관계를 역동적인 것으로 설정한다.[146] 이에 따르면 예술가는 이미 자신에게 주어져 있는 경제적, 사회적 조건들을 기록하고 반영하는 존재가 아니다. 하지만 칼 만하임이 '존재구속성' 개념을 통해 설명한 것처럼, 예술 활동을 위시한 개인의 행위는 사회적 집단이라는 전체적인 맥락 속에서 의미를 갖게 되며, 그 지식은 당파적이고 존재

144 만하임에 의하면, 이데올로기적인 것이 현실적으로 실현 불가능한 허위적인데 비해 유토피아적인 것은 존재 초월적이면서도 동시에 실현 가능성이 있는 것을 의미한다. 이런 관점에서 그는 역사를 이데올로기와 유토피아의 순환과정으로 이해한다(홍지석, 「예술사회학에서 개인과 집단의 관계 설정 문제」, 『한국문화기술』, 2010, 112쪽 인용).

145 김문환, 「칼 만하임의 지식사회학적 예술 이해」, 『한국미학회지』 12, 1987, 3쪽.

146 기형도는 연세대 정치외교학과 출신으로, 졸업 논문으로 「정치사상에 나타난 비합리주의에 대한 고찰－20세기 독일과 이태리의 파시즘을 중심으로」를 쓰기도 하였다.

(입장)구속적이고 부분적이다.[147] 이러한 점에서 지식사회학의 과제는 부분적인 것들을 하나의 총체적 관점에서 종합하는 일이 된다.[148]

만하임에 따르면, 지식인은 자기 내부와 사회 속에서 추구하는 궁극적 진실과 지배 이데올로기 간에 어떤 갈등이 존재하는 것을 깨달은 자로, 이러한 깨달음은 곧 사회의 근본적 모순, 즉 계층 간의 갈등을 드러내는 일로 지배자가 주입시키는 신화, 가치관, 전통의 허물을 벗겨내는 실천으로 이어진다.[149] 지식인은 "이데올로기가 갖는 구조 형성적 기능을 부인하지 않으면서도, 거기에 불연속성, 단층을 덧붙여 결핍을, (대중) 조작을 드러내는" 존재로, 뚜렷한 역사적 실체라기보다는 '요청'되는 잠재적 존재라고 할 수 있다.[150] 기형도는 만하임의 지식인상을 '시인'의 것으로 전유함으로써 관찰자로서 자신이 속한 사회의 모순을 드러내고 지배 이데올로기에 의해 주입된 신화의 허위성을 각인시키는 역할을 해야 한다고 주장한다. 이에 따라 "모든 사물과 그것들이 빚어내는 구조 및 현상에 대한 끝없는 탐구"를 통해 존재구속성의 한계를 극복하는 시인의 역할이 강조된다.

이는 『시운동』의 동인들이 말하는 '운동으로서의 문학'이라는 지향점과 연결된다. 『시운동』의 제6집 서문에는 "가장 위대한 예술은 곧 가장 현실적인 것이다. 예술과 현실은, 삶과 꿈은, 각기 외따로이 존재하는 그 어떤 세계가 아니라, 서로 충돌하면서 서로의 영향권 안에 놓이는 것, 아니 어쩌면 내용은 같고 모양이 다른 두 얼굴이다. 시는, 삶의 현장인 동시에 꿈의 실현이고, 예술인 동시에 현실인 것이다."[151]라는 글

---

147 송호근, 『지식사회학』, 나남, 1990, 146~147쪽.

148 홍지석, 앞의 글, 111쪽.

149 송호근, 『칼 만하임의 지식사회학 연구』, 홍성사, 1983, 224쪽.

150 홍지석, 앞의 글, 122~123쪽.

151 「≪시운동≫ 6집을 내면서」, 『시운동 동인 제6작품집 – 시운동 1984』, 청하,

이 실려 있다. 기형도는 "우리에게 어떤 운명적인 과제가 있다면, 그것은 애초에 품었던 우리들 꿈의 방정식을 각자의 공식대로 풀어가는 것일 터이니"라고 말한 바 있기도 하다.[152] 이들이 말한 상상력이란 "무수한 時流적 갈등"을 통해 이데올로기의 허위성을 드러내고 사회를 새롭게 구성해 낼 유토피아에 대한 꿈을 펼쳐낸 것이라 할 수 있다. 이런 점에서 시는 "삶의 현장"이 동시에 "꿈의 실현"이라 할 수 있는 것이다.

기형도의 경우, 주체를 복종시키는 이데올로기를 만들어내는 것이 바로 그 주체들임을 폭로하는 방식으로 이데올로기의 허위성을 드러낸다. 이러한 태도는 그의 등단작 「안개」를 통해 확인된다. 이데올로기에 관습적으로 복종함으로써 출현하는 주체들은 집단화된 군중으로서의 양상을 띠는데, 기형도는 자신의 시에서 이와 같은 군중에 대한 우려를 드러내는 한편 다시금 사회의 부조리를 비판할 수 있는 '개인'을 시적 주체로 부각시킨다.

2) '안개'의 이중성과 우연에 대한 긍정

1980년대는 다니엘 벨의 『이데올로기의 종언』[153](1972)과 『자본주의의 문화적 모순』[154](1980)이 번역되는 등 이미 탈공업화 시대에 대한 논의가 소개되고 있었다.[155] 이들 책에서 다니엘 벨은 이제 사회가 유토

1984, 5쪽.

152 기형도, 「雨中의 나이－모든 슬픔은 논리적으로 규명되어질 필요가 있다」, 『기형도 전집』, 151쪽.

153 다니엘 벨, 『이데올로기의 종언』, 임헌영 역, 문예출판사, 1972.

154 다니엘 벨, 『자본주의의 문화적 모순』, 오세철 역, 전망사, 1980.

155 이러한 점에서 1980년대 한국 사회의 급격한 변화에 주목할 필요가 있다. 천정환은 "80년대에 광주민중항쟁·6월항쟁 같은 일만 있었던 것은 아니다. 80년대는 88서울올림픽과 '3저호황', 조용필과 〈애마부인〉의 시대였으며, 또한

피아에는 관심이 없으며 자기 이익만을 추구하는, 지배계급도 엘리트도 없는 시대가 도래할 것이라고 예견한 바 있다.[156] 만하임과 다니엘 벨은 각기 다른 정치적 입장에 서 있었음에도 불구하고 자본주의 사회의 끝에 인간의 사물화 경향과 유토피아의 소멸이라는 공통된 전망을 내놓고 있었던 것이다.

다니엘 벨은 『이데올로기의 종언』[157]에서 '미분화된 무리로서의 대중', '무능력자의 대중', '기계화된 사회의 대중', '관료화 사회의 대중', '폭도로서의 대중' 등에 대해 언급하며 오르테가 이 가세트(Jose Ortega y Gasset) 등이 주장한 대중사회론을 소개한다. 매스미디어의 발달, 기계화, 관료화로 인해 비인간화된 사회 속에서 출현하게 되는 대중은 "사회로부터 '국외자'"[158]의 위치에 놓인 반역적 존재들이다. 그런데 다니엘 벨은 대중사회론의 주장이 서구 정치사상의 지배적인 보수적 전

복사기·PC·워드프로세서 같은 완전히 새로운 미디어 테크놀로지가 개인들에게 보급되기 시작한 때이기도" 하다면서, 80년대를 새롭게 인식하는 동시에 '1990년대인 것'의 '과잉 의식화'를 경계할 필요가 있다는 점을 지적한다. 천정환, 「1980년대 문학·문화사 연구를 위한 시론(1)」, 『민족문학사연구』, 2014, 395397쪽.

156 「탈공업화 사회와 미래 세계」, 『경향신문』, 1975.1.21.

157 이 책의 제1장에는 호이징가의 『중세의 가을』의 일부가 실려 있다. 기형도 역시 『중세의 가을』을 읽고 두 번째 시집 제목을 「내 인생의 중세」로 하겠다고 말하기도 한다. 다음은 다니엘 벨이 인용한 부분으로, 기형도 시의 정조를 상기시킨다. "인간의 영혼을 억누르는 암담한 우수…… 마치 이 시대야말로 유난히 불행이라도 한 듯이, 그래서 폭력과 탐욕과 도덕적인 증오(憎惡)만이 남아 있는 것처럼 보이는 시대……일반적인 불안감은 전쟁이 일어나려는 만성적인 형태와 위험한 모든 계급간의 그칠 사이 없는 위협, 정의의 불신 등으로 더 한층 고조되고 있다. 세상과 인생을 예찬(禮讚)하기에는 어울리지 않는 것, 고뇌와 불행만을 찾는 것, 그리고 퇴폐와 임박한 종말의 징조(徵兆)만을 주위에서 찾고자 하는 것, 요컨대 시대를 저주하거나 경멸하는 것만이 유행한 것이었다."(밑줄_인용자) 다니엘 벨, 『이데올로기의 종언』, 9쪽.

158 위의 책, 17쪽.

통에 근원을 둔 시대착오적인 것이자 인간의 잠재력에 대한 편협한 사고에 기반한 것이라 비판한다. 그는 유기적 공동체에 대한 유토피아가 '전체주의적'인 것으로 치환될 수 있음을 지적하며 대도시에서 살아가는 개인의 익명성을 옹호한다.[159]

집멜과 같은 대중사회론자들이 광대한 대도시에서 민중은 서로가 고립하여 덧없는 무명의 존재가 되어버린다는 점을 지적하지만, 다니엘 벨은 사람들이 도시로 유입하는 이유가 고립을 통해 소규모 지역사회에서 요구하는 '동조성'의 위협에서 벗어나 사생활을 보호받기 위한 것이라고 지적한다.[160] 다니엘 벨의 견해는 계급적 연대의 중심으로 프롤레타리아 계급을 내세웠던 계급-민중론적 관점이 부딪힌 위기를 보여준다. 유토피아에 대한 전망이 오히려 개인의 자유를 억압할 수 있다는 압박에서 벗어나기 위해 내면적 진실에 대한 요구가 나타나기 시작한 것이다. 하지만 가라타니 고진이 지적했듯 내면으로의 회귀는 '진정한 자아' 같은 것이 존재한다는 환상에 기대고 있는 것으로, 타자적인 것을 억압할 때에야 성립한다. 집단적 주체성의 압박에서 벗어난 자유로운 '나'가 가능하다고 가정하는 것은 이데올로기의 환상일 뿐이다.

한국 문학 연구에서도 '민중'과 '개인'의 대립은 '80년대적인 것'과 '90년대적인 것'을 구분 짓는 중요한 키워드로 논의되어왔다. 1970년대 민중과 민중문학의 저항성과 유토피아적 감각은 1980년대를 거치면서 더욱 급진적으로 낭만화되었다.[161] 이에 비해 '탈이념'의 시대로 규정되어 온 1990년대는 거대담론이 해체되고 미시담론이 번성하면서 문학이 이념에서 욕망으로, 역사에서 일상으로 귀환한 시기라고 정리된다. 그런

청산의 회무주의

---

159 "〈유기적〉이란 말 대신 〈전체적〉을, 〈원자적〉 대신 〈개인주의적〉이란 단어를 대치시키면 논리 전부가 확연히 달라지게 된다." 위의 책, 21쪽.

160 위의 책, 36쪽.

161 민족문학사연구소 편,『새민족문학사 강좌』2, 창비, 2009, 353쪽.

데 최근 80년대 문학과 90년대 문학의 차이를 강조해온 기존 연구의 한계가 논의되고 있는바,[162] 시대적 단절을 부각시키기보다 유동적인 흐름 속에서 80년대와 90년대 문학을 재조명할 필요성이 제기된다.

　기형도의 시는 민중과 개인의 이분법에서 벗어난 주체의 양상을 보여준다. 앞서 지적했듯, 그는 '개인'이 사회구조로부터 자유롭지 못한 존재 구속성 아래에 놓여 있음을 인식하는 한편으로, 지배자가 주입시키는 신화, 가치관, 전통의 허물을 벗겨내는 것을 실천해야 한다고 본다. 이는 기형도 시의 주체를 윤리적 실천의 주체로서의 '개인'으로서 조명할 수 있는 가능성을 제공한다. 여기서의 '개인'은 타자와 분리되어 존재하는 코기토적 존재와는 달리 언제나 불확실한 타자와 대면할 가능성을 지니고 있기 때문에 지속적으로 구성해나가야 하는 존재로 그려진다. 이와 같이 '자아'에의 일차적인 불투명성을 가정하는 것은 타자에게 윤리적 태도를 취하는 데 특수한 함의를 갖는다. 자아를 불투명한 것으로 상정하는 것은 타자와의 관계에 대한 책임 때문으로, 윤리적 주체(ethical subject)는 타자와의 관계 속에서 반성적인 주체화의 소용돌이 속에 놓여 있다.[163]

　기형도가 타자와의 관계성에 주목하게 된 이유로 도시화를 들 수 있다. 지역적, 전통적 공동체가 해체되면서 나와 다른 삶을 살아가는 무수한 개인들을 마주하는 도시적인 삶 속에서 주체는 타자가 가하는 폭력에 무차별적으로 노출되어 있다. 통일성과 안정성을 확보하기 위한 이들은 전통적 공동체를 향수하거나 자신의 욕망과 감정에 부응하는

162　진정석은 단절론적 시각에 대한 비판을 두 가지 측면으로 정리한다. 첫째, 80년대와 90년대의 차이가 세대론의 전략에 의해 실제보다 과장되었다는 점, 둘째, 근대와 탈근대, 모더니즘과 포스트모더니즘의 차이를 80년대 문학과 90년대 문학에 자의적으로 대입했다는 비판이 그것이다. 위의 책, 419쪽.

163　주디스 버틀러, 『윤리적 폭력비판』, 양효실 역, 인간사랑, 2013, 38~39쪽.

상품을 생산하고 소비하는 일을 통해 이를 외면하려고 한다.[164) 이에 비해 기형도는 '개인'이 부조리한 이데올로기에 함몰되어 비판적 통찰력을 상실하고 소외되어 가는 양상을 그려냄으로써 윤리적 주체로 스스로를 정립하지 못하는 현실을 비판하였다. 기형도의 등단작인 「안개」(『동아일보』, 1985.1.5)에 나타나는 시적 주체의 양가적 태도는 도시적 삶에 대한 기형도의 모순된 태도를 반영하고 있다.

> 안개에 익숙하지 않은 사람들은 처음 얼마 동안/보행의 경계심을 늦추는 법이 없지만, 곧 남들처럼/안개 속을 이리저리 뚫고 다닌다. 습관이란/참으로 편리한 것이다. 쉽게 안개와 식구가 되고/멀리 송전탑이 희미한 동체를 드러낼 때까지/그들은 미친 듯이 흘러다닌다.//가끔씩 안개가 끼지 않는 날이면/방죽 위로 걸어가는 얼굴들은 모두 낯설다. 서로를 경계하며/바쁘게 지나가고, 맑고 쓸쓸한 아침들은 그러나/아주 드물다. 이곳은 안개의 聖域이기 때문이다.//…(중략)…//몇 가지 사소한 사건도 있었다./한밤중에 여직공 하나가 겁탈당했다./기숙사와 가까운 곳이었으나 그녀의 입이 막히자/그것으로 끝이었다. 지난 겨울엔/방죽 위에서 醉客 하나가 얼어죽었다./바로 곁을 지난 삼륜차는 그것이/쓰레기 더미인 줄 알았다고 했다. 그러나 그것은/개인적인 불행일 뿐, 안개의 탓은 아니다.//…(중략)…
>
> 3
> 아침저녁으로 샛강에 자욱이 안개가 낀다./안개는 그 읍의 명물이다./누구나 조금씩은 안개의 주식을 갖고 있다./여공들의 얼굴은 희고 아름다우며/아이들은 무럭무럭 자라 모두들 공장으로 간다.
>
> ─「안개」 부분[165)

164 이현재, 『여성혐오 그 후』, 들녘, 2016, 59쪽.
165 기형도, 『기형도 전집』, 33~35쪽.

「안개」는 총 3부로 구성된 7연의 작품이다. 자욱이 안개가 끼는 방죽을 "쓸쓸한 가축들"처럼 서 있던 이들은 자신들이 "안개의 聖域"을 벗어나는 것이 불가능하다는 것을 깨닫는 순간 고립되어 있음에 대한 경악을 느낀다. 이 시에서 '안개'는 개인들을 고립시키는 데 그치지 않고 개인의 내면을 침잠해 들어가는 것으로 묘사된다. 기형도는 안개에 빨려들어가 형체를 잃어가는 것을 "사내의 반쪽이 안개에 잘린다"라고 그로테스크하게 묘사하기도 한다. 또한 안개 속에서 자연물은 "두꺼운 공중의 종잇장"이나 "노랗고 딱딱한 태양"과 같이 고체적인 특성을 띠고 나타난다. 이는 기형도의 다른 시편들에서도 반복적으로 등장하는 '습관'이라는 시어와 공명하면서 반복되는 일상 속에서 습관처럼 굳어져가는 풍경을 효과적으로 그려내고 있다.

'습관'에 익숙해지듯이, 안개 속에 고립된 이들은 안개 속에서 자신들이 출구 없는 세계를 살아가고 있다는 절망을 인식하지 못한 채 살아간다. 안개로 인해 고립된 삶을 살아가고 어떤 일이 벌어질지 모르는 불안과 공포에서 살아가면서도 이들은 어느새 거기에 익숙해져서 결국 안개의 질서를 유지하는 데 일조한다("누구나 조금씩은 안개의 주식을 갖고 있다"). 이들의 모순된 행동은 니체가 말한 최후의 인간[166]을 떠올리게 한다. 불완전한 삶을 긍정하며 미래의 전망이 없이 사는 최후의 인간은 안개의 질서 속에서도 행복을 발견할 따름이다. 막스 베버 역시 니체의 견해를 인용하며 마지막 단계의 인간들을 자본주의적 발전의 비극적 결말로 설명한 바 있다.[167] 이러한 세계에서 죽음은 '사소한' 일

---

166 "'우리는 행복을 찾아냈다'−마지막 인간들은 이렇게 말하며 눈을 깜박인다." 프리드리히 니체, 『차라투스트라는 이렇게 말했다』, 26쪽.

167 베버는 "만약 기계화된 화석화가 도래하게 된다면, 그러한 문화 발전의 '마지막 단계의 인간들'에게는 물론 다음 명제가 진리가 될 것이다. "정신 없는 전문인, 가슴 없는 향락인−이 무가치한 인간들은 그들이 인류가 지금껏 도달하지

이 되어 "개인적인 불행"으로 치부된다. 타자의 형상은 안개로 인해 파편화되며 이로 인해 동시대를 살아가는 '이웃'들을 인격을 가진 존재가 아니라 일종의 사물로 파악하게 된다. 안개는 인간 소외와 공동체의 해체가 가속화되고 있는 현실 상황을 비유한 것이다. 문제는 여기서 그치지 않는다. 안개는 대상을 비가시화 한다는 점에서 '습관'과 유사한 속성을 지닌다. 습관이 되어 관성화 된 일상에서 변화의 가능성은 용납되지 않는다. 주체가 언제나 타자의 발견에서 시작되는 것이라 할 때, 타자와의 만남이 방해받는다는 것은 주체가 자기 자신에 대해 성찰할 가능성 역시 차단당할 수밖에 없음을 가리킨다.

주디스 버틀러는 헤겔의『정신현상학』을 해석하며 "나는 내가 겪는 만남에 의해 항상 변형된다. 즉 인정의 과정을 통해서 나는 과거의 나와는 다른 타자가 되고, 그렇게 해서 과거의 나 자신으로 회귀할 수 있는 가능성이 정지한다."[168]라며 주체가 타자와의 관계 속에서 구성되는 존재임을 지적한 바 있다. 이에 따르면 '안개'는 주체가 타자와의 만남을 통해 다른 타자가 되는 주체화의 이행을 방해하는 작용을 한다고 볼 수 있다. 유사한 맥락에서 기형도는 "사람들의 쾌락은 왜 같은 종류인가"(「나쁘게 말하다」)를 묻거나 "우리의 생활이란 얼마나 보잘것없는 것인가"(「어느 푸른 저녁」)라고 말하며 일상의 시시함에 낙담하는 모습을 그린다. 「조치원」에서는 서울에서 지방으로 낙향하는 사내와의 대화를 통해 낯선 도시적 공간을 살아가는 이가 경험하는 좌절감과 소외감, 그리고 이러한 경험의 축적을 통해 '학습하게 되는' 분노가 나타나기도 한다. 한편 일부 시에서는 도시에서 낯선 타자와의 무수한 마주침의 과정에서

못한 단계에 올랐다고 공상한다'"라고 하였다. 막스 베버,『프로테스탄티즘의 윤리와 자본주의 정신』, 김덕영 역, 길, 2010, 366~367쪽.
168 주디스 버틀러, 앞의 책, 51쪽.

자기 세계를 침범하는 타자에 대한 혐오가 나타난다. 그런데 다음 시에는 타자에 대한 혐오와 더불어 그것을 넘어서는 지점이 함께 묘사된다.

> 나는 혐오한다, 그의 짧은 바지와 / 침이 흘러내리는 입과 / 그것을 눈치채지 못하는 / 허옇게 센 그의 정신 // 내가 아직 한번도 가본 적 없다는 이유 하나로 / 나는 그의 세계에 침을 뱉고 / 그가 이미 추방되어버린 곳이라는 이유 하나로 / 나는 나의 세계를 보호하며 / 단 한 걸음도 / 그의 틈입을 용서할 수 없다 // 갑자기 나는 그를 쳐다본다, 같은 순간 그는 간신히 / 등나무 아래로 시선을 떨어뜨린다 / 손으로는 쉴새없이 단장을 만지작거리며 / 여전히 입을 벌린 채 / 무엇인가 할말이 있다는 듯이, 그의 육체 속에 / 유일하게 남아있는 그 무엇이 거추장스럽다는 듯이
>
> ─「늙은 사람」 부분[169]

이 시에서 시적 주체는 자기 정체성의 뚜렷한 경계를 지키기 위해 대상에 대한 혐오를 드러낸다. 시적 주체는 대상을 자신에 의해 통제되지 않는 환경으로 규정하기 때문에 혐오대상을 모욕하고 자기의 인식 영역에서 배제하려 한다. 자신의 전지전능성을 확인하기 위해 대상을 파괴하는 행위를 벌이는 유아의 행동을 통해 수치심과 혐오의 유사성을 지적한 누스바움의 견해를 상기시킨다. 누스바움은 수치심이 "완전해지고 완전한 통제력을 지니려는 원초적인 욕구에 기원"한다고 말하면서 이것이 "공격성─나르시시즘적 계획을 가로막는 장애물을 격렬하게 비난"하거나 폄하하는 태도로 나타난다고 지적한다.[170] 위 시에서 타자는 주체의 자기동일성을 위협하며 그가 과거의 존재로 회귀할 수 없다는 사실을 고통스럽게 떠올리게 만든다. 그로부터 자신을 보호하기 위

169 기형도, 『기형도 전집』, 44~45쪽.
170 마사 누스바움, 『혐오와 수치심』, 조계원 역, 민음사, 2015, 378쪽.

해 위 시의 시적 주체는 공격성을 발휘하며 혐오대상으로서의 '늙은 사람'을 모욕한다.

그런데 이 시는 여기서 그치지 않고 타자에 의해 '나'가 파열되는 순간을 포착한다. '갑자기' 노인을 쳐다본 순간 시적 주체는 그에게서 '무엇'인가를 발견해낸다. 기형도 시에서 특징적인 것은 이러한 마지막 장면이다. 「오후 4시의 희망」이나 「장밋빛 인생」, 「그날」과 같은 시에서 기형도는 몽타주를 상기시키는 급작스러운 장면 전환을 보여주는데, 여기서 나타나는 것은 주체가 어쩔 수 없이 맞닥뜨리게 되는 파열의 순간이다. 「안개」의 마지막 장면에서 "여공들의 얼굴은 희고 아름다우며 / 아이들은 무럭무럭 자라 모두들 공장으로 간다"라며 타자와의 만남이 불가능해진 상황에서 갈등이 제거된 인위적 풍경을 그려냈던 것과는 대조적으로, 이 시들에서는 갑작스러운 타자와의 만남으로부터 보호받지 못한 주체들의 '일그러진' 표정이 나타난다.[171]

기형도의 시적 주체는 자신이 이해할 수 없는 타자와의 '상호의존성'(interdependency)을 인정함으로써 그는 혐오를 넘어서 타자와 소통할 수 있는 공감의 가능성을 발견한다. '공감'(co-feeling)은 자아와 타자가 서로에게 의존할 수밖에 없는 상호의존의 존재라는 것을 인정하면서, 나의 경험에 비추어 타자를 판단하기보다 자아와 타자의 차이를 인식하면서 그의 고통에 반응하는 것을 말한다.[172] 이 시에서 노인의 육체 속에 남아 있는 거추장스러운 무엇은 시적 주체에 의해 상상적으로 구성된 것으로, 그가 노인을 통해 자신의 감정을 반성하고 있음을 보여준다. 이와 같은 반성의 과정에서 그는 이전과는 달라진 자신과 대

---

171 "모든 것이 엉망이다, 예정된 모든 무너짐은 얼마나 질서정연한가 / 검은 얼굴이 이그러진다"(「오후 4시의 희망」).

172 이현재, 앞의 책, 131~132쪽.

면한다. 이를 통해 그는 혐오하던 대상의 고통과 자신의 고통과 무관하지 않은 것임을 깨닫고 타자의 고통에 감응하는 존재로 변화하게 된다.

타자는 주체가 지닌 근본적 나약함을 상기시키는 존재다. 익명화된 도시적 공간 속에서 타자와의 만남이 반복되면서 기형도의 시적 주체는 자기 자신마저도 "한 폭 낯선 풍경화"로 보거나 "나는 主語를 잃고 헤매이는/가지 잘린 늙은 나무가 되었다"(「病」)라고 읊조리기도 한다. 그런데 타자와의 예상치 못한 만남 속에서 낯선 존재가 되어가는 인생을 증오한다고 고백하면서도("나는 인생을 증오한다" ─ 「장밋빛 인생」), 그는 이 고통스러운 여정을 멈추지 않는다. 「길 위에서 중얼거리다」를 비롯한 여행 시편들은 타자성과 조우하는 과정에서 스스로 낯선 존재가 되어가는 주체화 여정을 은유하는 것으로 독해할 수 있다.

기형도에게 근대적 의미에서의 '자아'는 자명한 것으로 인식되지 않았으며, 이로 인해 "작가의 의식"을 통해 "초월적(transcendent) 위치에서 리얼한 것을 대상으로, 사실로 규정하며 리얼한 것의 초험성(transcendentality)을 삭제"[173]해온 80년대 리얼리즘 문학의 재현 전략으로는 해명되지 않는다. 기형도 시의 주체들은 사회에서 소외된 외톨이로 표현되어 스스로를 타자화시키며 수동적인 관찰자의 시선을 드러낸다. 환유가 주로 나타나는 이와 같은 시편들은 중립적인 관찰자적 시선에 의해 건조하고 삭막한 도시의 풍경들을 묘사하는 데 주안점을 둔다. 이들 작품들에는 타자화된 시선과 수평의 시어 배열과 연상 작용을 통해 집합되는 시적 대상이 나타남을 확인할 수 있다.[174]

---

173 조정환, 「내재적 리얼리즘─리얼리즘의 폐허에서 생각하는 대안리얼리즘의 잠재력」, 『오늘의 문예비평』, 2014년 봄, 43쪽.

174 정월향, 「기형도 시의 환유기법 연구」, 『국어국문학지』, 2008, 7쪽. 권혁웅이 지적하듯, 알레고리적 기법이 두드러진 시편들은 주로 『입속의 검은 잎』 1부에 수록되어 있다. 하지만 그가 분석하는 것처럼, 2~3부에 있는 시편들에 등장하

중세 음유시인의 어법을 상기시키는 기형도 시 특유의 어조와 비감 어린 시적 분위기는 도시의 암울한 풍경과 어울리며 죽음의 그림자를 드리우게 한다. 「입 속의 검은 잎」에서 대표적으로 나타나는바, 침묵이 강요되는 사회적 분위기에서 굳어져 가는 혀를 지니게 된 주체는 그 자신을 죽은 자와 동일시한다. "검은 잎"으로 표상되는 "망자의 혀"는 이 사회를 지배하는 정조로서의 공포에 의해 숨죽인 채 살아가야 하는 상황을 암시한다. 하지만 그는 죽음을 두려워했던 만큼이나 그것을 열망했던 시인이었다. 이는 죽음이 삶에 대한 열망을 불러일으키는 촉매제로 작용하기 때문이다. "오오, 그리운 생각들이란 얼마나 죽음의 편에서 있는가"(「10월」)라는 구절이나, 더욱 분명히는 "오오, 모순이여, 오르기 위하여 떨어지는 그대." "오오, 네 어찌 죽음을 비웃을 것이냐 삶을 버려둘 것이냐"(「이 겨울의 어두운 창문」)와 같은 구절에서 죽음이나 절망, 고통을 바라보는 기형도 특유의 미학적 태도가 나타난다.

그는 고통, 절망, 죽음과 같은 부정적인 표상이 지니는 의미를 아름다움의 근원으로 역전시키는데, 이로써 예술의 존재이유를 설명해낸다. 다시 말해 예술은 습관화된 일상과 적대하면서 이에 대한 동일시를 통해 그것이 소멸할 것을 기대함으로써 모순을 드러낸다. 예술이 현실의 부정성을 기반하여 존재하는 것으로 자신이 폐지되기를 고대하는 운명을 지닌다는 아도르노의 미학이 연상되는 대목이다. '오르기 위하여 떨어지는' 것으로서 모순된 것은 이와 같은 예술의 속성을 보여준다. 이러한 태도는 「포도밭 묘지 2」에도 나타난다. 이 시에서 기형도는

는 시적 주체를 '회상하고 고백하는 주체'로 단정 지을 수 있을지는 의문이다. 그가 인용한 「위험한 가계 · 1969」의 경우에도 "순정한 서정을 품은 주체"(권혁웅, 「기형도 시의 주체 연구」, 『한국문예비평연구』, 2011, 79쪽)라기보다 유년 시절의 기억조차 영화적으로 장면화시키며 인물 간의 대사, 현재적 시점에서 해설을 삽입하고 있는 내레이터로서의 주체에 가깝다.

"이곳에서 너희가 완전히 불행해질 수 없는 이유는 神이 우리에게 괴로워할 권리를 스스로 사들이는 법을 아름다움이라 가르쳤기 때문"이라면서 "어떠한 슬픔도 그 끝에 이르면 짓궂은 변증의 쾌락으로 치우침을 네가 아느냐."라고 묻는다.

기형도는 "변증의 쾌락"이라는 표현을 사용하면서 슬픔 안에 슬픔을 지양할 수 있는 계기가 있다는 점을 지적한다. 슬픔은 운동성을 지니고 있는 것으로 인간의 삶이 더 높은 차원으로 고양될 수 있게 한다. 유년 시절의 상실 체험을 다루고 있는 기형도의 시편에서 불행을 넘어서고자 하는 인물들의 고투는 그것이 아무리 미미한 것일지라도 고귀한 것으로 그려진다. 「위험한 家系 · 1969」가 그렇다. 아버지가 "유리병 속에서 알약이 쏟아지듯" 쓰러지신 후 가족들은 불화를 겪기도 한다. 어머니와 작은누나의 갈등이 그렇다. 하지만 이들은 희망을 버리지 않고 서러운 일상을 견딘다. 이들이 견디고 있는 슬픔은 그들이 현재의 불행에도 불구하고 더 나은 삶에 대한 열망을 포기하지 않고 있음을 보여주는 증거이다. 기형도는 가족들을 "더 큰 꽃"을 피우기 위해 한껏 오므라들어 있는 "나팔꽃"에 비유하며, 삶을 고양시키는 계기로서의 슬픔의 가능성에 주목한다.

이러한 미학적 태도는 기형도가 쓴 기행서사나 소설에도 반복된다. 다만 이 소설들에 공통적으로 나타나는 '안개' 이미지가 앞서 살펴본 기형도의 등단작 「안개」와는 다른 양상을 보인다는 점이 주목된다. 이는 기형도가 환상의 긍정적 역할을 착목하게 된 데서 연유한다. 기형도의 시 「안개」는 「무진기행」에 나오는 '안개'에 대한 여러 비유를 연상시킨다. "안개는 그 읍의 명물이다."라는 구절과 함께 안개를 '군단'에 비유하는 것 역시 그러하다.[175] 기형도에게 김승옥의 「무진기행」이 남다른

---

175 "무진에 명산물이 없는 게 아니다. 나는 그것이 무엇인지 알고 있다. 그것은 안

의미를 지녔다는 사실은 기형도가 쓴 기행문 「짧은 여행의 기록」에서도 확인할 수 있다.[176) 기형도의 여행지 중 하나였던 순천은 곧 무진이었다. 그는 "나는 이 도시를 내 몸의 일부분처럼 느낀다"고 고백하며,[177) "누구든지 몇 달만 이곳에서 산다면 쉽게 권태와 체념에 길들여진 욕망을 체질 속에 받아들일 것"이라고 서술한다.[178) 무엇보다 다음과 같은 기형도의 언급은 그의 여행이 「무진기행」의 주인공 윤희중이 그런 것처럼, 서울에서의 실패를 만회하기 위한 것이었음을 암시한다.

> 사실 이번 휴가의 목적은 있다. 그것을 나는 편의상 '희망'이라고 부를 것이다. 희망이란 말 그대로 욕망에 대한 그리움이 아닌가. 나는 모든 것이 권태롭다.
> 차라리 나는 내가 철저히 파멸하고 망가져버리는 상태까지 가고 싶었다. 나는 어떤 시에선가 불행하다고 적었다. 일생 몫의 경험을 다했다고. 도대체 무엇이 더 남아 있단 말인가. 누군가 내 정신을 들여다보면 경악할 것이다. 사막이나 황무지, 그 가운데 띄엄띄엄 놓여 있는 물구덩이, 그렇다. 그 구덩이는 어디에서 왔을까. 내가 아직 죽음 쪽으로 가지 않고 죽은 듯이 살아 있는 이유를 그 물구덩이에서 볼 수 있을 것 같았다.[179)

개다. 아침에 잠자리에서 일어나서 밖으로 나오면, 밤사이에 진주해온 적군들처럼 안개가 무진을 뺑 둘러싸고 있는 것이었다. 무진을 둘러싸고 있던 산들도 안개에 의하여 보이지 않는 먼 곳으로 유배당해버리고 없었다. 안개는 마치 이승에 한이 있어서 매일 밤 찾아오는 여귀(女鬼)가 뿜어내놓은 입김과 같았다." 김승옥, 『무진기행』, 문학동네, 2004, 159쪽.

176 기형도는 1988년 8월 2일부터 3박 4일간 대구, 전주, 광주, 순천, 부산을 여행한 후 다시 서울로 올라온다. 여기서 순천은 「무진기행」의 모델이 된 도시로 기형도는 "안개와 병든 지성의 도시, 부패하고 끈끈한 항구" 순천으로 "피난을 떠난다"고 기록한다. 기형도, 「짧은 여행의 기록」, 『기형도 전집』, 307쪽.

177 위의 글, 310쪽.

178 위의 글, 309쪽.

179 위의 글, 295쪽.

이어령은 "무진과 같은 수면 상태 속에서 오히려 인간은 생명의 본래적 시간을 만나게 되고, 죽은 욕망이 일어서게 되는 것"이라고 하면서, 그런 점에서 "무진은 바로 나날이 퇴화해가는 생의 실상을 만날 수 있는 역(逆)유토피아"라고 분석한 바 있다.[180] 기형도가 "욕망에 대한 그리움"으로서의 희망을 휴가의 목적이라고 이야기하는 대목은 이러한 언급을 상기시킨다. 기형도 역시 자신의 황폐한 내면세계를 구원해줄 희망을 발견하기 위해 현실에 실재하는 황무지를 찾아 나선 것이다. 기형도의 시 「조치원」 역시 이러한 맥락과 관련된 것으로 보인다. 고향이 아닌 자들에게 서울은 "사람들에게 / 분노를 가르쳐주"는 곳으로, 여기서 "지방 사람들이 더욱 난폭한 것은 당연"한 일이다. 그럼에도 그들은 귀향과 귀경을 반복한다. 유토피아로서의 서울로 올라가고자 '욕망'을 되찾기 위하여 이들은 서울을 떠나 고향으로 향한다.

「짧은 여행의 기록」에서 기형도는 "너 형이상학자, 흙 위에 떠서 걸어다니는 성자여."[181]라며 예술에 대한 환멸을 느끼는 자신을 비판하였지만, 여행을 마치고 귀경하면서는 "통속의 힘에서 출발하지 않는 자기구원이란 없다. 나는 신이 아니다."[182]라며 다시 일상으로 복귀하는 자신을 변호한다. 그러면서 그는 "어차피 존재들은 유한하다면 인식의 바꿈을 통해 나는 두 배의, 아니 그 이상의 삶을 살 수 있다"라고 부연한다.[183] 작가로서의 꿈을 꾸며 매번 낙방하는 신춘문예에 줄기차게 응모하는 한 사내의 이야기를 다룬 소설 「어떤 신춘문예」에서는, 소설의 마지막에 주인공 사내의 꿈이 착각에 불과한 것임을 폭로함으로써 사내

180 이어령, 「죽은 욕망 일으켜 세우는 역(逆)유토피아」, 김승옥, 『무진기행』 해설, 나남, 2001, 616쪽.
181 위의 책, 308쪽.
182 위의 책, 312쪽.
183 기형도, 『기형도 전집』, 299쪽.

의 '희망'이 공상에 불과한 것임을 보여주는 동시에 그러한 '희망'이 있기에 사내의 삶이 지속될 수 있다는 사실을 암시한다. 환상과 현실은 뫼비우스의 띠와 같이 연결되어 있다.

이러한 주제의식이 보다 구체화된 것이 소설 「환상일지」이다. 이 소설 역시 기형도 시에 빈번히 등장하는 여행을 모티프로 삼고 있다. '나'는 교외선 열차를 타고 여행에 나선다. 이 여행은 1년 전 '그 녀석'과 나누었던 대화에 대한 "뒤늦은 자각"에서 비롯한다. 당시 친구는 자신이 "권태의 늪"에 빠져 있다고 말하며, "긴장감 없는 생"에 대한 비애를 토로한다. 허나 1년 전 '나'는 그러한 고민이 "사치한 감상"에 불과하다고 빈정댈 뿐이었다. 그런데 1년이 지난 지금에서야 '나'는 자신이 처한 상황이 1년 전 친구의 것과 다르지 않음을 발견한다. 그러다 교외선 열차에서 만났던 여자와 우연하게 하룻밤을 보내게 된 '나'는, 남자에게 배신을 당해 가진 돈을 모두 날렸음에도 여전히 남자에 대한 믿음을 버리지 않는 여자를 보며 환상이란 결코 "삶의 도피이며 정면 대결에의 회피"가 아니며 오히려 "우리의 정신적 양식이 비롯되는" 장소임을 깨닫는다.

「환상일지」의 주인공은 "우리의 신념 속에 머무는 관념은 그 어떤 사물보다 견고한 것이다."라며 관념의 견고함을 인정하면서 관념으로서의 '안개' 역시 주체에 의해 생산되는 것임을 인식한다. 이 소설에서 서술자 '나'가 냉소적 태도를 버리고 희망을 긍정하게 된 계기가 지나치게 우연적이고 다소 작위적인 인상을 주는 것은 사실이지만, 기형도가 의도한 것은 바로 우연에 대한 긍정이었다. 친구와의 만남이 아니라 예기치 않았던 여자와의 만남을 통해 환상에 대한 새로운 깨달음을 얻을 수 있었던 것처럼, 살면서 "불쑥불쑥 튀어나올 의지나 정열의 시간들을 우리는 희망"이라고 부를 수 있다는 것이다. 다음 시에서는 우연에 대한 긍정을 통해 타자의 고통과 기꺼이 대면하는 자세가 확인된다.

그리고 나는 우연히 그곳을 지나게 되었다/눈은 퍼부었고 거리
는 캄캄했다/움직이지 못하는 건물들은 눈을 뒤집어쓰고/희고 거
대한 서류뭉치로 변해갔다/무슨 관공서였는데 희미한 불빛이 새
어나왔다/유리창 너머 한 사내가 보였다/그 춥고 큰 방에서 書記
는 혼자 울고 있었다!/눈은 퍼부었고 내 뒤에는 아무도 없었다/침
묵을 달아나지 못하게 하느라 나는 거의 고통스러웠다/어떻게 해
야 할까, 나는 중지시킬 수 없었다/나는 그가 울음을 그칠 때까지
창밖에서 떠나지 못했다//그리고 나는 우연히 지금 그를 떠올리게
되었다/밤은 깊고 텅 빈 사무실 창밖으로 눈이 퍼붓는다/나는 그
사내를 어리석은 자라고 생각하지 않는다

— 「기억할 만한 지나침」 전문[184]

이 시에서 "희고 거대한 서류뭉치로 변해"가는 건물들을 지나다가 혼
자서 울고 있는 사내를 본 '나'는 "침묵을 달아나지 못하게 하느라" 고통
스러운 지경에 이른다. 하지만 '나'는 사내의 울음을 정지시키지도, 그
자리를 떠나지도 못한다. 사내의 고통을 그가 대신 짊어질 수도, 그렇
다고 사내의 고통이 자신과 무관하게만 생각되지도 않기 때문이다. 시
간이 흘러 '나'는 사무실 '안'에서 사내를 보았던 그날처럼 창밖으로 눈
이 퍼붓는 것을 바라본다. 이제 '사내'와 '나'의 위치는 바뀌어 있다. 이
와 같은 작품들에서는 부조리한 일상에 스며들어가는 사람들을 조롱하
는 대신 "나는 그 사내를 어리석은 자라고 생각하지 않는다"라며 유보
적인 태도를 보인다. 이를 통해 시적 주체는 대상에 대한 연민과 애정
과 존중을 잃지 않는 개별자의 위엄을 보여준다. 그는 타자와의 거리를
유지하면서도 그의 고통에 애도를 표한다. 도시적 공간에서 살아가는
이들은 끊임없이 예기치 않은 타자들과 맞닥뜨릴 수밖에 없으며,[185] 이

184 기형도, 『기형도 전집』, 67쪽.
185 이와 관련된 작품이 「나의 플래시 속으로 들어온 개」이다. 이 시는 갑작스럽게

로 인해 「늙은 사람」에서 그러하듯 타자에 대한 참을 수 없는 혐오를 느끼기도 한다. 하지만 기형도의 시적 주체는 '늙은 사람'과 자신의 공통점, 즉 죽음을 향해 나아가는 존재라는 사실을 외면하지 않음으로써 윤리적 주체의 가능성을 보여준다.

기형도가 말하는 "위대한 혼자"[186]란 슬픔의 변증법을 통과한 윤리적 개인을 의미하는 것으로, '운동으로서의 문학'이라는 지향성과도 맞닿아 있다. 문학이 구체적인 사회 투쟁에 개입하는 프로파간다나 상품으로 전락하지 않기 위해서는 타자의 고통을 재현하는 데 있어 윤리적 태도를 견지해야 한다. 그것은 타자의 고통의 고유성을 인정하면서도 그의 고통이 자신과 무관하지 않음을 받아들이는 데서 비롯한다. '나'와 타자가 동등하지 않은 위치에 있더라도 타자 역시 "위대한 혼자"라는 점을 망각하지 않는 데서 문학은 "삶의 현장인 동시에 꿈의 실현이고, 예술인 동시에 현실"로서 기능할 수 있다.

피사체로 들어온 대상을 통해 '존재의 비밀'을 알아차리게 된 순간을 그리고 있다. 기형도는 이 시에서 "나의 감각이, 딱딱한 소스라침 속에서 / 최초로 만난 事象"으로서의 개를 통해 시적 주체는 "존재의 비밀을 알아버"렸다고 말한다.
186 "우리는 모두가 위대한 혼자였다. 살아 있으라, 누구든 살아 있으라." —「비가 2 - 붉은 달」

1. 기본자료

강은교, 『허무집』, 칠십년대동인회, 1971,

―――, 『풀잎』, 민음사, 1974.

―――, 『빈자일기』, 민음사, 1977.

―――, 『우리가 물이 되어 만난다면』, 새벽, 1979.

―――, 『소리집』, 창작과비평사, 1982.

―――, 『붉은강』, 풀빛, 1984.

―――, 『오늘도 너를 기다린다』, 실천문학사, 1989.

―――, 『벽 속의 편지』, 창작과비평사, 1992.

―――, 『어느 별에서의 하루』, 창작과비평사, 1996.

―――, 『허무수첩』, 예전사, 1996.

―――, 『등불 하나가 걸어오네』, 문학동네, 1999.

―――, 『젊은 시인에게 보내는 편지』, 문학동네, 2000.

―――, 『시간은 주머니에 은빛 별 하나 넣고 다녔다』, 문학사상사, 2002.

―――, 『초록거미의 사랑』, 창작과비평, 2006.

―――, 『네가 떠난 후에 너를 얻었다』, 서정시학, 2011.

―――, 『바리연가집』, 실천문학사, 2014.

고석규, 『고석규 문학전집』, 마을, 2012.

기형도, 『입 속의 검은 잎』, 문학과지성사, 1989.

―――, 『사랑을 잃고 나는 쓰네』, 솔출판사, 1994.

―――, 『기형도 전집』, 문학과지성사, 1999.

김기림, 『김기림 전집』, 심설당, 1988.

김소월, 『김소월시전집』, 문학사상사, 2007.

김수영,『金洙暎 詩選 거대한 뿌리』, 민음사, 1975.

─────,『김수영 전집』1 · 2, 민음사, 2003.

─────,『김수영 육필 시고 전집』, 민음사, 2009.

김승옥,『무진기행』, 문학동네, 2004.

김춘수,『한국현대시형태론』, 해동문화사, 1959.

─────,『처용단장』, 미학사, 1991.

─────,『꽃과 여우』, 민음사, 1997.

─────,『의자와 계단』, 문학세계사, 1999.

─────,『김춘수 시전집』, 현대문학, 2004.

─────,『김춘수 시론전집』1 · 2, 현대문학, 2004.

─────,『왜 나는 시인인가』, 현대문학, 2005.

박인환,『선시집』, 산호장, 1955.

─────,『박인환 전집』, 맹문재 편, 실천문학사, 2008.

─────,『박인환 문학전집』1, 엄동섭 · 염철 편, 소명출판, 2015.

백 철,『조선신문학사조사─현대편』, 한일문화사, 1948.

서정주,『서정주문학전집』, 일지사, 1972.

─────,『미당 시전집』, 민음사, 1994.

서인식,『서인식 전집』II, 차승기 · 정종현 편, 도서출판 역락, 2006.

송 욱,『송욱 시 전집』, 정영진 편, 현대문학, 2013.

오상순,『공초 오상순 시집』, 자유문화사, 1963.

오장환,『오장환 전집』, 김재용 편, 실천문학사, 2002.

유치환,『구름을 그리다』, 신흥출판사, 1958.

─────,『청마 유치환 전집』, 국학자료원, 2008.

이 상,『이상문학전집』2 , 김윤식 편, 문학사상사, 1991.

─────,『이상전집』, 권영민 편, 뿔, 2009.

이성복,『뒹구는 돌은 언제 잠 깨는가』, 문학과지성사, 1980.

─────,『남해 금산』, 문학과지성사, 1986.

─────,『그 여름의 끝』, 문학과지성사, 1990.

─────,『꽃핀 나무들의 괴로움』, 살림, 1990.

─────,『프루스트와 지드에서의 사랑이라는 환상』, 문학과지성사, 2004.

─────,『고백의 형식들』, 열화당, 2014.

─────,『어둠 속의 시: 1976~1985』, 열화당, 2014.

천사의 허무주의

———,『끝나지 않는 대화』, 열화당, 2014.

전봉건,『시와 인생의 뒤안길에서』, 중앙사, 1965.

———,『전봉건 시전집』, 남진우 편, 문학동네, 2008.

『개벽』『경향신문』『국제신보』『대학신문』『동아일보』『문예』『문예중앙』『문장』『문학과 사상』『문학사상』『문학예술』『문학춘추』『사상계』『삼천리』『새벽』『서울신문』『세계』『세계의 문학』『세대』『시연구』『시운동 동인 제6작품집 – 시운동 1984』『시원』『시인부락』『아시체』『언어와 문학』『인문평론』『자유문학』『장미촌』『조광』『조선문학』『조선일보』『창조』『청맥』『태서문예신보』『폐허』『학지광』『해외문학』『현대공론』『현대문학』『현대시학』『휘문』

2. 단행본

(1) 국내논저

강영계,『니체와 예술』, 한길사, 2000.

강웅식,『김수영 신화의 이면』, 웅동, 2004.

고　은,『1950년대』, 향연, 2005.

권김현영 외,『남성성과 젠더』, 자음과모음, 2011.

권혁웅,『한국 현대시의 시작 방법 연구』, 깊은샘, 2001.

권혁웅,『미래파』, 문학과지성사, 2005.

금은돌,『거울 밖으로 나온 기형도』, 국학자료원, 2013.

김동규,『하이데거의 사이–예술론』, 그린비, 2009.

김범부,『김범부의 생각을 찾아서』, 한울아카데미, 2013.

김열규,『메멘토 모리, 죽음을 기억하라』, 궁리출판, 2001.

———,『동북아시아 샤머니즘과 신화론』, 아카넷, 2003.

김영민,『한국 근대문학비평사』, 소명출판, 1999.

김유중,『김수영과 하이데거』, 민음사, 2007.

김윤식,『한국 현대문학 비평사』, 서울대학교 출판부, 1982.

———,『탄생 백주년 속의 한국문학 지적도』, 서정시학, 2009.

김응교,『사회적 상상력과 한국시』, 소명출판, 2010.

김정근,『풍류정신의 사람 김범부의 삶을 찾아서』, 선인, 2010.

김정란,『프랑스 상징주의』, 연세대학교 출판부, 2005.

김주연 편,『릴케』, 문학과지성사, 1981.

김춘수연구간행위원회 편,『김춘수 연구』, 학문사, 1982.

김학동,『서정주 평전』, 새문사, 2011.

김　현,『김현문학전집 4 - 상상력과 인간/시인을 찾아서』, 문학과지성사, 1991.

───,『김현문학전집 6 - 젊은 시인들의 상상세계/말들의 풍경』, 문학과지성사,
　　　　　1992.

남회근,『황제내경과 생명과학』, 신원봉 역, 부키, 2015.

마산시 편,『휴양과 치유의 마산문학』, 마산문학관, 2009.

민족문학사연구소 편,『새민족문학사 강좌』2, 창비, 2009.

박덕규 · 이은정 편,『김춘수의 무의미시』, 푸른사상, 2012.

박찬국,『들뢰즈의『니체와 철학』읽기』, 세창미디어, 2012.

박평종,『흔적의 미학』, 미술문화, 2006.

백승영,『니체, 디오니소스적 긍정의 철학』, 책세상, 2005.

서광선 편,『한의 이야기』, 보리, 1987.

서정범,『가라사대 별곡』, 범조사, 1989.

송기한,『한국전후시와 시간의식』, 태학사, 1996.

송호근,『칼 만하임의 지식사회학 연구』, 홍성사, 1983.

송호근,『지식사회학』, 나남, 1990.

신경림 편,『4월혁명기념시전집』, 학민사, 1983.

신범순,『한국 현대시의 퇴폐와 작은 주체』, 신구문화사, 1998.

───,『바다의 치맛자락』, 문학동네, 2006.

───,『이상의 무한정원 삼차각나비』, 현암사, 2007.

───,『노래의 상상계』, 서울대학교 출판문화원, 2011.

오규원,『현실과 극기』, 문학과지성사, 1982.

오성호,『서정시의 이론』, 실천문학사, 2006.

오세영,『유치환』, 건국대학교 출판부, 2000.

───,『현대시인연구』, 도서출판 월인, 2003.

유성호 편,『강은교의 시세계 - 허무와 고독을 넘어, 타자를 향한 사랑으로』, 천년의
　　　　　시작, 2005.

유종호,『유종호 전집 1 - 비순수의 선언』, 민음사, 1995.

이광호 외,『정거장에서의 충고』, 문학과지성사, 2009.

이규성,『한국현대철학사론』, 이화여자대학교출판부, 2012.

이부영,『분석심리학 : C. G. Jung의 인간심성론』, 일조각, 2011.

이승훈,『한국 모더니즘 시사』, 문예출판사, 2000.

이승훈 외,『현국현대대표시론』, 태학사, 2000.

───,『김춘수 연구』, 형설출판사, 1983.

이은정,『현대시학의 두 구도』, 소명출판, 1999.

이정우,『삶 · 죽음 · 운명』, 거름, 1999.

이　찬,『20세기 후반 한국시론의 계보』, 서정시학, 2010.

이철범,『현대와 현대시』, 문학과지성사, 1977.

이현재,『여성혐오 그 후』, 들녘, 2016.

전기철,『한국 전후 문예 비평 연구』, 도서출판 서울, 1994.

조강석,『비화해적 가상의 두 양태』, 소명출판, 2011.조영복,『1920년대 초기시의 이념과 미학』, 소명출판, 2004.

최하림,『김수영 평전』, 실천문학사, 2001.

허만하,『시의 근원을 찾아서』, 랜덤하우스중앙, 2005.

허　수,『이돈화 연구』, 역사비평사, 2011.

(2) 국외논저 및 번역서

니콜라이 베르댜예프,『현대 세계의 인간 운명』, 조호연 역, 지만지, 2008.

다니엘 벨,『이데올로기의 종언』, 임헌영 역, 문예출판사, 1972.

───,『자본주의의 문화적 모순』, 오세철 역, 전망사, 1980.

다이앤 애커먼,『감각의 박물학』, 백영미 역, 작가정신, 2004.

라이너 마리아 릴케,『릴케전집 1 - 첫시집들 외』, 김재혁 역, 책세상, 2000.

───────────,『릴케전집 2 - 형상시집, 신시집, 진혼곡, 마리아의 생애, 두이노의 비가, 오르페우스에게 바치는 소네트』, 김재혁 역, 책세상, 2000.

───────────,『릴케전집 13 - 시인에 대하여, 체험, 근원적 음향 외』, 전동열 역, 책세상, 2000.

───────────,『두이노의 비가』, 손재준 역, 열린책들, 2014.

라이프니츠,『라이프니츠가 만난 중국』, 이동희 역, 이학사, 2003.

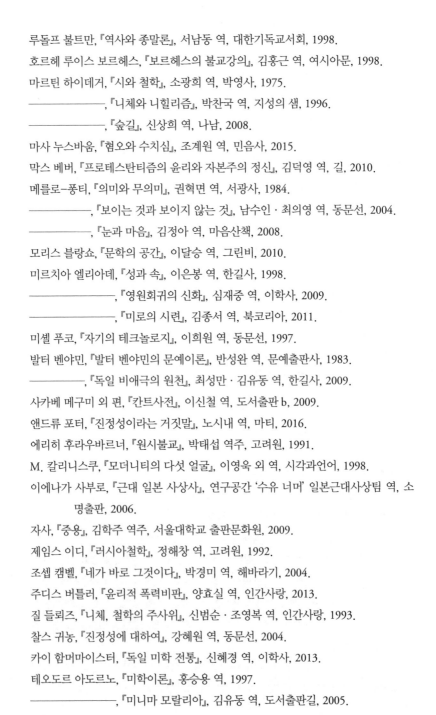

루돌프 불트만, 『역사와 종말론』, 서남동 역, 대한기독교서회, 1998.

호르헤 루이스 보르헤스, 『보르헤스의 불교강의』, 김홍근 역, 여시아문, 1998.

마르틴 하이데거, 『시와 철학』, 소광희 역, 박영사, 1975.

————, 『니체와 니힐리즘』, 박찬국 역, 지성의 샘, 1996.

————, 『숲길』, 신상희 역, 나남, 2008.

마사 누스바움, 『혐오와 수치심』, 조계원 역, 민음사, 2015.

막스 베버, 『프로테스탄티즘의 윤리와 자본주의 정신』, 김덕영 역, 길, 2010.

메를로-퐁티, 『의미와 무의미』, 권혁면 역, 서광사, 1984.

————, 『보이는 것과 보이지 않는 것』, 남수인 · 최의영 역, 동문선, 2004.

————, 『눈과 마음』, 김정아 역, 마음산책, 2008.

모리스 블랑쇼, 『문학의 공간』, 이달승 역, 그린비, 2010.

미르치아 엘리아데, 『성과 속』, 이은봉 역, 한길사, 1998.

————, 『영원회귀의 신화』, 심재중 역, 이학사, 2009.

————, 『미로의 시련』, 김종서 역, 북코리아, 2011.

미셸 푸코, 『자기의 테크놀로지』, 이희원 역, 동문선, 1997.

발터 벤야민, 『발터 벤야민의 문예이론』, 반성완 역, 문예출판사, 1983.

————, 『독일 비애극의 원천』, 최성만 · 김유동 역, 한길사, 2009.

사카베 메구미 외 편, 『칸트사전』, 이신철 역, 도서출판 b, 2009.

앤드류 포터, 『진정성이라는 거짓말』, 노시내 역, 마티, 2016.

에리히 후라우바르너, 『원시불교』, 박태섭 역주, 고려원, 1991.

M. 칼리니스쿠, 『모더니티의 다섯 얼굴』, 이영욱 외 역, 시각과언어, 1998.

이에나가 사부로, 『근대 일본 사상사』, 연구공간 '수유 너머' 일본근대사상팀 역, 소
    명출판, 2006.

자사, 『중용』, 김학주 역주, 서울대학교 출판문화원, 2009.

제임스 이디, 『러시아철학』, 정해창 역, 고려원, 1992.

조셉 캠벨, 『네가 바로 그것이다』, 박경미 역, 해바라기, 2004.

주디스 버틀러, 『윤리적 폭력비판』, 양효실 역, 인간사랑, 2013.

질 들뢰즈, 『니체, 철학의 주사위』, 신범순 · 조영복 역, 인간사랑, 1993.

찰스 귀농, 『진정성에 대하여』, 강혜원 역, 동문선, 2004.

카이 함머마이스터, 『독일 미학 전통』, 신혜경 역, 이학사, 2013.

테오도르 아도르노, 『미학이론』, 홍승용 역, 1997.

————, 『미니마 모랄리아』, 김유동 역, 도서출판길, 2005.

천사의 허무주의

──────── · M. 호르크하이머, 『계몽의 변증법』, 김유동 역, 문학과지성, 2001.

프리드리히 니체, 「자기 비판의 시도」, 『비극의 탄생』, 김대경 역, 청하, 1982.

──────── , 『차라투스트라는 이렇게 말했다』, 정동호 역, 책세상, 2002.

──────── , 『유고―1887년 가을~1888년 3월』, 백승영 역, 책세상, 2000.

──────── , 『선악의 저편 · 도덕의 계보』, 김정현 역, 책세상, 2002.

──────── , 『바그너의 경우 · 우상의 황혼 · 안티크리스트 · 이 사람을 보라 · 디오니소스 송가 · 니체 대 바그너』, 백승영 역, 책세상, 2002.

──────── , 『비극의 탄생 · 반시대적 고찰』, 이진우 역, 책세상, 2005.

──────── , 『즐거운 학문 · 메시나에서의 전원시 · 유고(1881년 봄~1882년 여름)』, 안성찬 · 홍사현 역, 책세상, 2005.

──────── , 『비극의 탄생』, 박찬국 역, 아카넷, 2007.

프리드리히 횔덜린, 『빵과 포도주』, 박설호 역, 민음사, 1997.

P. 해밀턴, 『역사주의』, 임옥희 역, 동문선, 1998.

한스 마이어홉, 『문학과 시간현상학』, 김준오 역, 삼영사, 1987.

Rilke, *Sonnets to Orpheus*, trans. by Rick Anthony Furtak, Pennsylvania: University of Scranton Press, 2007.

3. 논문 및 기타 자료

강계숙, 「1960년대 한국시에 나타난 윤리적 주체의 형상과 시적 이념」, 연세대 박사 논문, 2008.

강숙아, 「릴케 문학의 영향과 김춘수의 시」, 『외국학연구』, 2012.

고봉준, 「환상으로서의 시의 위기」, 『현대문학의 연구』, 2013.

곽명숙, 「1950년대 모더니즘의 묵시록적 우울」, 오문석 외, 『박인환―위대한 반항과 우울한 실존』, 글누림, 2011.

구모룡, 「억압된 타자들의 목소리」, 『현대시사상』, 1995년 가을, 181쪽.

권성우, 「베를린, 전노협, 그리고 김영현」, 『비평의 매혹』, 문학과지성사, 1993.

권 온, 「김춘수의 처용단장 연구: 화자와 체험의 관련을 중심으로」, 고려대 석사논 문, 2002.

――,「김춘수의 시와 산문에 출현하는 천사의 양상」,『한국시학연구』, 2009. 12.

권혁웅,「1980년대 시의 '알레고리' 연구」,『한국근대문학연구』, 2009.

――,「기형도 시의 주체 연구」,『한국문예비평연구』, 2011.

권희철,「1920-30년대 시에서의 '죽음'의 문제」, 서울대 박사논문, 2014.

근시영,「육사 시의 니체철학 영향 연구」,『동악어문논집』, 1995.

김경복,「죽음으로의 초대-강은교 시에 나타난 물의 이미지 연구」,『국어국문학』,
　　　1988.

김나영,「이성복 시 연구; 몸-감각을 중심으로」, 고려대 석사논문, 2007.

김문환,「칼 만하임의 지식사회학적 예술 이해」,『한국미학회지』, 1987.

김수이,「가족 해체의 세 가지 양상; 1980-90년대 이성복·이승하·김언희의 시에
　　　나타난 가족」,『시안』, 2003년 가을.

――,「'민주화'의 역설과 노동시의 새로운 양상-민주화 이후 시대의 노동시와 한
　　　국 민주주의」,『민족문화연구』, 2013.

김승구,「시적 자유의 두 가지 양상: 김수영과 김춘수」,『한국현대문학연구』, 2005.

김예리,「김춘수 시에서 무한의 의미 연구」, 서울대 석사논문, 2003.

――,「김기림의 예술론과 명랑성의 시학 연구: 알레고리와 배치의 기술을 중심으
　　　로」, 서울대 박사논문, 2011.

――,「『시운동』동인의 상상력과 감각의 언어」,『한국현대문학연구』, 2013.

김우창,「한국시와 형이상」,『세계의 문학』, 1975년 봄.

김윤식,「시에 대한 질문방식의 발견」, 황동규 편,『김수영의 문학』, 민음사, 1983.

김응교,「유린 당한 누이의 역사」,『시와 사회』, 1993년 여름.

김익균,「서정주의 체험시와 '하우스만-릴케·니체-릴케'의 재구성」,『한국문학연
　　　구』, 2014.

김자성,「릴케의『두이노의 비가』에 나타난 천사의 본질」,『헤세연구』, 2003.

김재혁,「시적 변용의 문제: 릴케와 김춘수」,『독일어문학』, 2001.

――,「릴케와 김춘수에게 있어서 '천사'」,『릴케와 한국의 시인들』, 고려대학교 출
　　　판부, 2006.

김정현,「1930년대 니체사상의 한국적 수용-김형준의 니체해석을 중심으로」,『니
　　　체연구』, 2008.

――,「1940년대 한국에서의 니체수용」,『니체연구』, 2014.

김정환·이인성,「80년대 문학운동의 맥락」, 이남호·정효구 편,『80년대 젊은 비평
　　　가들』, 문학과비평사, 1989.

천사의 허무주의

김주연, 「김춘수와 고은의 변모」, 『변동사회와 작가』, 문학과지성사, 1979.

──── , 「시적 우울의 예술성」. 『본질과 현상』, 2013년 가을.

김주휘, 「니체의 '자연' 사유에 대한 소고」, 『니체연구』, 2011.

──── , 「니체의 사유에서 영혼의 위계와 힘의 척도들」, 『철학사상』, 2012.

──── , 「니체의 완전주의적 요청에 대한 이해」, 『범한철학』, 2013.

──── , 「니체와 프로이트: '내면화Verinnerlichung' 테제의 비교 고찰─'힘에의 의지 Wille zur Macht'와 '죽음본능Todestrieb'의 차이를 중심으로」, 『니체연구』, 2015.

김지녀, 「김춘수 시에 나타난 주체와 타자의 관계 양상 연구」, 고려대 박사논문, 2012.

김진석, 「해체─이후의 관념에서 해체─이전의 몸으로」, 『동서문학』, 1996년 봄.

김진희, 「생명파 시의 현대성 연구」, 이화여대 박사논문, 2000.

김춘식, 「무너짐과 견딤의 시학─기형도 시의 구조분석」, 『현대시』, 1992.6.

김현선, 「집 없는 시대의 서정적 묘사와 그 전망」, 『문학과사회』, 1990년 겨울.

김홍중, 「근대문학 종언론에 대한 비판적 고찰」, 『사회와 역사』, 2009.

나희덕, 「물과 불, 그리고 탄생」, 『보랏빛은 어디에서 오는가』, 창작과 비평사, 2003.

남금희, 「강은교의 시세계─물의 이미지를 중심으로」, 『여성문제연구』, 1990.

남진우, 「남녀양성의 신화」, 조연현 외, 『미당연구』, 민음사, 1994.

──── , 「천사의 시선이 머무는 곳」, 『사랑비늘』 해설, 좋은날, 1998.

류 신, 「천사의 변용, 변용의 천사」, 『비교문학』, 2005.6.

마산시 편, 『마산의 문학동인지』 1, 마산문학관, 2007

문덕수, 「생명과 허무의 의지」, 『평론선집』 2, 어문각, 1975.

민미숙, 「오장환의 시세계에 나타난 니체 사상의 영향」, 『반교어문연구』, 2008.

박노균, 「존재탐구의 시에서 역사적 삶의 시로」, 『한국현대시 연구』, 민음사, 1989.

──── , 「니이체와 한국 문학」, 『니이체연구』, 1997.

──── , 「니체와 한국문학 (2)─이육사를 중심으로」, 『개신어문연구』, 2010.

──── , 「니체와 한국문학 (3)─유치환을 니체와 중심으로」, 『개신어문연구』, 2012.

박덕규, 「한(恨)의 얽힘과 풀림」, 『문예중앙』, 1982년 봄, 230쪽.

──── , 「기형도─입다물고 부르는 속 깊은 노래」, 『시인열전』, 청동거울, 2001.

박수연, 「김수영 시 연구」, 충남대 박사논문, 1999.

──── , 「"꽃잎", 언어적 구심력과 사회적 원심력」, 『문학과사회』, 1999년 겨울.

박승억, 「상상력과 관한 현상학적 연구」, 『철학과 현상학 연구』, 2011.

참고문헌

박승희, 「1920년대 데카당스와 동인지 시의 재발견」, 『한민족어문학』, 2005.

박연희, 「김수영의 전통 인식과 자유주의 재론—「거대한 뿌리」(1964)를 중심으로 」, 『상허학보』, 2011.

박옥춘, 「이성복 시의 환상 연구」, 명지대 박사논문, 2008.

박찬일, 「소극적 허무주의에서 적극적 허무주의로」, 『시와시학』, 2001년 가을.

박철화, 「집없는 자의 길찾기—혹은 죽음」, 『문학과사회』, 1989년 가을.

박판식, 「이성복 초기시의 미학적 근대성」, 동국대 석사논문, 2003.

박형준, 「뱀의 입 속에 모가지만 남은 개구리가 허공에 대고 하는 고백」, 『작가세계』, 2003년 가을.

박혜경, 「닫힌 현실에서 열린 〈세계〉로」, 『문학정신』, 1989.12.

배하은, 「만들어진 내면성」, 『한국현대문학연구』, 2016.

백승영, 「현대철학과 니체—유럽 전통철학과 영미 분석철학」, 정동호 외, 『오늘 우리는 왜 니체를 읽는가』, 책세상, 2006.

서정주, 「한국현대시의 사적 개관」, 『동국대논문집』, 1965.

서준섭, 「김수영의 후기 작품에 나타난 '사유의 전환'과 그 의미—'힘으로서의 시의 존재'와 관련하여」, 『현대문학연구』, 2007.

성민엽, 「몸의 언어와 삶의 진실」, 『문학과사회』, 2003년 가을.

소래섭, 「김기림의 시론에 나타난 "명랑"의 의미」, 『어문논총』, 2009.

손유경, 「『개벽』의 신칸트주의 수용 양상 연구」, 『철학사상』, 2005.

손진은, 「서정주 시와 산문에 나타난 김범부의 영향」, 『국제언어문학』, 2011.

송희복, 「허무와 신생, 그 아득한 틈새, 혹은 여성성의 깊이」, 『현대시』, 1995.7.

신두원, 「1980년대 문학의 문제성」, 『민족문학사연구』, 2012.

신범순, 「김소월의 시혼과 자아의 원근법」, 한국현대시학회 편, 『20세기 한국시론 1』, 글누림, 2006.

──, 「'시인부락'파의 해바라기와 동물기호에 대한 연구—니체 사상과의 관련을 중심으로」, 『관악어문연구』, 2012.

──, 「1930년대 시에서 니체주의적 사상 탐색의 한 장면 (1)—구인회의 '별무리 사상'을 중심으로」, 『인문논총』, 2015.

신인섭, 「메를로-퐁티의 살의 공동체와 제3의 정신의학 토대」, 한국철학회 편, 『철학』, 2007년 가을.

신진숙, 「우주를 앓는/기억하는 몸」, 『비교문학연구』, 2005.

신형철, 「김수영 시에 나타난 '사랑'과 '죽음'의 의미 연구」, 서울대 석사논문, 2002.

양혜숙, 「파울 클레의 천사화 연구」, 『현대미술사연구』, 2001.

여태천, 「김수영 시의 시어 특성 연구」, 고려대 박사논문, 2005.

연은순, 「80년대 해체시의 한 양상 연구」, 『비평문학』, 1999.

염무웅, 「김수영론」, 『김수영 전집』별권, 민음사, 1992.오생근, 「자아의 확대와 상상
      력의 심화」, 『호랑가시나무의 기억』 해설, 문학과지성사, 1993.

———, 「삶의 어둠과 영원한 청춘의 죽음 – 기형도의 시」, 『동서문학』, 2001.6.

왕신영, 「1930년대의 일본에 있어서의 '불안' 논쟁을 중심으로」, 『일어일문학 연구』,
      한국일어일문학회, 2003.

오세영, 「남해금산의 이성복」, 『문학정신』, 1986.10.

유문학, 「이성복 시 연구; 시의 변모 양상을 중심으로」, 경원대 석사논문, 2004.

유종호, 「김수영의 새로운 자료에 나타난 실존적 풍경」, 『한국언어문화』, 2013.

윤상인, 「데카당스와 문학적 근대」, 『아시아문화』, 한림대 아시아문화연구소, 1997.

윤선아, 「강은교 시의 이미지와 상상력 연구」, 『한남어문학』, 2008.

윤지연, 「강은교 초기시에 나타난 에코페미니즘적 상상력」, 강원대 석사논문, 2010.

윤지은, 「김춘수의 시에 나타난 '무(無)'의 미의식 연구」, 서울대 석사논문, 2015.

이경수, 「유곽의 체험」, 『외국문학』, 1986년 가을.

———, 「순수문학의 구축 과정과 배제의 논리 – 1950~60년대 전통론을 중심으로」,
      문학과비평연구회, 『한국문학권력의 계보』, 한국출판마케팅연구소, 2004.

이경재, 「백철 비평과 천도교의 관련양상 연구」, 『한국현대소설의 환상과 욕망』, 보
      고사, 2010.

이광형, 「『뒹구는 돌은 언제 잠 깨는가』의 해체적 읽기」, 『어문논집』, 2008.

이광호, 「묵시와 묵시: 상징적 죽음의 형식」, 『사랑을 잃고 나는 쓰네』, 솔, 1994.

이도연, 「이성복 시에 나타난 시적 언어의 가능성과 구원의 문제」, 『한국문예창작』,
      2011.

이명원, 「문학의 탈정치화와 포스트 담론의 파장」, 『민족문화연구』, 2012.

이봉일, 「금지와 유혹의 기원에 대하여」, 『현대시』, 2003.10.

이상숙, 「1950년대 전통 논의에 나타난 '저항' 연구」, 『현대문학이론연구』, 2005.

이상옥, 「니체 중국 수용의 이중성 – 현대 중국 사상의 표상을 중심으로」, 『니체연
      구』, 2010.

이성희, 「김춘수 시의 멜랑콜리와 탈역사성 연구」, 서울대 박사논문, 2011.

이수경, 「이성복 시에 나타난 의물화와 실체와 양상 연구」, 『인문연구』, 2014.

이어령, 「죽은 욕망 일으켜 세우는 역(逆)유토피아」, 김승옥, 『무진기행』 해설, 나남,

2001.

이영섭, 「강은교 시 연구-허무와 고독의 숨길」, 『경원대학교 논문집』, 1997.

이영일, 「니체의 '시적' 허무주의와 릴케의 『두이노의 비가』의 세계」, 『구미문제연구』, 1995.

이영준, 「꽃의 시학-김수영 시에 나타난 꽃 이미지와 '언어의 주권'」, 『국제어문』, 2015.

이인영, 「김춘수와 고은 시의 허무의식 연구」, 연세대 박사논문, 1999.

이재복, 「한국 현대시와 데카당스」, 『비교문화연구』, 경희대 비교문화연구소, 2008.

이재훈, 「한국 현대시의 허무의식 연구」, 중앙대 박사논문, 2007.

이지은, 「오장환의 상징시론 연구」, 서울대 석사논문, 2015.

이효린, 「강은교 시의 생명주의 연구」, 이화여대 석사논문, 2015.

이혜원, 「강은교 시와 샤머니즘」, 『서정시학』, 2006.

──, 「고통의 언어, 사랑의 언어」, 『열린시학』, 2005 여름.

이희중, 「한글 세대 시인의 지형과 독법」, 『세계의 문학』, 1990년 겨울.

──, 「생명의 회복과 식물성의 꿈」, 『서정시학』, 1992.

임수만, 「1920년대 데카당스 문학」, 『국어국문학』, 2007.

임우기, 「타락한 물신(物神)에 대한 시적 대응의 두 모습」, 『세계의 문학』, 1986년 겨울.

임헌영, 「한의 문학과 민중의식」, 『오늘의 책』, 한길사, 1984.

장석주, 「방법론적 부드러움의 시학; 이성복을 중심으로 한 80년대 시의 한 흐름」, 『세계의 문학』, 1982년 여름.

전미정, 「한국 현대시의 에로티시즘 연구-서정주, 오장환, 송욱, 전봉건의 시를 중심으로」, 서강대 박사논문, 1999.

전병준, 「김춘수 시의 변화에서 역사와 사회가 지니는 의미 연구」, 『한국문학이론과 비평』, 2013.

정과리, 「소집단 운동의 양상과 의미」, 『문학, 존재의 변증법』, 문학과지성사, 1985.

──, 「이별의 '가'와 '속'」, 『문학과 사회』, 1989년 여름.

──, 「죽음 혹은 순수 텍스트로서의 시」, 『무덤 속의 마젤란』, 문학과지성사, 1999.

정낙림, 「니체철학에 있어서 디오니소스적인 것의 의미」, 『철학논총』, 2004.

──, 「왜 타란툴라는 춤을 출 수 없는가?」, 『철학논총』, 2013.

정동호, 「니체 저작의 한글 번역-역사와 실태」, 『철학연구』, 1997.

정영진, 「낙오자와 영원인 - 서정주의 신라 기획과 전율의 시학」, 『비교어문연구』, 2015.

정월향, 「기형도 시의 환유기법 연구」, 『국어국문학지』, 2008.

정의진, 「폭력적 일상 안에 피는 시적 환영의 꽃」, 『작가세계』, 2008년 여름.

정재찬, 「김수영론: 허무주의와 그 극복」, 문학사와 비평연구회 편, 『1960년대 문학 연구』, 예하, 1993.

정효구, 「차가운 죽음의 상상력」, 『정거장에서의 충고』, 문학과지성사, 2009.

조강석, 「김춘수 시의 언어의식 전개과정 연구」, 『한국시학연구』, 2011.

────, 「김춘수의 릴케 수용과 문학적 모색」, 『한국문학연구』, 2014.

조광제, 「메를로-퐁티의 후기 철학에서의 살과 색」, 한국현상학회 편, 『예술과 현상 학』, 2001.

조영복, 「김수영 시의 죽음 의식과 현대성」, 『한국 현대시와 언어의 풍경』, 태학사, 1998.

조은주, 「1920년대 문학에 나타난 허무주의와 '폐허'의 수사학」, 『한국현대문학연 구』, 2008.

조정환, 「내재적 리얼리즘 - 리얼리즘의 폐허에서 생각하는 대안리얼리즘의 잠재 력」, 『오늘의 문예비평』, 2014년 봄.

진은영, 「니체와 문학적 공동체」, 『니체연구』, 2011.

채광석, 「부끄러움과 힘의 부재」, 백낙청 편, 『한국문학의 현단계』 II, 창작과비평사, 1983.

천정환, 「1980년대 문학 · 문화사 연구를 위한 시론 (1)」, 『민족문학사연구』, 2014.

최동호, 「김수영의 시적 변증법과 전통의 뿌리」, 김승희 편, 『김수영 다시 읽기』, 프 레스21, 2000.

────, 「시와 시론의 문학적 · 사회적 가치 - 1960년대 김수영과 김춘수 시론의 상 호관계」, 『한국시학연구』, 2008.

최라영, 「〈처용연작〉 연구: 세다가와서 체험과 무의미시의 관련성을 중심으로」, 『한 국현대문학연구』, 2011.

최윤정, 「처용신화를 재구성하는 현대적 이본고」, 『한국문학이론과비평』, 2012.

최현식, 「관계 탐색의 시학 - 이성복론」, 『말 속의 침묵』, 문학과지성사, 2002.

최희진, 「오장환 문학의 전위적 시인의식 연구」, 서울대 석사논문, 2015.

하피터, 「하이데거와 근대성의 문제 - 역사적 관점에서 본 교토 학파의 하이데거 수 용에 대한 비판적 고찰」, 『존재론 연구』, 2014.

한수영, 「일상성을 중심으로 본 김수영 시의 사유와 방법(1)」, 『소설과 일상성』, 소명
　　출판, 2000.
한정선, 「메를로-퐁티의 파울 클레: 그림은 보이지 않는 것을 보이게 한다」, 『철학과
　　현상학 연구』, 2007.
허윤회, 「서정주 초기시의 극적 성격－니체와의 관련을 중심으로」, 『상허학보』,
　　2007.
허혜정, 「마야(Maya)의 물집」, 『작가세계』, 2003년 가을.
홍성군, 「지상의 가난-빌헬름 뮐러의 『겨울여행』의 "세계고(世界苦)"와 손풍금악사
　　의 모티브」, 『독일문학』, 2006.
홍용희, 「아름다운 결핍의 신화」, 『작가세계』, 2003년 가을.
홍인숙, 「이성복 초기시 연구; 서사 구조와 해체적 기법을 중심으로」, 한국교원대 석
　　사논문, 2003.
홍지석, 「예술사회학에서 개인과 집단의 관계 설정 문제」, 『한국문화기술』, 2010.
황현산, 「시의 몫, 몸의 몫」, 김명인 · 임홍배 편, 『살아있는 김수영』, 창비, 2005.

인명 및 용어

천사의 허무주의

천사의 허무주의

작품 및 도서

저자 안지영 安智榮

　충북 괴산에서 태어나 서울대학교 국어교육학과와 동대학 국어국문학과 대학원을 졸업했다. 2013년 『문화일보』 신춘문예 평론 부문에 당선하여 문학평론가로 활동 중이다. 현재 청주대학교 국어교육과 교수로 재직 중이다. 박사논문은 「한국 현대시에 나타난 허무주의의 계보 연구—김수영과 김춘수를 중심으로」이고, 그 외에 「근면한 '민족'의 탄생—이광수의 「민족개조론」을 중심으로」 「강은교의 허무의식에 나타난 현상학적 인식론 고찰」 「김동인과 이상 소설에 나타난 서술자의 문제성(1)」 등의 다수 논문이 있다.

천사의 허무주의
– 한국 현대시에 나타난 허무주의의 계보

1판 1쇄 · 2017년 12월 15일
1판 2쇄 · 2018년 10월 15일

지은이 · 안지영
펴낸이 · 한봉숙
펴낸곳 · 푸른사상사

주간 · 맹문재 | 편집 · 지순이 | 교정 · 김수란
등록 · 1999년 7월 8일 제2-2876호
주소 · 경기도 파주시 회동길 337-16 푸른사상사
대표전화 · 031) 955-9111(2) | 팩시밀리 · 031) 955-9114
이메일 · prun21c@hanmail.net / prunsasang@naver.com
홈페이지 · http://www.prun21c.com

ⓒ 안지영, 2017

ISBN 979-11-308-1247-2   93800
값 29,000원

이 도서의 국립중앙도서관 출판예정도서목록(CIP)은 서지정보유통지원시스템 홈페이지
(http://seoji.nl.go.kr)와 국가자료공동목록시스템(http://www.nl.go.kr/kolisnet)에서 이용하
실 수 있습니다.(CIP제어번호 : CIP2017032936)